TOUTES les matières

Objectif BAC

T^{le} STMG

W0355374

MANAGEMENT, SCIENCES DE GESTION ET NUMÉRIQUE
Nicolas BLOCH
Stéphanie DI COSTANZO
Delphine ROBERJOT-DUTHION

GESTION ET FINANCE
Nicolas BLOCH

MERCATIQUE
Stéphanie DI COSTANZO

RESSOURCES HUMAINES ET COMMUNICATION
Delphine ROBERJOT-DUTHION

SYSTÈMES D'INFORMATION ET DE GESTION
Nicolas BLOCH

DROIT-ÉCONOMIE
Bruno BONNEFOUS
Marc GÉRONIMI
David LECCIA

PHILOSOPHIE
Yohann DURAND
Nathalie NIEUVIARTS

MATHÉMATIQUES
Cédric CLIMENT
Marie-Sophie CUTTAZ
Alain VIDAL

HISTOIRE-GÉOGRAPHIE-EMC
Alain PROST

ANGLAIS
Caroline GARNIER

ESPAGNOL
Oscar TORRES VERA

hachette
ÉDUCATION

Découvre les conseils des SHERPAS pour réussir ton année !

Envie de mettre toutes les chances de ton côté pour réussir ton Bac ? Comme les guides des expéditions dans l'Himalaya, les Sherpas t'accompagnent pour gravir la montagne du lycée et son sommet, le Bac !
Sur ta route, 20 étapes pour progresser, être bien dans ta peau, avoir les bons outils et même penser à ton avenir. C'est parti !

Nos techniques magiques

1. Comment te motiver quand tu as la flemme de travailler ?
2. Les 10 commandements pour bien t'organiser
3. Comment (très) bien prendre des notes ?
4. Comment faire des fiches de révision efficaces ?
5. Maîtrise ton temps avec la méthode Pomodoro
6. Comment apprendre 3 fois plus vite ?
7. Comment devenir 1er de ta classe à coup sûr ?
8. La méthode pour faire une dissertation exceptionnelle
9. 10 conseils pour bien organiser tes révisions du bac
10. Comment ne faire qu'une bouchée du Grand Oral ?

Bien dans tes baskets

11. 8 choses que j'aurais aimé savoir à 17 ans
12. Comment prendre confiance en toi ?
13. Comment gérer ton stress le jour J ?
14. 11 habitudes qui vont changer ta vie

À mettre dans ton sac

15. Ton planning de travail [+ conseils pour t'organiser au lycée]
16. Ton planning de révision [+ conseils pour réviser le bac]
17. Calcule ta moyenne avec notre simulateur

Et après ? Ton orientation

18. Parcoursup : comment ça marche étape par étape ?
19. Nos conseils pour avoir un dossier scolaire béton
20. Pour quelles études es-tu fait ? Nos quiz d'orientation

Tu ne peux pas scanner les QRcodes ?
Tape dans ton navigateur : pxlme.me/cwOd9_ID

Sommaire

LE GRAND ORAL

LE GRAND ORAL

L'épreuve du Grand oral

1 Descriptif de l'épreuve

Grand oral
Préparation : 20 minutes
Épreuve : 20 minutes
Notation : sur 20 points
Coefficient : 14

A Les modalités de l'épreuve

- **L'épreuve du Grand oral est une des épreuves terminales du baccalauréat.** Elle vous donne l'occasion « de montrer [votre] capacité à prendre la parole en public de façon claire et convaincante » *(BO du 13 février 2020)*. Vous montrerez ainsi que vous êtes capable de **mettre les savoirs acquis au service d'une argumentation et d'une réflexion sur le parcours envisagé après le bac.**
- **Vous êtes évalué(e) par deux professeurs.** L'un d'eux représente l'enseignement de votre spécialité, l'autre votre second enseignement de spécialité ou l'un des enseignements communs.
- **Durant l'année de Terminale, vous allez formuler et préparer deux questions** prenant appui sur l'**étude approfondie** menée pendant l'année dans votre **enseignement de spécialité**.

B Le déroulé de l'épreuve

- Le jury vous interroge sur **une seule question** qu'il choisit parmi les deux que vous lui avez proposées.

Préparation (20 minutes)		Mettez en ordre vos idées, élaborez éventuellement un support de présentation sur une feuille qui vous est fournie (le support lui-même n'est pas noté).
Épreuve : 20 minutes	étape 1 **Présentation de la question (5 minutes)**	Vous devez : • justifier le choix de la question (intérêt, enjeu, mise en perspective) ; • expliquer la démarche suivie et les choix faits en termes d'outils et de méthodes ; • développer et répondre à la question. L'exposé se fait sans notes.
Épreuve : 20 minutes	étape 2 **Échange (10 minutes)**	• Le jury vous interroge pour vous conduire à préciser et à approfondir votre analyse et pour évaluer la solidité de vos connaissances et vos capacités argumentatives. • Les questions qui vous sont posées peuvent porter sur toute partie du programme du cycle terminal des enseignements de spécialité.
Épreuve : 20 minutes	étape 3 **Échange sur le projet d'orientation (5 minutes)**	• Vous expliquez en quoi la question traitée éclaire votre projet de poursuite d'études, voire votre projet professionnel. • Vous exposez les différentes étapes de la maturation de votre projet et la manière dont vous souhaitez le mener après le baccalauréat. • Le jury mesure votre capacité à conduire et exprimer une réflexion personnelle témoignant de votre curiosité intellectuelle et de votre aptitude à exprimer vos motivations.

2 Les compétences évaluées

1. **Les connaissances rattachées à l'enseignement de spécialité.** Durant l'exposé, vous devrez **mobiliser les connaissances et compétences acquises dans cette discipline**. Lors de l'échange, le jury reviendra sur les notions que vous avez convoquées afin de vérifier la solidité de vos connaissances.
2. **La capacité à argumenter.** Le jury attend des **arguments fondés sur des connaissances** et étayés par des **exemples pertinents**.
3. **La maîtrise de l'oral.** Vous devez faire preuve des **qualités d'un orateur** (élocution claire, voix posée, pertinence du lexique employé, etc.). Durant l'échange, le jury attend de vous une **qualité d'écoute** et une **attitude respectueuse** ; une **implication personnelle** ; une **réactivité aux questions**, etc.

À savoir
Lors de l'exposé, vous parlez sans notes, debout face au jury. Pour l'entretien, vous pouvez choisir d'être debout ou assis face au jury.

LE GRAND ORAL

Se préparer tout au long de l'année

1 Huit conseils pour réussir l'exposé

1. Le plus tôt possible **arrêtez le choix des deux thèmes en fonction de votre étude approfondie et de votre projet d'orientation**. Ne fixez pas encore la formulation des questions.
2. Seul(e) ou en groupe, **rassemblez, classez, analysez les informations et les données** qui vont nourrir non seulement votre exposé mais aussi les réponses aux questions du jury.
3. **Prenez le temps de réfléchir à la formulation de vos questions** tout en bâtissant le plan de vos deux exposés qui doit être cohérent et progressif.
4. **Évitez les plans décousus, les listes d'arguments ou d'exemples sans liens**. Précisez vos exemples : expérience réalisée en classe, rencontre d'un professionnel, etc.
5. **Soignez en particulier votre introduction**, vous montrerez que vous dominez les enjeux de la question et que vous avez su dégager les grandes perspectives qui y répondent.
6. **Préparez l'introduction et la conclusion ensemble**. La conclusion doit répondre à la question posée au départ.
7. Vous devez parler sans notes ! **Rédigez donc au préalable vos deux exposés** afin de disposer d'un support pour vos entraînements.
8. **Lisez à voix haute votre exposé pour en évaluer la longueur** afin de l'ajuster au temps imparti. Entraînez-vous à le présenter sans pour autant donner l'impression de le réciter.

2 Des astuces pour un entretien serein

• **Un entretien qui prolonge l'exposé.** Mettez de côté des connaissances que vous réserverez à l'entretien, de **nouveaux arguments**, des exemples que vous n'avez pas présentés. **Imaginez les questions** que le jury peut vous poser et préparez les réponses.

• **L'entretien sur votre choix d'étude.** Comme pour la première partie de l'entretien, **imaginez les questions et préparez les réponses**. Réfléchissez au **lien entre vos questions et vos perspectives d'orientation**, à la façon dont vous pouvez présenter vos choix d'étude.

Objectifs	Nos astuces
J'améliore ma diction !	• Pratiquez des exercices d'articulation. • Lisez régulièrement des textes à voix haute pour gagner en fluidité et en assurance.
Je prends confiance en moi !	• Participez davantage en classe et développez vos réponses de façon claire et précise. • Exprimez-vous lors de réunions, à table avec vos proches, sur les sujets qui vous intéressent. • Pratiquez la lecture à voix haute après avoir écouté des discours d'orateurs célèbres.
Je mets au point mon exposé !	• Lisez vos exposés à voix haute afin de voir s'ils sont adaptés au temps imparti (5 minutes). • Lisez-les avec le ton adapté, pour améliorer votre style. • Mémorisez vos exposés de façon à les restituer avec spontanéité. • Multipliez les occasions de présenter vos exposés, à vos professeurs mais aussi à vos proches. • Travaillez régulièrement en groupe et, à tour de rôle, jouez un des professeurs ou le candidat.
J'apprivoise mon image !	• Parlez devant votre miroir pour corriger vos gestes. • Enregistrez-vous, filmez-vous à plusieurs reprises pour traquer les tics de langage, les maladresses, les postures peu assurées, etc. et constater vos progrès !

LE GRAND ORAL

Bien choisir les deux questions

1 Les critères de choix

• **Chacune de vos questions devra se rattacher à votre enseignement de spécialité** (celui pour lequel le programme prévoit une étude approfondie).

Deux possibilités s'offrent donc à vous pour les questions :

1. **Vous choisissez deux sujets distincts**, chacun d'eux se rapportant à un aspect de la spécialité et de votre étude approfondie.
2. **Vous choisissez deux sujets voisins**, car vous avez un projet personnel d'études déjà bien défini et que vous préférez approfondir deux perspectives complémentaires.

> **Rappel**
> En STMG, l'étude approfondie suppose l'approfondissement d'un problème de gestion qui se pose à une organisation. Le traitement de ce problème débouche sur la réalisation d'un projet et vous permet de présenter vos deux questions au Grand oral.

• **Chacun des sujets doit prendre en compte les deux critères suivants :**

1. Éclairer un des enjeux du programme de Terminale de la spécialité.
2. S'inscrire dans une réflexion liée à votre projet d'orientation puisque, durant la seconde partie de l'entretien, vous serez amené(e) à justifier le choix de votre sujet dans le cadre de ce projet.

2 La démarche

• **Choisissez les domaines dans lesquels vos questions vont s'inscrire :**

– Quel aspect de la spécialité vous intéresse le plus ?
– Quel problème de gestion a soulevé votre étude approfondie ?
– Quelles études envisagez-vous de poursuivre l'an prochain ?
– Quel métier pensez-vous exercer ?

• **Pour éveiller la curiosité de votre jury, votre sujet doit commencer par vous intéresser vous-même :**

– Quels sont vos centres d'intérêt ?
– Quels sont vos loisirs ? Dans quelle mesure croisent-ils la spécialité que vous avez choisie ?
– À quelles causes, à quels engagements êtes-vous sensible ?

> **Rappel**
> Vous pouvez discuter du choix de vos questions avec des camarades de classe. Mais soyez prudents : ce travail en équipe ne doit pas conduire à un exposé partagé car le jury valorise une réflexion personnelle.

• **Demandez conseil à vos professeurs**, à vos amis, à votre famille. Soumettez-leur vos idées et écoutez leurs propositions. Vous pourrez affiner au fil des semaines vos problématiques et la formulation de vos questions, mais pour éviter tout stress inutile, ne revenez pas sur les thèmes choisis au départ.

Entraînement

1 **Notez trois domaines qui vous intéressent et dégagez les liens possibles avec votre spécialité et votre étude approfondie.**

2 **En deux minutes, présentez deux ou trois sujets possibles à vos amis ou à votre famille. Cherchez à les convaincre de l'intérêt de votre thème. Si vous avez du mal à défendre votre sujet, c'est sans doute qu'il ne vous convient pas vraiment.**

LE GRAND ORAL

Bien formuler les deux questions

1 Les types de question

• **Vous pouvez proposer une interrogation totale** qui vous permettra de bâtir un plan dialectique et d'adopter différents points de vue durant votre exposé.

Exemple pour un sujet de « Gestion Finance » : Une entreprise doit-elle s'endetter ?

• **Vous pouvez aussi choisir un mot interrogatif et proposer une interrogation partielle :** *en quoi*, *dans quelle mesure*, etc.

Exemple : Dans quelle mesure une entreprise doit-elle s'endetter ?

À savoir

Une **interrogation totale** admet deux réponses possibles (oui/non).

Une **interrogation partielle** peut avoir de nombreuses réponses.

2 Deux questions qui vous concernent

• Durant l'entretien vous devrez **justifier le choix de votre question en fonction de votre étude approfondie menée pendant l'année**, mais aussi en fonction de votre projet d'orientation. Le problème que vous soulevez doit donc vous concerner personnellement : une curiosité intellectuelle, une vocation professionnelle, un engagement citoyen, etc.

• **Pour formuler vos questions**, interrogez-vous sur les liens entre chacun de vos sujets et les interrogations qui sont les vôtres aujourd'hui. Vous pouvez explorer les pistes suivantes :
– Quel événement contemporain ou récent a un lien avec le domaine qui vous intéresse ?
– En quoi le sujet retenu peut-il éclairer vos réflexions, votre avenir professionnel, vos engagements ?

3 Une question bien formulée !

• Comme votre plan proposera une réponse à la question que vous aurez posée, **réfléchissez à la progression de votre exposé pour formuler de façon pertinente votre question.**

• Évitez les questions qui, appelant une démarche trop descriptive, ne vous permettront pas de bâtir une progression dynamique.

• **Privilégiez les questions larges** qui offrent des perspectives que l'entretien pourra approfondir.

• **Écartez les formulations trop ambitieuses** ; elles risqueraient de vous mettre en danger lors de l'échange avec le jury.

Entraînement

1 Parmi les qualités suivantes, surlignez celles qui caractérisent votre formulation :
– un lien avec le métier que vous aimeriez exercer ;
– une question ouverte (plusieurs pistes de réponses) ;
– une formulation grammaticalement correcte ;
– un vocabulaire clair et exact ;
– des termes percutants sans être trop racoleurs.

2 Puis examinez celles qui manquent pour améliorer la rédaction de votre interrogation.

LE GRAND ORAL

Exemples pour bien se préparer

Nous vous proposons ici des questions modèles et des exemples de traitement correspondant aux deux premières parties de l'épreuve : votre exposé de 5 minutes et l'échange avec le jury de 10 minutes. La troisième partie de l'épreuve qui consiste en un échange de 5 minutes avec le jury autour de votre projet d'orientation relève d'une préparation personnelle propre à chaque candidat.

Les questions sont classées en fonction de l'enseignement spécifique choisi par l'élève.

Par ailleurs, les questions modèles sont précédées d'une contextualisation présentant l'étude approfondie. Attention, cette contextualisation ne fait pas partie du déroulé le jour de l'examen, elle est ajoutée ici pour montrer comment le choix de l'organisation et du problème de gestion sert de point de départ à la préparation des questions du Grand oral.

1 Gestion et finance

QUESTION 1 Une entreprise doit-elle s'endetter ?

Mon étude approfondie : l'investissement en matériel dans une boulangerie afin de développer une activité « snacking ». Le projet a consisté à étudier le contexte managérial et les besoins de la boulangerie afin de bâtir un plan de financement adapté. Il a fallu ensuite déterminer la rentabilité de la nouvelle activité grâce à l'élaboration d'états prévisionnels.

Le choix d'un mode de financement m'amène à m'interroger sur l'opportunité pour une entreprise de recourir à l'endettement.

PREMIÈRE PARTIE Votre exposé 5 min

Les raisons de mon choix 1 min

- Je souhaitais approfondir le thème du financement.
- La création d'une entreprise m'intéresse dans le cadre de mon projet professionnel.

Mon développement 3 min

- L'endettement permet à l'entreprise d'être pérenne et d'assurer sa croissance. Il est alors source de performance.
- En France, les micro et petites entreprises éprouvent des difficultés à recourir à l'emprunt car les banques exigent des garanties importantes.
- Il existe d'autres sources de financement telles que le crédit-bail qui peuvent permettre à l'entreprise d'investir sans recourir à l'endettement.
- L'endettement doit respecter certains critères de solvabilité. Aujourd'hui, un certain nombre de grandes entreprises et d'entreprises publiques sont surendettées. *[Donner des exemples.]*
- Une entreprise engage sa responsabilité contractuelle en cas d'insolvabilité.
- Le recours à la dette ne doit pas pallier une mauvaise gestion et des choix stratégiques inappropriés.

Ma réponse à la question 1 min

L'endettement est un levier de croissance important, surtout quand les taux sont peu élevés, car il existe un effet de levier qui permet de rentabiliser rapidement les investissements. Cependant, le choix de l'endettement doit être mûrement réfléchi et obéir à des critères objectifs, faute de quoi ce dernier peut devenir un handicap et engendrer une baisse de la compétitivité de l'entreprise.

DEUXIÈME PARTIE Échange avec le jury 10 min

Questions possibles du jury

- L'accès au crédit bancaire est-il aussi facile pour toutes les entreprises ?
- Connaissez-vous d'autres types d'endettement que l'emprunt bancaire ?

QUESTION 2 Les modalités d'affectation du résultat satisfont-elles toujours les différentes parties prenantes de l'organisation ?

Mon étude approfondie : l'examen du projet de création d'une activité d'installation de climatisations dans une entreprise de plomberie. Après avoir étudié le contexte managérial et concurrentiel, il a fallu calculer quelle serait la hausse du résultat d'après plusieurs scénarios d'investissement.

Le calcul de la hausse du bénéfice m'amène donc à m'interroger sur les différentes possibilités quant à la répartition de ce dernier.

PREMIÈRE PARTIE Votre exposé 5 min

Les raisons de mon choix 1 min

- La problématique relative au partage de la valeur ajoutée constitue un enjeu social et est en lien avec le cours de management.
- Cette question apporte un éclairage intéressant au phénomène de « bulle financière ».

Mon développement 3 min

- L'assemblée générale des actionnaires doit arbitrer entre ses intérêts à court terme et la pérennité de l'entreprise. La loi fixe, par ailleurs, des obligations telles que la constitution d'une réserve légale.
- Il existe des dispositifs légaux qui permettent de mettre en place une participation des salariés aux bénéfices.
- La pression des marchés financiers fait souvent pencher la balance vers un mode de gouvernance actionnariale.
- Privilégier les intérêts à court terme des actionnaires encourage les phénomènes de spéculation et la création d'une bulle financière.
- Les salariés sont souvent les « oubliés » du partage du résultat et cela provoque des tensions sociales au sein des entreprises.

Ma réponse à la question 1 min

La prise en compte des intérêts légitimes de l'ensemble des parties prenantes dans le partage de la valeur ajoutée, et par conséquent du bénéfice, se heurte souvent à la pression des actionnaires et des marchés financiers. Le rôle du dirigeant est crucial car il est l'interlocuteur des différentes parties prenantes afin de dégager un compromis. On observe, cependant, ces dernières années un regain important du modèle actionnarial. Certaines entreprises, conscientes du danger d'une telle dérive, bâtissent des modèles de gouvernance différents.

DEUXIÈME PARTIE Échange avec le jury 10 min

Questions possibles du jury

- Pensez-vous que les sociétés coopératives peuvent apporter une réponse à ce problème ?
- Les intérêts des salariés sont-ils pour vous plus légitimes que ceux des actionnaires ?
- Par quels moyens les salariés peuvent-ils faire valoir leurs intérêts ?

QUESTION 3 Les outils d'analyse des coûts permettent-ils de fixer le prix d'un produit ?

Mon étude approfondie : j'ai choisi d'examiner l'opportunité d'implanter un petit espace « cafétéria » dans une station-service de centre-ville afin de développer les ventes de produits en libre-service. J'ai d'abord étudié le contexte concurrentiel et managérial de l'entreprise afin de déterminer les besoins à satisfaire ainsi que les prix à pratiquer. Le calcul du seuil de rentabilité m'a alors permis de déterminer un niveau de chiffre d'affaires minimum compte tenu de l'investissement réalisé.

La mise en place de cette nouvelle activité m'a conduit(e) à m'interroger sur l'intérêt de procéder à une analyse des coûts pour faciliter la prise de décision.

PREMIÈRE PARTIE Votre exposé — 5 min

Les raisons de mon choix — 1 min

- Je souhaite devenir contrôleur(euse) de gestion.
- Cette question m'intéresse particulièrement car elle permet de mettre en relation le contrôle de gestion, la mercatique, le management et l'économie.

Mon développement — 3 min

- Les techniques de contrôle de gestion telles que le calcul du coût complet sont utiles pour déterminer le coût de revient d'un produit et fixer un prix de vente supérieur à ce coût.
- Les entreprises de secteurs tels que l'hôtellerie ou le transport aérien et ferroviaire pratiquent le *yield management* ou le *revenue management*. Elles ne prennent pas en compte le coût de revient et effectuent une tarification grâce à des algorithmes permettant d'optimiser le coefficient de remplissage ou d'occupation. Elles peuvent parfois également fixer leurs tarifs au coût marginal après couverture des charges fixes. On parle de tarification différenciée ou en temps réel. *[Donner un exemple concret.]*
- Certaines entreprises sont amenées à supporter des pertes car elles font des anticipations de croissance des ventes et de rentabilité future grâce aux économies d'échelle réalisées. *[Donner des exemples.]*
- Des produits non rentables peuvent participer à la couverture des charges fixes communes et leur suppression ferait baisser le résultat global.
- Toutes les organisations ne fixent pas les prix ou les tarifs par rapport à leurs coûts. C'est notamment le cas des services publics ou de monopoles naturels. *[Donner des exemples.]*
- Il existe des variables de fixation du prix autres que le coût de revient qui sont liées au marché telles que la concurrence ou la demande.

Ma réponse à la question — 1 min

L'analyse des coûts engendrés par la production d'un bien ou d'un service est un élément déterminant dans la fixation du prix de vente. Cependant, le choix d'une stratégie de croissance, l'appartenance à un secteur particulier ou les contraintes du marché peuvent conduire une organisation à choisir d'autres variables de fixation du prix.

DEUXIÈME PARTIE Échange avec le jury — 10 min

Questions possibles du jury

- Quelles sont les limites de la technique des coûts complets ?
- À votre avis, pourquoi le calcul d'un seuil de rentabilité est-il bien souvent peu pertinent pour évaluer le coût d'un produit ?
- Pensez-vous que les administrations publiques ou les associations ont recours aux techniques de contrôle de gestion ?
- Peut-on dire qu'un service non marchand, tel que la délivrance d'une carte d'identité, est véritablement gratuit ?

2 Mercatique

QUESTION 1 L'ultra connexion du consommateur peut-elle avoir un impact sur la relation entre le producteur et le distributeur ?

Mon étude approfondie : la mise en place d'un site Internet afin d'élargir les circuits de distributions d'un producteur de cosmétiques bio et vegan. Le projet a consisté à étudier le contexte managérial de l'entreprise, ainsi que ses besoins, la demande et les différents circuits de distribution à disposition. Cela m'a ensuite permis de déterminer la pertinence d'un tel projet pour développer les ventes et atteindre de nouvelles cibles.

La mise en place de ce site Internet m'amène donc à m'interroger sur l'impact du développement du e-commerce et du m-commerce dans les relations entre producteurs et distributeurs.

PREMIÈRE PARTIE Votre exposé 5 min

Les raisons de mon choix 1 min

Le e-commerce et le m-commerce sont devenus des modes de distribution incontournables. J'ai souhaité en étudier l'impact sur les relations entre les producteurs et les distributeurs.

Mon développement 3 min

- **Idée :** La digitalisation des réseaux de distribution a facilité l'accès à une distribution qui permet au producteur de privilégier les canaux courts ou directs et donc d'écouler sa production en contournant la grande distribution.
- **Explications :**
  - Les grands distributeurs, par leur poids, ont depuis longtemps imposé des contraintes aux producteurs (prix, calibrage des produits, etc.).
  - L'évolution des modes de consommation a impacté les choix en matière de distribution.
  - Il existe des limites aux partenariats contractuels : l'abus de position dominante.
  - Les producteurs peuvent privilégier le canal direct avec leur propre site ou court avec le recours aux *marketplaces* (avantages/limites).
  - De nouveaux modes de distribution collaborative ont aussi favorisé une diminution de ce déséquilibre.

Ma réponse à la question 1 min

L'ultra connexion du consommateur a donné naissance à de nouveaux modes de distribution qui ont permis une réduction du déséquilibre engendré par le poids de la grande distribution mais n'a pas permis un retour à l'équilibre. Les relations sont devenues plus justes mais toujours pas équitables.

DEUXIÈME PARTIE Échange avec le jury 10 min

Questions possibles du jury

- Pouvez-vous différencier les deux types de *marketplace* existantes ?
- En quoi la distribution collaborative est-elle avantageuse pour le producteur ?
- Quels sont les outils qui favorisent des relations positives entre producteurs et distributeurs ?
- Quels liens établissez-vous entre l'évolution des modes de consommation et les relations producteurs/distributeurs ?

QUESTION 2 L'évolution très positive des nouveaux outils de communication annonce-t-elle la mort des médias traditionnels ?

Mon étude approfondie : l'étude d'un projet de différenciation par la digitalisation des supports de communication pour une agence immobilière devant faire face à une concurrence accrue sur son secteur géographique. Je me suis d'abord intéressé(e) au contexte managérial et aux besoins de l'agence. J'ai également examiné la concurrence et la demande afin de déterminer les avantages et les limites à l'utilisation de nouveaux outils et moyens de communication pour se différencier sur un secteur très concurrentiel.

Cette étude m'amène à m'interroger sur l'impact que les choix de communication ont sur les organisations.

PREMIÈRE PARTIE Votre exposé 5 min

Les raisons de mon choix 1 min

La digitalisation des médias et la multiplicité des supports numériques ont transformé, voire bouleversé, les plans de communication traditionnels. J'ai souhaité en étudier l'impact sur les choix de communication réalisés par les organisations.

Mon développement 3 min

- **Le constat en chiffres :** Augmentation des investissements publicitaires de +21,5 % de 2020 à 2021, et une réelle accélération des investissements en communication digitale. La crise du Covid a entraîné de nouvelles manières de communiquer.
- **Explications :**
  - La construction des messages, la stratégie de contenus et le choix des moyens de communication répondent aux mêmes impératifs : cohérence et efficacité.
  - L'avènement de la communication numérique pousse l'organisation à développer une communication plus individualisée et à mobiliser de nombreux outils et techniques permettant d'accompagner et de suivre le client dans son parcours et son expérience.
  - Les avantages et les risques de ces pratiques pour l'organisation. *[Donner des exemples.]*
  - Les avantages et les risques pour le consommateur : une communication mieux adaptée aux besoins et attentes. Cependant, les données à caractère personnel ne sont pas toujours bien protégées, malgré une législation en la matière. Par ailleurs, le consommateur peut se sentir manipulé.

Ma réponse à la question 1 min

Malgré une augmentation du poids des médias digitaux, il existe une complémentarité avec les médias traditionnels qui devrait endiguer le phénomène.

DEUXIÈME PARTIE Échange avec le jury 10 min

Questions possibles du jury

- Pouvez-vous expliquer l'approche POEM ?
- Quels sont les risques associés au *Earned Media* ?
- Les investissements dans les médias traditionnels évoluent-ils tous de la même manière ?
- Qu'entendez-vous par « complémentarité entre médias traditionnels et médias digitaux » ?
- Expliquez les termes ou expressions suivants : *tracking*, assistance vocale, *chatbot*, reconnaissance d'image, *shoppable media*, *inbound marketing*, etc.
- Pour une organisation, en quoi l'image véhiculée peut-elle avoir un impact sur la performance ?

QUESTION 3 Le marketing expérientiel est-il devenu un outil incontournable pour tous les distributeurs ?

Mon étude approfondie : l'examen d'un projet de développement de l'offre associée pour une agence de voyage, dans le but de se différencier de la concurrence. J'ai tout d'abord étudié le contexte managérial, les besoins et la concurrence de l'agence. J'ai ensuite utilisé le plan de marchéage pour mieux analyser les concurrents et déterminer la pertinence d'un tel projet pour la performance commerciale.

L'étude de ce projet m'a amené(e) à m'interroger sur le marketing expérientiel en tant qu'outil incontournable de différenciation et de valorisation de l'offre.

PREMIÈRE PARTIE Votre exposé 5 min

Les raisons de mon choix 1 min

- Dans un marché très concurrentiel, le marketing expérientiel est devenu un outil incontournable de différenciation et de valorisation de l'offre. J'ai souhaité en étudier l'impact sur les points de vente.
- Cette question est importante dans l'optique de mon projet professionnel car je souhaite devenir chef(fe) de secteur en grande surface.

Mon développement 3 min

- **Idée :** L'université de Rockefeller a montré que le processus d'achat impacte les capacités de souvenir et de mémorisation. L'individu mémorise 35 % de ce qu'il sent, 5 % de ce qu'il voit, 2 % de ce qu'il entend et 1 % de ce qu'il touche. L'expérience d'avant-achat est un élément important qui peut susciter l'acte d'achat ou son contraire. Le marketing expérientiel vise à la rendre mémorable et donc à susciter des ventes.
- **Explications :**
  - De nombreux outils existent tels que la théâtralisation de l'offre, le marketing sensoriel ou encore le marketing immersif. Ils incitent le consommateur à vivre une expérience unique propice à l'achat. Dans les points de vente, Lego recrée par exemple, des constructions parfois géantes dans des univers connus, comme celui de Harry Potter, grâce aux petites briques commercialisées par la marque. *[Donner un ou plusieurs exemples de marketing expérientiel.]*
  - L'impact du marketing expérientiel à court ou moyen terme permettra aux points de vente qui l'utilisent de facilité l'acte d'achat en levant les freins notamment.
  - À long terme, le marketing expérientiel renforce l'image de marque et la rend plus positive. Il permet également de fidéliser la clientèle en créant une identité et un lien authentique.
  - Cependant, il peut être difficile à mettre en place : taille de l'espace de vente (petites surfaces), nature des produits vendus (activité),

Ma réponse à la question 1 min

Les distributeurs doivent miser sur le marketing expérientiel pour se différencier des points de vente concurrents, accroître leur trafic, susciter l'acte d'achat et faire vivre une expérience unique aux consommateurs. Ce concept commercial est positif sur court, moyen et long terme. Cependant, il est difficile à mettre en place dans certains espaces de vente.

DEUXIÈME PARTIE Échange avec le jury 10 min

Questions possibles du jury

- Pouvez-vous lister les limites du marketing immersif ?
- Pourquoi l'expérience d'avant-achat est-elle si importante ?
- À votre avis, de quels autres outils disposent les distributeurs pour rendre l'expérience d'avant-achat mémorable ?

3 Ressources humaines et communication

QUESTION 1 De quelles manières une organisation peut-elle répondre à ses besoins en compétences ?

Mon étude approfondie : l'étude d'une entreprise de rénovation de bâtiments en pleine expansion dans laquelle les dirigeants ont recruté des salariés de différents corps de métiers. Afin de répondre aux demandes des clients, cette entreprise a, parfois, des besoins en main-d'œuvre très spécifiques (tailleurs de pierres, des ferronniers d'arts, etc.).

Cette situation m'a amené(e) à envisager les différentes possibilités pour une entreprise de détenir de manière ponctuelle des compétences en vue de répondre aux besoins de ses clients.

PREMIÈRE PARTIE Votre exposé 5 min

Les raisons de mon choix 1 min

- De prime abord, il semblerait que les organisations puissent répondre à leurs besoins en compétences par le biais du recrutement de salariés.
- J'ai souhaité montrer, qu'aujourd'hui, les organisations peuvent également répondre à leurs besoins en compétences en faisant appel à d'autres formes de relations de travail.

Mon développement 3 min

- Le constat en chiffres : près de 89 % des actifs sont salariés (tous contrats de travail confondus).
- Les avantages et inconvénients pour l'organisation des différents contrats de travail. *[Donner des exemples.]*
- Les autres formes possibles d'apports en compétences pour l'organisation : le portage salarial et le statut d'auto-entrepreneur.
- Le Code du travail protège les salariés en évitant la multiplication des CDD.
- Les avantages et les inconvénients pour les organisations et pour les apporteurs de compétences. *[Donner des exemples.]*

Ma réponse à la question 1 min

Il n'existe pas de situation idéale, les organisations peuvent utiliser différentes formes de travail pour répondre à leurs besoins en compétences en tenant compte de l'environnement dans lequel elles évoluent.

DEUXIÈME PARTIE Échange avec le jury 10 min

Questions possibles du jury

- Pouvez-vous nous donner des exemples concrets qui permettent de répondre aux besoins en compétences des organisations par le biais des auto-entrepreneurs ?
- Expliquez la notion de portage salarial.
- Les performances des organisations peuvent-elles être amoindries par l'apport de compétences extérieures ?

QUESTION 2 En quoi les conditions de travail et la performance de l'organisation sont-elles liées ?

Mon étude approfondie : l'examen d'une chocolaterie familiale qui a connu une croissance de 40 % au cours des dix dernières années. Dans cette organisation, les salariés sont consultés régulièrement et le PDG a pour habitude de venir au sein des laboratoires afin d'échanger avec ses équipes. Par ailleurs, les salariés bénéficient d'un cadre de travail agréable avec un lieu de restauration collective, une salle de repos, des espaces extérieurs, des horaires aménagés lorsque cela est possible, etc.

Cette étude m'a amené(e) à m'interroger sur l'impact des conditions de travail dans la performance des entreprises et, également, à envisager la manière dont ces dernières peuvent être incitées à améliorer ces conditions.

PREMIÈRE PARTIE Votre exposé 5 min

Les raisons de mon choix 1 min

- Les performances de l'organisation sont souvent associées au chiffre d'affaires réalisé.
- Il est important, dans ce cadre, de s'intéresser aux conditions de travail car elles influencent cette performance.

Mon développement 3 min

- Définition des conditions de travail et des enjeux pour l'organisation et pour les salariés.
- Impacts des conditions de travail sur la motivation des salariés (indicateurs).
- Les conditions de travail s'inscrivent dans la démarche de qualité de vie au travail et donc de Responsabilité sociale des entreprises (RSE) qui influencent la motivation des salariés.
- Le 22 mai 2019, la loi PACTE (plan d'action pour la croissance et la transformation des entreprises) a été promulguée, ce qui renforce l'importance de la mise en place d'actions de la RSE au sein des entreprises.

Ma réponse à la question 1 min

Un salarié motivé sera impliqué dans la vie de l'organisation et soucieux des résultats de cette dernière. Plus l'implication des salariés est importante, plus ils seront motivés, ce qui influencera les performances de l'organisation. Par ailleurs, à l'heure des réseaux sociaux, l'image de l'organisation peut se trouver ternie si les conditions de travail sont mauvaises.

DEUXIÈME PARTIE Échange avec le jury 10 min

Questions possibles du jury

- Pouvez-vous s'il vous plaît nous donner des exemples d'organisations qui auraient pu connaître des situations dans lesquelles les conditions de travail ont influencé de manière négative la performance de l'organisation ?
- En quoi la mauvaise image d'une organisation peut-elle influencer ses performances ?

4 Systèmes d'information de gestion (SIG)

QUESTION 1 Le *cloud* permet-il l'apparition de nouvelles formes de travail et de nouveaux métiers ?

Mon étude approfondie : l'analyse des processus de gestion et du système d'information d'une entreprise de gestion de biens immobiliers afin de formuler des propositions d'externalisation sur le *cloud*. Cela a d'abord nécessité une étude du contexte managérial de l'entreprise.

L'évolution du système d'information m'amène à m'interroger sur les apports de l'infonuagique (*cloud*) en matière de travail et de développement d'activités pour les entreprises.

PREMIÈRE PARTIE Votre exposé 5 min

Les raisons de mon choix 1 min

- L'informatique en nuage est toujours plus présente dans notre vie quotidienne.
- Cette question m'intéresse dans le cadre de mon orientation professionnelle.

Mon développement 3 min

- Le *cloud* favorise le travail collaboratif au sein des organisations. Il permet de mettre en œuvre une démarche de projet efficace grâce à des outils adaptés tels que les agendas partagés, les applications de communication collaborative, etc.
- Le *cloud* est une opportunité pour le développement du télétravail car il permet d'externaliser le stockage et le traitement des données.
- Les entreprises peuvent vouloir exploiter les possibilités offertes par le *cloud* dans le but de confier une partie de leur activité à des partenaires indépendants extérieurs. Cette transformation du contrat de travail traditionnel en un contrat de prestation de services peut engendrer de la précarité.
- L'infonuagique (*cloud*) a permis l'apparition ou l'essor de nouvelles entreprises spécialisées dans le partage de ressources tel que l'autopartage.
- De nouveaux métiers sont nés tels que l'architecte *cloud* (*cloud architect*), le spécialiste en science des données (*data scientist*) et bien d'autres.

Ma réponse à la question 1 min

Les nouvelles formes de travail et nouveaux métiers liés au *cloud* ne se limitent pas au travail à distance. Ils s'inscrivent dans la révolution numérique entamée dès les années 1980. Il faut, cependant, garder à l'esprit que l'informatique en nuage ne doit pas consister en une déshumanisation des relations de travail mais faciliter ces dernières. De surcroît, il convient d'être conscient des risques de l'externalisation du traitement des données sur le Web.

DEUXIÈME PARTIE Échange avec le jury 10 min

Questions possibles du jury

- Quels sont les risques liés au *cloud* que vous avez identifiés ?
- Pensez-vous que l'essor du *cloud* s'accompagne toujours d'un progrès social ?

QUESTION 2 L'intelligence artificielle permet-elle d'accroître la performance des organisations ?

Mon étude approfondie : l'étude de l'activité et des processus d'une entreprise qui commercialise des produits de beauté sur le net. J'ai, dans un premier temps, analysé le contexte managérial de l'entreprise. Il a ensuite fallu élaborer un arbre de décision comme support de l'algorithme du *chatbot* destiné aux visiteurs du site.

La mise au point d'un agent conversationnel m'a amené(e) à m'interroger sur les apports de l'intelligence artificielle.

PREMIÈRE PARTIE Votre exposé 5 min

Les raisons de mon choix 1 min

- C'est un sujet d'actualité dont on a beaucoup parlé ces dernières années (exemple : avec les voitures autonomes).
- Je souhaite explorer tous les champs d'application de cette technologie.

Mon développement 3 min

- L'intelligence artificielle permet un gain de productivité car elle automatise les activités à faible valeur ajoutée. Les *chatbots* (agents conversationnels) sont, par exemple, utiles pour répondre aux interrogations simples.
- De nouvelles activités apparaissent grâce au développement de l'intelligence artificielle. La reconnaissance faciale et vocale permet par exemple aux magasins de recommander des produits aux clients.
- L'intelligence artificielle peut également apporter un surcroît d'efficacité aux activités existantes sans pour autant remplacer l'intervention humaine comme c'est le cas dans le domaine médical avec les robots assistants chirurgiens.
- Les dommages causés à la suite d'actions commandées par intelligence artificielle posent le problème de la responsabilité juridique. Le parlement européen souhaite que des règles européennes soient adoptées en la matière.
- De grandes masses de données peuvent être traitées par l'intelligence artificielle à des fins d'analyses prédictives. Les laboratoires médicaux sont ainsi capables de développer de nouvelles molécules grâce aux algorithmes prédictifs.

Ma réponse à la question 1 min

L'intelligence artificielle permet des avancées remarquables dans de très nombreux domaines, donc elle accroît d'une certaine manière la performance des organisations. Les organisations peuvent, en effet, l'utiliser pour améliorer le service rendu aux clients, aux usagers, aux patients. Cependant, elle ne peut pas se substituer à l'activité humaine dans les circonstances qui exigent une capacité de discernement importante.

DEUXIÈME PARTIE Échange avec le jury 10 min

Questions possibles du jury

- Pensez-vous que l'intelligence artificielle puisse engendrer du chômage ?
- À votre avis, l'intelligence artificielle peut-elle nuire aux libertés individuelles ?

Management, sciences de gestion et numérique

COMPRENDRE EN VIDÉO Retrouvez tous nos tutos vidéos sur notre chaîne YouTube « Objectif BAC Hachette ».

Présentation des épreuves du Bac

1 L'épreuve écrite

A Le principe

• L'épreuve prend appui sur les programmes de management et de sciences de gestion et numérique de la classe de première et sur la partie « enseignement commun » du programme de management, sciences de gestion et numérique de la classe de terminale.

> **Épreuve écrite**
> **Durée :** 4 heures
> **Coefficient :** 16

• Le sujet qui vous est remis se présente sous la forme de **plusieurs dossiers composés de documents accompagnés de questions portant sur un ou plusieurs des thèmes abordés dans les programmes** sur lesquels porte l'épreuve.

B Les objectifs

• L'épreuve vise à évaluer votre capacité à **analyser une ou plusieurs situations liées au fonctionnement et au management d'une ou plusieurs organisations réelles**, c'est-à-dire :
– exploiter une documentation concernant ces organisations ;
– caractériser les situations managériales et/ou de gestion proposées ;
– proposer, présenter et justifier une solution ;
– mettre en œuvre les méthodes, techniques et outils appropriés ;
– montrer l'intérêt et les limites des méthodes, techniques et outils employés.

> **L'épreuve est notée sur 20 points.**

C Les conseils pour réussir l'épreuve

• Tenez compte du barème présenté qui est représentatif du temps qui doit être consacré au traitement des questions.

• Regroupez les documents se trouvant en annexes par question à traiter.

• Après avoir lu une question, surlignez directement les éléments utiles à la réponse dans le document concerné afin de ne pas avoir à le relire plusieurs fois.

• Tenez compte du verbe introduisant la question pour déterminer la nature de la réponse à fournir :
– définir/identifier → la connaissance des notions de cours ;
– décrire/expliquer → la compréhension et l'illustration des notions ;
– analyser/comparer/calculer → l'application des méthodes et l'analyse des résultats ;
– proposer/concevoir/créer → la synthèse de vos idées ;
– comparer/sélectionner → l'évaluation de vos propositions.

• Évitez d'adopter un style rédactionnel exhaustif sauf si cela est expressément demandé. Privilégiez :
– les phrases synthétiques ;
– les énumérations pour des argumentations du type « donnez plusieurs raisons qui… » ;
– les tableaux si vous devez présenter un calcul ou pour une argumentation du type « avantages/inconvénients ».

• **Justifiez les réponses que vous apportez en vous appuyant sur les notions de cours** et **en les reliant à la situation présentée dans les documents**.

> **Exemple**
> Il s'agit d'une **motivation hédoniste** qui consiste à se faire plaisir ; en effet, **les clients achètent de plus en plus de plats préparés haut de gamme**…

2 L'épreuve orale de contrôle (rattrapage)

A Les objectifs et principe

> **Oral de contrôle**
> **Préparation :** 40 minutes
> **Durée de l'épreuve :** 20 minutes

• L'épreuve orale de contrôle poursuit les mêmes objectifs que l'épreuve écrite.

• Pendant le temps de préparation, vous disposez d'**un sujet proposant un questionnement construit à partir d'une situation liée au fonctionnement et au management d'une ou plusieurs organisations réelles**, et portant sur les programmes de management et de sciences de gestion et numérique de la classe de première, et de l'enseignement commun du programme de management, sciences de gestion et numérique de la classe de terminale.

• **Vous disposez de 10 minutes pour présenter les réponses aux questions posées** dans le sujet ; **puis pendant 10 minutes, l'examinateur vous demande d'expliciter, d'approfondir et de justifier vos réponses.**

• L'examinateur est un professeur ayant en charge l'enseignement de management et/ou de sciences de gestion et numérique de la classe de première et/ou de management, sciences de gestion et numérique de la classe de terminale.

B Les conseils pour réussir l'épreuve

• Vous disposez d'un mini-sujet ressemblant à celui de l'étude de cas écrite. Vous devez donc appliquer les mêmes méthodes.

• Cependant, le temps accordé au traitement des questions est assez limité.

• Notez vos éléments de réponses sur le brouillon qui vous est fourni.

• Évitez de rédiger les réponses car il s'agit d'une épreuve orale.

1 La démarche marketing

L'organisation choisit les biens et services qu'elle va produire en fonction de sa finalité et de sa stratégie. Que sa finalité soit lucrative ou non, l'organisation devra mettre en place une **démarche marketing** (ou mercatique). Cette dernière est une approche centrée sur le marché, qui comporte une double dimension, stratégique et opérationnelle. Elle est mise en place pour que l'organisation reste en permanence à l'écoute de son marché et de ses évolutions, afin d'y adapter de manière continue son offre.

1 Les étapes de la démarche marketing

A La démarche marketing en schéma

étape 1 Analyses externe et interne

Analyse externe

Étude de marché : analyse de l'offre, de la demande et de l'environnement.

Analyse interne

Diagnostic interne : analyse des forces et des faiblesses de l'entreprise.

étape 2 Fixation des choix stratégiques

Grâce aux analyses précédentes, définition :
- des **objectifs** visés ;
- du **positionnement** souhaité ;
- de la **cible** à atteindre.

étape 3 Mise en place du plan de marchéage

- Construction de l'offre ;
- étude des prix ;
- analyse et choix du ou des modes de distribution ;
- analyse et choix des moyens de communication à mettre en place.

étape 4 Vérification des résultats obtenus en les comparant avec ceux préalablement fixés

B Explications des étapes

- **Le marketing stratégique**

– Le marketing stratégique est une étape primordiale puisqu'il consiste à **déterminer le ou les avantage(s) concurrentiel(s) détenu(s) par l'organisation**.

– étape 1 Les analyses du marché sont possibles grâce à une veille informationnelle permanente. En interne, les différentes ressources et compétences seront étudiées afin de mettre en évidence les forces et les faiblesses de l'organisation par rapport à ses ressources matérielles, financières, immatérielles, technologiques et humaines (**diagnostic interne**).

– étape 2 Les analyses externes et internes permettront de confirmer précisément l'avantage concurrentiel, de définir les objectifs à atteindre, la cible choisie et le positionnement. Ces choix devront être cohérents avec les opportunités du marché ainsi qu'avec les forces et faiblesses de l'organisation.

- **Le marketing opérationnel ou plan de marchéage (4P)**

– étape 3 Le plan de marchéage combine donc quatre variables aussi appelées **les 4P : l'offre (*Product*), le prix (*Price*), la distribution (*Place*) et la communication (*Promotion*)**. Pour chacune des variables, une politique est déterminée. Ces politiques doivent être cohérentes entre elles, ainsi qu'avec les objectifs, la cible choisie et le positionnement.

– étape 4 Un contrôle des résultats obtenus est réalisé sur la base d'indicateurs de performance pertinents préalablement définis. Une vérification de l'efficacité des politiques de produit, de prix, de communication et de distribution sera effectuée. Des actions correctrices pourront éventuellement être mises en place si les objectifs ne sont pas atteints. Dans ce cas, il sera également nécessaire d'en rechercher les causes.

– Cette démarche marketing peut s'appliquer à tous les secteurs marchands mais aussi non marchands comme pour les organisations de la société civile ou encore aux organisations, établissements et entreprises publiques.

2 Les approches marketing

A L'approche marketing réactive

- L'organisation a **identifié un besoin déjà exprimé** sur le marché ; la concurrence est déjà présente. Le besoin est donc déjà plus ou moins bien satisfait.

Exemple : Michel et Augustin se sont lancés dans la fabrication de cookies alors que de nombreuses marques étaient déjà présentes sur le marché des biscuits.

B L'approche marketing anticipatrice

- L'organisation **détecte un besoin latent** (le besoin existe mais n'est pas encore clairement exprimé). Elle va mettre en place des actions afin de favoriser son développement.

Exemple : Le lancement des capsules Nespresso sur le marché du café en 1986.

C L'approche marketing créative

- L'organisation **innove radicalement** dans son offre et crée un nouveau besoin.

Exemple : La création du premier ordinateur personnel dans les années 1970 alors que personne n'en voyait encore l'utilité.

Zoom

Les approches marketing anticipatrice et créative dépendent de la capacité d'innovation de l'organisation. Elles donnent un avantage concurrentiel à l'entreprise mais génèrent des coûts importants et peuvent occasionner une longue mise en place, sans succès garanti.

D L'approche marketing médiatrice

- L'organisation **implique** de manière implicite ou explicite **les clients ou usagers** dans la création de l'offre.

Exemple : Danette fait voter ses clients *via* son site Internet et les réseaux sociaux pour déterminer les nouvelles saveurs de ses crèmes dessert.

2 Le recueil et le traitement de l'information dans l'organisation

La mercatique place le consommateur au centre de son action avec comme objectif de répondre à ses besoins et de le satisfaire pleinement. Mais l'apparition constante de nouveaux produits et de nouveaux marchés et l'augmentation continue des offres proposées aux clients peuvent à tout moment remettre cette place en question. C'est pourquoi une analyse continue est nécessaire. Pour connaître le consommateur ou l'usager, prévoir son comportement et anticiper ses demandes, l'entreprise doit utiliser un certain nombre d'outils afin de recenser et traiter les informations essentielles.

1 L'étude de marché

- **L'étude de marché est la première étape de la démarche marketing**. Elle consiste à **collecter et analyser des informations afin d'identifier les principales caractéristiques du marché.**
- Elle porte sur :
  - **l'offre** : elle est composée de l'ensemble des concurrents présents sur un marché, des produits qu'ils proposent et des moyens de distributions utilisés ;
  - **la demande** : son étude est effectuée d'un point de vue **quantitatif** (en volume et en valeur, etc.) et qualitatif (les attentes, les besoins, etc.) ;
  - **l'environnement** : il doit être étudié à deux niveaux :
    - **le micro-environnement** est composé des partenaires et parties prenantes de l'entreprise comme les clients, les fournisseurs, les banques, les concurrents, etc. ;
    - **le macro-environnement** correspond aux influences à l'œuvre dans la société dans laquelle se situent les différents acteurs. Il comprend des facteurs politiques, économiques, sociologiques, technologiques, environnementaux et légaux (PESTEL).

2 La recherche d'information et la veille marketing

A La recherche d'information en schéma

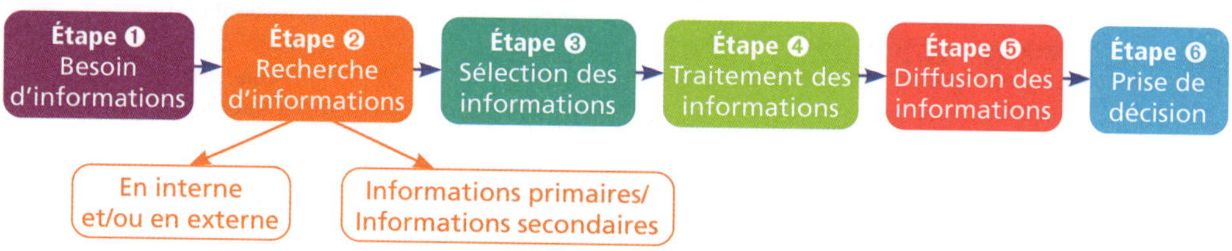

- **Les informations primaires** sont des informations qui **n'existent pas** ou ne sont pas accessibles. L'organisation devra mettre en place des outils qui permettront de les collecter, sélectionner, traiter afin de minimiser le risque dans la prise de décision. L'outil le plus utilisé est l'enquête par questionnaire, qui permet de rassembler des informations ayant un caractère quantitatif. Lorsque l'organisation a besoin d'informations qualitatives, elle utilise la technique des entretiens ou de l'observation.
- **Les informations secondaires** sont des informations qui **existent et qui sont accessibles.** Il faut donc les rechercher, les sélectionner, les collecter et les traiter. La collecte peut se faire en externe – *via* Internet –, dans des revues, etc.

Exemple : Pour réaliser une synthèse, une recherche sur un moteur de recherche permettra d'obtenir de très nombreux résultats. Il sera alors nécessaire de collecter les documents intéressants. Ensuite, l'information contenue dans la synthèse sera sélectionnée et retravaillée (traitement).

• Pour qu'une information soit de qualité, elle doit posséder un certain nombre de critères :
- **actualité** : une information obsolète peut induire en erreur ;
- **pertinence** : elle doit répondre à la recherche réalisée ;
- **fiabilité** : elle doit être issue de sources fiables et vérifiées ;
- **objectivité** : une information doit être neutre.

• Les informations peuvent être collectées :
- **en interne** : ce sont des informations internes. On distingue également les informations internes **primaires** (enquête sur les conditions de travail, entretien annuel avec un salarié, etc.), des informations internes **secondaires** (fichiers clients, chiffres d'affaires, résultats, etc.) ;
- **en externe** : ce sont des informations externes. On distingue également les informations externes **primaires** (enquêtes de satisfaction, enquêtes de notoriété, relevés des prix de la concurrence, etc.) des informations externes **secondaires** (données sur les performances des concurrents, statistiques de l'INSEE, etc.).

B La veille marketing et le système d'information marketing (SIM)

• Le système d'information marketing a pour objet de rechercher, collecter, sélectionner, traiter et stocker des informations sur l'offre, la demande et l'environnement de l'entreprise et de les diffuser auprès des acteurs de l'organisation en fonction de leurs besoins pour faciliter et limiter les risques dans la prise de décision.

• L'organisation utilise différents outils numériques de recueil et de traitement de l'information et peut également avoir recours au *big data* afin de mettre en place une veille marketing. Cette dernière a pour but de collecter des informations stratégiques afin d'anticiper les évolutions du marché et de permettre des innovations.

Focus

Le ***big data***, aussi nommé « mégadonnées », permet de stocker un ensemble très volumineux de données. Il est très utile dans la recherche, le partage et le stockage lorsque ces derniers ne sont pas envisageables avec des outils traditionnels (outils de gestion de bases de données). Il peut également être utilisé pour récupérer et analyser des données de navigation sur Internet.

Exemple : Netflix recueille les données de navigation et peut ainsi proposer une sélection de programmes ultra-personnalisés.

Testez-vous !

Corrigé p. 76

1 Identifiez à quelles composantes de l'étude de marché ces conclusions font référence :

a) Les clients de l'entreprise sont satisfaits.
b) La concurrence est nombreuse sur ce marché.
c) Les Français sont devenus très attentifs à l'impact de leur consommation sur l'environnement.

2 Caractérisez les informations suivantes (interne/externe et primaire/secondaire).

a) Enquête de satisfaction des usagers d'une ligne de tramway.
b) Entretien avec un salarié pour effectuer un bilan de compétences.
c) Recherche sur Internet pour effectuer une veille sur l'environnement légal.
d) Recherche des demandes de congés payés effectuées l'année précédente.

3 La création de valeur

La valeur sociale ou financière créée par une organisation dépend de sa capacité à répondre aux besoins des clients ou des usagers. Les entreprises à but lucratif doivent créer suffisamment de valeur afin qu'il reste un profit alors que les organisations à but non lucratif (associations, administrations) cherchent avant tout à dégager la valeur indispensable à leur équilibre budgétaire.

1 La valeur créée par l'entreprise

• **Elle est mesurable et correspond à la valeur ajoutée dégagée au cours de l'activité.** Cet indicateur se calcule à partir du **compte de résultat**.

Exemple **Extrait du compte de résultat**

CHARGES	Montant (en €)	PRODUITS	Montant (en €)
Charges d'exploitation		**Produits d'exploitation**	
Achats de marchandises	140 000	Ventes de marchandises	242 200
Variation de stocks	- 35 000	Production vendue	0
Autres achats	3 050	**Chiffre d'affaires (sous-total)**	**242 200**
Services extérieurs	68 500		
Impôts et taxes	3 100	Indemnités et subventions	0
Charges de personnel	24 000	Autres produits	20 000
Dotations aux amortissements et provisions	50 500		
Total charges d'exploitation	**254 150**	**Total produits d'exploitation**	**262 200**
…	…	…	…
TOTAL	**262 635**	**TOTAL**	**262 635**

• **Les consommations intermédiaires** concernent tous les achats mais également les autres charges externes (services extérieurs), c'est-à-dire les charges en provenance de tiers telles que les loyers.

Valeur ajoutée (VA) = chiffre d'affaires – consommations intermédiaires

Exemple (suite) VA = 242 200 – (140 000 – 35 000 + 3 050 + 68 500) = 65 650 €

2 La valeur créée et l'investissement

• Une partie de la valeur ajoutée est utilisée pour financer de nouveaux investissements. Ces derniers figurent au bilan dans la rubrique des **actifs immobilisés**.

• L'investissement permet d'assurer la pérennité de l'entreprise.

3 La valeur créée par les organisations à but non lucratif

• **Les organisations publiques et les organisations privées** de la société civile (associations, etc.) participent à la création de valeur sociale, plus difficilement quantifiable que la valeur ajoutée mesurable dans le compte de résultat.

4 Le financement de l'investissement et de l'exploitation

L'entreprise doit effectuer des choix entre tous les moyens de financement qui sont à sa disposition en fonction de sa stratégie, de sa situation financière et de son environnement.

1 Les modalités de financement

		Modalité	Descriptif
Internes		Apports personnels des associés en compte courant	L'entreprise emprunte une somme aux associés moyennant le paiement d'un intérêt.
Internes	Fonds propres	Autofinancement	Une partie de la valeur ajoutée est utilisée pour financer les investissements.
Externes	Fonds propres	Augmentation de capital	L'entreprise se procure des fonds auprès d'actionnaires ou d'associés en émettant de nouveaux titres (actions ou parts sociales).
Externes		Emprunt	L'entreprise a recours aux établissements de crédit (banques).
Externes		Crédit-bail	L'entreprise, qui ne souhaite pas emprunter, peut louer des matériels (en disposant d'une option d'achat).
Externes		Subventions	L'État ou les collectivités territoriales participent au financement des entreprises.
Externes		Financement participatif (*crowdfunding*)	L'essor d'Internet donne l'opportunité de faire appel au public et de lui permettre d'investir dans de jeunes entreprises en contrepartie d'un retour sur investissement.

2 Les besoins de financement

A Le financement des investissements

• **L'entreprise**, pour produire, **doit financer l'acquisition des immobilisations** qui sont des actifs matériels et immatériels conservés durablement.

> **Définition**
> **Immobilisation :** actif, matériel ou non, conservé durablement dans l'entreprise.

Exemples : Les matériels et installations (actifs matériels), les brevets (actifs immatériels).

• Il existe également **les actifs financiers** tels que les participations dans d'autres entreprises.

B Le financement de l'exploitation

• **L'entreprise doit également financer des besoins** qui apparaissent lors du cycle d'exploitation.

• Ce dernier représente le processus de production depuis les achats jusqu'aux ventes. Il faut, dans ce cadre, principalement financer :
– les stocks ;
– les délais de paiement accordés aux clients (créances clients).

3 L'analyse fonctionnelle du bilan

• **Le bilan fonctionnel est le document comptable qui permet d'estimer les besoins de financement.**

• Il peut être présenté sous une forme condensée et permet de calculer des indicateurs visant à évaluer la santé financière de l'entreprise.

Exemple **Présentation et analyse d'un bilan fonctionnel condensé**

Actif (emplois)	Montant (en €)	Passif (ressources)	Montant (en €)
Actif immobilisé (stable)		**Passif stable**	
Valeur des immobilisations	1 500	Fonds propres (capital, etc.) + dettes financières (emprunts)	1 764
		financent	
Actif circulant hors trésorerie Valeur des stocks et des créances	300	**Passif circulant hors trésorerie** Dettes fournisseurs/fiscales/sociales Autres dettes	**143**
	sont financés		
Trésorerie active Disponibilités (en banque et caisse)	123	**Trésorerie passive** Découvert bancaire	16
TOTAL	**1 923**	**TOTAL**	**1 923**

• **Analyse du financement des investissements :** le passif stable doit financer l'actif immobilisé. S'il subsiste encore des ressources **après financement**, il y a alors un **fonds de roulement net global positif (FRNG)** qui servira à financer l'exploitation.

FRNG = passif stable – actif stable

• **Analyse du financement de l'exploitation :** le passif circulant (hors trésorerie) doit financer l'actif circulant (hors trésorerie), mais souvent ce n'est pas suffisant. **Il subsiste alors un besoin** appelé **besoin en fonds de roulement (BFR)** qui sera financé par le FRNG.

BFR = actif circulant hors trésorerie – passif circulant hors trésorerie

• **Analyse de la trésorerie nette :** le FRNG finance le BFR. Après financement, **s'il reste encore une ressource de financement**, elle se trouve en **trésorerie nette (TN)** positive, sinon il y a une trésorerie nette négative.

TN = FRNG – BFR

• On peut constater la trésorerie nette dans le bilan : **trésorerie active – trésorerie passive.**

4 Les ressources tangibles et intangibles

• **En management**, le terme « ressource » est utilisé indifféremment pour désigner tous les éléments concourant à la production, qu'il s'agisse de ressources ou d'emplois au sens financier (dans le bilan fonctionnel).

Ressources tangibles	• Les ressources physiques (équipements et matériels de l'entreprise, stocks vendus ou transformés). • Les ressources humaines qui sont indispensables. • Les ressources financières provenant de la valeur ajoutée dégagée par l'entreprise (autofinancement). • Les ressources financières externes.
Ressources intangibles	• Les ressources technologiques (brevets, logiciels, etc.). • Les ressources organisationnelles. • Les ressources mercatiques.

5 Les ressources humaines

Pour produire ses biens et services, l'organisation s'appuie, entre autres, sur des ressources humaines. Les ressources humaines doivent détenir des qualifications et des compétences afin de pouvoir apporter satisfaction et performance à l'organisation.
L'organisation met en place une démarche de gestion prévisionnelle des emplois et des compétences (GPEC) dans le but de recruter les personnes qui détiennent ces qualifications et compétences.

1 La gestion prévisionnelle des emplois et des compétences

• **La gestion prévisionnelle des emplois et des compétences (GPEC) est une démarche qui permet à l'organisation d'anticiper ses besoins en ressources humaines de manière qualitative et quantitative** (compétences et emplois) et d'adapter sa gestion des ressources humaines afin que les conditions d'atteinte des objectifs soient réunies.

• La GPEC prend en compte la situation actuelle de l'organisation en termes de RH et également la stratégie mise en place par cette dernière.

La démarche de GPEC

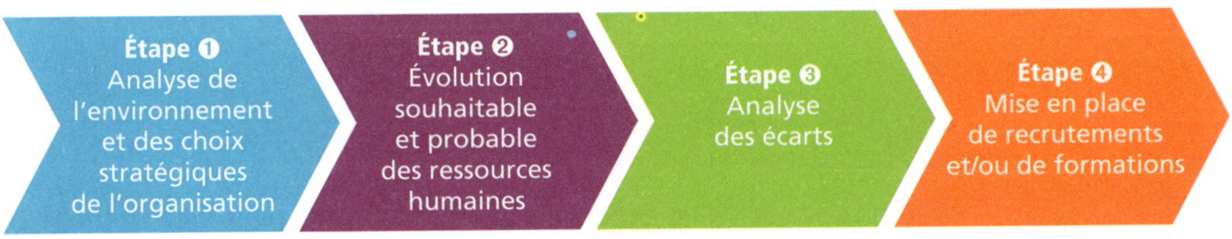

étape 1 Analyse de l'environnement et des choix stratégiques de l'organisation

Il s'agit, au cours de cette étape, d'**analyser l'environnement, le contexte politique, économique, social, technologique, écologique, légal, culturel, et les choix stratégiques de l'organisation** en prenant en compte sa situation actuelle.

étape 2 Évolution souhaitable et probable des ressources humaines

Dans cette étape, l'organisation **réfléchit aux compétences et qualifications qu'elle doit et pense pouvoir détenir pour atteindre ses objectifs**. Elle prend également en compte les pertes éventuelles de compétences liées aux éventuels départs prévisibles (**ex. :** départs à la retraite).

étape 3 Analyse des écarts

En comparant les attentes de l'organisation et l'existant, l'organisation obtient des écarts en termes de ressources humaines, que ce soit au niveau quantitatif ou qualitatif.

étape 4 Mise en place de recrutements et/ou de formations

En fonction des écarts obtenus, **l'organisation met en place des sessions de recrutements** qui permettent de répondre de manière quantitative et qualitative aux besoins **et des sessions de formations** pour répondre qualitativement aux besoins, le cas échéant.

2 Les besoins de recrutement

• **Le recrutement répond quantitativement aux besoins de l'organisation mais aussi qualitativement** puisque l'arrivée de nouveaux salariés permet à l'organisation de détenir des compétences supplémentaires.

• **Un recrutement est une décision importante dans la vie de l'organisation qui revêt plusieurs enjeux.**

Les enjeux économiques	Le recrutement représente un coût pour l'organisation (recherche du candidat, entretien, accueil, intégration, formation éventuelle). Il est donc nécessaire que ce recrutement soit le plus durable possible.
Les enjeux sociaux	L'arrivée de nouveaux salariés dans l'organisation peut influencer positivement ou négativement le climat social. Il est donc important de veiller à la cohésion des équipes en place en dialoguant et expliquant les recrutements.
Les enjeux juridiques	Le choix du contrat est un élément important pour l'organisation qui engage la réussite du recrutement. En effet, en fonction du contrat choisi, le salarié peut être plus ou moins impliqué ; si le recrutement s'avère être un échec et que l'organisation doit procéder à un licenciement, cela occasionnera, par ailleurs, des démarches juridiques importantes – ce qui montre bien que le choix et la bonne formation du contrat sont importants.

• Le recrutement peut être effectué **en interne** (l'emploi à pourvoir est proposé à un salarié déjà en poste dans l'organisation) **ou en externe** (cela consiste à recruter des candidats externes à l'organisation).

• Les organisations ont à leur disposition **différentes formes juridiques pour redéfinir la relation de travail**. Ces formes innovantes de la relation de travail (télétravail, espace de travail partagé, etc.) sont accompagnées par les nouvelles technologies.

3 Les besoins de formation

• Afin de pouvoir répondre aux besoins en compétences, l'organisation peut faire le choix de former les salariés.

• Elle peut alors opter pour une **formation en interne** (elle assure elle-même la formation des membres de l'organisation) **ou en externe** (elle fait appel à un prestataire extérieur). La formation peut également être individuelle ou collective en fonction des besoins de l'organisation.

• **Les objectifs de la formation sont de pouvoir adapter et développer les compétences des salariés pour favoriser leur adaptation à l'évolution des emplois**, les nouvelles technologies étant notamment de plus en plus présentes dans les organisations. Les actions de formation permettent également aux salariés d'acquérir une qualification plus élevée et des compétences nouvelles.

Testez-vous !

Corrigé p. 76

1 Le terme GPEC signifie :

a) Garantie préventive des emplois et des compétences

b) Gestion préventive des emplois et des compétences

c) Gestion prévisionnelle des emplois et des compétences

2 Quels enjeux les recrutements représentent-ils ?

6 Les choix de production

Avant de déterminer précisément les modes de production à utiliser, les organisations doivent s'interroger sur leurs choix stratégiques en matière de production. Les méthodes de production devront être plus ou moins flexibles en fonction de l'instabilité de l'environnement et permettre l'adaptation de l'offre aux besoins et à de nouvelles méthodes de distribution pour accroître la performance.

1 Les modes de production

A L'innovation de procédés

- Avant de déterminer les modes de production à utiliser, les organisations doivent s'interroger sur leurs **capacités à innover** dans leurs procédés de fabrication. L'innovation de procédés consiste à apporter des améliorations pour obtenir la meilleure combinaison productive possible.

Exemple : Les caisses automatiques mises en place dans de nombreux magasins ont permis de fluidifier les files d'attente.

- L'innovation de procédés peut aussi porter sur de **nouvelles méthodes de distribution**.

Exemple : Amazon propose un suivi très détaillé et précis de la commande grâce à une localisation par GPS du livreur. Cela permet au client, *via* l'application ou le site Internet, de savoir précisément quand son colis sera livré.

- L'innovation aura pour but d'apporter un **avantage concurrentiel** à l'organisation. De plus, les méthodes de production seront plus flexibles, ce qui permettra à l'organisation de mieux adapter son offre aux besoins des consommateurs et aux évolutions de l'environnement afin d'**accroître sa performance**.

B La production de biens

- La production de biens doit être cohérente avec la finalité et les objectifs stratégiques de l'organisation. On distingue **quatre modes de production**, choisis en fonction des quantités produites et de la nature du bien.
  - **La production à l'unité** : elle consiste à fabriquer un seul produit, très souvent à la suite d'une demande de la part du client. Ce mode de production permet à l'organisation de répondre aux demandes clients et de diminuer les stocks.

Exemples : Le prototype de la voiture volante Zapata, une robe faite sur mesure, un Airbus.

  - **En série** : elle consiste à fabriquer un produit identique dans une petite (petite série) ou grande (grande série) quantité.

Exemples
- **Petite série :** Bentley a proposé une petite série (10 unités produites) de voitures de luxe ultra-personnalisables pouvant atteindre chacune 1 million d'euros.
- **Grande série :** la Peugeot 208 nécessite 27 heures pour être produite. Avec un peu plus de 285 000 véhicules produits, elle a été la citadine la plus vendue en France, en 2018.

– **En continu** : elle consiste à produire de manière ininterrompue (24h/24h et 7j/7). Ce mode de production est adapté en fonction de la nature du produit et des contraintes techniques, notamment lorsque l'arrêt des machines serait trop coûteux.

Exemple : Dans les raffineries de pétrole, la production se fait en continu.

– **En discontinu** : elle consiste à produire de manière intermittente ou par cycle. Ce mode de production est adapté à des produits très variés ou fabriqués en faible quantité.

Exemple : Dans la fabrication des pâtes alimentaires, il est nécessaire d'adapter l'outil de production à la mise en forme. La production se fera alors en discontinu pour permettre cette adaptation et produire ainsi différents types de pâtes avec la même recette de base (coquillettes, spaghettis, etc.).

C La production de services

• La production de services présente des particularités. En effet, le service ne peut être stocké et est intangible. De plus, le client participe, plus ou moins, à sa production.

Exemple : L'utilisation des bornes de commande dans de nombreux *fastfoods*.

D Le *workflow* (l'automatisation des flux d'informations et de travaux)

• Le *workflow* est la modélisation et la gestion informatique des tâches à réaliser ainsi que des différents acteurs concernés par le processus de production. Les tâches concernées sont souvent répétitives. Le *workflow* permet une régularité de la qualité dans les processus et les produits normalisés.

Exemple : La production de hamburgers dans l'enseigne McDonald's fonctionne selon ce principe. L'employé applique des procédés afin que le produit soit identique quel que soit le restaurant, et que les règles de sécurité soient respectées.

2 Le pilotage de la production et la logistique

A Les modes de pilotage de la production et la gestion de la chaîne logistique (*supply chain management*)

• Afin de piloter sa production, l'entreprise a le choix entre **deux modes de pilotage de la production** :

– **flux tendus** : la production est déclenchée par des demandes effectives de clients. C'est donc la commande qui déclenche le processus de production. Ce mode de pilotage vise à limiter au maximum les stocks ;

Exemple : Tous les objets à personnaliser lors de la commande tels que les tabliers de cuisine, les tapis de souris, etc., sont produits à la demande du client.

– **flux poussés** : la production est effectuée en fonction d'une prévision des ventes. En fonction de cette prévision, les produits sont stockés puis seront vendus.

Exemple : Les jouets vendus chaque année pour Noël ont été produits plusieurs mois auparavant.

B La logistique

- La logistique vise à optimiser de façon continue tous les processus de la chaîne d'approvisionnement et de distribution.

Processus schématisé de la chaîne d'approvisionnement et de distribution

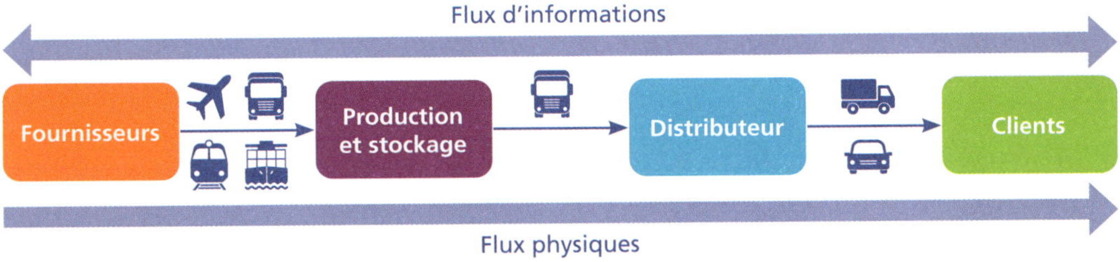

- Les flux physiques portent sur les matières premières et les produits finis. Les flux d'informations portent sur la commande, les retours clients, etc.

3 Le *business model*

- Le *business model* est un concept formalisé dans un **document synthétique** qui décrit la situation d'une entreprise sur un marché afin de mettre en évidence **la manière dont elle pourra générer des profits**.
- **C'est un outil essentiel puisqu'il est l'élément clé du *business plan*.** Il permet de **mettre en évidence le fonctionnement de l'entreprise, ses activités, son positionnement (par rapport à ses concurrents), ses objectifs et les ressources dont elle dispose**.

Exemple : Le *business model* le plus utilisé est CANVAS.

<table>
<tr><td rowspan="2">Partenaires clés</td><td>Activités clés</td><td rowspan="2">Proposition de valeur</td><td>Relations clients</td><td rowspan="2">Segments clients</td></tr>
<tr><td>Ressources clés</td><td>Canaux</td></tr>
<tr><td colspan="3">Structure des coûts</td><td colspan="2">Sources de revenus</td></tr>
</table>

- Un changement du *business model* constitue une innovation.

Testez-vous !

Corrigé p. 76

1 Repérez les modes de production et de pilotage de la production dans les exemples suivants :
a) un avion Airbus produit à la suite d'une commande.
b) des stylos quatre couleurs produits en grand nombre pour la rentrée des classes.
c) des baskets ultra-personnalisables avec des dessins uniques.

2 Indiquez si ces affirmations sont vraies ou fausses.

	Vrai	Faux
a) La production à l'unité est une production en série où chaque produit est fabriqué un par un.	☐	☐
b) L'innovation de procédés permet d'acquérir ou de conserver un avantage concurrentiel.	☐	☐
c) Les flux poussés nécessitent une bonne prévision des ventes.	☐	☐

7 L'importance de la qualité

La qualité est un enjeu majeur de la production. Elle peut constituer un avantage concurrentiel et constitue donc un élément important de différenciation au regard de la concurrence.

1 La qualité

A Définition

• **La qualité est la capacité d'un bien ou d'un service à satisfaire pleinement les besoins du consommateur ou de l'usager.**

B Le contrôle

• Toute organisation doit mettre en place un suivi de la qualité afin de s'assurer de son maintien.

• Ce contrôle peut porter sur la production, la gestion des ressources humaines ou encore sur la qualité externe.

• Il existe de **très nombreux indicateurs permettant d'évaluer la qualité** ; ils seront choisis en fonction du type de produits (biens ou services).

C L'attestation de qualité

• **Des normes et des labels existent pour attester de la qualité.**

– Une **norme** constitue un cadre de référence établi entre professionnels et utilisateurs qui devra être respecté afin de pouvoir attester la qualité d'un bien ou d'un service. Il existe de nombreux organismes de certification comme ISO au niveau international et Afnor (association française de normalisation) au niveau national.

– Un **label** est une marque collective matérialisée par un signe qui atteste la prise en compte de certaines normes dans la conception, la fabrication et la distribution d'un produit. Un label permet d'attester la qualité du produit et constitue un élément de différenciation par rapport à la concurrence. Les labels publics sont gérés par des organismes publics et confèrent de la crédibilité aux valeurs attribuées au produit.

> **Focus**
> Les labels privés ne sont pas toujours garants de la qualité, ils sont très controversés car ils constituent souvent un élément marketing.

Exemple : Le label AB (Agriculture Biologique) est géré par le ministère de l'agriculture.

2 L'amélioration de la qualité

• Des efforts continus pour maintenir et améliorer la qualité des biens ou des services devront être effectués grâce à la **mise en place d'un processus d'amélioration continue de la qualité**. Ceci permettra à l'entreprise de conserver un avantage concurrentiel lié à la qualité.

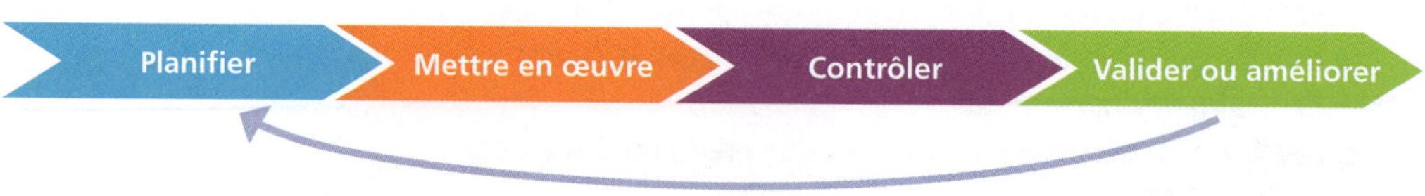

- Ce processus passe par la **recherche permanente d'améliorations** qui permettra à l'organisation de proposer des biens et des services de qualité.
- La mise en œuvre passe par l'élaboration d'un cahier des charges et de procédures précis.

> **Exemple :** Dans les restaurants McDonald's, les steaks hachés sont cuits à une température de 69 °C minimum pour assurer une sécurité alimentaire optimale et conserver les qualités gustatives de la viande.

- Des indicateurs préalablement fixés permettront ensuite de contrôler le niveau de qualité exigé sur l'ensemble du processus.
- Des procédures d'amélioration seront mises en place, si nécessaire.

3 La qualité dans les organisations publiques

A Les enjeux de la qualité dans les organisations publiques

- Les organisations publiques ont pour finalité la production de services publics afin d'assurer une mission de service public. Dans ce cadre, elles doivent **assurer un service de qualité** afin de répondre aux besoins précis des usagers. Les organisations publiques ont pour objectifs d'améliorer le service rendu, d'assurer le bon accès de tous aux services publics et de renforcer le lien de confiance entre usagers et administration.

B Les éléments de la qualité

- Pour répondre aux enjeux de qualité qu'elle s'est fixée, l'organisation publique doit proposer un service public qui repose :
  - sur la **qualité de l'information** véhiculée au public : l'information doit répondre précisément à la demande de l'usager ;
  - sur la **personnalisation des relations** entre l'usager et l'agent : le service doit être adapté à la diversité et à la complexité des situations individuelles ;
  - sur la **simplification des démarches et formalités administratives** : le numérique a permis une plus grande efficacité en la matière et de simplifier certaines démarches administratives.

> **Exemple :** Les services en ligne permettent d'effectuer des demandes sans se déplacer 7j/7 et 24h/24, comme la prise de rendez-vous pour enlever des encombrants (canapé, lit, etc.) dans certaines villes.

- **La réduction des délais** : c'est un axe important de la qualité du service public puisque les organisations privées peuvent être pénalisées par l'importance des délais imposés par les organisations publiques, ce qui les rendra moins performantes.

Testez-vous !

Corrigé p. 76

Déterminez si ces affirmations sont vraies ou fausses.

	Vrai	Faux
1 La qualité est un élément de différenciation vis-à-vis de la concurrence.	☐	☐
2 Les services publics prennent en compte les besoins des usagers pour mettre en place un service de qualité.	☐	☐
3 Les normes et les labels sont toujours synonymes de qualité.	☐	☐
4 Des indicateurs quantitatifs peuvent être utilisés pour contrôler la qualité.	☐	☐

8 La méthode des coûts complets

Cette méthode permet de déterminer le coût de revient d'un produit ou d'un service vendu et donc le bénéfice ou la perte (résultat analytique) de l'entreprise, si on connaît le prix de vente. Elle lui apporte un supplément d'information stratégique pour atteindre ses objectifs de performance.

1 Schéma de production d'une entreprise de fabrication

Enchaînement de 5 étapes : approvisionnement – stockage – production – stockage – vente

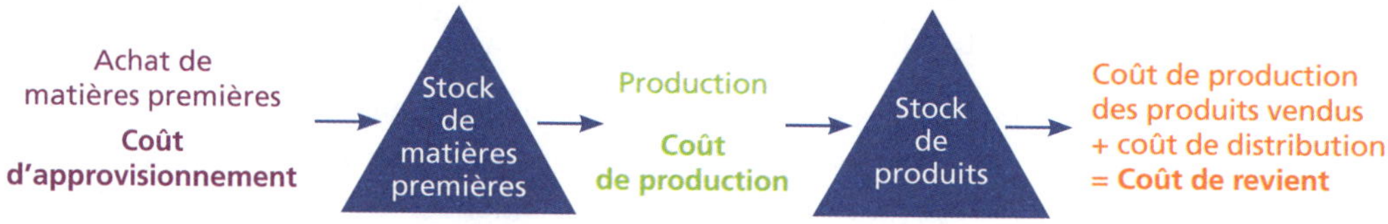

- **Chaque étape donne lieu au calcul d'un coût.**
- **Chaque coût** est composé de **charges directes** et de **charges indirectes**.
- **Les charges directes (CD) sont des coûts qui peuvent être imputés (affectés) directement au produit.**
- **Les charges indirectes (CI) sont communes à l'ensemble de l'activité de l'entreprise.** Pour déterminer la partie qui sera affectée à un produit et à une activité donnés, on utilise un **tableau de répartition des charges indirectes**.

2 Le tableau de répartition des charges indirectes

COMPRENDRE EN VIDÉO *Le traitement des charges indirectes*

Exemple

Une entreprise produit des paires de chaussettes. Elle souhaite connaître leur coût de revient.

Centres d'analyse	Approvisionnement	Production	Distribution
Totaux après répartition secondaire	24 300	440 000	69 720
Nature des UO ou assiette de frais	1 kg de polyamide acheté	1 heure de MOD (main-d'œuvre directe)	1 euro de vente
Nombre d'UO ou assiette de frais	25 000	20 000	950 000
Coût de l'UO ou taux de frais	0,97 €	22,00 €	0,07 €

- **L'unité d'œuvre (UO) est l'unité de référence choisie** pour calculer le montant des charges indirectes pour chaque coût. On parle également d'**assiette de frais** quand l'UO est exprimée en euros.
- **La nature de l'unité d'œuvre** correspond à l'élément **qui représente le mieux l'activité du centre d'analyse**.
- **Le coût de l'unité d'œuvre** est calculé en divisant le total par le nombre d'unités d'œuvre.

Remarque

Les centres d'analyse correspondent à des fonctions ou étapes principales du cycle d'exploitation et permettent de répartir les charges indirectes sur chaque coût à calculer : approvisionnement, production, distribution, etc.

3 Le coût d'approvisionnement et le stockage

COMPRENDRE EN VIDÉO *Le coût unitaire moyen pondéré*

Exemple (suite) Stock de polyamide avant l'achat : 15 000 € pour 5 000 kg.
Achats : 25 000 kg de polyamide à 2,00 € le kilo.

étape 1 Calcul du coût d'approvisionnement du polyamide

Éléments	Quantité	Prix unitaire (en €)	Montant (en €)
Prix d'achat (CD)	25 000	2,00	50 000
Centre appro. (CI)	25 000	0,97	24 250
Coût d'appro.	**25 000 kg**	$\frac{74\,250}{25\,000}$ **= 2,97**	**74 250**

Pour connaître les charges indirectes d'approvisionnement, il faut lire le **tableau de répartition des charges indirectes**
→ 1 kg acheté engendre 0,97 € de charges indirectes.

étape 2 Coût du stock

Stock après l'achat :
Valeur : 15 000 + 74 250 = 89 250
Quantité : 5 000 + 25 000 = 30 000
Coût unitaire moyen pondéré (valeur de 1 kg) :
$\frac{89\,250}{30\,000}$ = **2,98**.

4 Le coût de production et le stockage

Exemple (suite) La fabrication de 80 000 paires de chaussettes nécessite 8 000 kg de polyamide et 12 000 heures de main-d'œuvre à 15 € de l'heure. Il y avait déjà en stock 6 000 paires pour 31 200 €.

étape 3 Coût de production des paires de chaussettes

Éléments	Quantité	Prix unitaire (en €)	Montant (en €)
Polyamide (CD) MOD (CD)	8 000 12 000	2,98 15,00	23 840 180 000
Centre production (CI)	12 000	22,00	264 000
Coût de production	**80 000 paires**	$\frac{467\,840}{80\,000}$ **= 5,85**	**467 840**

Tableau des charges indirectes
→ 1 heure de MOD engendre 22 € de charges indirectes.

étape 4 Coût du stock de chaussettes

Coût unitaire moyen pondéré :
$\frac{31\,200 + 467\,840}{6\,000 + 80\,000}$
= 5,80 € la paire.

5 Le coût de revient

Exemple (suite) 83 000 paires sont prélevées du stock pour être vendues au prix de 6,90 € la paire. Le chiffre d'affaires s'élève à 83 000 × 6,90 = 572 700 €.

étape 5 Calcul du coût de revient

Éléments	Quantité	Prix unitaire (en €)	Montant (en €)
Coût (en stock) des produits vendus (CD)	83 000	5,80	481 400
Centre distribution (CI)	572 700	0,07	40 089
Coût de revient	**83 000**	$\frac{521\,489}{83\,000}$ **= 6,28**	**521 489**

Tableau des charges indirectes
→ 1 € de chiffre d'affaires engendre 0,07 € de charges indirectes.

L'entreprise réalise ici un bénéfice unitaire de 6,90 – 6,28, soit 0,62 € par paire, et un bénéfice total de 572 700 – 521 489, soit 51 211 € pour les 83 000 paires vendues.

9 Les coûts partiels

Le système de coûts partiels pose la question de la rentabilité globale de l'organisation, compte tenu du fait qu'une partie des charges est considérée comme fixe, alors que la méthode des coûts complets (→ Fiche 8, p. 36) s'intéresse au coût de revient, donc à la rentabilité d'un produit. Les coûts partiels permettent de déterminer le seuil de rentabilité, c'est-à-dire le point où l'entreprise commence à réaliser des bénéfices.

1 Le calcul des coûts partiels

• **La méthode des coûts partiels suit les mêmes règles et méthodes de calcul que celle des coûts spécifiques** (→ Fiche 10, p. 39).

• **En revanche, elle concerne l'ensemble de l'activité sans distinguer les marges par produits.**

Exemple

• Une entreprise de services à la personne réalise un chiffre d'affaires de 1 200 000 €. Ses charges variables totales s'élèvent à 850 000 € et ses charges fixes à 120 000 €. Une prestation de service est vendue en moyenne 12 € HT.

Compte de résultat par variabilité des charges (ou différentiel)

Élément	En euros	En % du CA
Chiffre d'affaires (CA)	1 200 000	100 %
– Charges ou coûts variables (CV)	850 000	70,83 %
= Marge sur coûts variables (MCV)	350 000	29,17 %
– Charges ou coûts fixes (CF)	120 000	
= Résultat	230 000	

Le taux de marge sur coûts variables correspond à la marge sur coûts variables exprimée en % du chiffre d'affaires.

• **Seuil de rentabilité en valeur = charges fixes/taux de marge sur coûts variables**
= 120 000/29,17 % = 120 000/0,2917 = 411 381,56 €

• **Seuil de rentabilité en volume = seuil de rentabilité en valeur/prix de vente unitaire moyen**
= 411 381,56/12 = 34 281,8, soit 34 281 prestations de services.

2 L'impact d'une commande supplémentaire

• On cherche à connaître l'incidence d'une commande supplémentaire sur le résultat.

• Toute commande supplémentaire (par rapport aux prévisions) augmente le résultat. Les charges fixes sont déjà financées. **Chaque produit vendu en plus engendre un coût supplémentaire équivalent à son coût variable unitaire.**

CV unitaire = charges variables totales/quantité vendue

Exemple (suite)

• 850 000/100 000 = 8,50 €. Chaque prestation supplémentaire coûte 8,50 €.

• Le résultat augmentera pour chaque prestation supplémentaire vendue du montant suivant :

prix de vente – coût variable unitaire

10 La méthode des coûts spécifiques

La méthode des coûts spécifiques permet de juger de la rentabilité d'un bien (ou d'un service) donné grâce à l'évaluation de la marge que sa vente dégage. Cette dernière devra contribuer à couvrir les charges qui sont communes à l'ensemble des produits proposés par l'entreprise.

1 La marge sur coûts variables

- **Le calcul de la marge sur coûts variables** est la première étape :

Marge sur coûts variables (MCV) = chiffre d'affaires HT – coûts variables HT

Exemple

L'entreprise Alpha fabrique deux types de chaussettes : en coton et en fil d'Écosse.

Coût HT pour une paire	Coton	Fil d'Écosse
Approvisionnement	0,62	0,82
Production	0,15	0,20
Distribution	0,10	0,10

Chiffre d'affaires	Coton	Fil d'Écosse
Quantités vendues	10 000 paires	6 500 paires
Prix de vente HT	3,20 la paire	4,20 la paire

Définition

Charges variables : coûts variables, c'est-à-dire dont le montant total est proportionnel aux quantités produites et vendues.

Calcul de la MCV	Coton	Fil d'Écosse
Chiffre d'affaires	10 000 × 3,20 = 32 000 €	6 500 × 4,20 = 27 300 €
Coûts variables	10 000 × (0,62 + 0,15 + 0,10) = 8 700 €	6 500 × (0,82 + 0,20 + 0,10) = 7 280 €
Marge sur coûts variables	32 000 – 8 700 = 23 300 €	27 300 – 7 280 = 20 020 €

2 La marge sur coûts spécifiques

- Les frais (ou coûts) fixes ne sont pas variables car leur montant total ne varie pas proportionnellement aux quantités vendues. Une partie d'entre eux peut, cependant, être répartie sur les produits vendus : ce sont **les coûts fixes spécifiques**.

Marge sur coûts spécifiques (MCS) = marge sur coûts variables – coûts spécifiques

Exemple (suite)

Les frais fixes (de structure) de l'entreprise pour ces deux produits s'élèvent à 45 000 €. **60 % des frais de structure sont des frais spécifiques** que l'on peut imputer à hauteur de 52 % aux chaussettes en coton et de 48 % aux chaussettes en fil d'Écosse.

Montant des frais spécifiques : 45 000 × 60 % = 27 000 € (il reste donc 45 000 – 27 000 = 18 000 € de **charges fixes communes** qui ne peuvent pas être réparties).

Calcul de la MCS	Coton	Fil d'Écosse
Marge sur coûts variables	23 300 €	20 020 €
Coûts spécifiques : 27 000 €	52 % × 27 000 = 14 040 €	48 % × 27 000 = 12 960 €
Marge sur coûts spécifiques	23 300 – 14 040 = 9 260 €	20 020 – 12 960 = 7 060 €

• **Une marge sur coûts spécifiques** négative doit conduire l'entreprise à remettre en cause la vente du produit.

3 Le résultat

• **Les marges sur coûts spécifiques** doivent permettre de couvrir les charges fixes communes qui n'ont pas été réparties : **Résultat = somme des MCS – charges fixes communes**

Exemple (suite)

Calcul du résultat	Coton	Fil d'Écosse
Marge sur coûts spécifiques	9 260 €	7 060 €
Charges fixes communes	18 000 €	
Résultat	– 1 680 €	

Ici, l'entreprise réalise une perte sur l'ensemble de sa production.

4 L'analyse du résultat

• **Le taux de marge sur coût variable** représente la part (en %) du chiffre d'affaires qui permettra de couvrir les coûts fixes.

• **Le taux de couverture des charges fixes communes** représente la capacité d'un produit donné à participer au financement des charges fixes communes.

Exemple (suite)

Calcul des indicateurs	Coton	Fil d'Écosse
Taux de marge sur coût variable : $\frac{\text{MCV}}{\text{CA}}$	$\frac{23\ 300}{32\ 000}$ = 0,7281, soit **72,81 %**	$\frac{20\ 020}{27\ 300}$ = 0,7333, soit **73,33 %**
Taux de couverture des charges fixes communes : $\frac{\text{MCS}}{\text{CFC}}$	$\frac{9\ 260}{18\ 000}$ = 0,5144, soit **51,44 %**	$\frac{7\ 060}{18\ 000}$ = 0,3922, soit **39,22 %**

L'entreprise réussit à dégager une marge sur coût variable positive pour chacun des produits vendus. Cependant, **la marge sur coûts spécifiques n'est pas suffisante pour réaliser un bénéfice.**

Les paires en fil d'Écosse représentent $\frac{27\ 300}{32\ 000 + 27\ 300}$ = 0,4603, soit 46,03 % du chiffre d'affaires total, et contribue seulement pour 39,22 % à la couverture des charges fixes communes.

Pistes d'amélioration :

- réévaluer le prix de vente de la paire en fil d'Écosse en tenant compte de la contrainte de la concurrence ;
- réduire les coûts (approvisionnement/production/distribution) pour augmenter la marge sur coûts variables ;
- diminuer le montant des coûts fixes.

5 Intérêts et limites de la méthode des coûts spécifiques

• **La méthode des coûts spécifiques** permet de **mesurer la contribution de chaque produit à la formation du bénéfice (ou de la perte)** afin de prendre des décisions de gestion.

• Son efficacité dépend cependant d'une analyse fine et approfondie des charges fixes afin de déterminer la partie spécifique.

11 Le coût marginal

Le calcul du coût marginal permet d'estimer par différence le coût de la dernière unité produite. Il permet d'en déduire la recette supplémentaire perçue pour toute commande supplémentaire.

1 Le calcul du coût marginal

• Il permet de mettre en évidence l'impact sur les charges et le résultat d'une commande supplémentaire.

Exemple

- Une entreprise de services à la personne réalise un chiffre d'affaires de 1 200 000 €. Ses charges variables totales s'élèvent à 850 000 € et ses charges fixes à 120 000 €.
- Une prestation de service est vendue en moyenne 12 € HT. Après une nouvelle commande de 20 000 unités, les charges fixes s'élèvent à 150 000 € et les charges variables à 977 500 €.

Élément	Avant la nouvelle commande	Après la nouvelle commande	Élément	Différence
Chiffre d'affaires	1 200 000	1 440 000	Recette marginale	220 000
Coûts variables	850 000	977 500	Coût variable marginal	127 500
Coûts fixes	120 000	150 000	Coût fixe marginal	30 000
Total des charges	970 000	1 127 500	Coût marginal	157 500
Résultat	230 000	312 500	Résultat marginal	82 500

- **Coût marginal unitaire = coût marginal/nombre supplémentaire de produits vendus.**
- Coût marginal unitaire = 157 500/20 000 = 7,88 €.

2 L'intérêt de la méthode

• **Cette méthode peut permettre de mettre en place une politique de tarification** tenant compte du niveau de la production. Le prix de vente peut varier en fonction du niveau d'activité à condition de maintenir une recette marginale supérieure au coût marginal.

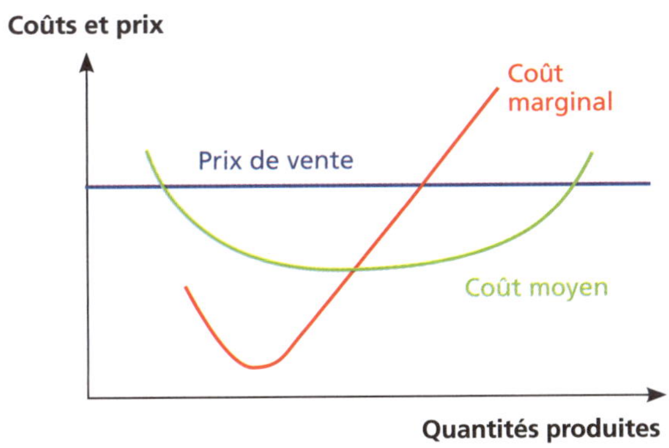

• Au-delà d'un certain niveau de production, le coût marginal est une fonction croissante du niveau de production.

– Quand il dépasse le coût moyen, le bénéfice supplémentaire pour chaque unité vendue commence à diminuer.

– Quand il dépasse le prix de vente, chaque unité vendue supplémentaire engendre une perte.

12 Les transformations digitales

Les entreprises et les autres types d'organisations mettent à profit les possibilités offertes par la digitalisation afin d'accroître leurs performances.

1 La dématérialisation et ses impacts

A La gestion électronique des documents (GED)

• **La GED consiste à gérer l'information dématérialisée au sein d'une organisation.** Cette dernière doit, pour cela, se doter d'un système d'information performant.

B L'accès à l'information

Pour l'organisation	Pour le client/l'usager
Elle peut collecter les informations plus rapidement et facilement sur l'environnement, les clients, etc. afin d'**adapter son offre de biens et de services**.	Il peut bénéficier d'une **information immédiate en temps réel** sans avoir à se déplacer, principalement grâce à Internet.

C Le travail collaboratif

• **Les échanges professionnels** sont facilités au sein des organisations.

• **La dématérialisation** permet de **favoriser les interactions** grâce à de nombreux systèmes, logiciels et plateformes.

2 L'automatisation des processus

• **La digitalisation** permet l'automatisation des processus et accroît l'efficience de l'organisation car la saisie des données n'est effectuée qu'une seule fois.

• **L'automatisation** des tâches fastidieuses et répétitives permet aux salariés de se concentrer sur des missions plus valorisantes.

3 Les avantages procurés par la digitalisation

• Les avantages sont multiples :
– **des économies matérielles et financières** : moins de papier et moins de dépenses ;
– **une accélération des flux d'information et des capacités d'analyse accrues** ;
– **une meilleure traçabilité et moins de risques d'erreurs**.

Testez-vous !

Corrigé p. 76

Indiquez si chacune des affirmations est vraie ou fausse.

	Vrai	Faux
1 La dématérialisation est la conséquence de la digitalisation.	☐	☐
2 Les échanges professionnels sont aujourd'hui majoritairement numériques.	☐	☐

13 Le flux de travaux (*workflow*)

Le flux de travaux est une représentation, sous la forme d'un flux, d'un enchaînement d'opérations à réaliser dans le cadre d'un processus, métier ou autre. Les opérations peuvent être manuelles ou informatisées.

1 Le *workflow*

- Un *workflow* est représenté sous la forme d'un **diagramme de flux**.

Exemple de *workflow*

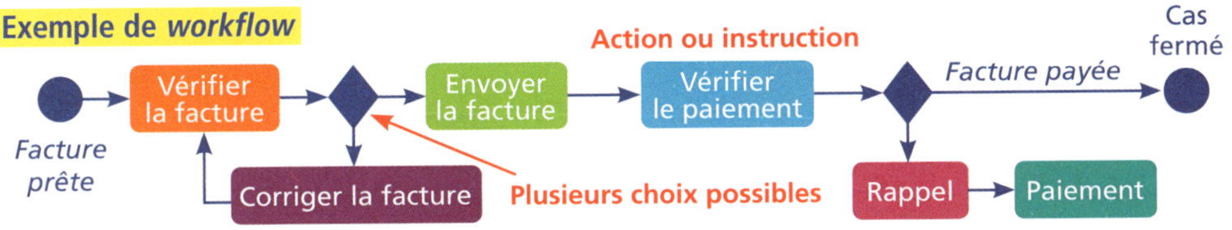

2 Le rôle des logiciels

Les progiciels de gestion intégrés (PGI)	Les systèmes de gestion de *workflow*
Les progiciels de gestion intégrés gèrent les flux de travaux grâce à une base de données unique et des modules dédiés aux fonctions de l'entreprise.	Ce sont des logiciels spécialisés que l'on peut paramétrer en fonction des caractéristiques et des besoins spécifiques de l'entreprise.

Exemple : Le module commercial du PGI va transmettre au module comptable les factures dématérialisées et effectuer la mise à jour des comptes des clients.

3 Les types de flux de travaux

- ***Workflow* de production** : il représente les étapes du processus de production.
- ***Workflow* administratif** : il concerne la circulation des documents administratifs.
- ***Workflows ad hoc* et collaboratif** : ils décrivent les modalités et procédures en matière de travail collaboratif.

Remarque

Les flux de travaux peuvent concerner des projets ponctuels ou des activités habituelles de l'organisation.

Testez-vous !

Corrigé p. 76

1 Un flux de travaux est un regroupement d'activités.

☐ Vrai ☐ Faux

2 Un flux de travaux permet :

a) de favoriser le travail collaboratif.
b) de dématérialiser l'information.
c) de gérer les plannings des équipes.

14 L'informatique en nuage

Beaucoup d'entreprises ont recours à des prestataires de services pour abriter ou gérer leurs données sur des serveurs distants.

1 L'informatique en nuage (*cloud computing*)

• L'informatique en nuage consiste à utiliser des serveurs à distance (sur Internet) pour stocker, gérer des données ou utiliser des logiciels.

• On distingue le *cloud* privé du *cloud* public. La prestation de service fait alors l'objet d'une **externalisation**.

– ***Cloud* privé :** l'infrastructure est dédiée à une seule organisation qui bénéficie de son exclusivité ;

– ***Cloud* public :** les données ou logiciels sont abrités sur une infrastructure commune (serveurs) à plusieurs organisations. Les serveurs sont mutualisés.

> **Définition**
>
> **Serveur :** système informatique qui délivre des services tels que le stockage de données, l'utilisation d'applications par un ou plusieurs clients, etc.

2 Les solutions informatiques

• Les prestataires (hébergeurs) offrent des solutions d'hébergement à des degrés divers : de la simple infrastructure (IaaS : *Infrastructure as a Service*) aux solutions logicielles (SaaS : *Software as a Service*).

Exemple : Office 365 est une suite bureautique en ligne de type SaaS.

3 Les avantages et les risques de l'externalisation sur le *cloud*

Avantages	Risques
• La prise en charge des services par un spécialiste qui possède une expertise. • La capacité de configurer et maintenir à distance les matériels et logiciels. • La possibilité pour l'entreprise de se concentrer sur son métier.	• Un problème éventuel de continuité du service : le fournisseur de services peut cesser son activité ou ne pas être en capacité suffisante au regard de son nombre de clients. • Un problème de confidentialité des données (vols ou fuites de données) dans les centres de stockage des données (**ferme de données ou *data center***).

• L'impact écologique des fermes de données est important. Elles contribuent au réchauffement climatique du fait de leur consommation énergétique élevée.

Testez-vous !

Corrigé p. 76

1 Le *cloud* public propose des données en libre accès au public.

☐ Vrai ☐ Faux

2 L'informatique en nuage permet :

a) de délocaliser son système d'information.

b) de résoudre les problèmes de sécurité informatique.

c) d'accéder plus facilement aux données.

15 Les objets connectés et l'intelligence artificielle

Un objet connecté a pour particularité d'être relié à Internet et de transmettre et recevoir des informations avec un serveur à distance. L'intelligence artificielle (IA) regroupe l'ensemble des technologies capables de simuler l'intelligence et le raisonnement d'un être humain.

1 Les objets connectés

• **Les objets connectés** sont présents dans tous les domaines.

Exemples : Montre connectée, caméra connectée, enceinte connectée.

> **À savoir**
> ***IdO* :** Internet des objets (**IoT** : *Internet of Things*).

• **Les entreprises peuvent collecter de nombreuses données** partagées par les utilisateurs. Ces données sont ainsi susceptibles d'être analysées et, par la suite, de faire l'objet d'exploitations notamment commerciales, industrielles, voire militaires.

Avantages et risques pour les utilisateurs

Avantages	Risques
• L'apport de services supplémentaires. • La détection d'anomalies grâce à l'envoi d'alertes.	• La collecte d'informations sensibles. • Le non-respect du règlement général sur la protection des données (RGPD).

Exemple : Les patchs de santé connectés mesurent la tension artérielle et transmettent les données à un logiciel d'analyse.

2 L'intelligence artificielle

A Le principe

Exemples : Les véhicules autonomes, les robots qui assistent les chirurgiens.

B Les caractéristiques et les limites de l'intelligence artificielle

Caractéristiques	Limites
• Adaptation aux différentes situations. • Reproduction d'un raisonnement type. • Analyse d'images ou de scènes. • Réalisation d'actions.	• Face à des situations nouvelles, l'IA reste « muette ». • Vide juridique en cas de dommage • Un piratage peut devenir catastrophique.

16 Les données ouvertes

Les données ouvertes sont des données laissées en libre accès aux usagers ou aux clients par les administrations, les collectivités ou les entreprises.

1 Les principaux domaines concernés

• **La loi pour la république numérique de 2016** a créé le service public de la donnée qui centralise et met à disposition du public les données ouvertes sur son site.

2 Les caractéristiques des données ouvertes

• **Les données ouvertes présentent quatre caractéristiques :**
– **une disponibilité gratuite** pour un usage privé ou commercial ;
– **un format ouvert** (accès gratuit avec de nombreux logiciels) ;
– **une interopérabilité et portabilité** (compatibilité avec tous les systèmes) ;
– **un caractère réutilisable et modifiable**.

À savoir
Ces données sont qualifiées d'intérêt général ; elles ne doivent pas concerner la sécurité nationale ni les données à caractère personnel.

3 Les objectifs de la mise en place de ces données

Pour le public	Pour les entreprises	Pour le secteur public
• Accroître la transparence. • Développer la participation citoyenne.	• Innover et développer de nouveaux services grâce à une meilleure connaissance des besoins.	• Améliorer le service rendu aux usagers. • Favoriser l'activité économique en stimulant l'innovation technique et sociale.

Exemple : handimap utilise les catalogues de données ouvertes des villes de Rennes ou Montpellier concernant la voirie et l'urbanisme pour proposer des itinéraires adaptés aux personnes à mobilité réduite.

Testez-vous !

Corrigé p. 76

1 **Les entreprises doivent rendre leurs données ouvertes.**
☐ Vrai ☐ Faux

2 **Les données ouvertes :**
a) ont toujours un caractère administratif.
b) permettent de créer des services innovants.
c) peuvent être piratées.

17 L'organisation du travail

L'environnement fluctuant dans lequel les organisations évoluent les oblige à être flexibles et réactives. En tenant compte de ce contexte et en fonction du mode de production qu'elles ont choisi pour atteindre leurs objectifs, les organisations doivent opter pour une organisation du travail rigide ou souple.

1 L'organisation du travail rigide

• **L'organisation du travail rigide se fonde sur l'organisation scientifique du travail (OST) et porte le nom de taylorisme**. Le taylorisme, dont le nom provient de l'ingénieur américain **Frederick Taylor** qui en a fixé les principes, est basé sur une **division horizontale du travail** et sur la **spécialisation des tâches**. Les ouvriers se voient confier des tâches spécifiques à effectuer et sont rémunérés au rendement.

• Le taylorisme se fonde également sur une **division verticale des tâches** entre l'exécution et l'encadrement et sur une spécialisation accrue. Cela amène une **répartition des tâches**.

• **Le but est d'améliorer la productivité du travail** ; pourtant, il présente de nombreux inconvénients. La spécialisation des tâches rend le travail répétitif, monotone et, donc, peu motivant. Cela peut entraîner une démotivation des salariés. Cette forme de travail empêche, par ailleurs, toute flexibilité car chaque salarié est très spécialisé sur son travail.

2 L'organisation du travail souple

• **L'organisation du travail souple prend son essence dans la polyvalence demandée aux salariés**. En effet, ils réalisent des tâches diverses faisant appel à leurs différentes compétences.

• On introduit alors les notions de **polyvalence horizontale** (élargissement des tâches = tâches diverses sans aucune augmentation des responsabilités) et **polyvalence verticale** (enrichissement des tâches = augmentation du degré de responsabilité dans les missions confiées).

• L'organisation du travail souple prend le nom de **toyotisme** (en lien avec la firme automobile Toyota, qui est la première à l'avoir appliqué, et le concepteur de son système de production **Taiichi Ōno**) et est basée sur le principe de la polyvalence des ouvriers pour répondre le plus rapidement possible à la demande (fabrication en juste-à-temps). Cette polyvalence est alors nécessaire pour répondre à la demande des clients et donc intervenir sur d'autres postes en cas de besoin.

• Ce mode de production est ensuite repris dans le monde du travail dans le but de satisfaire les besoins des clients et usagers.

• La polyvalence exigée par cette organisation du travail est importante et entraîne une **flexibilité de la masse salariale**. Les conséquences sur les salariés sont plutôt positives car ils se sentent valorisés et ne réalisent pas toujours les mêmes tâches.

• Ils doivent toutefois être très flexibles et s'adapter à des changements de postes, de méthodes de travail. Cela peut engendrer une perte de repères et de maîtrise des compétences et un stress plus important.

18 La cohérence des tâches

Dans un souci de performance, les organisations doivent gérer les activités de salariés dans la plus grande cohérence, que ce soit en termes de répartition et coordination des tâches, de hiérarchie ou de centralisation du pouvoir.

1 La répartition et la coordination des tâches

- **La répartition des tâches ou division du travail retranscrit la manière dont le travail est réparti dans l'organisation**, entre les différents services, puis ensuite entre les salariés dans un service.
- **La coordination des tâches définit la manière dont les tâches sont organisées dans l'organisation dans un but commun**. Les organisations, au fur et à mesure de leur développement, doivent adapter leur mode de coordination.
- On peut distinguer **4 grands modes de coordination** :

La coordination des tâches entre les individus par la communication informelle	Il s'agit du mode de coordination qui consiste en la communication directe entre les salariés.
La coordination par un seul individu qui donne des ordres et contrôle le travail des autres	• Un seul individu, le supérieur hiérarchique, donne des ordres à ses subordonnés sur leur lieu de travail et contrôle ensuite ce travail. • Cela permet la réalisation d'un travail défini avec précision mais ne laisse pas la possibilité aux salariés de prendre des initiatives.
La coordination par le biais de résultats, normes, procédures ou qualifications	Ce mode de coordination consiste à comparer le travail effectué à un standard défini en amont par rapport à un résultat (performance à atteindre), une norme ou une procédure (manière de travailler) ou encore une qualification (formation et compétences à détenir).
La coordination par l'automatisation de procédures	Ce mode de coordination consiste à confier un ensemble de tâches répétitives, voire difficiles, et à faible valeur ajoutée à des systèmes informatiques plutôt qu'à des ressources humaines.

- Un nouveau dispositif au service des modes de coordination du travail apparaît avec le ***lean management***. Il s'agit pour l'organisation d'alléger les activités sans importance en revoyant les méthodes de production, de gestion, et en éliminant les actions inutiles.

2 La délégation du pouvoir de décision

- **Le pouvoir de décision est la capacité à prendre des décisions et à les faire respecter**. Il détermine donc la manière dont est organisé le travail, dont sont coordonnées les tâches pour atteindre les objectifs fixés.
- On oppose souvent le pouvoir centralisé et **le pouvoir décentralisé**.

Définition
Déléguer le pouvoir de décision est le fait de confier ce pouvoir à d'autres individus.

Pouvoir centralisé	Le pouvoir est exercé par une ou quelques personnes.
Pouvoir décentralisé	• Le pouvoir de décision est confié à plusieurs personnes de l'organisation faisant partie de la même ligne hiérarchique, avec l'attribution de plus ou moins de responsabilités et d'autonomie dans des prises de décisions. • Les décisions confiées sont généralement d'ordres opérationnels ou tactiques.

• Plus l'organisation confie des responsabilités de décisions aux employés, plus le pouvoir de décision est décentralisé. On parle alors du **degré de centralisation du pouvoir**. La décentralisation nécessite tout de même un contrôle par le biais de *reportings*.

3 Les configurations structurelles des organisations

• **L'expression « configurations structurelles des organisations » est la conjugaison du mode de coordination des tâches et du degré de décentralisation du pouvoir de direction dans l'organisation.**

• Les organigrammes sont les représentations graphiques formelles de la structure des organisations. Cette structure peut être souple ou rigide.

Type de configuration	Définition	Avantages	Inconvénients
Configuration structurelle souple	Cette configuration décrit un mode de coordination des tâches réalisé par le biais d'échanges informels et un pouvoir de décision décentralisé.	• Autonomie des salariés dans leur travail. • Prises de décisions par les salariés. • Grande adaptabilité aux fluctuations de l'environnement.	Dans les grandes organisations, il y a une possibilité de confondre qui fait quoi.
Configuration structurelle rigide	Il s'agit ici d'un mode de coordination des tâches réalisé par un seul individu ou bien par les résultats, les procédures ou les qualifications ainsi que l'exercice d'un pouvoir de décision plutôt centralisé.	Répartition des tâches claire entre les salariés.	• Peu d'initiatives pour les salariés. • Risque de démotivation des salariés.

Testez-vous !

Corrigé p. 76

1 **Quels sont les différents modes de coordination ?**

2 **Plus l'organisation confie des responsabilités à certains salariés de l'organisation, plus le pouvoir est centralisé.**

☐ Vrai ☐ Faux

3 **Retrouvez le bon item :**

a) Dans une configuration structurelle rigide, la répartition des tâches entre les salariés est claire et ces derniers peuvent prendre toutes les initiatives qu'ils souhaitent.

b) Dans une configuration structurelle rigide, la répartition des tâches entre les salariés est claire et ces derniers sont limités dans leur prise de décision.

19 La gestion des différents acteurs de l'organisation

Dans les organisations, divers acteurs évoluent et confrontent leurs attentes qui divergent ou convergent et peuvent alors faire émerger des conflits. La culture de l'organisation peut aider à les éviter en favorisant une bonne cohésion de groupe.

1 La diversité des acteurs internes de l'organisation et leurs attentes

	Acteurs	Attentes
Dans les entreprises	• Le dirigeant ou l'équipe dirigeante. • Les propriétaires du capital (associés). • Les salariés. • Les représentants du personnel.	• Rentabilité. • Bénéfices. • Rémunération à la hauteur de leur investissement. • Obtenir de bonnes conditions de travail pour les salariés.
Dans les organisations publiques	• Le dirigeant, qui peut être élu, ou bien titulaire d'un poste à la suite de la réussite d'un concours de la fonction publique. • Les membres de la direction. • Les fonctionnaires.	• Gestion de l'organisation dont il a la responsabilité. • Mise en place de la stratégie décidée par le dirigeant. • Traitement perçu en contrepartie de leur travail.
Dans les organisations de la société civile Exemple pour l'association	• Le dirigeant appelé « président » (élu par l'assemblée générale). • Le secrétaire/le trésorier/les bénévoles. • Les salariés. • Les adhérents.	• Mise en œuvre des décisions prises collectivement lors des assemblées générales. • Aide au fonctionnement de l'association. • Rémunération perçue pour leur travail. • Activité ou service reçus en échange de leur cotisation.

• Tous ces acteurs ont des **attentes différentes** qui peuvent parfois être divergentes (contradictoires).

Exemple : Entre les salariés (qui veulent une augmentation de salaires) et les actionnaires (qui souhaitent une augmentation de leurs dividendes).

• Les **attentes sont parfois convergentes**, c'est le cas pour l'atteinte des objectifs financiers, par exemple, les retombées en étant positives pour les salariés comme les dirigeants.

Remarque
Trouver un équilibre entre les attentes de tous les acteurs est un exercice difficile qui incombe au management de l'organisation.

2 La culture de l'organisation

• **La culture de l'organisation regroupe l'ensemble des valeurs, des connaissances et des comportements partagés par les différents acteurs qui évoluent en son sein.**

• En règle générale, elle a un impact positif sur la motivation du personnel.

• **La culture de l'organisation est transmise par les dirigeants et les responsables** afin de véhiculer les valeurs qui vont permettre de créer un contexte favorable à l'implication et la motivation des équipes.

20 Les styles de direction et la dynamique de groupe

Dans le souci de vivre ensemble au travail sont à prendre en compte **les styles de management, le *leadership*** et **les groupes d'individus** qui composent les organisations.

1 Les styles de direction

• Toutes les organisations fonctionnent avec **des dirigeants qui ont plus ou moins d'influence sur leurs équipes en fonction de leur style de management.**

• Il existe différents styles de management qui résultent de la combinaison de la personnalité des dirigeants et des composantes propres à l'organisation qu'ils conduisent :

Style	Explication
Le management autoritaire ou autocratique	• Les décisions sont prises par le dirigeant sans aucune concertation avec les salariés. • Le management repose donc sur le respect des consignes données en amont. Les salariés sont dépourvus d'initiative, d'autonomie et de responsabilités.
Le management consultatif ou démocratique	• Le dirigeant consulte les salariés avant de décider. • La communication est donc ascendante et descendante.
Le management paternaliste ou bienveillant	• Les salariés se sentent protégés par le dirigeant comme des enfants avec des parents. • Cependant, ils doivent se soumettre à leurs décisions.
Le management participatif	La communication est transversale et permet aux salariés d'être entendus dans les prises de décisions.

• **Différents facteurs influencent le style de direction** : type d'organisation, culture et environnement de l'organisation, personnalité des dirigeants. Ce dernier doit être adapté à l'organisation et tenir compte du contexte.

2 La dynamique de groupe

• Au sein d'un groupe, une personne va très souvent émerger pour devenir **le leader**, le chef de groupe, et porter le groupe dans ses actions. **On considère deux types de *leadership* :**
– **le leader de droit** : l'autorité est de droit puisqu'instaurée par son statut hiérarchique ;
– **le leader de fait** : il s'agit d'une personne qui, en raison de ses caractéristiques personnelles, se détache du groupe et prend le dessus.

• La **dynamique de groupe** est la **manière dont le groupe fonctionne**, la façon dont il **s'adapte aux différentes situations**, dont il **modifie sa structure**.

• Sous **l'influence** du groupe, les individus adaptent leur comportement :

Le conformisme	La minorité active
Le conformisme conduit l'individu à agir comme les autres, à se conformer à la position, aux **normes** du groupe, qui exerce une pression sur lui.	La minorité active est représentée par moins de la moitié d'un groupe qui expose **ouvertement** ses divergences au groupe et lui propose d'autres normes, d'autres positions cohérentes et parvient à faire accepter ses idées aux autres membres du groupe.

• **Les décisions de groupe peuvent être prises de différentes manières** : le vote, l'accord ou l'arbitrage.

• **Le degré de cohésion** du groupe a un impact sur la performance des salariés et le climat, l'ambiance de travail.

21 La coopération et les modes d'action coopératifs

La coopération n'est pas innée dans une organisation. Elle est rendue nécessaire par les processus appliqués dans le cadre des relations de travail qui créent des interdépendances. Cette coopération peut être accompagnée par certains modes d'action coopératifs et est aujourd'hui fortement influencée par les dispositifs numériques.

1 Les modes de coopération classiques

• Depuis toujours dans les organisations, **certains modes d'action permettent de coopérer** de manière à atteindre les performances et objectifs fixés.

Mode de coopération	Détails
Les réunions	• La réunion est un lieu d'échanges qui permet le développement de la coopération. • Elle permet aussi de faire émerger les idées.
Les groupes de projets	Le groupe de projet est formé en réponse à un besoin temporaire et unique, puisqu'il permet de travailler et de coopérer dans un but fixé.
Les techniques de créativité	• Ce sont l'ensemble des méthodes qui visent à stimuler la réflexion, la créativité des membres d'une organisation. • Ces outils, tels que le remue-méninges (ou *brainstorming*) ou la carte mentale (*mind map*), permettent de développer et d'encourager la coopération, de faire émerger de nouvelles idées.

2 Les nouveaux modes de coopération

• **Les nouveaux dispositifs numériques englobent :**
– **les outils de communication** (faire circuler l'information) ;
– **les outils de production** (partager un document ou une application) ;
– **les outils de coordination** (assurer un lien entre les différents acteurs de l'organisation).

• On peut notamment citer :

> **À noter**
> La coopération dans les organisations est facilitée par le déploiement d'Internet et des nouvelles technologies qui ont fait apparaître de nouveaux dispositifs numériques.

Mode de coopération	Détails	Exemples
Les outils collaboratifs	Ils désignent l'ensemble des dispositifs qui permettent aux salariés de travailler de concert, à distance, sans avoir à se rencontrer.	Agenda partagé, messagerie instantanée interne, plateformes collaboratives.
Les réseaux sociaux d'entreprises	• Un réseau social d'entreprise désigne un groupe constitué de personnes physiques et morales réunies grâce à un logiciel de type réseau social au sein d'un organisme. • Utiliser un réseau social d'entreprise permet de travailler ensemble sur un même projet, à distance, donc de collaborer. Ce dispositif peut également être utilisé par les partenaires de l'organisation.	Les plus répandus sont *Workplace by* Facebook, Yammer (Microsoft) ou interStis.
Les communautés de pratiques	Ces groupes de personnes partagent un domaine d'expertise dans le but de capitaliser des savoirs et des savoir-faire dans une optique de management des connaissances.	Forum, visio-conférence.

22 La motivation

La motivation des membres de l'organisation permet d'assurer sa performance. Cette motivation dépend de facteurs internes et externes ainsi que des dispositions prises par l'organisation pour mobiliser les individus, notamment dans la prise en compte de la qualité de vie au travail.

1 Définition

• **La motivation peut être définie comme l'ensemble des éléments qui poussent un individu à agir et qui orientent son comportement** dans le but d'atteindre un objectif.

Remarque

L'absence de motivation d'un individu dans une organisation crée des dysfonctionnements et peut avoir des répercussions négatives sur l'ensemble des salariés.

2 Les facteurs de la motivation

• Les facteurs qui influencent la motivation peuvent être internes ou externes à l'individu :

Facteurs internes	Facteurs externes
• La personnalité du salarié. • La vie personnelle et familiale du salarié. • Les ambitions et les aspirations individuelles du salarié.	• Le contenu du travail. • Le niveau et degré de responsabilité. • Les perspectives et évolutions possibles. • La rémunération. • Les relations professionnelles et l'ambiance de travail. • La culture de l'organisation. • Les conditions de travail.

3 La qualité de vie au travail

• La notion de qualité de vie au travail correspond à un sentiment de bien-être au travail basé sur des éléments individuels et collectifs, qui regroupent la culture de l'organisation, l'intérêt au travail, les conditions de travail, etc.

• Afin de garantir cette qualité de vie au travail à leurs salariés, les organisations ont le devoir de limiter les situations à risques et de mettre en place des actions de prévention.

• La prise en compte des éléments qui permettent l'amélioration de la qualité de vie au travail influence la motivation des individus au travail.

Testez-vous !

Corrigé p. 76

1 La motivation est un facteur de performance pour l'organisation.

☐ Vrai ☐ Faux

2 Indiquez si les propositions suivantes sont des facteurs internes ou externes de la motivation :

• Les ambitions et les aspirations individuelles du salarié
• Le niveau et le degré de responsabilité
• La rémunération
• La personnalité du salarié
• Les conditions de travail
• La vie personnelle et familiale du salarié

23 Les facteurs explicatifs du comportement du consommateur

Afin de répondre à leurs finalités, les organisations devront analyser précisément les facteurs explicatifs du comportement des consommateurs et des usagers. Pour une organisation publique, il sera nécessaire de l'étudier pour satisfaire au mieux l'usager, alors que pour une entreprise privée, la prise en compte de ces facteurs permettra de mieux adapter l'offre dans un but lucratif.

1 Consommateurs et usagers : quelles différences ?

• Un consommateur est un individu qui, pour assouvir ses besoins, utilise un bien ou un service proposé par une entreprise privée en contrepartie de l'acquittement d'un prix.

• **Un usager est un individu qui utilise un service public** soit à titre gratuit, soit avec une participation financière n'excédant pas le coût de revient du service utilisé.

2 Les facteurs explicatifs du comportement du consommateur

A Les motivations

• **La motivation est une émotion positive qui pousse le consommateur à agir**. Selon Henri Joannis (publicitaire reconnu et professeur de marketing), il existe **3 types de motivations** qui vont pousser le consommateur à l'acte d'achat :
- **des motivations hédonistes** : l'individu attend un plaisir de l'acte de consommation ;
- **des motivations oblatives** : l'individu achète un produit dont il ne sera pas l'utilisateur, qui est destiné à quelqu'un d'autre dans le but de faire plaisir ;
- **des motivations d'auto-expression** : l'acte de consommation a pour but d'acquérir un produit qui permettra d'obtenir la reconnaissance des autres.

B Les freins

• **Le frein est une pulsion négative qui empêche le consommateur d'agir**. Il existe différents freins qu'il est nécessaire d'étudier afin d'en minimiser l'impact sur l'acte d'achat :
- **les inhibitions sont une pulsion inconsciente et importante** de nature culturelle, religieuse ou psychologique, qui freine l'acte d'achat ou de consommation d'un produit ;
- **les risques sont l'ensemble des incertitudes liées à l'achat d'un produit ou d'une marque**. On distingue les risques :
  - **financiers** : le produit est trop cher par rapport au budget prévu ;
  - **temporels** : le produit peut devenir rapidement obsolète et démodé ;
  - **physiques** : le produit peut comporter des dangers relatifs à la santé ou à l'intégrité physique ;
  - **physiologiques ou sociaux** : l'achat d'un produit ou d'une marque comportera le risque d'être rejeté socialement.
- **les peurs sont les inquiétudes plus ou moins fortes** ressenties vis-à-vis d'un produit ou d'une marque.

> **Focus**
> Les risques et les peurs sont liés. Un risque ressenti engendre très souvent une peur.

C Les besoins

• **Le besoin est un sentiment de manque qui pousse le consommateur à agir.** La classification la plus utilisée est la hiérarchisation des besoins selon Abraham Maslow.

La pyramide de Maslow

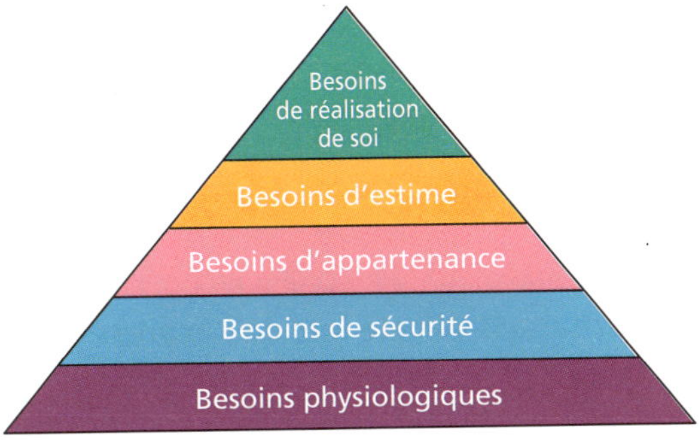

Besoins de réalisation de soi : correspond au besoin de s'épanouir et de se dépasser.

Besoins d'estime : besoin qu'a chaque individu d'être reconnu et apprécié par les autres.

Besoins d'appartenance : correspond au besoin d'évoluer dans un groupe.

Besoins de sécurité : relève d'un besoin de se protéger contre les risques de la vie.

Besoins physiologiques : besoins primaires ou vitaux (ex. : manger, boire, se loger).

D Les attitudes

• **L'attitude correspond aux tendances d'un individu à réagir d'une certaine manière** face à un produit marchand ou non marchand.

• Les composantes de l'attitude sont :

– **cognitives** : ce sont les éléments liés à la connaissance d'une marque ou d'un produit ;

> **Exemple :** Le fait de connaître les engagements environnementaux d'une marque ou sa politique d'approvisionnements peut influer sur le comportement d'achat des consommateurs.

– **affectives** : ce sont les éléments liés aux sentiments, le fait d'apprécier ou pas une marque ou un produit ;

> **Exemple :** Certaines marques de sodas engendrent une attitude positive car les consommateurs aiment simplement la marque.

– **conatives** : ce sont les éléments qui poussent l'individu à agir.

> **Exemple :** Une bonne odeur de pain au chocolat pousse l'individu à l'acheter.

3 Le processus d'achat

phase 1 **La reconnaissance du besoin** : c'est la prise de conscience de l'existence du besoin par le consommateur ou l'usager.

phase 2 **La recherche d'informations** : recherche volontaire d'informations sur le produit par le consommateur ou à travers ses expériences passées.

phase 3 **L'évaluation des solutions possibles** : le consommateur compare les choix possibles, en fonction de ses critères de sélection.

phase 4 **La décision d'achat** : le consommateur décide de réaliser concrètement son achat.

phase 5 **L'évaluation post-achat** : son niveau de satisfaction va influencer considérablement son comportement futur (fidélisation au produit ou à la marque ou, au contraire, rejet).

24 La digitalisation de la relation client

Les relations avec les consommateurs ont été profondément modifiées avec l'introduction des techniques digitales. Les entreprises doivent utiliser tous les canaux d'interaction disponibles afin de rester compétitives.

1 Le comportement du consommateur

A Le parcours client

• **Le parcours client correspond au parcours d'achat qui débute lors de l'expression du besoin et s'achève le plus souvent lors de l'émission d'un avis.**

Enrichissement du parcours client	Diversification des canaux de distribution
• Simplification et facilitation du parcours. • Expérience plus satisfaisante.	Développement du **commerce omnicanal**.

Définition

Commerce omnicanal : complémentarité et interactivité entre les différents canaux de distribution physiques et virtuels d'une même enseigne.

Exemple : Avec le « *Click and collect* », le client achète en ligne et récupère le produit en magasin dans l'heure qui suit.

B L'analyse des données

• **Les techniques de forage des données** (***data mining***) permettent de construire des modèles capables de prédire le comportement des consommateurs.

2 La coproduction de services et de produits

• **La digitalisation** permet d'associer le client à la production ou à la création de services et de produits et ainsi de définir une offre mieux adaptée.

Exemple : La marque danoise Lego met à disposition du public la plateforme Lego ideas qui permet de créer de nouveaux prototypes.

3 La gestion de la relation client

• **Les consommateurs disposent d'un pouvoir accru sur les entreprises** (*consumer empowerment*) grâce aux forums et aux communautés d'utilisateurs, aux avis laissés sur les moteurs de recherche et autres sites de référencement, aux réseaux sociaux, etc.

• **Les *chatbots* (ou agents conversationnels)** permettent d'automatiser la relation avec la clientèle. Cependant, les organisations doivent maintenir un lien humain afin d'offrir des solutions dans des situations imprévues qui perturbent les processus préétablis.

• **Le suivi de la relation client** peut être facilité par le système d'information partagé entre les différents acteurs.

25 Les traces numériques

Les traces numériques désignent les informations qu'un dispositif numérique (ordinateur, smartphone, serveur distant, etc.) enregistre sur l'activité ou l'identité de ses utilisateurs.

1 Les types de traces numériques

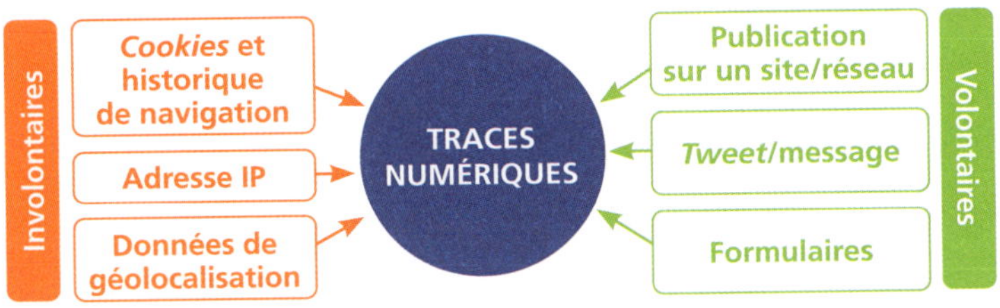

Définitions

Adresse IP : adresse Internet attribuée à l'ordinateur par le fournisseur d'accès.

***Cookies* :** fichiers déposés par le navigateur sur l'ordinateur.

Exemple : Le compte Google conserve l'historique des positions enregistrées par le smartphone.

2 L'identité numérique de l'individu

- **L'identité numérique regroupe l'ensemble des contributions et traces numériques laissées sur Internet.** Elle permet de construire une **e-réputation**, c'est-à-dire l'image et les représentations mentales de l'individu qui sont véhiculées sur Internet.
- Le concept d'identité numérique n'est pas encore clairement défini par le droit.

Exemple : L'utilisateur d'un compte sur les réseaux sociaux est responsable de l'image qu'il véhicule par son avatar, son pseudo, ses avis, etc.

3 Les risques et protections contre les traces numériques

Risques	Protections
• Usurpation d'identité. • Utilisation de données personnelles dans un but commercial. • e-réputation potentiellement négative. • Piratage des comptes personnels.	• Utiliser des pseudonymes. • Naviguer en mode privé. • Ne pas ouvrir de message suspect/ne pas cliquer sur n'importe quel lien. • Modifier son mot de passe régulièrement. • Gérer ses paramètres de confidentialité. • Désactiver la géolocalisation.

Testez-vous !

Corrigé p. 77

1 **Les traces numériques sont toujours un danger pour l'utilisateur.**
☐ Vrai ☐ Faux

2 **Les traces numériques :**
a) peuvent être laissées sur Internet.
b) demeurent sur l'ordinateur de l'utilisateur.
c) constituent l'identité numérique d'un individu.

26 L'administration électronique

La modernisation de l'action publique et une exigence d'accessibilité accrue poussent les administrations à utiliser les technologies de l'information et de la communication afin de proposer des services à distance.

1 Qu'est-ce que l'administration électronique ?

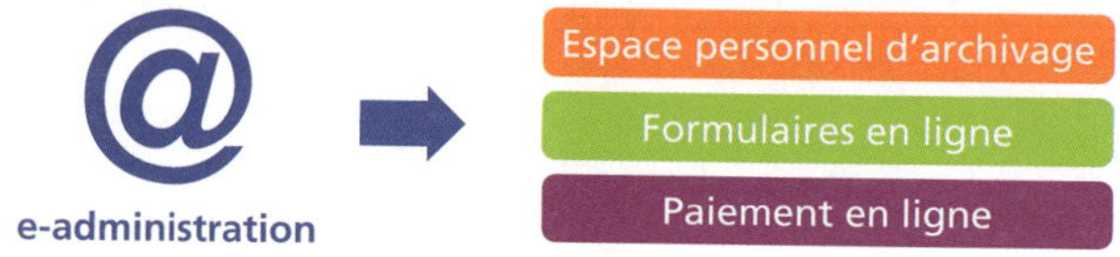

- Les usagers peuvent ainsi bénéficier d'un accès facilité et rapide à tous les documents administratifs.

2 La qualité de service

Ouverture 24 heures/24 et 7 j/7	Les sites des administrations publiques sont disponibles en continu.
Efficacité	Les formulaires de saisie en ligne peuvent être corrigés en cas d'erreur. Leur transmission est automatique.
Accessibilité	Les services sont accessibles à distance. La loi pour une république numérique oblige les administrations à rendre leurs sites accessibles à tous, y compris aux personnes atteintes d'un handicap.
Économies de ressources	La dématérialisation des formulaires de saisie et des documents archivés permet d'économiser le papier.
Lutte contre la fraude	Les administrations reconnaissent le certificat électronique comme un moyen permettant de s'authentifier en ligne. De plus, elles mettent en place l'authentification numérique des documents.

Exemple : La plateforme gouvernementale diplôme.gouv.fr propose au public de rechercher en ligne son attestation de réussite ou son diplôme et ensuite de récupérer une clef de contrôle qui pourra être insérée dans un CV pour permettre aux recruteurs de vérifier l'authenticité du diplôme.

3 Une réponse partielle à la désertification des services publics

- L'évolution démographique de certains territoires et la rationalisation de l'offre de services publics poussent les administrations à fermer leurs guichets dans les zones peu densément peuplées.
- **L'administration numérique apporte une réponse partielle à l'absence de guichets physiques**. Cependant, l'État et les collectivités territoriales (notamment les communes), conscients de l'importance du lien physique pour certaines opérations, commencent à mettre en place des maisons de services au public fonctionnant sous la forme de guichets uniques rassemblant différents services (impôts, CAF, etc.) dans les zones rurales afin de préserver l'égalité d'accès aux services publics.

27 La communication au sein des organisations

La communication a une double dimension, informationnelle et fonctionnelle. Elle a pour but de construire une image positive de l'organisation et de susciter l'adhésion du personnel à ses objectifs.

1 Les stratégies de communication

A Les objectifs

• Pour mettre en place une stratégie de communication, il est nécessaire de fixer des objectifs précis. Il existe **trois types d'objectifs** :
- cognitif **(faire connaître)** : communication qui vise à informer sur l'existence d'un nouveau produit (bien ou service) ou d'une nouvelle organisation ;
- affectif **(faire aimer)** : communication qui a pour but de modifier ou renforcer l'image d'un produit, d'une marque ou d'une organisation ;
- conatif **(faire agir)** : communication qui a pour but d'inciter le consommateur à l'achat ou l'individu à agir.

B Les cibles de communication

• La cible correspond au destinataire de la communication mise en place, à celui auquel elle s'adresse. On peut différencier :
- des cibles internes à l'organisation : elles correspondent aux parties prenantes internes telles que les salariés, les actionnaires, les fonctionnaires ou encore les bénévoles ;
- des cibles externes à l'organisation : elles correspondent aux parties prenantes externes (clients ou clients potentiels, usagers, journalistes, leaders d'opinion, prescripteurs, fournisseurs, banques, associations ou collectivités territoriales).

• **La cible doit être clairement définie au préalable de toute action de communication pour s'assurer d'une communication** efficace, c'est-à-dire d'une communication qui permettra l'atteinte des objectifs.

C Les stratégies de communication

• En fonction de la cible choisie, l'organisation aura **le choix entre deux stratégies** :
- la stratégie *push* : elle repose sur le principe de passer par des intermédiaires pour toucher la cible finale, qui viendra ensuite elle-même trouver plus d'informations auprès de l'organisation. Les actions porteront donc sur les cibles intermédiaires ;

> **Exemple :** La marque Benefit a choisi de communiquer *via* l'infuenceuse beauté *Enjoy Phoenix* suivie par 4,6 millions d'instagrameurs afin d'atteindre sa cible, les jeunes.

- la stratégie *pull* : elle consiste à pousser le produit vers le consommateur et à viser directement la cible finale. L'ensemble des actions qui seront mises en place auront pour cible les consommateurs (pour les entreprises), les usagers (pour les organisations publiques) ainsi que les donateurs et futurs adhérents (pour les associations et ONG).

D Les formes de la communication

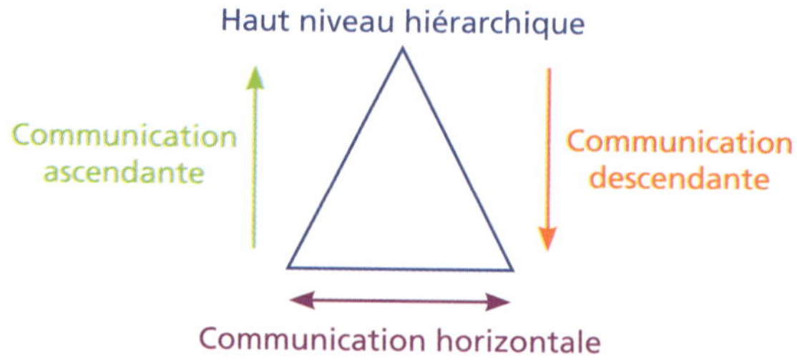

2 La communication globale

A Définition

• **La communication globale est une approche globale des actions de communication interne et de communication externe**. Elle permet ainsi d'harmoniser l'ensemble des actions de l'organisation et de rendre cohérent l'ensemble des messages de l'organisation.

• **L'ensemble des actions de communication est réuni dans un plan de communication**. Il permet de récapituler les objectifs fixés, les cibles, les messages et les moyens de communication utilisés. Afin de pouvoir réaliser ce programme, un budget sera préalablement défini.

B La communication interne

• **La communication interne vise le développement de la participation et de l'adhésion du personnel et des membres internes aux objectifs de l'organisation**. L'organisation peut alors mettre en place un intranet, un journal d'entreprise ou des panneaux d'affichage.

C La communication externe

• **Elle vise à renforcer l'image de l'organisation** et doit s'adapter à des publics spécifiques. Il est possible de différencier :
– **la communication institutionnelle** qui est destinée à promouvoir l'organisation dans son ensemble. Sa finalité est de véhiculer une image positive ;
– **la communication commerciale** orientée vers le marché, qui vise à vendre un produit.

3 La communication intégrée

• La **communication intégrée** est une **stratégie de communication** qui consiste à utiliser de manière cohérente et efficace l'ensemble des moyens de communication à la disposition de l'organisation. La cible principale de cette stratégie est très souvent les consommateurs pour les entreprises, les usagers pour les organisations publiques et les adhérents et donateurs pour les associations.

• Les objectifs principaux sont :
– **de bénéficier d'effets de synergie** grâce à l'utilisation simultanée de différents moyens de communication. Cela permettra de toucher la cible à de multiples reprises de manière différente mais en même temps ;
– **de véhiculer une image positive** de l'organisation ;
– **de maximiser le retour sur investissement** : la communication a un coût élevé qu'il faut rentabiliser. Des outils seront utilisés pour vérifier l'atteinte des objectifs initialement fixés.

28 L'identité de l'organisation

Les technologies numériques ont bouleversé les méthodes de communication dans les organisations. Ces dernières, à travers leur communication sur différents médias, cherchent à marquer leur présence et leur identité en étant vigilantes quant à leur réputation.

1 La marque employeur

- **La « marque employeur » est l'ensemble des caractéristiques de la marque dans le champ des ressources humaines.** L'organisation est identifiable à travers les éléments suivants : sa mission, ses métiers, sa culture d'entreprise, son management, ses valeurs (en lien avec la RSE), sa politique RH et sociale, son environnement de travail, etc.
- **La marque employeur est également synonyme de « réputation employeur »**. Il s'agit ici de l'image de l'entreprise en matière de ressources humaines auprès de ses salariés, des futurs postulants lors des recrutements mais également auprès des anciens salariés.

2 L'identité numérique

- **L'identité numérique est l'ensemble des informations trouvées sur Internet qui correspondent à une organisation.**
- **Ces informations peuvent être mises en ligne de manière maîtrisée ou non**. Les publications faites par l'organisation (site Internet, annonces, photographies, publicités) sont maîtrisées. Au contraire, les publications faites par des tierces personnes comme un avis sur un blog ou un forum ou un article de journal sont considérées comme des contenus non maîtrisables.

3 La e-réputation

- **La e-réputation est la perception qu'ont les internautes d'une organisation en fonction des éléments trouvés au sujet de cette dernière sur Internet.**
- Pour véhiculer et préserver cette e-réputation, l'organisation doit être active de manière régulière. En effet, le numérique permet de garder trace de toutes les publications et de les retrouver de manière quasi-instantanée.

Remarque

Afin de garantir la e-réputation et la marque employeur, de nouveaux métiers apparaissent tels que le ***community manager*** (animateur de communautés Web) et le ***social media manager*** (gestionnaire de réseaux sociaux).

Testez-vous !

Corrigé p. 77

Déterminez si ces affirmations sont vraies ou fausses.

	Vrai	Faux
1 L'identité numérique est la carte d'identité que l'entreprise diffuse sur son site Internet.	☐	☐
2 Une e-réputation négative n'a aucune importance pour une organisation.	☐	☐
3 L'organisation peut agir sur sa e-réputation.	☐	☐
4 La marque employeur est le logo de l'organisation.	☐	☐

29 La communication financière

La communication financière consiste à informer les parties prenantes des résultats comptables et financiers passés et des perspectives à venir. Chaque partie prenante utilisera ces informations afin de prendre les décisions adéquates. L'organisation a une obligation de transparence vis-à-vis de ses partenaires.

1 Les besoins d'information des partenaires

Internes	**Dirigeant**	Le dirigeant a besoin d'une information financière fiable pour prendre des décisions.
	Syndicats	L'employeur est tenu de consulter le **Comité social et économique (CSE)** sur les orientations stratégiques et financières.
Externes	**Clients et fournisseurs**	Ils ont besoin de connaître la santé financière de l'entreprise dans le cadre des transactions qu'ils effectuent.
	Apporteurs de capitaux (associés ou actionnaires)	Ils sont informés dans le cadre d'assemblées générales. L'entreprise leur communique les comptes, un rapport de gestion et explique les orientations stratégiques qu'elle adopte. Les investisseurs potentiels ont également besoin d'une information fiable.
	Administrations	Elles ont besoin de connaître la situation financière et sociale de l'entreprise dans le but de percevoir les impôts et les taxes mais également de lui apporter des soutiens éventuels (aides, subventions, etc.).

2 Le plan d'affaires (*business plan*)

• **Le *business plan*** apporte des informations prévisionnelles à des investisseurs potentiels ou informe les parties prenantes internes et externes sur les perspectives de développement :

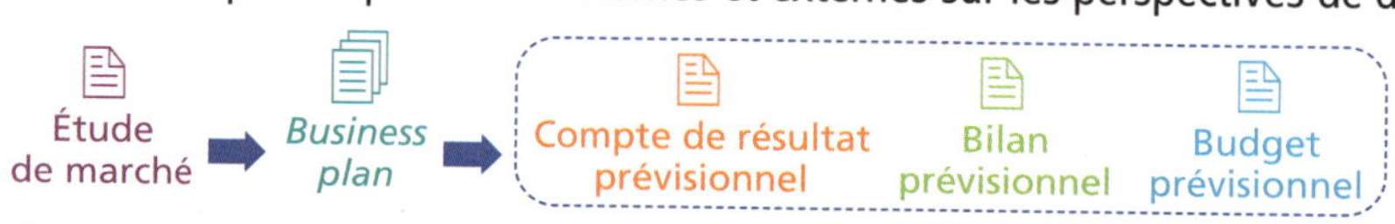

Compte de résultat prévisionnel	Il apporte une information sur le résultat (bénéfice ou perte) de la période à venir et la composition des charges.
Bilan prévisionnel	Il permet d'avoir une vision des actifs de la société ainsi que de la structure de son endettement.
Budget (plan de financement) prévisionnel	Il est indispensable car il permet d'estimer les évolutions de la trésorerie au cours de la période à venir en regroupant toutes les recettes et toutes les dépenses. Il évalue notamment les besoins de financement.

Remarque

Les documents financiers prévisionnels servent à apporter une information aux investisseurs sur les perspectives de développement de l'entreprise.

Testez-vous !

Corrigé p. 77

Déterminez si ces affirmations sont vraies ou fausses.

	Vrai	Faux
1 Les parties prenantes ont besoin de connaître les résultats passés et prévisionnels de l'entreprise.	☐	☐
2 Les comptes de l'entreprise sont réservés aux actionnaires.	☐	☐

30 Les organisations et la société

Du fait de l'évolution des mentalités, les parties prenantes de l'entreprise et plus généralement des organisations – pas seulement les consommateurs – attendent une démarche plus responsable de sa part, dans les domaines économique, social, écologique et sociétal.

1 La notion d'éthique

A Définition et origine

• Étymologiquement le mot « éthique », d'origine grecque, est un synonyme de « morale ». Il est donc rattaché à une notion philosophique.

• **Aujourd'hui, l'éthique est l'ensemble des règles et des valeurs édictées pour respecter des pratiques vertueuses, légales et morales.** Leur élaboration fait suite à des pratiques de corruption, de *lobbying* et d'importantes affaires financières qui ont amené les organisations à s'interroger et remettre en question leurs comportements.

> **Définition**
> ***Lobbying*** : stratégie non-éthique qui consiste à faire pression auprès des décideurs dans le but de défendre ses propres intérêts sans prendre en compte les intérêts des autres parties prenantes.

B L'éthique des affaires

• **L'éthique des affaires** correspond à ce qui devrait être fait ou ce qui ne devrait pas être fait au nom de principes moraux dans le domaine des affaires. Ces principes ont pour but la prise en compte des intérêts de toutes les parties prenantes (internes et externes à l'organisation) dans les décisions prises par cette dernière.

• Au niveau externe, les entreprises doivent prendre en compte les intérêts de leurs fournisseurs et de leurs clients dans leurs relations commerciales. **Certaines entreprises de taille importante sont notamment susceptibles d'exercer un rapport de force dans la négociation des prix avec de petits fournisseurs, ce qui pourrait menacer la pérennité de ces derniers.**

> **Exemple :** Les grands distributeurs sont souvent critiqués pour leur manque d'éthique vis-à-vis des petits producteurs à qui ils imposent des prix d'achats trop bas ne couvrant pas parfois les coûts de production.

C La charte éthique

• **La charte éthique** est un document qui rassemble les engagements, les règles, les valeurs et les pratiques qu'a choisi d'adopter et de respecter une organisation ou une profession. Cependant, il n'a pas de réelle portée juridique et constitue essentiellement un outil de communication externe.

• **Cet outil permet de rassurer les parties prenantes de l'organisation.** Il garantit le respect des règles énoncées. C'est un moyen pour l'entreprise d'affirmer son positionnement éthique, d'asseoir son image et de maintenir sa réputation.

D Le code de déontologie

- Le code de déontologie est un **ensemble de règles éthiques élaborées par des organisations professionnelles**, très souvent des associations professionnelles.
- Elles ont pour objectifs de **compléter les règles juridiques** en matière de respect des règles éthiques et de loyauté.
- Elles ne reposent donc pas sur un cadre légal mais sur le bon vouloir des entreprises qui veulent les appliquer.
- Il existe une multitude de codes de déontologie propre à chaque domaine. En marketing, on peut en trouver plusieurs selon le domaine d'activité des entreprises :

Domaine	Organisme à l'origine du code de déontologie
Publicité	ARPP (Autorité de régulation professionnelle de la publicité)
Marketing direct	SNCO (Syndicat national de la communication directe)
Marketing et publicité mobile	MMA (Marketing mobile association)
Relations publiques, conseil, ingénierie, etc.	Syntec

2 Éthique et organisations

A Les organisations civiques

- **Les organisations civiques** ont une utilité sociale, environnementale et économique. Elles disposent d'outils leur permettant de se développer avec des pratiques responsables. Par exemple, le **mécénat** leur permettra d'obtenir un soutien matériel et/ou financier apporté par une entreprise, sans réelle contrepartie. C'est une aide pour les organisations civiques afin de poursuivre leur mission et un engagement sociétal pour les entreprises.

> **Définition**
> **Organisation civique :** association qui s'engage dans le domaine social, environnemental ou économique.

- Les organisations civiques peuvent également jouer un rôle central en participant à des œuvres conduites avec des partenaires dans des actions d'intérêt général. C'est le cas avec la mise en place d'une **démocratie participative**. Les associations deviennent alors un intermédiaire entre les organisations publiques et les citoyens. Leur rôle sera essentiellement de recueillir les avis ou d'élaborer des projets cohérents en fonction des politiques locales et des souhaits des citoyens. Les moyens de la mise en place d'une démocratie participative peuvent reposer sur l'organisation de consultations ou de concertations.

> **Exemple :** La construction d'un *skatepark* dans un centre-ville peut être soumise à une démocratie participative avec une consultation sur l'intérêt de la structure et le choix de l'emplacement.

- Cependant, la recherche de financement et d'équilibre budgétaire peut conduire les organisations civiques à des dérives et à certaines pratiques non-éthiques.

B Les organisations non gouvernementales (ONG)

• Les ONG n'ont pas de finalité lucrative mais des missions relatives à l'humanitaire ou l'environnement. L'éthique repose dans le respect des parties prenantes internes comme externes. Les ONG souhaitent rester indépendantes mais, pour obtenir des financements, certaines vont à l'encontre de leur éthique. Leurs actions sont fortement influencées par la taille de leur budget et peuvent dériver vers des pratiques moins responsables.

3 Le cas d'une pratique non-éthique : le *greenwashing*

• Dans sa recherche permanente de profits, l'entreprise peut être confrontée à ce choix de non-respect de l'éthique. En effet, l'**éthique revêt une dimension sur le long terme** et le profit doit trop souvent être immédiat. Dans ce contexte, les entreprises peuvent être tentées d'avoir recours à certaines pratiques non conformes à l'éthique.

• Le ***greenwashing*** est une technique qui utilise des **arguments écologiques et sociétaux à des fins purement marketing**. Il permet de communiquer sur une supposée finalité sociétale afin de générer des profits. Le principal risque est que le *greenwashing* soit découvert. Dans ce cas, les conséquences de ces pratiques peuvent être une image détériorée, une marque boycottée et une baisse des ventes. La finalité économique peut donc être impactée et la pérennité de l'organisation peut alors être remise en cause.

Exemple

Nutella, à qui il est souvent reproché l'utilisation excessive d'huile de palme, a réalisé une campagne publicitaire avec comme argument principal : l'huile de palme utilisée est 100 % responsable. Or, la production d'huile de palme à grande échelle entraîne la déforestation, la destruction de l'écosystème, etc., et ne peut donc être considérée comme une production responsable et éthique.

Testez-vous !

Corrigé p. 77

Indiquez si ces affirmations sont vraies ou fausses.

	Vrai	Faux
1 L'éthique des affaires ne concerne que les parties prenantes externes.	☐	☐
2 Les associations ont un rôle économique et social à jouer dans leur écosystème.	☐	☐
3 Le code de déontologie possède un caractère légal.	☐	☐
4 Le *greenwashing* est une pratique marketing éthique.	☐	☐

31 La fiabilité de l'information financière

La fiabilité et la rapidité des échanges entre l'entreprise et les parties prenantes repose sur la production d'informations financières et de gestion obéissant à des règles et des conventions (normalisation).

1 La normalisation comptable

A La tenue des comptes en partie double

• **La partie double** est le principe de base du système comptable et financier. Chaque opération doit être inscrite dans au moins deux comptes au débit ou au crédit.

Total des débits = total des crédits

> **Principe de la partie double**
> Un flux entrant est inscrit au débit.
> Un flux sortant est inscrit au crédit.

B La codification comptable

• **Les comptes** utilisés par les entreprises et les associations sont réglementés et figurent dans le plan comptable général. La normalisation permet de disposer d'un cadre commun à toutes les organisations.

2 La transparence et le contrôle de l'information financière

A La transparence de l'information financière

• **L'adoption de règles communes** pour la comptabilisation des différentes opérations et les techniques d'analyse financière (et de gestion) permet de fiabiliser l'information financière et de favoriser sa transparence. Les entreprises sont tenues de respecter des principes fixés par la loi dans la présentation de leurs comptes afin d'en présenter **une image fidèle**.

> **Exemple :** Le principe de prudence oblige les entreprises à comptabiliser d'éventuelles pertes ou moins-values latentes même si elles ne se sont pas encore produites.

• La diffusion de l'information financière (→ Fiche 29, p. 62) est également un facteur de transparence.

> **Exemple :** Les sociétés commerciales ont l'obligation de déposer leurs comptes annuels auprès du greffe du tribunal de commerce.

B Le contrôle de l'information financière

• **Le contrôle légal et réglementaire** est effectué par des professions réglementées (experts-comptables et commissaires aux comptes) et des administrations ou organismes spécifiques tels que l'administration fiscale ou l'autorité des marchés financiers.

• **Les marchés et les médias spécialisés** exercent un rôle de contrôle grâce à leur mission d'analyse (notamment sur les sociétés cotées en bourse).

32 La lutte contre les discriminations dans les relations de travail

Les actions des organisations peuvent permettre de lutter contre des pratiques posant des questions d'éthique, notamment les discriminations liées à l'âge ou à la race. D'autres actions sont mises en place pour favoriser l'égalité hommes-femmes ou encore la diversité. Ces sujets sont également encadrés par des lois et les organisations doivent les respecter afin de ne pas être condamnées et de ne pas véhiculer une mauvaise image.

1 Les mesures pour lutter contre la discrimination

• En application de l'article L. 1132-1 du Code du travail, 23 critères de non-discrimination sont à prendre en compte dans la gestion des ressources humaines d'une entreprise : « Aucune personne ne peut être écartée d'une procédure de recrutement ou de l'accès à un stage ou à une période de formation en entreprise, aucun salarié ne peut être sanctionné, licencié ou faire l'objet d'une mesure discriminatoire, directe ou indirecte [...], en raison de son origine, de son sexe, de ses mœurs, de son orientation sexuelle, de son âge, de sa situation de famille ou de sa grossesse, de ses caractéristiques génétiques, de son appartenance ou de sa non-appartenance, vraie ou supposée, à une ethnie, une nation ou une race, de ses opinions politiques, de ses activités syndicales ou mutualistes, de ses convictions religieuses, de son apparence physique, de son nom de famille ou en raison de son état de santé ou de son handicap. »

> **À savoir**
>
> **La loi Égalité et Citoyenneté du 27 janvier 2017** oblige désormais les professionnels chargés des missions de recrutement à suivre une **formation à la non-discrimination à l'embauche.** Cette obligation concerne les entreprises de plus de 300 salariés.

2 L'âge

• Différents dispositifs sont mis en place pour **favoriser l'emploi des plus jeunes et des seniors** dans les organisations.
- L'État encourage **l'embauche et le maintien dans l'emploi des seniors** à travers la conclusion d'accords et de plans d'action seniors.
- Les employeurs peuvent, par ailleurs, demander le bénéfice d'une aide à l'embauche en contrat de professionnalisation pour les demandeurs d'emploi âgés de 45 ans et plus.
- Une aide financière versée par l'État peut également être accordée à une très petite entreprise (TPE) de moins de 11 salariés embauchant de **jeunes apprentis**, âgés de moins de 18 ans.

• **La transmission intergénérationnelle** permet aux organisations de s'appuyer sur les connaissances des plus anciens afin de les transmettre aux plus jeunes ou aux moins expérimentés.

3 L'égalité hommes-femmes

• **La loi du 9 mai 2001** (articles L. 3221-1 à L. 3221-7 du Code du travail) donne un cadre réglementaire à la notion d'**égalité hommes-femmes** (rémunération, formation, organisation du travail).

• **Le contrat pour la mixité des emplois et l'égalité professionnelle entre les femmes et les hommes est un contrat qui peut être conclu entre l'État et l'employeur.**

- Malgré ce cadre légal, de nombreux écarts persistent encore.

– **La part de cadres est moins importante chez les femmes** : on comptait, en 2017, 20,5 % d'hommes cadres contre 14,7 % de femmes cadres.

– **Le salaire moyen annuel des femmes était alors de 24 % inférieur à celui des hommes.**

4 Le handicap

- **La loi du 10 juillet 1987** impose à toute entreprise privée de plus de 20 salariés, de compter 6 % de personnes en situation de handicap dans son effectif.
- Des aides financières peuvent aussi être attribuées à un employeur pour l'embauche d'une personne en situation de handicap en CDI ou en CDD d'une durée supérieure ou égale à 12 mois.

5 Les chartes et labels

- Pour formaliser les démarches, les entreprises peuvent utiliser des chartes ou des labels, notamment :

La charte de la diversité

CHARTE DE LA diversité EN ENTREPRISE

- Lancée fin 2004 par Claude Bébéar et Yazid Sabeg.
- Texte d'engagement proposé à la signature de toute entreprise, quelle que soit sa taille, qui condamne les discriminations dans le domaine de l'emploi et décide d'œuvrer en faveur de la diversité.

Le label Égalité professionnelle

LABEL ÉGALITÉ
AFNOR CERTIFICATION www.afnor.org

- Créé en 2004, soutenu par l'État et les partenaires sociaux.
- Répond aux exigences d'un cahier des charges spécifique et à l'avis d'experts.
- Atteste du respect de l'égalité des droits entre les collaborateurs hommes et femmes.

Le label Diversité

LABEL DIVERSITÉ
AFNOR CERTIFICATION www.afnor.org

- Créé en 2008 et propriété de l'État, délivré par AFNOR Certification.
- Vise à prévenir les discriminations et à promouvoir la diversité dans les secteurs public et privé.
- Reconnaît et fait connaître les bonnes pratiques de recrutement et d'évolution professionnelle valorisant la diversité dans la sphère du travail.

Testez-vous !

Corrigé p. 77

1 **Quel est le nombre de critères de non-discrimination à prendre en compte dans la gestion des ressources humaines d'une organisation ?**

☐ 18 ☐ 21 ☐ 23

	Vrai	Faux
2 **L'égalité hommes-femmes est un paramètre que les organisations doivent prendre en compte.**	☐	☐
3 **Les entreprises n'ont aucune obligation d'embaucher du personnel en situation de handicap.**	☐	☐

33 Le rapport au travail

Le contexte sociétal dans lequel s'inscrivent les organisations amène des modifications dans la manière d'appréhender le travail, notamment le développement du travail indépendant et du télétravail. Ainsi, de nouveaux comportements apparaissent dans les relations de travail, transformant les relations hiérarchiques, les modes d'organisation du travail et donc la vie des salariés.

1 Les modes de travail

- Le concept du télétravail ou travail à distance vient des États-Unis. Il permet au salarié d'effectuer sa mission de travail **en dehors des murs de l'organisation**. Le salarié peut travailler depuis chez lui ou bien depuis un espace dédié (espace de *coworking*).
- Ce mode de fonctionnement est, bien évidemment, rendu possible par le développement des nouvelles technologies.

Type	Implications	Avantages	Inconvénients
Le télétravail ou travail à domicile	• Le salarié doit posséder un **espace de travail personnel**, un outil informatique et une connexion Internet de qualité. • Il a l'obligation de se rendre régulièrement dans les locaux de l'organisation.	• **Pour les salariés :** – autonomie ; – gestion du temps de travail ; – reconnaissance ; – pas de perte de temps dans les trajets. • **Pour les entreprises :** – réduction des coûts ; – augmentation de la productivité.	• **Pour les salariés :** sentiment d'isolement. • **Pour les entreprises :** absence de contrôle permanent.
Le travail indépendant	• L'individu est indépendant, il n'est donc pas salarié de l'organisation. • Il devient un prestataire pour l'organisation.	• **Pour le prestataire :** – autonomie ; – meilleure gestion du temps de travail. • **Pour les entreprises :** – réduction des coûts.	• **Pour le prestataire :** pas de certitude sur le lien entre lui et l'organisation, donc risque financier. • **Pour les entreprises :** absence de contrôle permanent et éventuelle perte de compétences si le prestataire ne travaille plus pour l'organisation.

2 La technologie au service de ce changement

- Le travail indépendant et le télétravail sont possibles grâce aux évolutions technologiques dont les **espaces de travail virtuel** font partie.
- Il s'agit d'utiliser les applications de travail de manière dématérialisée *via* un espace digital personnel. Les outils et données de l'entreprise sont contenus sur un serveur indépendant et distant de l'entreprise et l'accès se fait grâce à Internet. Il y a donc un intermédiaire « virtuel » entre le salarié et l'entreprise.

> **À noter**
> Les outils les plus répandus sont le *cloud computing*, le *Daas* (*Desktop as a service*) ou encore le VDI (*Virtual Desktop Infrastructure*).

34 Les nouveaux modes de consommation

Les organisations évoluent dans un environnement instable. De nouveaux comportements de consommation souvent plus responsables influencent le management des organisations. Le consommateur devient plus soucieux de l'impact de son comportement sur l'environnement et la société.

1 Les nouveaux comportements de consommation

A L'impact du digital sur le comportement de consommation

- Le développement du digital a impacté les organisations et a fait évoluer les modes de consommation. De nombreux outils tels que les **plateformes d'intermédiation** sont apparus.
- Ces plateformes permettent de faciliter la mise en relation entre un demandeur et un offreur grâce au développement de services accessibles en ligne.

B La prise en compte de l'écologie dans le comportement de consommation

- Les préoccupations environnementales et l'impact de la consommation dans ce cadre ont fait apparaître de nouveaux comportements de consommation :
  - l'**économie de la fonctionnalité** : le consommateur n'oriente plus son achat vers un produit mais privilégie l'achat de son usage ;
  - l'**économie collaborative** est un modèle économique basé sur l'échange entre particuliers. L'échange peut porter sur des biens ou services mais aussi sur des connaissances ;
  - l'**économie du partage** est un mode de consommation basé sur le partage entre les consommateurs soit de l'usage, soit de la consommation du produit ;
  - la **consommation responsable** implique un engagement civique du consommateur qui devient très attentif aux modes de production et à l'impact écologique de sa consommation. Il privilégie le développement durable dans ses actes ;
  - le **mouvement locavore** prône une consommation locale (la production est située à moins de 250 km) afin de réduire l'impact environnemental de la consommation ;
  - l'**anti-consumérisme** est un mouvement parti du constat que les modes de consommation actuels sont devenus insoutenables pour l'environnement et menacent la qualité du vivre ensemble. Les anti-consuméristes sont hostiles au marketing et à la surconsommation. Ils souhaitent une décroissance pour revenir à une consommation plus responsable et éthique.

2 Les enjeux de la vie connectée

- **Le consommateur d'aujourd'hui est hyperconnecté.** Cela engendre l'apparition de nouveaux objets connectés et de droits pour protéger le consommateur. En effet, une loi sur le **droit à la déconnexion**, instaurée en août 2016, permet de protéger les temps de repos et de congés des salariés afin d'assurer le respect de leur vie privée.

> **Définition**
> **Objet connecté :** objet qui offre des fonctionnalités supplémentaires grâce à une connexion Internet.

35 L'utilisation et la protection des données

L'exploitation des données personnelles oblige les organisations à respecter le règlement général sur la protection des données (RGPD). Les données stratégiques de l'organisation constituent un patrimoine qu'il convient de protéger.

1 Les données personnelles

• **Une donnée à caractère personnel** est une information relative à une personne physique susceptible d'être identifiée directement ou indirectement.

Exemples de données à caractère personnel

Un nom, une photo, une empreinte, une adresse postale, une adresse mail, un numéro de téléphone, un numéro de sécurité sociale, un matricule interne, une adresse IP, un identifiant de connexion informatique, un enregistrement vocal, etc.

À savoir

S'il est possible par recoupement de plusieurs informations (âge, sexe, ville, diplôme, etc.) ou, par l'utilisation de moyens techniques divers, d'identifier une personne, les données sont toujours considérées comme personnelles.

2 Le règlement général sur la protection des données (RGPD)

A Qui est concerné ?

• **Le RGPD s'applique à toute organisation**, publique ou privée, qui traite des données personnelles pour son compte ou non, dès lors :
– qu'elle est établie sur le territoire de l'Union européenne ;
– ou que son activité cible directement des résidents européens.

Définition

Traitement de données personnelles : un traitement de données personnelles est une opération ou un ensemble d'opérations portant sur des données personnelles, quel que soit le procédé utilisé.

B Quelles en sont les dispositions ?

• **Le responsable du traitement des données** doit respecter **six critères** :

La pertinence	Seules les données vraiment nécessaires doivent être collectées. **Exemple :** La profession n'est pas une donnée réellement nécessaire pour une société de livraison de pizzas à domicile.
La transparence	Les personnes qui font l'objet d'un traitement de données doivent pouvoir bénéficier d'une information claire et complète (sur ce traitement), qu'elle soit écrite (numérique ou non), orale, etc.
Le respect des droits	Les demandes de **consultation**, de **rectification** ou de **suppression** des données doivent être satisfaites dans les meilleurs délais. **Exemple :** Le délai de réponse maximum à une demande de droits d'accès est de 1 mois.
La maîtrise	Le partage et la circulation des données personnelles doivent faire l'objet d'une protection. **Exemples :** habilitations d'accès délivrées à un nombre restreint de personnes/cryptage des données pour la transmission, etc.

La gestion des risques	Les risques relatifs au traitement des données doivent être identifiés. **Exemple :** L'implantation de puces électroniques sous la peau pour remplacer les badges peut occasionner des risques pouvant peser sur les droits et les libertés.
La sécurité	Des mesures doivent être adoptées pour assurer la sécurité physique et informatique. **Exemples :** La sécurisation des serveurs, des accès physiques, etc.

• De plus, les organisations doivent recueillir le **consentement explicite et positif des individus concernés** (application du principe de l'*opt-in*). Il n'est plus possible de proposer des cases pré cochées du type « J'accepte » sur les formulaires.

• Le RGPD est un règlement européen qui date de 2016. Il remplace la loi Informatique et libertés adoptée en 1978.

Définitions

Opt-in : si l'individu n'a pas dit « oui », c'est « non » (case à cocher).

Opt-out : si l'individu n'a pas dit « non », c'est « oui » (case à décocher pour refuser).

3 La protection des données stratégiques

• **Les données stratégiques d'une organisation** recouvrent un champ plus vaste que les données personnelles.

• Elles comprennent :
- les données personnelles ;
- les données et informations non personnelles qui revêtent un caractère déterminant dans la stratégie de l'organisation.

Exemples de données stratégiques non personnelles
Des plans industriels, des plans marketing, des procédés de fabrication.

• Ces données peuvent faire l'objet de fuites ou d'espionnage de la part de concurrents. L'organisation doit donc adopter des mesures de protection efficaces.

4 La Commission Nationale de l'Informatique et des Libertés

• **La CNIL est l'organisme indépendant français** chargé de veiller au respect du RGPD. Elle dispose notamment de pouvoirs de sanction pécuniaire à l'égard des organisations non respectueuses de ce dernier. Elle peut également saisir les autorités judiciaires en cas de violation des droits et libertés.

• La CNIL est également chargée de missions d'information des citoyens et des personnes morales sur leurs droits et leurs obligations.

Testez-vous !

Corrigé p. 77

1 **Donnez des exemples de traitements de données à caractère personnel.**

2 **La CNIL est un organisme européen.**
☐ Vrai ☐ Faux

3 **Le RGPD concerne :**
a) les entreprises.
b) tous les types d'organisations.
c) uniquement les données personnelles.

36 La loi pour une république numérique

La loi numérique est une loi majeure pour le monde numérique et informatique. Elle apporte des précisions importantes sur des points qui faisaient jusque-là l'objet d'un vide juridique.

1 Qu'est-ce que la loi numérique ?

- **La loi numérique** s'organise autour de **trois axes** :

Circulation des données et du savoir	• *Open data* (données ouvertes) et portabilité des données. • Transparence des algorithmes.
Protection des individus dans la société du numérique	• Règlementation du droit d'auteur sur Internet. • Reconnaissance du statut de joueur professionnel.
Accès au numérique pour tous	• Accessibilité aux sites Internet des services publics pour les personnes souffrant d'un handicap cognitif. • Couverture Internet des zones blanches (non encore desservies par les opérateurs).

2 La transparence des algorithmes

- **Les algorithmes de traitement de l'information** utilisés par les administrations doivent être transparents, donc **portés à la connaissance du public**, uniquement lorsque les administrations prennent des décisions concernant les individus. C'est une disposition très importante de la loi numérique.
- Elles doivent informer :

– du degré d'importance de l'algorithme dans la prise de décision ;
– des données traitées et de leur source ;
– des opérations effectuées par le traitement.

Exemple

En 2018, le ministère de l'éducation nationale a ouvert l'algorithme de traitement de la plateforme Parcoursup qui définit :
- l'ordre d'appel, c'est-à-dire celui dans lequel les propositions d'admission sont envoyées ;
- les propositions de formation.

Testez-vous !

Corrigé p. 77

1 **Toutes les organisations doivent rendre leurs algorithmes transparents.**
☐ Vrai ☐ Faux

2 **La loi numérique :**
a) accroît le niveau de protection des internautes.
b) favorise la transparence de l'information numérique.
c) ne concerne que les administrations.

37 La chaîne de blocs (*blockchain*)

La chaîne de blocs (*blockchain*) est une technologie permettant de stocker et transmettre des informations de manière sécurisée, sans organe de contrôle centralisé.

1 Le fonctionnement d'une chaîne de blocs

• **Un bloc est un élément de code informatique** contenant les informations de la transaction.

• **La *blockchain* est décentralisée** car les blocs ne sont pas stockés sur un serveur unique mais sur les ordinateurs des différents utilisateurs.

> **Définition**
> ***Blockchain* :** système d'archives numériques sécurisé et décentralisé contenant l'historique de toutes les transactions.

2 Les applications

• **Trois grands domaines** sont concernés par la *blockchain* :
– les transferts d'actifs (monnaie, titres, actions) ;
– la traçabilité ;
– l'exécution des contrats.

Les monnaies virtuelles	Les transactions financières	La traçabilité	Les assurances
Les transactions en *bitcoins* utilisent le système de la chaîne de blocs.	Les banques commencent à utiliser cette technologie pour effectuer des transactions sur les marchés financiers (bourse).	Les distributeurs utilisent les chaînes de blocs pour garantir la traçabilité des aliments.	Les assurances ont commencé à mettre en place des transactions de type *blockchain* pour les dossiers d'indemnisation.

3 Le cadre juridique

• **Depuis 2017, le droit français reconnaît la chaîne de blocs** comme une technologie souple, transparente, rapide et sécurisée dans le cadre de transactions.

Testez-vous !

Corrigé p. 77

Indiquez si chacune des affirmations est vraie ou fausse.

	Vrai	Faux
1 La *blockchain* se substitue à la signature de contrats papier.	☐	☐
2 La *blockchain* ne concerne que les transactions monétaires.	☐	☐

38 Les relations entre les organisations et leur écosystème

Les organisations sont implantées sur un territoire et intégrées dans un écosystème qui peuvent leur fournir de nombreuses ressources : humaines, financières et fiscales, organisationnelles, numériques, etc.

1 Les stratégies d'implantation et les partenariats

• Les organisations doivent réfléchir à leur implantation géographique afin de bénéficier des avantages de leur écosystème. Elles pourront choisir de se domicilier en fonction :
- des écosystèmes d'affaires : ce sont des territoires qui regroupent plusieurs acteurs interdépendants issus **de domaines d'activité différents** autour d'une vision stratégique commune. C'est donc une logique de coopération ;
- des grappes d'entreprises (*cluster*) : ce sont des espaces apparus dans les années 1980 qui se caractérisent par des interactions fortes entre les acteurs du privé et du public en lien avec **un type d'activité**. Ces acteurs partagent des objectifs communs ou complémentaires sur un territoire donné ;
- des écosystèmes d'innovation : ce sont un ensemble d'acteurs – organisations publiques, entreprises, universités, investisseurs, etc. – qui interagissent en faveur de l'innovation.

> **Remarque**
> Le développement du numérique permet aujourd'hui d'élargir ces notions au-delà de la stricte dimension territoriale.

• Les organisations n'agissent donc pas seules et les relations de partenariat qu'elles tissent se traduisent par la création de réseaux d'acteurs. Il est possible d'en distinguer plusieurs dont :
- le pôle de compétitivité qui est un regroupement d'entreprises sur un même territoire autour d'une même filière ;
- le campus des métiers et des qualifications : ce réseau de partenaires développe, sur un territoire donné, des formations technologiques, professionnelles et universitaires autour d'une même filière. Un label « campus des métiers et des qualifications » a été créé en 2014 afin de pouvoir clairement les identifier.

• Ces partenariats permettent de structurer les territoires et d'améliorer leur attractivité.

• Les pouvoirs publics locaux jouent également un rôle déterminant dans la recherche de compétitivité des territoires. Ils peuvent mettre en place :
- une valorisation des ressources locales ;
- des plans d'accompagnement ;
- des ruches d'entreprises (structures qui mettent à la disposition des entreprises les outils et les locaux pour se développer).

> **Remarque**
> Les inégalités d'accès au numérique sur le territoire ont des incidences sur la localisation des acteurs économiques qui recherchent des lieux avec une forte accessibilité numérique.

2 Les effets des organisations sur leur écosystème

• L'activité des organisations produit des effets sur leur environnement local. Ces effets peuvent être de nature économique, démographique, éducative, sociale ou encore culturelle. Les décisions stratégiques des organisations, et notamment le choix des options stratégiques, ont une influence positive ou négative importante au niveau local.

• La prise en compte de ces effets dans le processus de décision est l'une des dimensions de la responsabilité sociétale des organisations.

CORRIGÉS

Chapitre 2

Énoncé p. 25

1. a) Demande
b) Offre
c) Environnement

2. a) Externe/primaire
b) Interne/primaire
c) Externe/secondaire
d) Interne/secondaire

Chapitre 5

Énoncé p. 30

1. c) Gestion prévisionnelle des emplois et des compétences

2. Les recrutements représentent des enjeux économiques (coût du recrutement), sociaux (l'arrivée de nouveaux salariés dans une équipe peut influencer la cohésion de groupe) et juridiques (choix du contrat qui va lier l'organisation et le salarié).

Chapitre 6

Énoncé p. 33

1. a) Production à l'unité/flux tendus
b) Production en grande série/flux poussés
c) Production à l'unité car produit unique/flux tendus : c'est la demande qui déclenche la production.

2. a) Faux : la production à l'unité consiste à fabriquer un seul produit, très souvent à la suite d'une demande de la part du client.
b) Vrai
c) Vrai

Chapitre 7

Énoncé p. 35

1. Vrai

2. Vrai

3. Faux : les normes et les labels ne sont pas toujours synonymes de qualité. Certaines normes ne garantissent que la production et certains labels sont purement marketing (ex. : produits élus de l'année).

4. Vrai

Chapitre 12

Énoncé p. 42

1. Vrai : la digitalisation permet de dématérialiser les documents.

2. Faux : la part du numérique est croissante ; cependant, dans la plupart des organisations, les échanges professionnels demeurent en grande partie physiques.

Chapitre 13

Énoncé p. 43

1. Vrai

2. a) et c)

Chapitre 14

Énoncé p. 44

1. Faux : l'infrastructure du *cloud* public est partagée mais son accès est restreint grâce à des habilitations.

2. a) et b)

Chapitre 16

Énoncé p. 46

1. Faux : les entreprises n'ont pas l'obligation de rendre leurs données ouvertes.

2. b) et c) Elles sont en libre accès et ne peuvent pas être volées mais elles pourraient être altérées, modifiées ou supprimées dans un but malveillant.

Chapitre 18

Énoncé p. 49

1. Les différents modes de coordination sont :
– la coordination des tâches entre les individus par la communication informelle ;
– la coordination par un seul individu qui donne des ordres et contrôle le travail des autres ;
– la coordination par le biais des résultats, normes, procédures ou qualifications ;
– la coordination par l'automatisation de procédures.

2. Faux : un pouvoir centralisé est un pouvoir qui est réservé à une seule personne ou à quelques personnes seulement.

3. b)

Chapitre 22

Énoncé p. 53

1. Vrai : en cas de démotivation des salariés, des dysfonctionnements apparaissent, qui peuvent nuire à la performance de l'organisation.

2. **Facteurs internes :** Les ambitions et les aspirations individuelles du salarié / La personnalité du salarié / La vie personnelle et familiale du salarié
Facteurs externes : Le niveau et le degré de responsabilité / Les conditions de travail / La rémunération

Chapitre 25

Énoncé p. 57

1. Faux : les traces numériques volontaires, telles que des publications, ne sont pas un danger.

2. a) et c)

Chapitre 28

Énoncé p. 61

1. Faux : l'identité numérique est l'ensemble des informations trouvées sur Internet qui correspondent à une organisation. Ces informations peuvent être mises en ligne de manière maîtrisée ou non.

2. Faux : compte tenu de l'importance des informations présentes sur Internet pour les salariés, les consommateurs ou les usagers, une mauvaise e-réputation peut influencer de manière négative l'avis de ces derniers, et inversement.

3. Vrai : l'organisation, en étant active et en communiquant de manière régulière, peut véhiculer une image positive.

4. Faux : la « marque employeur » est l'ensemble des caractéristiques de la marque dans le champ des ressources humaines. L'organisation est alors identifiable à travers les éléments suivants : sa mission, ses métiers, sa culture, son management, ses valeurs (en lien avec la RSE), sa politique RH et sociale, son environnement de travail, etc.

Chapitre 29

Énoncé p. 62

1. Vrai

2. Faux : les comptes des entreprises peuvent être librement consultés au greffe du tribunal de commerce. Seules certaines micro-entreprises peuvent opter pour une option de confidentialité.

Chapitre 30

Énoncé p. 65

1. Faux : l'éthique des affaires concerne les parties prenantes externes et internes.

2. Vrai

3. Faux : le code de déontologie ne possède pas de caractère légal.

4. Faux : le *greenwashing* est une pratique marketing non-éthique qui consiste à utiliser un argument écologique à des fins purement lucratives.

Chapitre 32

Énoncé p. 68

1. Il existe 23 critères de non-discrimination à prendre en compte.

2. Vrai : c'est un paramètre à prendre en compte, qui est encadré par la loi.

3. Faux : la loi du 10 juillet 1987 impose à toute entreprise privée de plus de 20 salariés, de compter 6 % de personnes en situation de handicap dans son effectif.

Chapitre 35

Énoncé p. 72

1. Exemples de traitements de données à caractère personnel : la géolocalisation d'un individu sur une application mobile, la récolte et la revente d'informations grâce à l'inscription à un jeu-concours.

2. Faux : la CNIL est un organisme français.

3. b)

Chapitre 36

Énoncé p. 73

1. Faux : seules les administrations sont concernées.

2. a) et b)

Chapitre 37

Énoncé p. 74

1. Vrai

2. Faux : elle peut concerner d'autres types de transactions comme les indemnisations d'assurance.

Épreuve écrite de Management, sciences de gestion et numérique

Corrigés p. 84

L'entreprise Les tricots Marcel

Les tricots Marcel est une SAS au capital de 5 000 € spécialisée dans la conception et la fabrication de débardeurs pour les hommes, femmes et enfants. L'entreprise a été créée en janvier 2019 par Thomas Sardi, son actuel président. L'ensemble de leurs produits est fabriqué à Saint-Léger-sur-Roanne, siège de l'entreprise, et bénéficie donc du label « *Made in France* ».

Les tricots Marcel ont pour partenaires :

- la teinturerie TAD qui est certifiée ISO 14001 pour la protection de l'environnement, qui fait partie d'Altertex, le premier réseau d'entreprises françaises et européennes engagées pour un textile écoresponsable, éthique et solidaire, et a obtenu la certification Oeko-Tex, certification internationale en matière de textile ;
- l'atelier de confection Ithac, entreprise adaptée qui offre des emplois à des personnes fragilisées par le handicap. Elle est labellisée France Terre Textile ;
- Les Cartonnages du Roannais qui fabriquent les « boîtes à Marcel » avec une matière première produite dans la Loire composée de 70 % de produits recyclées ; elles sont imprimées avec des encres à l'eau sans solvants.

L'offre proposée est unisexe, va du 4 ans au XL et est 100 % locale. Les Marcels sont disponibles en 12 coloris. L'équipe dispose d'une importante expérience dans l'industrie textile et d'un haut savoir-faire. L'entreprise pourrait bientôt (dès 2020) proposer des articles tels que des tee-shirts et des sweat-shirts.

Les ventes se font exclusivement sur le site Internet de l'entreprise et à une clientèle internationale.

Afin d'analyser cette situation, il vous est demandé d'étudier :

1. L'entreprise Les tricots Marcel
2. Le marché de l'habillement en France en 2019
3. Les choix faits par Les tricots Marcel dans le domaine de la RSE

Dossier 1 : Les tricots Marcel

Travail à faire à l'aide de l'introduction et des documents 1 à 3 :

1.1 Repérer les principales caractéristiques de l'entreprise Les tricots Marcel.

1.2 Élaborer le diagnostic stratégique interne de l'entreprise Les tricots Marcel.

1.3 Identifier l'avantage concurrentiel de cette entreprise.

1.4 Repérer les choix stratégiques réalisés hier et aujourd'hui par l'entreprise Les tricots Marcel.

1.5 Après avoir rappelé les différents modes de production possibles pour une entreprise, repérer celui de l'entreprise Les tricots Marcel. Justifier la réponse.

Dossier 2 : le marché de l'habillement en France en 2019

Travail à faire à l'aide des documents 2 et 4 à 7 :

2.1 Élaborer le diagnostic stratégique externe.

2.2 Analyser l'évolution de la demande quantitative de produits textiles et d'habillement.

2.3 Après avoir rappelé, défini et classé les facteurs explicatifs du comportement du consommateur, relever et classer ceux du consommateur en matière d'habillement.

2.4 Identifier les raisons qui poussent les consommateurs à effectuer des achats plus éthiques.

Dossier 3 : Les tricots Marcel et la RSE

Travail à faire à l'aide de l'introduction et du document 1 :

3.1 Après avoir rappelé les deux types de décisions prises dans les organisations, identifier le type de décision prise par Les tricots Marcel. Justifier la réponse à l'aide des caractéristiques de la décision et des éléments relevés dans les documents.

3.2 Après avoir défini la notion de RSE, repérer les choix effectués par Les tricots Marcel dans ce domaine.

3.3 Montrer que les choix effectués en matière de RSE contribuent aux différentes finalités de l'entreprise Les tricots Marcel. Justifier la réponse.

Documents

Document 1 : l'histoire de la manufacture du véritable Marcel

Vers 1860, les forts[1] des Halles de Paris, pour être plus à l'aise dans leur travail, coupent les manches de leurs chandails. Rapidement, ce « débardeur » séduit tous les travailleurs alentours, les ouvriers, les agriculteurs, puis les soldats.

Depuis Paris, ce tricot de corps original franchit 400 kilomètres, vers un modeste chef-lieu d'arrondissement de la Loire : Roanne.

L'une des nombreuses entreprises de la ville, les Établissements Marcel, dirigés par Marcel Eisenberg, mise sur ce débardeur révolutionnaire et lui lègue son nom. Le succès est immédiat et il devient célèbre dans le monde entier. À partir des années 1950, on le voit sur toutes les plages devenant ainsi le symbole des premiers congés payés. Il fait même son apparition sur le grand écran en Europe et Outre-Atlantique.

Le véritable débardeur Marcel de Roanne est né.

Après plus de 40 ans d'expérience, les Établissements Marcel, comme la majorité du tissu industriel textile français, ne résiste pas aux délocalisations et leur liquidation est prononcée.

Aujourd'hui, l'aventure du maillot de corps Marcel renaît dans nos ateliers.

Transmission, excellence et bon sens…

Au cœur d'une région traditionnellement liée à l'industrie textile, Roanne fut le berceau de nombreuses manufactures leaders dans la bonneterie et dans la maille. Héritiers de ce patrimoine industriel, nous sommes fiers de maintenir au sein de nos ateliers un savoir-faire historique et de proximité.

…

...

L'exigence qualitative de notre processus de fabrication est semblable à celle du luxe et de la haute couture. Chaque tricot de corps Marcel reflète tout l'art de vivre à la française. Nous employons les plus beaux fils de coton (coton Pima extra longues fibres), conférant douceur et durabilité à nos vêtements. La filature est située en Grèce, le tricotage et la teinture sont réalisés à Roanne.

Les couturières des Tricots Marcel réalisent la coupe et la confection de manière traditionnelle et afin d'assurer notre devoir de transmission, les plus jeunes sont formées au contact des plus anciennes.

En rassemblant tous les maillons de la chaîne de production à l'échelon local, nous garantissons la traçabilité et nous participons à la création d'un modèle d'échange plus juste dans le respect de l'homme et de son environnement.

Nous travaillons avec bon sens et transparence et même si nos racines sont dans le passé, notre regard est tourné vers l'avenir.

www.lestricotsmarcel.com.

1. Les forts des Halles de Paris sont les manutentionnaires qui étaient chargés de transporter les marchandises de l'extérieur vers l'intérieur des habitations parisiennes.

Document 2 : la production

Dans les années 1950, la production de Marcel battait son plein. Ce débardeur était fabriqué en masse et en très grande quantité. C'était le vêtement à la mode que les hommes voulaient avoir.

Mais avec le temps, le Marcel est passé de mode et est devenu ringard. La production s'est ralentie puis totalement arrêtée. La marque non utilisée pendant de très nombreuses années est tombée dans le domaine public.

Thomas Sardi a l'idée de relancer la production de ce produit typiquement français.

Tout d'abord, les Français y étaient très attachés et le made in France a le vent en poupe.

La production sera 100 % roannaise. Thomas Sardi se crée un réseau de partenaires locaux pour l'aider dans la production :

- MCF à Riorges pour la partie tricotage ;
- TAD, au Coteau, s'occupera de la teinture des tissus ;
- L'atelier Ithac à Riorges aura en charge la confection. Cette entreprise a, en plus, la particularité d'employer plus de 300 personnes handicapées dans toute la Loire dans une région qui a souffert de la disparition du textile.

Cette décision prise par Thomas Sardi de produire en local a été très réfléchie puisqu'elle engage l'entreprise et ses partenaires sur le long terme. Elle permet de répondre aux attentes des Français qui orientent leurs achats vers le *Made in France*. Les moyens mis en œuvre ont été importants tant au niveau des ressources humaines que matérielles.

Aujourd'hui, on ne parle plus de production de masse mais plutôt de production en petite série avec la confection de séries limitées. De plus, sur chaque étiquette sont spécifiés la date de confection ainsi que le prénom de la personne qui a passé le plus de temps sur sa création.

Les Marcels sont vendus à un prix de 39 € pour les adultes et 29 € pour les enfants. Ces prix sont justifiés par une production locale et responsable. La qualité des matières premières et les savoir-faire utilisés ont un coût de production qui se répercute sur le prix de vente.

Document 3 : les collaborations

Les tricots Marcel s'associent à des créateurs, artistes, écoles… pour proposer des collections éphémères et collaborer avec des personnes talentueuses qui partagent les mêmes valeurs.

Marcel & Jean-Louis est la première collab' des Tricots Marcel et est composée de deux débardeurs à retrouver dans le *e-shop.*

Jean-Louis ? T'es qui ?

En 1982, Jean-Louis est sur le point de devenir une super mega rock star. Mais lors d'un concert, il se fait brusquement enlever par des extraterrestres… Il ne revient sur Terre que trente ans après, et de surcroît, amnésique. La quête de ses souvenirs va le mener sur de bien étranges chemins…

www.lestricotsmarcel.com/pages/collaborations.

Document 4 : la consommation de produits textiles et d'habillement en France entre 2015 et 2019 (en milliards d'euros)

2015	2016	2017	2018	2019
29,1	28,63	28,8	28	27,35

Document 5 : les Français achètent moins de vêtements neufs

Restructuration des enseignes, fermeture de points de vente, tendance à la « *déconsommation* »… Le déclin du marché de l'habillement devrait se poursuivre en 2019.

Les soldes d'hiver qui débutent mercredi 9 janvier pourront-elles rattraper le manque à gagner de ces derniers mois ? Pas sûr, selon Pierre Pelarrey, le directeur général du grand magasin parisien Printemps Haussmann. Hors impact du mouvement des « *gilets jaunes* », le marché de l'habillement accuse en 2018 un recul sévère de 2,9 %, à 28 milliards d'euros, selon l'Institut Français de la mode (IFM). Après une courte embellie de 0,6 % en 2017, le secteur renoue avec une tendance à la baisse, ininterrompue depuis la crise économique de 2008.

Depuis plus de dix ans, le déclin du marché de la mode atteint 15 % en France en valeur […]

Une baisse du pouvoir d'achat

« *Ce recul s'explique par la conjonction de plusieurs facteurs, l'élément central étant le non-dynamisme global de l'économie française*, explique Gildas Minvielle, directeur de l'Observatoire économique à l'IFM. *Ainsi, quand le pouvoir d'achat en unité de consommation progressait de 2 % par an en moyenne jusqu'en 2007, il n'augmente plus que de 0,1 % depuis 2008. Cela a un impact direct sur l'acte d'achat de vêtements neufs.* »

« *La mode ne répond pas à un besoin fonctionnel. Les achats sont souvent motivés par l'envie et le désir*, ajoute Yohann Petiot. *Avec le climat social tendu que nous traversons, la baisse en volume des ventes d'habits n'a rien d'étonnant.* »

Un décrochage vécu comme « *contraint* » pour 60 % des consommateurs. Les 40 % restants, évoquent pour leur part, une question de choix : « *celui de consommer moins mais mieux* », « *par souci écologique et éthique* », ou « *une volonté de désencombrer son stock* ». …

...

Une tendance à la « déconsommation »

En France, les habitudes de consommation de vêtements ne cessent d'évoluer. « *Depuis la catastrophe du Rana Plaza en 2013, les acheteurs demandent plus d'informations sur la fabrication des habits et les conditions de travail des ouvriers du textile. Finalement, tout ce qui relève d'une meilleure traçabilité* », ajoute Gildas Minvielle.

« *Mais plus généralement, c'est comme si on arrivait au bout d'une forme de surconsommation* », souligne Thomas Delattre, chef de projet à l'IFM. Ainsi, 44 % des consommateurs interrogés par l'IMF ont affirmé avoir acheté moins de vêtements en 2018, un chiffre qui s'élève à 51 % chez les femmes. Les jeunes participent aussi à cette tendance à la « *déconsommation* », puisque 34 % d'entre eux déclaraient avoir réduit leurs achats l'an dernier.

« La seconde main progresse »

Un mouvement qui semble profiter au marché de l'occasion, évalué à 1 milliard d'euros, pour la première fois en 2018. « *La seconde main progresse notamment grâce aux plates-formes de ventes entre particuliers* » (Vinted, Leboncoin...), observe Yohann Petiot.

Pour 2019, l'IFM prévoit un recul du marché de l'habillement de 0,9 % en France. « *Nous nous trouvons dans une conjoncture où la consommation est plutôt stable avec de faibles variations* », constate Gildas Minvielle. Mais pour l'Alliance du commerce, il est encore difficile d'évaluer le marché : « *cela dépendra de la pérennité du mouvement des gilets jaunes, de la météo, mais surtout du pouvoir d'achat des ménages*. »

Romane Ganneval, *La Croix*, 8 janvier 2019.

Document 6 : l'évolution de la consommation d'habillement selon le mode de distribution et les niveaux de gamme

En terme de niveau de gamme, tous les segments n'évoluent pas de la même manière. Si le moyen de gamme chute de 5 % entre 2018 et 2019, l'entrée de gamme, le haut de gamme et le luxe augmentent réciproquement de + 1 %, + 1 % et + 7 %.

Le consommateur privilégie les achats via Internet puisque ce mode d'achat a augmenté de 2,9 % sur la période alors que les achats en magasin physique baissent. Cela lui permet d'avoir accès à une offre beaucoup plus large que dans des magasins physiques.

À noter également qu'aujourd'hui, tous domaines confondus, 3 Français sur 4 déclarent privilégier le *Made in France* dans leurs achats. Le domaine vestimentaire n'est pas épargné par ce nouveau phénomène apparu il y a déjà quelques années.

Document 7 : et si vous vous mettiez à la consommation responsable ?

Un nombre croissant de Français tentent de se comporter en consommateurs concernés. Le mouvement dépasse largement les écolos purs et durs.

« *Chez nous, tous l'ameublement et la déco sont de seconde main. Et ça a très belle allure, c'est quand même autre chose que le style Ikea, vous ne trouvez pas ?* » Elle n'est pas peu fière de son élégant petit intérieur, Caroline Guezet ! Cette ancienne cadre de l'industrie textile est venue s'installer à Nantes, l'an passé, pour tourner le dos au rythme frénétique de la vie parisienne. Et se reconvertir justement dans la restauration et la vente de meubles, qu'elle écoule avec succès, dit-elle, sur son site « *Une place pour chaque chose* ». De beaux objets qui autrement auraient pu « tristement » se retrouver à la décharge.

On connaît ces consommateurs engagés, voire un rien intégristes, qui, sous prétexte de vouloir sauver la planète, se refusent à entrer dans un supermarché. Certains d'entre eux s'imposent même une discipline tellement sévère qu'ils sont parfois au bord du découragement. On appelle cela l'éco-anxiété ou la dépression verte. Il y a aussi les « écolos bobos », soupçonnés de mélanger hédonisme et bonne conscience, et, surtout, de faire la leçon à tout le monde.

Et puis il y a désormais monsieur et madame Tout-le-Monde qui, à des degrés divers, modifient leurs habitudes pour tenir compte de l'enjeu écologique. Chacun à sa manière. C'est d'ailleurs ce qui ressort des témoignages que Capital a pu recueillir. « *Avec la crise économique de 2008 et les inquiétudes liées au dérèglement climatique, le rapport de nombreux Français à la consommation a clairement évolué*, résume Philippe Moati, cofondateur de l'Observatoire société et consommation (Obsoco). *Ils veulent toujours profiter des bienfaits de la vie à l'occidentale, mais certainement pas en se contentant d'accumuler des biens matériels.* »

La motivation de ces néoconsommateurs est double, à la fois économique (59 % des Français disent vivre sous une certaine contrainte financière, selon une récente étude Obsoco) et environnementale (80 % de nos compatriotes se disent sensibles à la question, selon la même étude). Ne soyons pas dupes ! Même s'ils font montre d'une certaine volonté éthique, la majorité des adeptes font d'abord des arbitrages budgétaires. Face aux dépenses contraintes (logement, énergie, essence…) de plus en plus lourdes, ils cherchent à restaurer leur pouvoir d'achat pour ne pas sacrifier leur mode de vie.

17 octobre 2019, Eric Wattez, Capital@Prisma Média.

Dossier 1 : Les tricots Marcel

(Énoncés p. 78)

1.1

Type d'organisation	Organisation privée à but lucratif de type entreprise.
Statut	SAS
Finalités	• Lucrative : générer des profits et pérenniser l'activité. • Sociale : prise en compte de l'intérêt des salariés. • Environnementale : prise en compte de l'impact sur son environnement dans son activité.
Activité	• Domaine : fabrication et vente de textiles. • Secteurs : secondaire (conception et fabrication) et tertiaire (vente grâce à son site Internet).
Taille	Pas d'indication.
Ressources	• Financières : capital de 5 000 €. • Immatérielles : de nombreux labels tels que ISO 14001 pour la protection de l'environnement, Altertex et Oeko-Tex, *Made in France*, France Terre Textile. • Technologiques : le site Internet. • Humaines : emploi, notamment, de personnes en situation de handicap.
Champ d'action géographique	International, les clients pouvant commander *via* le site Internet.

1.2

Forces	Faiblesses
• Équipe expérimentée. • Savoir-faire historique et de proximité. • Fabrication 100 % roannaise. • Débardeurs disponibles du 4 ans au XL en douze coloris, offre qui devrait s'élargir à court terme (tee-shirts et sweat-shirts).	• Vente uniquement sur Internet. • Prix élevés (de 29 à 39 euros pour un débardeur).

1.3 L'avantage concurrentiel repose sur la **qualité des produits** et sur la **labellisation « *Made in France* »**.

1.4 Quand Thomas Sardi choisit de produire à nouveau les débardeurs Marcel, il s'appuie sur le caractère traditionnel et emblématique du produit. Le label « *Made in France* » et la production 100 % locale contribuent à la stratégie de différenciation en proposant une offre perçue comme unique par les clients, en s'appuyant sur des caractéristiques du produit et une image du produit.
Aujourd'hui, les débardeurs Marcel devraient proposer une gamme de produits plus importante avec l'apparition de tee-shirts et sweat-shirts, ce qui va permettre à l'entreprise de diminuer l'impact des saisons et de continuer à développer son cœur de métier. Également, la mise en place de collaborations permet de créer des synergies distributives. Les choix stratégiques d'aujourd'hui sont donc axés sur la diversification.

1.5 – **La production à l'unité** : elle consiste à fabriquer un seul produit, très souvent à la suite d'une demande de la part du client. Ce mode de production permet à l'organisation de répondre aux demandes clients et de diminuer les stocks.

– **En série** : elle consiste à fabriquer un produit identique dans une petite (petite série) ou une grande (grande série) quantité.

- **En continu :** elle consiste à produire de manière ininterrompue (24 h/24 h et 7 j/7). Ce mode de production est adapté en fonction de la nature du produit et des contraintes techniques, notamment lorsque l'arrêt des machines serait trop coûteux.
- **En discontinu :** elle consiste à produire de manière intermittente ou par cycle. Ce mode de production est très adapté à des produits très variés ou fabriqués en faible quantité.

Les tricots Marcel fabriquent en **petites séries** et **en discontinu** afin d'adapter leur offre à la demande et de créer des séries limitées.

Dossier 2 : le marché de l'habillement en France en 2019

(Énoncés p. 78)

2.1

Opportunités	Menaces
• « Les produits français sont plébiscités partout », le débardeur Marcel pourrait être un produit phare tel que le Savon de Marseille ou l'espadrille du Sud-Ouest. • Une partie des consommateurs ont fait évoluer leur mode de consommation par soucis écologique et éthique. Ils souhaitent acheter « local ». • La catastrophe du Rana Plaza en 2013 a faire naître une conscience chez certains consommateurs, ces derniers souhaitant connaître la traçabilité des produits et les conditions de travail des salariés.	• Déclin du marché de l'habillement. • Baisse du pouvoir d'achat. • Climat social tendu.

2.2 Afin de calculer l'évolution, il est nécessaire d'utiliser la formule suivante :

$$\frac{VA - VD}{VD} \times 100$$

avec VA : valeur d'arrivée et VD : valeur de départ

Année	2015	2016	2017	2018	2019
Consommation de produits textiles et d'habillement en France (en milliards d'euros)	29,1	28,63	28,8	28	27,35
Taux d'évolution		– 1,61	0,59	– 2,78	– 2,32

Taux global de 2015 à 2019 : – 6,01 %.
Il est possible d'utiliser en partie les données de l'annexe 6 qui sont arrondies mais qui, à elles seules, ne permettent pas d'analyser toutes les périodes. Des calculs sont donc nécessaires.

Constat
De 2015 à 2019, la série est irrégulière. Sur la période étudiée, on constate une baisse de la consommation de textiles et d'habillement de 6 %.
On note une très légère évolution positive de 2016 à 2017 (+ 0,59 %) mais une baisse régulière sur les autres périodes (– 1,61 %, – 2,78 % et – 2,32 %).
Le marché subit donc une baisse progressive de la consommation.

Analyses
Les Français dépensent globalement moins dans le domaine vestimentaire. Cependant, l'ensemble des

segments du marché n'évolue pas de la même manière. Grâce à l'annexe 7, on s'aperçoit que le moyen de gamme est le segment le plus touché (– 5 % entre 2018 et 2019) alors que l'entrée de gamme, le haut de gamme et le luxe augmentent réciproquement de + 1 %, + 1 % et + 7 %. La consommation des Français s'oriente donc vers les segments opposés sur le marché en termes de qualité et de prix.
De plus, les consommateurs continuent de plébisciter les achats *via* Internet. Ce mode de consommation a augmenté de 2,9 % sur la période 2018-2019.

2.3

	Définitions	Applications
Besoins	Le besoin est un sentiment de manque qui pousse le consommateur à agir.	• **Besoin physiologique :** dans notre société, le besoin de se vêtir est une nécessité. • **Besoin d'appartenance :** besoin d'appartenir à un groupe et donc de porter des vêtements similaires. • **Besoin d'estime :** besoin d'être reconnu par son groupe d'appartenance avec l'achat, par exemple, de vêtements de marque.
Motivations	La motivation est une émotion positive qui pousse le consommateur à agir. Il existe 3 types de motivations : motivations hédonistes, motivations oblatives et motivations d'auto-expression.	• **Hédoniste :** se faire plaisir avec l'achat d'un nouveau vêtement. • **Auto-expression :** le vêtement est un moyen de se différencier des autres et donc de paraître, notamment avec des vêtements de marque.
Freins	Le frein est une pulsion négative qui empêche le consommateur d'agir. Il existe différents types de freins : les inhibitions, les risques (financiers, temporels, physiques, physiologiques ou sociaux) et les peurs.	• **Risque financier :** le prix trop élevé. • **Peurs :** peur d'être ridicule, d'acquérir un vêtement produit dans de mauvaises conditions de travail et élaboré avec des matières premières polluantes et dangereuses.
Attitudes	L'attitude correspond aux tendances d'un individu à réagir d'une certaine manière face à un produit marchand ou non marchand.	• **Cognitive :** les Français se renseignent sur les conditions de production : ils lisent les étiquettes ! • **Affective :** les Français aiment le Marcel (nostalgie).
Attentes	Les attentes correspondent à ce que recherche le consommateur.	• Recherche de produits **éthiques** et **responsables**. • Les consommateurs préfèrent moins consommer mais acquérir des **produits de qualité** et respectueux. • Trois Français sur quatre souhaitent privilégier le ***Made in France*** dans leurs achats.

2.4 Les consommateurs prennent conscience des impacts possibles de la surproduction et des catastrophes humaines et écologiques que cela peut engendrer (Rana Plaza).
Également, comme le souligne Philippe Moati, cofondateur de l'Observatoire société et consommation, les Français ont fait évoluer leur consommation en raison de la crise économique de 2008 et d'inquiétudes liées au dérèglement climatique.
Le raisonnement lié à la consommation évolue et il n'est plus question de surconsommer mais de consommer mieux.

Dossier 3 : Les tricots Marcel et la RSE

(Énoncés p. 78)

3.1 Les décisions **stratégiques** présentent des grandes caractéristiques :
- elles engagent les organisations sur le **long terme**, nécessitent la mobilisation de **ressources importantes**, sont difficilement **réversibles** et sont prises par des **niveaux hiérarchiques supérieurs** ;
- au contraire, les décisions **opérationnelles** sont prises sur le **court terme**, elles engagent **peu de moyens**, sont facilement **réversibles** et sont prises par **tous les niveaux hiérarchiques** de l'organisation.

La décision de produire les tricots Marcel de manière locale est une décision stratégique car :
- elle a été prise par un haut niveau hiérarchique : Thomas Sardi, président des tricots Marcel ;
- c'est un choix stratégique qui engage l'entreprise sur le **long terme** et est **difficilement réversible** (lorsque les décisions sont mises en œuvre, revenir en arrière pose un problème dans le sens ou les ressources engagées sont importantes) ;
- les **moyens** mis en œuvre ont été **importants** tant au niveau des ressources humaines que matérielles (acquisition de machines et emploi de personnes qualifiées pour réaliser la confection des articles).

3.2 La RSE est la responsabilité sociale et environnementale des organisations. Il s'agit pour une organisation de prendre en compte les préoccupations sociales, sociétales et environnementales dans ses activités.
Ici, dans le cas de l'entreprise Les tricots Marcel, les actions suivantes s'inscrivent dans une démarche de RSE :
- le choix de la teinturerie TAD, certifiée ISO 14001 pour la protection de l'environnement, Altertex et Oeko-Tek ;
- les boîtes à Marcel produites dans la Loire en matériaux recyclés (à hauteur de 71 %) et imprimées avec des encres à eau sans solvants ;
- l'atelier de confection Ithac, entreprise adaptée qui offre des emplois à des personnes fragilisées par le handicap ;
- la fabrication faite de manière traditionnelle et une transmission du savoir assurée : les plus jeunes sont formés au contact des plus anciens.

3.3 Les différentes finalités de l'organisation peuvent être économiques, sociales et/ou sociétales.
La finalité économique concerne la croissance, le chiffre d'affaires, la rentabilité et le marché de l'organisation. La finalité sociale regroupe notamment les éléments qui concernent la sauvegarde d'emploi, la formation et l'épanouissement personnel des salariés. La finalité sociétale prend en compte le développement durable, la protection de l'environnement et l'égalité des salariés.
Dans le cas de l'entreprise citée, les trois finalités sont concernées :
- la finalité économique car il s'agit d'une SAS qui doit réaliser du chiffre d'affaires pour assurer sa pérennité et poursuivre son développement ;
- la finalité sociale puisque l'entreprise s'attache à produire localement et à faire appel à des fournisseurs locaux (sauf pour le fil) afin de préserver l'emploi ;
- enfin, la finalité sociétale puisque l'entreprise fait appel à une teinturerie labellisée pour la protection de l'environnement, les boîtes d'emballage étant en carton recyclé. L'entreprise fait également appel à une entreprise adaptée pour offrir un emploi à 300 personnes en situation de handicap.

Gestion et finance

COMPRENDRE EN VIDÉO Retrouvez tous nos tutos vidéos sur notre chaîne YouTube « Objectif BAC Hachette ».

1 Le système d'information comptable

Les technologies numériques ont profondément modifié le système d'information comptable. L'automatisation des processus et la dématérialisation des documents ont fortement contribué à un accroissement de la performance.

1 Le système d'information comptable (SIC)

• **Le SIC** se caractérise par :
– une structure organisationnelle ;
– l'utilisation d'un progiciel de gestion intégré (PGI).

Exemple : Le système d'information d'un cabinet comptable de la collecte des données jusqu'à la liasse fiscale.

2 Le progiciel de gestion intégré (PGI)

• **Le PGI** permet de gérer l'ensemble des processus d'une entreprise. Il regroupe des modules de gestion relatifs aux différentes fonctions de l'entreprise :
– la gestion commerciale et comptable ;
– la gestion des ressources humaines et la paye ;
– les stocks et le contrôle de gestion, etc.

• Il se caractérise par **une base de données unique** qui garantit l'unicité de l'information et sa traçabilité. Il permet, d'autre part, de **standardiser les processus** et de **collecter automatiquement les données de façon dématérialisée**.

• Les solutions logicielles proposées par les éditeurs sont facilement paramétrables.

• Les avantages du PGI sont :
– **la dématérialisation des documents collectés** ;
– **la sécurité des traitements** grâce aux processus informatisés ;
– **la dématérialisation des transferts et leur automatisation** vers d'autres organismes ;
– **la sauvegarde** sur un serveur interne ou externe.

3 La sécurité du système d'information

• La sécurité des traitements opérés au sein du système d'information est caractérisée :
– **par la disponibilité** permettant de maintenir le bon fonctionnement du système d'information ;
– **par l'intégrité**, c'est-à-dire la non-altération des données ;
– **par la confidentialité des données** ;
– **par la traçabilité des données**.

> **Remarque**
> Le PGI est un outil de fiabilisation qui permet de préserver la disponibilité, l'intégrité, la confidentialité et la traçabilité des informations.

• Les techniques de sauvegarde ont une incidence sur la sécurisation des processus (→ **Fiche 14** de l'enseignement commun, p. 44) ; elles peuvent consister en une internalisation ou à l'inverse une externalisation sur le *cloud*.

2 Les processus de gestion

Un processus de gestion est un ensemble organisé d'activités. Sa formalisation et sa diffusion permettent d'harmoniser et de standardiser les pratiques au sein de l'organisation et d'accroître la traçabilité de l'information.

1 Les différents types de processus de gestion

• **Un processus regroupe l'ensemble des activités nécessaires à la production d'un résultat** (service/information/produit). Les activités s'enchaînent dans un ordre logique.

• On distingue **deux types de processus** :

– **le processus métier** : il s'adresse au client pour lui délivrer un résultat ; les processus métier sont organisés autour des **4 fonctions du système d'information** :

Fonction	Exemple
Collecte de l'information dématérialisée ou non	Récolte des factures, etc.
Stockage de l'information	Sur un serveur interne ou externe
Traitement comptable et financier	Enregistrements comptables
Diffusion	États financiers et comptables

– **le processus support** : il ne s'adresse pas directement au client. Il est interne à l'organisation et sert de support aux processus métiers (ex. : la gestion des congés au sein d'un cabinet d'expertise comptable).

2 La représentation des processus

• **Le schéma évènement-résultat** permet de représenter les processus suivant des règles précises.

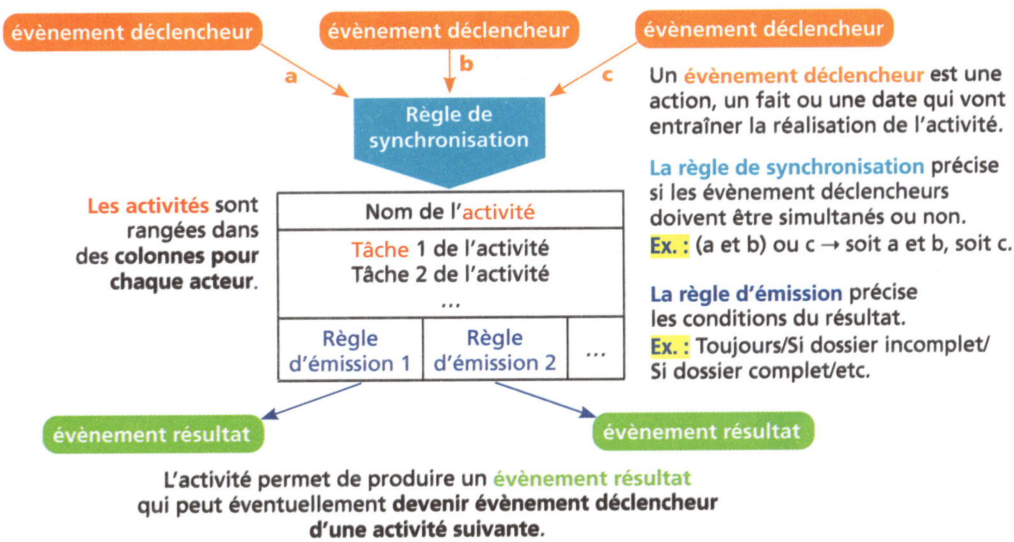

3 Les documents comptables

Les documents comptables de base permettent d'établir les comptes de l'entreprise et des états comptables afin de donner une image fidèle de son patrimoine.

1 Les documents comptables de base

• **Les documents comptables de base sont ceux qui servent de pièces justificatives aux enregistrements comptables** : factures, talons de chèques, relevés de compte, etc.

Exemple de facture

Distriplus SARL ← Vendeur
3, rue des acacias
92170 Vanves

Client → Koskas SARL
12, avenue de la liberté
92170 Vanves

Facture n° 627 du 13 mars 2020

Référence	Désignation	Quantité	Prix unitaire brut HT	Remise	Prix unitaire net HT	Montant HT
C122	Pot de confiture fraises	100	3,50	-	3,50	350,00
C134	Pot de confiture abricots	200	3,20	10 %	2,88	576,00

Échéance : paiement sous 8 jours

Total HT	926,00
– Remise globale 5 %	46,30
= Net commercial HT	879,70
+ Transport HT	15,00
= Net HT	894,70
+ TVA 5,5 %	49,21
= Net à payer TTC	943,91

La remise est une **réduction commerciale** accordée pour les motifs suivants : qualité du client, fidélité, quantités achetées. Elle peut être calculée par produit ou/et être globale.

Taux des pénalités de retard : 4 %.
Indemnité forfaitaire pour frais de recouvrement : 40 €.

SARL au capital de 8 000 € N° RCS : vanvesB453678954 n° TVA : FR 32543786543

• **Le montant net HT** des achats après remise représente le **montant net commercial HT**.

• **La TVA** est un impôt indirect perçu par l'État lors de la vente. Le montant après application de la TVA est le montant Toutes Taxes Comprises (TTC) et doit obligatoirement apparaître sur la facture. Le taux de TVA appliqué diffère selon la nature des produits vendus.

Exemples : Alimentation 5,5 %, fournitures de bureau 20 %, restauration 10 %, etc.

2 L'articulation des documents comptables

• **Les processus de gestion** permettent de créer d'autres états comptables à partir des documents comptables de base.

Documents comptables de base →

• **Journal** : enregistrement chronologique des opérations.
• **Grand livre** : regroupement par compte des montants liés à ces opérations.
• **Balance** : document de contrôle reprenant les soldes des comptes.

• **Bilan** : représentation du patrimoine de l'entreprise à un instant donné.
• **Compte de résultat** : présentation des charges et des produits et du bénéfice ou de la perte réalisé(e) par l'entreprise.

4 La partie double

L'enregistrement des flux en partie double est nécessaire pour prendre en compte la réalité du fonctionnement des organisations. Le plan comptable général (PCG) est le cadre de référence qui fixe les règles d'enregistrement et les comptes à utiliser dans ce cadre.

1 Le principe de la partie double

• **La partie double** est le principe de base du système comptable et financier. **Chaque opération doit être inscrite dans au moins deux comptes au débit ou au crédit.**

Total des débits = total des crédits

• **Règles :** – un **flux entrant** est inscrit au **débit** d'un compte ;
– un **flux sortant** est inscrit au **crédit** d'un compte.

> **À noter**
> **Un flux** représente la circulation d'un bien, d'un service ou de monnaie.

2 L'enregistrement dans les comptes

• **L'enregistrement comptable** s'effectue suivant les directives du **plan comptable général** qui présente notamment la liste des comptes à utiliser.

A Le plan de comptes

• **Le plan de comptes** est subdivisé en **sept rubriques principales** (classes de comptes) qui regroupent les comptes à utiliser en fonction de leur nature :

Classe		Nature
Bilan	1	Comptes de capitaux (capital social, emprunts, etc.)
	2	Comptes d'immobilisations (acquisitions d'immobilisations et amortissements)
	3	Comptes de stocks
	4	Comptes de tiers (clients, fournisseurs, État, salariés, etc.)
	5	Comptes de trésorerie (banque, caisse, etc.)
Compte de résultat	6	Comptes de charges (achats et autres charges)
	7	Comptes de produits (ventes et autres produits)

> **Bilan et compte de résultat**
> Le bilan présente le patrimoine de l'entreprise. Le compte de résultat permet de calculer le bénéfice ou la perte (produits – charges).

• **L'adaptation du plan comptable** est autorisée en subdivisant les comptes en sous-comptes. Les entreprises y ont recours très fréquemment.

Exemple

Compte	Adaptation
215400 Matériel industriel	215401 Découpeuse / 215402 Plieuse
371000 Stock de marchand.	371100 Stock de confitures à la fraise
401000 Fournisseurs	401GAR Fournisseur GARNIER
411000 Clients	411FLO Client FLORENT
512000 Banques	512100 LCL / 512200 CA
607000 Achats de marchand.	607100 Achats de confitures à la fraise
707000 Ventes de marchand.	707100 Ventes de confitures à la fraise

> **Remarque**
> La personnalisation des comptes peut être faite avec des chiffres ou des lettres (ex. : 512LCL ou 512100). L'adaptation du plan de comptes permet d'améliorer la qualité de l'information.

B Le journal et le grand livre

• **Le journal unique** fait état, dans l'ordre chronologique, des opérations enregistrées.

> **Remarque**
> Le journal peut être divisé en journaux divisionnaires (achats/ventes/banque, etc.).

Exemple d'opération d'achat de timbres fiscaux

Compte	05/02/N	Débit	Crédit
6354(00)	Droits d'enregistrement et de timbre	50,00	
512(000)	Banques		50,00
	Achat de timbres fiscaux/Chèque n° 2146386		

Les droits de timbre sont un service acheté entrant dans l'entreprise (**flux entrant au débit**).

Le paiement par chèque est un flux monétaire sortant (**flux sortant au crédit**).

• **Le grand livre** reprend tous les **mouvements** (débit ou crédit) qui ont été effectués lors des différentes opérations et les regroupe par compte.

C L'incidence sur les documents de synthèse

• **Chaque opération a un impact sur le bilan et/ou le compte de résultat.** L'incidence dépend du type de mouvement et de la nature du compte (actif/passif/charge ou produit).

Bilan	
Comptes figurant à l'actif	**Comptes figurant au passif**
2 Immobilisations 3 Stocks 411 Clients 44562 TVA déductible sur immos 44566 TVA déductible sur autres biens et services 512 Banques 531 Caisse	1 Comptes de capitaux 401 Fournisseurs 44571 TVA collectée 44551 TVA à payer
Comptes d'actif • montant au débit : ↗ de l'actif • montant au crédit : ↘ de l'actif	**Comptes de passif** • montant au débit : ↘ du passif • montant au crédit : ↗ du passif

Compte de résultat	
Charges	**Produits**
6 Achats et autres charges	7 Ventes et autres produits
Comptes de charge ou de produit • Au débit : ↘ du résultat • Au crédit : ↗ du résultat	

• Les comptes d'actif représentent ce que l'entreprise possède. Les comptes de passif représentent les dettes de l'entreprise.

Exemple (suite)

Le commentaire sur l'incidence de l'écriture sur les documents de synthèse de l'opération d'achat de timbres fiscaux :

- le débit du compte 6354 fait **diminuer le résultat** de 50,00 € (impact sur le compte de résultat).
- Le crédit du compte 512 fait **diminuer l'actif** du bilan de 50,00 € (impact sur le bilan).

5 Les opérations d'achat

L'achat de biens ou de services est l'une des opérations essentielles réalisées par les entreprises. Le document comptable de base qui sert de support à la comptabilisation d'un achat est la facture de doit.

1 L'analyse des flux

Exemple de corps d'une facture (de doit) d'achat

Référence	Désignation	Quantité	Prix unitaire net HT	Montant HT
M001	Chaise modèle A	100	4,60	460,00
M002	Chaise modèle B	200	3,90	780,00
			Total HT	1 240,00
			Remise 10 %	124,00
			Net commercial HT	1 116,00
			Transport HT	150,00
			Net HT	1 266,00
			TVA 20 %	253,20
			Net à payer TTC	1 519,20

Les achats sont comptabilisés pour leur montant net commercial HT.

- On peut analyser une facture d'achat ainsi :

Montant	Flux Entrant	Flux Sortant	Débit	Crédit
Les achats sont un flux réel entrant dans l'entreprise.	✓		✓	
Le transport est un service rendu à l'entreprise (entrant).	✓		✓	
La TVA payée (comprise dans le montant TTC) est récupérable auprès de l'État. C'est un flux entrant futur, c'est-à-dire une créance.	✓		✓	
Le montant TTC est un flux monétaire sortant immédiat en cas de paiement comptant ou différé en cas de paiement à crédit (dette).		✓		✓

2 L'enregistrement dans les comptes et l'impact sur les documents de synthèse

- L'enregistrement d'un achat s'effectue au journal de l'entreprise à la date figurant sur la facture.

Exemple (suite)

Compte	15/02/N	Débit	Crédit
607	Achat de marchandises	1 116,00	
624	Transport	150,00	
44566	État TVA déductible sur ABS	253,20	
401	Fournisseurs		1 519,20
	Facture d'achat n° 627		

Remarque

Le compte d'achat de marchandises (607) peut être subdivisé pour différencier les différents types de chaises achetées. Il ne peut cependant être utilisé que pour une activité commerciale.

Exemple (suite)

L'incidence sur les documents de synthèse est la suivante (→ **Fiche 4**, p. 93) :

- le débit des comptes 607 et 624 fait diminuer le résultat de 1 266,00 €.
- Le débit du compte 44566 fait augmenter l'actif du bilan de 253,20 €.
- Le crédit du compte 401 fait augmenter le passif du bilan de 1 519,20 €.

3 La facture d'avoir

A Le document

- **La facture d'avoir** matérialise un retour de marchandises (ou d'autres biens) au fournisseur (pour défaut de conformité).
- Elle est adressée par le fournisseur au client et ne doit pas faire apparaître de frais de port. Elle est effectuée **dans les mêmes conditions commerciales** que la facture de doit d'origine (elle comprend notamment les mêmes remises).

Exemple (suite) : Retour de 50 chaises modèle B – réception de l'avoir le 20/02/N

Référence	Désignation	Quantité	Prix unitaire net HT	Montant HT
M002	Chaise modèle B	50	3,90	195,00
			Remise 10 %	19,50
			Net commercial HT	175,50
			TVA 20 %	35,10
			Net à votre crédit TTC	210,60

B L'enregistrement dans les comptes

- **L'enregistrement d'un avoir** consiste à annuler une partie des flux constatés lors de l'enregistrement de la facture de doit en faisant une inversion de l'écriture comptable de la facture de doit mais seulement pour les montants relatifs à la facture d'avoir.

Exemple (suite)

Compte	20/02/N	Débit	Crédit
401	Fournisseurs	210,60	
607	Achat de marchandises		175,50
44566	État TVA déductible sur ABS		35,10
	Facture d'avoir n° A627		

4 Les règlements

- **Le compte 401 (Fournisseurs)** doit être soldé pour la somme restante à payer (au débit) et il faut constater un flux sortant du compte Banques ou de la caisse (au crédit).

Exemple (suite)

Compte	25/02/N	Débit	Crédit
401	Fournisseurs	1 308,60	
512	Banques		1 308,60
	Virement n° 475447		

← Somme due après l'avoir : 1 519,20 – 210,60 = 1 308,60

6 Les opérations de vente

L'ensemble des ventes réalisées par l'entreprise correspond à son chiffre d'affaires. Les opérations de vente doivent donc faire l'objet d'enregistrements comptables.

1 L'analyse des flux

Exemple de corps d'une facture (de doit) de vente d'un fabricant de meubles

Référence	Désignation	Quantité	Prix unitaire net HT	Montant HT
T00A	Table modèle A	50	50,00	2 500,00
T00B	Table modèle B	100	47,50	4 750,00
			Total HT	7 250,00
			Remise 5 %	362,50
			Net commercial HT	6 887,50
			Transport HT	200,00
			Net HT	7 087,50
			TVA 20 %	1 417,50
			Net à payer TTC	8 505,00

Les ventes sont comptabilisées pour leur montant net commercial HT.

• On peut analyser une facture ainsi :

Montant	Flux		Débit	Crédit
	Entrant	Sortant		
Les ventes sont un flux réel sortant de l'entreprise.		✓		✓
Le transport facturé est un service rendu au client (sortant).		✓		✓
La TVA perçue (comprise dans le montant TTC) est collectée pour le compte de l'État. C'est un flux sortant futur, c'est-à-dire une dette vis-à-vis de l'administration fiscale.		✓		✓
Le montant TTC est un flux monétaire entrant immédiat en cas de paiement comptant ou différé en cas de paiement à crédit (créance client).	✓		✓	

2 L'enregistrement dans les comptes et l'impact sur les documents de synthèse

• L'enregistrement d'une vente s'effectue au journal de l'entreprise à la date de la facture.

Exemple (suite)

Compte	20/02/N	Débit	Crédit
411	Clients	8 505,00	
701	Vente de produits finis		6 887,50
7085	Port facturé		200,00
44571	État TVA collectée		1 417,50
	Facture de vente n° 536		

Remarque

On ne doit pas utiliser un compte de vente de marchandises car il s'agit d'un fabricant. Il vend donc des produits finis.

Exemple (suite)

L'incidence sur les documents de synthèse est la suivante (→ **Fiche 4**, p. 93) :

- le débit du compte 411 fait augmenter l'actif du bilan de 8 505,00 €.
- Le crédit du compte 44571 fait augmenter le passif du bilan de 1 417,50 €.
- Le crédit des comptes 701 et 7085 fait augmenter le résultat de 7 087,50 € (6 887,50 + 200,00).

3 La facture d'avoir

- **Le principe est exactement le même que lors des opérations d'achat** (→ **Fiche 5**, p. 95).

Exemple (suite) : Retour de 20 tables modèle A – réception de l'avoir le 25/02/N

Référence	Désignation	Quantité	Prix unitaire net HT	Montant HT
T00A	Table modèle A	20	50,00	1 000,00
			Remise 5 %	50,00
			Net commercial HT	950,00
			TVA 20 %	190,00
			Net à votre crédit TTC	1 140,00

- Écriture de contrepassation :

Compte	25/02/N	Débit	Crédit
701	Vente de produits finis	950,00	
44571	État TVA collectée	190,00	
411	Clients		1 140,00
	Facture d'avoir n° A536		

4 Les règlements

- Le compte 411 (Clients) doit être soldé pour la somme restante à payer (au crédit) et il faut constater un flux entrant du compte Banques ou de la caisse (au débit).

Exemple (suite)

Compte	25/02/N	Débit	Crédit
512	Banque	7 365,00	
411	Clients		7 365,00
	Chèque n° 9365509		

← Somme due après l'avoir : 8 505,00 – 1 140,00 = 7 365,00

5 La TVA à payer

- La TVA à décaisser (ou à payer) par l'entreprise se calcule en soustrayant la TVA déductible (récupérable) sur les achats de la TVA collectée sur les ventes.

TVA à payer = TVA collectée – TVA déductible

- Si la TVA déductible est supérieure à la TVA collectée, l'entreprise possède un crédit de TVA qui pourra être déduit de la prochaine TVA à payer.

7 Le contrôle des comptes

Les opérations de contrôle des comptes sont indispensables au repérage d'éventuels anomalies ou retards de règlement. Elles doivent être effectuées régulièrement.

GESTION FINANCE

1 Le lettrage des comptes de tiers (clients et fournisseurs)

- **Il s'effectue à partir du grand livre**, c'est-à-dire du regroupement par comptes des différents mouvements effectués (débit et crédit) au cours des différentes opérations comptables.
- Le lettrage permet de **faire correspondre les sommes dues (factures) avec les règlements et les avoirs**.

A Le lettrage d'un compte client

- Le lettrage des comptes clients permet de vérifier les règlements et d'effectuer d'éventuelles relances pour les clients qui n'auraient pas réglé à l'échéance.
- Les sommes dues sont portées au débit du compte.
- Les sommes réglées et les avoirs accordés sont portés au crédit du compte.

Remarque
Les PGI possèdent des fonctionnalités de lettrage automatique.

Exemple

Compte client Dubosc (411DUB) tiré du grand livre

Date	Libellé	Pièce	Échéance	Débit	Crédit	Lettrage
15/05	Facture	204401	26/06/N	318,23		A
20/05	Avoir	352674			150,00	A
26/06	Chèque	259756			168,23	A
05/07	Facture	204585	14/09/N	310,96		B
05/08	Chèque	123456			210,96	B
08/08	Facture	204576	11/09/N	525,04		
14/09	Chèque	123467			100,00	B
…	…	…	…	…	…	…

Ici, la facture 204585 d'un montant de 310,96 € a donné lieu à un paiement en deux temps, *via* deux chèques de respectivement 210,96 et 100 € (lettrage B).

B Le lettrage d'un compte fournisseur

- Le lettrage des comptes fournisseurs permet de **vérifier les règlements et de repérer les dettes qui restent à régler aux fournisseurs**.
- Le lettrage des comptes fournisseurs s'effectue en suivant les mêmes principes que celui des comptes clients.
- Les sommes dues sont portées au crédit du compte.
- Les sommes réglées et les avoirs obtenus sont portés au débit du compte.

2 L'état de rapprochement bancaire

• Le rapprochement bancaire consiste à comparer les différents mouvements inscrits dans le compte Banque tenu par l'entreprise avec ceux du relevé de compte envoyé par la banque afin de repérer d'éventuels écarts. Ces derniers peuvent s'expliquer car la banque enregistre certaines opérations (virements, agios, etc.) qui n'ont pas encore été portés à la connaissance de l'entreprise. À l'inverse, l'entreprise peut avoir enregistré des opérations qui ne figurent pas encore sur le relevé bancaire. Les soldes bancaires qui figurent dans les deux documents ne sont donc pas identiques. Le rapprochement bancaire consiste à identifier les écarts et rapprocher les soldes afin qu'ils soient identiques.

- Les sommes oubliées figurant au crédit du relevé doivent être inscrites au débit du compte 512.
- Les sommes oubliées figurant au débit du relevé doivent être inscrites au crédit du compte 512.

Exemple

Solde du compte 512 à rapprocher

Compte 512 Banque		
	Débit	Crédit
Solde au 30/11	**5 916,27**	
Erreur chèque 4879873	18,00	
Virement EDF n° 87		1 321,00
Frais de tenue de compte		22,00
Total	**5 934,27**	**1 343,00**
Solde rapproché au 30/11		**4 591,27**

Opérations figurant sur le relevé et ne figurant pas dans le compte 512 à enregistrer en comptabilité.

Solde du relevé bancaire à rapprocher

Relevé de compte envoyé par la banque		
	Débit	Crédit
Solde au 30/11		**1 837,62**
Remise chq client Martin		2 753,65
Total	**0,00**	**4 591,27**
Solde rapproché au 30/11	**4 591,27**	

Opérations figurant sur le compte 512 et ne figurant pas sur le relevé.

• **Le solde rapproché est un solde théorique** qui tient compte de toutes les opérations non encore comptabilisées.

Remarque

Le solde rapproché débiteur du compte 512 est souvent, par convention de présentation, inscrit dans la colonne « Crédit » (et inversement).

3 La balance

• **La balance comptable reprend tous les soldes des comptes** et permet de vérifier l'exactitude du bilan. **Elle n'est pas obligatoire.**

Exemple d'extrait de balance

Numéro de compte	Intitulé	Débits	Crédits	Solde débiteur	Solde créditeur
401	Fournisseurs	6 507,00	8 709,00		**2 202,00**
411	Clients	9 404,00	7 395,00	**2 009,00**	
....					
512	Banque	36 807,00	34 566,00	**2 241,00**	

À la date d'édition de la balance, les dettes vis-à-vis des fournisseurs s'élèvent à 2202,00 €, les créances clients à 2 009,00 € et la banque présente un solde positif (débiteur) de 2 241,00 €. On retrouve ces différents montants dans le bilan.

8 Le processus d'investissement

Les opérations d'investissement consistent à se procurer des actifs afin de disposer de ressources de production. Ces actifs sont immobilisés et se distinguent des charges.

GESTION FINANCE

1 Qu'est-ce qu'un investissement ?

- **Un investissement consiste en l'acquisition d'un actif immobilisé** (immobilisation) destiné à être conservé durablement dans l'entreprise dont le coût d'acquisition HT est supérieur à 500 €.
- Sinon, c'est une charge, qui est utilisée ou consommée durant l'exercice comptable.

2 Le coût d'acquisition d'une immobilisation

COMPRENDRE EN VIDÉO — *Le calcul du coût d'acquisition d'une immobilisation*

- **Le coût d'acquisition HT** comprend le coût d'achat HT et les frais accessoires HT.
- Les frais accessoires concernent le transport, la mise en service (installation, montage, etc.).

3 L'enregistrement dans les comptes

- **L'enregistrement d'une immobilisation** s'effectue dans un compte de classe 2.

Exemple

Compte	20/02/N	Débit	Crédit
2154	Matériel industriel	12 560,00	
44562	État, TVA déductible sur **immobilisations**	2 512,00	
404	Fournisseur d'**immobilisations**		15 072,00
	Facture H127/machine-outil		

Coût d'acquisition HT (→ 12 560,00)

- Le débit du compte de classe 2 augmente l'actif de 12 560 €.
- Le débit du compte 44562 augmente l'actif de 2 512 €.
- Le crédit du compte 404 augmente le passif de 15 072 €.

Remarque

Ces comptes de TVA et de fournisseurs sont spécifiques aux immobilisations.

4 La cession d'une immobilisation

- **Le produit de la cession d'un élément d'actif** est un produit exceptionnel.

Exemple

Compte	15/03/N+3	Débit	Crédit
462	Créance sur cession d'immobilisation	2 400,00	
775	Produits des cessions d'éléments d'actif		2 000,00
44571	État, TVA collectée		400,00
	Facture 548/cession machine-outil		

Prix de vente HT (→ 2 000,00)

- Le débit du compte 462 augmente l'actif de 2 400 €.
- Le crédit du compte 44571 augmente le passif de 400 €.
- Le crédit du compte 775 augmente le résultat de 2 000 €.

9 L'amortissement des immobilisations

Les immobilisations sont dites amortissables lorsqu'elles perdent de leur valeur à cause de l'usure ou de leur obsolescence. L'amortissement représente cette perte de valeur.

1 La notion d'amortissement

• **L'amortissement** est **la répartition du montant de l'actif sur sa durée d'utilisation** selon le rythme de consommation des avantages économiques futurs.

Exemple : Le coût d'acquisition d'un véhicule sera réparti suivant le kilométrage prévisionnel effectué sur la durée d'utilisation future.

Remarque
L'amortissement est une opération d'inventaire (→ **Fiche 10**) et sa constatation est réalisée en vertu du principe de prudence (→ **Fiche 12**).

2 Le calcul de l'amortissement

• L'entreprise a le choix entre :
– **le calcul d'un amortissement linéaire** dont la durée est fixée par la loi en fonction de la nature du bien ;
– **le calcul d'un amortissement par unités d'œuvre** si elle est en mesure d'estimer un rythme de consommation (**ex. :** le kilométrage parcouru).

A L'amortissement linéaire ou constant

COMPRENDRE EN VIDÉO *Le plan d'amortissement linéaire*

• L'actif est amorti par rapport à des unités de temps (années) :
– base d'amortissement = coût d'acquisition HT ;
– **taux d'amortissement = 1/nombre d'années d'utilisation.**
– **dotation annuelle aux amortissements** (amortissement annuel) **= base × taux.**

Exemple
Un véhicule utilitaire est acquis pour 22 000 € HT et mis en service le 13/03/N.
Sa durée d'utilisation est de 5 ans.
On établit **le plan d'amortissement** linéaire du véhicule :
– base d'amortissement : 22 000 € ;
– taux d'amortissement : 1/5, soit 20 % ;
– dotation annuelle : 22 000 × 20 %, soit 4 400 €.

Année	Base	Taux	Annuité	Cumul	VNC
N	22 000	20 %	3 520	3 520	18 480
N+1	22 000	20 %	4 400	7 920	14 080
N+2	22 000	20 %	4 400	12 320	9 680
N+3	22 000	20 %	4 400	16 720	5 280
N+4	22 000	20 %	4 400	21 120	880
N+5	22 000	20 %	880	22 000	0

Remarque
La durée d'amortissement est de cinq années entières. L'amortissement « déborde » ici sur une sixième année pour compléter la première.

- **L'annuité** de la première année (N) correspond à une année incomplète :
– en N, l'amortissement débute à la mise en service le 13/03 et s'achève le 31/12 ;
– en jours, cette durée représente 9 mois et 18 jours, soit (9 × 30) + 18, c'est-à-dire 288 jours sur un total de 360 (par simplification comptable on considère qu'un mois compte 30 jours et une année 360) ;
– l'annuité s'élève donc à : $22\,000 \times 20\,\% \times \frac{288}{360}$, soit 3 520 € au lieu de 4 400 € pour une année entière.

- **Le cumul** représente le total des annuités depuis le début, c'est-à-dire la perte de valeur totale du bien.
- **La valeur nette comptable (VNC)** représente la valeur nette du bien compte tenu de la perte de valeur :

VNC = base – cumul

GESTION FINANCE

B L'amortissement par unités d'œuvre

COMPRENDRE EN VIDÉO *Le plan d'amortissement par unité d'œuvre*

- **Le bien est amorti à un rythme de consommation représenté par la consommation d'unités d'œuvre**. L'unité d'œuvre est l'indicateur choisi pour représenter au mieux le rythme d'utilisation du bien amortissable.

Exemple

Un véhicule utilitaire est acquis et mis en service le 13/03/N pour 22 000 € HT. Sa durée d'utilisation est de 5 ans et les kilométrages prévus sont les suivants sur les 5 années à venir :
20 000 / 30 000 / 40 000 / 50 000/20 000 (total : 160 000 km).

Plan d'amortissement par unités d'œuvre du véhicule (km)

Année	Base	Taux	Annuité	Cumul	VNC
N	22 000	20 000/160 000	2 750	2 750	19 250
N+1	22 000	30 000/160 000	4 125	6 875	15 125
N+2	22 000	40 000/160 000	5 500	12 375	9 625
N+3	22 000	50 000/160 000	6 875	19 250	2 750
N+4	22 000	20 000/160 000	2 750	22 000	0

3 La comptabilisation de l'amortissement

- La dotation aux amortissements est une **charge calculée** : elle est constatée mais ne donne pas lieu à un paiement car c'est la constatation d'une perte de valeur.
- **L'enregistrement de la dotation aux amortissements** (annuité) s'effectue à **l'inventaire**, c'est-à-dire à la fin de l'exercice comptable (le 31/12/N).

Exemple (suite)

Compte	31/12/N	Débit	Crédit
681 28182	Dotation aux amortissements Amortissement du véhicule	2 750,00	 2 750,00

- Le débit du compte 681 fait diminuer le résultat de 2 750 €.
- Le crédit du compte 28182 fait diminuer l'actif de 2 750 €.
- Les valeurs brutes (acquisition) et nettes (VNC) des actifs immobilisés ainsi que le cumul des amortissements figurent dans le bilan et ses annexes (→ Fiche 12, p. 108).

Remarque

Le compte utilisé pour l'amortissement est le compte permettant d'enregistrer l'acquisition avec un 8 ajouté en deuxième position (ici, le compte 2182 Matériel de transport a pour compte d'amortissement associé le compte 28182).

10 L'inventaire des stocks et des créances

Les opérations d'inventaire permettent d'ajuster les comptes d'actif afin de donner une image fidèle de l'entreprise. Elles sont réalisées en fin d'exercice comptable.

1 L'exercice comptable

- **L'exercice comptable** est la période au terme de laquelle on réalise les opérations d'inventaire et on constate le résultat dégagé par l'entreprise.
- **L'exercice comptable dure 12 mois** et correspond généralement à une année civile sauf pour les organisations dont l'activité impose le choix d'autres dates.

2 La régularisation des stocks

- **Un inventaire physique des stocks est réalisé** en fin d'exercice comptable afin de réajuster les comptes de stocks.

Exemple
Avant l'inventaire, le stock de marchandises est de 80 000 €, après il est de 72 000 €.

Compte	31/12/N	Débit	Crédit
6037 37	Variation des stocks de marchandises Stock de marchandises *Annulation du stock initial*	80 000,00	 80 000,00
	31/12/N		
37 6037	Stock de marchandises Variation des stocks de marchandises *Constatation du stock final*	72 000,00	 72 000,00

- La régularisation se justifie en vertu du **principe d'indépendance des exercices** (→ Fiche 12).

3 La dépréciation des actifs circulants

COMPRENDRE EN VIDÉO — *Le tableau des créances douteuses*

A La dépréciation des comptes clients

- Certaines créances clients sont susceptibles de perdre de la valeur parce que les clients sont considérés comme douteux, c'est-à-dire que leur solvabilité est remise en cause.
- **La dépréciation** correspond à une **probabilité de perte de valeur** de la créance. **Elle n'est pas irréversible**.
- **Une dotation** augmente la dépréciation de l'année précédente (dépréciation N – dépréciation N-1).
- **Une reprise** diminue la dépréciation déjà constatée.
- **Quand une créance devient irrécouvrable**, la probabilité de perte devient **une certitude**. Il faut donc annuler la constatation d'une dépréciation (pratiquer une reprise) et enregistrer une perte.

Exemple de tableau de calcul de la dépréciation des comptes clients

Nom	Créance HT au 31/12/N	Valeur actuelle de la créance HT	Dépréciation au 31/12/N	Dépréciation au 31/12/N-1	Ajustement		Créances irrécouvrables	
					Dotation	Reprise	HT	TVA
Robert	3 000	1 400	1 600	0	1 600			
Garnier	10 000	8 000	2 000	6 000		4 000		
Calas	8 000	4 000	4 000	3 000	1 000			
Bordier	5 000	0	0	4 000		4 000	5 000	1 000
			7 400	**13 000**	**2 600**	**8 000**	**5 000**	**1 000**

- Robert est un nouveau client douteux.
- La créance Garnier reprend de la valeur, il faut diminuer la dépréciation de 4 000 €.
- La créance Calas perd 1 000 € de valeur de plus, il faut une dotation (principe de prudence).

Compte	31/12/N	Débit	Crédit
416 411	Clients douteux Clients *Client Robert*	⚠ TTC → 3 600,00	3 600,00
	31/12/N		
68174 491	Dotation pour dépréciation des créances clients Dépréciation des comptes clients *Inventaire des créances*	2 600,00	2 600,00
	31/12/N		
491 7817	Dépréciation des comptes clients Reprises sur dépréciations des créances clients *Inventaire des créances*	8 000,00	8 000,00
	31/12/N		
654 44551 416	Pertes sur créances irrécouvrables TVA à décaisser Clients douteux *Client Bordier irrécouvrable*	5 000,00 1 000,00	6 000,00

B La dépréciation des stocks

- **Un stock peut perdre de sa valeur pour diverses causes :** stock abîmé, démodé, etc. On constate alors une dotation pour dépréciation **en vertu du principe de prudence**.

Exemple : Un stock de marchandises d'une valeur de 15 000 € perd 10 % de sa valeur.

Compte	31/12/N	Débit	Crédit
68173 397	Dotation pour dépréciation des stocks Dépréciation du stock de marchandises *Inventaire*	1 500,00	1 500,00

- Si le stock avait fait l'objet d'une dépréciation en N-1 : **dotation = dépréciation N – dépréciation N-1**. Si la dépréciation diminue ou n'a plus lieu d'être parce que le stock reprend de la valeur ou a été vendu, il faut pratiquer une reprise de tout ou partie de la dépréciation.

Exemple (suite) : La moitié du stock de marchandises a été vendue en N+1.

Compte	31/12/N+1	Débit	Crédit
397 78173	Dépréciation du stock de marchandises Reprise sur dépréciation des stocks *Inventaire*	750,00	750,00

11 L'inventaire des immobilisations et la régularisation des charges et produits

Les opérations d'inventaire permettent de mettre à jour les comptes d'immobilisations. Elles sont également destinées à ajuster le résultat de l'entreprise car il y a des charges et produits à régulariser.

1 La dépréciation des immobilisations

• Une immobilisation perd de la valeur pour des causes autres que l'usure ou l'obsolescence qui justifient un amortissement. Il faut comptabiliser cette dépréciation au titre du principe de prudence (→ **Fiche 12**, p. 108).

Exemple : Un terrain perd 20 % de sa valeur à cause de l'implantation d'un aéroport à proximité.

• Le compte de dépréciation correspond au compte d'immobilisation qui sera crédité en ajoutant un 9 en deuxième position pour la comptabilisation.

2 La cession d'immobilisations amortissables

• **La vente (cession) d'une immobilisation** en cours d'exercice comptable doit donner lieu à une régularisation à l'inventaire.

Exemple : Un véhicule utilitaire acquis et mis en service le 13/03/N pour 22 000 € HT est vendu 10 000 € HT le 15 septembre N+2.

Cumul des amortissements début N+2	Dotation N+2	Cumul des amortissements fin N+2
7 920	4 400	7 920 + 4 400 = 12 320

• À la date de la vente : du 1er janvier au 15 septembre, soit 8 mois entiers et 15 jours, ou 255 jours (8 × 30 + 15) sur un total de 360.

Cumul des amortissements début N+2	Dotation au 15 septembre N+2	Cumul des amortissements au 15 septembre N+2
7 920	4 400 × 255/360 = **3 116,67**	7 920 + 3 116,67 = **11 036,67**

• Au 15 septembre N+2 :
– valeur nette comptable : valeur brute – cumul = 22 000,00 – 11 036,67 = 10 963,33 €.

• Enregistrement de la dotation N+2 (→ **Fiche 9**, p. 102) :

Compte	31/12/N+2	Débit	Crédit
681	Dotation aux amortissements	3 116,67	
28182	Amortissement du véhicule		3 116,67
	Complément d'amortissement		

• Sortie du bilan du véhicule

Compte	31/12/N+2	Débit	Crédit
28182	Amortissement du véhicule	11 036,67	
675	Valeur comptable des éléments d'actif cédés	10 963,33	
2182	Véhicule utilitaire		22 000,00
	Plan d'amortissement		

- Chaque année (N, N+1 et N+2), le compte 28182 a été crédité du montant de l'amortissement correspondant pour un total de 11 036,67 € à fin N+2. On contrepasse cette somme car le véhicule ne fait plus partie des actifs de l'entreprise.
- Lors de l'acquisition, le compte 2182 a été débité, on contrepasse cette somme.
- On constate une charge correspondant à la valeur nette comptable qui sera déduite du produit de cession (compte 775, → **Fiche 8** § 4 La cession d'une immobilisation, p. 101) pour calculer la plus ou moins-value de cession.
- **PV ou MV de cession = prix de vente HT – VNC**, soit ici 10 000 – 10 963,33 = - 963,33 € (MV).

3 La régularisation des charges et des produits

A Les charges et produits constatés d'avance

- Parfois, des charges et produits relatifs à l'exercice N+1 sont comptabilisés en N. Il convient de les annuler au regard du principe d'indépendance des exercices (→ **Fiche 12**, p. 108).

Exemple de produit constaté d'avance

Loyer trimestriel de 3 000 € perçu en novembre N pour novembre N, décembre N et janvier N+1.
Il faut annuler la partie du loyer perçu portant sur l'exercice N+1, soit 1 000 €.

Compte	31/12/N	Débit	Crédit
708	Produit des activités annexes (loyer)	1 000,00	
487	Produit constaté d'avance		1 000,00
	Fraction N+1 du loyer		

- Chez le locataire, il faut annuler une charge constatée d'avance.

Compte	31/12/N	Débit	Crédit
486	Charge constatée d'avance	1 000,00	
613	Location		1 000,00
	Fraction N+1 du loyer		

B Les charges à payer et les produits à recevoir

- Il s'agit des opérations effectuées en N qui n'ont pas été comptabilisées en N.

Exemple de charges à payer

La facture d'honoraires de l'avocat n'a pas été reçue en N.

Compte	31/12/N	Débit	Crédit
622	Honoraires	500,00	
44566	TVA déductible sur autres biens et services	100,00	
408	Fournisseurs – factures non parvenues		600,00
	Avocat – facture non parvenue		

Exemple de produit à recevoir

La facture n'a pas été envoyée au client en N.

Compte	31/12/N	Débit	Crédit
418	Clients – produits non encore facturés	240,00	
706	Prestation de services		200,00
44571	État, TVA collectée		40,00
	Travaux client Robert		

Remarque

Les opérations d'inventaire sont effectuées en N+1 dans les trois mois suivant la clôture de l'exercice. L'entreprise a alors connaissance des montants des factures non parvenues en N.

12 Le bilan et les annexes

Le bilan représente le patrimoine de l'entreprise à un instant donné. L'établissement de l'actif du bilan (et du compte de résultat) doit respecter certains principes comptables afin de donner une image fidèle de l'organisation.

1 Les principes comptables

• **Les entreprises doivent respecter les règles comptables établies par le plan comptable général ainsi que la nomenclature des comptes** afin de présenter **une comptabilité compréhensible par les parties prenantes.**

• Elles sont tenues de respecter, dans ce cadre, différents principes :
- **le principe de prudence :** les dépréciations probables (latentes) doivent être estimées et comptabilisées même si elles n'ont pas été effectivement réalisées. Une probabilité suffit à constater une charge ;
- **le principe d'indépendance des exercices :** les opérations enregistrées en N doivent avoir été réalisées durant l'exercice N ;
- **le principe de permanence des méthodes :** les entreprises doivent respecter les mêmes procédures et méthodes d'un exercice à l'autre ;
- **le principe de continuité d'exploitation :** les entreprises doivent évaluer leurs actifs en considérant que l'exploitation va se poursuivre normalement.

2 Le bilan

• **L'actif du bilan doit respecter les différents principes comptables.**

Exemple d'actif du bilan

ACTIF			
Poste	**Brut**	**Amortissements et dépréciations**	**Net**
Actif immobilisé			
Immobilisations incorporelles	32 000	2 000	30 000
Immobilisations corporelles	315 000	134 000	181 000
Immobilisations financières	15 480	1 290	14 190
Actif circulant			
Stocks	82 000	12 000	70 000
Créances	54 000	3 800	50 200
Charges constatées d'avance	6 000		6 000

• **Principes appliqués :** indépendance des exercices/prudence/image fidèle.

• **Les éléments d'actifs** sont enregistrés pour leur valeur brute. Au cours des différents exercices comptables, leur valeur peut diminuer à cause :
- des amortissements ;
- des dépréciations qui sont des pertes probables ou latentes de valeur.

• **La valeur nette** des éléments d'actif tient compte de ces amortissements et dépréciations et décrit une image fidèle du patrimoine grâce à une valorisation de l'actif sincère et prudente.

Exemple de dépréciation d'immobilisation financière

Au 31/12/N, le cours des actions détenues par l'entreprise s'élève à 5,5 € par action. L'entreprise avait acquis, en N-2, 2 580 actions à 6 €, soit 15 480 €. L'action a perdu 0,5 €, soit une perte latente globale de 2 580 × 0,5 = 1 290 €.

Amortissements	La comptabilisation de la perte de valeur des immobilisations (amortissements) est effectuée en vertu du **principe d'indépendance des exercices** car la valeur nette du bien doit être recalculée à chaque inventaire.
Dépréciations	Les dépréciations sont des pertes probables ou latentes. Elles peuvent porter sur les immobilisations, les stocks ou les créances. Même si les pertes n'ont pas eu effectivement lieu, il faut les comptabiliser en charges en vertu du **principe de prudence**.
Montant des stocks	Le montant des stocks inscrit pour sa valeur brute à l'actif du bilan doit être régularisé à l'inventaire en vertu du principe d'**indépendance des exercices**.
Charges constatées d'avance	Les charges constatées d'avance sont des charges qui ont été annulées et leur montant a été transféré dans un compte provisoire (charges constatées d'avance). Ce compte sera soldé lors de l'exercice suivant lors de la comptabilisation de ces charges en vertu du principe d'**indépendance des exercices**. On ne peut pas comptabiliser une charge en N si elle concerne N+1.
Actif net	Il rend compte d'une **image fidèle** des actifs détenus par l'entreprise.

3 Les annexes

COMPRENDRE EN VIDÉO *Le tableau des dépréciations de l'annexe*

• **Les annexes** expliquent les montants figurant au bilan et les évolutions survenues au cours de l'exercice.

Exemple d'extrait des annexes

Extrait du tableau des immobilisations

	Valeur brute au début de l'exercice	Augmentations (acquisitions)	Diminutions (cessions)	Valeur brute à la fin de l'exercice
Immobilisations corporelles	322 000	33 000	40 000	315 000

Extrait du tableau des amortissements

	Amortissements cumulés au début de l'exercice	Augmentations dotations de l'exercice	Diminutions d'amortissements de l'exercice	Amortissements cumulés à la fin de l'exercice
Immobilisations corporelles	112 500	48 306	26 806	134 000
		Montant figurant dans le compte de résultat		Montants figurant à l'actif du bilan

• Les annexes vont également concerner les créances et les dettes et présenter un échéancier :
– des créances détenues par l'entreprise ;
– des dettes.

• D'autres informations concernant le passif figurent également dans les annexes telles que la répartition du capital social entre les différents associés.

13 Le compte de résultat

Le compte de résultat est un document comptable et financier qui retrace les opérations réalisées dans l'année et permet de constater un bénéfice ou une perte.

1 Le compte de résultat

CHARGES	31/12/N	PRODUITS	31/12/N
Charges d'exploitation		**Produits d'exploitation**	
Achats de marchandises	2 896 442	Ventes de marchandises	5 101 852
Variation de stocks de m/ses	-119 442	Production vendue : biens	-
Achats mat. premières et autres appro.	-	Production vendue : services	9 396
Variation de stocks	-		
Autres achats et charges externes	644 270		
Impôts, taxes	163 470	Production stockée	-
Salaires et traitements	811 994	Production immobilisée	-
Charges sociales	261 386	Reprises sur dépréciations et transfert de charges	960
Dotations aux amortissements	288 400		
Dotations aux dépr. sur actif circulant	1 830	Autres produits	132
Autres charges	23 400		
Charges financières		**Produits financiers**	
Dotations aux amort. et aux dépr.	-	De participation	424
Intérêts et charges assimilées	38 643	D'autres valeurs mobilières et créances de l'actif immobilisé	-
Charges nettes sur cessions de valeurs mobilières de placement	-	Autres intérêts et produits assimilés	2 080
		Reprises sur provisions et transfert de charges	-
		Produits nets sur cessions VMP	7 517
Charges exceptionnelles		**Produits exceptionnels**	
Sur opération de gestion	91	Sur opération de gestion	2 300
Sur opération de capital	35 790	Sur opération de capital	32 000
Dotations aux amortissements et aux dépréciations	-	Reprises sur dépréciations et transfert de charges	-
Participation des salariés			
Impôts sur les bénéfices	35 400		
Total des charges	**5 081 674**	**Total des produits**	**5 156 661**
Solde créditeur : bénéfice	**74 987**	Solde débiteur : perte	
TOTAL GÉNÉRAL	**5 156 661**	**TOTAL GÉNÉRAL**	**5 156 661**

Valeur comptable des éléments d'actif cédés	**35 790**	**Produits des cessions d'éléments d'actif**	**32 000**

Exploitation : ensemble des opérations qui entrent dans le cadre de l'activité habituelle.

Financier : intérêts perçus sur des placements (produits) ou payés sur des emprunts ou découverts (charges).

Exceptionnel : opérations qui ne se rapportent pas à la gestion courante de l'entreprise.

2 Le calcul du résultat

- **Résultat = total des produits – total des charges.**

– Résultat > 0 → l'entreprise réalise **un bénéfice**.
– Résultat < 0 → l'entreprise réalise **une perte**.

Remarque

Le bénéfice (solde créditeur) est placé dans la colonne des charges pour des raisons de présentation afin d'**équilibrer le total des charges et des produits**.

14 L'analyse de la profitabilité et de la rentabilité

Selon les objectifs des parties prenantes, différentes approches sont mobilisables pour mesurer l'activité. C'est à partir du compte de résultat que les indicateurs de profitabilité et de rentabilité doivent être calculés.

1 L'analyse de la profitabilité

COMPRENDRE EN VIDÉO *La capacité d'autofinancement – méthodes soustractive et additive*

GESTION FINANCE

• **Les indicateurs de profitabilité** sont des **indicateurs de performance**.

Indicateur	Calcul	Explication
Excédent brut d'exploitation (EBE)	Valeur ajoutée + subventions d'exploitation – impôts et taxes – charges de personnel	Il mesure la performance industrielle et/ou commerciale de l'entreprise.
Résultat d'exploitation (RE)	EBE + reprises sur amortissements et provisions + transferts de charges + autres produits – dotations aux amortissements et provisions – autres charges	Il mesure le résultat dégagé par l'activité habituelle de l'entreprise.
Résultat courant avant impôts (RCAI)	RE + produits financiers – charges financières	Il mesure la performance de l'activité habituelle en tenant compte de la structure financière.

Remarque

La **valeur ajoutée** représente la richesse dégagée par l'entreprise. Elle est calculée en retranchant les consommations intermédiaires du chiffre d'affaires.
VA = ventes de marchandises + production – achats de marchandises, matières premières et autres approvisionnements (+ variation de stock) – autres achats et charges externes.

• **La capacité d'autofinancement (CAF)** est un autre indicateur permettant de mesurer la **trésorerie potentielle dégagée par l'activité de l'entreprise**. Elle peut être **calculée de deux manières**.

Méthode soustractive (en partant de l'EBE)	Méthode additive (en partant du résultat)
EBE + transferts de charges + autres produits – autres charges + produits financiers et exceptionnels encaissables – charges financières et exceptionnelles décaissables – participation des salariés – impôt	Résultat + charges calculées – produits calculés + valeur comptable des éléments d'actif cédés – produits de cession d'éléments d'actif

Remarque

Certaines charges et certains produits ne correspondent pas à des dépenses et des recettes. Il s'agit de **charges et produits calculés** tels que les amortissements et les provisions (charges) ainsi que les reprises correspondantes (produits). Les charges et produits qui correspondent respectivement à des dépenses et recettes sont des **charges décaissées et des produits encaissés**.
Le calcul de la capacité d'autofinancement consiste à retraiter le résultat en éliminant les produits et charges calculés qui ne correspondent pas à des flux de trésorerie (encaissements ou décaissements).

• La capacité d'autofinancement diffère de la trésorerie de l'entreprise. En effet, il s'agit de la trésorerie théorique que posséderait l'entreprise si tous les débiteurs (principalement les clients) réglaient les sommes dues et si toutes les dettes étaient réglées aux fournisseurs et autres créanciers.

• Des **comparaisons** dans le temps, entre différentes entreprises ou bien avec les chiffres du secteur peuvent être effectuée grâce au calcul de **ratios de performance**.

Indicateur	Calcul	Capacité évaluée
Taux de marge brute d'exploitation	$\frac{\text{EBE}}{\text{chiffre d'affaires HT}}$	Performance industrielle et/ou commerciale
Taux de marge bénéficiaire	$\frac{\text{Résultat}}{\text{chiffre d'affaires HT}}$	Performance globale
Taux de capacité d'autofinancement	$\frac{\text{CAF}}{\text{chiffre d'affaires HT}}$	Capacité à dégager de la trésorerie

2 L'analyse de la rentabilité et l'effet de levier

• **La rentabilité économique** mesure le revenu dégagé par rapport aux capitaux investis. Du point de vue du dirigeant, c'est un indicateur important car il mesure l'efficacité des investissements réalisés. Elle se calcule de la manière suivante :

$$\text{rentabilité économique} = \frac{\text{résultat d'exploitation}}{\text{capitaux investis}}$$

• Les capitaux investis concernent les immobilisations acquises ainsi que le besoin en fonds de roulement d'exploitation nécessaire à l'activité.

• La rentabilité économique est indépendante des modes de financement.

• **La rentabilité financière** mesure le niveau de rémunération des capitaux propres (apportés par les actionnaires ou associés) d'un point de vue financier :

$$\text{rentabilité financière} = \frac{\text{résultat}}{\text{capitaux propres}}$$

• **L'effet de levier** se produit quand la rentabilité économique est supérieure au taux d'intérêt (moyen) de l'emprunt car l'investissement permis par l'emprunt va générer un bénéfice supplémentaire.

• Dans le cas contraire, on parle d'**effet de massue**.

15 L'analyse de la structure financière

Analyser la structure financière consiste à porter un jugement sur la situation de l'entreprise et ses possibilités de développement à travers l'étude de ses cycles d'exploitation, d'investissement et de financement.

1 Le bilan fonctionnel

• **Le bilan fonctionnel** est un bilan retraité à partir du bilan comptable (→ Fiche 4 de l'enseignement commun, p. 27). Il fait apparaître les cycles d'investissement, de financement et d'exploitation.

Présentation d'un bilan fonctionnel

Actif (emplois)	Montant (en €)	Passif (ressources)	Montant (en €)
Actif immobilisé (stable)		**Passif stable**	
Cycle d'investissement		Cycle de financement	
Valeur brute des immobilisations	1 500	**Fonds propres**	1 664
– Incorporelles		– Capital	
– Corporelles		– Résultat	
– Financières		– Amortissements	
		– Dépréciations	
		Dettes financières (emprunts)	143
Actif circulant		**Passif circulant**	
Cycle d'exploitation			
Valeur brute des stocks	70	**Dettes**	
Valeur brute des créances	180	Fournisseurs/fiscales/sociales	10
		Autres dettes	6
Trésorerie active (disponibilités)		**Trésorerie passive**	
– Banque	80	Découvert bancaire (concours bancaires)	34
– Caisse	22		
– Valeurs mobilières de placement (VMP)	5		
TOTAL	**1 857**	**TOTAL**	**1 857**

• **Le cycle de financement** regroupe toutes les ressources de financement dont l'entreprise dispose à long terme (les ressources stables ou passif stable).

• **Le cycle d'investissement** regroupe les emplois stables, c'est-à-dire les immobilisations qui sont des actifs durablement conservés dans l'entreprise.

> **Définition**
> **Valeurs mobilières de placement :** titres financiers (actions et obligations) destinés à être conservés à court terme. Elles sont donc assimilées à de la trésorerie.

• **Le cycle d'exploitation** permet de mettre en rapport les ressources d'exploitation, c'est-à-dire le passif circulant hors trésorerie et les besoins d'exploitation (actif circulant hors trésorerie).

2 L'analyse du bilan

• Le passif stable doit financer l'actif immobilisé. S'il subsiste encore des ressources **après financement**, il y a alors un **fonds de roulement net global positif (FRNG)** qui servira à financer l'exploitation :

FRNG = passif stable – actif stable

• Le passif circulant (hors trésorerie) doit financer l'actif circulant (hors trésorerie), mais souvent ce n'est pas suffisant. **Il subsiste alors un besoin** appelé **besoin en fonds de roulement (BFR)** qui sera financé par le FRNG :

BFR = actif circulant hors trésorerie – passif circulant hors trésorerie

• **Le FRNG finance le BFR**. Après financement, **s'il reste encore une ressource de financement**, elle se trouve en **trésorerie nette (TN)** positive, sinon il existe une trésorerie nette négative :

TN = FRNG – BFR

Indicateur	Montant	Calcul
FRNG	307	(1 664 + 143) – 1 500
BFR	234	(70 + 180) – (10 + 6)
TN Vérification de la TN dans le bilan (trésorerie active – trésorerie passive)	73 73	307 – 234 (80 + 22 + 5) – 34

Remarque

L'analyse peut être menée dans un contexte temporel (évolution des indicateurs sur plusieurs années) ou sectoriel (comparaison avec les données du secteur ou celles d'autres entreprises similaires).

• **Si la trésorerie nette est négative**, il faut remédier à la situation.

Solution	Moyens
Augmenter le FRNG	• La solution la plus simple consiste à souscrire un emprunt pour augmenter les ressources stables. • On peut également procéder à une augmentation de capital.
Diminuer le BFR	• On peut diminuer le montant des créances clients en raccourcissant le délai de paiement des clients et/ou en diminuant le montant des stocks. • Il est aussi possible d'augmenter le montant des dettes d'exploitation en allongeant le délai de règlement des fournisseurs (les dettes fournisseurs constituent la plus grande partie des dettes d'exploitation).

3 Les limites de l'analyse fonctionnelle du bilan

• L'analyse est fondée sur les chiffres de l'année passée et les conclusions peuvent être peu pertinentes si la situation a évolué.

• L'évaluation des ressources et des besoins de financement est fondée sur des éléments calculés d'après des normes comptables qui peuvent, parfois, déformer la réalité.

Exemple

Les dotations aux amortissements et provisions augmentent les ressources stables mais elles sont souvent calculées d'après des barèmes fiscaux qui peuvent être assez éloignés de la réalité.

16 Les ratios

L'analyse des ratios permet de compléter l'analyse du bilan fonctionnel. Le calcul de valeurs relatives (en pourcentage) permet d'effectuer des comparaisons avec les données du secteur.

1 Les ratios du cycle d'exploitation

- **Les ratios du cycle d'exploitation** permettent de mettre en évidence les performances de l'entreprise.

Ratio	Calcul	Explication
Délai moyen de stockage	$\frac{\text{stock moyen}}{\text{coût annuel des achats}} \times 360$ jours **Rappel** : stock moyen $= \frac{\text{stock initial} + \text{stock final}}{2}$	Nombre de jours moyen durant lequel un article reste en stock avant d'être utilisé ou vendu.
Rotation des créances clients	$\frac{\text{créances clients (et comptes rattachés)}}{\text{chiffre d'affaires TTC}} \times 360$ jours	Nombre de jours moyen accordé aux clients pour régler leurs factures.
Rotation des dettes fournisseurs	$\frac{\text{dettes fournisseurs (et comptes rattachés)}}{\text{achats TTC}} \times 360$ jours	Nombre de jours moyen accordés par les fournisseurs pour le règlement de ses dettes par l'entreprise.

- Afin d'avoir un besoin en fonds de roulement le plus faible possible :
- **les ratios de rotation des stocks et des créances clients doivent être les plus faibles possibles** pour diminuer le montant de l'actif circulant ;
- **le ratio de rotation des dettes fournisseurs doit être le plus élevé possible** pour augmenter le passif circulant.

2 Les ratios de structure

- **Les ratios de structure** permettent d'apprécier le niveau d'endettement de l'entreprise et sa capacité à y faire face.

Ratio	Calcul	Explication
Indépendance financière	$\frac{\text{dettes financières} + \text{concours bancaires}}{\text{capitaux propres} + \text{amortissements} + \text{dépréciations et provisions}}$	Taux d'endettement : endettement externe par rapport aux fonds propres.
Capacité de remboursement	$\frac{\text{dettes} + \text{concours bancaires}}{\text{capacité d'autofinancement}}$	Nombre d'années nécessaires pour rembourser les dettes si toute la CAF y était consacrée.

- Ces deux ratios doivent être **les moins élevés possibles**.

17 Les modalités de financement

L'entreprise peut avoir recours à différentes modalités de financement. Chacune d'entre elles a un impact différent sur sa structure financière.

1 Les financements internes

- **Les apports personnels des associés en compte courant.** Les associés prêtent une certaine somme à l'entreprise pour une certaine durée à un taux d'intérêt (parfois nul) défini à l'avance. S'il n'y a pas de contrat de prêt conclu entre l'entreprise et l'associé créancier, la durée est indéterminée et le créancier peut réclamer le remboursement à n'importe quel moment.
- **L'autofinancement.** L'entreprise utilise les sommes disponibles en puisant dans sa trésorerie.

2 Les financements externes

- **L'emprunt bancaire.** L'entreprise s'adresse à une banque ou à un organisme de crédit pour obtenir des fonds, qu'elle remboursera ultérieurement, en contrepartie du paiement d'un intérêt à échéances régulières.
- **L'augmentation de capital.** La convocation d'une assemblée générale extraordinaire permet de procéder à une augmentation de capital. Les nouveaux apporteurs de fonds se verront attribuer des titres (actions ou parts) en fonction des sommes apportées (en numéraire). Les apports peuvent également être effectués en nature.

Nombre de parts attribuées = montant de l'augmentation/valeur d'une part

- **Le financement participatif.** Le financement d'un projet s'effectue auprès de multiples investisseurs recrutés, le plus souvent, *via* des plateformes de financement situées sur le Web. Les investisseurs peuvent soit prêter une somme à l'entreprise moyennant un taux d'intérêt, soit obtenir des parts sociales dans l'entreprise qui est porteuse du projet au prorata de leurs apports respectifs.
- **La subvention.** L'entreprise peut percevoir des aides, en principe non remboursables.

3 Les impacts sur la structure financière

- Dans tous les cas, l'actif augmente du montant investi (trésorerie). Si l'apport est réalisé en nature, l'actif immobilisé augmente.
- La structure du passif est modifiée différemment par chaque modalité de financement :
  - Augmentation de capital
  - Subvention
  - Apports des associés en compte courant
  - Financement participatif en parts sociales (capital) ou par prêt (autres comptes créditeurs)

Actif du bilan		Passif du bilan	
Actif immobilisé	… + 2 000	Fonds propres – Capital – … – Subventions	 + 2 000 /+ 2 000 + 2 000
Stocks et créances	…	Dettes – … – Associés comptes courants – Autres comptes créditeurs	 + 2 000 + 2 000
Trésorerie	+ 2 000		

18 L'emprunt

L'emprunt bancaire est la modalité de financement la plus courante. Il permet de se procurer des fonds rapidement et les formalités sont simples.

GESTION FINANCE

1 Les conditions d'emprunt

- L'entreprise doit répondre aux conditions suivantes pour obtenir un emprunt :
  - **un ratio d'indépendance financière satisfaisant** : on estime que ce ratio doit être inférieur à 1, c'est-à-dire que les fonds propres doivent être au moins égaux aux dettes financières ;
  - **un niveau de risque (lié au projet) acceptable par la banque** : l'entreprise doit être en mesure de démontrer que son projet d'investissement est rentable grâce à des études de marché et des prévisions ;
  - **la solvabilité de l'entreprise** : l'entreprise doit pouvoir montrer qu'elle est en mesure de faire face aux futures échéances grâce à des prévisions de trésorerie suffisantes.
- **Le taux d'intérêt** accordé par la banque dépendra de ces paramètres mesurant le risque encouru ainsi que du taux d'intérêt auquel elle emprunte elle-même à la banque centrale européenne (taux directeur) pour se refinancer.

2 L'emprunt par annuités ou mensualités constantes

- La somme versée à la banque est identique à chaque période mais la partie remboursée varie (amortissement).
- L'emprunt peut être remboursable par mensualités (chaque mois) ou annuités (chaque année) constantes :

Remarque
L'amortissement d'un emprunt n'a rien à voir avec l'amortissement d'une immobilisation.

$$\text{mensualité ou annuité constante} = \frac{\text{capital emprunté} \times \text{taux}}{1 - (1 + \text{taux})^{-n}}$$

avec n = nombre de périodes
taux = taux d'intérêt mensuel ou annuel

Exemple d'emprunt pour une acquisition de 250 000 € HT

- Apport : 30 000 €
- Taux annuel : 2,10 % ; assurance : 30 €/mois, pas de frais de dossier, durée : 20 ans
- Capital emprunté : 250 000 – 30 000 = 220 000 €
- Nombre de mensualités (n) : 20 ans × 12 mois = 240 mois
- Taux mensuel = 2,10 %/12 = 0,175 %

Période	Capital restant dû (CRD) en début de période	Taux d'intérêt	Intérêt (capital × taux)	Amortissement (mensualité – intérêt)	Mensualité[1]	Capital restant dû en fin de période (CRD début – amortissement)
Nov N	220 000	0,175 %	385,00	738,39	1 123,39	219 261,61
Déc N	219 261,61	0,175 %	383,71	739,68	1 123,39	218 521,92
Jan N+1	218 521,92	0,175 %	382,41	740,98	1 123,39	217 780,94

1. Mensualité = 220 000 × 0,00175/(1 – $1{,}00175^{-240}$) = **1 123,39 €**

- **Montant total des sommes réglées à la banque** : total des mensualités + assurance

Total des mensualités : 1 123,39 × 240 = 269 613,60 € Assurance : (30 × 240) = 7 200 €

Total (mensualités + assurance) : 276 813,60 €

Exemple (suite)

- **Coût de l'emprunt = montant total réglé à la banque – montant emprunté**

276 813,60 – 220 000 = **56 813,60 €**

3 L'emprunt par amortissements constants

- La mensualité ou l'annuité varie à chaque période mais la partie remboursée (amortissement) reste constante.

$$\text{Amortissement constant} = \frac{\text{capital emprunté}}{n}$$

Exemple (suite)

Période	CRD en début de période	Taux d'intérêt	Intérêt (capital × taux)	Amortissement constant	Mensualité (intérêt + amortissement)	Capital restant dû en fin de période
Nov N	220 000	0,175 %	385,00	916,67	1 301,67	219 083,33
Déc N	219 083,33	0,175 %	383,40	916,67	1 300,06	218 166,67
Jan N+1	218 166,67	0,175 %	381,79	916,67	1 298,46	217 250,00

- **Amortissement mensuel** = **220 000/240 mois = 916,67 €.**
- **Coût du crédit = somme des intérêts + assurance + frais de dossier.**
- Il faut réaliser l'intégralité du tableau pour déterminer le coût du crédit.

4 L'incidence du financement par emprunt sur les documents de synthèse

- **Lors de la mise à disposition des fonds :**

Exemple (suite)

Compte	25/10/N	Débit	Crédit
512 164	Banque Emprunts auprès des établissements de crédit *Emprunt Société générale*	220 000,00	 220 000,00

- Le débit du compte Banque augmente la trésorerie (à l'actif du bilan) du montant du capital emprunté.
- Le crédit du compte de dette augmente le passif du montant du capital emprunté.

- **Lors du paiement à chaque échéance :**

Exemple (suite)

Compte	05/11/N	Débit	Crédit
164 6611 512	Emprunts auprès des établissements de crédit Intérêts des emprunts et dettes Banque *Échéance emprunt Société générale*	738,39 385,00	 1 123,39

- Le débit du compte de dette (164) diminue la dette (donc le passif) du montant du capital remboursé (amortissement).
- Le crédit du compte Banque diminue la trésorerie située à l'actif du montant de l'échéance.
- Le débit du compte de charge (intérêts) diminue le résultat.

19 Les budgets

Un budget est un document prévisionnel qui participe au pilotage de l'entreprise. Les budgets des encaissements et des décaissements permettent, en outre, d'élaborer le budget de trésorerie.

GESTION FINANCE

1 Le budget des encaissements

- **Il est réalisé à partir des ventes TTC** de la période et des autres types de recettes.
- Il prend en compte les délais de paiement.

Exemple

	Montant TTC	Janvier	Février	Mars
Ventes N-1 (réglées en janvier N)		1 500		
Ventes janvier	**12 000** →	3 600	8 400	
Ventes février	**20 000** →		6 000	14 000
Ventes mars	**14 000**			4 200
Autres recettes	**8 000**	2 000	3 000	3 000
Subventions	**1 500**		1 500	
TOTAL		**7 100**	**18 900**	**21 200**

Le chiffre d'affaires s'élève à 10 000 € HT en janvier.
Les clients paient 30 % au comptant et 70 % à 30 jours (la TVA est de 20 %).

- Encaissement : 10 000 × 1,20 = 12 000 € TTC.
- En janvier : 12 000 × 30 % = 3 600 €.
- En février : 12 000 × 70 % = 8 400 €.

2 Le budget des décaissements

- **Il est réalisé à partir des achats TTC** de la période et des autres types de dépenses.

Exemple

	Montant TTC	Janvier	Février	Mars
Achats N-1 (réglés en N)		500		
Achats janvier	**10 000**	2 000	4 000	4 000
Achats février	**16 000**		3 200	6 400
Achats mars	**12 000**			2 400
Autres charges	**4 000**	1 000	1 500	1 500
TVA	TVA à payer de janvier →	0	433	1 450
Mensualité		230	230	230
Salaires		2 000	2 000	2 000
Charges sociales		700	800	800
TOTAL		**6 430**	**12 163**	**18 780**

Sur les salaires de janvier

- Les fournisseurs sont réglés : 20 % au comptant, 40 % à 30 jours et 40 % à 60 jours.
- La TVA à payer est décaissée le mois d'après.
- Les charges sociales sont décaissées le mois d'après.

Remarque

Les encaissements et décaissements correspondent aux recettes et dépenses TTC et non aux produits et aux charges. En effet, les produits et charges incluent des éléments dits « calculés » tels que les amortissements et provisions et leurs reprises qui ne correspondent à aucun flux de trésorerie.

3 Le budget de trésorerie

• Il reprend les totaux des budgets des encaissements et des décaissements.

Trésorerie finale = trésorerie initiale + encaissements – décaissements

> **Remarque**
> Le budget de trésorerie ou « plan de trésorerie » est un document prévisionnel exigé par les banques lors de l'octroi d'un prêt pour la création ou la reprise d'une entreprise.

Exemple	Janvier	Février	Mars
Trésorerie initiale	2 000	2 670	9 407
Encaissements	7 100	18 900	21 200
Décaissements	6 430	12 163	18 780
Trésorerie finale	2 670	9 407	11 827

La trésorerie initiale (en janvier) s'élève à 2 000 €.

4 Les modalités d'optimisation de la trésorerie

• **En cas de trésorerie prévisionnelle positive**, il peut être intéressant d'envisager des placements pour bénéficier d'une rémunération. Les excédents de trésorerie non placés privent l'entreprise de revenu.

• **En cas de trésorerie prévisionnelle négative, il faut adopter des mesures correctrices pour éviter la défaillance de l'entreprise :**

Accroître le montant des encaissements	Accroître les ventes.
Diminuer le montant des décaissements	• Réduire les coûts. • Renégocier les prix d'achat.
Diminuer le besoin en fonds de roulement	• Diminuer les délais de règlement des clients. • Diminuer le délai moyen de stockage. • Allonger les délais de paiement aux fournisseurs.

• Si les décaissements présentent des montants trop importants pour des raisons autres que l'exploitation (ex. : un investissement), il est souhaitable de souscrire un emprunt supplémentaire pour y faire face. Ce dernier peut être un emprunt bancaire ou bien être souscrit auprès des associés (comptes courants d'associés).

• L'absence de mesures correctrices conduit l'entreprise à recourir au concours bancaire, c'est-à-dire au découvert. Ce dernier présente beaucoup d'inconvénients :
– il est à très court terme ;
– les agios (frais + intérêt) appliqués sont élevés.

> **Remarque**
> La modification des délais de règlement et de stockage ne change pas le montant total des encaissements et des décaissements mais seulement leur répartition sur une période donnée. Elle permet de diminuer le besoin en fonds de roulement et, par conséquent, le montant de la trésorerie nécessaire à l'exploitation sur une période donnée.

20 L'affectation du résultat

Déterminer l'affectation du résultat consiste à répartir le bénéfice net (après impôts) entre l'entreprise, les propriétaires du capital (actionnaires ou associés) et les salariés.

GESTION FINANCE

1 La détermination de l'affectation du résultat

COMPRENDRE EN VIDÉO *L'affectation du résultat*

• **C'est l'assemblée générale ordinaire (AGO)** qui va décider des modalités d'affectation du résultat.

Exemple

- Résultat net de l'exercice : 50 000 € ; report à nouveau créditeur N-1 : 600 € ; réserves facultatives : 40 000 € ; distribution d'un dividende maximum (arrondi à l'euro le plus proche) après mise en réserves.
- Le capital est composé de 1 000 actions de 200 € (soit 200 000 €) et la réserve légale s'élevait à 18 500 € en N-1.

Élément	Calculs/explications	Montant
Bénéfice de l'exercice		50 000
– Report à nouveau débiteur	Pertes antérieures qu'il faut retrancher du bénéfice.	0
= Bénéfice à répartir	50 000 – 0 = 50 000	50 000
– Réserve légale **5 % du bénéfice à répartir dans la limite de 10 % du capital**	5 % × 50 000 = 2 500 € Limite : 20 000 € (10 % de 200 000 €) Réserve légale en N-1 : 18 500 € Mise en réserve : 20 000 – 18 500 = 1 500 €	1 500
+ Report à nouveau créditeur	Reliquat d'un bénéfice antérieur non distribué.	600
= Bénéfice distribuable	50 000 – 1 500 + 600 = 49 100 €	49 100
– Réserves facultatives	Décision de l'Assemblée générale ordinaire	40 000
– Dividendes distribués (décision de l'AGO)	Distribution de dividendes pour 9 100 € (49 100 – 40 000) 9 100/1 000 actions = 9,10 €, soit 9 € par action (arrondi) Dividende total : 1 000 actions × 9 € = 9 000 €	9 000
= Report à nouveau	49 100 – 40 000 – 9 000 = 100 € (reliquat non distribué à cause de l'arrondi)	100

2 Un choix qui engage l'avenir

• **L'étude de l'affectation du résultat** conduit à s'interroger sur la marge de manœuvre du manager entre la sauvegarde de la capacité d'autofinancement et la satisfaction des propriétaires. Ces derniers exercent leur pouvoir de pression afin de maximiser les dividendes au détriment de la mise en réserve de sommes qui pourraient être affectées au financement de futurs projets d'investissement (autofinancement).

• Le manager doit effectuer un arbitrage entre pérennité de l'activité et désirs immédiats des actionnaires afin de leur faire accepter un compromis.

Testez-vous !

Chapitre 1

Corrigé p. 124

1. Le PGI est un logiciel dédié à une fonction de l'entreprise.

☐ Vrai ☐ Faux

2. Le recours à un PGI permet de renforcer la sécurité du système d'information comptable.

☐ Vrai ☐ Faux

Chapitre 2

Corrigé p. 124

Les processus de gestion :

a) sont des enchaînements logiques d'activités.

b) ne concernent pas tous les acteurs d'une entreprise.

c) sont différents dans chaque entreprise.

Chapitre 3

Corrigé p. 124

1. La facture est la preuve attestant d'une vente ou d'un achat.

☐ Vrai ☐ Faux

2. Une facture :

a) peut comporter plusieurs remises.

b) ne fait apparaître que des montants hors taxes.

c) doit être réglée dès sa réception.

Chapitre 4

Corrigé p. 124

1. Cherchez les numéros de comptes correspondant aux éléments suivants dans un plan comptable :

a) achat de matières premières

b) repas au restaurant

c) vente de produits finis

d) vente de services

e) achat d'un véhicule de transport

2. L'utilisation du PCG par les entreprises est obligatoire.

☐ Vrai ☐ Faux

3. Les opérations réalisées par l'entreprise :

a) doivent être enregistrées dans un journal.

b) sont soit au crédit, soit au débit.

c) sont soit au bilan, soit au compte de résultat.

Chapitre 5

Corrigé p. 124

1. Cherchez les numéros de comptes correspondant aux achats et charges suivants dans un plan comptable :

a) loyer

b) électricité

c) timbres

d) assurance

e) réparation

f) voyage

g) essence

2. Les achats :

a) sont comptabilisés pour leur montant TTC.

b) sont comptabilisés pour leur montant HT.

c) sont comptabilisés à leur livraison.

Chapitre 6

Corrigé p. 124

1. Cherchez les numéros de comptes correspondant aux ventes et produits suivants dans un plan comptable :

a) services b) marchandises

c) loyers perçus

d) intérêts perçus sur un placement

2. Les ventes :

a) sont comptabilisées pour leur montant TTC.

b) sont comptabilisées pour leur montant HT.

c) sont comptabilisées dès leur réalisation.

Chapitre 7

Corrigé p. 124

1. Le lettrage des comptes de tiers s'effectue à partir du journal.

☐ Vrai ☐ Faux

2. Un compte client qui présente un solde débiteur correspond :

a) à une créance vis-à-vis du client.

b) à une dette vis-à-vis du client.

3. Un compte banque (512) tenu par l'entreprise qui présente un solde débiteur correspond :

a) à une trésorerie positive.

b) à une trésorerie négative (un découvert).

Chapitre 8

Corrigé p. 124

Expliquez pourquoi les achats suivants correspondent à des acquisitions d'immobilisations ou à des charges :

a) l'achat de fournitures de bureau

b) l'achat d'un véhicule automobile par un concessionnaire automobile

c) l'achat d'un véhicule automobile par un artisan plombier

d) l'achat d'un logiciel de comptabilité

e) l'achat d'actions en bourse

Chapitre 9

Corrigé p. 124

1. L'amortissement correspond au paiement d'une somme.

☐ Vrai ☐ Faux

2. L'amortissement :

a) est une opération courante.

b) concerne tous les biens détenus par l'entreprise.

c) fait diminuer le résultat de l'entreprise.

d) correspond à une perte de valeur réelle.

Chapitre 11

Corrigé p. 124

1. Expliquez en quoi la dépréciation et l'amortissement d'une immobilisation sont différents.

2. Un complément d'amortissement est une dotation d'amortissement.

☐ Vrai ☐ Faux

3. La régularisation des stocks permet de constater une dépréciation.

☐ Vrai ☐ Faux

4. Une dépréciation est irréversible.

☐ Vrai ☐ Faux

5. Les charges et produits ne sont pas des éléments d'actif.

☐ Vrai ☐ Faux

Chapitre 12

Corrigé p. 124

1. Donnez des exemples d'immobilisations incorporelles.

2. Les principes comptables :

a) doivent obligatoirement être suivis.

b) sont uniquement appliqués lors de l'inventaire.

c) permettent d'harmoniser les pratiques des entreprises.

3. Le principe de prudence :

a) s'applique lors de la constatation d'une plus-value.

b) s'applique lors de la constatation d'une moins-value.

c) ne concerne que les stocks.

4. Les annexes du bilan permettent de suivre l'évolution de l'actif.

☐ Vrai ☐ Faux

Chapitre 14

Corrigé p. 124

1. Les indicateurs de profitabilité permettent de mesurer la performance à différents stades.

☐ Vrai ☐ Faux

2. La capacité d'autofinancement :

a) correspond à la trésorerie dégagée par l'entreprise.

b) doit tenir compte de toutes les charges et tous les produits de l'année.

c) est calculée en retraitant le résultat dégagé au cours de l'année.

3. La rentabilité est la mesure d'une performance par rapport à des moyens engagés.

☐ Vrai ☐ Faux

Chapitre 15

Corrigé p. 124

1. Les cycles de financement et d'investissement concernent les éléments stables du bilan fonctionnel.

☐ Vrai ☐ Faux

2. Le besoin en fonds de roulement :

a) provient du cycle d'investissement.

b) provient du cycle d'exploitation.

c) doit être financé par des ressources stables.

Chapitre 16

Corrigé p. 124

1. Les ratios de rotation s'expriment en nombre de jours.

☐ Vrai ☐ Faux

2. Les ratios de structure :

a) sont calculés grâce au passif du bilan.

b) proviennent de l'actif du bilan.

c) ne sont utilisés qu'en cas de surendettement.

Chapitre 18

Corrigé p. 124

1. L'emprunt est la principale ressource de financement externe.

☐ Vrai ☐ Faux

2. La souscription d'un emprunt :

a) dépend de multiples facteurs.

b) augmente le passif de l'entreprise.

c) diminue l'actif de l'entreprise.

Chapitre 19

Corrigé p. 124

1. Les encaissements et décaissements correspondent :

a) aux recettes et dépenses TTC

b) aux produits et charges TTC

c) aux produits et charges HT

2. Le budget de trésorerie permet de réaliser des prévisions sur la trésorerie future.

☐ Vrai ☐ Faux

3. Une insuffisance de trésorerie peut être couverte :

a) par un emprunt.

b) par une augmentation du besoin en fonds de roulement.

c) par des concours bancaires.

Chapitre 20

Corrigé p. 124

1. L'affectation du résultat est décidée librement par les actionnaires.

☐ Vrai ☐ Faux

2. Le montant des dividendes versés :

a) est décidé en assemblée générale des actionnaires.

b) diminue le montant mis en réserve.

c) permet de pérenniser l'activité.

CORRIGÉS

Chapitre 1

Énoncé p. 122

1. Faux : un PGI permet de gérer plusieurs fonctions de l'entreprise.
2. Vrai

Chapitre 2

Énoncé p. 122

a) et c)

Chapitre 3

Énoncé p. 122

1. Vrai
2. a)

Chapitre 4

Énoncé p. 122

1. a) 607 – b) 625 – c) 701 – d) 706 – e) 2 182
2. Vrai
3. a)

Chapitre 5

Énoncé p. 122

1. a) 613 – b) 6 061 – c) 626 – d) 616 – e) 615 – f) 6 251 – g) 60 221
2. b)

Chapitre 6

Énoncé p. 122

1. a) 706 – b) 707 – c) 7 083 – d) 764
2. b)

Chapitre 7

Énoncé p. 122

1. Faux : il s'effectue à partir du grand livre.
2. a)
3. a)

Chapitre 8

Énoncé p. 122

a) Les fournitures de bureau sont une charge car ce n'est pas un bien durable.
b) L'achat d'une automobile par un concessionnaire est une charge (achat de marchandise) car le bien ne sera pas durablement conservé.
c) L'achat d'un véhicule par un plombier est un achat d'immobilisation.
d) C'est un achat d'immobilisation car le logiciel est durablement conservé.
e) Si c'est un investissement à long terme cela correspond à l'acquisition d'immobilisations sinon c'est un placement de la trésorerie. Dans aucun des 2 cas ce n'est une charge.

Chapitre 9

Énoncé p. 122

1. Faux : l'amortissement est la constatation d'un amoindrissement ou de la répartition de la valeur d'une immobilisation sur sa durée d'utilisation, c'est une charge calculée qui ne correspond pas à une dépense.
2. a) et c)

Chapitre 11

Énoncé p. 123

1. Une dépréciation est un amoindrissement de la valeur réversible alors qu'un amortissement est une dépréciation irréversible.
2. Vrai
3. Faux : la régularisation des stocks permet d'enregistrer la valeur réelle des stocks à leur coût d'achat.
4. Faux : une dépréciation peut être annulée pour tout ou partie avec une reprise sur dépréciation.
5. Vrai

Chapitre 12

Énoncé p. 123

1. un brevet, un logiciel, un fonds de commerce
2. a) et c)
3. a) et b)
4. Vrai

Chapitre 14

Énoncé p. 123

1. Vrai
2. c)
3. Vrai

Chapitre 15

Énoncé p. 123

1. Vrai
2. b) et c)

Chapitre 16

Énoncé p. 123

1. Vrai
2. a)

Chapitre 18

Énoncé p. 123

1. Vrai
2. a) et b)

Chapitre 19

Énoncé p. 123

1. a)
2. Vrai
3. a) et c)

Chapitre 20

Énoncé p. 123

1. Faux : la réserve légale doit être dotée suivant les dispositions légales.
2. a) et b)

Mercatique

La définition de l'offre

La distribution de l'offre

La communication de l'offre

1 Le couple produit/marché

Le marché correspond au lieu de rencontre entre l'offre et la demande. Les entreprises et les organisations, au sens large, devront réfléchir aux meilleurs choix possibles d'approche de ce marché.

1 La segmentation de la demande

A Les intérêts de la segmentation

• Une entreprise peut difficilement s'adresser à tous les individus avec une même offre car ils n'ont pas les mêmes attentes et besoins. Il est nécessaire qu'elle **découpe son marché en segments, c'est-à-dire en groupes de consommateurs** ayant des caractéristiques communes, voire **quasi-homogènes**. Cette action est la **segmentation**.

• **Un segment de marché est donc un groupe de clients potentiels qui possèdent les mêmes attentes vis-à-vis de l'offre proposée.**

B Les critères de segmentation

• Pour découper son marché en sous-ensembles, l'entreprise utilise des **critères de segmentation** :
– **les critères géographiques** prennent en compte le lieu d'habitation, le type d'habitation, le climat, etc. ;
– **les critères socio-démographiques** portent sur l'âge, le sexe, la situation familiale (célibataire, pacsé, marié sans enfant, marié avec enfant, etc.), le revenu, la catégorie socio-professionnelle, etc. ;
– **les critères comportementaux** comprennent la situation d'achat, la fréquence d'achat, la fidélité à la marque, etc.

2 Le ciblage

A Les facteurs à prendre en compte dans le ciblage

• Après avoir segmenté son marché et donc identifié des groupes de consommateurs au comportement homogène, l'entreprise devra choisir le ou les segments à atteindre avec son offre. Pour se faire, il sera nécessaire qu'elle prenne en compte plusieurs facteurs :
– **l'attrait du segment** en termes de volume potentiel, de rentabilité, de perspective de croissance ;
– **les ressources humaines, matérielles et financières** dont elle dispose ;
– **les objectifs** qu'elle s'est fixés en termes de chiffre d'affaires, de part de marché ou de rentabilité.

B Les options marketing de ciblage

• Le choix des cibles à atteindre est une action déterminante. L'entreprise pourra choisir entre les différentes approches suivantes :
– **un marketing concentré** : l'entreprise choisit un seul segment ou quelques segments de marché (en nombre très limité) et propose une seule offre. Ses objectifs sont d'acquérir une

position dominante sur le marché, d'accroître sa notoriété ou de véhiculer une image de spécialiste. Le risque le plus important lié à cette approche est relatif à l'attrait du segment visé ;

- **un marketing différencié** : l'entreprise choisit plusieurs segments et propose une offre spécifique à chacun d'eux. L'offre est donc adaptée à chaque segment. Les objectifs sont d'assurer une forte présence sur le marché et de générer un chiffre d'affaires global élevé sur tous les segments. Cependant, le risque existe de trop segmenter en créant des segments excessivement petits et donc non rentables.

> **Remarque**
> Le marketing différencié est l'option stratégique la plus pratiquée dans le domaine des produits de grande consommation.

> **Exemple :** Sur le marché des shampooings, les offres proposées sont adaptées au type de cheveux (antipelliculaire, pour cheveux secs et colorés, etc.).

- **un marketing de masse** : l'entreprise décide de ne pas segmenter son marché. Elle propose une offre unique à tous les consommateurs du marché.

> **Remarque**
> Cette option marketing est très peu utilisée.

- **un marketing individualisé (*one-to-one*)** : l'offre proposée est personnalisée et adaptée à chaque client.

> **Exemple :** Les baskets personnalisables Adidas.

3 Le couple produit-marché : une segmentation stratégique

- **La segmentation stratégique permet d'obtenir des couples produit-marché, c'est-à-dire que l'on attribue un type de produit à un type de clientèle.** Ainsi, l'entreprise peut mieux cibler sa clientèle et mettre en place des actions mercatiques adaptées.
- L'entreprise peut aussi décider de cibler d'autres entreprises en leur proposant une offre commerciale sur mesure. Cette pratique est appelée **B2B (*Business to Business*)**.

> **Remarques**
> À trop vouloir segmenter son offre, les segments peuvent ne pas être rentables car de petites tailles, le coût engendré par l'adaptation de l'offre étant trop important.
> De plus, le nombre important de produits sur le marché engendre un risque de confusion dans l'esprit du consommateur et de cannibalisation de ses produits (concurrence entre ses propres produits) pour l'entreprise.

4 Le positionnement

- Il correspond à la **place occupée par une marque ou un produit par rapport à ses concurrents dans l'esprit du consommateur** en fonction de critères de comparaison (prix, qualité, caractéristiques du produit, etc.).
- Le positionnement peut être représenté sous la forme d'un *mapping* ou carte perceptuelle.

Testez-vous !

Corrigé p. 165

1 Retrouvez les critères de segmentation utilisés pour les cibles suivantes :

a) 25 ans. b) habite une maison avec jardin à Toulon.
c) est porteur d'une carte de fidélité. d) citadin. e) femme.

2 Identifiez les différentes options marketing de ciblage.

MERCATIQUE

2 Les composantes de l'offre

Pour créer son offre, l'organisation devra réfléchir à un ensemble de composantes matérielles et immatérielles à définir en cohérence avec sa position concurrentielle et avec les attentes des consommateurs qui auront été préalablement détectées.

1 Les composantes matérielles de l'offre

A Les caractéristiques techniques de l'offre

- Elles représentent l'ensemble des **caractéristiques descriptives des qualités intrinsèques** du produit.

> **Exemple :** Pour un paquet de sucre, ses caractéristiques techniques correspondront à l'état du produit (poudre, morceaux, raffiné, roux, blond, etc.) et à son poids.

B L'emballage ou *packaging* (en anglais)

- L'emballage est défini comme les enveloppes successives ajoutées au produit.
- Il est composé de :
  - l'emballage **primaire** (conditionnement) qui est la première enveloppe du produit (**ex. :** un flacon contenant du parfum) ;
  - l'emballage **secondaire** qui est la seconde enveloppe destinée au consommateur (**ex. :** la boîte en carton qui contient le flacon de parfum).
- L'emballage et le conditionnement revêtent plusieurs fonctions :
  - **apporter un véritable service au consommateur** : l'emballage peut être doté d'une ouverture rapide, faciliter le transport (**ex. :** gourde de compote) ou encore la conservation du produit ;
  - **informer le consommateur** : l'emballage permet de mettre en avant les informations obligatoires, tels que les ingrédients dans l'alimentaire, mais également d'autres informations commerciales ;
  - **répondre à des exigences économiques et écologiques** : il ne doit pas avoir un trop grand impact sur le prix du produit, être recyclable, etc. ;
  - **séduire le consommateur** : c'est ce que le consommateur voit en premier. Dans la vente en libre-service, le produit devra se vendre seul et interpeller le consommateur en lui disant « achète-moi ! ». Il devra donc se différencier de ses concurrents par le choix des couleurs, formes et/ou matériaux utilisés ou par le *design*.

2 Les composantes immatérielles de l'offre

A La stylique ou le *design* (en anglais)

- La **stylique** est l'ensemble des techniques d'esthétique industrielle appliquées à la conception d'un produit en termes de formes, couleurs, matières, etc.
- **Elle a pour fonction de permettre au produit de se différencier en lui donnant une réelle personnalité**, ce qui permettra de le reconnaître plus facilement au milieu des produits

concurrents. C'est également un excellent outil de mise en valeur de l'offre car la stylique permet de valoriser les caractéristiques du produit pour que le consommateur les perçoive plus facilement.

B La marque et l'image de marque

• La **marque** apporte de la valeur aux produits ou aux services auxquels elle s'applique : c'est ce que l'on appelle **le capital marque**. Le capital marque dépend de l'image de marque et aussi de la notoriété.

• **La marque est l'ensemble des signes qui permettent de distinguer une entreprise de ses concurrents**. Elle peut correspondre à un **nom** (**ex. :** Afflelou), à des **chiffres** (**ex. :** 123), à un **logo** (**ex. :** la pomme pour Apple), à des **couleurs** (**ex. :** Orange), à un **slogan** (**ex. :** « À fond la forme » pour Decathlon) ou encore à un **personnage** (**ex. :** Bibendum pour Michelin).

• La marque doit posséder un certain nombre de caractéristiques commerciales pour être pertinente. Elle doit être :
- **mémorisable** : c'est la facilité de mémorisation de la marque qui a pour conséquence de la différencier de ses concurrents ;
- **euphonique** : elle doit être facile à prononcer ;
- **évocatrice** : elle doit permettre d'évoquer l'offre à laquelle elle se rattache ;
- **déclinable** : c'est la facilité avec laquelle il sera possible d'utiliser la racine du mot pour d'autres offres de l'entreprise.

Exemple : Danone → Danette, Danao, Danacol.

• Mais il faut relativiser l'importance de ces qualités dont l'appréciation est assez subjective. En effet, de nombreuses marques ne répondent pas à ces caractéristiques et sont pourtant devenues incontournables.

Exemples : Häagen-Dazs, Tommy Hilfiger.

• La marque est un élément important de l'offre car c'est un outil essentiel à la différenciation de l'entreprise face à ses concurrents. Une marque forte engendrera une perception de haute performance des produits, une fidélité élevée des clients et des marges.

C La qualité

• **La qualité correspond à la capacité des caractéristiques d'un produit à satisfaire les besoins du consommateur.**

• Elle dépend, en partie, des attentes du client et peut différer d'un individu à un autre.

Exemple : Pour certains, la qualité d'un hôtel dépend de sa situation géographique (hôtel en bord de mer, en centre-ville ou à la campagne) ; pour d'autres, elle sera liée à l'hygiène, à la taille de la chambre ou encore aux services proposés (mini bar, petits déjeuners servis dans les chambres, etc.).

Testez-vous !

Corrigé p. 165

Distinguez les caractéristiques matérielles et immatérielles des offres suivantes :

a) un coffret avec un flacon de 100 ml de parfum La Petite Robe Noire de Guerlain

b) un paquet de riz de Camargue de 200 g composé de 2 sachets cuisson rapide

c) un carton de 6 Pom'pote de la marque Materne de 90 g chacune, les pommes sont issues de pommiers bio français

3 L'analyse de l'offre produit

La conception d'une offre globale doit permettre à l'organisation de se positionner par rapport aux offres concurrentes et ainsi de se différencier en proposant un produit, qui sera un bien ou un service.

1 L'offre globale

• **L'offre globale est l'offre que propose une entreprise**. Elle peut être décomposée :
– **en une offre principale** qui correspond aux produits et aux services proposés par une entreprise pour répondre à un besoin ;
– **et des produits ou services associés** : un ensemble de produits ou services qui s'associent au cœur de l'offre pour satisfaire pleinement le client et le fidéliser.

Exemple : Pour un *fastfood*, son offre principale correspond à l'ensemble de ses produits liés à la restauration (hamburgers, nuggets, sodas, etc.). Les services associés sont l'aire de jeux pour les enfants, le *drive*, la recharge pour smartphone et les produits associés comme les ballons avec le logo de l'enseigne ou les jouets pour enfants.

2 La gamme

A Définition

• **La gamme correspond à un ensemble de produits et de services similaires définis autour d'une technologie, d'un concept ou d'un marché**. Une gamme de produits est donc l'ensemble des produits de même catégorie proposés par un fabricant sur un marché *via* les mêmes canaux de distribution.

B Les caractéristiques d'une gamme

• Pour caractériser une gamme, on utilise la notion de **ligne**. **Une ligne est un type de produits qui possèdent des caractéristiques communes**.

Exemple : Dans la **gamme** de véhicules de tourisme de Renault, il y a la **ligne** Clio, la **ligne** Mégane, la **ligne** Scénic, etc.

• Chaque gamme est caractérisée :
– **par sa largeur** : nombre des lignes de produits ;
– **par sa profondeur** : nombre de produits différents proposés dans chaque ligne ;
– **par son ampleur ou étendue** : nombre total de produits proposés dans la gamme.

• Une entreprise pourra opter :
– **pour une gamme large et profonde** **(gamme étendue)** : cela lui permettra de répondre aux besoins d'une large clientèle et lui évitera de mettre ses œufs dans le même panier. En revanche, les coûts liés à la production et à la communication seront élevés ;
– **pour une gamme peu large mais profonde** **(gamme courte)** : cela lui permettra de conférer à la marque une image de spécialiste, les coûts de gestion seront diminués.

Exemple

Ligne de produits	Nombre de références
A	25
B	19
C	2
D	6

- Largeur : 4 (A + B + C + D)
- Profondeur : A = 25 ; B = 19 ; C = 2 ; D = 6.
- Ampleur : 52.
- La gamme est peu large car elle a une largeur de 4, c'est donc une gamme courte.
  En revanche, elle est profonde, notamment grâce à ses lignes A et B.

3 Le rôle des produits dans la gamme

A La fonction des produits intra-gamme

- À l'intérieur d'une gamme, chaque produit a une fonction précise en termes purement marketing mais aussi en termes financiers :

– **les produits leaders** : ce sont les produits qui génèrent le plus gros chiffre d'affaires ;
– **les produits d'appel** : ils ont pour but d'attirer le client et de faire vendre directement ou indirectement un produit leader ;
– **les produits qui préparent l'avenir** : ce sont les futurs produits leaders ou qui permettront d'ouvrir de nouveaux marchés ;
– **les produits régulateurs** : lors d'une activité saisonnière, ces produits permettent de réguler les ventes sur l'année ;
– **les produits tactiques** : ils permettent de faire face rapidement à une action des concurrents.

B Les niveaux de gamme

- Une entreprise peut offrir différents produits selon leur niveau de gamme :

– **le bas de gamme** : il désigne des produits de moindre qualité et permet des ventes importantes à faible coût ;
– **le moyen de gamme** : ce niveau de gamme propose des produits de qualité à prix moyen ; ils offrent donc un bon rapport qualité-prix pour le consommateur ;
– **le haut de gamme** : ce niveau de gamme désigne des produits de grande qualité, au prix élevé dans leur catégorie. Le produit peut être considéré comme situé dans le haut de gamme car il est rare ou exclusif ou propose plus de fonctionnalités.

4 Les politiques de marque

A Leurs enjeux

- La marque crée de la **valeur** pour le consommateur. Elle lui garantit une certaine sécurité dans son achat ; elle a pour but de le rassurer et de faciliter le processus d'achat.
- La marque a un **coût important** tant au niveau de son développement que de son entretien. C'est un effort financier que doit faire le producteur afin de permettre la différenciation de son offre. La marque a une valeur financière : une marque forte permettra de vendre plus cher.
- En interne, elle permet d'accroître le **sentiment d'appartenance à l'entreprise**.
- Face à l'importance de ces enjeux, le producteur devra choisir une politique de marque efficace et cohérente avec ses objectifs, sa cible, son positionnement et son plan de marchéage.

B La marque produit ou la marque gamme

• Chaque **produit** ou **gamme de produit** possède sa **propre marque**. Cette politique permet de bien différencier les produits et de se séparer d'une marque devenue non rentable. Elle comporte toutefois des limites comme les coûts générés par la création et la communication.

> **Exemple :** Unilever possède de nombreuses marques dans le soin de la personne qui véhiculent le positionnement d'un produit : Dove, Rexona, Brut, Axe, Monsavon, Timotei, Signal.

C La marque ombrelle

• C'est une **marque commune** à différents produits. Cette politique assure une forte notoriété et elle rassure le client ; elle a une vocation internationale et génère un moindre coût (**ex. :** pour un nouveau produit, la marque sera identique). Ses inconvénients principaux sont le manque de différenciation et l'amalgame qui peut être fait entre plusieurs produits (**ex. :** l'image négative de l'un d'entre eux pourra se répercuter sur d'autres).

> **Exemple :** Philips commercialise sous la même marque des produits d'éclairage, des appareils photos, des produits de puériculture, des aspirateurs, des téléphones, des cafetières, etc.

D La marque caution

• Elle se compose de deux marques, une **marque mère** qui est souvent une marque ombrelle, et une **marque fille**. La marque mère est une caution de la marque fille.

> **Exemple :** Mikado (marque fille) de Lu (marque mère) ou encore Prince de Lu.

E L'extension de marque

• Elle consiste à utiliser la **même marque pour un nouveau produit**. Le producteur transforme une marque produit en marque ombrelle ou élargit l'étendue d'une marque ombrelle.

F L'alliance de marque ou *co-branding*

• Elle consiste à associer **deux marques d'univers différents** dans un produit unique.

> **Exemple :** L'association entre Philadelphia et Milka qui a donné naissance à une pâte de fromage à tartiner au chocolat.

Testez-vous !

Corrigé p. 165

1 Analysez la gamme de la marque Yoko. Jeune marque, elle propose l'offre suivante :

- Tee-shirts : 9 modèles.
- Sweats : 11 modèles.
- Jerseys : 1 modèle.
- Vestes : 2 modèles.
- Pantalons : 1 modèle.
- Accessoires : 11 modèles.

2 Caractérisez les politiques de marque des entreprises suivantes :

a) L'entreprise Sony avec sa marque de smartphones Sony Xperia, Sony Pictures pour la production audiovisuelle et Sony Music, son label musical.

b) Les boissons proposées par Coca-Cola : Coca-Cola, Fanta, Sprite, Minute Maid, Nestea, Burn.

4 Valeur perçue et satisfaction

Les nouveaux modèles économiques liés au numérique poussent l'entreprise à renouveler son offre en permanence. Dans un souci de rentabilité et de pérennité de son activité, elle se doit d'étudier et d'optimiser l'expérience de consommation de ses clients afin de satisfaire au mieux leurs attentes.

1 L'expérience de consommation

• **L'expérience de consommation est l'ensemble des émotions et des stimuli sensoriels** (l'ouïe, le goût, le toucher, l'odorat et la vue) **ressentis par le consommateur avant, pendant et après son acte d'achat**.

• **L'expérience de consommation** se décompose en **3 étapes** :
– **l'expérience d'anticipation** : elle correspond à la période **d'avant-achat**. Le consommateur pense et imagine le produit. Il recherche de l'information, prévoit un budget et en parle autour de lui ;

Exemple : Pour l'achat d'un vêtement, le consommateur peut demander l'avis de son entourage, prévoir un budget et effectuer des recherches pour comparer les prix.

– **l'expérience d'achat** : elle correspond à la période **pendant l'achat**. Le consommateur ressent des émotions et vit l'expérience d'achat. Les vendeurs, les facteurs situationnels et la mise en valeur des produits contribuent à construire l'expérience de consommation qui pourra être ressentie comme négative ou positive ;

> **Remarque**
> Pour les services, l'expérience d'achat est souvent confondue avec l'expérience d'usage. En effet, le service est souvent consommé en même temps que son achat, comme une coupe de cheveux.

Exemple : Les facteurs situationnels vont influencer le client. Les jeux de lumière, la musique et les conseils avisés d'un vendeur vont construire l'expérience d'achat.

– **l'expérience d'usage** : elle correspond à la période **d'après-achat**. Cette période n'a pas de durée définie. Un sentiment post-achat se développe. Le consommateur se remémore les sensations vécues positives et/ou négatives. Il en parle autour de lui pour partager ce qu'il a vécu. De même, l'utilisation du produit est aussi une expérience qui contribue au sentiment post-achat.

Exemple : Le consommateur est content de son achat et lorsqu'il portera le vêtement acheté, il se sentira bien. Ce sentiment sera accru dans le cas où des compliments lui seront faits. De plus, la qualité et la durabilité du produit impacteront l'expérience d'usage.

2 La valeur perçue

• **La valeur perçue se compose d'un ensemble de bénéfices apportés par l'expérience de consommation à l'individu.**

• Elle est composée de :
– **la valeur d'usage** : utilisation, fonction et performances du produit ;

– **la valeur d'image** : perception de l'image de marque, de la qualité de l'offre et de la notoriété ;
– **la valeur de la relation de service** : émotions et sensations ressenties lors de l'expérience de consommation qui dépendent en partie de l'aménagement du lieu et de la relation avec le personnel, notamment les vendeurs ;
– **la valeur hédonique** : sentiment post-achat. L'expérience laisse un souvenir agréable que l'individu aura envie de partager et qui le poussera à renouveler l'acte d'achat.

3 La satisfaction client

• **La satisfaction client peut être définie comme le sentiment de bien-être qui se déclenche par l'assouvissement d'un besoin.**

• Elle est liée à la valeur perçue. Elle repose donc sur la différence entre la valeur perçue de l'offre (bénéfices) et les coûts.

> **À noter**
> La satisfaction client est nécessaire à la fidélisation mais elle n'est pas suffisante.

• Il existe différents coûts qu'il sera nécessaire d'étudier pour déterminer la satisfaction :
– **le coût d'achat** : le prix, sacrifice financier consenti par l'acheteur ;
– **le coût psychologique** : les inhibitions, la peur générée par l'achat d'un produit inconnu, le risque psychologique ;
– **le coût de transaction** : le temps consacré à la recherche du produit, le délai d'obtention, le temps d'attente et de déplacement.

• **Les bénéfices et les coûts devront être comparés afin de déterminer la valeur globale.**
– Si les **bénéfices** sont **supérieurs** aux **coûts**, la valeur globale sera **positive**.
– Si les **bénéfices** sont **inférieurs** aux **coûts**, la valeur globale sera **négative**.
– Si les **bénéfices** et les **coûts** sont **identiques**, alors la valeur globale perçue sera **neutre**.

• Si la valeur globale est négative, le client ne sera pas satisfait. Au contraire, si la valeur globale est positive, le client sera satisfait.

Testez-vous !

Corrigé p. 165

1 Classez les propositions suivantes selon le type de coûts :
a) le temps d'attente élevé lors du passage en caisse
b) l'achat d'un billet de concert un an avant l'événement
c) un prix élevé
d) un serveur désagréable et très maladroit lors d'un repas dans un restaurant

2 Concluez sur la satisfaction dans les cas suivants :
a) les bénéfices perçus sont supérieurs aux coûts.
b) les coûts perçus sont supérieurs aux bénéfices.

3 Qualifiez la satisfaction de Julien et d'Ugo.
a) *Avis de Julien publié sur un site marchand*
Bon pull, chaud avec des couleurs gaies. Je n'ai eu que des compliments même si la marque n'est pas encore très connue. Cependant, le prix reste un peu élevé par rapport à la qualité et le délai de livraison annoncé de 3 jours a été totalement dépassé (plus de 15 jours !).
b) *Avis de Ugo sur un site marchand*
Le pull est mal taillé, j'ai l'air ridicule avec ! Le prix est exorbitant et 2 mois pour le recevoir juste à temps pour aller à la plage ! Je ne recommanderai pas car, à part l'originalité des motifs et des couleurs, rien de positif.

5 Le marketing expérientiel

Dans un marché très concurrentiel, l'expérience d'avant-achat est devenue primordiale pour les entreprises afin de se différencier de leurs concurrents et de donner de la valeur à leur offre.

1 Les outils du marketing expérientiel

A Définition

• **Le marketing expérientiel est l'ensemble des dispositifs qui visent à rendre l'expérience d'avant-achat mémorable pour le client.**

• Il place le client au centre de ses préoccupations pour **accroître son bien-être** et ainsi favoriser l'acte d'achat. Il permet de créer un attachement à la marque.

• Il se pratique en B2C, c'est-à-dire directement avec le consommateur final, et en B2B, avec les intermédiaires qui permettront la commercialisation du produit.

B La théâtralisation de l'offre

• **La théâtralisation de l'offre consiste à mettre en situation le produit** pour attirer l'attention et favoriser l'acte d'achat.

• Les objectifs pour les entreprises sont de générer du trafic dans les points de vente, d'augmenter les ventes et d'améliorer leur image.

• Les marques peuvent y avoir recours grâce à l'utilisation de la publicité sur le lieu de vente (PLV) afin de permettre une mise en situation du produit, une valorisation de leur offre et une différenciation par rapport à leurs concurrents.

> Définition
> **Publicité sur le lieu de vente (PLV) :** ensemble des outils publicitaires utilisés par les fabricants ou distributeurs sur le lieu de vente.

> **Exemple :** La marque Lego propose, dans les magasins, des arches dédiées à la présentation de ses produits afin que le consommateur visualise ce qu'il est possible de faire avec l'achat d'une boîte de Lego.

• Les points de vente mettent en scène de manière ponctuelle ou permanente leur offre afin de se différencier des concurrents et de créer une atmosphère propice à l'acte d'achat.

C Le marketing sensoriel

• **Le marketing sensoriel consiste à stimuler un ou plusieurs des cinq sens du consommateur** pour le séduire en accroissant son **bien-être**, dans l'objectif d'influencer positivement son comportement.

• Les cinq sens sont l'ouïe, le toucher, le goût, l'odorat et la vue. Il existe de nombreuses techniques et outils qui influencent la perception de l'offre.

• Le marketing sensoriel n'est pas limité au point de vente. Il impacte également le produit ainsi que la communication.

Sens	Type de marketing	Objectif principal	Exemple d'application
La vue	Marketing visuel	Influencer l'individu en fonction des objectifs de l'organisation	La couleur bleue est très utilisée dans le domaine bancaire pour rassurer le client et le orange pour attirer une cible jeune.
L'odorat	Marketing olfactif	Déclencher des émotions	Diffuseur d'odeur de fraise pour rappeler des souvenirs d'enfance
Le goût	Marketing gustatif	Déclencher l'acte d'achat	Dégustation de produits alimentaires dans les points de vente
L'ouïe	Marketing sonore	Influencer le comportement de l'individu	Musique lente pour permettre la flânerie et donc favoriser le temps passé sur le lieu de vente
Le toucher	Marketing tactile	Accroître le sentiment d'appartenance et la valeur du produit	Test du produit

• L'utilisation de plusieurs procédés permet de créer des **expériences multisensorielles** afin d'accroître le bien-être du client et de favoriser les comportements d'achat.

• Si la vue, le toucher et le goût font depuis longtemps partie intégrante et traditionnelle du marketing produit, l'expression « marketing sensoriel » est apparue lorsque les industriels et les commerçants ont commencé à exploiter les deux autres sens, à savoir l'odorat et l'ouïe, pour leurs produits et/ou leurs points de vente.

D Le marketing immersif

• **Le marketing immersif consiste à plonger l'individu dans l'univers de la marque ou du produit.**

• L'objectif principal est de développer un **fort sentiment d'appartenance** en créant une expérience virtuelle.

• Les premiers outils de marketing immersif étaient issus du marketing sensoriel. Aujourd'hui, grâce à l'avènement du marketing digital, de nouvelles techniques sont apparues. Les plus fréquemment utilisées sont les vidéos 360 degrés. Elles permettent l'immersion totale du consommateur dans l'univers de l'offre en lui faisant vivre une expérience unique. Cette expérience sera mémorisée, elle aura un fort impact positif au niveau de la composante affective de l'attitude et sur les comportements futurs d'achat.

> **Focus**
> Les ONG utilisent cette technique pour sensibiliser les individus à leurs œuvres et les inciter à faire des dons.

2 Les limites du marketing expérientiel

• Le marketing expérientiel est controversé car il est considéré comme une manipulation à l'égard du consommateur. En effet, l'utilisation de marketing sensoriel ou de marketing immersif place l'individu dans un contexte virtuel qui influence l'affect. Le consommateur ne se sent plus libre et est donc manipulé. Certains d'entre eux développent une **réactance psychologique** qui est une réaction négative de la part d'un individu face aux tentatives d'influence du marketing. Cette réaction est la conséquence de l'atteinte au libre choix du consommateur. Le simple fait que son choix soit altéré rend ce choix encore plus important à ses yeux. C'est pourquoi il est nécessaire de laisser le consommateur faire sa propre expérience.

6 Les politiques tarifaires

L'organisation fixe son ou ses prix en fonction de ses objectifs et de ses contraintes internes et externes. Mais la diversité des attentes des consommateurs, le besoin de se différencier et la volonté d'optimiser ses capacités de production et/ou de vente la conduisent à pratiquer des politiques de prix de moins en moins figées.

MERCATIQUE

1 Les différentes politiques de prix

A La politique de prix unique

• Cette politique de prix consiste à fixer **un prix unique** pour un produit, quel que soit le consommateur.

• Le prix unique permet une lisibilité de l'offre. Il peut être modulé avec des réductions de prix temporaires (**ex. :** des promotions). En revanche, la fidélisation client est difficile avec ce type de politique.

> **Exemple :** Dans un snack, l'ensemble des sandwichs proposés est à 5 €. L'enseigne « Tout à 2 € » propose une multitude de produits divers et variés à 2 €.

B La politique de prix différenciée

• Elle consiste à fixer **un prix qui varie en fonction de critères prédéfinis par l'entreprise** sans que le produit ou le service n'en soit modifié.

• Les différents critères peuvent porter sur :

– **la situation des clients** : en fonction des caractéristiques économiques et démographiques de ses clients (revenus, situation professionnelle, âge, sexe, etc.) ;

> **Exemple :** Le prix d'un ticket de cinéma peut varier en fonction de l'âge et de la situation professionnelle (ex. : consommateurs sans emploi).

– **les moments de consommation** : le prix variera selon les moments de la journée, de la semaine ou de la période d'achat pour un produit qui subit des variations saisonnières ;

> **Exemple :** Dans la restauration, les prix varient en fonction de l'offre du midi et de celle du soir. Les prix de l'hôtellerie varient entre les périodes scolaires et les vacances.

– **le canal de distribution** : en fonction du canal choisi, un même produit sera proposé à des prix différents.

> **Exemple :** Une canette de soda sera proposée à des prix différents selon qu'elle est vendue dans un supermarché, dans un distributeur, dans un train ou dans un restaurant.

C La politique de gestion des capacités (*yield management*)

• Le ***yield management*** est une politique de **prix différencié** qui prend en compte la variation du prix de vente en fonction du moment d'achat et/ou de la consommation prévue.

Exemple : Le prix d'un billet de train Paris-Marseille varie en fonction du moment de l'achat. L'inconvénient de cette politique est un manque de lisibilité dans le prix ; en effet, de nombreuses études ont prouvé que peu de Français étaient capables d'évaluer le prix d'un billet de train Paris-Marseille.

D La politique forfaitaire

• **La politique de prix forfaitaire propose une offre de produits groupés en contrepartie d'un prix.** La somme des produits achetés individuellement est supérieure au prix du forfait.

• Cette technique permet d'inciter le consommateur à acheter des produits qu'il n'aurait certainement pas achetés s'ils avaient été proposés individuellement. Elle facilite la prise de décision du consommateur et lui confère un avantage lié au prix. Le principal inconvénient est que le consommateur peut avoir l'impression qu'on lui force la main.

> **Remarque**
> Le choix d'une politique de prix doit être cohérent avec les autres variables du plan de marchéage (offre, communication, distribution) ainsi qu'avec les objectifs stratégiques (cible, positionnement).

Exemple : Les forfaits mobiles sont proposés pour un prix alliant la possibilité d'appeler et d'envoyer des SMS/MMS de manière illimitée en France ainsi que de et vers 120 destinations. Même si le client n'en a pas l'utilité, il ne peut les exclure du forfait pour payer moins cher.

2 La particularité de la gratuité

• Certains produits ou services sont proposés sans contrepartie financière. C'est le cas lorsque le prix est considéré comme une barrière importante à l'incitation d'utiliser le service ou le produit.

• Ce type de politique peut être utilisé par des organisations à but non lucratif pour promouvoir et démocratiser l'art, par exemple, mais pas uniquement, certaines entreprises proposant la gratuité d'un service ou d'un produit dans d'autres objectifs.

Exemple : Pour fidéliser un client en matière d'abonnement à Internet, une entreprise peut lui offrir la gratuité du service pendant une certaine durée ou encore pour faire connaître un produit, par exemple, une nouvelle chaîne payante peut être offerte pendant plusieurs mois (Bein TV).

• Le développement d'Internet a permis de voir apparaître de nouvelles pratiques de la gratuité. La stratégie **freemium** permet de bénéficier d'offres en apparence gratuites. En contrepartie de l'acceptation de visualiser des publicités ou de communiquer certaines données, l'internaute peut bénéficier de services ou d'applications gratuites.

Exemple : Spotify permet d'écouter de la musique sans avoir à souscrire un abonnement en contrepartie de l'acceptation de visualiser des publicités.

• Cette politique de prix est également utilisée dans certaines organisations publiques qui optent pour des services gratuits.

Exemple : Certaines municipalités ont installé des distributeurs de sacs pour ramasser les déjections canines et ainsi réduire la pollution sur la voirie.

7 La fixation du prix

Le choix d'une politique de prix est important mais la fixation du prix lui-même doit prendre en compte certains critères internes et externes.

1 Les étapes nécessaires à la fixation d'un prix de vente

étape 1 Avant toute action, il est nécessaire de déterminer l'objectif à atteindre. Les objectifs peuvent être qualitatifs (améliorer ou faire évoluer une image) ou quantitatifs (augmenter les parts de marché ou le profit).

étape 2 Pour répondre au mieux aux attentes de la demande, il est nécessaire de connaître la valeur perçue de l'offre et d'évaluer le meilleur prix possible à l'aide d'outils mathématiques.

Exemple : Il pourra être nécessaire de déterminer le prix pour lequel il y aura le plus de ventes et les variations de la demande par rapport au prix (élasticité de la demande).

étape 3 Afin de prévoir la rentabilité de l'offre, il est nécessaire d'évaluer les coûts liés à la production et à la commercialisation du produit.

Exemple : Une entreprise fixera le prix en fonction de la rentabilité attendue. Un prix qui ne permettrait pas de couvrir les coûts engagés mettrait en péril la survie de l'entreprise.

étape 4 Pour se positionner sur le marché, il est nécessaire d'analyser les prix et offres des concurrents. Il est important pour une entreprise de connaître son niveau de prix par rapport à ses concurrents directs. Un prix légèrement plus élevé pour une offre similaire représenterait un frein à la vente.

étape 5 L'entreprise peut fixer le prix en tenant compte de toutes les étapes précédentes.

2 La fixation du prix par rapport aux coûts

A Les coûts à prendre en compte

Fabricant		**Distributeur**
Coût de revient + marge fabricant = prix de vente HT au distributeur	➡	Prix d'achat HT du distributeur + marge du distributeur = prix de vente HT au consommateur + TVA **= prix de vente TTC au consommateur**

- **Le coût de revient.** Il correspond à l'ensemble des charges directes et indirectes supportées par l'entreprise pour fabriquer et vendre un produit.
- **La marge.** C'est la différence entre le prix de vente HT et le coût de revient. C'est le bénéfice unitaire que la vente d'un produit va dégager.

B Les formules à retenir

- **Prix de vente TTC** = prix d'achat + marge + TVA.
- **Prix de vente TTC** = prix de vente × (1 + taux de TVA).
- **Prix de vente HT** = $\frac{\text{prix de vente TTC}}{1 + \text{taux de TVA}}$.
- **Marge brute ou commerciale** = prix de vente HT – prix d'achat HT.
- **Le taux de marge. C'est le pourcentage de la marge exprimé par rapport au prix d'achat HT.**
- **Taux de marge** = $\frac{\text{marge commerciale}}{\text{prix d'achat HT}} \times 100$.

3 La fixation du prix par rapport à la demande

A La sensibilité-prix

- **L'élasticité de la demande** permet d'évaluer les réactions de la demande par rapport aux variations des prix.
- Une baisse des prix n'est pas toujours synonyme de hausse de la demande même si tel est le cas d'une manière générale. Un produit dont le prix baisse peut subir une perte d'image et cela a un impact sur les marges de l'entreprise.
- Formule de l'élasticité par rapport au prix :

$$eP = \frac{\frac{\Delta D}{D}}{\frac{\Delta P}{P}}$$

avec e : l'élasticité
P : le prix
eP : l'élasticité en fonction du prix
D : la demande
Δ (delta) indique une variation (nouvelle valeur – ancienne valeur).

- Si e = **0**, la demande est inélastique, c'est-à-dire qu'il n'y a pas de variation de la demande par rapport au prix.
- Si **–1** < e > **0**, la demande est faiblement élastique, c'est-à-dire qu'il y a peu de variation de la demande en fonction du prix.
- Si e < **–1**, la demande est très élastique, c'est-à-dire qu'une variation du prix entraîne une variation plus importante des ventes.
- La connaissance du sens positif ou négatif et de l'ampleur de cette élasticité permet donc de prendre des décisions de prix.

> **Exemple :** Une élasticité inférieure à –1 signifie qu'il est possible de baisser le prix pour espérer une augmentation des ventes.

B Le prix cible

• **Le prix cible est une méthode de fixation du prix de vente en amont avant même la conception du produit**. Il prend en compte dans sa détermination la demande et l'offre.

Le prix cible en schéma

Fixation du prix cible en fonction du marché → Fixation de la marge → Coût de revient à atteindre

• La fixation du prix cible prend appui sur des études marketing afin de déterminer le prix acceptable par la demande et cohérent face aux concurrents avant la création du produit. Il doit aussi être déterminé en fonction du prix auquel les distributeurs sont prêts à le commercialiser.

• Une fois le prix cible fixé, le produit sera conçu et fabriqué en respectant les coûts et marges préalablement déterminés.

Exemple : Cette méthode a été utilisée par Renault-Dacia en 2004 pour le modèle Logan. L'objectif de Renault-Dacia était de conquérir les pays émergents avec cette voiture. De nombreuses études marketing ont été faites et le prix cible fixé à 5 000 euros. Cependant, il n'a pas été atteint puisque la Logan a été commercialisée à 5 700 euros au moment de son lancement le 1er septembre 2004.

4 Le prix, une variable cohérente

A La cohérence du prix avec les éléments du marketing stratégique

• Le prix fixé devra être cohérent avec les objectifs commerciaux et financiers de l'entreprise, avec le positionnement de l'offre et avec l'environnement.

• Le prix cible est le prix acceptable pour le marché et matérialisé dans une offre concurrente. Pour ne pas dépasser ce prix cible, l'entreprise devra gérer au mieux ses coûts de fabrication et ses marges.

B La cohérence du prix avec les variables du plan de marchéage

• **Au niveau de l'offre**, le prix devra refléter l'ensemble des caractéristiques de l'offre et être cohérent avec l'ensemble de ses variables.

• **Au niveau de la distribution**, le choix du prix devra être cohérent avec les choix effectués en matière de distribution.

• **Au niveau de la communication**, les choix en matière de communication devront être cohérents avec les prix pratiqués.

Testez-vous !

Corrigé p. 165

1 Interpréter les coefficients d'élasticité suivants :

a) –3 b) 0 c) 2

2 Calculez les prix de vente TTC dans les cas suivants :

a) cas 1 : prix de vente HT au distributeur : 12 € ; marge distributeur : 55 % ; TVA : 5,5 %.

b) cas 2 : coût de revient : 25 € ; marge producteur : 25 % ; marge distributeur : 40 % ; TVA : 20 %.

8 Les stratégies de distribution et les unités commerciales

Pour un producteur, la distribution de son produit fait partie des paramètres de son offre. Les choix qu'il réalise en matière de distribution ont un impact direct sur la valeur perçue de son offre par le client.

1 De l'intermédiation à la réintermédiation

• **L'intermédiation représente le nombre d'intermédiaires entre le consommateur final et l'entreprise productrice.**

• Le développement d'Internet a provoqué un nouveau phénomène : celui de la **désintermédiation**. En effet, il a permis de réduire le nombre d'intermédiaires, notamment en B2C (*Business To Consumer*, vente au client final), dans la distribution des offres.

Exemple : Dans le domaine du tourisme, les consommateurs privilégient l'achat de billets directement en ligne sur le site des compagnies aériennes plutôt que dans des agences de voyages traditionnelles.

• Cependant, Internet a eu aussi pour conséquence l'effet inverse avec le développement de grandes plateformes de vente. On parlera alors de **réintermédiation**. C'est le fait de réintroduire des intermédiaires entre le producteur et le consommateur final. En effet, les producteurs ont besoin de développer leurs ventes et la vente directe *via* leur site Internet ne suffit plus.

Exemple : Un producteur peut décider de vendre ses produits sur Amazon, ce qui lui permettra de toucher des millions de clients en contrepartie de frais de vente.

2 Les canaux et stratégies de distribution

A Les différents canaux de distribution

• **Un canal est l'ensemble des organisations qui interviennent dans l'acheminement d'un produit de l'entreprise de production au consommateur final.** L'ensemble des canaux choisis par une entreprise correspond au **circuit de distribution**.

• Il existe différents canaux de distribution que l'on peut classer selon leur longueur, c'est-à-dire par rapport au nombre d'intermédiaires intervenant dans le processus :

– **le canal direct** : du producteur au client final ;

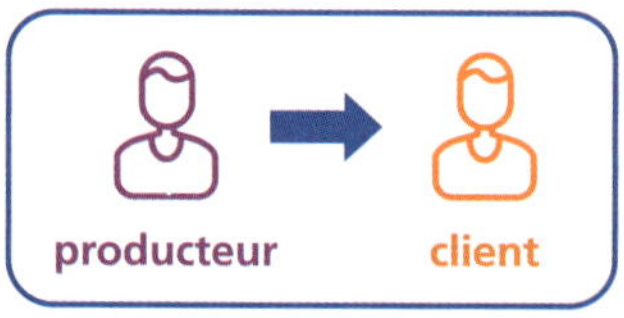

Exemples : Vente de fruits et légumes sur l'exploitation, vente d'usine, vente dans les magasins de la marque, vente sur Internet directement sur le site de la marque.

– **le canal court** : du producteur au distributeur au client final ;

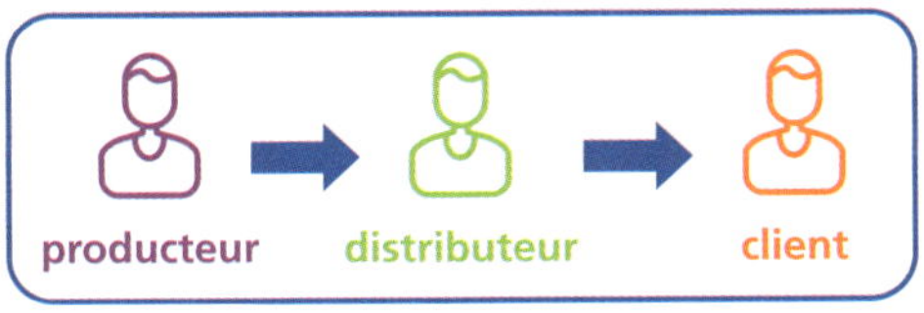

Exemple : La vente de billets d'avion dans une agence de voyage.

– **le canal long** : du producteur au grossiste au distributeur au client final.

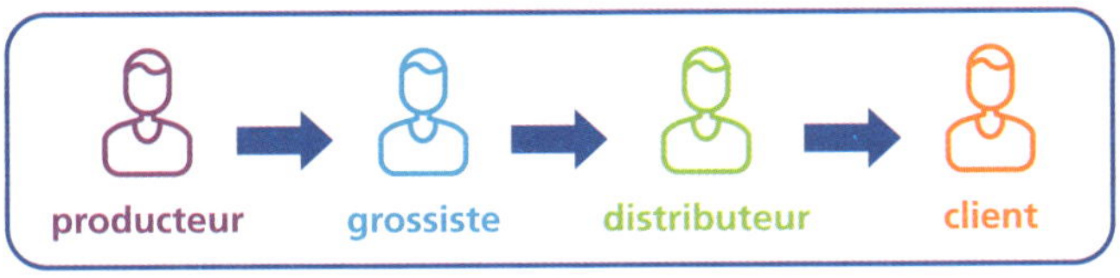

Remarque

Les canaux court et long sont des formes de distribution indirecte.

Exemples : Un primeur, un fleuriste, une librairie.

B Les différentes stratégies de distribution

• **La distribution intensive** : le fabricant souhaite être présent dans un maximum de points de vente. Le nombre de distributeurs commercialisant les produits sera élevé. Ce type de stratégie permet d'obtenir des **volumes de vente importants** ; cependant, elle peut provoquer une perte de contrôle du fabriquant sur la distribution de ses propres produits.

Exemple : Les marques agroalimentaires.

• **La distribution sélective** : le fabricant commercialise son produit uniquement dans certains points de vente qu'il a lui-même sélectionnés ou sur une zone géographique déterminée. Son choix se porte essentiellement sur des critères qualitatifs.

Exemple : Les produits de luxe sont commercialisés uniquement dans certains points de vente.

• **La distribution exclusive** : le fabricant commercialise ses produits uniquement dans certains points de vente, soit dans ses propres points de vente, soit il en donne l'exclusivité.

Exemple : La marque de cosmétiques végane Kat Von D est commercialisée en exclusivité dans les enseignes Sephora.

• **La distribution multicanale** : le développement du e-commerce pousse les entreprises vers ce choix. En effet, de nombreux fabricants choisissent de vendre leurs produits dans des canaux traditionnels ainsi que sur leur propre site Internet.

3 L'ECR (*Efficient Consumer Response*)

A Définition

• **L'ECR est une stratégie qui permet de s'adapter aux changements de comportements de la demande et de faciliter les échanges entre producteurs et distributeurs.**

• Elle consiste à rationaliser et automatiser la distribution de l'offre.

B Ses objectifs

• L'ECR a pour objectif principal de **faciliter la relation entre le producteur et le distributeur**. Cette méthode repose sur **un bon produit, au bon endroit, au bon moment, en bonne quantité au moindre coût**.

• Elle nécessite de prendre en compte **trois grands axes** :
- **le *merchandising*** (marchandisage) qui permet de mettre en valeur l'offre tout en rendant le point de vente attractif ;
- **la logistique** qui doit permettre de réduire les stocks et d'optimiser le réapprovisionnement ;
- **l'apport de nouvelles technologies** : l'échange de données informatisées (EDI) et l'utilisation de codes-barres facilitent la gestion des stocks et permettent de mieux connaître les attentes du consommateur.

4 Les unités commerciales

A Les unités commerciales physiques

• **Une unité commerciale physique est un lieu où se déplace le client pour accéder à une offre de produits ou de services.** On peut la caractériser par :
- **des caractéristiques physiques** : situation géographique (centre-ville, rue piétonne, galerie commerciale, périphérie, etc.), surface de vente, nature et taille de l'assortiment, aménagement, merchandising, architecture extérieure ;
- **des caractéristiques commerciales** : cible (professionnels ou particuliers), méthode de vente pratiquée (libre-service, libre-service assisté), positionnement, concept.

• Les différents types de point de vente peuvent être classés selon leurs caractéristiques :
- **en fonction de la taille** : superficie de vente ;
- **en fonction de leur degré d'indépendance** :
  - **les commerces indépendants** : il s'agit souvent de petits commerces de proximité, spécialisés ou non ;
  - **le commerce associé** : il comprend le groupement des commerçants et la franchise (le contrat de franchise est le contrat par lequel un franchiseur donne son image et son savoir-faire à un franchisé en contrepartie d'un droit d'entrée et d'une part de son chiffre d'affaires) ;
  - **le commerce intégré** : ce sont les grands magasins, les magasins populaires, les coopératives de consommateurs, les chaînes d'hyper et supermarchés ainsi que les discounters.

B Les unités commerciales virtuelles

• **Les unités commerciales virtuelles sont des lieux de vente virtuels** accessibles *via* une connexion Internet : ce sont des sites marchands ou applications marchandes.

• Les caractéristiques principales sont :
– **un espace de vente évolutif** ;
– **des achats rapides** ;
– **des offres proposées personnalisables grâce à l'utilisation de cookies** ;
– **un acte d'achat facilité.**

• **Certaines conditions sont essentielles à la réussite d'un espace de vente virtuel** :
– le site doit être accessible (il doit bénéficier d'un bon référencement).
– La navigation doit être optimisée (chargement des pages rapides, recherche rapide, etc.).

• Il existe de nombreux outils qui permettent de **mettre en valeur les offres virtuelles** comme :
– un design soigné ;
– des vues produits différentes (zoom, vue panoramique, etc.) ;
– des informations exhaustives (fiches techniques, vidéos, produit mis en situation, etc.) ;
– des outils comparatifs ;
– des avis clients ;
– un panier qui permet la maîtrise des achats des clients ;
– etc.

• Certains outils tels que les *pop up* (nouvelle fenêtre qui se superpose à la page active) doivent être utilisés avec modération car ils peuvent entraver la bonne navigation de l'internaute et le lasser.

Testez-vous !

Corrigé p. 166

Dans les cas suivants, identifiez les canaux et les stratégies de distribution choisis.

a) **cas 1 :** un producteur de fruits commercialise sa production sur son exploitation et sur les marchés des environs à l'aide de son propre étalage.

b) **cas 2 :** un producteur d'huiles essentielles commercialise ses produits auprès de fabricants de parfum *via* son espace de vente dans son entreprise et son site Internet.

c) **cas 3 :** un producteur de parfum commercialise ses produits directement dans son usine, *via* la grande distribution et sur son site Internet.

9 L'influence du consommateur sur les choix de distribution

Les transformations numériques ont impacté le comportement du consommateur qui est devenu plus éclairé, plus exigeant mais aussi beaucoup plus volatile. L'expérience client est devenue une priorité pour les entreprises qui ont dû adapter leur distribution à ces nouvelles attentes.

1 L'évolution des modes de consommation

• **Les modes de consommation ont évolué depuis ces trente dernières années.**

• Le comportement du consommateur d'hier était prévisible car ancré dans ses habitudes. **Le consommateur d'aujourd'hui est devenu plus exigeant, volatile et responsable**.

• **On parle maintenant d'éco-consommateur.** Ce dernier est un individu qui prend en compte l'aspect social et écologique dans ses achats. C'est une attente prépondérante pour lui.

• L'évolution des comportements des consommateurs a également fait naître un consommateur qui recherche une ultra personnalisation et une interactivité avec les marques. **Il devient acteur de sa consommation**. C'est le **consomacteur**.

• **Le consumérisme** (regroupement de consommateurs) **vise à protéger le consommateur**. Ce mouvement est né au début du xxe siècle pour se généraliser dans les années 1970. Face aux abus de pouvoir et au manque d'éthique de certaines entreprises, il a permis une évolution des règles juridiques.

• **De plus, le consommateur d'aujourd'hui utilise les nouvelles technologies** dont il dispose pour rechercher des **informations sur le produit** (disponibilité, prix, avis clients, caractéristiques, etc.) et sur le **point de vente** (localisation, horaires d'ouverture, services proposés, etc.), effectuer ses achats et suivre ses achats en ligne. Cela en fait un consommateur **très informé**, plus exigeant et ainsi plus **difficile à satisfaire et à fidéliser**.

2 Les différents parcours clients

• **Les choix du consommateur en matière de distribution ont donc été impactés par l'évolution des modes de consommation.** Le consommateur recherchant davantage d'informations et utilisant désormais les nouvelles technologies pour effectuer ses achats, le parcours client est devenu multiforme. Il est possible de distinguer **trois formes de parcours clients** :

– **le ROPO (*Research Online, Purchase Offline*)** : **le consommateur utilise Internet en amont de son achat** pour se renseigner, comparer les caractéristiques produits et les prix et vérifier la disponibilité d'un produit. **Il se rend ensuite dans le point de vente pour réaliser son achat**. Pour le distributeur, cela permet de développer le trafic sur le point de vente physique ;

> **Focus**
> En 2018, 56 % des Français ont utilisé leur smartphone pour effectuer des recherches avant de réaliser un achat en point de vente.

– **la distribution *cross canal*** : **le consommateur utilise plusieurs canaux de distribution** dans son parcours d'achat. **Les canaux sont utilisés séparément mais de manière complémentaire**. Le consommateur ne choisit pas un canal mais utilise plusieurs canaux. L'objectif est d'améliorer l'expérience client en fluidifiant le processus d'achat ;

> **Exemple :** Le consommateur voit une paire de baskets sur un site Internet, il la commande grâce à une application mobile et la retire 1 heure après en magasin.

– l'omnicanalité : **le consommateur cherche à utiliser simultanément l'ensemble des canaux de distribution**. Les produits proposés et les services associés sont identiques en magasin et en ligne.

> **Exemple :** Le *fashion mobile* consiste à flasher des QR codes sur un catalogue et à les commander directement avec son portable ou sa tablette.

3 Le cas de la distribution collaborative

A L'origine de la distribution collaborative et son principe

• De nouvelles formes de distribution apparaissent pour répondre au mieux aux nouvelles attentes des consommateurs.

• **La distribution collaborative répond à la volonté de partage et d'échange des Français.** Depuis plusieurs années, l'économie collaborative s'est développée et devrait continuer à progresser dans les années à venir. Elle repose sur le partage ou l'échange de biens ou de services entre particuliers. L'utilisation de plateformes d'échange en a facilité l'expansion.

> **Exemple :** Airbnb, créée en 2007, est une plateforme communautaire qui permet de mettre en relation des particuliers qui souhaitent louer leur bien inoccupé sur une courte durée et des vacanciers.

• Afin de répondre à cette nouvelle attente des Français, la distribution collaborative est apparue.

> **Exemple :** L'enseigne Carrefour a créé une plateforme de livraison collaborative nommée Merci voisin. Elle permet de mettre en relation des personnes qui se chargent d'une livraison et celles qui ont un besoin de livraison. Le client passe sa commande et la règle. Il est ensuite redirigé sur la plateforme pour trouver une personne qui se chargera de récupérer et livrer ses courses moyennant un dédommagement.

• Les avantages de ce nouveau mode de distribution sont nombreux. Il permet pour le distributeur d'**améliorer l'expérience client** grâce au gain de temps et aux économies générés pour le client.

• Le principal inconvénient est la création d'une communauté de livreurs assez importante pour satisfaire les utilisateurs en termes de créneaux horaires.

B Les autres modes de distribution collaborative

• La distribution collaborative repose aussi sur une **mise en relation directe entre producteurs et consommateurs** afin de limiter les intermédiaires, notamment la grande distribution. Elle correspond au canal de distribution direct.

	Principes	Avantages	Limites
Vente en magasin collectif	Point de vente géré de manière collégiale par un groupe de producteurs.	Accessible toute la journée. Beaucoup de choix de produits.	Présence des producteurs à tour de rôle sur le point de vente.
AMAP	Association qui établit un lien entre un groupe de consommateurs et des paysans. Les produits proposés ne sont pas standardisés et le prix est fixé de manière équitable.	Bonne valorisation financière et impact environnemental et sociétal positif.	Présence des producteurs à chaque distribution.

10 La digitalisation des unités commerciales

Le consommateur s'est approprié les technologies numériques qui ont facilité ses achats en ligne et dans les points de vente. Les technologies numériques ont aussi permis aux entreprises de trouver de nouveaux espaces de croissance, remettant en cause les modèles de vente traditionnels.

1 Les enjeux de la digitalisation

• **La digitalisation des unités commerciales** permet aux distributeurs de s'adapter aux évolutions des tendances en matière de distribution. En effet, les besoins des consommateurs évoluent. Après avoir recherché dans la grande distribution de grands espaces et des grands centres commerciaux, le consommateur d'aujourd'hui dirige son attention vers des modèles à taille plus humaine et proposant une offre de proximité plus éthique. Les grandes enseignes doivent s'adapter pour continuer d'exister.

• De plus, les **nouvelles techniques de communication** bouleversent les parcours clients. Le consommateur est ainsi mieux informé et sensible aux avis d'autres clients.

• Les distributeurs ont pris en compte ces évolutions pour adapter leurs stratégies. Ils ont réinventé les lieux de vente en proposant de nouveaux formats et services. Les espaces de vente digitalisés améliorent l'**expérience client et la fidélisation**.

2 Les outils mis en place dans la digitalisation du point de vente

A La supérette automatique

• Elle permet aux clients d'effectuer **ses achats 7 jours sur 7 et 24 heures sur 24**. Elle propose un assortiment en moyenne de **200 références** constitué de produits alimentaires (secs et frais) et non alimentaires tels que des produits d'hygiène. Les clients saisissent leurs achats sur une borne automatique et les récupère *via* une trappe. À l'intérieur, tout est automatisé et c'est un robot qui se charge de préparer la commande.

• Les avantages sont nombreux car ce format de distribution permet une **installation** dans des **lieux stratégiques** pas ou peu accessibles avec un point de vente classique. La **gestion** est **facilitée** puisque les flux sont automatisés, ce qui engendre un gain de temps et financier.

• La limite est le **nombre de références** proposées qui reste à ce jour **faible** ainsi qu'une déshumanisation de la relation client.

> **Exemple :** Les supérettes autonomes de la franchise XIMITI, installées dans les centres-villes d'une quinzaine de villes comme à Marseille, Paris, Lyon ou encore Montpellier, permettent d'effectuer des achats d'épicerie 24 heures/24 et 7 jours/7.

B Le *drive*

• Le *drive* est un **point de retrait des marchandises**. Le client y accède avec son véhicule. Les achats sont directement chargés dans le véhicule ou remis au conducteur. Il existe des *drives* dans la restauration rapide, de nombreux supermarchés et hypermarchés mais également dans d'autres domaines comme dans les boulangeries.

Exemple : Des *drives* sont proposés dans de nombreux McDonald's.

C Le *click and collect*

• Le *click and collect* est un **service** qui permet au client de **réserver un ou plusieurs produits** disponibles sur le lieu de vente physique et de se rendre dans ce dernier pour les récupérer. Les achats sont donc réalisés *via* la boutique en ligne et **retirés dans le point de vente physique**. Les produits proposés *via* un *click and collect* sont présents sur le lieu de vente physique.

> **Remarque**
> En 2019, 38 % des Français qui ont commandé *via* un site Internet ont plébiscité ce mode de livraison.

Exemple : L'enseigne Sushi Shop propose de commander ses sushis en ligne et de venir les retirer en *click and collect.* Un créneau horaire est défini à l'avance afin de garantir la fraîcheur des produits. Une réduction de prix est accordée si le client choisit ce système par rapport à la livraison classique.

D Les outils technologiques dans les unités commerciales physiques

• **Les outils digitaux permettent aux espaces de vente physiques de rivaliser avec les boutiques en ligne** puisqu'ils donnent la possibilité d'accéder à des informations similaires. Les outils les plus utilisés sont :
– **les tablettes** par les vendeurs, ce qui permet une plus grande efficacité dans la réponse apportée au client. La tablette facilite l'accès aux informations clients et permet de montrer des produits présents ou non dans l'espace de vente ;
– **la signalétique numérique** : ce sont toutes les indications digitales présentes sur le lieu de vente. L'affichage du prix est de loin la plus utilisée. Elle permet de mettre cette information facilement et rapidement à jour ;
– **l'affichage dynamique** : il correspond à l'ensemble des outils d'affichage digital présents dans un point de vente. Ils permettent une mise en valeur de l'offre. Les plus utilisés sont les murs d'images, les vitrines animées, les écrans promouvant un produit ;
– **la borne interactive** : elle permet aux clients de laisser un avis et de les faire participer aux évolutions des espaces de vente. Elle peut aussi permettre le passage des commandes dans la restauration rapide. Enfin, elle constitue un bon outil pour faire passer des informations.

Testez-vous !

Corrigé p. 166

1 Proposez des outils numériques pour améliorer les situations suivantes.

a) Les étiquettes prix sont affichées sur du papier sur le rayon en-dessous de chaque produit.

b) Le vendeur doit systématiquement se rendre au point Accueil pour consulter sur un ordinateur l'état des stocks.

c) Les clients se plaignent du choix de l'assortiment et du temps d'attente.

2 Indiquez si les affirmations suivantes sont vraies ou fausses.

	Vrai	Faux
a) Le *drive* est un système qui permet de se faire livrer ses achats à domicile.	☐	☐
b) Les espaces de ventes digitalisés visent à améliorer l'expérience client.	☐	☐
c) Les supérettes autonomes sont un espace de caisses automatiques dans les supermarchés.	☐	☐

11 Les outils de distribution virtuelle

La distribution virtuelle s'est fortement développée et est devenue incontournable. Elle peut être un concurrent redoutable aux espaces de vente uniquement physiques.

1 Le e-commerce

A Les caractéristiques du e-commerce

• **Le e-commerce est un lieu de vente virtuel accessible *via* Internet** : il regroupe l'ensemble des sites marchands. Ses **caractéristiques principales** sont :
– **un espace de vente évolutif** ;
– **des achats plus rapides** ;
– **des offres personnalisables** grâce à l'utilisation de cookies ;
– **un acte d'achat facilité**.

• Le site doit être accessible et bénéficier d'un bon référencement dans les moteurs de recherche. La navigation doit être optimisée (chargement rapide des pages, recherche rapide, etc.).

B Les outils de mise en valeur de l'offre virtuelle

• **Il existe de nombreux outils pour mettre en valeur les offres virtuelles** comme :
– **le design du site** : celui-ci doit être soigné et esthétique ;
– **des vues produits différentes** : elles permettent de voir le produit sous tous ses angles grâce à des outils comme le zoom, la vue panoramique, etc. ;
– **des informations exhaustives** : des fiches techniques complètes, des vidéos, des produits mis en situation, etc. ;
– **des outils comparatifs** : ce sont des tableaux multicritères qui permettent de comparer plusieurs produits en même temps ;
– **des avis clients** : ils permettent de rassurer le client dans son choix d'achat ;
– **un panier** : il permet la maîtrise des achats des clients. Certains sites n'hésitent pas à mettre son montant visible en permanence sur les pages visitées.

> **Remarque**
> Les distributeurs en ligne doivent également palier aux freins liés à la vente virtuelle comme le fait de ne pas pouvoir toucher le produit, d'être confronté à des choix difficiles sans la possibilité d'être conseillé, etc.

• Aujourd'hui, il est également possible d'utiliser sur des sites un système de chat qui permet aux internautes d'entrer en contact avec des conseillers clientèle afin de les aider dans leurs achats.

• Cependant, certains outils tels que les *pop-up* (nouvelle fenêtre qui se superpose à la page active) doivent être utilisés avec modération afin de ne pas entraver la bonne navigation.

2 Le m-commerce

A Les enjeux du m-commerce

• Le développement des smartphones et des tablettes a conduit à développer un nouveau procédé d'achat. **Le m-commerce est l'ensemble des transactions commerciales effectuées *via* un téléphone portable ou une tablette.**

> **Focus**
> Devenu au fil des années un canal de distribution incontournable, le m-commerce représentait 39 % des achats effectués en e-commerce en 2019.

B Les avantages et les limites du m-commerce

Les avantages du m-commerce	Les limites du m-commerce
• Le nombre de personnes équipées en smartphones et tablettes ne cesse de croître et dépasse celui du nombre d'individus possédant un ordinateur. • La **géolocalisation** permet d'adapter les offres proposées aux clients selon l'endroit où ils se trouvent. • Il permet un **contact quasi-permanent** avec les consommateurs.	Le **peu de respect de la vie privée** : ce système est très intrusif car il permet de tracer les déplacements du consommateur et de l'inonder d'offres commerciales.

3 Les *marketplace*

• **La *marketplace*, place de marché en français, est une plateforme qui permet de mettre en relation des vendeurs et des acheteurs.**

• Il existe **deux types** de *marketplace* :

– les plateformes ne proposant que des produits vendus par des tiers. Cette pratique est nommée les **pures *marketplace*** ;

> **Exemple :** Aliexpress est une pure « *marketplace* » car elle ne vend rien en direct mais sert de plateforme à des milliers de marchands et producteurs du monde entier.

– la ***marketplace*** peut être proposée par une entreprise **en complémentarité de son propre assortiment**.

> **Exemple :** Amazon propose, en plus de ses propres offres, des produits d'autres vendeurs pour répondre à la demande des clients, que ce soit en terme de disponibilité des produits ou de prix.

• Les *marketplace* présentent des inconvénients pour les producteurs puisqu'elles engendrent des coûts supplémentaires. En effet, des frais leur sont facturés pour pouvoir proposer leurs offres sur ces plateformes. Ces frais varient selon les plateformes.

• En revanche, les *marketplace* apportent une meilleure visibilité aux producteurs sans qu'ils aient besoin de développer eux-mêmes des outils digitaux (site Internet, applications, etc.).

Testez-vous !

Corrigé p. 166

1 Identifiez des outils de mise en valeur de l'offre virtuelle utilisés dans les situations suivantes :

a) La possibilité de noter et d'émettre un avis sur les produits achetés afin d'expliquer sa satisfaction ou insatisfaction.

b) Un récapitulatif de produits possédant les mêmes caractéristiques est proposé afin de faciliter le choix.

c) La possibilité de voir le produit sous tous ses angles.

2 Indiquez si les affirmations suivantes sont vraies ou fausses.

	Vrai	Faux
a) Un site Internet de pure *marketplace* propose uniquement ses propres produits.	☐	☐
b) Le m-commerce représente les achats effectués uniquement avec une tablette.	☐	☐
c) La géolocalisation permet de connaître la position géographique d'un individu.	☐	☐

12 La mise en œuvre d'une communication commerciale

La communication commerciale doit créer ou maintenir une relation positive de l'organisation avec sa cible afin de l'influencer positivement. Elle peut porter sur une organisation, une entreprise, une marque ou sur un produit.

1 Les objets et objectifs de communication

A Les objets de communication

• **Les objets de communication correspondent à ce sur quoi porte la communication.** Elle peut, en effet, porter :
- sur l'organisation elle-même ;
- sur une marque ;
- sur un produit ;
- sur un événement.

B Les objectifs de communication

• Il existe **trois grands types d'objectifs de communication** qui visent à toucher ou à faire évoluer les trois composantes de l'attitude d'un individu.
- **L'objectif cognitif** **(faire connaître)** : la communication vise à informer sur l'existence d'un nouveau produit ou sur ses caractéristiques.
- **L'objectif affectif** **(faire aimer)** : la communication a pour but de modifier ou renforcer l'image d'un produit, d'une marque ou d'une organisation.
- **L'objectif conatif** **(faire agir)** : la communication a pour but d'inciter le consommateur à l'achat ou à l'action.

2 Le choix des cibles de la communication commerciale

• La cible correspond aux groupes auxquels s'adressent la communication mise en place. On peut différencier :
- **les cibles internes** à l'organisation : salariés, actionnaires, bénévoles ;
- **les cibles externes** à l'entreprise : clients, clients potentiels, journalistes, leaders d'opinion, prescripteurs, distributeurs, etc.

> **Remarque**
> Le ciblage et ses options ont été abordés dans la Fiche 1 Le couple produit/marché, p. 126.

3 La copie stratégie

• **La copie stratégie est un élément important qui va permettre de définir le contenu rationnel du message que la marque souhaite véhiculer à sa cible.** Cette technique d'argumentation commerciale repose :
- **sur une promesse**, c'est-à-dire **l'avantage** que la marque promet à sa cible ;

> **Exemple :** Dans une publicité pour une crème anti-âge pour femmes, la promesse sera la garantie d'une réduction rapide des rides et ridules.

– **sur la justification de cette promesse** : la promesse devra être prouvée. C'est donc la **preuve** de la promesse ;

> **Exemple :** 85 % des femmes qui ont utilisé cette crème anti-âge ont constaté une réduction de leurs rides et ridules après seulement 8 jours d'utilisation.

– **sur le ton du message** : il correspond au registre d'expression utilisé. Le message pourra reposer sur un ton humoristique, démonstratif, tendre, nostalgique, etc.

> **Exemple :** Le ton pour la crème anti-âge sera démonstratif pour donner un côté scientifique à l'annonce avec notamment l'utilisation d'une terminologie scientifique (à base d'acide hyaluronique, collagène, acide ursolique, anti-oxydants, vitamine C, etc.).

4 La communication multicanal

• Afin de mettre en place une communication multicanal, les organisations peuvent avoir recours au modèle **POEM (*Paid, Owned, Earned Media*)**. L'objectif principal de cette méthode est de catégoriser les différents types de présence et de visibilités possibles de l'objet de la communication.

> **Définition**
> **Communication média :** ensemble des moyens interpersonnels de diffusion d'une information.

	Paid media	*Owned media*	*Earned media*
Intérêts	Visibilité **achetée** par l'entreprise.	Contenu **créé par l'entreprise** *via* ses supports.	**Visibilité** dont bénéficie **gratuitement** la marque.
Outils	• **Communication média** : publicité diffusée *via* la télévision, le cinéma, la radio, la presse, l'affichage, Internet. • **Communication hors média achetée** : parrainage, mécénat, foire, salon, etc.	**Communication hors média créée par l'entreprise** : newsletter, communiqué de presse, réseaux sociaux, magazine client, site Web, brochure, etc.	**Mentions et commentaires** sur les réseaux sociaux, forums, blogs déposés par des internautes, *buzz*, bouche-à-oreille.
Avantages	Contrôle du contenu, du temps, rapide et puissant.	Coût peu élevé, contrôle du contenu et information précise.	Faible coût, argument fort auprès de la cible.
Limites	Coût élevé, voire très élevé, peu d'interactions et provoque, de plus en plus, l'indifférence des individus.	Nécessite des mises à jour très régulières.	Communication non maîtrisée, *bad buzz*, demande une très forte réactivité, difficilement mesurable.

Testez-vous !

Corrigé p. 166

1 Indiquez à quelles catégories du POEM appartiennent les outils suivants :

a) tweet
b) affiche publicitaire
c) stand dans un salon professionnel
d) vidéo Instagram d'un influenceur sur l'utilisation du produit de l'entreprise
e) publicité diffusée à la télévision

2 Dans les cas suivants, précisez si la cible est externe ou interne :

a) une communication qui vise l'adhésion des salariés à la nouvelle stratégie.
b) une journée portes ouvertes pour présenter les nouveaux produits aux clients.
c) la participation à un salon réservé à des professionnels.

13 La publicité média

La publicité média est la publicité achetée par l'entreprise. Elle représente un investissement pour l'organisation. Elle correspond au *paid* média.

1 La communication média : les différents types de publicité

• Pour mettre en place un plan média (document qui regroupe l'ensemble des actions publicitaires prévues sur une période donnée), il faut choisir les média (moyens interpersonnels de diffusion d'une information) utilisés ainsi que les différents supports associés.

Exemple
Média : la télévision.
Support : M6.

Ne pas confondre !
Attention à la confusion entre le média et le support qui est l'élément choisi au sein d'un média.

2 Les différents média et leurs supports

• **La télévision.** C'est un média très **puissant** mais très **onéreux**. Il permet une certaine sélectivité de la population grâce à la programmation des chaînes généralistes ainsi qu'aux chaînes thématiques et régionales.

• **La radio.** Il est nécessaire de distinguer les radios nationales des radios locales. Au niveau national, la diffusion d'un message a un coût très élevé. Certaines stations disposent d'un auditoire très ciblé, d'autres non. Au niveau local, les coûts sont moindres et ces radios permettent une bonne sélectivité géographique.

• **L'affichage.** Il existe de nombreux formats d'affichage comme en 4/3 dit « grands formats » ou des formats adaptés aux abribus, aux gares, etc. Les panneaux d'affichage se sont digitalisés. Les panneaux numériques permettent d'accéder à de nouvelles innovations publicitaires comme des images animées ou de petites vidéos qui surprennent les passants et captent leur attention. Ces panneaux d'affichage vidéo ou encore *trivision* permettent une bonne attractivité. L'affichage est très efficace pour augmenter la notoriété et communiquer rapidement.

• **La presse.** Elle regroupe différents types de presse qu'il est possible de classer selon le lieu de diffusion, la cible visée ou encore le prix.

Type de presse	Intérêts	Exemple de support presse
Presse quotidienne nationale (PQN)	Elle comporte des informations générales relatives à l'actualité sur des thèmes tels que l'économie, la politique, le sport, etc. Elle s'adresse à un large public et paraît quotidiennement.	*Le Monde*
Presse quotidienne régionale (PQR)	Elle contient des informations économiques, politiques, sportives, relatives aux faits divers et sorties qui comportent, d'une manière générale, un caractère local. Elle permet une bonne sélectivité géographique et bénéficie d'un tirage quotidien.	*Nice Matin*
Presse gratuite	Presse généraliste distribuée gratuitement qui diffuse des informations liées à l'actualité locale, nationale et internationale.	*20 minutes*

Presse spécialisée	Elle s'adresse à un public présentant des similitudes telles que l'âge, des loisirs et des centres d'intérêts communs.	*Notre temps* (cible les seniors)
Presse professionnelle	Elle vise un public présentant des intérêts professionnels communs.	*LSA*

• **Le cinéma.** L'avantage de ce média est la forte attention du public, ce qui permet une plus grande mémorisation du message ainsi que la qualité de sa diffusion. De plus, il permet une bonne sélectivité géographique et qualitative.

• **Internet.** C'est un média **incontournable** qui permet d'accroître la notoriété, de générer du trafic sur un site et d'augmenter son chiffre d'affaires. Il existe différents moyens de faire de la publicité sur Internet grâce à l'utilisation de bannières, de liens sponsorisés, de vidéos, etc.

• À ces médias dits « traditionnels » s'ajoutent de **nouveaux médias** tels que le placement publicitaire de produits dans les films, séries, jeux vidéo, clips, etc.

3 Choisir une communication commerciale selon son efficacité

• L'investissement important que représente la publicité média nécessite le choix d'un support pertinent qui permettra de toucher la cible. Celle-ci devra être caractérisée en fonction de critères socio-démographiques, comportementaux et géographiques.

• Pour choisir entre différents médias et supports, il est nécessaire de prendre en compte les éléments suivants :

– **l'audience utile** : c'est la partie de l'audience d'un support qui correspond aux caractéristiques de la cible choisie ;

> **Exemple :** L'audience totale du magazine *Elle* en 2017 était de 2 079 000. 23 % étaient des femmes qui avaient entre 35 et 49 ans. Si la cible est les femmes de 35 à 49 ans, l'audience utile était de 478 170.

– **le coût pour mille** qui correspond au coût pour mille individus qui verront la publicité :

$$\frac{\text{coût}}{\text{nombre d'individus touchés}} \times 1\,000$$

– **le coût pour mille utile** qui est le coût pour mille individus faisant partie de la cible qui verront la publicité :

$$\frac{\text{coût}}{\text{nombre d'individus ciblés touchés}} \times 1\,000$$

• Le media et le support seront choisis en fonction du coût et de la cohérence avec les objectifs.

Testez-vous !

Corrigé p. 166

1 Identifiez les médias et supports utilisés dans les cas suivants :

a) *Le Parisien*
b) Skyrock
c) Gulli
d) *Première magazine*
e) Les cinémas Gaumont
f) Une affiche dans les bus
g) Le quotidien *Metro*

2 Indiquez si les affirmations suivantes sont vraies ou fausses.

	Vrai	Faux
a) La publicité média est un moyen de communication relationnelle.	☐	☐
b) La communication média ne permet pas de ciblage.	☐	☐
c) L'audience utile correspond à la cible.	☐	☐

14 La communication hors média

La communication hors média regroupe les moyens de communication utilisés par une organisation de marketing direct et les communications publicitaires alternatives à la publicité média.

1 Le marketing direct ou la mercatique directe

• **Le marketing direct permet un contact direct avec la cible grâce à l'utilisation de média spécifiques.** Les réponses obtenues sont facilement mesurables. Il correspond au ***Owned media***.

• Les moyens de mercatique directe sont nombreux, les plus importants sont présentés dans le tableau suivant :

Moyens	Définitions	Avantages	Limites
Téléphone	Contact direct avec le client pour l'informer ou le fidéliser.	Permet l'interaction entre le conseiller et le client ou le client potentiel.	• Risque de déranger et peut être considéré comme du harcèlement téléphonique. • Fort taux de non-réponse.
SMS/MMS	Message écrit court envoyé par téléphone. Le MMS comporte des images.	Permet d'informer sans déranger.	De plus en plus utilisés donc possible saturation.
Courrier	Envoi d'une lettre personnalisée avec éventuellement des documents joints ou des coupons réponses.	Le message est personnalisé.	• Coût élevé. • Faible taux de retour.
Mail	Envoi d'un mail personnalisé avec l'accord préalable de l'internaute.	Le message est personnalisé et le coût peu élevé.	Très nombreux donc souvent mis à la corbeille avant d'être ouverts car considérés comme des *spams*.
Imprimé sans adresse	Prospectus distribués dans les boîtes aux lettres.	Permet une bonne sélectivité géographique.	Trop nombreux, souvent jetés avant d'être lus.

2 La communication événementielle (*Paid media*)

• **La communication événementielle permet**, grâce à l'organisation ou à la participation à un événement, **d'atteindre les objectifs que l'organisation s'est fixés en terme de communication**.

Forme	Définition	Exemples
Relations publiques	**Diffusion d'informations** sur l'entreprise ou ses marques dans le but d'établir, de maintenir et de développer, tant en interne qu'en externe, des relations de confiance avec tous ses partenaires et ses cibles.	Journée portes ouvertes, visite d'usine, relation presse.
Foire	**Manifestation commerciale** regroupant des exposants appartenant à **des domaines diversifiés**. L'objectif est de faire connaître et de faire acheter.	Foire de Nice, Foire de Paris, Foire de Marseille.

Forme	Définition	Exemples
Salon	**Manifestation commerciale** regroupant des exposants appartenant à un **même secteur d'activité**. Les objectifs sont les mêmes que pour la participation à une foire.	Salon de l'agriculture, salon de l'automobile, salon du mariage.
Street marketing	Action qui consiste à **créer un événement dans la rue** afin d'appréhender l'individu dans son contexte. L'objectif est de le surprendre pour le séduire et ainsi de favoriser la mémorisation de la marque ou du produit. L'action peut être relayée par la presse ou diffusée *via* Internet, ce qui peut créer un *buzz*.	Les opérations Desigual pour les soldes. La distribution de *flyers* dans la rue.
Parrainage *(sponsoring)*	**Soutien financier et matériel** apporté par un parrain à un individu ou à une organisation en contrepartie de véhiculer la marque afin d'**accroître la notoriété et d'améliorer la perception de l'image**. Les résultats attendus sont sur du court ou moyen termes. L'objectif pour le parrain est d'être vu.	Coca-Cola sponsorise de grands événements sportifs comme les Jeux Olympiques ou la coupe du monde de football.
Mécénat	**Soutien financier ou matériel** apporté par un mécène à un individu ou à une organisation pour la mise en valeur d'œuvres culturelles ou humanitaires en contrepartie de véhiculer **une image positive** dans l'esprit du consommateur et cela sur du **long terme**. À noter que les actions de mécénat sont beaucoup plus discrètes que les opérations de parrainage.	Bouygues SA finance des bourses de l'enseignement supérieur pour aider les élèves méritants et motivés, issus de milieux défavorisés.

3 La promotion des ventes

- **La promotion des ventes a pour objectifs de faire connaître un produit ou une marque, de fidéliser le client ou encore d'augmenter rapidement les ventes.**
- Il existe **trois grands types de promotion des ventes** :

Types de promotion des ventes	Intérêts pour l'entreprise	Exemples de moyens mis en place
Avantages liés au prix	Consiste à baisser temporairement le prix soit de manière immédiate, soit de manière différée afin d'**inciter l'acte d'achat**.	Baisse temporaire du prix, bon de réduction immédiat ou différé, offre de remboursement, réduction cagnottée sur carte de fidélité, vente par lot ou groupée.
Avantages liés à un cadeau	Un cadeau sera proposé pour **inciter à l'achat** ou simplement **faire connaître le produit ou la marque**.	Échantillon, emballage réutilisable.
Avantages liés à un jeu	Pour participer, le consommateur remplit un coupon-réponse qui permettra à l'entreprise de **récolter des données** intéressantes sur sa cible.	Concours, jeu avec collecte de vignettes.

Testez-vous !

Corrigé p. 166

Indiquez si les affirmations suivantes sont vraies ou fausses.

	Vrai	Faux
a) Le *street marketing* a pour objectif principal de surprendre l'individu pour favoriser la mémorisation d'une marque ou d'un produit.	☐	☐
b) Le parrainage et le *sponsoring* sont deux actions différentes.	☐	☐
c) La promotion prix correspond à une baisse de prix définitive.	☐	☐

15 Les facteurs et stratégies de fidélisation

La fidélité des consommateurs vis-à-vis d'un bien ou d'un service est multidimensionnelle. Elle s'apprécie au travers de comportements d'achat répétés mais également grâce à l'analyse de leurs facteurs explicatifs.

1 Définition de la fidélité

• **La fidélité est l'attachement inconscient ou non que possède un consommateur vis-à-vis d'un produit, d'une marque ou d'un point de vente.** Il est possible de distinguer **deux types de fidélités** :

– **la fidélité comportementale**, liée à l'acte d'achat répété d'un produit ou d'une marque. Un produit peut être acheté régulièrement par habitude ou pour l'une de ses caractéristiques sans qu'il y ait pour autant une fidélité à la marque ;

Exemple : Un individu achète tous les matins le journal local.

– **la fidélité attitudinale** est l'attitude favorable d'un consommateur envers la marque. Elle repose sur la composante affective de l'attitude. C'est la préférence d'un consommateur pour une marque. Cependant, la fidélité attitudinale ne suffit pas car un consommateur peut préférer une marque mais ne pas l'acheter.

Remarque

Les fidélités comportementale et attitudinale sont étroitement liées. En effet, très souvent, quand un consommateur aime un produit, il l'achète. Cependant, un consommateur peut acheter un produit, par exemple pour son prix, sans pour autant avoir une préférence pour celui-ci.

Exemple : Un consommateur a une attitude très positive pour une marque de luxe comme *Ferrari* mais le prix trop élevé l'empêche de concrétiser son achat.

2 Les facteurs de fidélité

A Les facteurs de fidélité liés au produit

• **La satisfaction** est l'**impression positive ou négative** qui suit l'acte d'achat ou de consommation. Elle représente la **différence entre les bénéfices obtenus et les coûts liés à l'expérience d'achat**. Elle influence fortement la fidélité d'un client. En effet, un client satisfait aura tendance à réitérer son acte d'achat ou de consommation pour connaître à nouveau ce sentiment positif. Cependant, elle ne suffit pas, à elle seule, à fidéliser le client car, même satisfait, celui-ci peut être influencé par les actions de la concurrence et avoir envie de changer.

Exemple : Un client satisfait de son dentifrice peut être influencé par l'action de promotion d'une marque concurrente et ainsi tester un autre produit. Le risque est grand de le perdre s'il est satisfait de cet autre dentifrice.

• **Le rapport qualité-prix** est un élément important qui va induire la fidélité. C'est le rapport entre la capacité d'un produit à satisfaire un besoin et le sacrifice que le consommateur a consenti pour l'acquérir. Plus le rapport qualité-prix est perçu positivement, plus le client aura tendance à être fidèle.

• **L'image de marque** impacte la composante affective de l'attitude. Un client qui perçoit la marque de manière positive sera moins enclin à tester une autre marque.

• **Les services associés** peuvent inciter le client à toujours acheter le même produit, la même marque ou à fréquenter le même point de vente. **La personnalisation de l'offre** est un service associé qui fidélise la clientèle. En effet, en rendant chaque produit unique, on permet au client d'être valorisé et de se sentir lui-même unique.

B Les facteurs de fidélité liés au point de vente

• L'expérience de consommation doit être un moment unique, liée à un sentiment de bien-être. Une expérience positive conduira à l'envie de revenir et de ré-acheter dans ce point de vente.

• **L'aménagement et la digitalisation du point de vente** constituent des **éléments clés de la fidélisation**. Le consommateur est habitué au point de vente dans lequel il a des repères et se dirige facilement. Lors d'un changement, le client peut se sentir perdu ; il doit à nouveau chercher ses produits parmi une multitude d'offres. Le sentiment ressenti à ce moment précis peut être désagréable et lui donner envie de réaliser ses achats ailleurs.

3 Les stratégies de fidélisation

A La stratégie de fidélisation induite

• **La stratégie de fidélisation induite** est une **fidélisation subie**. Elle peut être liée à une situation dans laquelle le consommateur n'a pas le choix. Elle peut résulter d'une situation de monopole, à de nombreux avantages liés à la fidélité ou encore à un produit lié à un autre indispensable.

Exemples : Pour voyager en train de Clermont-Ferrand à Paris, le consommateur n'a le choix aujourd'hui que de la SNCF. Pour utiliser un PC avec facilité, il est nécessaire d'avoir le système d'exploitation Windows.

B La stratégie de fidélisation recherchée

• **La stratégie de fidélisation recherchée** est un comportement de clients obtenus à la suite d'actions marketing spécifiques. Elle correspond à l'**ensemble des actions menées par l'entreprise** pour construire et entretenir la fidélité d'un client.

Exemple : Un magasin organise des ventes privées réservées aux clients afin de leur faire bénéficier d'avantages exceptionnels sur la nouvelle collection.

4 Les programmes de fidélisation

A Les « outils » nécessaires à leur mise en place

• Le programme de fidélisation repose :
– sur **un fichier clients complet et à jour,** outil indispensable à tout programme de fidélisation afin d'éviter une perte de temps et d'argent. Il est nécessaire de mettre à jour ses données clients car ces derniers peuvent déménager ou encore changer de numéro de téléphone. L'envoi postal de brochures, de lettres ou encore un contact par téléphone ont un coût et se révéleront infructueux dans ce contexte ;

– sur **un logiciel de gestion de la base de données clients** (à jour) ;
– sur **un service clientèle** qui pourra soit réceptionner les appels des clients, soit émettre des appels vers ces derniers.

Exemple : Pour le lancement d'une nouvelle offre téléphonique, les clients actuels de l'opérateur seront contactés par téléphone afin de leur présenter cette offre et de leur en faire bénéficier.

B Les techniques liées au fabricant

• Le fabricant peut mettre en place des actions pour fidéliser sa clientèle :
– des actions de promotion liées au prix ;
– des actions de promotion liées aux cadeaux ;

Exemple : La création d'emballages à collectionner afin d'inciter le client à renouveler son achat comme les verres décorés de moutarde.

– l'envoi de catalogues, lettres, magazines afin de présenter les nouvelles collections et d'informer régulièrement le client sur les actions de la marque.

C Les techniques liées au point de vente

• **La carte de fidélité est un outil indispensable à la fidélisation.** Elle permet de personnaliser les actions de fidélisation en fonction des achats du client.

• Le rôle des MDD (marques de distributeur) est important dans la fidélisation à une enseigne. La MDD induit une fidélisation à l'enseigne. En effet, une MDD ne se trouve que chez un distributeur.

Exemple : La marque *Repère* n'est disponible que dans les magasins de l'enseigne Leclerc.

• Un bon niveau de services associés est un bon moyen de fidéliser sa clientèle.

Exemple : Dans la grande distribution, la présence d'un *drive* et du service *Click and collect* permet de fidéliser la clientèle.

• **Le personnel de contact a un rôle important dans la fidélisation.** En effet, l'insistance d'un vendeur ou l'utilisation de techniques de ventes agressives peuvent faire naître un sentiment négatif chez le client qui bloquera toute tentative de fidélisation. À l'inverse, un personnel de contact bienveillant et à l'écoute fidélisera la clientèle.

Exemple : À l'heure du tout numérique, certaines petites librairies tirent leur épingle du jeu en proposant des conseils personnalisés, ce qui permet de fidéliser leur clientèle.

5 La notion de valeur à vie du client (*life time value*)

• Afin de déterminer quel client devra être fidélisé et quel est le coût engendré par cette fidélisation, l'entreprise devra déterminer la valeur à vie du client. Il est donc nécessaire de connaître le plus précisément possible les profits attendus sur la durée de vie du client. Il existe des formules mathématiques complexes pour définir précisément cette valeur.

• La valeur à vie du client correspond aux **revenus futurs espérés – (coût de conquête + coût de fidélisation)**. On applique à ce résultat un taux d'actualisation.

• Si la valeur à vie est négative, il sera donc plus intéressant pour l'entreprise de conquérir de nouveaux clients.

16 La gestion de la relation client

Les modes de consommation sont en perpétuelle évolution et le consommateur est ultra-connecté. Il est nécessaire pour l'organisation de répondre au mieux à ces changements. Pour cela, elle doit adapter ses stratégies de communication et de fidélisation.

1 La gestion de la relation client (*Customer Relationship Management*)

A Définition

• **La GRC ou le *CRM* est une méthode de coordination et de planification des actions qui a pour but de bâtir une relation forte, personnalisée, interactive et durable avec le client en le plaçant au centre de la démarche mercatique.**

B Ses avantages

• La GRC permet :
- **d'augmenter la valeur de chaque client** en lui proposant des produits et des services à forte valeur ajoutée ;
- **de personnaliser et d'individualiser les offres** afin de satisfaire pleinement le client ;
- **d'entretenir une relation forte et durable** avec le client.

C Les moyens mis en œuvre

• Pour mettre en place un système de GRC, l'entreprise doit posséder une **base de données interne** et avoir **recours à des bases de données externes** pour obtenir des informations plus précises, comme la géolocalisation, si son propre système d'informations ne le permet pas. De plus, elle devra s'équiper d'un logiciel de type ERP (*Enterprise Relationship Planning*) ou PGI.

• Les informations obtenues grâce à ces outils (ERP et bases de données) seront centralisées grâce à l'utilisation d'un logiciel de GRC.

• Les informations contenues dans le logiciel de GRC seront utilisées par le ***front office*** (personnel de l'entreprise ayant un contact direct avec les clients) ou par le ***back office*** (personnel n'ayant pas de contact direct avec les clients).

• La GRC va permettre de proposer des offres hautement personnalisées aux clients et la mise en place d'un management de l'expérience client.

• Avec l'avènement des réseaux sociaux, une nouvelle forme de GRC est née : le ***e-CRM***. Grâce à la collecte d'informations accessibles sur les réseaux sociaux, il permet, à la fois, de fidéliser les clients et d'en conquérir de nouveaux en proposant des offres correspondant aux comportements de la cible.

2 La communication numérique

A Ses avantages

- La communication numérique, aussi nommée « communication digitale », comprend l'ensemble des actions menées sur le Web afin de promouvoir les valeurs de l'organisation et de diffuser un message pour **capter l'attention de la cible** et **améliorer sa visibilité**.
- Le principal intérêt est de susciter un ***buzz* favorable** (un bouche-à-oreille positif).

B Les outils

- **Les réseaux sociaux** sont le principal canal de communication numérique.
- Les blogs, les sites Web et les applications mobiles sont aussi des canaux de communication numérique qui peuvent être utilisés par les organisations.

> **Définition**
> **Réseau social :** site Internet ou application qui vise à **favoriser les interactions sociales** entre les utilisateurs ou les organisations et ainsi à **constituer un réseau professionnel ou privé**.

- Pour améliorer les résultats et la performance de l'utilisation de ces canaux, il existe de nombreux outils. Les plus utilisés sont :

– **le *tracking*** qui permet de pister l'internaute afin d'en étudier les comportements. Il est réalisable grâce à l'utilisation de ***cookies*** ;

> **Exemple :** Un internaute effectue une recherche sur un moteur de recherche pour acheter un smartphone, un *cookie* est alors enregistré. L'entreprise pourra tracer le fil de sa navigation jusqu'au produit sur lequel il a cliqué.

> **Définition**
> ***Cookie* :** simple **fichier texte** qui s'enregistre sur le disque dur d'un ordinateur ou dans la mémoire libre d'un smartphone ou d'une tablette et qui permettra de tracer la navigation.

– **le *chatbot*** qui permet de satisfaire le consommateur en **améliorant la réactivité** de réponse de l'organisation ;

> **Définition**
> ***Chatbot* :** programme qui consiste à animer un **robot** qui dialogue avec les internautes afin de répondre à leurs questions.

– **le *shoppable media***, outil du m-commerce, qui désigne l'ensemble des contenus (vidéos, images, articles) permettant un **achat direct**. Le format vidéo est très utilisé et permet d'acheter ce que le consommateur regarde. Il pourra, en un ou quelques clics, accéder à son panier pré-rempli par le produit sélectionné et finaliser sa commande. Cette technique permet d'accroître la performance commerciale (accroissement des ventes et de la notoriété et amélioration de l'image) grâce à un univers narratif fort ;

> **Exemple :** Sur le réseau social Instagram, les marques peuvent tagger jusqu'à 5 produits par image. Grâce à l'utilisation de liens, les images deviennent *shoppables* et permettent l'achat en quelques clics des produits sélectionnés. Cela permet de créer une expérience immersive pour le consommateur.

– **l'*inbound* marketing** qui permet aux organisations de devenir leur propre média par l'intermédiaire de leur site Internet ou de leur page sur les réseaux sociaux. Il attire des prospects grâce à un contenu pertinent plutôt que de les solliciter avec des publicités classiques.

C Les limites

- Les organisations doivent faire face à une défiance grandissante des consommateurs car la communication numérique est perçue comme envahissante. Ce rejet entraîne l'utilisation d'***ad blockers***. De plus, les internautes peuvent utiliser le mode navigation privé sur leur navigateur et refuser l'utilisation de *cookies*.

> **Définition**
> ***Ad blocker :*** logiciel qui permet de bloquer les publicités lors de la navigation en ligne.

- **La perte de contrôle de la communication** peut parfois se retourner contre l'organisation qui peut subir un *bad buzz* (bouche-à-oreille négatif). De plus, les **contraintes réglementaires** (**ex. :** application du règlement pour la protection des données) et les risques relatifs à la **sécurité** (**ex. :** fuite de données) doivent être pris en compte afin d'éviter des plaintes et de subir un *bad buzz*. La e-réputation de l'organisation peut être entachée ; elle devra alors mettre en place une communication de crise.

> **Définition**
> **e-réputation :** image véhiculée ou subie par un produit, une marque ou une organisation sur Internet ou en ligne.

D Les indicateurs de mesure de performance

- La mesure de l'efficacité des actions de communication numérique est abordée à l'aide d'indicateurs clés de performance (**KPI ou *Key performance indicators***) appropriés tels que :
  - **le nombre de visites** qui permettra d'évaluer le trafic généré ;
  - **le temps de visite** qui évaluera la pertinence du contenu présenté ;
  - **l'origine du trafic** : d'où proviennent les visiteurs et par quel canal ou support sont-ils parvenus au site ;
  - **le taux de conversion** pour évaluer la capacité à transformer les visites en « *leads* » ou en achats ;
  - **les taux d'ouverture** et de **désinscription à une newsletter** peuvent aussi être analysés pour améliorer la stratégie d'e-mailing ;
  - **le nombre de *likes*** ou de ***followers*** permet de connaître la portée de son message et l'adhésion à ce dernier.

> **Définition**
> ***Lead :*** action réalisée par une personne à la suite d'une sollicitation digitale qui permettra de montrer l'intérêt qu'elle porte aux produits, à la marque ou à l'organisation.

- Ces données seront ensuite analysées pour réaliser un *reporting*, c'est-à-dire une analyse de la pertinence des outils et moyens digitaux utilisés pour atteindre les objectifs fixés par l'organisation.

3 Le cas du marketing d'influence

- Le marketing d'influence regroupe l'ensemble des techniques qui s'appuient sur un ou plusieurs influenceurs pour faire la promotion d'un site, d'une marque ou d'un produit.
- Il permet d'influencer sa cible tout en contrôlant le message diffusé.

> **Exemple :** En 2020, la marque Maybelline a fait appel à EnjoyPhoenix, une influenceuse suivie par 4,8 millions de followers sur Instagram, dans l'optique d'améliorer son image de marque auprès de sa cible en la rendant plus authentique.

4 Le community management

• Au début, le *community management* se résumait à la gestion de forums grâce à un modérateur qui contrôlait les messages diffusés afin qu'ils ne nuisent pas à l'image de marque et à la e-réputation. Aujourd'hui, son rôle s'est développé avec l'avènement des réseaux sociaux et des plateformes vidéos.

• **Il consiste à animer, contrôler, influencer favorablement et fédérer des communautés sur Internet :**
– en effectuant une veille d'image avec des outils tels que Google Alertes et Netvibes ;
– en répondant aux critiques ou aux compliments laissés par des internautes ;
– en analysant et reportant les données récoltées dans un tableau de bord afin de vérifier l'atteinte des objectifs. Des outils tels que Google Analytics peuvent être utilisés dans ce cadre.

• Les objectifs principaux du *community management* sont de **développer, maintenir et améliorer l'image de marque et une bonne e-réputation**.

5 Le management de l'expérience client ou CEM (*Customer experience management*)

• Le management de l'expérience client est une composante de la GRC ; **il vise à favoriser la fidélisation en améliorant la satisfaction client. Il permet également le développement du portefeuille clients à travers le recrutement de nouveaux clients par la recommandation de clients satisfaits**.

• Il s'est développé pour répondre à une expérience client omnicanale (→ **Fiche 9**, p. 146) et pour pallier aux limites de la communication numérique en réduisant notamment les impacts négatifs sur la e-réputation.

• Il consiste :
– à centraliser les avis publics des clients afin de réagir rapidement ;
– à mesurer et analyser les émotions, réactions et suggestions des clients ;
– à adopter le point de vue du consommateur afin d'améliorer la satisfaction client.

Testez-vous !

Corrigé p. 166

Déterminez les indicateurs de mesure de performance à mettre en place dans les actions de communication numérique suivantes :

a) l'envoi d'une *newsletter*
b) une photo *shoppable* diffusée sur Instagram avec deux produits cliquables
c) la mise en place d'un nouveau site Internet
d) une vidéo sur Facebook
e) une vidéo promotionnelle sur YouTube

Chapitre 1

Énoncé p. 127

1. a) Critère socio-démographique (âge)
b) Critères géographiques (type d'habitation et ville)
c) Critère comportemental (fidélité)
d) Critère géographique (ville)
e) Critère socio-démographique (sexe)

2. On distingue le marketing de masse, le marketing individualisé, le marketing différencié et le marketing concentré.

Chapitre 2

Énoncé p. 129

	Caractéristiques matérielles	Caractéristiques immatérielles
a)	Coffret (emballage secondaire), flacon (emballage primaire).	Marque : La Petite Robe Noire de Guerlain.
b)	Paquet de riz de Camargue (emballage secondaire) de 200 g. 2 sachets (emballage primaire).	
c)	Carton (emballage secondaire), 6 Pom'pote (emballage primaire), 90 g de compote chacune.	Marque : Materne, provenance des pommes.

Chapitre 3

Énoncé p. 132

1. • **Largeur** : 6 lignes

• **Profondeur** :
– Tee-shirts : 9
– Sweats : 11
– Jerseys : 1
– Vestes : 2
– Pantalons : 1
– Accessoires : 11

• **Ampleur** : 35

La gamme est peu large et peu profonde. La marque Yoko étant nouvelle, c'est une gamme en développement.

2. a) Marque ombrelle
b) Marque produit

Chapitre 4

Énoncé p. 134

1. a) Coût de transaction
b) Coût d'achat et coût de transaction
c) Coût d'achat
d) Coût psychologique

2. a) Le client est satisfait.
b) Le client n'est pas satisfait.

3.

	Julien	Ugo
Valeur d'usage	Bon pull chaud avec des couleurs gaies.	Pull
Valeur d'image	Aucune	
Valeur de la relation de service	Aucune	
Valeur hédonique	Le plaisir de recevoir des compliments.	Originalité des motifs et des couleurs.
Coût d'achat	Un peu élevé.	Le prix est exorbitant.
Coût psychologique	Un peu déçu par la qualité.	Ugo se sent ridicule car le pull est mal taillé ; il ne recommandera pas la marque car il est très déçu.
Coût de transaction	Élevé car délai de livraison totalement dépassé.	Très élevé : 2 mois d'attente.
Satisfaction	Les coûts sont identiques aux bénéfices. Le client est mitigé.	Les coûts sont supérieurs aux bénéfices. Le client n'est pas satisfait.

Chapitre 7

Énoncé p. 141

1. a) Forte variation de la demande par rapport au prix : lorsque le prix baisse, la demande augmente.
b) Demande inélastique : pas de variation de la demande en fonction du prix.
c) Forte variation de la demande par rapport au prix : lorsque le prix augmente, la demande augmente.

2. a) 12 × 1,55 = 18,6
Prix de vente TTC = 18,6 × 1,055 =19,62 €
b) Prix de vente producteur : 25 × 1,25 = 31,25
Prix vente HT = 31,25 × 1,4 = 43,75
Prix de vente TTC = 43,75 × 1,2 = 52,5 €

Chapitre 8

Énoncé p. 145

	Canaux	Stratégies
a)	Direct	Exclusive
b)	Direct	Exclusive, multicanale
c)	Direct/Court	Intensive, multicanale

Chapitre 10

Énoncé p. 149

1. a) Signalétique numérique
b) Tablettes connectées
c) Bornes interactives (qui permettent au client de laisser un avis)

2. a) Faux : le *drive* est un point de retrait des marchandises sur le lieu de vente.
b) Vrai
c) Faux : les supérettes autonomes sont des supérettes automatiques ouvertes 7 jours sur 7 et 24 heures sur 24.

Chapitre 11

Énoncé p. 151

1. a) Avis clients
b) Tableau comparatif des produits
c) Différentes vues du produit (zoom, panorama, etc.)

2. a) Faux
b) Faux
c) Vrai

Chapitre 12

Énoncé p. 153

1. a) si généré par l'organisation *Owned media*, si non généré par l'organisation *Earned media*
b) *Paid media*
c) *Paid media*
d) *Earned media*
e) *Paid media*

2. a) Interne
b) Externe
c) Externe

Chapitre 13

Énoncé p. 155

1.

	Média	Support
a)	Presse quotidienne régionale	*Le Parisien*
b)	Radio	Skyrock
c)	Télévision	Gulli
d)	Presse spécialisée	*Première magazine*
e)	Cinéma	Cinémas Gaumont
f)	Affichage	Une affiche dans les bus
g)	Presse gratuite	*Métro*

2. a) Faux : c'est un moyen de communication de masse.
b) Faux : il est nécessaire de cibler même lorsque l'organisation a recours à de la communication média.
c) Vrai

Chapitre 14

Énoncé p. 157

a) Vrai
b) Faux : le *sponsoring* est le terme anglais pour parrainage.
c) Faux : la promotion prix correspond à une baisse de prix temporaire.

Chapitre 16

Énoncé p. 164

a) Taux d'ouverture, taux de click
b) Nombre de vues, nombre de clicks, taux de conversion en achats
c) Nombre de visites et temps de visite
d) Nombre de vues et nombre de *likes*
e) Nombre de vues et nombre de *likes*

Ressources humaines et communication

Les compétences au service de l'organisation et l'organisation au service du développement des compétences

Des facteurs de motivation et de satisfaction : qualité de vie au travail et rémunération

La recherche de cohésion, un levier d'amélioration des relations de travail et du climat social

1 Le parcours professionnel du salarié

Le fonctionnement et la performance de l'organisation dépendent, entre autres, des ressources humaines. Il est donc primordial pour ces dernières de recruter des salariés compétents, qualifiés et de savoir évaluer leur potentiel dans le cadre de la gestion de leur parcours professionnel.

1 Les compétences

- **Les compétences regroupent les savoirs, les savoir-être et les savoir-faire du salarié.**
- **Les savoirs du salarié** correspondent à ses **connaissances théoriques ou pratiques**.
- **Les savoir-être du salarié** regroupent les **qualités personnelles et relationnelles** visibles dans son comportement, dans l'exercice de son activité.
- **Les savoir-faire du salarié** sont le reflet des **aptitudes professionnelles ou techniques** du candidat qui apparaissent à travers son expérience.

2 Les qualifications professionnelles

- **La qualification professionnelle d'une personne correspond à sa capacité à exercer un métier ou à tenir un poste**. Elle dépend de la formation et des diplômes de la personne.
- Les qualifications professionnelles du salarié sont reconnues par des diplômes, des certifications de qualification professionnelle (CQP) ou de l'expérience validée grâce à la validation des acquis de l'expérience (VAE).

Remarque

Les diplômes, certifications professionnelles ou l'expérience validée en VAE (validation des acquis de l'expérience) sont inscrits au répertoire national des certifications professionnelles. Il s'agit de la base de données mise en place au niveau national par l'État et utilisée par les entreprises.

LA QUALIFICATION PROFESSIONNELLE

est reconnue par

Les diplômes
- Obtenus en formation initiale ou continue.
- Délivrés par l'État.
- Du niveau V (CAP, BEP, DNB) au niveau I (diplôme de niveau Bac+5 : master 2, doctorat, diplôme de grandes écoles).
- Validité du diplôme.

Les certifications de qualification professionnelle
- Créées et délivrées par une branche professionnelle qui atteste de la maîtrise de compétences liées à un métier.
- Validité permanente de la certification.

L'expérience validée en VAE
- Après un an d'expérience en rapport direct avec la certification visée.
- Tout individu peut demander la validation.
- Permet d'obtenir un diplôme à finalité professionnelle (CAP, BEP, Bac pro, BTS), un titre professionnel (reconnu par le ministère du travail) ou une certification de qualification professionnelle.

3 Le potentiel du salarié

- **Le potentiel du salarié est l'ensemble des compétences mobilisées et non encore mobilisées dans le cadre de son emploi.**
- Cette notion induit donc une progression possible ainsi que le développement futur de ces compétences inexploitées.
- Cette progression est permise grâce à des actions de formation ou encore des promotions.

Exemple

Un salarié maîtrise une langue étrangère mais n'utilise pas cette compétence dans le cadre actuel de son emploi. L'organisation, pour les besoins d'un développement, peut proposer à ce salarié de faire partie de ce nouveau projet et donc d'utiliser ses connaissances dans cette langue étrangère.

4 La gestion du parcours professionnel du salarié

- Au cours de sa vie professionnelle, le salarié fait régulièrement le point sur ses compétences et son potentiel afin de pouvoir développer ses compétences et évoluer professionnellement.
- **L'évolution professionnelle peut consister en un changement de lieu de travail, de fonction, de statut ou de métier.**
- **Le parcours professionnel d'un salarié est constitué de ses évolutions et mobilités professionnelles.**

Définition

La mobilité professionnelle regroupe les changements professionnels qui s'effectuent de manière interne (changement de poste du salarié au sein de la même organisation ou du même groupe) ou externe (changement de poste à l'extérieur de l'organisation). Cette mobilité professionnelle peut aussi avoir un caractère géographique.

- **L'entreprise participe à ces évolutions** en gérant les parcours professionnels des salariés.
  - Cela permet de renforcer leur motivation et d'attirer de nouveaux collaborateurs performants. La gestion de l'évolution professionnelle de ses salariés permet également à l'entreprise de disposer de compétences adaptées aux besoins de l'entreprise.
  - Pour le salarié, évoluer professionnellement, c'est enrichir ses compétences et maintenir son employabilité, obtenir une promotion ou développer ses qualifications.

Testez-vous !

Corrigé p. 211

1 **Quelles sont les composantes des compétences d'un salarié ? Expliquez chaque terme.**

2 **Définissez la notion de qualification professionnelle.**

3 **Le parcours professionnel d'un salarié est :**

a) constitué de l'expérience du salarié.

b) uniquement constitué des mobilités professionnelles.

c) formé par l'ensemble de son cursus scolaire.

2 La GPEC

La gestion prévisionnelle des emplois et des compétences (GPEC) est une démarche importante pour la performance des organisations. Elle permet aux salariés d'envisager des évolutions de carrière.

1 Définition et objectifs

• **La gestion prévisionnelle des emplois des et des compétences (GPEC) permet :**
- **d'anticiper les besoins en ressources humaines de manière quantitative (emplois) et qualitative (compétences)** ;
- **d'adapter la gestion des ressources humaines** pour parvenir à une situation souhaitée par l'organisation en fonction de son environnement (économique, social et juridique).

> **À retenir**
> Depuis 2005, la démarche de GPEC est rendue obligatoire par le Code du travail dans les entreprises qui emploient au moins 300 salariés.

• Elle consiste donc à **prendre en compte les possibles départs et mobilités internes et à planifier les recrutements et formations** dans le but d'optimiser la gestion des ressources humaines.

2 Le fonctionnement de la GPEC

phase 1 **L'anticipation : l'organisation commence par définir les emplois, les compétences attendues et les qualifications recherchées de manière très précise.**

• L'anticipation repose, par ailleurs, sur une veille et une prise en compte de l'environnement de l'organisation tant au niveau politique (orientation en matière de politique, d'aide du gouvernement), économique (conjoncture), sociologique (habitudes de consommation), technologique (avancées, innovations), environnemental (opportunité de nouveaux métiers liée à des changements dans ce domaine), légal (lois, normes), etc.

phase 2 **La gestion des carrières : la gestion des carrières passe ensuite par une analyse, un suivi et un développement des compétences professionnelles des salariés.**

• Elle prend en considération les ressources humaines quantitativement (combien de salariés) et qualitativement (quelles compétences et qualifications) au moment de l'analyse et effectue une projection afin de mettre en place un plan complet comprenant des actions de formation, de recrutement ou de mobilité interne.

3 Le recrutement

Les recrutements sont des moments clés de la vie des organisations qui engagent leur pérennité en raison des différents enjeux qui en découlent. Les processus de recrutement ont été fortement impactés ces dernières années par le développement des outils numériques et d'Internet.

1 Les enjeux du recrutement

• **Le recrutement permet à l'organisation de répondre à un besoin en ressources humaines.**

• Le recrutement doit être soigné et de qualité, la performance de l'organisation en dépend en raison de différents enjeux :

Un enjeu social	Un enjeu d'ordre financier	Un enjeu d'ordre stratégique
Une nouvelle recrue au sein d'une équipe peut influencer de manière positive ou négative le climat de travail et, par conséquent, la productivité.	Le recrutement représente des coûts directs et indirects pour l'organisation. Ces coûts sont liés au temps passé à la recherche, à l'analyse des candidatures, à la formation, à l'intégration des candidats.	Les candidats recrutés doivent posséder les compétences nécessaires pour répondre aux besoins de l'organisation.

2 Les modes de recrutement

A Les recrutements interne et externe

• Les organisations ont la possibilité de **recruter de manière interne ou externe**. La marque employeur prend alors toute son importance dans la promotion des offres.

• Quelle que soit la manière de recruter, il est important que l'organisation adopte une communication de qualité et attractive.

Recrutement interne	L'emploi à pourvoir est proposé à un salarié déjà en poste dans l'organisation.	**Avantages :** coût limité, recrutement rapide, intégration dans le poste plus rapide, motivation pour les salariés liée au sentiment de reconnaissance de leur travail.
		Inconvénients : coût éventuel de la formation, risque de tensions entre les salariés, pas d'apport d'une vision extérieure.
Recrutement externe	L'organisation va recruter une personne extérieure à l'organisation.	**Avantages :** nouvelles compétences pour l'organisation, compétences déjà détenues par le salarié arrivant.
		Inconvénients : coût du recrutement, temps d'adaptation et d'encadrement du nouveau salarié, déception et démotivation des salariés en interne.

• Les organisations peuvent gérer leur recrutement elles-mêmes en confiant cette mission au service des ressources humaines. Il arrive également qu'elles fassent appel à des cabinets de recrutement qui se chargent alors de proposer des candidats correspondant aux attentes des entreprises.

B Le e-recrutement

- Le développement d'Internet, des sites Web spécialisés et la multiplication des réseaux sociaux permettent aux entreprises et candidats de déposer des annonces et candidatures en ligne.
- On utilise le terme de **« e-recrutement » pour désigner le recrutement en ligne**.

C Le recrutement dans les organisations publiques

- Les salariés des organisations publiques sont des fonctionnaires.
- **Les fonctionnaires sont principalement recrutés par voie de concours**. L'inscription au concours est soumise à des conditions d'âge, de diplôme, de nationalité, etc.

3 Le processus de recrutement dans les entreprises

- **Le processus de recrutement comprend 5 grandes étapes.**
- Les nouvelles technologies sont au service des ressources humaines et facilitent, notamment, la diffusion des offres et la réception des candidatures (étape ❷). La réussite des recrutements dépend beaucoup de l'utilisation de canaux variés, notamment d'Internet.

À noter

Les annonces d'emploi doivent obligatoirement être rédigées en français et ne porter aucune mention discriminatoire. Le contenu des offres est réglementé par l'article L. 1132-1 du Code du travail.

Étape ❶
Identification et définition des besoins

- Lorsqu'un besoin de recrutement est émis à la suite de la mise en place de la GPEC, d'un départ ou d'un besoin ponctuel de renforcer la masse salariale, le poste doit tout d'abord être défini à l'aide de critères précis.
- Le service des ressources humaines crée alors **une fiche de poste** qui permet de résumer les responsabilités à assumer et l'ensemble des compétences et qualifications à détenir (savoirs, savoir-faire, savoir-être) dans le cadre du poste.

Étape ❷
Recherche des candidats

- Pour rechercher des candidats, les entreprises disposent de plusieurs options : une fois l'annonce élaborée, elle est diffusée par l'intermédiaire de Pôle Emploi, de sites spécialisés, de la presse et/ou des réseaux sociaux. Elle peut également être diffusée sur le site Internet de l'entreprise (ex. : dans la rubrique « emplois et carrière »).
- L'organisation peut aussi chercher des candidats sur les cvthèques des sites de recrutement ou confier cette mission à des cabinets de recrutement.
- Il est également envisageable que l'entreprise détienne un fichier de candidatures, créé grâce aux candidatures spontanées reçues.

Étape ❸
Présélection des candidats

- Un premier tri des candidatures est effectué à la suite de l'étude des CV et lettres de motivation reçus pour sélectionner quelques candidatures. Pour cela, celles-ci sont comparées à la fiche de poste afin de vérifier la concordance des attendus.
- La fiche de poste permet de comparer le profil du candidat idéal avec le profil des postulants.

Étape ❹
Entretien

- Les candidats présélectionnés sont ensuite convoqués à un entretien et/ou à des tests afin d'évaluer leurs aptitudes. Les responsables du recrutement conduisent l'entretien à l'aide d'une grille d'évaluation ou d'une grille d'entretien qui permet de garder une trace des échanges.
- Avec les nouvelles technologies, les tests peuvent prendre la forme de mises en situation à l'aide de *serious games* (outil utilisant les nouvelles technologies qui revêt la forme d'un jeu de rôles adapté au monde des RH) dans le but de vérifier les réactions des candidats.

Étape ❺
Choix du candidat

- Une fois les entretiens réalisés, les différents profils sont analysés pour déterminer celui qui est le plus adapté au poste.
- Le service des ressources humaines confirme son choix au candidat retenu et informe les autres candidats de leur non-sélection.

4 L'accueil et l'intégration du salarié

Une fois le salarié recruté, les conditions d'accueil et d'intégration jouent un rôle fondamental dans sa fidélisation. Les organisations ont alors à leur disposition plusieurs options pour faire de ce temps fort une réussite.

1 L'intégration

- **L'intégration regroupe l'ensemble des actions menées lors de l'arrivée d'un nouveau salarié dans le but de faciliter sa prise de fonction et sa mise au travail**. Une intégration réussie participe au sentiment d'appartenance du salarié à l'organisation et à sa motivation. Ce processus d'intégration débute avant même l'arrivée du salarié dans l'organisation.
- Dans certaines organisations, on développe des pratiques d'***onboarding*** ou d'« embarquement » du nouveau salarié pour montrer la volonté de « le faire monter dans le bateau ». Il s'agit ici de nouvelles techniques managériales dans lesquelles on prend un réel soin des nouvelles recrues.

2 Le processus d'intégration et ses enjeux

A Le processus d'intégration

- Différentes phases se succèdent dans le processus d'intégration.

Le processus d'intégration

Avant l'arrivée	• Communication au personnel en poste du nom et de la fonction du nouvel arrivant. • Préparation du bureau et du poste de travail du futur salarié en vue de son arrivée. • Désignation d'un tuteur ou d'une personne ressource, d'un référent. • Communication du nom et de la fonction du nouveau salarié aux clients, partenaires, fournisseurs, etc. • Confirmation au nouveau salarié de la date et de l'heure auxquelles il est attendu par courriel, courrier, etc.
Le jour de l'arrivée (accueil)	• Accueil par une personne de l'équipe de direction et le tuteur, le cas échéant. • Remise des documents de prise de fonction (livret d'accueil, badge, clé, convention collective, codes d'accès divers, règlement intérieur, etc.). • Visite des locaux, présentation brève aux autres salariés, découverte du poste de travail.
Après l'arrivée	• Accompagnement par le tuteur ou le référent jusqu'à l'autonomie. • Entretiens avec la hiérarchie à la fin de la première semaine, du premier mois, de la période d'essai. • Questionnaires pour mesurer la satisfaction du salarié intégré.

B Les enjeux de l'intégration

• **L'intégration a un double enjeu :** un enjeu pour l'organisation mais également un enjeu pour le salarié.

– **Pour l'organisation :** une intégration réussie montre une image positive de l'organisation. Par ailleurs, un salarié bien intégré est un salarié qui n'a pas envie de quitter l'entreprise ; cela évite le *turn-over* et donc de devoir procéder à un autre recrutement, source de dépenses. On limite également la fuite des compétences. Cela contribue donc à la fidélisation des salariés.

– **Pour les salariés :** un salarié bien intégré est opérationnel et autonome plus rapidement. Cela est source de motivation en lui permettant de progresser plus vite au sein de l'organisation.

3 Les actions et outils de l'intégration

• Afin de produire un accueil et une intégration de qualité, les organisations ont différents dispositifs à leur disposition :

Le livret d'accueil	Il regroupe toutes les informations utiles au salarié pour évoluer dans l'organisation tels que son histoire, l'organigramme, un trombinoscope, un mot d'accueil de la direction, des explications pratiques, etc. Il peut être remis sous format papier mais le format numérique devient de plus en plus fréquent afin de faciliter la mise à jour. Ce livret d'accueil est également consultable sur l'intranet de l'entreprise.
La visite des locaux	Cette visite d'accueil permet au salarié de se familiariser avec les lieux, avec son nouvel environnement de travail.
La désignation d'un tuteur	Un tuteur est une personne ressource qui est chargée d'accompagner le nouvel arrivant à ses débuts et de répondre à ses interrogations. Le tuteur doit être une personne disponible et expérimentée, désireuse et capable de transmettre la culture d'entreprise.
Les entretiens d'accompagnement	Afin de garantir une bonne intégration, des entretiens avec la hiérarchie doivent être programmés à différents intervalles (**ex. :** à la fin de la première semaine, du premier mois et/ou à la fin de la période d'essai).
Le questionnaire	Un questionnaire peut être proposé pour évaluer l'intégration. Il permet au service des ressources humaines d'analyser l'efficacité du processus d'intégration et éventuellement de procéder à des ajustements dans la procédure d'intégration des futurs salariés.

Testez-vous !

Corrigé p. 211

Indiquez si chacune des affirmations suivantes est vraie ou fausse.

	Vrai	Faux
1 L'accueil et l'intégration n'ont aucun impact sur la fidélisation du salarié.	☐	☐
2 L'intégration contribue au sentiment d'appartenance du salarié.	☐	☐
3 Le processus d'intégration s'arrête le jour de l'arrivée du salarié dans l'organisation.	☐	☐
4 L'organisation et l'entreprise sont concernées par les enjeux de l'intégration.	☐	☐

5 Les formes de la relation de travail

Le monde professionnel est continuellement en évolution. Les liens du travail changent et doivent donc s'adapter à ce nouvel environnement évolutif. Un régime d'auto-entrepreneur a ainsi vu le jour pour permettre la création d'entreprise de manière simplifiée, le statut d'auto-entrepreneur.

1 Les liens de travail *via* un contrat

- **En France 88,4 % des actifs ont un statut de salarié.**
- Ils étaient répartis de la manière suivante en 2017 :

Répartition par type de contrat

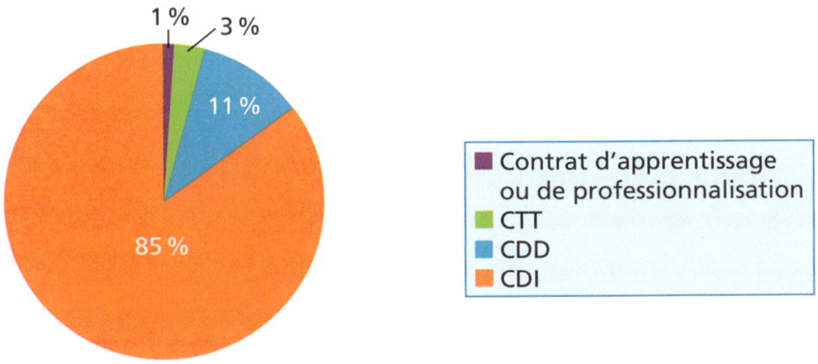

Insee, 2017.

A Le contrat à durée indéterminée (CDI)

- **Ce type de contrat concerne les entreprises qui souhaitent embaucher un salarié pour une période indéterminée.**

B Le contrat à durée déterminée (CDD)

- **Ce contrat est conclu dans une situation bien définie et limitée dans le temps, lors d'une hausse d'activité ou d'un remplacement temporaire.** Il peut être renouvelé deux fois, sans dépasser la limite maximale autorisée de 36 mois (contrat initial + renouvellements).
- Néanmoins, il existe des aménagements possibles.

> **Exemples**
> Les contrats dits « saisonniers », les contrats passés dans l'enseignement ou dans le monde du spectacle (intermittents du spectacle).

C Le contrat de travail temporaire (CTT)

- **Il s'agit d'un contrat tripartite qui lie le salarié (appelé « intérimaire »), l'organisation et l'agence de travail temporaire.** Ce contrat est réglementé pour éviter les abus et est essentiellement autorisé dans le cadre d'un accroissement d'activité, du remplacement d'un salarié de manière ponctuelle ou d'un emploi saisonnier.

- Dans ce cas, l'agence d'intérim est l'employeur du salarié et lui versera son salaire.
- Ce type de contrat est plus onéreux pour l'organisation qu'un CDD. Il lui faut, en effet, rémunérer l'agence d'intérim pour ses prestations. Cependant, l'organisation a peu de formalités administratives à effectuer et ne gère pas le recrutement.

D Le contrat d'apprentissage ou le contrat de professionnalisation

- **Il s'agit du contrat utilisé dans le cadre des formations en alternance afin de combiner l'acquisition de savoirs généraux, professionnels et techniques et la pratique en entreprise** pour parfaire la formation.

E Le contrat à temps partagé

- **Des personnes physiques ou morales peuvent créer ensemble un groupement d'employeurs sous la forme d'une association loi 1901** afin de recruter des salariés qui seront à la disposition des membres de ce groupement.
- Ce type de contrat permet de répondre à des besoins d'emploi à temps partiel. Il peut notamment être utilisé dans le milieu agricole ou viticole afin de permettre à plusieurs agriculteurs ou viticulteurs de se partager les frais liés à l'embauche d'un salarié.

2 L'auto-entrepreneuriat

- **Ce régime a été créé afin de faciliter la création d'entreprise à but lucratif** grâce à des démarches administratives et des procédures fiscales et sociales simplifiées.
- **Un auto-entrepreneur est un entrepreneur individuel** qui adhère à un régime micro-fiscal simplifié et qui paie ses charges et impôts sur la base de son chiffre d'affaires. Depuis le 1er janvier 2018, les plafonds réglementant ce statut sont les suivants :
  – 170 000 euros pour les activités de commerce et de fourniture de logement ;
  – 70 000 euros pour les prestations de services et les professions libérales.
- Les auto-entrepreneurs facturent, de manière générale, des prestations de services à leurs clients qui peuvent être des particuliers ou des professionnels.
- Il s'agit souvent d'un partenariat entre l'entreprise et l'auto-entrepreneur où chacun trouve son intérêt : l'entreprise dispose de réelles compétences sans avoir à établir un contrat de travail et donc à payer les charges afférentes, l'auto-entrepreneur peut exercer son activité en étant indépendant.

3 Le portage salarial

- **Dans le cadre du portage salarial, la relation contractuelle est tripartite.**
- **Le portage salarial constitue une alternative à la création d'entreprise.** Cette solution permet au travailleur indépendant de proposer ses services à des entreprises mais la gestion administrative est confiée à une société de portage salarial. Cela permet au travailleur indépendant de bénéficier de la protection sociale d'un salarié.
- **Le travailleur indépendant a un contrat de travail avec une entreprise de portage salarial qui effectue une prestation pour le compte d'entreprises clientes.** Les missions possibles dans le cadre du portage salarial sont uniquement des missions de services.

6 Entretiens professionnels et bilan de compétences

L'évaluation des compétences dans le cadre des entretiens professionnels et, éventuellement, du bilan de compétences s'inscrit dans la démarche d'appréciation des compétences. Bien que représentant une source de motivation pour les salariés et un enjeu pour l'organisation, cette démarche est difficile à mettre en œuvre.

1 Les objectifs de la démarche d'appréciation des compétences

- **Pour l'entreprise, l'évaluation des compétences est un moyen de mieux connaître ses ressources humaines et d'envisager des ajustements** dans le cadre de recrutements ou de formations. Cependant, cette évaluation reste difficile ; l'organisation doit veiller à ne pas procéder à une évaluation subjective des individus et à rester la plus objective possible. Pour cela, elle dispose d'un panel de dispositifs : des entretiens périodiques portant, par exemple, sur des objectifs de travail, des bilans de carrière ou de compétences, etc.
- **Pour les salariés, les entretiens permettent d'avoir un retour sur leur travail, d'exprimer leurs souhaits de mobilité, de formation ou d'évolution professionnelle.**

2 Les entretiens périodiques

A L'entretien annuel (ou d'évaluation)

- **L'évaluation des résultats du travail n'est pas obligatoire** ; elle se manifeste par un suivi plus ou moins régulier ainsi que, souvent, par un entretien périodique.
- Cet entretien, non obligatoire, a généralement lieu en fin d'année civile pour faire le point sur la période écoulée. Il y est question des résultats et de fixer les objectifs pour la période à venir.
- Le salarié et son manager peuvent également discuter des formations à envisager.

> **À noter**
> La jurisprudence montre qu'un employeur peut être mis en cause, en cas de litige avec son salarié, s'il ne l'a pas évalué.

B L'entretien professionnel

- **Cet entretien est obligatoire et doit avoir lieu tous les deux ans**. Il est encadré par l'article L. 6315-1 du Code du travail.
- Un bilan est effectué sur la période écoulée, sur le poste de travail du salarié, sur les projets d'évolution professionnelle et de formation.
- Le contenu de cet entretien est consigné dans un document co-signé par le salarié et l'employeur (un exemplaire pour chacun).
- Enfin, tous les 6 ans, un état des lieux doit être réalisé et porter sur le parcours professionnel du salarié et les formations suivies. Il est réalisé en même temps que l'entretien professionnel.

C Le bilan de carrière

• **Le bilan de carrière peut être réalisé à l'initiative du salarié ou de l'entreprise.**

• C'est un point sur la carrière d'un individu qui souhaite entamer une réflexion sur son projet professionnel.

• Une entreprise peut instaurer des bilans de carrière dans le cadre de la gestion prévisionnelle des emplois et des compétences. En effet, cela permet de promouvoir les mobilités internes et de motiver ses collaborateurs expérimentés.

• Le bilan de carrière peut être mené par un consultant externe ou par un collaborateur en interne, formé à l'orientation.

3 Le bilan de compétences

• **Le salarié peut régulièrement faire le point sur ses compétences en demandant à faire un bilan de compétences.**

• Le bilan de compétences est ainsi un des moments-clés de la vie professionnelle d'un salarié. Ce dernier peut faire le choix de ne pas divulguer les résultats de ce bilan de compétences à son employeur.

Pourquoi ?	Le bilan de compétences permet d'analyser ses compétences professionnelles et personnelles, ses aptitudes et ses motivations en appui d'un projet d'évolution professionnelle et de formation. Il permet également d'avoir connaissance de ses atouts comme instrument de négociation pour un emploi, une formation ou une évolution de carrière.
Qui ?	• Les salariés en CDI ou CDD du secteur privé. • Les fonctionnaires et agents non titulaires du secteur public. • Les demandeurs d'emploi.
Comment ?	• Le bilan de compétences peut être réalisé sur le temps de travail ou en dehors du temps de travail, et peut être financé par l'entreprise. • Une prise en charge est possible dans le cadre du compte personnel de formation.

Testez-vous !

Corrigé p. 211

Indiquez si chacune des affirmations suivantes est vraie ou fausse.

	Vrai	Faux
1 L'entretien annuel est obligatoire.	☐	☐
2 L'entretien professionnel, obligatoire, doit avoir lieu tous les deux ans.	☐	☐
3 Un bilan de carrière est obligatoirement mené par un consultant externe.	☐	☐
4 Le bilan de compétences ne concerne que les salariés en CDI.	☐	☐

7 La formation professionnelle continue

La formation professionnelle continue constitue un devoir pour les entreprises et un droit pour les salariés. La loi de 2018 sur la liberté de choisir son avenir professionnel renforce les possibilités pour les salariés de devenir maîtres de leur parcours. Pour en bénéficier, ils ont la possibilité de suivre les formations proposées par leur employeur ou de faire appel au projet de transition professionnelle (PTP) ou à leur compte personnel de formation (CPF). Différents organismes et fonds sont à leur service pour les aider à mettre en place leurs projets de formation.

1 Les modalités de la formation continue

A Le plan de formation continue

• **Le plan de formation est la traduction concrète de la volonté de l'entreprise en matière de formation de ses salariés avec deux objectifs :**
– les formations permettant d'assurer l'adaptation du salarié à son poste de travail ou son maintien dans l'emploi ;
– les formations permettant de développer les compétences du salarié pour répondre à la nécessité et à l'obligation d'adapter les compétences des individus aux nouvelles organisations du travail, aux évolutions économiques et technologiques, etc.

• Ces formations, effectuées pendant le temps de travail, peuvent prendre **différentes formes** :
– formation classique effectuée dans des centres de formation ;
– e-formation ou *e-learning* ;
– MOOC ;
– etc.

Définitions

• **e-formation ou *e-learning* :** ensemble des solutions et dispositifs permettant l'apprentissage par des moyens électroniques.

• **MOOC (*massive open online course*) ou cours en ligne ouvert à tous :** formation accessible sur Internet qui offre la possibilité d'évaluer ses connaissances et peut parfois déboucher sur une certification.

B Les autres possibilités de la formation continue

• Outre les formations accessibles par le biais de l'entreprise, **les actifs peuvent également demander à bénéficier de temps de formation hors du temps de travail**. L'entreprise doit en être informée et donner son accord.

• Il existe, dans ce cadre, **deux dispositifs de formation continue permettant aux actifs de se former** :

Projet de transition professionnelle (PTP) mis en place le 1er janvier 2019	Compte personnel de formation (CPF)
• La formation doit être certifiante et permettre au salarié de changer de métier ou de profession. • La formation suivie peut être étrangère à l'activité du salarié.	• Ce compte est alimenté chaque fin d'année à raison de 24 heures par année de travail à temps plein jusqu'à l'acquisition d'un crédit de 120 heures, puis à raison de 12 heures par année de travail à temps plein jusqu'à un plafond de 150 heures. • Le solde de ce compte peut être consulté sur le site : www.moncompteformation.gouv.fr. • Les heures de formation acquises sont traduites en euros (500 euros/an avec un plafond de 5 000 euros de droit de formation atteint en 10 ans).

2 L'acteur principal de la formation professionnelle continue

• **L'acteur principal pour accompagner les actifs dans les démarches liées à la formation professionnelle continue est France compétences.**

• Créée par la loi pour la liberté de choisir son avenir professionnel du 5 septembre 2018, **France compétences est un établissement public national à caractère administratif dédié à la formation professionnelle et l'apprentissage.**

• Ses orientations stratégiques sont décidées collégialement entre l'État, les régions, les organisations syndicales de salariés et d'employeurs et des personnalités qualifiées.

• France Compétences a pour missions d'assurer :
– le financement du système de formation professionnelle et d'apprentissage ;
– la régulation du marché pour permettre une identification des besoins en compétences des organisations ;
– l'amélioration de la communication pour permettre une meilleure compréhension du système de formation professionnelle et de l'apprentissage.

3 L'employabilité

• **L'employabilité d'un salarié correspond à l'aptitude d'un salarié à trouver et conserver un emploi.** Elle dépend donc de ses compétences et diplômes.

• Les entreprises doivent garantir l'employabilité de leurs salariés en leur proposant des formations pour que ces derniers s'adaptent aux évolutions de l'environnement.

• Les salariés, en se formant, ont une vraie valeur sur le marché du travail. La formation leur permet de rester maîtres de leur avenir professionnel en assurant leur employabilité et de sécuriser ainsi leur parcours professionnel.

Testez-vous !

Corrigé p. 211

1 **Les formations réalisées dans le cadre de la formation professionnelle continue ont-elles lieu uniquement au sein de l'entreprise ?**
☐ Oui ☐ Non

2 **CPF signifie Compte privé de formation.**
☐ Vrai ☐ Faux

3 **Le projet de transition professionnelle :**
a) permet au salarié de suivre une formation pour améliorer son niveau d'anglais.
b) permet au salarié de suivre une formation certifiante destinée à le faire évoluer dans l'entreprise où il exerce son métier.
c) permet au salarié de suivre une formation certifiante destinée à le faire changer de métier ou de profession.

4 **Expliquez la notion d'employabilité.**

8 La mobilité professionnelle

Un salarié peut changer de métier, d'entreprise et même de lieu de travail : on parle alors de **mobilité professionnelle**. Cette mobilité peut être externe ou interne, géographique ou fonctionnelle. La mobilité constitue un levier de motivation pour l'organisation.

1 La mobilité externe

• **La mobilité externe correspond à un changement de poste réalisé à l'extérieur de l'entreprise à laquelle appartient le salarié.**

• Ce changement peut être la conséquence d'une démission, d'un licenciement ou d'une rupture conventionnelle.

> **Définition**
> **Rupture conventionnelle :** dispositif permettant à l'employeur et au salarié de se mettre d'accord pour rompre le contrat de travail qui les lie. Les deux parties fixent ensemble la date d'arrêt du contrat et le montant des indemnités qui doivent respecter un cadre légal.

Exemple : Marie est serveuse dans une enseigne de restauration rapide à Dijon. Elle fait le choix de démissionner pour aller travailler dans une pizzeria, toujours comme serveuse, à Dijon.

2 La mobilité interne

• **La mobilité interne est caractérisée par un changement à l'intérieur de l'entreprise ou au sein du même groupe.** Il peut s'agir d'un changement de poste, de service, de fonction, de métier.

MOBILITÉ INTERNE

Mobilité **horizontale** (ou mobilité **fonctionnelle**)	Mobilité **verticale** (ou mobilité **ascendante**)	Mobilité **géographique**
• Le salarié reste au **même niveau hiérarchique**, mais peut changer de poste, de métier. • Fait suite à une démission, à une mutation, au départ d'autres salariés ou à une création de poste.	• Le changement de poste du salarié comporte une évolution, une **modification dans la hiérarchie**. • Fait suite à une promotion interne.	• Il y a un **changement de lieu d'exercice** du salarié : régional, national, international. • Soit à la demande du salarié (cas fréquent), soit en fonction des besoins de l'organisation (en application de la **clause de mobilité géographique du contrat de travail**).

Exemple : Anne, serveuse dans une enseigne nationale de restauration rapide à Lyon, se voit proposer un poste de responsable d'un des restaurants de l'enseigne, à Marseille. Il s'agit alors d'une mobilité interne verticale et géographique.

Testez-vous !

Corrigé p. 211

Indiquez le type de mobilité dont il s'agit dans chacun des cas suivants.

a) Madame Arletti est esthéticienne à Lyon. Beauty Espace possède un réseau d'instituts et lui propose de devenir responsable d'un institut situé à 30 km de Lyon.

b) Clara est responsable d'un magasin de vêtements à Lille. Son employeur décide d'ouvrir un second magasin, dans la même ville. Il propose à Clara le poste de responsable de ce second magasin.

9 La qualité de vie au travail

L'intérêt porté à la qualité de vie au travail (QVT) s'inscrit dans une démarche de responsabilité sociale de l'entreprise (RSE). Cette prise en compte de la qualité de vie au travail est un levier important pour motiver les salariés.

1 Le bien-être du salarié et la notion de « qualité de vie au travail »

- **Le bien-être au travail prend en compte l'équilibre vie professionnelle/vie privée et l'amélioration des conditions de travail.**
- **La notion de qualité de vie au travail (QVT) correspond à un sentiment de bien-être au travail perçu collectivement et individuellement** qui regroupe la culture de l'entreprise, l'intérêt au travail, les conditions de travail, l'implication, le degré d'autonomie et de responsabilisation, l'égalité, etc.

2 La responsabilité sociale des entreprises (RSE)

- La RSE traduit la volonté des entreprises de participer à l'amélioration de la société et à rendre plus propre l'environnement par la prise en compte des impacts sociaux et environnementaux de leur activité. **La RSE intervient dans deux domaines :**

Domaine environnemental	Les organisations prennent en compte leur impact sur l'environnement (**ex. :** le recyclage des déchets).
Domaine social	Dans ce domaine, l'organisation est soucieuse de la qualité des relations internes et externes (**ex. :** en interne, en garantissant les conditions de travail, l'égalité hommes-femmes ; en externe, en faisant appel à des fournisseurs locaux).

3 La motivation

- **La motivation peut se définir comme les éléments qui encouragent un individu à agir afin d'atteindre un objectif.** Elle dépend de la personnalité de l'individu et évolue en fonction du temps.
- Les employeurs peuvent faire du bien-être au travail un **facteur de motivation** et donc un vecteur de performance sociale.
- Les facteurs de motivation peuvent être internes et/ou externes :

Facteurs internes de motivation	Facteurs externes de motivation
Ils concernent les éléments propres à l'individu : • sa personnalité ; • sa situation personnelle et familiale ; • ses ambitions personnelles.	Il s'agit des éléments en lien avec le cadre du travail et la qualité de vie au travail : • le contenu du travail ; • le degré de responsabilité ; • le sentiment d'appartenance ; • les perspectives d'évolution ; • la rémunération et les conditions de travail.

10 Les conditions de travail

Dans une organisation, les conditions de travail revêtent une grande importance. La mauvaise prise en compte de ces dernières peut conduire à des situations négatives telles que des accidents du travail ou encore de la démotivation. *A contrario*, garantir de bonnes conditions de travail à ses salariés est un levier de motivation. Les organisations sont, dans ce cadre, soucieuses de l'ergonomie des postes de travail de leurs salariés.

1 Définition

- D'une manière générale, **les conditions de travail sont constituées par l'environnement des employés sur leur lieu de travail**. Elles comprennent **la pénibilité et les risques liés au travail effectué, ainsi que les horaires ou le contexte de travail** (bruit, chaleur, expositions à des substances toxiques, cadence imposée pour les délais de production, etc.).
- Il est également indispensable pour l'organisation de **prendre en compte l'ergonomie du poste de travail**.

> **Définition**
>
> **Ergonomie :** ensemble des études scientifiques des conditions de travail et des relations entre l'être humain et la machine visant à adapter l'environnement de travail (outils, matériel, organisations, etc.) aux besoins de l'utilisateur. Le spécialiste de l'ergonomie est un **ergonome**.

- **On peut classer les composantes des conditions de travail de la manière suivante :**

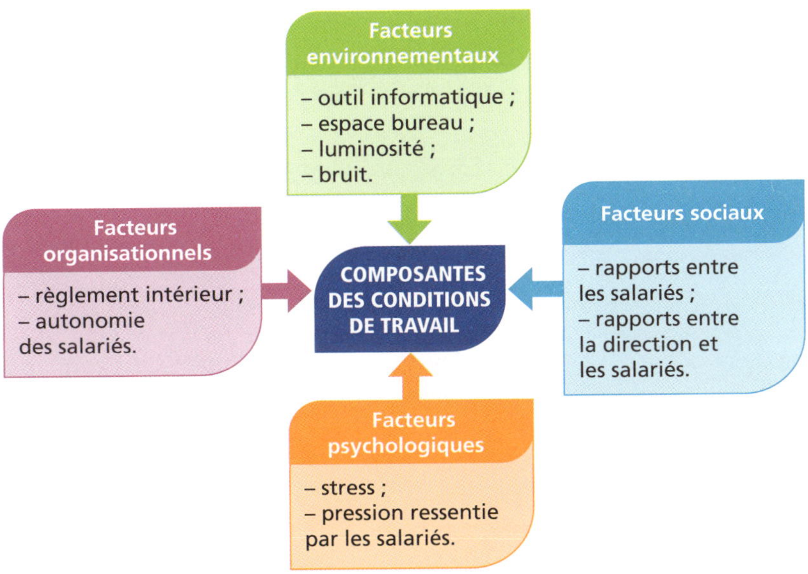

> **Remarque**
>
> La **pénibilité** est caractérisée par une exposition, au-delà de certains seuils, à un ou plusieurs facteurs de risques professionnels pouvant laisser des traces durables, identifiables et irréversibles sur la santé, tels que le travail de nuit, le travail répétitif, dans le bruit ou exposé à des températures extrêmes, etc.

2 Les enjeux des conditions de travail

- Les conditions de travail ont un impact direct sur les salariés et donc sur l'entreprise.
- Les enjeux liés sont importants et de **trois ordres** :

– **économiques** ;
– **juridiques** ;
– **et humains.**

Enjeux pour l'entreprise	Enjeu pour les salariés
• **Économique** – De bonnes conditions de travail permettent l'adhésion des salariés, donc une bonne productivité. – Un salarié satisfait reste davantage fidèle à son employeur, ce qui réduit les coûts d'absence, de remplacement, voire de recrutement. – Un salarié malade et/ou absent est un salarié qui coûte à l'entreprise. • **Juridique** En cas d'accident du travail, la responsabilité de l'entreprise peut être mise en cause.	• **Humain** – Un salarié dont les conditions de travail sont satisfaisantes aura un sentiment de bien-être, un surcroît de motivation. – Ce sera positif pour l'entreprise, son image et la productivité.

- Les conséquences de mauvaises conditions de travail peuvent être irréversibles dans le cas d'accidents du travail graves.

– Ces dernières ont des répercussions sur les employés et leurs familles.
– Elles vont également nuire à la performance de l'organisation et à sa réputation.

- Il est nécessaire pour une organisation de saisir l'importance à porter aux conditions de travail et à la communication faite autour d'elles dans le cadre de l'amélioration de l'image de l'organisation.

Testez-vous !

Corrigé p. 211

1 **Les conditions de travail comprennent uniquement les risques liés au travail effectué, ainsi que les horaires ou l'environnement de travail.**
☐ Vrai ☐ Faux

2 **Citez les quatre composantes des conditions de travail.**

3 **Les enjeux liés aux conditions de travail ne concernent que les salariés.**
☐ Vrai ☐ Faux

11 La santé et la sécurité au travail

Afin de garantir une qualité de vie au travail aux salariés, les organisations sont dans l'obligation de limiter les situations à risques, voire de les rendre inexistantes. Elles prennent alors appui sur des documents supports qui sont établis pour officialiser la démarche de prévention des situations à risques.

1 Les acteurs de la prévention

• **Les acteurs de la prévention peuvent être internes ou externes à l'organisation.**

L'employeur	Il doit veiller à l'application du règlement intérieur, des règles de sécurité et d'hygiène en vigueur, évaluer les risques professionnels et mettre en œuvre des actions de prévention et les corriger, si nécessaire.
Les salariés	Il s'agit des premiers acteurs de la santé et de la sécurité au travail. Ils sont au cœur du système et sont à même de déceler les situations à risques. Ils disposent d'un droit d'alerte et de retrait dans ce cas. Certains employés sont formés et chargés par l'employeur de dispenser les gestes de premiers secours, ils sont nommés les sauveteurs secouristes du travail (SST).
Le comité social et économique (CSE)	Présent dans les entreprises de plus de 50 salariés, le CSE est chargé de veiller sur l'hygiène, la santé et la sécurité dans l'entreprise. Il surveille et analyse les risques professionnels et les conditions de travail. Les membres du CSE proposent également des axes d'amélioration.
Les autres organismes externes	L'organisation peut recevoir le concours de la DIRRECTE, l'INRS, la médecine du travail et des ergonomes afin de l'aider à limiter les risques professionnels par l'analyse des situations ou par le contrôle de l'application des normes.

Définitions

DIRECCTE (directions régionales des entreprises, de la concurrence, de la consommation, du travail et de l'emploi) : structures publiques en charge du pilotage et de la mise en œuvre des politiques conduites par le ministère du travail, de l'emploi, de l'économie et des finances.

Ergonome : professionnel en charge de concevoir et d'améliorer les situations de travail, les outils et produits liés afin d'en faciliter l'usage et de préserver la santé des travailleurs.

INRS (Institut national de recherche et de sécurité pour la prévention des accidents du travail et des maladies professionnelles) : organisme qui contribue à la prévention des accidents du travail et des maladies professionnelles.

2 La démarche de prévention des situations à risques

• Afin de prévenir et limiter les situations à risques, les organisations s'inscrivent dans **une démarche de prévention des situations à risques**.

A Les obligations

L'employeur a des obligations en matière de santé et de sécurité au travail.

- Mise en place des actions de prévention (ex. : formation)
- Évaluation et anticipation des risques professionnels liés au poste de travail
- Respect des règles concernant l'aménagement et l'utilisation des locaux de travail

• Outre son caractère obligatoire, la démarche de prévention des situations à risques constitue **un réel facteur de progrès tant sur le plan de la protection de l'individu que sur celui de la performance de l'organisation**, notamment par la réduction des coûts cachés qu'elle peut amener.

B La démarche EvRP

• **L'évaluation des risques professionnels (EvRP) est le point de départ de la démarche de prévention.** L'identification, l'analyse et le classement des risques permettent de définir les actions de prévention les plus appropriées.

• L'EvRP est une démarche structurée dont les résultats sont formalisés dans un **« document unique »**. L'absence de formalisation des résultats de l'évaluation des risques dans ce document est passible d'une amende de 1 500 euros.

• La démarche de prévention des risques professionnels est la suite de plusieurs étapes :

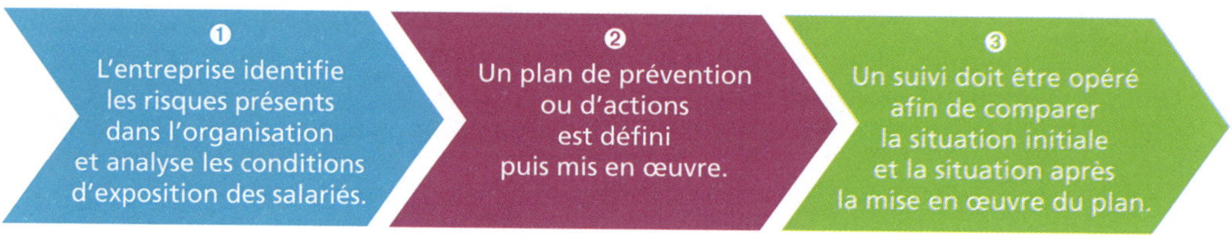

C Le document unique d'évaluation des risques professionnels (DUERP)

• Les résultats de l'EvRP sont transcrits dans un dossier appelé « document unique » qui contient :
– le cadre de l'évaluation ;
– la méthode d'analyse des risques choisie ainsi que les outils mis en œuvre ;
– la méthode de classement choisie ;
– l'inventaire des risques identifiés et évalués ;
– les actions à mettre en place.

• **Ce document est obligatoire pour toutes les organisations et doit être actualisé au moins une fois par an.**

• Le DUERP est mis à la disposition des salariés, du comité social et économique (CSE), du médecin et de l'inspecteur du travail, des agents des services de prévention des organismes de sécurité sociale ainsi que des inspecteurs de la radioprotection.

Testez-vous !

Corrigé p. 211

1 Dans la prévention des risques dans les organisations, les acteurs sont :
a) l'entreprise, les salariés, le comité d'entreprise et d'autres organismes externes.
b) l'entreprise, les salariés, le CSE et d'autres organismes externes.
c) l'entreprise, les salariés et le CSE.

2 L'employeur n'a aucune obligation en matière de prévention des situations à risques.
☐ Vrai ☐ Faux

12 Les différents risques au travail

Les différents risques professionnels peuvent se transformer en accidents du travail, en maladies professionnelles ou en troubles psychosociaux. Dans ce cas, ils deviennent notamment une source de dépenses importantes pour l'organisation et peuvent véhiculer une mauvaise image.
Les risques professionnels doivent être bien définis afin de pouvoir les anticiper. Ils sont répartis en deux catégories : les risques physiques et les risques psychosociaux. Ils peuvent également engendrer de la souffrance au travail, c'est-à-dire un état de souffrance mentale qui se traduit par un mal-être, une détresse psychologique.

1 Les risques physiques

A Les accidents du travail

• **Un accident survenu au salarié par le fait ou à l'occasion de son travail, quelle qu'en soit la cause, est considéré comme un accident du travail.**

• Pour que l'accident du travail soit reconnu, le salarié doit justifier de **deux conditions** :
– il a été victime d'un **fait accidentel** dans le cadre de son **activité professionnelle** ;
– le fait accidentel a entraîné **l'apparition soudaine d'une blessure** (coupure, brûlure, douleur musculaire, etc.).

> **Définition**
> **Fait accidentel :** fait qui doit être soudain et peut provenir d'un événement ou d'une série d'événements, devant être datés de manière certaine.

• L'accident est réputé être d'origine professionnel dès qu'il survient dans les locaux de l'entreprise, y compris pendant les temps de pause. Cependant, la qualification d'accident du travail peut être écartée si le fait accidentel est la conséquence de faits non professionnels.

B Les maladies professionnelles

• **Une maladie professionnelle est la conséquence de l'exposition, plus ou moins prolongée, d'un salarié, à un risque physique, chimique ou biologique, qui existe lors de l'exercice habituel de sa profession.**

• En application de l'article L. 461-1 du Code de la Sécurité sociale, pour être reconnue comme professionnelle et donner lieu à réparation, une maladie doit :
– soit figurer dans l'un des tableaux de maladies professionnelles établis par l'Institut national de recherche et de sécurité (INRS) ;
– soit être identifiée comme ayant un lien direct avec l'activité professionnelle par le système complémentaire de reconnaissance des maladies professionnelles.

• **Les troubles musculosquelettiques (TMS)** occupent une place prépondérante dans les maladies professionnelles.

• Les TMS sont le fruit de la combinaison de multiples causes liées au poste de travail et à son environnement, à l'organisation du travail et au climat social dans l'organisation. L'accroissement des contraintes de productivité et l'augmentation de la cadence du travail couplés à un vieillissement de la population active peuvent expliquer, en partie, l'apparition des TMS.

- **Les TMS peuvent être la conséquence de gestes répétitifs.**

> **Exemple :** L'utilisation répétée d'un sécateur pour couper de la vigne causant une pathologie au niveau du poignet.

2 Les risques psychosociaux

- **Un risque psychosocial est défini comme un risque pour la santé physique et mentale des travailleurs.**
- Ses causes peuvent être trouvées, à la fois, dans les conditions d'emploi et les facteurs liés à l'organisation du travail et aux relations de travail.
- Les risques psychosociaux prennent différentes formes. Voici les principales :

Le stress	Situation liée aux exigences, aux cadences de production, à la mauvaise communication conduisant à des tensions nerveuses excessives, traumatisantes pour l'individu.
Le *burn-out* (ou épuisement professionnel)	Résultante d'un stress intense et continu, dû à un investissement personnel non limité, qui peut mener dans les situations extrêmes à la dépression ou encore au suicide.
Le *bore-out* (ou ennui professionnel)	Terme récent, qui caractérise le désintérêt ou l'ennui dans le travail. Les conséquences et risques sont semblables à celles du *burn-out*.
Les violences internes	Elles sont commises au sein de l'entreprise par des salariés : harcèlement moral ou sexuel, conflits exacerbés entre des personnes ou entre des équipes, etc.

- L'ensemble de ces risques psychosociaux est également une source de désorganisation pour l'organisation de par les absences, la démotivation, les démissions, etc.

Testez-vous !

Corrigé p. 211

1 **Quelles sont les conditions pour qu'un accident soit qualifié d'accident du travail ?**

2 **Que signifie TMS ?**

3 **Citez les risques psychosociaux que vous connaissez.**

13 Les indicateurs sociaux

Les indicateurs sociaux permettent à l'organisation d'**analyser l'état de ses ressources humaines** de manière **quantitative** et **qualitative**. Après avoir étudié ces indicateurs sociaux, elle sera à même de prendre des décisions pour améliorer sa performance, mettre en évidence un problème de sécurité, etc.

1 Les principaux indicateurs sociaux

A Synthèse

• **Les indicateurs sociaux sont nombreux.** Ils peuvent être liés à **la rémunération, la formation, les recrutements, les départs, les absences, la démographie ou la santé financière de l'organisation**.

Les principaux indicateurs sociaux

- Le taux de fréquence des accidents du travail (TF)
- Le taux de gravité des accidents du travail (TG)
- Le taux de rotation du personnel (*turn-over*)
- Le taux d'absentéisme
- Le taux de micro-absentéisme

B Les principaux indicateurs sociaux en détail

Taux de fréquence des accidents du travail (TF)	Taux de gravité des accidents du travail (TG)
$TF = \dfrac{\text{Nombre d'accidents du travail avec arrêt}}{\text{Nombre d'heures travaillées}} \times 1\,000\,000$ ⚠ **Taux exprimé pour 1 000 000 d'heures travaillées.**	$TG = \dfrac{\text{Nombre de journées de travail perdues}}{\text{Nombre d'heures travaillées}} \times 1\,000$ ⚠ **Taux exprimé pour 1 000 heures travaillées.**
• Compare la fréquence des accidents du travail avec arrêt de travail dans l'organisation sur des périodes différentes ou par rapport à la moyenne de la profession. • Excellent révélateur sur la sécurité et la prévention des risques. • Un taux élevé doit alerter la direction.	• Mesure et compare la gravité des accidents du travail en tenant compte du nombre de jours perdus qu'ils occasionnent. • Permet à l'organisation de faire un point sur les actes de prévention et sur la sécurité au sein de ses services. • Plus le taux est élevé, plus l'organisation doit prendre des mesures pour y remédier.

Taux de rotation du personnel (taux de *turnover*)
$\frac{\text{(Nombre de départs dans l'année + Nombre d'arrivées dans l'année) / 2}}{\text{Effectif total}} \times 100$
• Mesure la rotation du personnel dans l'organisation (changements intervenus au cours de l'année). • Indicateur de bien-être au travail. • Un taux important doit alerter l'organisation sur les causes : stress, démotivation, mauvaise ambiance, problème de rémunération, d'équilibre vie privée-professionnelle. • Une rotation importante a des conséquences en termes de coût et d'organisation du travail.

Taux d'absentéisme	Taux de micro-absentéisme
$\frac{\text{Nombre d'heures d'absence}}{\text{Nombre théorique d'heures travaillées}} \times 100$	$\frac{\text{Nombre d'heures d'absence } (\leqslant 2 \text{ jours})}{\text{Nombre théorique d'heures travaillées}} \times 100$
• Mesure l'importance de l'absence des salariés dans l'organisation. • Plus le taux est élevé, plus les salariés sont absents de leur poste. • Impact sur le déroulement du travail, coût pour les organisations et preuve d'un certain malaise.	• Absences inférieures ou égales à 2 jours. • Peut indiquer une démotivation du personnel.

2 L'utilité des indicateurs sociaux

• **Les indicateurs sociaux sont importants pour les organisations.** Leur analyse et la prise en compte des conclusions atteintes permettent de **mettre en évidence des problèmes de sécurité ou des situations d'absentéisme et donc de les éradiquer pour améliorer la performance et l'image de l'organisation**.

Testez-vous !

Corrigé p. 211

1 **Citez les principaux indicateurs sociaux.**

2 **La formule correcte pour calculer le taux de rotation du personnel est :**

a) $\frac{\text{nombre d'arrivées dans l'année + nombre de départs dans l'année}}{\text{effectif total}} \times 100$

b) $\frac{\text{(nombre d'arrivées dans l'année – nombre de départs dans l'année)/2}}{\text{effectif total}} \times 100$

c) $\frac{\text{(nombre d'arrivées dans l'année + nombre de départs dans l'année)/2}}{\text{effectif total}} \times 100$

3 **Le micro-absentéisme concerne les absences inférieures ou égales à 3 jours.**

☐ Vrai ☐ Faux

14 La protection sociale et la complémentaire santé

La prise en compte de la santé au travail se traduit par la mise en place d'un système de protection sociale globale au niveau de l'État. La protection sociale est progressivement devenue universelle afin de garantir une sécurité financière à chaque individu. Ce système de protection sociale peut être complété par une complémentaire maladie par l'organisation, qui peut être mise en avant par cette dernière comme élément de son attractivité.

1 La protection sociale

A Définition

• **La protection sociale regroupe tous les mécanismes de prévoyance collective qui permettent aux individus de faire face aux conséquences financières des risques sociaux.**

• On entend par « risques sociaux » l'ensemble des éléments qui peuvent engendrer une baisse des revenus de l'individu ou de sa famille (diminution des ressources ou hausse des dépenses).

B Le fonctionnement de la protection sociale

• **La protection sociale peut prendre la forme de prestations sociales versées directement aux ménages** (pensions de retraite, remboursements de soins de santé) **ou de prestations de services sociaux**, permettant un accès aux services gratuitement ou quasi-gratuitement (hôpitaux, crèches).

• Les prestations sociales répondent à **trois logiques** :

La logique d'assurance sociale Ex. : chômage, maladie, vieillesse	• **Objectif** : lutter contre le risque de perte de revenus. • Ces prestations sont financées par des cotisations prélevées sur les salaires et sont donc réservées à ceux qui cotisent.
La logique d'assistance Ex. : revenu de solidarité active (RSA), allocation adulte handicapé (AAH)	• **Objectif** : instaurer une forme de solidarité entre les personnes et lutter contre la pauvreté. • La prestation versée permet d'assurer un revenu minimum, elle est attribuée sous condition de ressources, mais sans conditions de cotisations préalables.
La logique de protection universelle Ex. : prestations familiales	• **Objectif** : couvrir certaines dépenses pour tous les individus. • Les prestations versées sont accordées sans conditions de ressources, ni de cotisations, et sont versées à tous.

2 La complémentaire maladie

• En complément du régime obligatoire d'assurance maladie financé par les cotisations sur les salaires, les individus peuvent être couverts par une complémentaire maladie.

• **La complémentaire santé est un système d'assurance maladie qui complète celui de la Sécurité sociale *via* un complément de remboursement des soins.**

• **Les employeurs du secteur privé (entreprises et associations) doivent proposer une couverture complémentaire santé collective à leurs salariés.**

• **L'employeur doit participer à hauteur de 50 % minimum** de la cotisation (le reste étant à la charge du salarié).

15 L'individualisation de la rémunération

La rémunération est la **contrepartie de l'activité de travail** et est encadrée de manière légale. Cette rémunération, sous la forme individuelle, peut être une source de motivation pour le salarié et un élément de valorisation pour l'organisation à condition toutefois que la forme, le niveau et la structure de la rémunération soient adaptés aux objectifs poursuivis. Si tel n'est pas le cas, la rémunération pourra, au contraire, être source d'insatisfaction.

1 Les composantes de la rémunération

- **La rémunération est composée du salaire de base auquel s'ajoute des compléments qui peuvent prendre la forme d'avantages particuliers et de primes individuelles.**

A Le salaire de base

- **Le salaire de base correspond à la rémunération fixe du salarié.**
- **Son montant dépend de la négociation entre l'employeur et le salarié au moment de la signature du contrat ou de l'application de la grille des salaires de la convention collective.**
- **Il est au moins équivalent au SMIC** (salaire minimum interprofessionnel de croissance).

B Les avantages particuliers

- **Les avantages particuliers correspondent aux biens mis à la disposition du salarié par l'employeur** pour l'exercice de sa profession (voiture, téléphone, ordinateur, tablette, etc.).
- Ils représentent un atout pour le salarié. Dans le cas d'une voiture mise à la disposition du salarié, les frais liés à l'achat, l'entretien, l'assurance et les carburants sont pris en charge par l'employeur.
- Ils sont notifiés sur le contrat de travail.

C Les primes

- **Les primes peuvent prendre la forme de primes fixes ou de primes variables.**
- Dans le cas de primes fixes, il peut s'agir de primes de vacances, de Noël, de naissance, de mariage, d'ancienneté. Elles s'ajoutent au salaire de base lorsque la situation correspondante se produit et sont généralement consignées dans les conventions collectives.
- La prime peut également être une prime variable qui correspond à une récompense pour la réalisation d'un objectif, d'une performance. On parle alors de rémunération individuelle variable ou de salaire au mérite.

2 Les avantages et inconvénients de l'individualisation de la rémunération

- L'individualisation de la rémunération comporte des avantages et des inconvénients pour l'employeur comme pour le salarié.

A Les avantages

- **Elle permet à l'employeur de diminuer les charges sur les frais fixes** en augmentant la part variable des salaires. En effet, lorsque l'activité est en baisse, les charges sur la part variable sont moindres, ce qui permet donc de ne pas avoir de frais trop importants.
- **Les salariés seront fidèles à un employeur qui leur permet d'augmenter leur salaire en fonction de leur investissement et de leurs résultats.** Il s'agit d'un facteur de motivation et de fidélisation.

B Les inconvénients

- Elle peut être néfaste pour l'employeur et le salarié. En effet, **cela peut créer un sentiment d'injustice entre les salariés** en fonction des primes versées. **Le salarié peut également se sentir démotivé** si la part de rémunération variable est très importante et qu'il ne réalise pas les objectifs fixés pour l'obtenir, surtout si ces derniers ne sont pas réalistes.

Testez-vous !

Corrigé p. 212

1 La rémunération correspond au salaire.
☐ Vrai ☐ Faux

2 Citez des exemples d'avantages particuliers.

3 Indiquez laquelle de ces affirmations est correcte :
a) la prime de naissance est une prime fixe et la prime de Noël une prime variable.
b) les primes de naissance et de Noël sont des primes fixes et la prime versée lorsque le salarié atteint un objectif est une prime variable.
c) les primes d'ancienneté et de naissance sont appelées « salaire au mérite ».

16 Les formes de la rémunération collective

En complément de la rémunération individuelle, les organisations peuvent mettre en place des dispositifs de rémunération collective pour renforcer la motivation des salariés. Il peut s'agir de **l'intéressement**, de **la participation** ou encore de **l'épargne salariale**.

1 L'intéressement

- **L'intéressement est un dispositif de rémunération collective facultatif**. Il permet d'associer les salariés de l'organisation aux résultats en leur octroyant une prime. **Le calcul de cette prime dépend donc des résultats de l'organisation**.
- Lorsque ce dispositif est mis en place, il est censé **motiver les salariés** en les associant à la problématique de l'accroissement de la performance de l'entreprise.

> **À noter**
> D'un point de vue comptable, les primes d'intéressement sont versées par l'organisation et sont déductibles de son résultat. Pour les salariés, elles s'ajoutent aux revenus et sont donc soumises à l'impôt sur le revenu, sauf si elles sont investies dans le plan d'épargne salariale.

2 La prime de participation

- **La prime de participation est obligatoire pour les entreprises de 50 salariés ou plus**. Elle fait l'objet d'un accord de participation qui fixe le montant de la participation.
- **Cette prime est calculée en fonction des résultats de l'entreprise, sur la base des bénéfices réalisés**. Ce dispositif permet donc de motiver et d'impliquer les salariés dans le bon fonctionnement de l'organisation.

> **À noter**
> D'un point de vue comptable, les primes de participation sont versées par l'organisation et sont déductibles de son résultat. Pour les salariés, elles s'ajoutent aux revenus et sont donc soumises à l'impôt sur le revenu sauf si elles sont investies dans le plan d'épargne salariale.

3 Les plans d'épargne salariale

- **Les plans d'épargne salariale sont des dispositifs facultatifs que l'organisation peut proposer.** Les bénéficiaires de la prime de participation et de la prime d'intéressement peuvent choisir de les placer sur un plan d'épargne salariale ou sur un compte épargne-temps.

Plan d'épargne entreprise (PEE)	Le salarié peut se constituer une épargne en alimentant son PEE par le versement de sa prime de participation ou d'intéressement ou encore par des versements personnels.
Compte épargne temps (CET)	Le compte épargne temps (CET) permet au salarié d'affecter des sommes provenant des primes de participation ou d'intéressement dans le but de cumuler des droits à congé rémunéré ou de bénéficier d'une rémunération (immédiate ou différée), en contrepartie des périodes de congé ou de repos non prises. Les conditions d'utilisation des droits acquis par le salarié sont précisées par la convention ou l'accord prévoyant l'ouverture du CET.

4 Avantages et inconvénients de la rémunération collective

- Ces dispositifs visent à **encourager la cohésion d'équipe** puisqu'elle dépend des efforts collectifs. Toutefois, ils peuvent être **sources de tension entre les salariés** si l'investissement est inégal. En effet, la prime est la même pour tous.

17 Les relations professionnelles et le climat social

L'organisation est composée d'individus qui sont en interaction dans un but commun : l'atteinte d'un objectif. Les relations professionnelles sont influencées par différents facteurs qui impactent le climat social de l'organisation.

1 Les relations professionnelles

• **Les relations professionnelles sont constituées par l'ensemble des échanges entre les membres d'une organisation ou d'un groupe** et sont caractérisées par des interactions, des phases de dialogue et d'ajustement, mais aussi par des tensions qui peuvent conduire à des conflits.

• Ces relations sont influencées par de **nombreux facteurs qui traduisent une ambiance de travail**.

Le style de leadership	En fonction du style de leadership adopté, les échanges au sein des groupes seront plus ou moins encouragés et favorables.
L'environnement de travail **La qualité de vie au travail**	Un environnement de travail de qualité va donner vie à un climat serein et au développement de bonnes relations.
La culture de l'organisation	Le partage de valeurs communes va entraîner la cohésion des membres de l'organisation.
La communication	• Les **échanges** formels et informels, les réunions, les séminaires permettent les échanges et l'émergence d'idées, de projets. • Les nouvelles technologies favorisent davantage les échanges entre les membres, notamment lorsque ces derniers sont géographiquement éloignés.

• Un climat relationnel positif est favorable pour les membres de l'organisation ; il doit permettre une meilleure cohésion entre les salariés. L'enjeu est donc important pour les dirigeants.

2 Le climat social

A Définition

• **Le climat social est le degré de satisfaction des salariés au sein de l'organisation quant à leurs conditions sociales au travail.**

• **Le climat social est influencé par des facteurs internes et externes.**

Facteurs internes	Facteurs externes
• Style de management. • Gestion des ressources humaines. • Conditions de travail.	• Environnement de l'entreprise. • Contexte économique (chômage, politique de relance, baisse de la consommation).

• Il peut être mesuré grâce à l'étude de divers indicateurs (taux d'absentéisme, taux de rotation du personnel, nombre de conflits). L'organisation peut alors procéder à une enquête ou à un audit pour connaître les causes précises de cette dégradation.

B Les enjeux

• Les enjeux d'un climat social de qualité sont en priorité économiques, puisqu'une mauvaise cohésion de groupe impacte la performance de l'organisation.

18 Les conflits

Lorsque le climat social dégénère, des tensions peuvent apparaître et laisser place à des conflits interpersonnels ou sociaux. Ces conflits peuvent avoir plusieurs raisons et prennent plusieurs formes.

1 Définition

- **Un conflit interpersonnel est un conflit qui a lieu entre deux individus.**
- L'objet de tout conflit est de modifier le rapport de force existant entre les parties.

2 Les caractéristiques du conflit

Le conflit ouvert	Le conflit latent ou larvé
Conflit exprimé et visible.	Conflit non exprimé.
Les acteurs du conflit se sont exprimés sur leur(s) point(s) de divergence et s'affrontent pour faire valoir leurs propositions.	Conflit caractérisé par un sentiment de malaise. Il n'y a pas eu de confrontation directe.

3 Les différentes formes de conflits

Forme de conflit social	Définition
Le conflit individuel	• Entre un employeur et un salarié ou entre deux salariés pour des raisons individuelles, voire personnelles. • Perturbations souvent mineures.
Le conflit organisationnel	• Causé par une opposition relative à l'organisation de l'entreprise. • Entraîne souvent des changements dans l'organisation.
Le conflit (social) collectif	• Exprime le mécontentement des salariés au sein de la société et donc une opposition entre deux groupes sociaux de niveau hiérarchique différent. • Se traduit parfois par une grève des salariés. • Conflit important nécessitant dialogue et parfois intervention d'une tierce personne.

4 Les sources de conflits

- On distingue plusieurs sources de conflits :

Le conflit d'identité	Deux ou plusieurs individus s'opposent sur leurs qualités personnelles.
Le conflit d'idéologie	Il repose sur les croyances, la façon de penser des individus qui composent le groupe et qui peuvent avoir des points de divergence forts.
Le conflit d'intérêt	Il apparaît lorsqu'une personne se sent menacée sur un avantage particulier qu'elle possède.
Le conflit de pouvoir	Il fait apparaître une mauvaise définition ou répartition des rôles des individus. Le flou entraîne un conflit entre les personnes qui se sont attribuées des tâches.

19 La gestion des conflits et leur dépassement

Des outils sont au service de l'organisation pour tenter de prévenir les conflits. Néanmoins, lors de l'apparition d'un conflit, le rôle des dirigeants est de tout mettre en œuvre pour résoudre et dépasser cet état. La résolution d'un conflit peut permettre de resserrer les liens entre les membres de l'organisation.

1 Les acteurs dans les conflits

• **Les négociations lors d'un conflit se font généralement entre la direction et les instances représentatives du personnel :** le Comité social économique et/ou les organisations syndicales. **Le recours à un médiateur est parfois nécessaire** pour jouer le rôle d'arbitre.

2 La gestion et la résolution des conflits

• La gestion et la résolution des conflits peuvent prendre la forme de solutions individuelles ou collectives. Afin de prévenir les conflits, **l'organisation peut effectuer une veille sociale interne** (appelée « analyse du climat social ») en étudiant les indicateurs sociaux. Elle permet de mesurer la qualité des relations entre les salariés et l'entreprise et entre les salariés eux-mêmes.

A Les solutions individuelles

• Lors des conflits en entreprises, les membres de la direction comme les salariés peuvent adopter différents comportements.

Comportements de fuite		Comportements positifs	
L'évitement	**L'acceptation**	**La coopération**	**Le compromis**
La personne remet la conversation à plus tard.	La personne accepte sans être convaincue.	Il y a une volonté de négocier, de discuter.	Des concessions sont réalisées pour trouver une solution convenant à la majeure partie des individus.

• Face à ces comportements, les managers doivent faire preuve d'écoute, d'empathie, respecter les opinions parfois divergentes et être vigilants quant à la compréhension des propos tenus.

B Les solutions collectives

• **Les solutions collectives sont encadrées par la loi** et prennent les formes suivantes :

Solution à l'amiable	**La conciliation :** l'entreprise fait appel à une commission en vue de rechercher une solution amiable. Cette alternative est souvent inscrite dans les conventions collectives ou les accords de branche. La phase de négociation peut se traduire par un procès-verbal de conciliation ou de non-conciliation.
Solution intermédiaire	**La médiation :** intermédiaire entre la conciliation et l'arbitrage. Le médiateur est désigné par les acteurs du conflit ou par les autorités administratives. Il procède par un questionnement au sein de l'entreprise avant de proposer des solutions. Les parties ne sont pas obligées d'accepter les propositions. Cette démarche peut se traduire par un procès-verbal d'accord ou de désaccord.
Solution imposée	**L'arbitrage :** phase appliquée en cas d'échec des deux précédentes. Les solutions proposées par l'arbitre sont imposées et non négociables.

20 Le dialogue social

Les intérêts des membres de l'organisation sont différents et, grâce aux échanges, il est possible de les satisfaire. Cette satisfaction est nécessaire et revêt un enjeu important puisque la performance de l'organisation est engagée.

1 Définition

- **Le dialogue social est l'ensemble des interactions et échanges entre la direction, les salariés et les représentants du personnel (CSE et représentants syndicaux).**

2 Les formes et le contenu du dialogue social

- **Le dialogue social peut être formel**, mis en œuvre à travers des réunions prévues par la loi, **et informel**, dans le cadre de groupes de travail, de projets d'entreprise.
- **Les réunions peuvent être régulières** (récurrentes) **ou ponctuelles** (programmées en fonction des besoins et évènements de l'entreprise).
- **Le dialogue social est encadré par la loi et la fréquence des réunions formelles sont fonction de la taille de l'organisation.**

Taille de l'entreprise	Fréquence des réunions
Moins de 50 salariés	• Au moins une fois par mois. • En cas d'urgence, les interlocuteurs concernés sont reçus à leur demande.
Plus de 50 salariés	• En général, 6 réunions par an dont 4 ayant pour thèmes la santé, la sécurité et les conditions de travail. • Réunion du CSE en cas d'accident ayant entraîné ou ayant pu entraîner des conséquences graves ou en cas d'évènement grave, ayant porté atteinte ou ayant pu porter atteinte à la santé publique ou à l'environnement. • Une réunion extraordinaire du CSE peut être organisée à la demande motivée de deux de ses membres, dans le domaine de la santé et de la sécurité.

- Lors des réunions formelles, les personnes conviées sont le médecin du travail, le responsable santé/sécurité et trois collaborateurs de l'employeur qui siègent au CSE.
- L'organisation des réunions doit respecter une procédure bien définie :

– 3 jours avant minumum : convocation des participants avec annonce de l'ordre du jour ;
– jour J : signature de la liste d'émargement ;
– après la réunion : rédaction et diffusion du compte-rendu et du procès-verbal.

Testez-vous !

Corrigé p. 212

Retrouvez la proposition correcte :

a) le dialogue social est l'ensemble des interactions et échanges entre les salariés et les syndicats.
b) le dialogue social correspond à l'ensemble des interactions et échanges entre la direction, les salariés et les représentants du personnel (CSE et représentants syndicaux).
c) le dialogue social est l'ensemble des interactions et échanges entre la direction et les représentants du personnel (CSE et représentants syndicaux).

21 Les éléments et les indicateurs de dialogue social

Le dialogue social prend appui sur des documents liés aux réunions tenues entre les membres de l'organisation et sur l'identification et l'analyse d'indicateurs quantitatifs et qualitatifs de natures économique et sociale. Ces indicateurs sociaux sont regroupés dans **un tableau de bord social** qui sert de base à l'élaboration du bilan social. Ces indicateurs peuvent également provenir de données issues du système d'information de gestion des ressources humaines de l'organisation.
Dans les entreprises de plus de 50 salariés, ces éléments sont consignés dans une base de données économiques et sociales.

1 Les documents du dialogue social

- À la suite des réunions tenues dans le cadre du dialogue social, un **compte-rendu** et un **procès-verbal** doivent être établis afin de consigner les éléments et de les diffuser.

RÉUNIONS

Compte-rendu

Document interne qui rappelle les thèmes abordés pendant une réunion :
- pour garder une trace des informations entre les réunions ;
- pour les diffuser à ceux qui n'ont pas pu assister à la réunion.

Procès verbal

Document officiel, obligatoire pour les réunions du CSE :
- établi après la réunion ;
- approuvé par les participants et signé par le responsable de la réunion ;
- utile pour la négociation des accords collectifs.

2 Le tableau de bord social

- **Le tableau de bord social est un véritable outil de pilotage qui présente un ensemble d'indicateurs** concernant principalement l'emploi, les rémunérations, les conditions de travail au sein de l'organisation sur une période de trois ans.
- **L'analyse de ces données permet de dégager des tendances, de faire ressortir des éléments importants et d'en chercher les causes.**
- Réalisé à l'aide de logiciels spécialisés et/ou d'un tableur, le tableau de bord se présente sous la forme suivante :

Indicateurs	N	N–1	N–2	Appréciation	Variation

Appréciation : ↗ ↘ →   Variation : Chiffrée = indique l'écart

• Pour faciliter la lecture et visualiser les résultats, les tableaux de bord peuvent ensuite être traduits en graphiques. Le choix du graphique dépend de ce que l'on veut démontrer : répartition ou évolution.

L'histogramme	Il permet de comparer des valeurs.
Le graphique en secteurs	Il permet de montrer des proportions. Il faut alors traduire les données en pourcentages.
Les courbes	Elles permettent de représenter les tendances dans le temps.

3 Le système d'information de gestion des ressources humaines

• **Le système d'information de gestion des ressources humaines (SIGRH) est un ensemble de logiciels dédiés,** qui peut comporter un ERP (*Enterprise Resource Planning*) ou PGI (progiciel de gestion intégré). Il facilite la gestion et le suivi quotidien de l'ensemble des informations et des opérations liées au RH.

• **Le SIGRH permet d'automatiser l'ensemble des processus de gestion des ressources humaines.** Il est composé de plusieurs logiciels interconnectés couvrant les différents champs des ressources humaines (gestion administrative, paie, formation, recrutement, rémunération).

4 La base de données économiques et sociales

• **La base de données économiques et sociales (BDES) ou « base de données unique » (BDU) rassemble les informations relatives aux grandes orientations économiques et sociales de l'entreprise** et est mise à disposition des représentants du personnel dans les entreprises dont l'effectif est supérieur à 50 salariés.

• Elle contient des informations confidentielles telles que :
– les données économiques et financières de l'entreprise ;
– les données relatives à l'investissement social, matériel et immatériel ;
– les données concernant l'égalité professionnelle entre hommes et femmes ;
– la politique de rémunération ;
– les activités sociales et culturelles financées par l'entreprise.

• **Cette base de données sert à préparer la réunion annuelle du CSE au cours de laquelle seront évoquées les orientations stratégiques de l'entreprise et leurs conséquences.**

Testez-vous !

Corrigé p. 212

1 **Quels principaux domaines les indicateurs présents dans le tableau de bord social couvrent-ils ?**

2 **La base de données économiques et sociales est obligatoire pour toutes les organisations.**
☐ Vrai ☐ Faux

22 Le bilan social

L'ensemble des éléments du dialogue social alimente un document officiel nommé le « bilan social ». Ce document de synthèse est diffusé aux partenaires de l'organisation.

1 Définition

• **Le bilan social est un document qui regroupe l'ensemble des données chiffrées permettant d'avoir une vision globale des conditions sociales d'une entreprise sur une période de 3 ans.**

• L'élaboration d'un bilan social annuel est obligatoire dans les organisations de plus de 300 salariés.

2 Le contenu du bilan social

• **Ce document de synthèse contient les principaux indicateurs chiffrés permettant une comparaison avec les années précédentes. La base de ce document vient du tableau de bord social** réalisé en amont par l'organisation.

• Ce document, structuré en sept chapitres, indique les indicateurs en fonction de la spécificité de son activité. Les indications sont commentées et peuvent être présentées visuellement pour plus de lisibilité. La présentation des chiffres de manière visuelle se fait à l'aide de graphiques.

• Les **rubriques du bilan sociales** sont les suivantes :

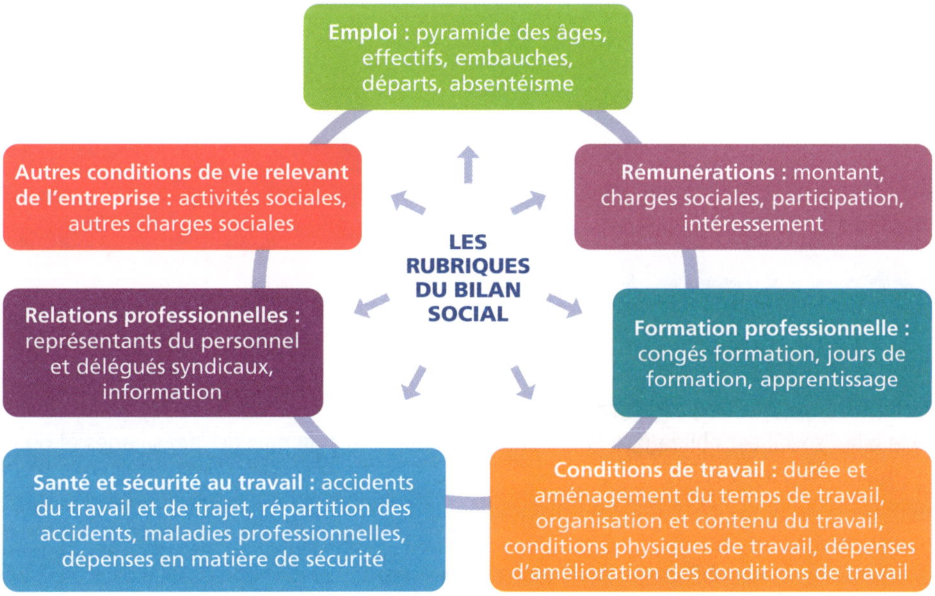

Exemples d'indicateurs incontournables du bilan social

- Effectifs des salariés par type de contrat, par tranche d'âge, par sexe.
- Nombre de salariés ayant le statut de cadre ou non cadre.
- Pourcentage d'augmentation de salaire par catégories de salariés.
- Nombre d'accidents du travail.
- Nombre d'heures de formation accordées par catégories de salariés.
- Évolution du pourcentage d'hommes et de femmes dans les différentes catégories de salariés.

3 La diffusion du bilan social

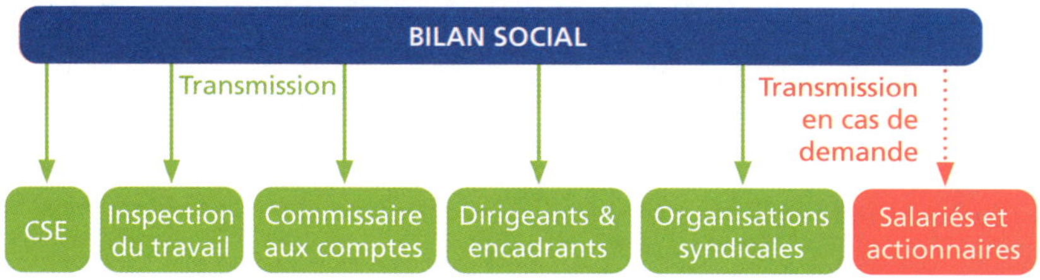

- **Le bilan social est un outil du dialogue social.** Il est présenté au CSE et sert de base de discussion et de réflexion pour les actions à mener en matière de politique salariale.
- Ce document est consulté et analysé par les différents destinataires qui doivent émettre un avis et faire un retour aux dirigeants.
- **Le bilan social est un indicateur du climat social des entreprises.**

À savoir

Le commissaire aux comptes est une personne extérieure à l'entreprise dont le rôle est de contrôler la régularité des comptes annuels établis par l'organisation (dans certaines sociétés uniquement) en réalisant un audit comptable et financier.

Testez-vous !

Corrigé p. 212

1 Indiquez laquelle de ces affirmations est correcte.

a) le bilan social est obligatoire dans toutes les entreprises de plus de 300 salariés et doit être produit tous les 3 ans.

b) le bilan social est obligatoire dans toutes les entreprises de plus de 300 salariés et doit être produit tous les ans.

c) le bilan social est obligatoire dans toutes les entreprises et doit être produit tous les 3 ans.

2 Le bilan social comporte 5 rubriques.

☐ Vrai ☐ Faux

3 Qui sont les destinataires du bilan social ?

23 La négociation collective

La négociation collective ou négociation sociale permet un dialogue avec les partenaires de l'organisation. Ce dialogue permet de montrer la volonté de l'organisation d'instaurer un climat interne serein et donc de renforcer la cohésion entre les membres de l'organisation.

1 Définition

- **La négociation collective correspond à l'ensemble des discussions entre l'employeur et la délégation de chacune des organisations syndicales représentatives des salariés dans le but de conclure des accords** qui viennent compléter le Code du travail ou les conventions collectives. Ce temps fort permet l'optimisation de la gestion des ressources humaines.
- Les accords permettent d'apporter aux salariés un élément de satisfaction lié à une ou plusieurs revendications.
- **Cette négociation doit avoir lieu au moins une fois par an** (sauf si un accord prévoit la négociation tous les 4 ans).

À noter

Les conventions collectives sont des textes qui viennent compléter le Code du travail dans la réglementation des contrats de travail et leur exécution au sein d'un secteur d'activité. Chaque convention collective est rédigée entre les représentants des salariés et les organisations ou groupements d'employeurs. L'employeur doit l'appliquer, sauf cas particulier.

2 Le processus de négociation

- **La négociation se déroule entre l'employeur (ou son représentant) et la délégation de chacune des organisations syndicales représentatives de l'entreprise.**
- Les entreprises peuvent également convier des salariés de l'entreprise en accord avec les organisations syndicales.
- En l'absence de délégués syndicaux, les salariés mandatés en tant que représentants du personnel peuvent jouer un rôle dans la négociation collective en faisant remonter les informations et les attentes des salariés concernant leurs conditions de travail et en participant aux discussions.

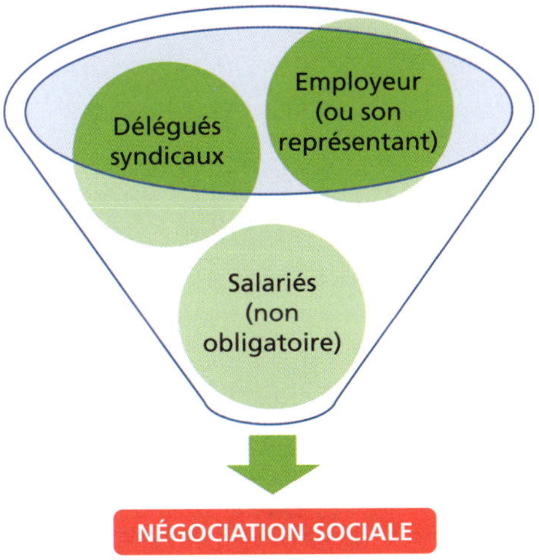

Remarque

Le temps consacré à la négociation sociale est rémunéré comme temps de travail.

3 Les thèmes de la négociation sociale

• **La négociation sociale annuelle porte obligatoirement sur différents thèmes :**

• **L'entreprise peut choisir d'élargir le périmètre de la négociation** pour contribuer à l'amélioration du climat interne et au renforcement de la cohésion dans l'organisation.

• Dans les entreprises de plus de 300 salariés, une négociation sur la gestion des emplois et des parcours professionnels doit également être engagée par l'employeur, au moins une fois tous les 3 ans (sauf si un accord prévoit tous les 4 ans).

4 Les accords de la négociation collective

• Lors de la négociation collective, les différentes discussions aboutissent à des accords.

• On distingue alors les accords de branche et les accords d'entreprise :

Accord de branche	Accord d'entreprise
• Conclu entre un ou plusieurs groupements d'entreprises appartenant à un même secteur d'activité et une ou plusieurs organisations syndicales représentatives. • Porte sur les conditions de travail et d'emploi ainsi que sur les garanties sociales accordées aux salariés. • Permet de compléter la loi par des règles adaptées à une branche professionnelle (entreprises relevant d'un même secteur d'activité : banque, bâtiment, etc.).	• Négocié et signé entre la direction et les représentants des salariés. • Rôle important afin d'adapter les normes collectives aux réalités de l'entreprise. • Peut déroger aux dispositions conventionnelles dans davantage de domaines, en particulier la durée ou les horaires de travail. • Implication des salariés dans le dialogue social.

Testez-vous !

Corrigé p. 212

1 La négociation collective a pour but de négocier les textes du Code du travail.

☐ Vrai ☐ Faux

2 La négociation collective se passe :

a) obligatoirement entre les salariés, les délégués syndicaux et l'employeur (ou son représentant).

b) entre les salariés (si l'employeur et les délégués syndicaux sont d'accord sur ce principe), les délégués syndicaux et l'employeur (ou son représentant).

3 Quelle est la différence entre un accord de branche et un accord d'entreprise ?

24 La communication interne et externe

Les individus, au sein d'une organisation, doivent continuellement échanger entre eux et avec les membres extérieurs à l'organisation. Ils pratiquent une communication interne et externe. Une communication interne et externe, de qualité, est importante afin d'optimiser la gestion des ressources humaines.

1 Définition

- **La communication est l'action d'échanger des informations entre un émetteur et un récepteur.**
- Les différentes composantes de la communication sont les suivantes :

- Cette communication peut être :
– **une communication interpersonnelle** (entre deux personnes) ;
– **une communication de groupe** (entre plusieurs individus) ;
– **une communication de masse** (communication qui s'adresse à un public nombreux).

2 Les différents types de communication

• **La communication est interne lorsque les émetteurs et les récepteurs d'un message font partie de la même organisation.** Cette communication interne peut être formelle ou informelle.

Communication interne

- **Formelle :** officielle, structurée, utile au fonctionnement de l'organisation.
  - **Circulation de l'information formelle**
    - **Descendante :** du supérieur hiérarchique vers les subordonnés.
    - **Ascendante :** des subordonnés vers le supérieur hiérarchique.
    - **Latérale ou horizontale :** entre des salariés de même niveau hiérarchique.
- **Informelle :** non officielle, ne suit pas de règles précises.

• **La communication est dite externe lorsque les émetteurs communiquent avec des récepteurs situés en dehors de l'organisation ou inversement** (ex. : les clients, les fournisseurs, les banques, les administrations, de potentiels candidats à un poste).

3 Les enjeux de la communication

• Que ce soit en interne ou en externe, **la qualité de la communication est primordiale.**
– **En interne**, une communication soignée, claire et transparente permet d'instaurer un climat de travail serein, en toute confiance, et surtout d'éviter les erreurs.
– **En externe**, la communication est la face visible de l'organisation, ce que les récepteurs du message vont retenir. Elle engage donc l'image de l'organisation.

• **Dans la gestion des ressources humaines et dans un souci de transparence, la communication est essentielle**, que ce soit en interne lors du processus de recrutement (grâce aux environnements numériques de travail, aux bourses à l'emploi interne pour favoriser la mobilité, ou encore aux programmes de cooptation), ou en externe (avec la publication, notamment sur Internet, des offres).

> **Exemple :** Lors de la parution d'une annonce pour un poste vacant, la communication doit être de qualité afin d'attirer un maximum de candidats.

Testez-vous !

Corrigé p. 212

1 **La communication est le fait d'échanger un message, entre un émetteur et un récepteur.**
☐ Vrai ☐ Faux

2 **Distinguez communication interne et communication externe.**

3 **Il existe deux types de circulation de l'information informelle.**
☐ Vrai ☐ Faux

25 La marque employeur

La marque employeur est l'**image reflétée par l'organisation en interne et en externe**. Ce concept est apparu en France dans les années 1990 et connaît un véritable développement grâce aux réseaux sociaux.

1 Définition

- **L'identité de l'entreprise** est véhiculée par sa mission, ses métiers, sa culture, son management, ses valeurs, sa politique en matière de ressources humaines, son environnement de travail, etc.
- **La réputation de l'organisation** est alors véhiculée par la **marque employeur**.
- **La marque employeur est le reflet de l'entreprise** auprès de ses salariés, des candidats potentiels aux postes qu'elle propose, des anciens salariés et également auprès des parties prenantes.
- La marque employeur est également influencée par sa e-réputation. Il s'agit de la perception des internautes d'une organisation en fonction des éléments trouvés sur le Web.

2 Les enjeux de la marque employeur

- **Les enjeux de type RH et communication véhiculés par la marque employeur sont nombreux pour les entreprises et se déclinent de différentes manières.**

En interne	En externe
• **Valorisation des salariés** grâce à l'image de l'entreprise pour laquelle ils travaillent *via* la transmission de la bonne image de cette dernière à l'extérieur. • **Développement d'un sentiment d'appartenance** de la part des salariés.	• **Développement d'une réputation**, d'une image de marque différente de celles des concurrents. • **Mise en place d'une communication positive** en matière de ressources humaines permettant de retenir l'attention de candidats potentiels.

- Grâce à la marque employeur, les organisations peuvent **fidéliser leurs salariés** et **attirer de nouveaux candidats**, donc détenir des **compétences distinctives**, ce qui leur permet de devenir **plus performantes**.

3 Les outils de valorisation de la marque employeur

- **Différentes techniques marketing** sont utilisées par les organisations **pour mettre en avant la marque employeur**.

> **Définition**
> ***e-newsletter*** : lettre d'information envoyée par e-mail régulièrement à des abonnés qui sont inscrits sur une liste de diffusion.

EN INTERNE	EN EXTERNE	
	Les réseaux sociaux professionnels	**Communication et marketing**
Les nouvelles technologies permettent aisément la promotion de la marque employeur grâce au site Internet, aux blogs, aux chats, etc.	• Un réseau social professionnel est un réseau social à usage uniquement professionnel. • Les réseaux sociaux professionnels permettent la mise en valeur et les échanges professionnels de leurs membres. • Ex. : LinkedIn, Viadeo.	• La communication digitale contribue au développement de la marque employeur grâce aux *e-newsletters*, par exemple. • Les *e-newsletters* permettent aux organisations de communiquer régulièrement pour informer leurs clients sur les nouveaux produits, les participations à des salons, etc. • Les blogs et *flyers* sont aussi des outils de communication et de marketing utilisés dans ce cadre.

4 Les nouveaux métiers au service de la marque employeur

- La promotion de la marque employeur est faite par les directions (DRH, communication, marketing).
- **Avec l'arrivée du Web, de nouveaux métiers apparaissent pour valoriser la marque employeur sur Internet.**

Le *community manager* (animateur de communautés Web)	**Le *social media manager* (gestionnaire de réseaux sociaux)**
Il gère la e-réputation de la marque grâce aux différentes communications sur les réseaux sociaux et sur Internet afin de la promouvoir.	• Son rôle est de concevoir des plans et des stratégies de communication. • Le *social media manager* gère et assure une veille sur les réseaux sociaux, sur différentes plateformes internet (ex. : les plateformes de résultats ou *webanalytics*). • Il agit en postant sur les réseaux sociaux et réagit aux posts des internautes.

Testez-vous !

Corrigé p. 212

Indiquez si chacune des affirmations suivantes est vraie ou fausse.

	Vrai	Faux
1 La marque employeur et la réputation de l'entreprise n'ont aucun lien.	☐	☐
2 La marque employeur comporte un enjeu uniquement externe.	☐	☐
3 LinkedIn et Facebook sont des réseaux sociaux professionnels.	☐	☐
4 Le *community manager* et le *social media manager* sont des nouveaux métiers apparus pour faire la promotion de la marque employeur.	☐	☐

26 Les différents outils de communication numériques

Dans une organisation, les nouvelles technologies permettent de travailler ensemble, notamment avec des membres qui sont parfois sur des sites différents et éloigné et de diffuser les valeurs et la culture de l'organisation auprès de tous les collaborateurs. Elles peuvent prendre la forme de réseaux sociaux d'entreprise ou d'outils plus traditionnels du travail collaboratif.

1 L'intranet

- **Un intranet est un réseau informatique interne à une organisation**. Un intranet est l'équivalent d'un site Internet propre à l'organisation et accessible uniquement en interne par les membres de l'organisation.
- Il permet aux salariés de **trouver et visualiser les informations, documents et ressources nécessaires à leur mission et d'échanger des informations et des documents dans un espace sécurisé**. L'intranet permet également de **suivre des formations mises en ligne par l'organisation**.
- L'accès à l'intranet d'une organisation est restreint à un groupe défini (qui comprend, le plus souvent, les membres de l'organisation).

2 Les réseaux sociaux d'entreprise

- **Un réseau social d'entreprise (RSE) est un outil qui permet de créer un regroupement de personnes, une communauté de personnes qui font partie d'une même organisation et qui échangent à des fins professionnelles.**
- **Ce système favorise la collaboration et les échanges internes à l'organisation**.
- Les membres de l'organisation ont accès au réseau social d'entreprise. Parfois, des partenaires extérieurs peuvent également avoir un accès au réseau dans le but de faciliter les échanges.
- Les utilisateurs peuvent notamment y travailler plus efficacement en groupe et mener des projets communs plus facilement afin de gagner du temps.
- De manière concrète, le réseau social d'entreprise ressemble à un réseau social classique (Facebook, LinkedIn). Cependant, ses membres sont regroupés en communautés à des fins professionnelles et sont liés par une ou plusieurs plateformes applicatives réunissant a minima les employés de l'entreprise et pouvant s'étendre jusqu'aux partenaires en passant par les clients et les actionnaires.
- Les réseaux sociaux d'entreprise les plus connus sont :
  - *Workplace by* Facebook : Facebook, le géant des médias sociaux, possède sa propre plateforme dédiée aux entreprises : *Workplace* ;
  - *Yammer* : possédé par Microsoft, Yammer est un autre RSE dont l'interface n'est pas sans rappeler Facebook ;
  - *Jamespot* est un réseau social d'entreprise visant à augmenter la productivité des sociétés de toutes tailles.

3 Le travail collaboratif et ses outils

• **Le travail collaboratif est l'ensemble des interactions individuelles des membres d'un groupe dans l'exercice d'un exercice commun.**

• En règle générale, le travail collaboratif **favorise l'efficacité et la créativité d'un groupe** en optimisant la gestion du temps et le partage des ressources.

• Chaque membre du groupe est mis en valeur en fonction de ses compétences et qualités, ce qui développe sa motivation.

• Le travail collaboratif permet à chacun de travailler à son rythme selon les impératifs donnés. La distance n'est plus un problème pour travailler sur un projet commun.

• Le développement d'Internet et des technologies informatiques a permis aux outils collaboratifs de devenir essentiels dans la vie d'une organisation.

• Les outils peuvent prendre différentes formes :

Les plateformes collaboratives	Il s'agit d'espaces de travail virtuels qui regroupent tous les outils liés à la conduite d'un projet en les mettant à disposition des acteurs de l'entreprise.
Les forums	Les forums permettent d'échanger et de communiquer de manière asynchrone (c'est-à-dire à des moments différents) sur un site Web ou sur un service en ligne.
Le chat ou le clavardage	La discussion en ligne, autrement appelée le clavardage, est pratiquée *via* des logiciels de messagerie instantanée.
L'agenda partagé	Un logiciel d'agenda partagé permet de fixer facilement la date, l'heure et le lieu d'une réunion sans consulter un à un les participants. Il est accessible à tous les membres de l'organisation.
La visioconférence ou vidéoconférence	Il s'agit d'une association de deux techniques : la visiophonie et la vidéo-téléphonie. Cela permet de dialoguer en se voyant avec plusieurs interlocuteurs situés dans des lieux différents.

• Même si les outils collaboratifs sont favorables pour travailler ensemble, la vie d'une organisation ne peut pas se résumer à du travail uniquement digitalisé. Il est essentiel de conserver des contacts humains pour garder un bon climat social.

Testez-vous !

Corrigé p. 212

1 **Un intranet est-il interne ou externe à l'organisation ?**

2 **Les réseaux sociaux d'entreprise concernent uniquement les membres de l'organisation.**

☐ Vrai ☐ Faux

3 **Quelle est la particularité du forum ?**

Chapitre 1

Énoncé p. 169

1. Les compétences d'un salarié regroupent ses savoirs, ses savoir-être et ses savoir-faire.

• **Les savoirs du salarié** correspondent à ses connaissances théoriques ou pratiques.

• **Les savoir-être du salarié** regroupent les qualités personnelles et relationnelles visibles dans son comportement, dans l'exercice de son activité.

• **Les savoir-faire du salarié** sont le reflet des aptitudes professionnelles ou techniques du candidat qui apparaissent à travers son expérience.

2. La qualification professionnelle d'une personne correspond à sa capacité à exercer un métier ou à tenir un poste.

3. Le parcours professionnel d'un salarié est :

b) uniquement constitué des mobilités professionnelles.

Chapitre 4

Énoncé p. 174

1. Faux : un salarié bien accueilli et bien intégré aura envie de rester dans l'organisation.

2. Vrai

3. Faux : le processus d'intégration se poursuit au-delà de l'arrivée avec un accompagnement et des entretiens réguliers.

4. Vrai

Chapitre 6

Énoncé p. 178

1. Faux : aucun texte ne spécifie le caractère obligatoire de l'entretien annuel.

2. Vrai

3. Faux : il peut également être mené par un collaborateur de l'organisation formé à l'orientation.

4. Faux : le bilan de compétences concerne également les salariés en CDD, les fonctionnaires, les agents non titulaires du secteur public et les demandeurs d'emploi.

Chapitre 7

Énoncé p. 180

1. Non, il peut aussi s'agir de formations dispensées dans des centres de formation.

2. Faux : CPF signifie Compte personnel de formation.

3. c) permet au salarié de suivre une formation certifiante destinée à le faire changer de métier ou de profession.

4. L'employabilité d'un salarié est son aptitude à trouver et à conserver un emploi.

Chapitre 8

Énoncé p. 181

a) Mobilité interne verticale et géographique

b) Mobilité interne horizontale (ou fonctionnelle) et géographique

Chapitre 10

Énoncé p. 184

1. Faux : elles comprennent aussi la pénibilité et les risques liés au travail effectué, ainsi que les horaires ou l'environnement de travail.

2. Il s'agit des facteurs environnementaux, sociaux, psychologiques et organisationnels.

3. Faux : ils concernent aussi l'entreprise.

Chapitre 11

Énoncé p. 186

1. c) l'entreprise, les salariés, le CSE et d'autres organismes externes.

2. Faux : l'employeur a l'obligation de mettre en place des actions de prévention, d'évaluer et d'anticiper les risques et de respecter les règles en matière d'aménagement et d'utilisation des locaux. Il a également l'obligation de produire le DUERP qui doit être actualisé au moins une fois par an.

Chapitre 12

Énoncé p. 188

1. Pour que l'accident du travail soit reconnu, le salarié doit justifier de deux conditions :

– le salarié a été victime d'un **fait accidentel** dans le cadre de son **activité professionnelle** ;

– le fait accidentel a entraîné **l'apparition soudaine d'une blessure** (coupure, brûlure, douleur musculaire, etc.).

2. TMS signifie troubles musculosquelettiques.

3. Les risques psychosociaux sont le stress, le *burn out*, le *bore out* et le harcèlement.

Chapitre 13

Énoncé p. 190

1. On peut citer le taux d'absentéisme, le taux de micro-absentéisme, le taux de *turn-over*, le taux de gravité des accidents du travail et le taux de fréquence des accidents du travail.

2. c) [(nombre d'arrivées dans l'année + nombre de départs dans l'année)/2]/effectif total × 100

3. Faux : le micro-absentéisme concerne les absences inférieures ou égales à 2 jours.

Chapitre 15

Énoncé p. 193

1. Faux : la rémunération correspond au salaire de base auquel il faut ajouter les différents avantages et primes, le cas échéant.

2. Les avantages particuliers peuvent être une voiture, un téléphone, une tablette.

3. b) En effet, les primes fixes correspondent aux primes versées pour Noël, les vacances, la naissance, etc.
Les primes variables correspondent aux primes qui fluctuent en fonction des résultats du salarié.

Chapitre 20

Énoncé p. 198

b) le dialogue social correspond à l'ensemble des interactions et échanges entre la direction, les salariés et les représentants du personnel (CSE et représentants syndicaux).

Chapitre 21

Énoncé p. 200

1. Le tableau de bord social est un véritable outil de pilotage qui présente un ensemble d'indicateurs concernant principalement l'emploi, les rémunérations et les conditions de travail au sein de l'organisation sur une période de trois ans.

2. Faux : la base de données économiques et sociales est obligatoire pour les organisations de plus de 50 salariés.

Chapitre 22

Énoncé p. 202

1. b) le bilan social est obligatoire dans toutes les entreprises de plus de 300 salariés et doit être produit tous les ans.

2. Faux : le bilan social comprend 7 rubriques qui sont l'emploi, les rémunérations, la santé et la sécurité au travail, les conditions de travail, la formation professionnelle, les relations professionnelles et les autres conditions de vie relevant de l'entreprise.

3. Il s'agit du CSE, de l'inspection du travail, du commissaire aux comptes, des dirigeants et encadrants, des organisations syndicales et, s'ils le demandent, des salariés et actionnaires.

Chapitre 23

Énoncé p. 204

1. Faux. La négociation collective correspond à l'ensemble des discussions entre les représentants des employeurs et les organisations syndicales représentatives des salariés dans le but de conclure des accords qui viennent compléter le Code du travail ou les conventions collectives.

2. b) la négociation collective a lieu entre les salariés (de manière facultative), les délégués syndicaux et l'employeur.

3. Un accord de branche est conclu entre un ou plusieurs groupements d'entreprises qui appartiennent à un même secteur d'activité et une ou plusieurs organisations syndicales représentatives alors qu'un accord d'entreprise est négocié et signé entre la direction et les représentants des salariés.

Chapitre 24

Énoncé p. 206

1. Vrai

2. Dans la communication interne, l'émetteur et le récepteur se trouvent au sein de la même organisation, alors que dans la communication externe, l'un des deux (émetteur ou récepteur du message) est extérieur à l'organisation.

3. Faux : il y a trois types de circulation de l'information informelle : descendante, ascendante et latérale (ou horizontale).

Chapitre 25

Énoncé p. 208

1. Faux : la réputation de l'organisation est véhiculée par la marque employeur.

2. Faux : la marque employeur comporte des enjeux internes et externes.

3. Faux : seul LinkedIn est un réseau social professionnel.

4. Vrai

Chapitre 26

Énoncé p. 210

1. Un intranet est interne à l'organisation. Il est utilisé par les membres de l'organisation.

2. Faux. Les réseaux sociaux d'entreprise concernent les membres de l'organisation et, parfois, les partenaires extérieurs s'ils y sont invités.

3. Le forum est un outil du travail collaboratif qui permet d'échanger et de communiquer sans que les interlocuteurs soient disponibles en même temps, ce qui s'oppose au *chat via* lequel les deux interlocuteurs échangent en temps réel.

Systèmes d'information de gestion (SIG)

SIG

1 Le système d'information

Le système d'information regroupe **l'ensemble des ressources qui permettent la gestion de l'information au sein d'une organisation**. Chaque organisation le construit donc pour qu'il réponde le mieux à ses besoins. Les technologies du numérique ont fortement contribué à faire évoluer les systèmes d'information des organisations.

1 Le système d'information

- **Le système d'information (SI)** se caractérise :
  - par une **structure organisationnelle**, c'est-à-dire des hommes et des procédures ;
  - par une **structure technique** qui regroupe l'ensemble des éléments techniques permettant de gérer l'information au sein de l'organisation, c'est-à-dire tous les équipements informatiques, logiciels et de télécommunication nécessaires.

L'apport des TIC
L'évolution des technologies de l'information et de la communication (TIC) permet d'améliorer en permanence le système d'information.

- **Le SI a plusieurs fonctions :**

La collecte (acquisition) : Moyens qui servent à recueillir l'information (téléphone, Internet, etc.)
→ **Le stockage** : Supports de stockage (base de données)
→ **Le traitement** : Opérations de transformation des données destinées à fournir une information
→ **La diffusion** : Moyens de diffusion aux acteurs concernés

Exemple
Le système d'information d'un lycée sert à **collecter** les notes grâce à une saisie informatique sur le logiciel Pronote, par exemple. Ces notes sont ensuite **stockées** dans une base de données hébergée sur le serveur de l'éditeur. Le **traitement** permet de calculer des moyennes et d'établir des bulletins qui seront **diffusés** aux enseignants, élèves et parents sur la plateforme ou par voie postale, si besoin est.

- **La qualité des données collectées et produites est essentielle à la performance du SI.**
- **Les critères de qualité d'un SI** sont les suivants :

Exactitude et fiabilité	Authenticité et sincérité des données.
Mise à jour	Actualité des données.
Pertinence et précision	Utilité des données pour le traitement désiré.
Accessibilité	Modalités de classement et d'archivage permettant de retrouver la donnée rapidement.

Exemple
Un formulaire de saisie sur Internet doit satisfaire aux critères de qualité des données demandées pour permettre à l'organisation de disposer d'une information satisfaisante.

2 Les systèmes d'information fonctionnels

• **Un SI fonctionnel** répond aux besoins d'**une fonction précise** de l'organisation (RH, comptabilité, marketing, etc.).

• **Un progiciel de gestion (PGI)** permet d'**intégrer l'ensemble des fonctions** grâce à différents modules (RH, comptabilité, gestion commerciale, paye, etc.). Il permet d'avoir une **gestion centralisée** des données grâce à sa **base de données commune** à tous les modules.

> Remarque
> Un PGI permet de contrôler efficacement la qualité des données.

• Le PGI permet de maintenir l'intégrité des données, c'est-à-dire de garantir le fait que celles-ci ne seront pas altérées. D'autre part, il est conçu pour respecter les règles de confidentialité des données. La base de données unique servant au fonctionnement des différents modules rend possible une traçabilité des données lors de leur circulation au sein du système d'information.

3 Les objectifs et composantes du SI

A Les objectifs du système d'information

• **Les objectifs du SI** se situent à **deux niveaux** :
– **au niveau opérationnel** : il assure la diffusion d'informations permettant le **pilotage** de l'organisation à **court terme** ;
– **au niveau stratégique** : il met à disposition des informations qui permettent de prendre des décisions engageant l'organisation sur le **long terme**.

B Les composantes du système d'information

• La qualité du système d'information et son adéquation aux besoins de l'organisation reposent, notamment, sur le système informatique.

• Ce dernier doit permettre un fonctionnement optimal des processus et assurer la satisfaction des acteurs.

Composante	Éléments
Humaine : acteurs concernés et leur rôle	Les différents acteurs qui interviennent à chaque étape des processus mis en œuvre grâce au système d'information.
Technologique : matériels et technologies utilisés	Les ordinateurs, le réseau et ses éléments, les logiciels et applications utilisés, etc.
Organisationnelle : processus mis en œuvre	Les processus qui formalisent les différentes étapes (actions et acteurs) suivies lors de l'enchaînement de différentes activités.

2 Les processus

Un processus regroupe l'ensemble des activités nécessaires à la production d'un résultat (produit, service ou information). Les activités sont en interaction et s'enchaînent dans un ordre logique.

1 Les types de processus

• On distingue **deux types de processus** :
– **métier** : il s'adresse au client pour lui délivrer un résultat (**ex. :** l'inscription d'un adhérent) ;
– **support** : il ne s'adresse pas directement au client. Il est interne à l'organisation et sert de support aux processus métiers (**ex. :** la paye).

Remarque

Les processus sont très variés au sein des organisations. Ils peuvent concerner l'organisation d'opérations administratives ou encore la production de biens matériels ou immatériels. Ils ont, bien sûr, trait aux activités courantes de l'organisation mais peuvent également être élaborés dans le cadre de projets ou d'opérations ponctuelles.

2 La représentation des processus

• **Le schéma évènement-résultat** permet de représenter les processus suivant des règles précises dans un objectif de communication ou de diagnostic de leur fonctionnement :

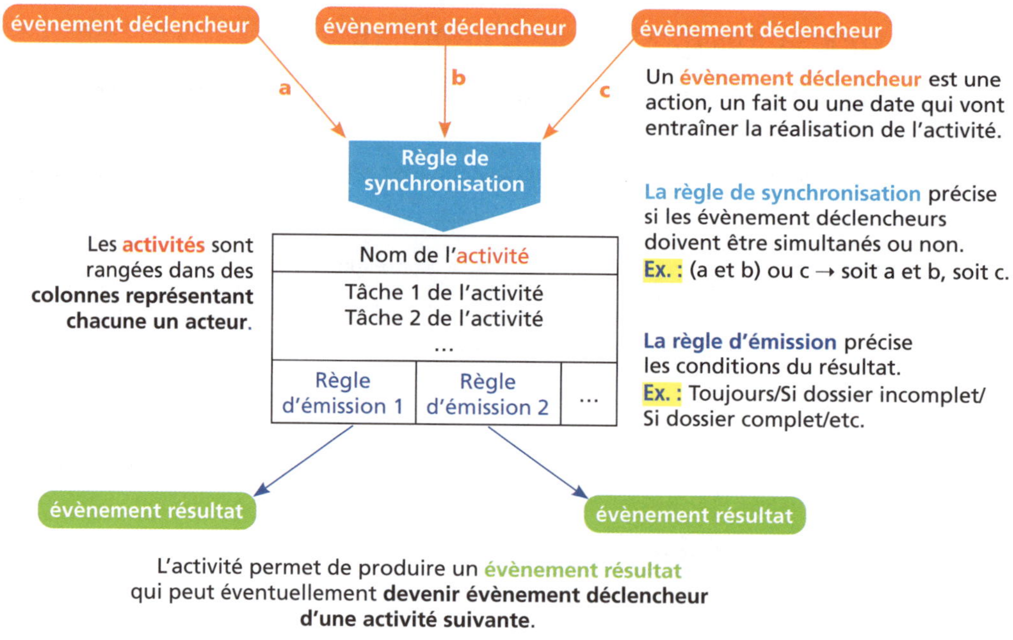

3 Le numérique et la responsabilité des organisations

L'intégration croissante du numérique dans les activités humaines engendre des transformations culturelles, sociales, économiques, environnementales, juridiques et politiques qu'il convient d'identifier pour adopter des pratiques responsables.

1 L'impact de l'intégration du numérique

A L'impact culturel et social

• Les pratiques de consommation ont évolué. Les moyens de communication se sont développés et ont considérablement raccourci les délais entre l'expression d'un besoin et l'acte d'achat. D'autre part, les consommateurs et les citoyens, en général, disposent de moyens d'information et de comparaison plus efficaces et transparents (ex. : comparateurs, moteurs de recherche).

• De nouveaux loisirs sont apparus (ex. : jeux vidéo).

B L'impact économique

• De nouveaux métiers ont vu le jour en lien avec l'univers numérique.

• Les entreprises réalisent des gains de productivité.

C L'impact environnemental

• La dématérialisation permet d'économiser les ressources, notamment en papier.

• Ces technologies sont aussi une source de pollution car les matériaux utilisés pour les produire sont des matériaux rares et souvent difficiles à recycler.

D L'impact juridique et politique

• Les données personnelles et sensibles doivent être protégées.

• Les citoyens interviennent dans la vie politique (ex. : réseaux sociaux, sites Internet, blogs).

2 Les pratiques responsables

• **Encourager la responsabilité sociétale des entreprises (RSE)** fait partie des objectifs de l'Union européenne. Dans le domaine numérique, elle pousse ces dernières à adopter des pratiques respectueuses de l'environnement, socialement et commercialement éthiques.

• Cela se traduit principalement :
- par le respect de l'environnement (ex. : pollution, déchets) ;
- par le respect des droits des salariés et des consommateurs (ex. : droit du travail, vie privée) ;
- par la réalisation d'économies d'énergie ;
- par des achats responsables et raisonnés tenant compte de la durabilité des équipements numériques.

4 La sécurité du système d'information

Assurer la sécurité du système d'information consiste, pour l'organisation, à prévenir les actes de malveillance délibérés ou la négligence. Le SI doit permettre de se prémunir contre les diverses menaces et également observer les dispositions édictées par le RGPD (→ Fiche 35 L'utilisation et la protection des données, p. 71).

1 Les critères de sécurité des données

- Les caractères suivants du système d'information doivent être préservés :
– la disponibilité (données accessibles à tout moment) ;
– la traçabilité (historique du traitement et du cheminement des données) ;
– la confidentialité (accessibilité réservée aux personnes autorisées) ;
– l'intégrité (absence d'altération).

2 Les menaces à la sécurité du SI

Actes de malveillance	Comportements dangereux
Introduction d'un programme malveillant. **Ex. :** le *ransomware* prend en otage les données personnelles ou stratégiques d'une organisation et les restitue en échange d'une rançon.	Effacement de données par maladresse. Introduction involontaire de programmes malveillants.
Accès au SI d'un individu malveillant.	Perte d'identifiants, de mots de passe, etc.

3 La cybersécurité

- **La cyberdéfense** nécessite l'adoption de mesures préconisées par l'Agence nationale de la sécurité des systèmes d'information (ANSSI) :
– l'authentification forte et le chiffrement des communications (cryptage) ;
– l'utilisation d'outils de surveillance du réseau (supervision des réseaux) ;
– celle d'outils de sécurité applicative (logiciels qui contrôlent la sécurité des applications et logiciels) ;
– la mise en place d'anti-logiciels malveillants et d'antivirus ;
– la présence d'un pare-feu qui filtre les communications entre le réseau de l'organisation et Internet.

> **Authentification forte**
> Authentification nécessitant **deux facteurs distincts** (**ex. :** mot de passe et empreinte digitale).

4 La sécurité physique

- **La sécurité physique** porte, quant à elle :
– sur la formation des utilisateurs (guide de bonnes pratiques) ;
– sur la mise en place de procédures et de règles (**ex. :** interdiction des clés USB) ;
– sur la vérification et la réactualisation régulière des droits d'accès ;
– sur le contrôle des accès physiques aux locaux (badges, etc.).

5 Les métiers du système d'information

La recherche de performance dans la gestion du système d'information fait émerger de nouvelles formes d'organisation des ressources et de nouveaux besoins de compétences.

SIG

1 Les métiers de la direction informatique

- **La dimension informatique revêt une importance stratégique** dans les organisations.
- L'équipe dirigeante de l'entreprise, quand sa taille le permet, comprend un DSI (Directeur/trice des systèmes d'information) ou un responsable informatique dont le rôle est de manager les équipes du département informatique.
- Il est responsable du bon fonctionnement du système d'information tant sur les aspects matériels que logiciels. Il peut avoir, le cas échéant, un rôle d'innovation dans une optique de transformation numérique de l'organisation.

2 Les métiers des études et du développement informatiques

- **Les études et le développement informatiques** concernent, d'une part, les missions d'analyse et de surveillance des données provenant du Web et, d'autre part, la mise en œuvre de projets d'applications informatiques depuis la phase d'étude jusqu'à l'intégration dans le système d'information.
- Les métiers relevant de cette catégorie sont extrêmement nombreux. En font notamment partie :
  - **les chefs de projet** chargés de coordonner l'équipe de développement ;
  - **les programmeurs ou développeurs** qui réalisent les applications ;
  - **le consultant *big data*** qui analyse de grandes masses de données.

Zoom sur un nouveau métier en développement : le *traffic manager*

Le *traffic manager* optimise le trafic sur le Web grâce à une maîtrise aigüe des techniques de référencement et à la mise en place de partenariats. Il permet à un site de gagner en visibilité. Il est également en charge de l'animation publicitaire du site.

3 Les métiers des infrastructures informatiques

- **L'infrastructure informatique** est le support matériel et logiciel du système d'information. Les métiers relevant de cette catégorie sont divers. Parmi eux figurent :
  - **l'ingénieur en infrastructure informatique** qui conçoit l'infrastructure du SI (ex. : réseau, logiciels, etc.) ;
  - **le responsable de parc informatique**, chargé de sa sécurité et de la maintenance des installations (ex. : autorisations d'accès, etc.) ;
  - **le responsable de la sécurité informatique** qui veille à la cybersécurité du SI ainsi que sur les mesures de sécurité à adopter sur les sites ;
  - **l'administrateur de bases de données.**

Zoom sur un nouveau métier en développement : l'expert en cybersécurité

L'expert en cybersécurité analyse et prévient les menaces d'intrusion au sein du système d'information de l'organisation. Il doit, pour cela, exercer une veille technologique permanente afin de repérer les nouvelles techniques d'attaques et décider des formes de protection efficaces à mettre en place.

6 L'infogérance

Pour gérer les ressources du système d'information et faire face aux mutations de son environnement socio-économique, l'organisation peut faire appel à des prestataires externes.

1 Le principe

- **L'infogérance désigne l'externalisation appliquée aux systèmes d'information.**
- Les tâches externalisées peuvent être réalisées dans les locaux du prestataire ou bien dans les locaux du client par des équipes du prestataire.
- Ce dernier est qualifié d'entreprise de services numériques (ESN). Il remplit également une mission de veille technologique.

2 Les différentes modalités d'infogérance

- L'infogérance concerne principalement la maintenance d'un parc informatique ainsi que l'hébergement ou l'administration de serveurs.
- Elle concerne aussi les activités de support et de maintenance des applications telles que la maintenance d'un PGI ou d'un service Web au sein de l'organisation.
- Le prestataire héberge des applications utilisées comme des services sur le *cloud*. (→ Fiche 14 L'informatique en nuage, p. 44)

Définition

Télémaintenance : maintenance d'un parc informatique réalisée à distance, grâce à une connexion sécurisée *via* Internet.

3 Les avantages et les risques liés à l'infogérance

A Les avantages

- À l'origine, l'infogérance permettait de **réduire les coûts liés à la gestion du SI.** Aujourd'hui, les clients souhaitent avant tout bénéficier d'un **niveau d'expertise élevé** et d'un **niveau de sécurité optimal**. Ils peuvent, ainsi, **se concentrer sur leur cœur de métier**.

B Les risques

Localisation et protection des données	L'impossibilité de localiser les données dans le *cloud* pose le problème du droit applicable. Ainsi, une organisation européenne peut voir ses données soumises à des traitements qui sont prohibés ou réglementés par le RGPD.
Vulnérabilité de la télémaintenance	L'exploitation de vulnérabilités sur les dispositifs d'intervention à distance peut créer des failles de sécurité qui sont source d'intrusions dans le SI.
Risques de l'hébergement mutualisé	Les mécanismes de séparation des ressources attribuées aux différents clients peuvent connaître des défaillances et cela peut altérer l'intégrité ou la confidentialité des données.
Risques liés aux choix techniques du prestataire	Les contrats sont des contrats types et il est difficile de personnaliser la prestation. Il faut, de plus, rester vigilant sur l'interopérabilité des formats utilisés par le prestataire.
Perte de maîtrise du SI	Plus le prestataire acquiert un certain degré de contrôle des données, plus le client devient dépendant technologiquement de son prestataire.

7 Le tableau de bord opérationnel

L'évaluation des performances de l'organisation passe par l'établissement d'un tableau de bord. Afin d'être opérationnel et efficace, le tableau de bord doit comporter les indicateurs appropriés.

SIG

1 Le choix des indicateurs

- **Les indicateurs** présents dans le tableau de bord, **qu'ils soient quantitatifs ou qualitatifs, dépendent de l'activité de l'organisation et des objectifs qu'elle s'est fixés.**
- Un indicateur doit être avant tout **mesurable et pertinent**, il doit apporter des informations utiles.

Exemple de tableaux de bord	Exemples d'indicateurs
Pilotage de projet	• Temps effectif passé par tâche/objectif. • % d'avancement de la tâche.
Maintenance et exploitation	• Coût/nombre d'utilisateurs. • Fréquence de remplacement d'un type d'équipement. • Délai d'intervention. • Nombre de demandes d'intervention.
Services utilisateurs	• Taux de satisfaction. • Coût moyen d'un incident client. • Nombre de connexions.

2 Le tableau de bord

- **Le tableau de bord** doit faire apparaître des **écarts par rapports à des objectifs fixés initialement** afin de permettre la mise en place d'actions de remédiation.
- Les écarts peuvent s'exprimer de différentes manières :
– un écart brut calculé par une différence de valeurs ;
– un taux de réalisation calculé ainsi : $\frac{\text{réalisé}}{\text{objectif}} \times 100$;
– un taux d'évolution calculé ainsi : $\frac{\text{valeur finale} - \text{valeur initiale}}{\text{valeur initiale}} \times 100$.

> **Remarque**
> Les logiciels de gestion de projet permettent de créer des tableaux de bord.

Exemple de tableau de bord de pilotage de projet

	Avancement (en jours)				Coût (en €)			
	Objectif	Réalisé	Écart	Taux de réalisation	Objectif	Réalisé	Écart	Taux de réalisation
Jacques	20	21	1	105 % (dépassement de 5 %)	10 000	10 700	700	107 %
Samia	10	8	-2	80 % (20 % restent à accomplir)	4 200	3 200	-1 000	76,19 %
…	…	…	…	…	…	…	…	…
Total	**47**	**31**	**-16**	**65,96 %**	**21 700**	**14 700**	**-7 000**	**67,74 %**

8 La démarche de projet

Afin de répondre aux besoins de l'organisation ou de son environnement, les systèmes d'information évoluent dans le cadre de projets nécessitant le pilotage et l'évaluation des ressources mises en œuvre.

1 Les contraintes

• **Les contraintes** concernent la consommation de ressources ainsi que les délais à respecter :

Ressources matérielles	Quelles sont les ressources matérielles à affecter au projet pour assurer un déroulement dans des délais qui permettent de minimiser les ressources humaines ?
Ressources humaines	• Combien de personnes doit-on affecter aux différentes tâches ? • Quelles sont les compétences nécessaires ?
Qualité	• Quelles sont les fonctionnalités à développer ? • Quelles sont les normes à respecter ?
Budget	Quels sont les éléments à prendre en compte pour établir le budget prévisionnel ?
Délais	• Quel est le nécessaire enchaînement des tâches ? • Quelles sont les durées liées ?

• Les contraintes à respecter ainsi que les spécifications du projet sont détaillées dans un **cahier des charges**.

2 Les acteurs du projet

• **On identifie deux types d'acteurs principaux :**
– **la maîtrise d'ouvrage (MOA)** représentée par le client qui n'est pas forcément l'utilisateur ;
– **la maîtrise d'œuvre (MOE)** qui est l'entreprise réalisatrice (ESN) représentée par son **chef de projet** qui veille, entre autres choses, à la coopération entre les membres de l'équipe et à la synchronisation ou la programmation de leurs tâches.

3 La démarche de projet

• **La démarche de projet** suit des étapes précises :

- Étape ❶ : Analyse de la situation et définition des objectifs
- Étape ❷ : Rédaction du cahier des charges par la MOA : spécifications/qualité
- Étape ❸ : Planification des tâches et budgétisation
- Étape ❹ : Mise en œuvre/réalisation
- Étape ❺ : Tests
- Étape ❻ : Livraison/recette (dans le cas d'un projet de développement logiciel ou Web)

Le management par projet

Les organisations ont de plus en plus tendance à fonctionner en structures par projet. Elles privilégient la mise en place de projets plutôt que la définition de processus préétablis. Les organigrammes des organisations deviennent plus dynamiques (moins figés) et évoluent en fonction des différents projets entrepris. De surcroît, la conduite de projets amène les organisations à intégrer des compétences extérieures pour une période définie car le projet permet de gagner en souplesse.

9 La planification et le budget

La conduite d'un projet exige la coordination des acteurs et, de ce fait, la planification de leurs tâches. Il est également important d'évaluer financièrement les coûts afin d'établir un budget.

1 La planification des tâches

• **La planification des tâches** peut être réalisée grâce à la conception d'un **diagramme de GANTT**.

A Le tableau d'antériorité des tâches

• L'analyse de l'enchaînement des tâches donne lieu au **tableau d'antériorité des tâches** qui sert de support à la réalisation du diagramme.

Exemple de tableau d'antériorité

Numéro de tâche	Nom de la tâche	Durée en jours homme (JH)	Tâche(s) antérieure(s)	Nombre de personnes	Durée en jours
1	Démarrage	0	–	–	–
2	Analyse des besoins	5	1	1	5
3	Réalisation de l'application	10	2	2	5
4	Achat du matériel	1	2	1	1
5	Installation du matériel	3	4	1	3
6	Installation de l'application	1	3,5	1	1
7	Test de l'application	6	6	2	3
8	Formation des utilisateurs	2	7	1	2
9	Recette	0	8	–	–

• **Les tâches antérieures** sont les tâches qui doivent impérativement être achevées pour que la tâche suivante puisse débuter.

Exemple
La tâche 6 ne peut débuter qu'après l'achèvement complet des tâches 3 et 5.

• **La durée en jours homme (JH)** représente la durée de la tâche si elle n'est exécutée que par une seule personne.

• **La durée en jours** représente la durée de la tâche, compte tenu du nombre de personnes qui y ont été affectées.

Exemple
La durée de la tâche 3 est de 10 jours homme et est affectée à 2 personnes, soit une durée de 5 jours.

B Le diagramme de GANTT

• **L'enchaînement des tâches** peut être représenté sous la forme d'un diagramme de GANTT. Chaque tâche est représentée par une barre horizontale.

Exemple

	Tâches	Durée	1	2	3	4	5	6	7	8	9	10	11	12	13	14	15	16
1	Démarrage	–																
2	Analyse…	5																
3	Réalisation…	5																
4	Achat…	5																
5	Installation…	1																
6	Installation…	3																
7	Test…	1																
8	Formation…	3																
9	Recette	3																

C Le calcul des marges

• **Certaines tâches possèdent une marge**, c'est-à-dire qu'elles peuvent être prolongées sans que cela n'affecte la date de fin du projet.

Exemple : La tâche 5 possède une marge de 1 jour ; elle peut être prolongée jusqu'à la fin du dixième jour car la tâche 6, qui est la suivante, ne démarre que le onzième jour.

D Le calcul du coût humain

• **Le coût humain** relatif à la réalisation du projet est évalué grâce aux jours homme engagés.

Coût = nombre de JH × coût d'un JH

Exemple : Ici, si le JH vaut 500 €, le coût est : (5 + 10 + 1 + 3 + 1 + 6 + 2) × 500 = 14 000 €.

2 Le budget

• **La budgétisation** du projet doit être prévisionnelle, elle rassemble plusieurs types de coûts :
– les coûts matériels et immatériels ;
– le coût des ressources humaines.

• Les coûts doivent être rangés dans deux catégories distinctes :
– **les coûts d'investissement** qui ne sont engagés qu'une seule fois (ex. : l'achat d'un serveur) ;
– **les coûts de fonctionnement** qui sont récurrents à chaque période (ex. : l'abonnement annuel à un antivirus).

Exemple de budget pour un projet d'investissement réalisé pour 3 ans

Coût d'investissement (en €)

Audit	4 200
Matériel	19 740
Installation et mise en service	23 220
Coût de formation	3 500
Coût des licences	38 250
Total	**88 910**

Coût de fonctionnement annuel (en €)

Abonnement antivirus	1 350
Maintenance du PGI	5 000
Total	**6 350**

Coût total du projet :
88 910 + 3 × 6 350 = **107 960 €**

10 Les bases de données relationnelles

Les organisations sont confrontées à une multitude de données provenant de sources diverses qu'elles doivent gérer. Ces dernières sont principalement mémorisées dans des bases de données.

SIG

1 Qu'est-ce qu'une base de données ?

• **Une base de données (BDD)** peut être considérée comme une collection d'informations organisées afin d'être facilement consultables et manipulables.

• **Une base de données est qualifiée de relationnelle** quand elle met en relation les données entre elles. En effet, il est possible de définir des liens de dépendance entre différentes données.

> **Définition**
> **Systèmes de gestion de bases de données relationnelles (SGBDR) :** logiciels permettant de créer et manipuler des bases de données.

> **Exemple**
> C'est grâce au numéro d'une facture qu'on retrouvera sa date, le montant, etc. Il y a une relation de dépendance entre ces données.

• **Une base de données relationnelle** est constituée de relations que l'on peut représenter par des tableaux ou des tables (→ **Fiche 11**, p. 226).

• Les données sont structurées et organisées de façon logique dans des fichiers appelés « relations » ou « tables ».

> **Exemple**
> La relation CLIENT va rassembler toutes les données relatives aux clients.

• Les données enregistrées dans la base doivent être élémentaires ou décomposables en données élémentaires.

> **Exemple**
> L'adresse doit être décomposée en 4 données élémentaires (numéro et rue, ville, code postal et pays).

2 Les principaux usages

• **Tous les domaines sont concernés par la gestion de bases de données :**
– les entreprises commerciales ;
– les administrations (ex. : impôts, Sécurité sociale, hôpitaux) ;
– la police et la défense nationale ;
– les bibliothèques ;
– les forums et messageries électroniques ;
– les applications mobiles ;
– les moteurs de recherche ;
– les logiciels antivirus, etc.

11 Les relations

Le modèle relationnel comporte des relations. Il a été inventé en 1970 afin de représenter les bases de données de façon théorique, indépendamment des logiciels d'application.

1 Le modèle relationnel

• **Le modèle relationnel ou modèle logique de données désigne une représentation des bases de données relationnelles formalisée comme un ensemble de relations.**

A La structure d'une relation

• **Une relation est un ensemble d'attributs.**

• Par analogie avec un fichier (ensemble de fiches) papier, la relation représente la structuration du fichier.

Exemple de structure d'une fiche client

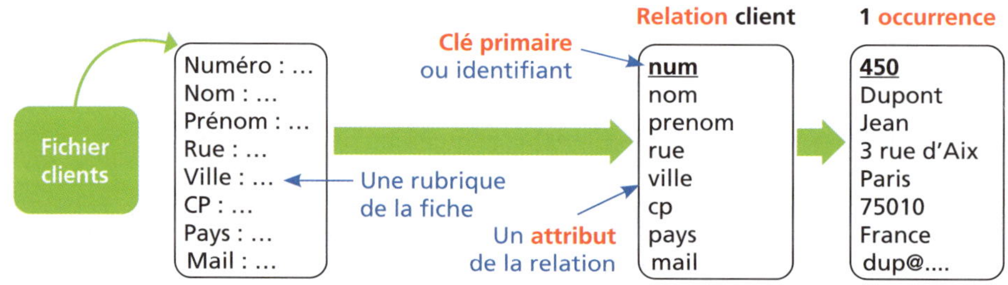

• **Une occurrence est un ensemble de valeurs** correspondant aux attributs de la relation, par analogie l'une des fiches client complétée.

• **La clé primaire** est l'attribut qui permet **d'identifier de façon unique chaque occurrence** de la relation.

Remarque
On évite les majuscules, les accents et les caractères spéciaux pour les noms d'attributs dans une relation.

Exemple : On ne peut pas identifier avec certitude un client avec son nom, son prénom, sa rue, sa ville, etc. Le numéro est un attribut qui prendra une valeur unique (sans doublon) pour chaque occurrence et permettra d'identifier un client de manière précise. Chaque client possède un numéro différent, il n'y a donc pas de doublons.

B La dépendance fonctionnelle

• **La contrainte de clé** existant dans une relation induit une **dépendance fonctionnelle entre la clé primaire et les autres attributs de la relation**.

Relation client

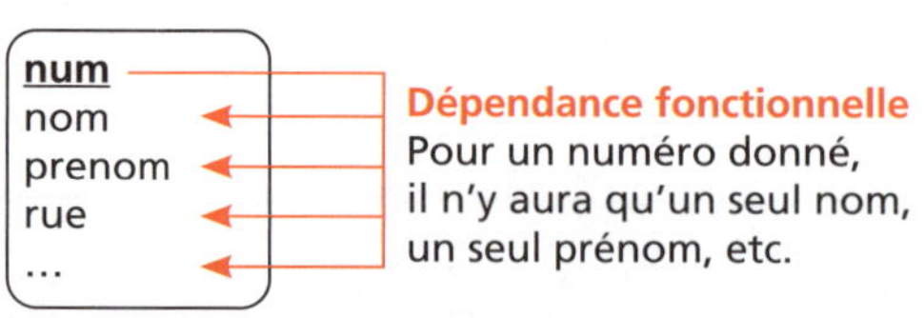

Exemple :
Le numéro de client 450 correspond à :
- un seul nom → Dupont
- un seul prénom → Jean
- etc.

C Le schéma relationnel

- **Le schéma relationnel désigne l'écriture (en ligne) des différentes relations :**

– **Nom de la relation** (clé primaire, attribut 1, attribut 2, etc.).
– **Clé primaire** : nom de la clé.

> **Exemple**
> - Client (num, nom, prenom, rue, ville, cp, pays, mail)
> - Clé primaire : num

2 Le modèle physique de données

- **Le modèle physique de données** représente la base de données quand elle est créée et remplie dans un logiciel de système de gestion de bases de données relationnelles (SGBDR) alors que le modèle relationnel est uniquement un modèle théorique.

A La structure d'une table

- **Une table** est la traduction logicielle d'une relation.

Exemple d'extrait de la table Client

num	nom	prenom	rue	ville	cp	pays	mail
450	Dupont	Jean	3, rue d'Aix	Paris	75010	France	dup@...
451	Taieb	Maurice	5, rue de Nice	Marseille	13007	France	mt13@...
...	...	...	...	...	...	...	...

Une occurrence est une ligne ou un enregistrement.
Un attribut est une colonne ou un champ.
Une valeur

B La contrainte d'intégrité de domaine

- **La contrainte d'intégrité de domaine** s'exerce sur les valeurs des champs. Les champs sont paramétrés avec un certain type et/ou un domaine de valeurs déterminé.

> **Exemples de domaines et de types de valeurs**
> - Le code postal est un entier entre 01 000 et 99 999.
> - Le mail est de la forme xxxx@xxxx.xx

- Ainsi, **le SGBDR exerce un contrôle** lors de l'ajout ou la modification d'enregistrements afin que les valeurs ajoutées respectent l'intégrité de domaine.

> **Remarque**
> L'intégrité de domaine peut être contrôlée à plusieurs niveaux : lors de la saisie de données dans un formulaire, lors de leur traitement dans un programme et lors de leur enregistrement dans la base de données.

12 Les liens entre les relations

Une base de données relationnelles comporte plusieurs relations. Ces dernières sont liées les unes aux autres. L'existence de clés étrangères permet de caractériser le lien entre les relations.

1 Le lien de un à plusieurs

- **Le lien de un à plusieurs (n)** désigne l'existence d'une dépendance entre deux relations.

Exemple de base de données d'un club associatif de football

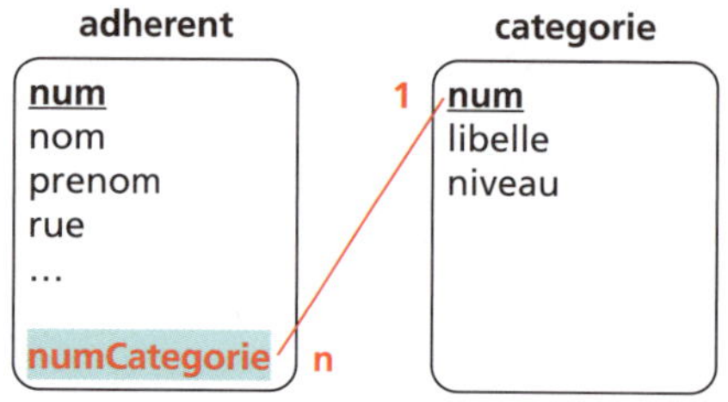

Il existe un lien entre les adhérents et les catégories :
- un adhérent ne peut appartenir qu'à une seule catégorie (de U4 à U19) ;
- une catégorie regroupe plusieurs (n) adhérents.

Il y a donc un lien de 1 à n : 1 catégorie pour n adhérents.

- **Le lien entre les deux relations s'effectue grâce à la mise en commun par les deux relations de la clé primaire se trouvant du côté 1. Elle devient alors clé étrangère dans la relation côté n.**

Exemple de schéma relationnel correspondant

Categorie (num, libelle, niveau)
Clé primaire : num
Adherent (num, nom, prenom, rue, ville, cp, pays, mail, numCategorie)
Clé primaire : num
Clé étrangère : numCategorie en référence à num de la relation categorie

2 Le lien de plusieurs à plusieurs (n à n)

- **Le lien de plusieurs à plusieurs** désigne l'existence d'un lien entre deux relations qui n'ont pas de dépendance directe entre elles.

Exemple de base de données d'un club associatif de football

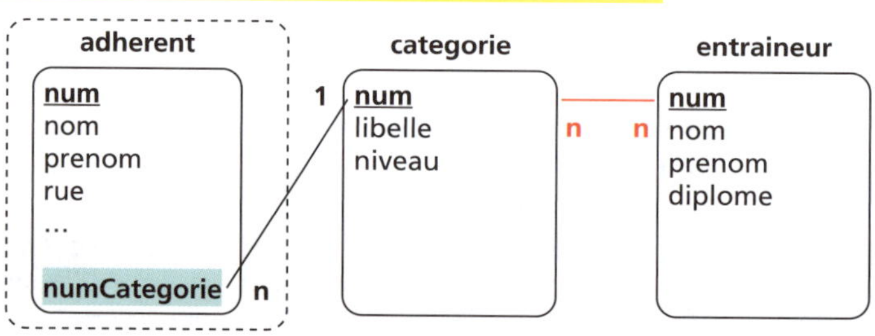

- Une catégorie peut être entraînée par **plusieurs entraîneurs** car cela dépend de la séance et un entraîneur peut s'occuper de **plusieurs catégories**.

- **Il y a donc un lien n à n entre les relations catégorie et entraîneur.**
- **Le lien plusieurs à plusieurs nécessite la création d'une relation intermédiaire dont la clé primaire sera la concaténation (mise bout à bout) des clés primaires des deux premières relations.**

Exemple (suite)

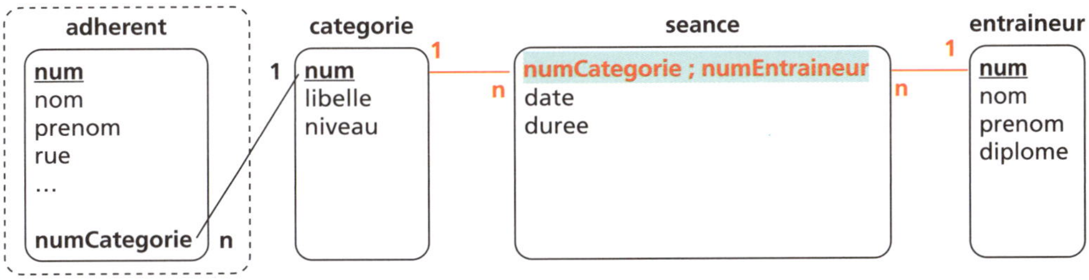

- Une catégorie donnera lieu à plusieurs séances d'entraînement.
- Un entraîneur participera à plusieurs séances d'entraînement.

Remarque

La relation intermédiaire nouvellement créée peut être porteuse d'attributs.

Exemple de schéma relationnel correspondant

Categorie (num, libelle, niveau)
Clé primaire : num
Entraineur (num, nom, prenom, diplome)
Clé primaire : num
Seance (numCategorie ; numEntraineur, date, duree)
Clé primaire : numCategorie ; numEntraineur
Clés étrangères : numCategorie en référence à num de la relation categorie
numEntraineur en référence à num de la relation entraineur

Remarque

Les clés primaires des deux relations sont, à la fois, clés primaires quand elles sont concaténées et clefs étrangères quand elles sont considérées séparément. On peut remplacer la concaténation des deux clés primaires par la création d'une clé primaire spécifique (num). La relation s'écrit alors ainsi :
Seance (num, date, duree, numCategorie, numEntraineur)
Clé primaire : num
Clés étrangères : numCategorie en référence à num de la relation categorie
numEntraineur en référence à num de la relation entraineur

3 La contrainte d'intégrité référentielle

- **La contrainte d'intégrité référentielle** s'exerce sur les valeurs des champs. Elle assure que le contenu de la base de données reste cohérent. L'intégrité référentielle vérifie qu'une valeur de clé étrangère existe bien en tant que valeur de clé primaire dans une autre relation.

Exemple (suite)

La contrainte d'intégrité référentielle refusera la création d'un nouvel adhérent appartenant à une catégorie n'existant pas dans la relation categorie.
La contrainte d'intégrité référentielle refusera la suppression d'une catégorie s'il existe des adhérents y appartenant dans la relation adherent.

SIG

13 Les requêtes de sélection

Un langage de requêtes est nécessaire pour manipuler les données d'une base de données. Le SQL (*Structured Query Language*) est le langage d'accès normalisé le plus utilisé. Les requêtes de sélection permettent d'extraire les données d'une base en fonction de critères prédéfinis.

1 La requête de sélection portant sur une seule table

• **La requête de sélection** permet d'effectuer une projection (extraction) de données :

```
SELECT   nom des champs (attributs) projetés
FROM     nom de la table (relation) concernée
WHERE    critère de restriction 1
AND      critère de restriction 2
AND      ...                          ;
```

> **Définition**
> **Critère de restriction :** critère permettant de poser des conditions afin de sélectionner les enregistrements (occurrences) désirés.

Exemple de base de données d'un club associatif de football

adherent

- <u>num</u>
- nom
- prenom
- dateNaissance
- rue
- ville
- cp

Requête qui permet d'afficher les nom, prénom et date de naissance des adhérents nés après 2015 habitant Marseille :

```
SELECT   nom, prenom, dateNaissance
FROM     adherent
WHERE    dateNaissance >= '01/01/2015'
AND      ville = 'Marseille' ;
```

> **Remarque**
> >= signifie supérieur ou égal.

2 La requête de sélection portant sur plusieurs tables

• **Une requête portant sur plusieurs tables** implique que soient écrites les jointures (ou liens) mises en œuvre dans l'écriture de la requête : table 1.clé primaire = table 2.clé étrangère.

Exemple (suite)

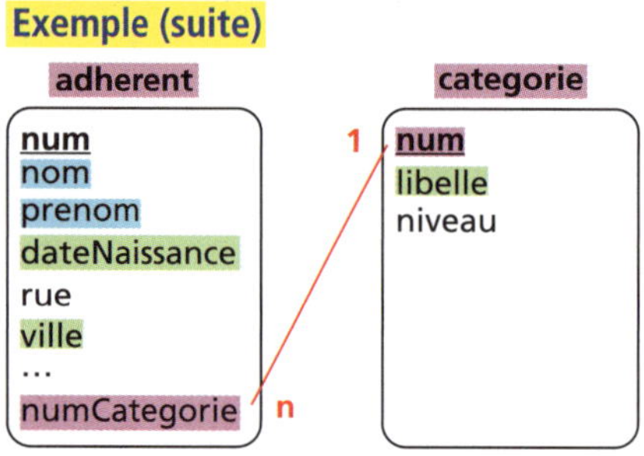

Exemple d'écriture de cette jointure :

Categorie.num = Adherent.numCategorie

Table 1.clé primaire : categorie.num
Table 2.clé étrangère : adherent.numCategorie

Le champ « num » qui est clé primaire dans la table « categorie » est clé étrangère sous le nom « numCategorie » dans la table « adherent ».

Requête qui permet d'afficher les noms, prénoms et dates de naissance des adhérents nés en 2000 et appartenant à la catégorie de libellé 'juniors':

```
SELECT   nom, prenom, dateNaissance
FROM     adherent, categorie
WHERE    categorie.num = adherent.numCategorie
AND      dateNaissance >= '01/01/2000' and dateNaissance <= '31/12/2000'
AND      libelle = 'juniors' ;
```

3 Les opérateurs logiques et relationnels

• **Les opérateurs logiques** permettent de **connecter des critères de restriction** et sont de type « et » et « ou ».

> **Exemples**
> - dateNaissance >='01/01/2015' **and** dateNaissance <= '31/12/2015' : les 2 expressions doivent être vraies.
> - ville ='marseille' **or** ville='paris' : l'une des 2 expressions doit être vraie, le résultat renverra donc les adhérents habitant Paris ainsi que ceux habitant Marseille.

> **Remarque**
> Des fonctions SQL permettent de combiner les opérateurs logiques et relationnels.
> Exemple : **Between** *expression 1* **and** *expression 2* (entre expression 1 et expression 2).

• **Les opérateurs relationnels** permettent **d'effectuer des comparaisons** : = ; > ; < ; >= ; <= ; <> (différent).

4 Les tris et les regroupements

A Les tris

• Les tris permettent d'**effectuer des classements** :

Order by *champ à trier* ASC (croissant) ou DESC (décroissant)

B Les regroupements

• Les regroupements permettent de **grouper les résultats d'après les valeurs du champ choisi**.

Group by *champ choisi pour le regroupement*

5 Les fonctions d'agrégat

• Les fonctions d'agrégat réalisent des calculs sur les valeurs prises par un champ.

Fonction	Signification	Exemple
SUM	Somme de valeurs	`Select sum(montant) from facture` Additionne tous les montants des factures.
COUNT	Compte les enregistrements	`Select count(*) from adherent` Compte le nombre d'adhérents dans la table adherent. (*) désigne chaque ligne de la table adherent. Si on compte le nombre de lignes, on aura le nombre d'adhérents. On peut également compter le nombre de valeurs de la clé primaire dans la table puisqu'elle est unique pour chaque adhérent : count(num)
AVG	Moyenne de valeurs	`Select avg(montant) from facture` Calcule la moyenne des montants facturés.
MIN	Renvoie la valeur minimum	`Select min(dateNaissance, nom, prenom) from adherent` Renvoie la date de naissance, le prénom et le nom de l'adhérent le plus jeune.
MAX	Renvoie la valeur maximum	`Select max(dateNaissance, nom, prenom) from adherent` Renvoie la date de naissance, le prénom et le nom de l'adhérent le plus âgé.

14 Les autres types de requêtes

Le SQL permet non seulement d'interroger la base de données mais également d'agir sur sa structure et les données qu'elle contient.

1 L'ajout de données

• **La requête d'ajout** permet d'ajouter un nouvel enregistrement dans une table.
INSERT INTO *nom de la table (champ 1, champ 2, etc.)* VALUES *(valeur 1, valeur 2)* ;

> **Exemple : Ajout d'un adhérent dans la base de données d'un club de football associatif**
> Insert into adherent (nom, prenom, dateNaissance, rue, ville, cp, mail, numCategorie) values ('Ducret', 'Aurélie','05/02/2014', '67, rue de la liberté', 'Paris', '75019', aurelieduc433@notmail.fr, 'U6')

> **Remarque**
> Le premier champ de la table adherent (num) est la clé primaire. Il ne figure pas dans la requête car il est paramétré comme un champ autoincrémenté, c'est-à-dire que le SGBDR prendra en charge automatiquement la numérotation des nouveaux adhérents.

2 La suppression de données

• **La requête de suppression** permet de supprimer un ou plusieurs enregistrements d'une table.
DELETE FROM *nom de la table* WHERE *critère de restriction 1* AND/OR *critère de restriction 2…* ;

> **Exemple : Suppression de la table adherent de tous les adhérents nés avant 1945**
> Delete from adherent where dateNaissance < '01/01/1945' ;

3 La mise à jour de données

• **La requête de mise à jour** permet de modifier les valeurs d'un ou de plusieurs enregistrements.
UPDATE *nom de la table* SET *mise à jour des champs souhaités* WHERE *critère de restriction 1* AND/OR *critère de restriction 2…* ;

> **Exemple : Exemple Passage en catégorie U9 des adhérents nés en 2011**
> Update adherent set numCategorie='U9' where year(dateNaissance) = '2011' ;

> **Remarque**
> Si on dit dateNaissance = '2011', le SGBDR ne trouvera rien car une date de naissance est sous le format jour/mois/année.
> Il faut préciser que **l'année de la date de naissance** est 2011.
> La fonction YEAR permet d'extraire l'année d'un format de date complet. year(05/03/2020) renvoie par exemple la valeur 2020.
> Il existe également les fonctions MONTH et DAY pour le mois et le jour.

4 Les requêtes de définition de données

• **Les requêtes de définition de données** permettent d'agir sur la structure des tables.
– Création d'une table : CREATE TABLE *nom de la table*
– Suppression d'une table : DROP TABLE *nom de la table*
– Ajout d'un champ : ALTER TABLE *nom de la table* ADD *nom du champ*
– Suppression d'un champ : ALTER TABLE *nom de la table* DROP *nom du champ*

15 Les nouvelles bases de stockage

Les organisations doivent, de plus en plus, gérer des données aux formats multiples. La compréhension et l'analyse des données collectées constituent un enjeu stratégique de performance.

1 Les données massives (*big data*) et les lacs de données

A Les données massives

• **Le *big data* désigne un ensemble extrêmement volumineux de données** qu'il est impossible de traiter avec les outils traditionnels, tels que les systèmes de gestion de bases de données.

• **Les 3 V** caractérisent le *big data* :
- **un volume de données énorme** ;
- **une vitesse de circulation** et une fréquence de création des données très élevées ;
- **une variété de données considérable** dont les origines sont diverses (ex. : transactions, images, messages, publications).

B Les lacs de données (*data lakes*)

• **Les *data lakes* sont des méthodes de stockage des données massives.** Le stockage est flexible et les données possèdent un identifiant unique au sein du *data lake*. Les lacs de données possèdent les caractéristiques suivantes :
- **une capacité de stockage très importante** ;
- **une grande flexibilité**, c'est-à-dire qu'ils intègrent des données de sources diverses et de tous formats sans retraitement préalable, ce qui permet un gain de temps.

> **Remarque**
> Le lac de données se distingue de l'entrepôt de données (*data warehouse*) qui implique une structuration des données plus importante pour leur stockage.

• L'interrogation et l'extraction de données issues d'un lac de données peuvent se faire grâce aux langages connus tels que le SQL.

2 L'analyse de données

• **L'analyse de données s'effectue dans le cadre d'usages variés, qu'ils soient à finalité commerciale ou non.** Le *data scientist* (spécialiste de l'analyse) sélectionne et retraite les données issues du *big data* afin de fournir des modèles :
- **descriptifs** (ex. : les tendances de consommations) ;
- **diagnostics** (ex. : décider de la validité d'un projet d'investissement à l'aide du *big data*) ;
- **prédictifs puis prescriptifs** (ex. : les assurances utilisent ces modèles pour connaître la probabilité de défaillance d'un client et prescrire les meilleures mesures – polices ou clauses spécifiques – en fonction de son profil).

> **Remarque**
> Le *data mining* ou forage de données est à la base de l'analyse prédictive. La mise au point d'algorithmes prédictifs à partir des données du Web permet d'identifier et d'anticiper les tendances.

16 Les programmes informatiques

La **programmation** est l'activité humaine qui permet de faire exécuter des opérations par une machine. L'écriture d'un programme passe par les mêmes étapes que celles décrites dans la démarche de projet (→ Fiche 8, p. 222).

1 Les langages de programmation

• **Le langage machine est le langage binaire (suite de 0 et/ou de 1) qui est le seul langage qui puisse être directement traité par un processeur.**

A Les langages évolués

• **Les langages évolués ou de haut niveau** s'appuient sur le langage machine et proposent une syntaxe de programmation simple qui permet de créer des lignes de code. On distingue :
- **les langages interprétés** qui sont décodés et exécutés instruction par instruction ;
- **les langages compilés** qui sont traduits en langage machine avant leur exécution par un compilateur.

> **Remarque**
> **La programmation orientée objet (POO)** rassemble dans une même entité, désignée « objet », les données et les traitements (méthodes).

B Les langages Web

• **Les langages Web** sont des langages évolués, spécifiquement conçus pour programmer des sites Web. On peut citer le PHP (*hypertext preprocessor*) ou le HTML (*hypertext markup language*).

2 L'architecture client-serveur

• **Lors de la consultation d'un site à distance**, l'utilisateur va se connecter à un site hébergé sur un serveur.

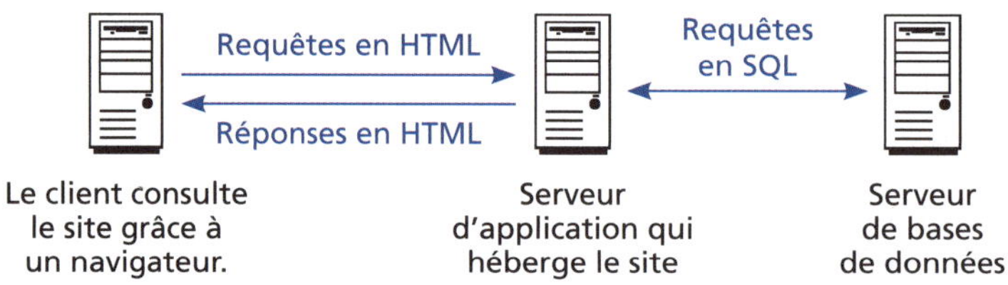

> **Remarque**
> Le serveur d'applications qui héberge des sites programmés en PHP est de type Apache.
> Il interprète le PHP et peut renvoyer une réponse en HTML lisible par le navigateur du client.

3 Les environnements de développement

A Les environnements de développement intégrés (IDE)

• **Un IDE** facilite la tâche du développeur. Il fournit un ensemble d'outils réunis au sein d'une interface unique qui assistent le programmeur dans ses tâches.

> **Remarque**
> **Un *framework* (socle d'application)** est un environnement de développement qui a, en plus, la particularité d'offrir la possibilité de sélectionner des composants logiciels afin de les intégrer dans un programme.

Exemple : Eclipse est un environnement de développement qui, petit à petit, a offert les services d'un *framework*.

B Les interfaces de programmation applicative (API)

• **Une API** est un logiciel qui offre la possibilité d'intégrer à un programme des fonctionnalités déjà programmées dans un autre logiciel. Le développeur ou programmeur peut alors choisir des « briques » de fonctionnalités et les intégrer à son programme.

Exemple : Google Maps offre aux développeurs la possibilité d'utiliser une API. Il suffit d'intégrer au programme une séquence de code vendue par Google qui permet alors d'afficher une carte interactive avec géolocalisation.

• Tous ces outils reposent en partie sur des **bibliothèques**, c'est-à-dire sur un ensemble de composants logiciels et de fonctions mis à la disposition des utilisateurs.

4 Les éléments d'un traitement informatique

A Les variables

• **Les variables** sont des éléments qui servent à stocker une ou plusieurs valeurs (des tableaux de valeurs). Les variables font l'objet d'une déclaration dans la plupart des langages afin de définir leur type.

Type de variable	Description
Entier	Nombre entier
Décimal/flottant	Nombre réel avec décimales
Caractère	Un caractère
Chaîne (*string*)	Plusieurs caractères
Tableau (*array*)	Un tableau à n dimensions
Booléen	Vrai/faux

Exemple en PHP

$age = 17 ;	**Affectation** de la valeur 17 à la variable $age
$age =$age+1 (ou ++$age)	Nouvelle affectation : la valeur contenue dans $age est incrémentée de 1
echo $age ;	Affiche le contenu de $age donc 18
echo « vous avez ».$age. « ans. » ;	Affiche le message « vous avez 18 ans. ». Le point sert à concaténer (assembler) des chaînes de caractères et des contenus de variables pour les afficher ensemble.

Remarque
Le PHP est un langage très faiblement typé. Les déclarations de variables ne sont pas nécessaires. Une variable PHP commence par le signe $.

B Les constantes

• **Les constantes**, à l'inverse des variables, stockent une valeur qui ne changera pas.

Exemple en PHP

echo $perimetre =2*PI*$rayon ;	Affichage du contenu de la variable $perimetre dont l'affectation a été réalisée par un calcul utilisant une variable PI et une constante.

C Les paramètres

• **Un paramètre** est un élément servant à transmettre une information d'une page de code à une autre en la faisant circuler dans l'URL qui est l'adresse de la page (→ **Fiche 22**, p. 242) ou bien en la plaçant comme argument d'une fonction (→ **Fiche 18**, p. 238).

17 Les structures algorithmiques

Une séquence est une suite d'instructions informatiques écrites dans un langage donné. Elle repose sur l'utilisation de **variables**, d'**opérateurs arithmétiques et logiques** ainsi que sur la mise en œuvre de **structures algorithmiques**.

1 L'intelligence artificielle

- Les applications d'intelligence artificielle et la robotisation reposent sur la conception d'algorithmes très évolués et permettent de bénéficier de progrès importants dans de nombreux domaines.
- Ces progrès ne doivent cependant pas s'affranchir d'une réflexion éthique.

2 Les opérateurs

- **Les opérateurs arithmétiques** permettent d'agir sur des valeurs numériques :

+	-	*	/

- **Les opérateurs logiques** permettent d'agir sur les conditions :

et	ou	non
&&	||	!

- **Les opérateurs de comparaison** sont les mêmes que ceux utilisés en SQL (→ **Fiche 13**, p. 230) à l'exception de « égal » qui se note « = = ». En effet, le signe « = » est réservé à l'affectation d'une valeur à une variable.

3 Les principales structures algorithmiques

- **Les structures conditionnelles et itératives** (boucles) permettent d'écrire les séquences d'instruction en utilisant les différents opérateurs.

A Les instructions conditionnelles (tests)

- **Les tests** consistent à effectuer des comparaisons grâce aux opérateurs du même nom.

Structure	Exemples en PHP	
SI – ALORS – SINON IF – THEN – ELSE	if ($revenu > 2000) {$prime = 100 ;} else {$prime = 200 ;}	Si le revenu est supérieur à 2 000 Alors la prime attribuée s'élève à 100 Sinon elle s'élève à 200
SI – ALORS – SINON SI – SINON IF – THEN – ELSE IF – ELSE	if ($revenu > 2000) {$prime = 100 ;} elseif (revenu > 1000) {$prime = 150 ;} else {$prime = 200 ;}	Si le revenu est supérieur à 2 000 Alors la prime s'élève à 100 Sinon si le revenu est supérieur à 1000 (c'est-à-dire compris entre 1000 exclu et 2000 inclus) Alors la prime s'élève à 150 Sinon (c'est-à-dire pour un revenu inférieur ou égal à 1000) la prime s'élève à 200

B Les répétitions (boucles)

• **La boucle bornée** permet d'effectuer un nombre de répétitions déterminé à l'avance grâce à un compteur.

Structure du compteur	Exemple en PHP	

Pour … allant de … à ….
For ($..=… ; $..= … ; $..++)
	For ($i=0 ;$i=10 ;$i++)
	{
	Echo 'voici le nombre'.$i ;
	}
		La boucle va afficher 11 fois « voici le nombre…. » en partant de 0 et en finissant au chiffre 10.

> **Remarque**
> Il existe bien d'autres structures. On peut citer les suivantes :
> **Pour chaque *élément***
> **Faire *instructions***
> (For each … Do …)
> **Faire *instructions***
> **Tant que *condition***
> (Do … While …)
> **Selon choix *cas 1 cas 2* …**
> (Switch … Case … Case …)

• **La boucle non bornée** permet d'effectuer un nombre de répétitions avec une condition de sortie.

Structure	Exemples en PHP	

Tant que condition faire
While condition … do
	$i = 0 ;
	while ($i <11)
	{
	Echo 'voici le chiffre'.$i ;
	$i = $i+1 ;
	}
		La variable $i est initialisée à 0.
		Tant que $i est inférieure à 11
		Alors écrire « voici le nombre… »
		Et incrémenter le nombre de 1.
		La sortie de la boucle se fait quand le nombre atteint 11.

Exemple

Utilisation de la structure « tant que » dans le cas de l'affichage du résultat d'une requête en SQL qui permet de sélectionner le numéro (id), la désignation et le prix d'articles enregistrés dans une table « article » :

Séquence de code en PHP	Explication
$requete = 'SELECT id, designation, prix FROM article';	La variable $requete contient une requête permettant de sélectionner le numéro, la désignation et le prix des articles.
$connexion = connecter();	La variable $connexion permet d'appeler la fonction connecter() qui contient les informations de connexion à la base de données.
$resultat = mysqli_query($connexion, $requete);	La requête est exécutée et le tableau de résultats (ensemble de lignes) est stocké dans la variable $resultat.
$ligne = mysqli_fetch_assoc($resultat);	La première ligne du tableau est extraite et stockée dans la variable $ligne.
while ($ligne)	Tant qu'il existe des lignes
{	
echo $ligne['id'];	Afficher le numéro
echo $ligne['designation'];	Afficher la désignation
echo $ligne['prix'];	Afficher le prix
$ligne = mysqli_fetch_assoc($resultat);	La ligne suivante du tableau est extraite et stockée dans la variable $ligne.
}	Fin du tant que (la boucle est exécutée tant qu'il y a des lignes)

18 Les fonctions

Une fonction est un sous-programme indépendant du programme principal permettant d'obtenir un résultat. Elle engendre un gain de temps car elle évite de devoir réécrire le code correspondant et est réutilisable.

1 Le principe d'une fonction

Argument(s) correspondant au(x) paramètre(s) d'entrée de la fonction → FONCTION → Action effectuée ou valeur(s) retournée(s)

• Une fonction peut intégrer différentes actions à effectuer comme la connexion à une base de données ; elle peut également comporter des **formules de calcul**.

Remarque
Une fonction n'a pas nécessairement besoin de paramètres d'entrée.

Syntaxe en PHP

Écriture de la fonction	Appel de la fonction

function *nom* (*paramètres*) {
Instructions ;
return *$resultat* ;
}
	Nom (paramètres) ;
	
	Le résultat de la fonction peut être stocké dans une variable.
	$variable = nom (paramètres) ;

2 Les fonctions prédéfinies

• Les langages informatiques possèdent un nombre important de **fonctions prédéfinies** regroupées dans des **bibliothèques de fonctions** disponibles pour les utilisateurs.

Exemples

• Une fonction qui crypte des mots de passe : $mdpcrypt = crypt ($mdp) ;
La fonction crypt comporte un paramètre d'entrée qui est le mot de passe à crypter. Ici, l'argument est $mdp (la variable contenant le mot de passe non crypté) et le résultat (mot de passe crypté) est stocké dans $mdpcrypt.

• Une fonction qui démarre une session : Session_start() ;
La fonction session_start permet de démarrer une session pour l'utilisateur connecté, c'est-à-dire de créer une période délimitée durant laquelle l'utilisateur pourra interagir avec le serveur d'application. Elle n'a pas de paramètre d'entrée.

3 Les fonctions personnalisées

• **Une fonction personnalisée est créée par le développeur pour des besoins spécifiques.**

Exemple

Une fonction qui calcule le nombre de points de fidélité acquis par un client avec, comme paramètre d'entrée, le montant des achats et comme valeur retournée le nombre de points de fidélité.

19 L'information dématérialisée

Une part importante de la vie d'une organisation et de ses échanges avec son environnement se traduit par la production et la circulation d'informations sous différentes formes qu'il convient de gérer.

1 L'information numérique

• **L'information numérique** provient de sources très diverses : documents, courriels, pages web, etc.

• **Les organisations** sont, de plus, amenées à numériser de nombreuses informations provenant de sources papier ou analogiques à des fins de conservation et de mise à disposition (ex. : la numérisation de films par l'Institut national de l'audiovisuel ou d'ouvrages par les Archives nationales).

2 La structuration et la gestion du contenu documentaire

A Les hyperliens

• **Un lien hypertexte** ou **hyperlien** est une référence existant dans un document qui pointe vers un autre élément textuel ou multimédia. Il facilite les recherches et la consultation.

B L'indexation et le référencement

• **Les métadonnées** sont des étiquettes associées à un contenu. Ce sont des mots-clés significatifs d'un document. Il s'agit notamment de balises méta-insérées dans les en-têtes de pages Web qui permettent aux **moteurs de recherche** de retrouver le document. Ces derniers vont parcourir les documents existants sur le Web et recueillir les métadonnées afin de les conserver et de les classer. Il s'agit d'un processus d'**indexation**.

• **Le référencement** est complémentaire à l'indexation. Il consiste en une démarche volontaire de la part du gestionnaire du site. On distingue le **référencement naturel** (*Search Engine Optimisation*) du **référencement payant** (*Search Engine Advertising*). En effet, le référencement naturel consiste à associer des mots-clés (balises méta) au contenu de son site dans un module dédié du moteur de recherche dans le but de faire apparaître le site en bonne position lors de recherches associées à ces mots-clés. Le référencement payant est, quant à lui, une forme de publicité qui consiste en l'achat de mots-clés auprès de moteurs de recherche. Ces derniers vont alors garantir un positionnement favorable au site (dans les premières positions des résultats ou dans un espace spécifique aux annonces) en cas de recherche.

C La syndication de contenu Web

• **Les organisations souhaitant mettre à disposition du contenu** peuvent également proposer des flux RSS (*Really Simple Syndication*) qui sont des flux d'informations proposés dans un format spécifique (XML, → Fiche 20, p. 240). La presse digitale propose des **flux RSS** thématiques qui permettent de rapatrier les informations dans des logiciels spécifiques appelés **agrégateurs de flux**.

20 Les langages de balisage

Une structuration standardisée des documents à l'aide de langages de balisage facilite la circulation et le traitement de l'information.

1 L'apport des langages de balisage

A La description de données

• **La structure des documents** est décrite à l'aide de **balises** (tags). Les programmes informatiques pourront alors traiter automatiquement l'information contenue dans les balises.

B L'interopérabilité

• **L'universalité des langages de balisage** leur permet d'être compris par tous les systèmes d'exploitation et toutes les applications. Les informations sont alors facilement transférables.

Exemple : Le fonds documentaire d'une bibliothèque peut être transmis à des partenaires externes qui n'utiliseront pas les mêmes systèmes de gestion de bases de données, grâce à l'utilisation du langage de balisage XML.

2 Les principaux langages de balisage

A Le HTML

• ***L'hyper text markup language*** est le langage de balisage utilisé pour structurer les pages Web. Il fonctionne en association avec des **feuilles de styles** (*cascading style sheets*) qui précisent la mise en pages.

B Le XML

• ***L'extensible markup language*** est le langage le plus répandu et permet principalement de transmettre le contenu de bases de données d'un système ou d'une application à l'autre.

Exemple : Interface d'une application permettant de connaître la météo des plages et divers renseignements

Document XML correspondant

```
< ?xml version= ˝ 1.0 ˝ encoding= ˝ UTF-8 ˝ ?>
<marseille>
<temperature>22°C</ temperature >
<hauteur_de_vague>0.2m</hauteur_de_vague>
<vitesse_du_vent>3km/h</vitesse_du_vent>
<plage>
<nom>Pointe Rouge</nom>
<zone_surf>Non</zone_surf >
<animaux_autorises>Non</animaux_autorises>
<toilettes_publiques>Oui</ toilettes_publiques >
</plage>
<plage>
...
</marseille>
```

21 Les types de réseaux

Un réseau informatique est un ensemble d'équipements et de logiciels installés dans le but de faire communiquer des ordinateurs entre eux. Les premiers réseaux informatiques sont apparus dans les années 1960.

SIG

1 L'étendue géographique

- Il est possible d'utiliser le critère de l'**étendue géographique** pour classifier les réseaux :

LAN (***local area network***)	**Le réseau local** est circonscrit à un même lieu géographique. **Exemple :** le réseau d'un établissement scolaire.
WAN (***wide area network***)	**Le réseau étendu** couvre des sites géographiquement distants. Il réunit plusieurs réseaux locaux au sein d'un réseau unique grâce à du matériel d'interconnexion spécifique ou à la mise en œuvre d'un réseau privé virtuel (VPN : *virtual private network*). Une liaison VPN est une liaison sécurisée par chiffrement sur Internet. Ce type de communication est utilisé pour relier des réseaux entre eux afin qu'ils se comportent en réseau unique. **Exemple :** les différents points de vente ainsi que le siège d'une grande enseigne nationale sont interconnectés et forment un même réseau.
MAN (***metropolitan area network***)	**Le réseau métropolitain** s'étend à l'échelle d'une ville. **Exemple :** Paris wifi, le réseau de la ville de Paris, est disponible dans les parcs, jardins publics, mairies, musées, etc.

Remarque

Internet est le réseau informatique mondial constitué de l'ensemble des réseaux interconnectés entre eux. Un réseau local n'est pas forcément relié à Internet. On parle alors d'**intranet**.

2 La décentralisation du réseau informatique

- **La centralisation du système d'information**, c'est-à-dire le regroupement des serveurs de données et d'applications sur un même site, dépend des caractéristiques de l'organisation. En effet, elle comporte certains avantages mais également des contraintes.

Avantages	Contraintes
• Économies d'échelle. • Mutualisation des ressources. • Unicité de l'information. • Intégrité des données.	• Nécessité de veiller à la disponibilité. • Manque de souplesse du système.

- **L'architecture réseau décentralisée** permet, quant à elle, une plus grande proximité des utilisateurs avec l'information utile mais exige des mécanismes de synchronisation (pour le partage de l'information) entre les sites pour garantir l'unicité de l'information. La modification d'une information sur un site doit, par exemple, être répercutée sur l'ensemble du réseau.

- Les systèmes décentralisés sont généralement plus résistants aux attaques car ils ne possèdent pas de point unique de défaillance.

22 L'architecture d'un réseau

Un réseau s'appuie sur une infrastructure et des protocoles de communication. Le choix de l'architecture doit tenir compte des besoins de communication des utilisateurs du système d'information mais aussi satisfaire les exigences de sécurité (→ **Fiche 4**, p. 218).

1 La topologie des réseaux

• **La topologie** correspond à l'organisation des liaisons entre les différents matériels du réseau.

Principaux types de topologie

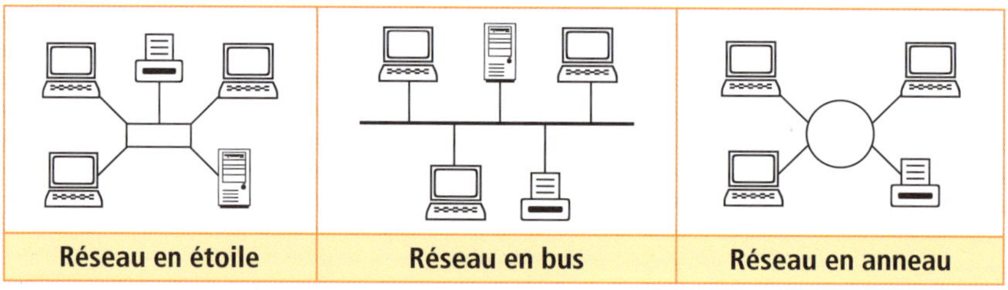

2 L'infrastructure d'un réseau

• **Le réseau en étoile est le plus courant.**

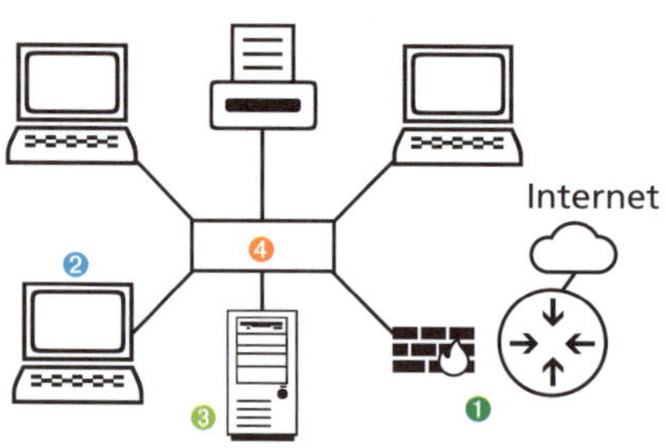

❶ **Le routeur** est un matériel qui permet de connecter le réseau à d'autres réseaux ou à Internet. Il peut s'accompagner d'un pare-feu (*firewall*) qui est un élément matériel ou logiciel permettant de filtrer le trafic afin de bloquer les éléments non sécurisés.
❷ **Le poste client** est un terminal mobile ou non (ordinateur, smartphone, etc.) relié au réseau.
❸ **Le serveur** permet de stocker des données ou des programmes afin de les mettre à disposition sur le réseau.
❹ **Le commutateur** (*switch*) est un matériel d'interconnexion qui oriente le trafic entre les différents éléments du réseau.

• On distingue les **intranets**, qui sont des réseaux internes aux organisations, des **extranets** qui sont ouverts sur Internet. Internet est l'ensemble des réseaux extranets interconnectés.

3 Les protocoles de communication

• **Un protocole est un ensemble de règles de communication qui permet aux équipements d'un réseau d'échanger des données.** On distingue les suivants :
- HTTP (*hypertext transfer protocol*) : transfert de fichiers entre un serveur et le navigateur d'un poste client ;
- SMTP (*simple mail transfer protocol*)/POP (*post office protocol*)/FTP (*file transfer protocol*) : transfert de fichiers ;
- DNS (*domain name service*) : conversion de noms de domaines en adresses IP ;
- DHCP (*dynamic host configuration protocol*) : attribution automatique d'adresses IP ;
- TCP (*transmission control protocol*)/IP (*Internet protocol*) : échanges sur Internet.

4 L'adressage IP

• **L'adresse IP** correspond à l'adresse que les éléments d'un réseau local doivent posséder pour pouvoir transmettre et recevoir des données. **L'adresse IPv4 est codée sur 4 octets.** Un octet peut prendre une valeur allant de **0 à 255**. Les éléments d'un réseau local possèdent une adresse privée (interne) dédiée aux échanges au sein du réseau local. L'ensemble du réseau possède, en outre, une adresse IP publique délivrée par le fournisseur d'accès et destinée aux échanges sur Internet.

• La configuration de l'adressage IP d'un réseau local obéit à quelques règles :
– **le masque du réseau** définit le nombre d'octets réservés aux matériels hôtes (postes client, imprimantes, serveurs, etc.). Les octets initialisés à la valeur 0 sont ceux qui sont utilisables ;

Masque	Nombre d'octets
255.0.0.0	3 octets disponibles
255.255.0.0	2 octets disponibles
255.255.255.0	1 octet disponible

– il y a des adresses réservées :
  ▪ **l'adresse réseau** permettant d'identifier le réseau pour laquelle les octets disponibles sont initialisés à 0 ;
  ▪ **l'adresse de diffusion *(broadcast)*** qui est une adresse commune à tous les éléments hôtes pour laquelle les octets disponibles possèdent la valeur 255.

Exemple

Masque	Adresse réseau	Adresse de diffusion	Plage d'adresses disponibles
255.255.0.0	168.12.0.0	168.12.255.255	De 168.12.0.1 à 168.12.255.254

Nombre d'adresses disponibles : 2 octets pouvant prendre chacun 256 valeurs (de 0 à 255) moins les 2 adresses réservées soit ($256^2 - 2$) = 65 534 adresses pour un masque de type 255.255.0.0

Remarque

Par convention, le routeur est configuré sur l'avant-dernière adresse du réseau (168.12.255.254 dans l'exemple). Il possède également une adresse IP publique qui est l'adresse commune sur Internet des matériels appartenant au réseau local.

• Si le protocole DHCP est actif, les adresses IP sont attribuées automatiquement.

5 L'adresse MAC (*media access control*)

• **L'identifiant physique** des matériels est l'adresse MAC. Elle est unique au monde pour chacun d'entre eux et permet notamment d'autoriser ou de bloquer l'accès à un réseau local sollicité par des postes clients fixes ou par des terminaux mobiles tels que des ordinateurs, tablettes, smartphones, etc.

6 L'adresse URL (*uniform resource locator*)

• **L'URL** est un hyperlien (lien hypertexte) permettant d'accéder à une page Web. C'est le protocole DNS qui permet d'associer une adresse URL à une adresse IP publique accessible sur Internet.

Exemple : https://www.hachette-education.com/collections/objectif-bac

Protocole http sécurisé : https:// — Nom de domaine : hachette-education.com — Chemin d'accès à la page souhaitée : collections/objectif-bac

• **L'extension** du nom de domaine est significative de la nature ou de l'origine du site (**ex. :** .com).

Testez-vous !

Chapitre 1

Corrigé p. 246

1. Expliquez les différences entre les composantes et les fonctions d'un système d'information.

2. Le système d'information est un synonyme de système informatique.

☐ Vrai ☐ Faux

3. Les fonctions du système d'information :

a) sont les mêmes pour tous les types d'organisations.

b) diffèrent pour les organisations publiques et privées.

c) diffèrent selon le secteur auquel appartient l'entreprise.

d) reposent sur l'utilisation d'un PGI.

Chapitre 2

Corrigé p. 246

1. Un processus est une activité uniquement destinée à rendre un service.

☐ Vrai ☐ Faux

2. Un processus est :

a) un ensemble d'activités.

b) un ensemble d'actions.

c) géré par le chef d'entreprise.

Chapitre 3

Corrigé p. 246

1. Donnez des exemples d'impact environnemental du numérique.

2. Le numérique est source de pollution.

☐ Vrai ☐ Faux

3. Le numérique :

a) détruit des emplois.

b) crée des emplois.

c) enlève du pouvoir aux citoyens.

Chapitre 4

Corrigé p. 246

1. Des actes involontaires peuvent porter atteinte à la sécurité du SI.

☐ Vrai ☐ Faux

2. L'authentification forte est biométrique.

☐ Vrai ☐ Faux

3. Les droits d'accès concernent toujours les locaux.

☐ Vrai ☐ Faux

Chapitre 6

Corrigé p. 246

1. L'infogérance consiste à gérer les sites Internet d'autres organisations.

☐ Vrai ☐ Faux

2. L'infogérance permet d'acquérir de nouvelles compétences.

☐ Vrai ☐ Faux

Chapitre 7

Corrigé p. 246

1. Le tableau de bord est un outil permettant d'améliorer la performance.

☐ Vrai ☐ Faux

2. Le tableau de bord :

a) est établi à la fin du projet.

b) permet d'avoir un suivi de l'activité en temps réel.

c) ne peut pas comporter d'indicateurs qualitatifs.

Chapitre 8

Corrigé p. 246

1. La démarche de projet concerne uniquement le développement de logiciels.

☐ Vrai ☐ Faux

2. Un projet est nécessairement planifié.

☐ Vrai ☐ Faux

3. Le cahier des charges est un document préparé par la MOA.

☐ Vrai ☐ Faux

Chapitre 9

Corrigé p. 246

1. Le diagramme de GANTT permet de répartir les tâches d'un projet entre les acteurs.

☐ Vrai ☐ Faux

2. Le coût d'un projet :

a) est calculé à la fin du projet.

b) rassemble des coûts matériels, immatériels et humains.

c) doit être calculé tous les ans.

d) est un critère de décision pour lancer le projet.

Chapitre 10

Corrigé p. 246

1. Une base de données est un ensemble de fichiers.

☐ Vrai ☐ Faux

2. Une base de données :

a) regroupe toujours les données des clients.

b) rassemble des relations.

c) doit posséder une structure.

Chapitre 11

Corrigé p. 246

1. Une table est l'équivalent d'une relation au niveau d'un logiciel.

☐ Vrai ☐ Faux

2. Une relation :

a) peut exister sans identifiant.

b) rassemble des attributs.

c) est l'équivalent d'une fiche remplie dans un système de gestion papier.

Chapitre 12

Corrigé p. 246

1. Une base de données est composée de plusieurs relations.

☐ Vrai ☐ Faux

2. La contrainte d'intégrité référentielle sert à contrôler la saisie d'informations.

☐ Vrai ☐ Faux

3. Un lien entre deux relations :

a) implique la mise en commun d'une clé primaire.

b) nécessite parfois la création d'une troisième relation.

Chapitre 14

Corrigé p. 246

1. Il existe 3 types différents de requêtes de manipulation de données.

☐ Vrai ☐ Faux

2. Une requête permet uniquement d'agir sur les données.

☐ Vrai ☐ Faux

Chapitre 15

Corrigé p. 246

1. Citez des exemples de données provenant du *big data*.

2. Les modèles d'analyse de données peuvent prédire l'avenir.

☐ Vrai ☐ Faux

Chapitre 16

Corrigé p. 246

1. Les sites Web sont programmés dans des langages spécifiques.

☐ Vrai ☐ Faux

2. Le navigateur d'un ordinateur peut décoder tous les langages.

☐ Vrai ☐ Faux

Chapitre 17

Corrigé p. 246

1. Les opérateurs arithmétiques permettent d'effectuer des comparaisons.

☐ Vrai ☐ Faux

2. Les structures conditionnelles peuvent contenir plusieurs conditions.

☐ Vrai ☐ Faux

3. Une structure en boucle fonctionne toujours avec un compteur.

☐ Vrai ☐ Faux

Chapitre 18

Corrigé p. 246

1. Les fonctions informatiques sont l'équivalent des fonctions mathématiques.

☐ Vrai ☐ Faux

2. L'argument fourni à une fonction correspond à un paramètre d'entrée.

☐ Vrai ☐ Faux

3. Les fonctions personnalisées proviennent de l'adaptation de fonction prédéfinies.

☐ Vrai ☐ Faux

Chapitre 19

Corrigé p. 246

1. Les opérations de numérisation s'effectuent toujours sur des documents papier.

☐ Vrai ☐ Faux

2. Les métadonnées sont créées par les moteurs de recherche.

☐ Vrai ☐ Faux

3. L'indexation doit s'accompagner du référencement.

☐ Vrai ☐ Faux

Chapitre 20

Corrigé p. 246

1. Un langage de balisage est uniquement utilisable sur le Web.

☐ Vrai ☐ Faux

2. Le XML et le HTML sont deux langages concurrents.

☐ Vrai ☐ Faux

Chapitre 21

Corrigé p. 246

1. Le réseau Internet est un réseau étendu.

☐ Vrai ☐ Faux

2. Un réseau informatique :

a) peut couvrir des sites géographiquement éloignés.

b) permet toujours d'avoir accès à Internet.

c) peut être ouvert au public.

Chapitre 22

Corrigé p. 246

1. Un réseau local est toujours un intranet.

☐ Vrai ☐ Faux

2. Une adresse IPv4 :

a) est codée sur 4 octets.

b) n'est pas toujours visible sur Internet.

c) est toujours fixe.

CORRIGÉS

Chapitre 1
Énoncé p. 244

1. Les fonctions d'un système d'information sont les types d'opérations réalisées alors que ses composantes sont les moyens utilisés.
2. Faux : le système informatique est le support du système d'information. Le SI regroupe également les procédures, les processus et les acteurs.
3. a) et d)

Chapitre 2
Énoncé p. 244

1. Faux : un processus est un enchaînement d'activités qui peut concerner la production d'un service mais également la production d'un bien tangible.
2. a)

Chapitre 3
Énoncé p. 244

1. Impact positif : moins de déforestation.
Impact négatif : augmentation de la consommation électrique.
2. Vrai – **3.** a) et b)

Chapitre 4
Énoncé p. 244

1. Vrai
2. Faux : l'authentification forte nécessite deux facteurs pas forcément biométriques.
3. Faux : les droits d'accès concernent également l'accès aux ressources informatiques (connexion à un serveur).

Chapitre 6
Énoncé p. 244

1. Faux : l'infogérance désigne l'externalisation de prestations à caractère informatique en général.
2. Faux : l'externalisation permet de recourir à des compétences extérieures.

Chapitre 7
Énoncé p. 244

1. Vrai – **2.** b)

Chapitre 8
Énoncé p. 244

1. Faux : un projet peut concerner d'autres types de développement tels que la mise en place d'un réseau ou la réorganisation d'un service.
2. Vrai – **3.** Vrai

Chapitre 9
Énoncé p. 244

1. Faux : le diagramme de GANTT n'est pas un planning.
2. b) et d)

Chapitre 10
Énoncé p. 244

1. Vrai : une table peut être considérée comme un fichier.
2. b) et c)

Chapitre 11
Énoncé p. 244

1. Vrai – **2.** b)

Chapitre 12
Énoncé p. 245

1. Vrai – **2.** Vrai – **3.** a) et b)

Chapitre 14
Énoncé p. 245

1. Vrai
2. Faux : les requêtes de définition de données permettent d'agir sur la structure de la base de données.

Chapitre 15
Énoncé p. 245

1. On peut citer les statistiques de fréquentation d'un lieu grâce à la géolocalisation ou les préférences de consommation par profils de clients.
2. Faux : ils ne peuvent prédire que des tendances.

Chapitre 16
Énoncé p. 245

1. Vrai
2. Faux : un navigateur ne peut afficher que certains langages tels que le HTML.

Chapitre 17
Énoncé p. 245

1. Faux : ce sont les opérateurs de comparaison.
2. Vrai
3. Faux : il existe des boucles non bornées.

Chapitre 18
Énoncé p. 245

1. Faux : une fonction informatique peut effectuer d'autres types d'actions telles qu'une connexion à une base de données, par exemple.
2. Vrai
3. Faux : une fonction personnalisée peut être entièrement écrite à partir de rien.

Chapitre 19
Énoncé p. 245

1. Faux : la numérisation concerne d'autres supports tels que les bandes sons, par exemple.
2. Faux : c'est le concepteur du document qui va définir les métadonnées.
3. Vrai

Chapitre 20
Énoncé p. 245

1. Faux : un langage de balisage permet de transmettre des données sur le Web ou pas.
2. Faux : ils sont complémentaires.

Chapitre 21
Énoncé p. 245

1. Faux : Internet regroupe l'ensemble des réseaux interconnectés.
2. a) et c)

Chapitre 22
Énoncé p. 245

1. Faux : un réseau local peut être ouvert sur Internet, en partie ou totalement.
2. a) et b)

Droit-Économie

COMPRENDRE EN VIDÉO Retrouvez tous nos tutos vidéos sur notre chaîne YouTube « Objectif BAC Hachette ».

Présentation des épreuves du Bac

1 L'épreuve écrite

Épreuve écrite
Durée : 4 heures
Coefficient : 16

A Les modalités de l'épreuve

- L'épreuve est notée sur **20 points**.
- Elle est composée de **deux parties indépendantes** : une partie juridique et une partie économique. Vous êtes libre de la gestion de votre temps entre le droit et l'économie.
- Chacune des parties du sujet se présente sous la forme d'un **dossier composé de plusieurs documents accompagnés d'un questionnement** portant sur un ou plusieurs thèmes abordés dans les programmes.

B Le déroulement et les compétences requises

	Droit (sur 10 points)	Économie (sur 10 points)
Programme	La totalité des thèmes de première + les trois premiers thèmes de terminale.	La totalité des thèmes de première + les trois premiers thèmes de terminale.
Travail à réaliser	Analyser une ou plusieurs situations juridiques en répondant de manière argumentée.	Analyser un problème économique d'actualité en répondant de manière argumentée.
Compétences requises	• Qualifier juridiquement une situation. • Identifier la ou les règles juridiques applicables. • Indiquer la ou les solutions juridiques envisageables. • Utiliser un vocabulaire juridique adapté. • Expliquer le sens d'une règle juridique et de son évolution.	• Expliquer les notions et les mécanismes économiques soulevés par le problème à traiter, en s'appuyant sur les connaissances acquises en cours et les informations fournies dans la documentation. • Interpréter des données économiques de différentes natures et à partir de différents supports (tableaux statistiques, graphiques, etc.). • Réaliser des calculs économiques en lien avec les notions traitées dans le programme. • Répondre à une question relative à des débats actuels sur l'économie de façon argumentée.

2 Le grand oral

Grand oral
Préparation : 20 minutes
Épreuve : 20 minutes
Coefficient : 14

A Les modalités de l'épreuve

- L'épreuve orale terminale est l'une des cinq épreuves terminales de l'examen du baccalauréat. Elle est notée sur **20 points**.

B Le déroulement de l'épreuve

- Le jury choisit une question parmi les deux que vous lui présentez en rapport avec l'étude approfondie menée pendant l'année dans votre enseignement de spécialité. Les candidats scolarisés peuvent avoir préparé cette étude individuellement ou avec d'autres élèves.
- Les questions sont transmises au jury sur une feuille, signée par le professeur de la spécialité concernée et portant le cachet de votre établissement.

Préparation (20 minutes)		Mettez en ordre vos idées. Élaborez éventuellement un support de présentation sur une feuille qui vous est fournie (le support lui-même n'est pas noté).
Épreuve : 20 minutes	**Présentation de la question (5 minutes)**	Vous devez : • justifier le choix de la question (intérêt, enjeu) ; • expliquer la démarche suivie et les choix faits en termes d'outils et de méthodes ; • développer et répondre à la question. L'exposé se fait sans notes.
	Échange (10 minutes)	• Le jury vous interroge pour vous conduire à préciser et à approfondir votre pensée et pour évaluer la solidité de vos connaissances et vos capacités argumentatives. • Les questions qui vous sont posées peuvent porter sur toute partie du programme du cycle terminal des enseignements de spécialité.
	Échange sur le projet d'orientation (5 minutes)	• Vous expliquez en quoi la question traitée éclaire votre projet de poursuite d'études, voire votre projet professionnel. • Vous exposez les différentes étapes de la maturation de votre projet (rencontres, engagements, stages, mobilité internationale, intérêt pour les enseignements communs, choix de vos spécialités, etc.) et la manière dont vous souhaitez le mener après le baccalauréat. • Le jury mesure votre capacité à conduire et exprimer une réflexion personnelle témoignant de votre curiosité intellectuelle et de votre aptitude à exprimer vos motivations.

• Vous effectuez votre présentation du premier temps debout, sauf aménagements pour les candidats à besoins spécifiques. Pour les deuxième et troisième temps de l'épreuve, vous êtes assis ou debout selon votre choix.

C Les critères d'évaluation

• L'épreuve vise à **évaluer vos connaissances, votre capacité à argumenter**, à expliquer en quoi ces savoirs ont nourri votre projet de poursuite d'étude, voire votre projet professionnel, à relier des connaissances, à disposer d'un regard critique, etc.

• Elle vise également à **évaluer vos qualités oratoires** (précision de l'expression, clarté du propos, force de conviction, etc.).

3 L'épreuve orale de contrôle (rattrapage)

A Les modalités de l'épreuve

Oral de contrôle
Préparation : 20 minutes
Épreuve : 20 minutes

• L'épreuve orale porte sur le même programme que l'épreuve écrite.
• Les objectifs de l'épreuve sont similaires à ceux de l'épreuve écrite.
• Elle comporte un sujet de droit ou d'économie à traiter.
• Le sujet n'excède pas trois pages ; il est composé d'un ou plusieurs documents et d'une série de questions relatives à ces documents.

B Le déroulement de l'épreuve

• Vous disposez de 10 minutes pour présenter les réponses aux questions du sujet.

• Suivent 10 minutes de questions de l'examinateur pour expliciter, approfondir et justifier les réponses. L'examinateur est un professeur ayant en charge l'enseignement de « Droit et économie » dans le cycle terminal.

1 La formation du contrat

Les relations contractuelles sont au cœur de la fonction organisatrice du droit. Le contrat est le support de l'échange marchand autant que du travail salarié, de la société ou de l'association.

1 Les principes généraux du contrat

A La définition du contrat

• Selon l'article 1101 du Code civil, **le contrat est un accord de volontés** entre deux ou plusieurs personnes, destiné à créer, modifier, transmettre ou éteindre des obligations.

• Concrètement, **le contrat peut être tacite ou écrit**. Dans ce dernier cas, les parties peuvent y inclure des **clauses** qui définissent les conditions de leur relation contractuelle.

B Le principe de la liberté contractuelle

• Selon l'article 1102 du Code civil, **les parties sont libres de s'engager ou non** contractuellement, de **choisir** leur partenaire contractuel et de **déterminer** l'étendue de leur engagement par des clauses.

2 Les conditions de validité du contrat

• Selon l'article 1128 du Code civil, un contrat, pour être valable, doit réunir trois conditions.

A Un consentement non vicié

• **Le consentement des parties se forme par la rencontre entre une offre ferme et précise et une acceptation.**

• Afin de protéger les consommateurs, **la loi reconnaît un droit de repentir**. Les consommateurs disposent alors d'un délai (14 jours en général) pour annuler le contrat après sa formation.

B Des parties capables juridiquement

• **Les parties doivent être des personnes physiques majeures ou mineures émancipées ou une personne physique représentant légalement une personne morale**. Les mineurs et les majeurs faisant l'objet d'un régime de protection ne peuvent pas conclure de contrats.

> **Le saviez-vous ?**
> Trois régimes de protection des majeurs incapables existent : la tutelle, la curatelle et la sauvegarde de justice.

C Un contenu du contrat licite et certain

• **Le contenu du contrat doit être déterminé ou déterminable**, qu'il s'agisse du prix ou du bien ou de la prestation de service à fournir. Il doit, en outre, respecter la législation en vigueur.

> **Exemple :** Depuis le 1er janvier 2022, il n'est plus possible de vendre les fruits et légumes frais non transformés, emballés dans du plastique.

D Les sanctions du non-respect des conditions de validité

- Le contrat entaché d'un vice du consentement, d'une partie incapable ou d'un contenu illicite est nul et entraîne **l'anéantissement rétroactif du contrat**.
- **La nullité est dite « absolue »** lorsque la condition non respectée porte atteinte à l'intérêt général.
- **La nullité est dite « relative »** lorsque la condition non respectée n'impacte que le cocontractant.

Exemple
Le consentement est vicié par une erreur sur la personne cocontractante. Un employeur s'aperçoit que son comptable n'a pas les compétences et les qualifications qu'il prétendait avoir lors de son embauche.

3 Les effets du contrat

A La création d'un lien juridique entre les parties contractantes

- Un contrat lie la volonté de deux ou plusieurs parties. C'est un **acte juridique bilatéral** (synallagmatique) comme un contrat de vente ou un contrat de travail, ou multilatéral, comme un contrat de société.
- Les parties acceptent, réciproquement ou non, des obligations. Ainsi, est qualifié de « **débiteur** » celui qui doit exécuter une obligation et de « **créancier** » celui qui doit bénéficier de l'exécution.

Le saviez-vous ?
Dans certains types de contrats, le législateur intervient pour protéger une partie faible. Ainsi, en droit de la consommation, le professionnel a à sa charge une obligation d'information renforcée vis-à-vis du consommateur. Ce dernier bénéficie de prérogatives particulières comme le droit à un délai de rétractation.

Exemple
Dans un contrat de vente entre deux particuliers, les parties acceptent réciproquement des obligations. Le vendeur est débiteur de l'obligation de livrer la chose vendue et créancier de l'obligation de payer le prix du bien. Réciproquement, l'acheteur est débiteur du paiement du prix et créancier de la livraison de la chose.

B La création d'obligations entre les parties contractantes

Article du Code civil	Principe	Explication
1103	Les contrats légalement formés tiennent lieu de loi à ceux qui les ont faits.	Les parties sont tenues de respecter l'engagement qu'elles ont formalisé dans le contrat sous peine d'engager leur responsabilité et d'être sanctionnées. C'est **la force obligatoire des contrats**. En revanche, le contrat n'a d'effet qu'entre les parties et ne peut s'imposer auprès de tierces personnes. C'est **l'effet relatif des contrats**.
1104	Les contrats doivent être négociés, formés et exécutés de bonne foi.	Les parties doivent respecter une obligation d'information et de conseil auprès de leur cocontractant.

2 L'exécution du contrat

L'article 1103 du Code civil consacre **le principe d'irrévocabilité du contrat** : les parties doivent respecter les obligations pour lesquelles elles se sont engagées. Les obligations sont définies dans des clauses et supposent des sanctions lorsqu'elles ne sont pas respectées.

1 Le contenu du contrat : les clauses contractuelles

A Les principes de rédaction

- **Chaque clause contractuelle est rédigée librement** par les parties en fonction de leurs besoins respectifs. Elles ont également pour but d'anticiper d'éventuelles difficultés.
- Pour chacune des clauses, il convient de respecter un **équilibre entre les parties**.

B Trois clauses contractuelles classiques

Clause…	Définition	Remarques
… pénale	Clause selon laquelle les parties s'engagent à verser une somme forfaitaire fixée à l'avance si l'une d'entre elles ne remplit pas ses obligations.	• Le montant peut être modifié par le juge s'il est excessif ou dérisoire. • Une mise en demeure préalable du débiteur est, en principe, nécessaire. • Elle est interdite dans certains contrats (contrat de consommation, contrat de prêt, etc.).
… résolutoire	Les parties prévoient qu'il sera mis fin de plein droit au contrat si survient un événement décrit.	• Elle dispense le créancier de s'adresser à la justice. • Le créancier devra adresser à son débiteur une mise en demeure. • Cette clause ne s'applique pas si l'inexécution résulte d'un cas de force majeure (→ **Fiche 6**, p. 260) ou lorsque le créancier la met en œuvre de mauvaise foi.
… limitative ou exonératoire de responsabilité	Un cocontractant peut limiter ou supprimer sa responsabilité en cas de mauvaise exécution ou d'inexécution d'une de ses obligations.	• Cette clause n'est valable que pour les obligations accessoires au contrat. **Exemple :** La SNCF peut s'exonérer de sa responsabilité en cas de vol de valise dans un train mais elle ne peut pas s'exonérer de son obligation de transporter le voyageur à destination.

- Si une clause abusive avait pour objet ou pour effet de créer un **déséquilibre significatif** entre les parties, elle serait réputée non écrite par le juge.

2 L'inexécution du contrat : les sanctions applicables

- L'article 1217 du Code civil envisage **cinq sanctions possibles** selon la nature de l'obligation transgressée.

A L'exception d'inexécution

• **Le caractère synallagmatique** joue ici son rôle. Comme les parties ont des **obligations réciproques**, si l'une des deux ne veut pas ou tarde à s'exécuter, l'autre peut faire de même. En pratique, la question consistera à savoir qui exécute en premier.

> **Article 1219 du Code civil**
> Une partie peut refuser d'exécuter son obligation, alors même que celle-ci est exigible, si l'autre n'exécute pas la sienne et si cette inexécution est suffisamment grave.

B L'exécution forcée en nature

• La partie victime de l'inexécution du contrat par son cocontractant peut le **contraindre à l'exécution**. S'il refuse, la prestation peut être exécutée par le créancier lui-même ou par un tiers, mais aux frais du débiteur.

• Recourir à l'exécution forcée suppose au préalable une **mise en demeure**.

• **La mise en demeure est un acte par lequel un créancier demande à son débiteur d'exécuter son obligation**. La mise en demeure prend généralement la forme d'une **sommation**, c'est-à-dire d'un acte d'huissier.

C La réduction du prix

• Après avoir mis en demeure le débiteur, **le créancier peut préférer une prestation mal exécutée** qu'une résolution complète du contrat. Dans ce cas-là, il est en droit de demander une réduction du prix initialement prévu au contrat.

> **Exemple**
> Un bien acheté a été abîmé lors du transport. À la livraison, l'acheteur peut accepter le défaut moyennant une réduction du prix initial.

D La résolution du contrat

• Lorsque dans un contrat synallagmatique, l'une des parties n'exécute pas son obligation, son cocontractant peut demander la résolution du contrat afin d'être lui-même libéré de son obligation. La résolution entraîne **l'anéantissement rétroactif** du contrat.

• **La résolution peut découler d'une clause résolutoire**. Elle exige une mise en demeure préalable du débiteur de payer son obligation.

> **Le saviez-vous ?**
> Le Code civil distingue les effets de la résolution selon que le contrat est à exécution immédiate (résolution) ou à exécution successive (résiliation).
> La **résolution** anéantit le contrat et l'ensemble de ses effets présents et passés. En revanche, la **résiliation** n'entraîne la nullité du contrat que pour le futur. Elle ne remet pas en cause les obligations déjà exécutées.

E La réparation du préjudice

• Chaque fois que l'inexécution de ses obligations par le débiteur cause un préjudice au créancier, le premier doit indemniser le second en lui versant des **dommages-intérêts**, c'est-à-dire une somme d'argent. Ce versement de dommages-intérêts peut accompagner la résolution du contrat ou se substituer à l'exécution forcée en nature.

• La loi distingue les dommages et intérêts compensatoires et moratoires (→ Fiche 3, p. 255).

3 Le dommage réparable

La victime de la faute d'une personne peut exiger réparation dès lors qu'une obligation légale ou contractuelle n'a pas été respectée et qu'elle a fait subir un préjudice à une victime. **Le dommage, condition première de la responsabilité civile, est donc une atteinte portée à un droit**. Il peut être **patrimonial** ou **extrapatrimonial** et présente plusieurs caractéristiques.

1 La typologie des dommages réparables

A Les dommages patrimoniaux

Dommage matériel → Dégradation ou perte d'un bien.

Dommage financier →

- Manque à gagner.
  Exemple : baisse du chiffre d'affaires à la suite de la divulgation d'une information contractuelle confidentielle.
- Perte d'une chance.
  Exemple : manquer l'attribution d'un marché public à cause d'un sous-traitant en retard sur un projet.
- Conséquences économiques d'un dommage corporel.
  Exemple : payer des séances de rééducation ou acheter un fauteuil roulant à la suite d'un accident du travail.

B Les dommages extra-patrimoniaux

Dommage moral ou psychologique → C'est « le prix des larmes ». Il est très difficile à évaluer.
Exemple : réparation d'une atteinte à sa réputation, à son honneur.

Dommage physique ou corporel → Il est également difficile à évaluer. Il porte sur la personne elle-même.

2 Les caractères du dommage réparable

- Pour être réparable, le dommage doit remplir **quatre caractères** :

Caractère	Explication
Certain	Le dommage doit **exister**. Un dommage potentiel ou prévisible ne peut faire l'objet d'une réparation.
Personnel	Le dommage doit **concerner celui qui le revendique**. Une personne ne peut pas agir en justice pour qu'une tierce personne reçoive un dédommagement.
Légitime	L'atteinte au droit que constitue le dommage doit **être reconnue par la loi**. Un acheteur peut revendiquer la livraison du bien qu'il a acheté. Cette revendication n'est plus valable si le bien vendu est illicite. **Exemple :** vente de sang humain.

Direct	Le dommage réparable doit **être directement relié à la faute commise** par le débiteur de l'obligation. Les dommages causés indirectement par le fait générateur (dommages par ricochet) ne sont pas indemnisés.

Le saviez-vous ?

Une loi de 2016 a rendu réparable le **préjudice écologique** consistant en une atteinte non négligeable aux éléments ou aux fonctions des écosystèmes ou aux bénéfices collectifs tirés par l'homme de l'environnement. La réparation du préjudice écologique s'effectue par priorité en nature.

3 Le mécanisme assurantiel de la réparation

• En matière de responsabilité, il n'est pas toujours aisé d'identifier avec certitude l'auteur du dommage, notamment lorsque le bien ou la prestation en cause a nécessité l'intervention de plusieurs personnes.

• Afin de faciliter l'indemnisation des victimes du dommage et de faire de la réparation une priorité, la loi instaure de **nombreux mécanismes d'assurance**.

Type de dommage	Type d'assureur
Maladie professionnelle ou non, accident du travail	Sécurité sociale et complémentaire santé
Matériel	Assurance de biens
Corporel	Assurance de responsabilité civile personnelle
Perte de créance à la suite d'une faillite	Fonds de garantie **Exemple :** depuis la crise de 2008, l'État a créé un Fonds de garantie des dépôts et de résolution (FGDR). Ce fonds indemnise les clients des banques jusqu'à 100 000 € en 7 jours ouvrables, si ces dernières se retrouvent en situation de faillite.

4 L'évaluation du dommage

• L'article 1231-1 du Code civil énonce que « le débiteur est condamné, s'il y a lieu, au paiement de dommages et intérêts soit à raison de **l'inexécution** de l'obligation, soit à raison du **retard dans l'exécution**, s'il ne justifie pas que l'exécution a été empêchée par la force majeure. »

• **On parle de dommages et intérêts « compensatoires »** lorsque la somme d'argent allouée est destinée à réparer – ou à compenser – le préjudice subi du fait de l'inexécution partielle ou totale du contrat.

• Lorsque les dommages et intérêts sont destinés à réparer le préjudice qui résulte du retard dans l'exécution de son obligation par le débiteur, **on parle de dommages et intérêts « moratoires »**. Ces derniers sont fixés d'après le taux d'intérêt légal. Ils courent en principe à compter du jour du prononcé du jugement et sont fonction du nombre de jours de retard dans l'exécution.

• Enfin, si les parties ont prévu une **clause pénale**, son montant peut venir s'ajouter aux dommages et intérêts prévus par le juge.

4 Les différents régimes de responsabilité

Parce qu'elle a pour objet la réparation des dommages subis par les victimes, la responsabilité civile se distingue de la responsabilité pénale qui sanctionne un comportement considéré comme répréhensible par la loi. Les différents régimes de responsabilité civile offrent aux victimes des régimes de réparation afin de les indemniser pour le préjudice subi.

1 La distinction entre responsabilité civile et responsabilité pénale

- Face à une situation juridique, le juriste distingue **deux types de responsabilité** :

Responsabilité	Civile	Pénale
Condition de son exercice	La victime subit un préjudice.	Une infraction pénale prévue par la loi est commise.
But de sa mise en œuvre	Réparer le préjudice subi par la victime.	Réparer l'atteinte à la vie sociale, au « vivre ensemble ».
Mise en œuvre de l'action	L'action civile est initiée par la victime.	L'action pénale est initiée par un représentant de l'intérêt général. **Exemple :** le procureur de la République.
Sanction	Principalement des dommages et intérêts.	Principalement des amendes et/ou des peines de prison.
Tribunaux compétents	Les juridictions civiles (tribunal judiciaire et juridictions d'exception). **Remarque :** le TGI et le TI ont fusionné depuis le 1er janvier 2020 pour s'appeler « tribunal judiciaire ».	Les juridictions pénales (tribunal de police, tribunal correctionnel, cour d'assises).

- Ces deux régimes sont distincts mais coexistent. Une victime peut, en s'appuyant sur le régime de la responsabilité civile, **se constituer partie civile** pendant un procès pénal pour obtenir réparation du dommage qu'elle a subi à la suite de la commission d'une infraction par un délinquant.

2 Les conditions communes à l'engagement de la responsabilité civile

- Au sein de la responsabilité civile, deux régimes coexistent :
  - **la responsabilité contractuelle suppose un litige autour d'un acte juridique** (article 1100-1 du Code civil) ;
  - **la responsabilité extracontractuelle suppose un litige autour d'un fait juridique** (article 1100-2 du Code civil).

- Quel que soit le régime concerné, la victime doit réunir **3 conditions** pour obtenir gain de cause :

a) un fait générateur : en matière contractuelle, une faute est nécessaire. En matière extracontractuelle, un simple fait volontaire ou non peut déclencher la responsabilité.

b) un dommage : il doit être légitime, personnel et actuel.

c) un lien de causalité entre le fait générateur et le dommage : ce lien doit être direct et certain.

3 Les régimes spéciaux de responsabilité civile

• Selon des contextes historiques particuliers, la pratique a fait naître des régimes spéciaux de responsabilité.

A Le régime des accidents du travail (1898)

• La révolution industrielle dégrade les conditions de travail des salariés. Afin de les protéger, une loi de 1898 instaure un régime de responsabilité distinct de celui du Code civil : le salarié victime d'un accident du travail peut demander une réparation **sans avoir à prouver la faute de son employeur**. **Le seul dommage suffit** tant qu'il est réalisé dans le cadre d'une relation de travail.

B Le régime des accidents de la circulation (1985)

• Avec le développement de l'automobile et des accidents de la route, le législateur a finalement mis en place un régime autonome d'indemnisation. La loi du 5 juillet 1985 est applicable, que la victime soit ou non transportée en vertu d'un contrat et concerne les **victimes d'un accident de la circulation** dans lequel est impliqué un véhicule terrestre à moteur.

> **Le saviez-vous ?**
> La notion d'accident de la circulation fait l'objet d'une application très large. Il n'est pas nécessaire que l'accident se soit produit sur une voie publique. La loi s'applique donc à l'accident survenu, par exemple, sur une piste de ski ou sur un chantier.

C Le régime de la responsabilité du fait des produits défectueux (1998)

• Ce régime est apparu avec la complexification des produits industriels.

• Par une loi de 1998 retranscrite dans le Code civil dans les articles 1245 et suivants, le législateur énonce : « le producteur est responsable du dommage causé par un défaut de son produit, **qu'il soit ou non lié par un contrat avec la victime**. »

• Le producteur s'entend comme toute personne ayant participé à la chaîne de fabrication. L'ensemble des producteurs sont **solidaires** de la réparation de la victime. La priorité est donc donnée à la réparation de la victime.

> **Attention !**
> Seul le dommage corporel ou un dommage matériel supérieur à 500 € distinct de celui causé au produit lui-même peut faire l'objet d'une indemnisation.

D Le régime de la responsabilité du fait du préjudice écologique (2016)

• Instauré à la suite de l'affaire du pétrolier Erika qui a causé une marée noire sur les plages bretonnes, les articles 1246 et suivants du Code civil créent le régime du fait du préjudice écologique : « toute personne responsable d'un **préjudice écologique** est tenue de le réparer. »

• La réparation du préjudice écologique s'effectue par priorité en nature. En cas d'impossibilité de droit ou de fait ou d'insuffisance des mesures de réparation, le juge condamne le responsable à verser des dommages et intérêts, affectés à la réparation de l'environnement, au demandeur ou, si celui-ci ne peut prendre les mesures utiles à cette fin, à l'État.

5 Les responsabilités contractuelle et extracontractuelle

En matière civile, **deux responsabilités sont envisageables selon que le litige résulte d'un fait juridique ou d'un acte juridique**. Le fait juridique est caractérisé par un fait générateur et l'acte juridique par des obligations à respecter. Chacun entraîne son propre régime de responsabilité.

1 La distinction entre actes juridiques et faits juridiques

Article 1100-1 du Code civil	Les **actes juridiques** sont des manifestations de volonté destinées à produire des effets de droit.	→ Responsabilité contractuelle
Article 1100-2 du Code civil	Les **faits juridiques** sont des agissements ou des événements auxquels la loi attache des effets de droit.	→ Responsabilité extracontractuelle

2 La responsabilité contractuelle

- L'article 1103 du Code civil rappelle bien que tous « les contrats légalement formés tiennent lieu de loi à ceux qui les ont faits. » L'inexécution du contrat entraîne donc la responsabilité contractuelle du débiteur défaillant.
- **L'inexécution du contrat est une faute** qui consiste en **l'inexécution totale, partielle ou avec retard** d'une obligation prévue dans une clause intégrée au contrat. Cette faute entraîne directement un dommage pour le cocontractant.
- **La liste des obligations qui pèse sur chaque partie découle donc de la rédaction des clauses du contrat**. La loi ou la jurisprudence ont, par défaut, identifié quelques grandes catégories d'obligations. Par exemple, le juge a mis en évidence une obligation de sécurité à la charge de l'employeur. Ainsi, ce dernier doit indemniser le salarié qui subit un dommage dans le cadre de l'exécution de son travail.

A La distinction entre obligation de moyens et obligation de résultat

Obligation	Définition	Exemples
de moyens	Le débiteur s'oblige **à mettre en œuvre tous les moyens** à sa disposition pour atteindre un objectif fixé.	• Le médecin ne s'engage pas à guérir son patient mais à lui prodiguer tous les soins possibles. • L'avocat ne s'engage pas à remporter le procès de son client mais à tout faire pour le défendre au mieux de ses intérêts.
de résultat	Le débiteur s'engage **à atteindre un objectif** préalablement fixé et convenu.	Dans un contrat de transport en train, la SNCF s'engage à transporter une personne d'une gare de départ donnée vers une certaine gare d'arrivée.

- Une obligation de résultat fait naître une présomption de faute vis-à-vis du débiteur de l'obligation lorsque le résultat n'est pas atteint. En cas de litige, il revient donc à ce dernier de prouver qu'il a bien exécuté son obligation.

B L'obligation d'information

- Elle découle de l'article 1104 du Code civil qui préconise que la **bonne foi** doit régner entre les parties lors de l'exécution du contrat.

C L'obligation de sécurité

- Elle est le prolongement de l'obligation d'information.
- **Le cocontractant ne doit pas mettre sa vie en danger** à l'occasion de l'exécution du contrat. Cette obligation est considérée par la jurisprudence comme une obligation de résultat. Elle pèse, par exemple, sur l'employeur vis-à-vis de ses salariés.

Remarque

Les parties peuvent s'exonérer d'une partie de leur responsabilité en intégrant une clause limitative de responsabilité au contrat (→ Fiche 2, p. 252).

3 La responsabilité extracontractuelle

A Les finalités de la responsabilité extracontractuelle

- **La fonction de réparation** : l'objectif premier du régime de la responsabilité extracontractuelle est de réparer, autant que possible, le préjudice causé soit en nature (remise en état), soit, lorsque cela est impossible, par équivalent (versement de dommages et intérêts).
- **La fonction de punition** : la responsabilité extracontractuelle est fondée au départ sur la faute et sa sanction. C'est la contrepartie de la liberté individuelle.
- **La fonction de prévention** : par l'adage « nul n'est censé ignoré la loi », chaque citoyen est censé savoir que s'il commet un dommage, il sera amené à le réparer. Cela peut le dissuader d'adopter un comportement répréhensible.

B Les différents régimes de la responsabilité extracontractuelle

- L'objectif de la responsabilité civile extracontractuelle est de réparer les dommages causés par un fait juridique. La loi distingue, dans ce cadre, **cinq régimes différents**.

Article du Code civil	Régime de responsabilité	Énoncé de l'article
1240	Du fait personnel volontaire	« Tout fait quelconque de l'homme, qui cause à autrui un dommage, oblige celui par la faute duquel il est arrivé à le réparer. »
1241	Du fait personnel involontaire	« Chacun est responsable du dommage qu'il a causé non seulement par son fait, mais encore par sa négligence ou par son imprudence. »
1242	Du fait des personnes et des choses	« On est responsable non seulement du dommage que l'on cause par son propre fait, mais encore de celui qui est causé par le fait des personnes dont on doit répondre, ou des choses que l'on a sous sa garde. »
1243	Du fait des animaux	« Le propriétaire d'un animal, ou celui qui s'en sert, pendant qu'il est à son usage, est responsable du dommage que l'animal a causé, soit que l'animal fût sous sa garde, soit qu'il fût égaré ou échappé. »
1244	Du fait des bâtiments en ruine	« Le propriétaire d'un bâtiment est responsable du dommage causé par sa ruine, lorsqu'elle est arrivée par une suite du défaut d'entretien ou par le vice de sa construction. »

- Au sein de la responsabilité du fait des personnes, le Code civil évoque **trois régimes particuliers** :
  - l'employeur est responsable des dommages que le salarié peut commettre dans le cadre de son travail ;
  - les parents sont responsables des dommages causés par leur(s) enfant(s) ;
  - les maîtres sont responsables de leur(s) apprenti(s) dans le cadre d'un contrat d'apprentissage.

6 Les moyens d'exonération

Le responsable d'une faute peut chercher à s'exonérer totalement ou partiellement de la responsabilité qui pèse sur lui en invoquant une cause d'exonération.

1 Les causes d'exonération en matière pénale

• **Il existe trois causes d'exonération** qui permettent de ne pas engager la responsabilité d'une personne qui a commis des infractions pénales.

Moyen d'exonération	Principe	Exemple
L'ordre de la loi	L'infraction commise découle d'une **autorité légitime**.	Un CRS qui provoque la blessure d'un manifestant récalcitrant dans une foule engendrant des débordements obéit à un ordre de dispersion de la foule.
La légitime défense	C'est une réaction **immédiate et proportionnée** face à une agression.	Un propriétaire frappe et blesse un voleur qui s'est introduit de nuit dans sa maison, afin de le neutraliser.
L'état de nécessité	Une personne commet une infraction parce que **sa vie en dépend**.	Voler à l'étalage peut faire l'objet d'une exonération si la victime prouve qu'elle était en très grande carence alimentaire.

2 Les causes d'exonération en matière civile

A Les cas de principe

• **En matière civile, il existe trois causes d'exonération.**

	Moyen d'exonération	Principe	Exemple
Cause étrangère	**La force majeure**	Elle prend la forme d'un **événement naturel**.	Une inondation, un tremblement de terre, un vent violent, etc.
	Le fait d'un tiers ou le cas fortuit	Il découle du comportement d'une **tierce personne**.	Le personnel d'un aéroport fait grève et empêche un voyageur de livrer un bien dans les temps.
	La faute de la victime	La **victime** du dommage a contribué à sa réalisation.	Un patient ne guérit pas parce qu'il n'a pas pris les médicaments prescrits par son médecin.

• La cause étrangère doit remplir **trois conditions** :
– **elle est extérieure** : elle provient d'un élément non lié au fait ou à l'acte juridique en cause ;
– **elle est imprévisible** : la victime ou le débiteur défaillant ne pouvait pas raisonnablement anticiper l'événement ;
– **elle est irrésistible** : une fois la cause étrangère manifestée, il est impossible d'y faire face.

B L'application en matière contractuelle

• Les modes d'exonération accordés au débiteur défaillant dépendent de la nature de l'obligation inexécutée.

Nature de l'obligation	Mode d'exonération accepté	Effet sur la charge et l'objet de la preuve
Obligation de résultat	• La force majeure • Le fait d'un tiers	Le simple fait de ne pas atteindre le résultat prévu au contrat suffit à constituer la faute. Le débiteur doit prouver une cause étrangère pour s'exonérer. Ce n'est pas au créancier de l'obligation de prouver la faute du débiteur. Il y a donc un **renversement de la charge de la preuve**.
Obligation de moyens	• La force majeure • Le fait d'un tiers • La faute de la victime	Le débiteur de l'obligation doit prouver une cause étrangère ou une faute du créancier de l'obligation pour s'exonérer.

• En pratique, la jurisprudence est souvent amenée à déterminer si une obligation contractuelle entre deux parties est une obligation de moyens ou de résultat.

• La cause étrangère empêche le débiteur d'exécuter son obligation :

Le saviez-vous ?
En matière de sport d'hiver, les stations de ski ont à leur charge une obligation de moyens lorsque le skieur participe au transport et une obligation de résultat lorsqu'il est téléporté. Ainsi, sur un télésiège, l'obligation est de moyens pendant le temps d'embarquement et de débarquement du skieur, et de résultat pendant le transport.

Si l'empêchement est temporaire…	→	… **l'exécution de l'obligation est suspendue** à moins que le retard qui en résulterait ne justifie la résolution du contrat.
Si l'empêchement est définitif…	→	… **le contrat est résolu de plein droit** et les parties sont libérées de leurs obligations.

• En pratique, les parties peuvent prévoir l'étendue de leurs obligations respectives et donc envisager une cause d'exonération spécifique lors de la conclusion du contrat : elle se matérialisera par une clause exonératoire de responsabilité (→ Fiche 2, p. 252).

C L'application en matière extracontractuelle

• **L'auteur d'un dommage doit prouver les caractères extérieur, imprévisible et irrésistible de la cause étrangère ou la participation active de la victime à la réalisation du dommage.**

• **Cette appréciation se fait au cas par cas.**

Exemple
Une personne peut s'exonérer de sa responsabilité en avançant que le vent violent est à l'origine d'un dommage que les tuiles de son toit ont causé dans la propriété voisine. Toutefois, le caractère imprévisible n'est plus rempli si un bulletin météo annonçait ces vents violents.

7 Le contrat de travail

Le droit du travail est né de la nécessité de **protéger les salariés** dans la relation subordonnée qui les unit à leur employeur. Il relève donc de **l'ordre public de protection** et vient rétablir **l'équilibre contractuel.**
Le contrat de travail reste un contrat soumis au droit général des contrats mais bénéficie d'un régime particulier du fait de ses caractéristiques notables.

1 Les caractéristiques de la relation de travail

A La définition du contrat de travail

COMPRENDRE EN VIDÉO — *Analyser un contrat de travail*

- **Le contrat de travail** est la convention par laquelle une personne appelée « salarié » met à la disposition d'une autre personne, appelée « employeur », sa force de travail moyennant une rémunération. Le salarié se place sous la **subordination** de l'employeur qui dispose, de son côté, d'un **pouvoir de direction** sur lui.
- Récapitulons les éléments d'échange du contrat de travail :

La prestation de travail	Elle peut prendre des formes variées : tâches manuelles, intellectuelles, artistiques, d'exécution, d'encadrement.	C'est une obligation de faire.
	Les tâches se répètent dans le temps.	Le contrat est à exécution successive.
	Les tâches découlent de la qualification du salarié.	Le contrat est *intuitu personae*, en considération de la personne.
La rémunération	Le salaire, en espèces ou en nature, est la contrepartie du travail fourni.	Le contrat est à titre onéreux.
	Les deux parties ont des obligations réciproques.	Le contrat est bilatéral.

B L'existence d'un lien de subordination : preuve de la relation de travail

- Le lien de subordination est caractérisé par **trois dimensions** :

Le travail est exécuté sous l'autorité de l'employeur.	Le **pouvoir de direction** : il se concrétise par des instructions, des directives et, éventuellement, l'élaboration d'un règlement intérieur.
L'employeur peut contrôler l'exécution du travail.	Le **pouvoir de contrôle**.
L'employeur peut sanctionner les manquements de son salarié.	Le **pouvoir disciplinaire**.

Remarque
L'employeur, dans le cadre de son pouvoir disciplinaire, peut utiliser une palette de sanctions selon la gravité du comportement de son salarié. Cela va du simple avertissement au licenciement en passant par la mutation, la mise à pied ou encore la rétrogradation.

- **Le lien de subordination s'apprécie au cas par cas**. Les indices suivants peuvent permettre d'en établir la présence :
– le service dans lequel le salarié est intégré est organisé par l'employeur ;
– l'employeur fournit le matériel ;

– l'employeur fixe les horaires et le lieu de travail ;
– l'employeur supporte les risques en cas de faute ou d'inexécution de la prestation par le salarié.

• Le lien de subordination est **d'ordre public (de protection)**. Cela signifie que, lorsqu'il existe, les parties ne peuvent pas donner une autre qualification au contrat.

2 La distinction entre contrat de travail et contrat d'entreprise

A Les critères de la distinction

• Le **contrat d'entreprise** est un contrat de prestation de services entre un prestataire et son client. Il inclut l'exécution d'un travail contre une rémunération comme pour le contrat de travail.

• Toutefois, le **lien de subordination est absent**. En effet :
– en principe, le prestataire est indépendant. Il doit remplir une obligation de résultat selon un cahier des charges mais il a un libre choix dans l'utilisation des moyens pour réaliser sa prestation.
– Le prestataire supporte les risques et les charges sociales.
– Le prestataire est généralement propriétaire de ses instruments de travail, il organise son temps de travail.
– Le prestataire est éventuellement soumis à un régime juridique spécifique : statut de commerçant ou d'artisan ou de travailleur indépendant (avocat, expert-comptable, architecte, micro-entrepreneur, etc.).

> **Le saviez-vous ?**
> Selon l'article L. 8221-6 du Code du travail, les donneurs d'ordre inscrits ou immatriculés à un registre professionnel (registre du commerce et des sociétés, par exemple) sont présumés ne pas être salariés, mais bien travailleurs indépendants. Cette présomption est simple et peut être renversée par la preuve contraire.

B L'intérêt de la distinction

• L'intérêt de déterminer (ou pas) un lien de subordination et donc l'existence d'un contrat de travail est de conférer la **qualité de salarié** au subordonné et de pouvoir lui appliquer le régime juridique correspondant à savoir :
– le régime salarié qui le protège ;
– le régime d'assujettissement à la Sécurité sociale.

3 Les sanctions en cas de non-reconnaissance du lien de subordination

• Si un contrat n'est pas qualifié de « contrat de travail » alors qu'un lien de subordination est présent dans la relation contractuelle, alors le contrat peut être requalifié par le juge en tant que contrat de travail.

• Le client (donneur d'ordre) est donc qualifié d'employeur et le prestataire salarié. Le donneur d'ordre risque alors d'être condamné sous plusieurs chefs :
– sur le plan pénal, de **délit de travail dissimulé** ;
– sur le plan fiscal, il devra **reverser les cotisations manquantes aux organismes sociaux** ;
– sur le plan civil, il devra **verser les éventuels compléments de rémunération** (au moins le versement du salaire minimum) **et heures supplémentaires** que le salarié pourrait revendiquer. En outre, si le contrat a été rompu, le salarié peut demander des **indemnités pour licenciement sans cause réelle et sérieuse**.

8 Le contrat de travail à durée indéterminée (CDI)

Le contrat à durée indéterminée (CDI) est le contrat de travail de droit commun. Il inclut des droits individuels spécifiques entre l'employeur et le salarié dans un cadre négocié plus large intégrant une dimension collective.

1 L'intégration du contrat de travail au sein de la hiérarchie des normes

A Le principe de la hiérarchie des normes

• En matière juridique, **la hiérarchie des normes** est importante. Elle suppose que toute norme dite « inférieure » doit respecter une norme « supérieure ».

La loi → La convention collective → L'accord d'entreprise → Le contrat de travail

• Ainsi, un contrat de travail ne peut pas prévoir, en principe, de dispositions moins favorables au salarié que les normes supérieures qui lui sont applicables. Parfois, un contrat de travail peut se référer directement à la **convention collective** applicable.

B Le rôle des partenaires sociaux

• **La négociation des conventions collectives s'effectue par les partenaires sociaux**. Ces derniers regroupent des employeurs ou des représentants d'employeurs et des représentants des salariés. Ils ont pour mission de **concilier** la protection des intérêts légitimes de l'entreprise (flexibilité, compétitivité, etc.) et l'amélioration des conditions de travail des salariés.

Les partenaires sociaux représentatifs au niveau national

Représentants des employeurs	↔	Représentants des salariés
MEDEF, CGPME		CFDT, CFE-CGC, CFTC, CGT, CGT-FO

Les parties à la négociation au niveau de l'entreprise

L'employeur ↔ Les membres du Comité social et économique (CSE)

2 Les clauses générales du CDI

A Les mentions obligatoires du CDI

• Le CDI, dans sa rédaction, prévoit la **rémunération** du salarié, le **poste** qu'il va occuper avec la **qualification** requise, les **horaires** et la **durée** du travail, le **lieu** d'exécution du travail et ses différentes **missions**.

B La possibilité d'envisager une période d'essai

• Selon l'article L. 1221-20 du Code du travail, les parties peuvent également prévoir une **période d'essai**. Sa durée dépend de la catégorie professionnelle du salarié.

Catégorie professionnelle	Durée initiale de la période d'essai	Durée maximale (renouvellement compris)
Ouvrier ou employé	2 mois	4 mois maximum
Agent de maîtrise ou technicien	3 mois	6 mois maximum
Cadre	4 mois	8 mois maximum

• Pendant cette période, l'employeur évalue les compétences du salarié dans son travail et le salarié apprécie si les fonctions occupées lui conviennent. Elle peut être rompue par chacune des parties sans motif et sans indemnité. Elle suppose, toutefois, de respecter un préavis.

3 Les clauses spécifiques du contrat de travail

• Afin de s'adapter aux contraintes économiques qui sont les leurs, les entreprises peuvent insérer des clauses spécifiques dans les contrats de travail qu'elles signent avec leurs salariés parmi lesquelles les clauses de non-concurrence, de mobilité et de télétravail.

A La clause de non-concurrence

• **Définition.** Elle a pour but d'exiger d'un salarié **de ne pas exercer une activité concurrente à celle de l'entreprise qu'il vient de quitter**, que ce soit en se mettant au service d'un concurrent, ou en s'établissant à son compte.

• **Les conditions de validité de la clause de non-concurrence** sont les suivantes :
– la clause doit être justifiée par un **intérêt légitime** pour l'entreprise ;
– la clause doit être limitée dans le temps et dans l'espace ;
– la clause doit être limitée à certaines activités ;
– la clause doit prévoir une contrepartie financière non dérisoire.

B La clause de mobilité

• **Définition. La clause de mobilité est la clause par laquelle le salarié accepte que l'employeur puisse modifier unilatéralement le lieu d'exécution du contrat de travail**.

• **Les conditions de validité de la clause de mobilité** sont les suivantes :
– le recours à cette clause doit être justifiée par l'intérêt de l'entreprise ;
– le salarié doit avoir le temps et les moyens d'organiser son changement de lieu de travail ;
– la clause doit prévoir en des termes précis les lieux où le salarié peut être muté.

Exemple : Pour qu'une clause de mobilité soit valable, l'employeur doit lister concrètement les lieux possibles en énumérant les départements envisageables en France, par exemple.

C La clause de télétravail

• **Définition.** Le télétravail permet au salarié de travailler hors des locaux de l'entreprise, en utilisant les technologies de l'information et de la communication (TIC).

• **Les conditions de validité de la clause de télétravail** sont les suivantes : le télétravail est mis en place :
– soit dans le cadre d'un accord collectif ;
– soit dans le cadre d'une charte élaborée par l'employeur (après avis du CSE, s'il existe) ;
– soit, le cas échéant, par un accord libre entre l'employeur et le salarié.

9 Les autres formes de contrat de travail

Le contrat à durée indéterminée est le contrat de droit commun en droit du travail. Mais le législateur a également développé différentes formes de contrats plus adaptées au cycle économique de certaines entreprises. Ces formes d'emploi offrent de la **flexibilité** à l'employeur.

1 Le contrat à durée déterminée (CDD)

A Définition

• **Le contrat de travail à durée déterminée** est un contrat par lequel l'employeur recourt aux services d'un salarié contre une rémunération pour une période donnée. Le terme du contrat est fixé lors de sa conclusion :
– soit par une date précise (**contrat de date à date**) ;
– soit par la survenance d'un événement dont on ne connaît pas la date à l'avance (**contrat à terme imprécis**). Dans ce dernier cas, le CDD doit comprendre une **durée minimale**.

B Les conditions de recours au CDD

• Un employeur ne peut pas recourir à un CDD pour pourvoir durablement un emploi lié à l'activité permanente et normale de l'entreprise. Le recours au CDD doit rester **exceptionnel**. Il ne peut être conclu que pour **l'exécution d'une tâche précise et temporaire**.

Exemples de recours autorisés au CDD	Exemples de recours interdits au CDD
• Le remplacement d'un salarié temporairement absent. • L'accroissement temporaire de l'activité de l'entreprise. • Des emplois où l'usage exclut le recours au CDI en raison de la nature de l'activité et du caractère temporaire de ces emplois.	• Le remplacement d'un salarié absent dont le contrat est suspendu lors d'une grève. • Les travaux dangereux faisant l'objet d'une surveillance médicale spéciale. • L'embauche d'un salarié en CDD alors que moins de 6 mois auparavant un salarié a été licencié pour motif économique à ce même poste.

• Le CDD peut être renouvelé **deux fois** sans pour autant dépasser la **durée maximale de 18 mois**.

C Les indemnités lors de la rupture du CDD

• Lors de la rupture du CDD, la loi prévoit le versement de deux indemnités différentes.

Indemnité	Objectif	Principe
L'indemnité de précarité ou de fin de mission	Aider financièrement le salarié qui n'a plus d'emploi pendant le temps de sa recherche d'emploi.	Elle est égale à 10 % de la rémunération totale brute perçue par le salarié durant son CDD, primes et accessoires divers compris, à l'exclusion de l'indemnité de congés payés.
L'indemnité compensatrice de congés payés	Verser une somme d'argent au salarié qui n'a pas eu le temps de prendre la totalité de ses congés payés.	Elle se calcule comme pour les congés payés classiques du CDI.

- L'indemnité de précarité n'est pas versée dans trois cas :
– un CDD conclu avec des jeunes pour une période comprise dans leurs vacances scolaires ou universitaires ;
– en cas de refus par le salarié d'accepter la conclusion d'un contrat de travail à durée indéterminée pour occuper le même emploi ou un emploi similaire, assorti d'une rémunération au moins équivalente ;
– en cas de rupture anticipée du contrat à l'initiative du salarié, due à sa faute grave ou à un cas de force majeure.

2 Le contrat de travail temporaire (CTT) ou intérim

A Le fonctionnement du CTT

- Selon l'article L. 1251-2 du Code du travail : « Est un **entrepreneur de travail temporaire**, toute personne physique ou morale dont l'activité exclusive est de mettre à la disposition temporaire **d'entreprises utilisatrices** des salariés qu'en fonction d'une qualification convenue elle recrute et rémunère à cet effet. »
- Cette forme de travail fait intervenir **3 personnes physiques ou morales** (le salarié ne pouvant être qu'une personne physique) **et 2 contrats** :

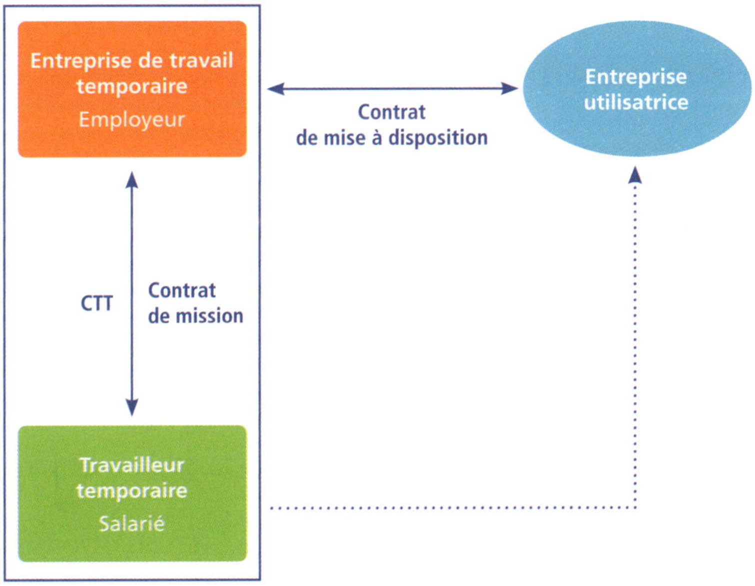

- Pour son fonctionnement, le CTT contient de nombreuses **similitudes** avec le CDD. Par exemple, la durée maximale du contrat, renouvellement compris, ne doit pas dépasser 18 mois.
- En revanche, il présente aussi des **spécificités**, notamment sur la durée de la période d'essai :

Durée du contrat	$\leqslant$ à 1 mois	1 mois < D < 2 mois	$\geqslant$ 2 mois
Durée de la période d'essai	Maximum 2 jours	Maximum 3 jours	Maximum 5 jours

B Les relations entre les parties

• Comme le salarié temporaire est embauché par une entreprise de travail temporaire mais travaille au sein d'une entreprise utilisatrice, les parties suivent quelques règles particulières :
– l'entreprise de travail temporaire est **redevable des cotisations sociales** du travailleur temporaire ;
– les salariés temporaires sont salariés de l'entreprise temporaire. Ils sont donc éligibles et électeurs aux élections des instances représentatives du personnel dans l'entreprise de travail temporaire et non dans l'entreprise utilisatrice ;
– les salariés temporaires sont pris en compte dans **l'effectif de l'entreprise utilisatrice** au prorata de leur temps de présence au cours des douze derniers mois, sauf s'ils remplacent un salarié absent ;
– les salariés temporaires ont les **mêmes droits** que les salariés de l'entreprise utilisatrice en matière d'hygiène, de sécurité, de formation et de congés du travail ;
– le travailleur temporaire doit respecter dans l'entreprise utilisatrice les règles du lieu de son travail. En contrepartie, l'entreprise utilisatrice a une **obligation de formation** du travailleur temporaire. Si le travailleur temporaire commet une faute, la procédure disciplinaire sera appliquée au sein de l'entreprise de travail temporaire ;
– l'entreprise utilisatrice, victime d'un dommage causé par le travailleur temporaire, peut obtenir réparation de la part de l'entreprise temporaire, s'il prouve que ce dommage est lié à une mauvaise exécution du contrat de mise à disposition par celle-ci.

3 Le contrat à durée indéterminée de chantier

• **Le contrat de chantier ou d'opération** est un contrat à durée indéterminée (CDI). Ce contrat permet à un employeur de recruter des salariés **pour réaliser un ouvrage ou des travaux précis**, dont la date de fin ne peut être exactement connue à l'avance. Il a pour spécificité de pouvoir être valablement rompu par l'employeur lorsque le chantier pour lequel le salarié a été recruté est achevé ou l'opération réalisée.

> **Remarque**
> **Le CDI de chantier ne doit pas être confondu avec un CDD.** En effet, lorsque, à l'achèvement du chantier, le contrat est rompu, le salarié perçoit en principe une indemnité de licenciement et non pas l'indemnité de précarité prévue pour les CDD.

4 Le contrat saisonnier

• Le travail saisonnier est caractérisé par l'exécution de **tâches normalement appelées à se répéter chaque année**, à des dates à peu près fixes, en fonction du rythme des saisons (récolte) ou des modes de vie collectifs (tourisme, vacances scolaires, etc.).

• Ce contrat présente **quatre particularités par rapport au CDD** :
– des contrats saisonniers successifs peuvent être conclus avec le même salarié ;
– ces contrats peuvent comporter une **clause de reconduction** pour la saison prochaine ;
– sauf convention ou accord collectif contraire, l'indemnité de précarité n'est pas versée à la fin du contrat saisonnier ;
– le contrat saisonnier peut ne pas comporter de date précise d'échéance. Il n'est donc pas de date à date. Pour autant, il doit toujours comporter une durée minimale.

10 La rupture du contrat de travail

La rupture du contrat de travail peut intervenir soit à l'initiative de l'employeur, soit à l'initiative du salarié, soit par un commun accord entre les deux parties.

1 La rupture à l'initiative de l'employeur

• Pour rompre un CDI, l'employeur doit prouver l'existence d'**une cause réelle et sérieuse** de licenciement. Elle peut être liée soit à la situation personnelle du salarié, soit à la situation économique de l'entreprise.

A Le licenciement pour motif personnel

• Le salarié peut avoir commis une faute ou s'être absenté de manière prolongée de l'entreprise.

Type de faute	Définition	Exemples	Indemnités à verser
Sérieuse	Faute revêtant une certaine gravité qui rend impossible, sans dommage pour l'entreprise, la continuation du travail et rend nécessaire le licenciement.	• Retards répétés. • Insubordination du salarié.	• Indemnité légale de licenciement. • Indemnité compensatrice de préavis. • Indemnité compensatrice de congés payés.
Grave	Faute sérieuse + caractère **d'immédiateté** de la mesure.	• Violences commises par le salarié. • Vol du matériel.	• Indemnité compensatrice de congés payés uniquement.
Lourde	Faute grave + **intention de nuire** du salarié contre l'entreprise.	• Séquestration des dirigeants. • Destruction du matériel de l'entreprise.	• Indemnité compensatrice de congés payés uniquement.

• La procédure de licenciement pour motif personnel comprend plusieurs étapes :

Étape 1 Convocation du salarié
- Envoi du courrier au plus tard 2 mois après que l'employeur a eu connaissance de la faute.
- La lettre doit arriver au moins 5 jours avant la date de l'entretien afin que le salarié puisse préparer sa défense.

Étape 2 Entretien
Le salarié peut être assisté durant cet entretien.

Étape 3 Notification du licenciement
Envoi de la notification du licenciement dans un délai minimum de 2 jours ouvrables et un maximum d'un mois.

B Le licenciement pour motif économique

• Selon l'article L. 1233-3 du Code du travail, « constitue un licenciement pour motif économique le licenciement effectué par un employeur pour un ou plusieurs motifs non inhérents à la personne du salarié résultant d'une suppression ou transformation d'emploi ou d'une modification, refusée par le salarié, d'un élément essentiel du contrat de travail, consécutives notamment :

1° à des **difficultés économiques** [...] ;
2° à des **mutations technologiques** ;
3° à une **réorganisation de l'entreprise** nécessaire à la sauvegarde de sa compétitivité ;
4° à la **cessation d'activité** de l'entreprise. »

2 Les autres modes de rupture à l'initiative du salarié

A À l'initiative du salarié

	Définition	Conditions
La démission	Le salarié met fin au contrat à tout moment et sans motif particulier.	• La démission doit résulter d'une **volonté sérieuse** et **non équivoque.** • Le salarié devra respecter un préavis avant de quitter l'entreprise.
Le départ à la retraite	Le salarié met fin au contrat pour faire valoir ses droits à la retraite.	Le montant de la pension du salarié dépend actuellement du nombre d'années de cotisation, de l'âge de départ à la retraite et du salaire pendant les 25 meilleures années de sa carrière.

B Avec l'accord amiable des deux parties : la rupture conventionnelle individuelle

• Son régime est défini **aux articles L. 1237-11 et suivants du Code du travail**. Elle suppose quatre étapes pour être mise en place :

Étape ❶ Un ou plusieurs entretiens	Le salarié et l'employeur peuvent chacun être assistés.
Étape ❷ Un écrit	Il prévoit les modalités de rupture : la date et le montant de l'indemnité spécifique.
Étape ❸ Un délai de rétractation	La rétractation doit être envoyée par lettre recommandée avec accusé de réception dans un délai de 15 jours calendaires à compter de la signature de la rupture conventionnelle.
Étape ❹ Une homologation	• Demande auprès de la DIRECCTE après l'écoulement du délai de rétractation (délai d'instruction de 15 jours). • Silence = homologation.

• Le salarié peut alors bénéficier de l'assurance chômage et d'une indemnité de licenciement. Il est mieux protégé qu'en cas de démission (mais moins bien qu'en cas de licenciement pour faute sérieuse).

• L'employeur peut rompre le contrat de manière souple sans passer par les procédures judiciaires longues et coûteuses.

• **La rupture conventionnelle** collective est un mode de rupture qui reprend les principes de la rupture conventionnelle individuelle mais peut être appliquée à plusieurs salariés en même temps. Elle est utilisée surtout dans le cadre d'un licenciement collectif pour motif économique.

Remarque

Lors du départ du salarié, quel que soit le mode de rupture, l'employeur lui remet :
• **un reçu pour solde de tout compte** pour régler les éventuels paiements en retard et les derniers salaires non encore versés ;
• **une attestation Pôle emploi** destinée à faire valoir les droits au titre de l'assurance perte d'emploi.

11 Les libertés individuelles et collectives

Les libertés fondamentales du citoyen doivent être respectées dans la relation de travail. Elles font, néanmoins, l'objet d'un encadrement spécifique tant au niveau **individuel** que **collectif**.

1 La protection des libertés individuelles du salarié

A Le principe : l'article L. 1121-1 du Code du travail

- D'un côté, l'employeur doit pouvoir mener son activité entrepreneuriale comme il l'entend et exercer son **pouvoir de direction**. D'un autre côté, ce pouvoir est contrebalancé par la nécessité de **protéger les libertés du salarié**, même sur le lieu de travail de ce dernier.

Les impératifs de l'employeur	La protection des libertés du salarié
• La **sécurité** du site. • La **confidentialité** des informations. • L'image ou la **réputation** de son entreprise.	• Le respect de la **vie privée**. • Le secret des correspondances.

Exemple : L'employeur peut imposer le port d'une combinaison spéciale lorsque le travail suppose la manipulation de produits chimiques dangereux.

- **L'article L. 1121-1 du Code du travail** énonce le compromis suivant : les limitations des libertés individuelles des salariés sont admises dès lors qu'elles sont **justifiées par la nature de la tâche et proportionnées au but recherché**.
- Ces limitations ont une importance particulière du fait des usages des **technologies numériques** qui se sont développés dans les pratiques et sur les lieux du travail.

Exemples

	Le pouvoir de l'employeur	La protection du salarié
Le stockage d'informations privées sur le disque dur d'un ordinateur de l'entreprise	L'employeur peut contrôler l'usage qui est fait des ordinateurs qu'il met à la disposition de ses salariés (temps de connexion).	L'employeur ne peut pas ouvrir un dossier qui est expressément nommé comme étant « personnel ».
La géolocalisation des véhicules des salariés	L'employeur peut utiliser la géolocalisation pour mesurer le temps de travail ou retrouver un véhicule en cas de vol.	L'employeur ne peut pas utiliser la géolocalisation pour contrôler en permanence le salarié ou vérifier s'il commet des excès de vitesse.

B La liberté d'expression

- La liberté d'expression est reconnue par les articles 10 et 11 de la Déclaration des droits de l'homme et du citoyen de 1789. Cette liberté a une **valeur constitutionnelle** supérieure aux lois. Elle inclut une **liberté d'opinion, de religion et de communication de sa pensée** (oralement ou par écrit). Toutefois, cette liberté est encadrée par le respect de **l'ordre public** et ne doit pas faire l'objet **d'abus**.

Exemple de liberté	Mise en œuvre	Encadrement
Liberté d'opinion	Liberté de pensée et libre expression de son opinion sur un sujet ou sur une personne.	• Le **devoir de réserve** d'un salarié vis-à-vis de sa hiérarchie et de son entreprise. • L'interdiction de tenir des **propos racistes ou injurieux**.
Liberté religieuse	Liberté de manifester son appartenance religieuse, de pratiquer sa religion et de l'abandonner.	**Ex. :** Une salariée a été sanctionnée pour le port du voile sur son lieu de travail parce qu'elle était en contact avec du public et devait donc adopter une tenue neutre vis-à-vis de celui-ci.

C Le devoir de loyauté

• Il découle de **l'article 1104 du Code civil** : « Les contrats doivent être négociés, formés et exécutés de **bonne foi**. »

• Ainsi, le salarié doit exercer son travail consciencieusement et dans l'intérêt de l'employeur.

Exemple : Le salarié ne doit pas transmettre des informations confidentielles à des concurrents.

• Et réciproquement, l'employeur doit fournir le matériel nécessaire pour que le salarié puisse réaliser le travail demandé.

2 L'exercice des libertés collectives du salarié

A Le droit de grève

• La grève est la **cessation collective, totale et concertée du travail** en vue d'appuyer des revendications professionnelles préalablement présentées à l'employeur. Ce droit est reconnu par le préambule de la constitution de 1946. Il a une **valeur constitutionnelle**.

• Cette définition apporte plusieurs indications sur l'exercice du droit de grève :
- la grève est un **droit qui s'exerce individuellement dans un cadre collectif** ;
- la **grève du zèle** (le fait de ralentir son rythme de travail) est interdite. Seul un arrêt complet du travail est valable ;
- la grève doit avoir pour objectif de défendre ou d'améliorer les **garanties sociales** et **les conditions de travail** des salariés.

Remarque
Un salarié peut faire grève tout seul s'il est le seul salarié de l'entreprise.

B La représentation du personnel

• Afin d'assurer un contrepouvoir face au pouvoir de direction de l'employeur, les salariés ont la possibilité de défendre leurs droits et conditions de travail à travers deux dispositifs :
- **le comité social et économique (CSE).** C'est **l'instance représentative du personnel** chargée de présenter à l'employeur les réclamations individuelles ou collectives relatives aux conditions de travail. Le CSE contribue à promouvoir la santé et la sécurité dans l'entreprise. Il peut, le cas échéant, saisir **l'inspection du travail** ;
- **le délégué syndical.** Le délégué syndical représente son **syndicat** auprès de l'employeur et assure la défense des salariés. Son pouvoir découle de la **liberté syndicale**. Cette dernière a été reconnue en 1884 et constitue aujourd'hui un principe à **valeur constitutionnelle**.

• Une personne qui porte atteinte à la liberté syndicale ou à la mission d'un délégué syndical commet un **délit d'entrave** et encourt des **sanctions pénales**.

Remarque
La liberté syndicale fait également l'objet d'une protection internationale, tant au niveau de l'Organisation internationale du travail (OIT), depuis 1948, qu'au plan européen (article 11 de la Convention européenne de sauvegarde des droits de l'homme).

12 Le droit de la concurrence

L'activité économique est fondée sur le principe général de la **liberté du commerce et de l'industrie**. Elle se développe dans un cadre juridique qui favorise autant qu'il encadre la liberté d'entreprendre, notamment pour **éviter la concurrence déloyale**. Le législateur adapte ce cadre juridique aux évolutions économiques et sociales.

1 La liberté du commerce et de l'industrie : la consécration d'une concurrence loyale

- Proclamée en 1791, la liberté du commerce et de l'industrie fonde le principe de **la libre concurrence**. Ainsi, tout agent économique est libre de se constituer une **clientèle** soit en la créant, soit en conquérant celle des autres.
- La conquête ou la conservation de la clientèle exige l'utilisation de **moyens loyaux**.
- Le droit de la concurrence a donc pour objectif majeur de **protéger le marché**, d'une part en favorisant la concurrence, d'autre part en la protégeant.

2 La protection de la concurrence loyale

A Les conditions de l'action en concurrence déloyale

- Pour dénoncer une concurrence déloyale, la personne qui s'en prétend victime peut ester en justice si elle remplit trois conditions : une faute, un préjudice et un lien de causalité entre les deux.

Le lien de causalité entre les deux — Direct et certain

La faute du professionnel

4 formes possibles :
- le dénigrement ;
- l'imitation ou la recherche de confusion ;
- la désorganisation de l'entreprise ;
- la désorganisation du marché.

Le préjudice de la victime

5 types de dommage :
- la dépréciation d'un élément attractif de la clientèle (comme une marque) ;
- la diminution d'un avantage concurrentiel ;
- le détournement de clientèle ;
- la gêne dans les initiatives commerciales ;
- l'atteinte à l'image de marque.

- Une victime de concurrence déloyale peut agir en justice par une action en concurrence déloyale dans un délai de 5 ans à compter du jour où elle a connaissance du dommage ou du jour où les agissements déloyaux cessent.

> **Définition**
> **Concurrence déloyale :** ensemble des procédés concurrentiels contraires à la loi ou aux usages, constitutifs d'une faute intentionnelle ou non, et de nature à causer un préjudice aux concurrents.

B Les sanctions de la concurrence déloyale

- **Le versement de dommages et intérêts** pour indemniser la victime du préjudice subi peut être à titre **financier**, **matériel** ou **moral** (atteinte à l'image de l'entreprise, à sa réputation).
- À titre complémentaire, le juge peut également ordonner la **cessation** du comportement déloyal ou la **publication** du jugement.

3 Les pratiques restrictives de concurrence

- Les pratiques restrictives de concurrence sont, elles aussi, condamnables : **elles faussent la concurrence**. Deux situations peuvent être étudiées.

A La rupture de la relation commerciale établie

- Lorsqu'une personne exerce des activités de production, de distribution ou de services, elle engage sa responsabilité civile si elle rompt **brutalement**, même partiellement, une **relation commerciale établie**.
- Ainsi, pour éviter de verser des indemnités, la personne à l'initiative de la rupture doit respecter un **préavis** dont la durée est fonction de la durée de la relation commerciale.
- Le Code de commerce précise que dès lors que le préavis dépasse une **durée de 18 mois**, l'auteur de la rupture ne peut pas engager sa responsabilité. En deçà de cette durée, le juge devra établir si la durée effective du préavis est cohérente avec la durée des relations commerciales.

> **Remarque**
> Une rupture des relations sans préavis reste possible en cas **d'inexécution** par l'autre partie de ses obligations ou en cas de **force majeure**.

B La revente à perte

- L'article L. 442-5 du Code du commerce interdit **la revente d'un produit en l'état à un prix inférieur à son prix d'achat effectif** (revente à perte pour simplifier). Cette interdiction est triplement limitée par :
  - **la nature du contrat** : cette interdiction ne s'applique qu'aux **contrats de vente** ;
  - **la nature du produit** : le produit revendu doit l'être **en l'état**, c'est-à-dire qu'il ne doit pas avoir subi de transformation. Un produit industriel ne peut être revendu à perte ;
  - **le prix servant de référence** : le prix de vente ne peut être inférieur au **coût de revient**, celui-ci étant au moins égal au prix d'achat.
- Le Code de commerce prévoit des exceptions où la revente à perte est envisageable. En voici quelques-unes :
  - les produits soldés ;
  - les produits qui deviennent obsolètes du fait de la mise sur le marché de produits plus modernes ;
  - les produits vendus dans le cadre d'une liquidation ou d'un changement d'activité d'un commerce ;
  - les produits périssables qui arrivent à leur date de péremption.

4 L'interdiction des pratiques anticoncurrentielles

Pratique anticoncurrentielle	Article	Principe
L'entente	• Article L. 420-1 du Code de commerce • Article 101 du Traité sur le fonctionnement de l'UE	Toute forme d'accord entre entreprises qui cherche notamment à limiter l'accès au marché, à faire obstacle à la libre fixation des prix est interdit.
L'abus de position dominante	• Article L. 420-2 du Code de commerce • Article 102 du Traité sur le fonctionnement de l'UE	Une entreprise a le droit d'exploiter une position dominante mais pas d'en abuser.

- **Les pratiques anticoncurrentielles sont sanctionnées** par l'autorité de la concurrence en droit français et par la Commission européenne sur le marché européen. Les sanctions sont pénales : des amendes financières et/ou la cessation du comportement illicite.

13 L'entreprise individuelle et la société commerciale

L'entrepreneur peut choisir de réaliser son projet seul (entreprise individuelle) ou en créant une nouvelle personne juridique morale (société commerciale). Parmi les critères de ce choix, la prise en compte du **risque** vis-à-vis de la protection de son patrimoine personnel est un élément prépondérant.

1 La liberté d'entreprendre seul : l'entreprise individuelle

A Le principe

• La liberté d'entreprendre permet à un individu seul d'exercer son activité professionnelle en entreprenant. Dans l'entreprise individuelle, l'entrepreneur est, à la fois, le **seul décideur** et le **seul propriétaire** des biens de l'activité.

B Le fondement juridique

• La théorie de **l'unicité du patrimoine d'Aubry et Rau** (XIXe siècle) énonce que chaque personne juridique détient un seul patrimoine et que chaque patrimoine ne peut être relié qu'à une seule personne. Le patrimoine contient donc l'ensemble de **l'actif** (droits) et du **passif** (obligations) d'une personne.

C Les risques à assumer

• Selon l'article 2284 du Code civil, tout débiteur (ici, l'entrepreneur) qui s'est endetté est amené à rembourser sa dette sur l'ensemble des biens de son patrimoine. *A contrario*, cela signifie que le créancier peut saisir tout bien du patrimoine de l'entrepreneur, aussi bien personnel que professionnel.

Remarque

La situation de l'entrepreneur individuel est d'autant plus risquée quand on sait que le taux de survie d'une entreprise à 5 ans est d'environ 50 % !

D Les mécanismes de protection

• Pour protéger le patrimoine de l'entrepreneur, le législateur a proposé dans le temps différentes modalités juridiques.

Modalité	Année d'entrée en vigueur	Principe
L'EURL (entreprise unipersonnelle à responsabilité limitée)	1985	Un entrepreneur individuel personne physique crée une nouvelle personne morale dont il est le seul associé. Les règles de fonctionnement s'inspirent de la SARL. Cette structure est idéale pour des entreprises de petite taille. Aucun capital social minimum n'est requis.
La SASU (société par actions simplifiée unipersonnelle)	1994	Un entrepreneur individuel personne physique crée une nouvelle personne morale dont il est le seul associé. Les règles de fonctionnement s'inspirent de la SAS. Aucun capital social minimum n'est requis. En outre, la loi permet une grande liberté dans la rédaction des statuts pour organiser ce type de société.

L'EIRL (entreprise individuelle à responsabilité limitée)	2011	Ce statut constitue une exception au principe de l'unicité du patrimoine d'Aubry et Rau. L'entrepreneur **peut séparer** son patrimoine et en **affecter** une partie seulement à son activité professionnelle. Il doit alors déclarer officiellement cette répartition.
L'insaisissabilité du patrimoine personnel face à un créancier professionnel	2022	**L'ensemble du patrimoine personnel** de l'entrepreneur est protégé par défaut. La loi crée un statut unique pour les entrepreneurs individuels qui entraîne le fin des EIRL.

2 La liberté d'entreprendre à plusieurs en s'associant : la société

A La création d'une société commerciale

• Pour entreprendre, plusieurs personnes, appelées « associés », peuvent se réunir et décider de créer une nouvelle société qui donne naissance à une nouvelle personne morale.

• La création de cette société est décrite dans **un contrat de société appelé « statuts »** qui doivent décrire les principaux attributs de la personne morale.

> **Remarque**
> La volonté de s'associer et de gérer une activité entrepreneuriale est appelée l'*affectio societatis*.

Attributs statutaires	Explication
La forme juridique	Elle constitue le choix de la structure juridique pour fonctionner. On distingue la SA, la SARL, la SAS, etc. Chacune dispose de règles spécifiques en termes d'organisation et de formalisme.
L'objet social	Il est la définition du champ d'action de la société créée et par là-même, il définit **l'étendue de la capacité juridique** de la personne morale.
Les apports	Les associés peuvent apporter trois types d'éléments à la société : des biens meubles ou immeubles, des sommes d'argent et/ou du savoir-faire. La **responsabilité** des associés est limitée au montant de leurs apports. De même, **la répartition des bénéfices** entre les associés se fait en fonction de l'importance de l'apport de chacun.
Le capital social	La **somme des apports** constitue le capital social, c'est-à-dire à la fois le patrimoine de l'entreprise mais aussi les éléments que les créanciers de la société peuvent saisir.
Le siège social	Il est le lieu d'installation de l'entreprise. Il est le lieu où l'entreprise peut être contactée. Il permet de déterminer la loi applicable.
Les organes de gestion	Les décisions, au sein d'une société, sont prises soit par des organes de gestion courante (**ex. :** conseil d'administration), soit par des organes délibératifs (**ex. :** assemblée générale ordinaire).

• Pour finaliser la création de la société et acquérir la personne morale, les statuts doivent faire l'objet d'une immatriculation au registre du commerce et des sociétés.

• L'avantage de la société est qu'elle permet, grâce aux apports des associés, de rassembler des capacités financières bien plus importantes qu'un entrepreneur individuel.

B La création d'une société coopérative

• Dans le cadre du développement de l'économie sociale et solidaire, les associés peuvent décider de constituer une société coopérative de production (SCOP). Cette forme de société, plus égalitaire, développe une certaine éthique où chaque associé détient une voix, quel que soit le montant de son apport.

14 Les partenariats contractuels

Différentes solutions contractuelles s'offrent aux entrepreneurs pour développer ou organiser leur activité économique. Elles doivent être nettement distinguées de la relation de travail qui implique un lien de subordination. Les entreprises peuvent conclure des **partenariats** avec d'autres entreprises tels que **le contrat de franchise** et **le contrat d'entreprise** (sous-traitance).

1 Le contrat de franchise

A Définition

• La franchise est un contrat par lequel un commerçant, appelé « **franchiseur** », concède à un autre commerçant, appelé « **franchisé** », le droit d'utiliser tout ou partie des droits incorporels lui appartenant (nom commercial, marques, licences), généralement contre le versement d'un pourcentage sur son chiffre d'affaires ou d'un pourcentage calculé sur ses bénéfices.

B Les principales obligations des parties

Obligations du franchiseur	Obligations du franchisé
• Il met à disposition du franchisé sa marque, son enseigne, son savoir-faire, ses techniques commerciales. • Il peut être amené à former le franchisé sur ces éléments.	• Il rémunère le franchiseur. • Il se fournit chez le franchiseur ou chez un fournisseur désigné.

• Le contrat de franchise se distingue de la relation de travail car le franchisé reste libre de fixer les prix de vente comme il l'entend. Il développe **sa propre clientèle**. En outre, il n'existe pas de lien de subordination entre les deux parties. Enfin, le franchisé peut être une personne morale alors qu'un salarié ne peut être qu'une personne physique.

2 Le contrat d'entreprise (sous-traitance)

A Définition

• Le contrat d'entreprise ou de sous-traitance est une convention par laquelle une entreprise (le **donneur d'ordre**) confie à une autre entreprise (le **sous-traitant**) le soin d'exécuter pour elle une partie des actes de production et de services dont elle conserve la responsabilité.

> **Remarque**
> Dans le cadre d'un chantier de grande ampleur, généralement, le donneur d'ordre confie au sous-traitant une partie des travaux qui lui ont été préalablement confiés par une autre entreprise, appelée **maître d'ouvrage**.

B Les principales obligations des parties

Obligations du donneur d'ordre	Obligations du sous-traitant
• Il définit le **cahier des charges** concernant les prestations à fournir. • Il rémunère le sous-traitant selon les clauses du contrat. • Il doit tout mettre en œuvre pour que le sous-traitant puisse exécuter correctement les travaux sous-traités. • Il est responsable envers le maître d'ouvrage des fautes commises par le sous-traitant.	• Il s'engage à réaliser les tâches confiées dans les délais définis et selon les règles de l'art de sa profession. • Il rend compte au donneur d'ordre des éventuelles difficultés rencontrées dans le cadre de ses travaux. • Il a une **obligation de conseil**.

15 L'intervention de l'État

La place que doit avoir l'État dans l'économie a toujours fait l'objet de débats. Le degré et les modalités de son intervention ont évolué au fil du temps et diffèrent encore selon les pays. L'intervention publique s'est ainsi développée au cours du XXe siècle, mais l'on assiste aujourd'hui au désengagement de l'État de certains secteurs (**exemple :** le transport ferroviaire est en cours d'ouverture à la concurrence).

1 D'un État gendarme à un État-Providence

A L'État gendarme : un État « *a minima* »

- On parle d'**État gendarme** lorsque ce dernier tend à n'assumer que les **fonctions régaliennes** (armée, police, justice). Plus concrètement, l'État assure principalement l'ordre public, la protection du pays et le prélèvement des impôts.
- **Cette forme d'État « *a minima* »** a prévalu jusqu'au début du XXe siècle.

> **Le saviez-vous ?**
> Le terme « **régalien** » se réfère au latin : *rex* = roi. Les fonctions régaliennes étaient celles en vigueur sous la monarchie.

B L'émergence d'un État-Providence au XXe siècle

- **L'État-Providence émerge** à la suite de la crise mondiale des années 1930 et de la popularisation des travaux de John Maynard Keynes. Ces événements favorisent l'élargissement des fonctions de l'État : mise en place de politiques économiques de relance et apparition d'une protection sociale pour venir en aide aux chômeurs.
- **Trois grandes fonctions** sont ainsi assumées par l'État selon Richard Musgrave :

Fonction d'allocation	L'État vise à assurer le bon fonctionnement du marché en instaurant des règlementations (droit des contrats, droit de la propriété, droit de la concurrence, etc.). Il veille également à corriger les défaillances du marché.
Fonction de redistribution	L'État corrige la répartition spontanée des revenus et des richesses lorsqu'elle conduit à des inégalités trop fortes (selon les normes de justice sociale du pays).
Fonction de stabilisation	L'État mène une politique économique visant à poursuivre les grands objectifs que sont la croissance, le plein emploi, la stabilité des prix ou encore l'équilibre extérieur de la balance commerciale.

2 Divers degrés d'intervention selon les pays

A Les indicateurs de mesure de la place de l'État dans une économie

- **Le degré d'intervention de l'État** ou son poids économique peut s'appréhender à l'aide d'indicateurs tels que :
– **le poids des dépenses publiques** : dépenses publiques/PIB ;
– **le taux des prélèvements** (ou **taux de pression fiscale**) : prélèvements obligatoires/PIB.

B Entre libéralisme et interventionnisme

- **Les degrés d'intervention de l'État diffèrent fortement selon les pays** : les pays anglo-saxons sont de tradition libérale (les mécanismes de marché sont privilégiés, le poids de l'État y est habituellement restreint). *A contrario*, la France ou les pays scandinaves accordent habituellement une place plus importante à l'État.
- **La protection sociale est un facteur explicatif majeur de ces différences en matière d'intervention de l'État** : les pays anglo-saxons tendent à privilégier des logiques d'assurance privée ; la protection sociale y est peu développée. La France privilégie, au contraire, une protection sociale fondée sur une mutualisation des risques sociaux (santé) ou des logiques d'assurance collective (chômage, retraite).

> **Exemple**
> Aux États-Unis, les individus doivent épargner pour financer leur propre retraite (**retraite par capitalisation**), ce qui n'influe pas sur les dépenses et recettes publiques.
> Le système de retraite français repose sur un principe de solidarité intergénérationnelle : les actifs d'aujourd'hui financent les pensions des retraités actuels (**retraite par répartition**). Le financement du système s'opère par des cotisations prélevées sur les salaires.

- **D'autres domaines** expliquent également ces différences entre les pays. Ainsi, l'enseignement public est prépondérant en France, ce qui n'est pas le cas de tous les pays.

3 Les modalités de l'intervention publique

A L'action budgétaire de l'État

- **Les dépenses publiques sont financées par des recettes** qui, pour l'essentiel, correspondent aux prélèvements obligatoires (impôts, taxes, cotisations sociales).
- Il y a **déficit public** lorsque les recettes ne suffisent pas à couvrir les dépenses. Le déficit (annuel) vient s'ajouter à la **dette publique** déjà contractée par le passé.

B Les entreprises publiques

- L'action de l'État se manifeste également au travers **d'entreprises dont il est propriétaire** (en partie ou en totalité). **La France dispose ainsi de nombreuses entreprises publiques (totalement détenues par l'État) et semi-publiques (participation de l'État au capital)**, notamment dans des secteurs qui ont été **historiquement aux mains d'un monopole public** : EDF et Engie pour l'électricité et le gaz, Orange pour la téléphonie, etc.
- **Nombre de ces secteurs ont fait l'objet d'une libéralisation**, c'est-à-dire d'une ouverture à la concurrence, ou sont en passe de l'être (exemple : le transport ferroviaire). Ils font l'objet d'une régulation spécifique : des organismes veillent au respect des règles concurrentielles car il n'y a que quelques offreurs sur ces marchés.

16 Défaillances des marchés, défaillances de l'État

Les défaillances des marchés ne permettent pas à ces derniers de fonctionner de manière optimale, c'est-à-dire en faveur de l'intérêt général : il n'y a pas d'allocation optimale des ressources. L'État doit donc agir pour corriger ces défaillances.
Toutefois, l'intervention publique peut, elle aussi, s'avérer défaillante, ce qui a conduit à la suppression de certains monopoles publics.

1 Les défaillances des marchés : définition et moyens de correction

A Les asymétries d'information

Définition de la défaillance	Moyens de correction
• **On parle d'asymétrie d'information lorsque, à l'occasion d'une transaction entre deux agents, l'un d'entre eux au moins ne dispose pas de toute l'information nécessaire.** **Exemples** • Un employeur ne connaît pas réellement le rendement qu'aura l'individu qu'il envisage d'embaucher (quelle implication, quelle motivation aura-t-il ?). • Un banquier ne sait si l'agent à qui il envisage d'accorder un crédit est fiable et pourra rembourser. • **Ces asymétries conduisent à des décisions non optimales et/ou à de mauvaises évaluations des risques :** – formation de bulles spéculatives, rationnement du crédit dans le domaine financier ; – freins à l'embauche sur le marché du travail ; – intérêt pour les vendeurs à pratiquer des prix élevés pour suggérer (parfois à tort) la qualité, etc.	• Parfois, **inclure des clauses dans les contrats ou exiger des informations** suffit à réduire ou corriger la défaillance. **Exemples** • Définir des objectifs dans le contrat de travail, assortir un prêt immobilier d'une hypothèque. • Exiger des bulletins de salaire avant d'accorder un prêt. • Les pouvoirs publics vont chercher à **améliorer la qualité de l'information** pour réduire l'asymétrie. **Exemples** • Obligation faite aux entreprises de publier leurs comptes : l'Autorité des marchés financiers (AMF) veille à l'information des investisseurs. • Développement des labels, comme l'AOP ou Appellation d'origine protégée, et des certifications pour informer sur la qualité des produits.

B La concurrence imparfaite

Définition de la défaillance	Moyens de correction
• **La concurrence imparfaite caractérise des marchés où il n'existe qu'un nombre restreint d'offreurs (oligopoles, voire monopoles)** à cause : – de barrières à l'entrée du marché (**ex. :** coût important pour s'implanter) ; – de fortes économies d'échelle d'où un avantage en terme de coût pour le premier sur le marché. • Un faible nombre d'offreurs réduit la pression concurrentielle, favorise les ententes sur les prix. **Le marché conduit à des prix anormalement élevés.**	• L'État met en place une **politique de la concurrence qui sanctionne les pratiques telles que les ententes sur les prix ou les abus de position dominante**. • L'État a confié certains secteurs à des **monopoles publics** pour maîtriser les prix pratiqués. Cela concerne notamment les activités de réseau (électricité, gaz, transport ferroviaire), qui font toutefois de nos jours l'objet d'une ouverture à la concurrence.

C Les externalités

<table>
<tr><th>Définition de la défaillance</th><th>Moyens de correction</th></tr>
<tr><th colspan="2">Les externalités négatives</th></tr>
<tr><td>• Les externalités négatives sont des effets induits par l'activité d'un agent ayant des répercussions négatives sur d'autres agents, sans que celui qui est à l'origine de l'externalité ne soit sanctionné ou ne supporte un coût (ex. : la pollution).
• En l'absence de sanction, le pollueur privilégie son intérêt particulier (ex. : produire au meilleur coût), ce qui peut aller à l'encontre de l'intérêt général (ex. : préserver l'environnement).</td><td>• L'État peut mettre en place des réglementations (ex. : interdire certaines productions ou consommations).
• La correction de l'externalité peut aussi consister à mettre en place une fiscalité verte (ou écotaxes) et/ou un marché des droits à polluer pour faire supporter un coût au pollueur et l'inciter à adopter un comportement plus vertueux (principe du pollueur-payeur). Le pollueur doit en effet supporter la taxe ou acheter des droits à polluer.</td></tr>
<tr><th colspan="2">Les externalités positives</th></tr>
<tr><td>• Les externalités positives sont des effets induits par l'activité d'un agent ayant des répercussions positives sur d'autres agents, sans que celui qui est à l'origine de l'externalité n'en soit récompensé.
• Dans ces circonstances, les agents ont intérêt à se comporter en « passager clandestin », c'est-à-dire à profiter des efforts fournis par d'autres.
Exemple
La R&D est une externalité positive car elle fait progresser les connaissances dont d'autres peuvent bénéficier. Les agents peuvent être tentés d'attendre que d'autres supportent les dépenses en R&D pour ensuite les imiter.</td><td>Pour faire face à un risque de dépenses insuffisantes dans ces activités (tentation de se comporter en « passager clandestin ») :
• L'État peut mettre en place des règles de droit pour protéger l'agent à l'origine de l'externalité. Ainsi, les brevets protègent les innovations et permettent de rentabiliser les efforts de R&D.
• Des incitations telles que des subventions ou des crédits d'impôt peuvent favoriser les activités à l'origine des externalités positives.
• Enfin, l'État peut prendre lui-même en charge certaines de ces dépenses (ex. : recherche publique – universités, CNRS –).</td></tr>
</table>

D Les biens publics et les biens communs

<table>
<tr><th>Définition de la défaillance</th><th>Moyens de correction</th></tr>
<tr><th colspan="2">Les biens publics</th></tr>
<tr><td>• Les biens publics sont à la fois non exclusifs (il n'est pas possible ou difficile d'empêcher leur consommation) et non rivaux (leur consommation par certains agents n'en prive pas les autres).
Exemples
L'éclairage public, les routes.
• Il n'y a donc pas d'intérêt à les payer puisque les biens pourront être consommés gratuitement. Il existe donc un risque de sous-production de ces biens publics.</td><td>L'État va produire les biens publics ou confier leur production à des entreprises privées via des délégations de service public.
Exemple
Marchés publics confiés à des acteurs privés pour assurer l'éclairage des villes.</td></tr>
<tr><th colspan="2">Les biens communs</th></tr>
<tr><td>• Les biens communs sont également non exclusifs mais, au contraire, rivaux.
Exemples
Les forêts, les nappes phréatiques.
• Ils sont gratuits et il existe un risque de surconsommation et d'épuisement des ressources.</td><td>• L'État, pour éviter une surconsommation, peut instaurer des réglementations ou des taxations.
• Il peut également nationaliser ces biens (les forêts sont entretenues par l'Office national des forêts) ou s'appuyer sur des agents intéressés par leur préservation (ex. : les associations en faveur de l'environnement).</td></tr>
</table>

2 Les défaillances de l'État et l'ouverture à la concurrence des monopoles publics

A Les défaillances de l'État

• Historiquement, **certains secteurs ont été confiés à des monopoles publics**. C'est le cas :
- **des activités de réseau** (transport ferroviaire, électricité, télécommunications, etc.), afin d'éviter que les prix ne soient anormalement élevés en cas de monopole privé ;
- **de la télévision, de la radio, du transport aérien**, par exemple, pour des raisons politiques et stratégiques.

> **Remarque**
> **La régulation de ces secteurs n'est pas exempte de critiques.** L'absence de pression concurrentielle n'incite pas à vouloir maîtriser les coûts et/ou à développer la qualité des prestations. Cela a pu, paradoxalement, conduire à des prix élevés pour les consommateurs et/ou à des pertes à supporter pour ces entreprises publiques.

B L'ouverture à la concurrence

• **Les pays développés ont progressivement cherché à libéraliser ces secteurs.** Développer la pression concurrentielle a eu pour objet de **favoriser des baisses de prix et une amélioration de la qualité ou encore de permettre l'émergence de compagnies « *low-cost* »** (dans le transport aérien notamment).

• Concernant les activités de réseau, cela a principalement consisté :
- à **ouvrir à la concurrence les activités qui utilisent le réseau** ;
- à **laisser aux mains d'un monopole la gestion et l'entretien du réseau**, l'opérateur concerné permettant aux concurrents du secteur d'utiliser le réseau.

> **Exemple**
> Le réseau de distribution d'électricité en France est géré par Enedis (ex-ERDF). La production d'électricité est, en revanche, ouverte à la concurrence : EDF, Engie, Direct Energie, etc.

• Toutefois, ces secteurs sont caractérisés par des **barrières à l'entrée du marché** (coûts importants pour s'implanter) qui **favorisent des oligopoles** (quelques offreurs concurrents seulement).

• Pour éviter des pratiques anticoncurrentielles telles que des ententes sur les prix, l'État a donc généralement mis en place des **autorités de régulation spécifiques**.

> **Exemple**
> L'ARCEP (Autorité de régulation des communications électroniques, des postes et de la distribution de la presse) veille ainsi :
> - à empêcher qu'Orange (l'opérateur historique) n'entrave l'accès de ses concurrents aux réseaux de télécommunication (pour freiner la concurrence) ;
> - à s'assurer qu'il n'y ait pas d'entente entre les opérateurs pour se « partager » le marché et à permettre ainsi aux consommateurs de bénéficier de baisses de prix.

17 Les politiques économiques de l'État et de l'Europe

L'activité économique est fluctuante et soumise à des cycles. Les politiques économiques ont justement pour objet de stabiliser la conjoncture économique et, à plus long terme, de mettre en place un cadre propice à la croissance. L'intégration européenne réduit toutefois les marges de manœuvre en matière de politiques économiques dont disposent les pays membres.

1 Généralités sur les politiques économiques

A Les fluctuations de l'activité économique

• **L'activité économique tend à être cyclique :**

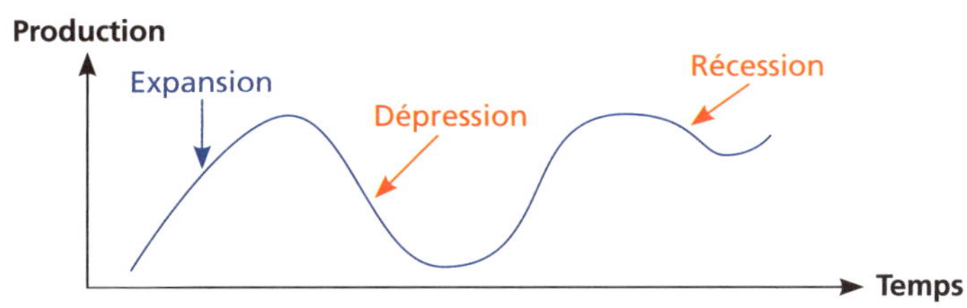

• **Les phases d'expansion sont caractérisées par une croissance de la production.** Mais elles peuvent avoir pour effet une « surchauffe » de l'activité, lorsque la pression forte de la demande conduit à un dérapage inflationniste.

• **Les phases de crise sont caractérisées par un ralentissement, voire une contraction, de la production.** On distingue :
– **la récession** : simple ralentissement du rythme de la croissance ou diminution passagère de l'activité économique ;
– **la dépression** : contraction durable du PIB.

B Les objectifs des politiques économiques

• **Les politiques économiques visent à stabiliser les grands agrégats macroéconomiques** (PIB, emploi, stabilité des prix, commerce extérieur).

• Habituellement, les États tendent à mener des **politiques contracycliques** :
– en période de « surchauffe » → politiques de rigueur (ou d'austérité) pour « refroidir » la conjoncture ;
– en période de crise → politiques expansionnistes (ou de relance).

2 Politiques de demande, politiques d'offre

A Les politiques de demande

• **Les politiques de demande (ou politiques conjoncturelles) ont pour objet de stabiliser la conjoncture économique**. Elles s'inscrivent ainsi dans des perspectives de **court terme**.

DROIT ÉCONOMIE

• Elles s'appuient principalement sur les politiques budgétaire et monétaire :
– **les politiques expansionnistes (ou de relance) visent à stimuler la demande pour favoriser la croissance et l'emploi**. Ces politiques reposent sur un creusement volontaire du déficit budgétaire (hausse des dépenses publiques et/ou réduction des impôts) ou sur une politique monétaire de baisse des taux d'intérêt ;
– **les politiques de rigueur (ou d'austérité)**, qui passent par la résorption du déficit budgétaire ou la hausse des taux d'intérêt, **privilégient, au contraire, la stabilité des prix et l'équilibre extérieur**.

B Les politiques d'offre

• Les politiques d'offre (ou politiques structurelles) ont pour principe de modifier durablement le fonctionnement du système économique en mettant en place un cadre favorable à la croissance. Elles s'inscrivent dans des perspectives de **long terme**.

• Ces dernières années, les axes principaux des politiques d'offre ont reposé :
– **sur une politique de la concurrence** visant à renforcer la concurrence sur certains marchés, à lutter contre les cartels, etc. Il s'agit d'inciter les entreprises à gagner en compétitivité-prix ;
– **sur une politique de promotion de la recherche et de l'innovation** dans un contexte où émerge une **économie de la connaissance** (de plus en plus dématérialisée, fondée sur des savoirs et des savoir-faire). L'innovation et les savoirs permettent de gagner en compétitivité, notamment hors-prix (qualité, capacité à se différencier).

> Remarque
>
> **Certaines mesures sont à la fois d'ordres conjoncturel et structurel.** Un allègement de la fiscalité peut favoriser la demande (hausse du revenu des ménages) mais également l'offre (baisse des coûts des entreprises). Réduire l'impôt sur le revenu, l'impôt sur les sociétés ou la TVA n'aura toutefois pas les mêmes effets sur l'économie.

3 Les politiques économiques en Europe

A L'Europe économique

• La construction européenne s'est traduite par une intégration économique croissante des pays membres afin de favoriser le développement économique de la zone et, plus particulièrement, de soutenir :
– **le développement des échanges** ;
– **certains secteurs** (ex. : soutien à l'agriculture, promotion du développement durable) ;
– **certains territoires** (ex. : favoriser le rattrapage économique des pays d'Europe de l'Est).

B Les politiques monétaire et budgétaire des pays membres de la zone Euro

• L'adoption d'une monnaie commune réduit fortement les marges de manœuvre en matière de politique économique :
– **car les pays membres de la zone Euro ont confié leur politique monétaire à la Banque Centrale Européenne (BCE)** ;
– **car l'adoption de l'Euro impose également une discipline budgétaire**. Ainsi, le déficit public ne doit pas excéder 3 % du PIB. Il doit même tendre vers l'équilibre ;
– **car la stabilité de la zone Euro suppose la coordination des politiques économiques** pour favoriser la convergence des économies (ex. : taux de croissance similaires).

18 Les politiques sociales

La politique sociale de l'État vise à réduire les inégalités socio-économiques et à protéger les individus contre les risques sociaux (maladie, chômage, etc.). Elle s'appuie sur le système de protection sociale et sur la fiscalité.

1 Les objectifs des politiques sociales

A Redistribution verticale et redistribution horizontale

• **La redistribution verticale a pour objet de réduire les inégalités socio-économiques**, autrement dit l'écart de richesses (revenu, patrimoine) entre les plus aisés et les plus modestes.

• **La redistribution horizontale vise à protéger les individus contre les risques sociaux** tels que la maladie, la vieillesse (retraites), la perte d'emploi (indemnisation du chômage), etc., indépendamment de leur niveau de revenu.

B Logique d'assurance et logique d'assistance

• **Historiquement, le système français de protection sociale obéit à une logique assurantielle** : les salariés bénéficient d'une protection en contrepartie du prélèvement de cotisations sociales sur leurs salaires. Ainsi, **seuls les cotisants bénéficient en principe de cette protection** et les prestations perçues sont généralement proportionnelles aux cotisations versées (ex. : pensions de retraite).

• **Le système français a progressivement intégré des dispositifs qui relèvent d'une logique d'assistance à destination des plus démunis** (en grande précarité ou en situation d'exclusion). **Il s'agit de prestations universelles qui correspondent à des minimas sociaux.** Elles sont destinées à tous, même si les bénéficiaires n'ont pas participé au financement du dispositif. Ce sont les **impôts et taxes** (et non les cotisations) qui financent ces prestations.

Exemple
Le revenu de solidarité active (RSA) constitue un revenu minimum pour les personnes sans ressources.

2 Les moyens d'action des politiques sociales

A La protection sociale

Principaux risques gérés par la protection sociale en France

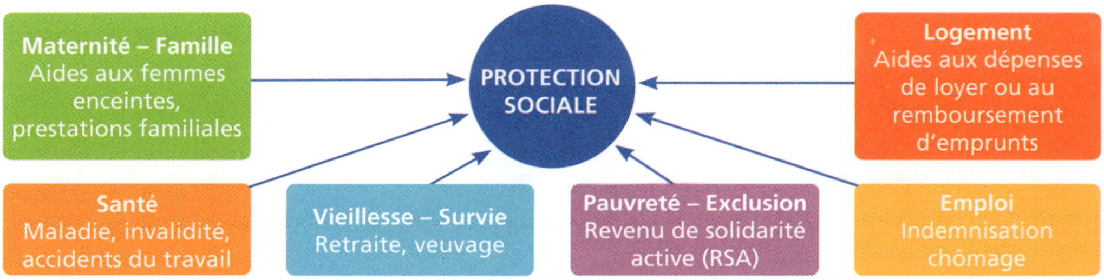

• **La protection sociale fournit des prestations monétaires** (ex. : versement de bourses ou d'allocations) ou **en nature** (ex. : prise en charge des dépenses de santé, fourniture de services sociaux).

• **L'essentiel des dépenses de la protection sociale reste financé par des cotisations prélevées sur les salaires.**

• **Mais les impôts et taxes occupent une place croissante dans les ressources de la protection sociale**, en raison du développement d'une logique d'assistance et des difficultés de financement observées.

> **Le saviez-vous ?**
> La CSG est un impôt prélevé sur l'ensemble des revenus : du travail, du patrimoine, mais également sur les prestations telles que l'indemnisation chômage.

> **Exemple**
> La contribution sociale généralisée (CSG), créée en 1990, participe au financement des différentes branches de la protection sociale (notamment l'assurance maladie).

B La fiscalité

• **La fiscalité peut être un levier pour effectuer de la redistribution verticale au travers de la progressivité de l'impôt sur le revenu.** En effet, plus les revenus sont importants, plus le taux d'imposition est élevé, ce qui contribue à réduire les inégalités.

3 La remise en question des politiques sociales

A Les difficultés de financement de la protection sociale

• **Le vieillissement démographique (qui alourdit les dépenses de santé et de retraite) et la faiblesse de la croissance économique (qui fragilise les recettes fiscales et sociales)** sont à l'origine des difficultés de financement de la protection sociale.

• **Néanmoins, les marges de manœuvre pour améliorer la situation sont réduites :**
- le poids des prélèvements obligatoires est déjà élevé en France ;
- augmenter les cotisations a pour effet de renchérir le coût du travail et peut donc favoriser le chômage.

• **C'est pourquoi des réformes ont été mises en œuvre (ou sont en passe de l'être)** pour mieux contrôler l'évolution des dépenses :
- **en matière de santé** : déremboursement de certains médicaments, promotion des médicaments génériques (moins coûteux), mise en place d'un médecin référent, etc. ;
- **en matière de retraite** : allongement des durées de cotisations, âge (minimal) de la retraite retardé, harmonisation des régimes de retraite, etc.

B La remise en question des politiques sociales

• **L'efficacité et la légitimité de certaines politiques sociales sont remises en question**, s'agissant notamment :
- du **caractère désincitatif** que peuvent avoir certaines prestations pour le retour à l'emploi ;
- de la **faible efficacité** de certains dispositifs en matière de réduction des inégalités ou d'insertion des individus les plus fortement exclus et précaires ;
- du **périmètre de la protection sociale** : certains doivent-ils relever de la protection sociale ou d'une logique d'assurance privée ?

19 Activité et chômage

Les chômeurs regroupent les personnes, faisant partie de la population active, à la recherche d'un emploi. Cette définition simple masque, en réalité, une mesure du phénomène plus complexe qu'il n'y paraît, et des formes diverses de chômage.

1 La définition du chômage

A Selon le Bureau international du travail (BIT)

• **Un chômeur est une personne en âge de travailler (15 ans ou plus) qui remplit les trois conditions suivantes :**
– être sans emploi, c'est-à-dire ne pas avoir travaillé au moins une heure durant la semaine où s'effectue le recensement ;
– être disponible pour prendre un emploi dans les 15 jours ;
– avoir cherché activement un emploi dans le mois précédant l'enquête.

• **Le BIT propose une définition harmonisée du chômage**, permettant d'effectuer des comparaisons internationales. C'est à présent la définition privilégiée par l'Insee pour ses publications.

B Selon Pôle emploi

• **Sont considérés comme chômeurs les demandeurs d'emploi en fin de mois (DEFM) inscrits à Pôle emploi.**

• **Pôle emploi distingue 5 catégories de chômeurs (A à E)** selon leur degré d'éloignement du marché du travail. La catégorie A, c'est-à-dire les personnes sans emploi et en recherche active d'un emploi, constitue la catégorie de référence pour la mesure du chômage.

> **Remarque**
> La mesure du chômage peut donc différer selon le BIT ou Pôle emploi.

2 La mesure du chômage

A La population active

• **La population active** regroupe les personnes, en âge de travailler, qui disposent ou sont à la recherche d'un emploi.

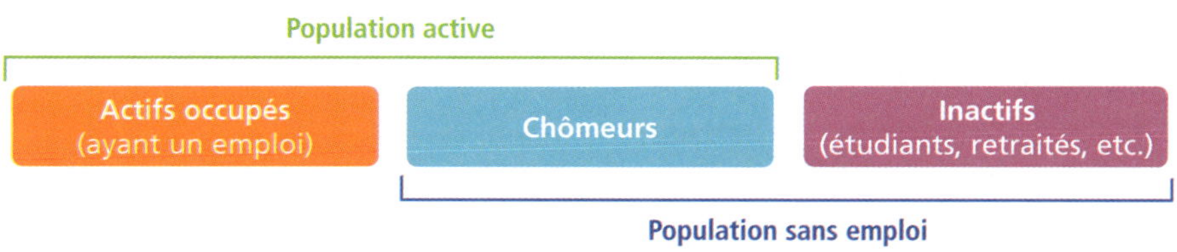

B Taux d'activité, taux de chômage et taux d'emploi

• **Taux d'activité** $= \dfrac{\text{population active}}{\text{population en âge de travailler (15 à 64 ans)}}$.

• **Taux de chômage** $= \dfrac{\text{nombre de chômeurs}}{\text{population active}}$.

• Taux d'emploi = $\frac{\text{nombre de personnes disposant d'un emploi}}{\text{population en âge de travailler (15 à 64 ans)}}$.

• À la différence du taux d'activité, le taux d'emploi ne concerne que les actifs occupés.

3 Les différentes formes de chômage

A Chômage volontaire et chômage involontaire

• **Selon l'approche théorique traditionnelle, le chômage serait volontaire** : les mécanismes de marché permettraient, par l'ajustement des salaires, d'équilibrer offre et demande de travail. Par conséquent, le chômage serait un choix volontaire individuel (aversion pour le travail) ou collectif (mise en place d'un salaire minimum supérieur au salaire d'équilibre).

• **D'autres économistes ont mis en évidence le fait que le chômage pouvait être involontaire :**
– J. M. Keynes considère que le chômage est causé par une insuffisance de la demande.
– L'inadéquation entre compétences des salariés et besoins des entreprises peut être à l'origine d'un chômage involontaire.
– Les employeurs seraient conduits à payer leurs salariés davantage que le salaire de marché pour les inciter à rester dans l'entreprise et à fournir davantage d'efforts (**théorie du salaire d'efficience**). Ce niveau de salaire élevé aurait toutefois pour effet de générer du chômage.

B Chômage conjoncturel et chômage structurel

COMPRENDRE EN VIDÉO — *Exploiter un graphique*

• **Le chômage conjoncturel résulte des aléas de la demande et de la croissance.** En période de ralentissement économique, le manque de débouchés pour les entreprises freine les créations d'emplois, voire entraîne des licenciements.

• **Le chômage structurel résulte des structures mêmes d'une économie (fonctionnement du marché du travail, niveau d'indemnisation du chômage, niveau de qualification des individus, etc.).** Le chômage structurel peut ainsi s'expliquer par le coût du travail (existence d'un salaire minimum, charges sociales), par un manque d'adéquation entre les besoins des entreprises et les qualifications des individus, etc.

• **Le chômage frictionnel est une composante du chômage structurel** : il provient de la période pendant laquelle un chômeur est en transition entre deux emplois (le temps de trouver un emploi correspondant à ses compétences et à ses envies). Ce chômage frictionnel est incompressible et inévitable, c'est pourquoi on l'appelle aussi **chômage naturel ou chômage de plein emploi**.

Les différentes composantes du chômage

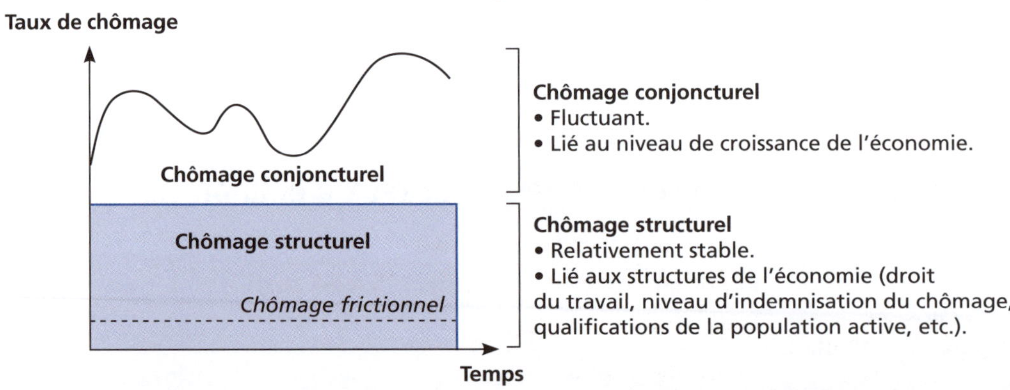

20 L'offre et la demande de travail

La rencontre d'une offre et d'une demande de travail va conduire à la formation d'un contrat de travail. Sur un plan global, le marché du travail va déterminer le niveau d'emploi et le niveau des salaires dans une économie.

1 L'offre et la demande de travail

A L'offre de travail

• **L'offre de travail émane des ménages**. Ces derniers acceptent d'offrir leur temps et leur force de travail en échange d'un salaire. On parle plus couramment de **demande d'emploi**.

• **C'est la population active qui reflète l'offre de travail à l'échelle d'une économie**. Elle représente le facteur travail disponible dans un pays.

B La demande de travail et ses déterminants

• **La demande de travail émane principalement des entreprises (mais aussi des administrations publiques)**. En effet, ces dernières ont besoin de facteur travail afin de pouvoir produire des biens et/ou des services. On parle plus couramment d'**offre d'emploi**.

• **Les entreprises ont un but lucratif. À ce titre, la demande de travail dépend principalement de quatre paramètres :**
– **la demande anticipée par les entreprises** : cette dernière conditionne la production et donc la demande de facteurs de production, dont le travail ;
– **la productivité du travail** : les gains de productivité peuvent, à court terme, réduire la demande de facteur travail tout en maintenant le niveau de production ;
– **le coût du travail** : parce que cela réduit la compétitivité (donc la production) ou favorise l'automatisation de la production, la hausse du coût du travail réduit la demande de ce facteur ;
– **la substituabilité entre le travail et le capital** : la combinaison productive (la part du travail et du capital dans la production) peut parfois, mais pas toujours, faire l'objet d'un arbitrage par l'entreprise.

Exemple
Les sociétés de transport par autocar doivent nécessairement avoir un nombre de salariés conducteurs en rapport avec la quantité d'autocars dont elles disposent.

C La demande de travail de l'État : l'emploi public

• **L'État est un employeur prépondérant dans de nombreux pays** (20 % de l'emploi total en France), et notamment au sein des pays en développement.

• **Les emplois publics concernent la fonction publique d'État, la fonction publique territoriale ou encore la fonction publique hospitalière.**

• **L'État n'ayant pas de but lucratif, les déterminants de la demande de travail et les caractéristiques des emplois publics peuvent différer de ceux des emplois privés :** sécurité de l'emploi, temps de travail, régimes de retraite, etc.

• **Le recours croissant à la contractualisation** (travailleurs n'ayant pas le statut de fonctionnaire) **et à l'externalisation d'activités** (ex. : recours à des sous-traitants privés pour la restauration scolaire) symbolise une volonté de réduire le poids de l'emploi public dans l'économie française.

2 La rencontre de l'offre et de la demande sur le marché du travail

COMPRENDRE EN VIDÉO *Exploiter un graphique*

A Le contrat de travail

• **Le contrat de travail est le fruit d'une rencontre entre l'offre et la demande de travail**. L'offreur (le travailleur) accepte de fournir sa force de travail pour un temps déterminé en échange du versement d'un salaire par le demandeur (l'employeur).

• **Le contrat de travail est soumis à des règles, notamment en matière de temps de travail et de rémunération** (ex. : le respect d'un salaire minimum). Ces règles peuvent être issues de la loi ou de négociations collectives.

B L'équilibre du marché du travail

• **En théorie, l'ajustement des salaires va permettre d'égaliser les quantités de travail offertes et demandées et de faire émerger un salaire d'équilibre qui assure donc le plein emploi :**

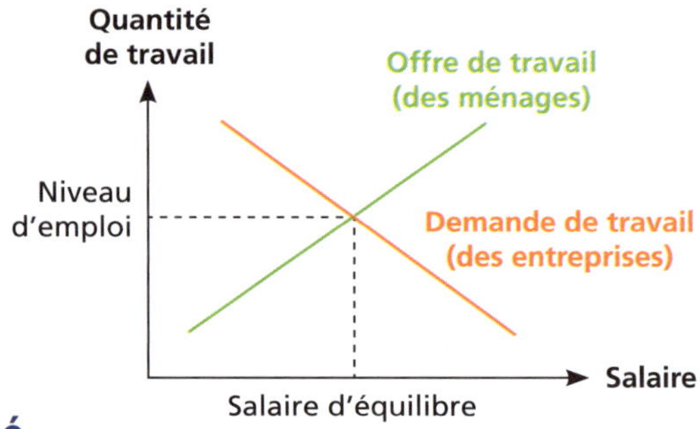

C Les déséquilibres sur le marché du travail : le sous-emploi

Effet de la mise en place d'un salaire minimum

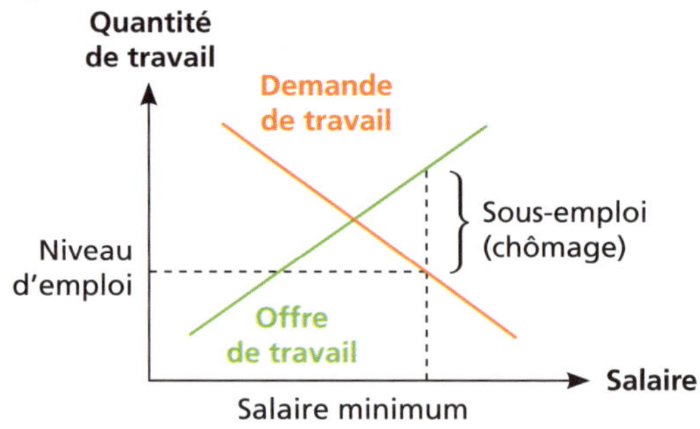

• **En première approche, le sous-emploi peut être perçu comme un dysfonctionnement du marché du travail**. Instaurer un salaire minimum, par exemple, peut empêcher l'équilibre de l'offre et de la demande de travail : tous les offreurs ne pourront disposer d'un emploi.

• **Plus généralement, le chômage structurel s'explique par des facteurs qui perturbent les mécanismes du marché du travail** : salaire minimum, cotisations sociales (qui induisent une différence entre le coût supporté par l'employeur et la rémunération nette du salarié), freins à l'ajustement des effectifs (coûts ou délais pour licencier), etc.

• **Mais le chômage ne peut s'expliquer uniquement avec ces mécanismes de marché :**
- un salaire minimum contribue à soutenir la demande, donc la croissance. Il peut ainsi réduire la composante conjoncturelle du chômage ;
- il n'existe pas un mais une multitude de marchés du travail en raison de l'hétérogénéité des qualifications des individus. Le chômage structurel est ainsi alimenté par une inadéquation entre les besoins des entreprises et les compétences dont disposent les ménages.
- etc.

21 Les politiques de l'emploi

La lutte contre le chômage constitue l'un des grands objectifs de la politique économique. L'État met ainsi en place des politiques dites « passives » qui ont pour but d'agir sur les conséquences négatives du chômage, au premier rang desquelles la perte de revenu. Les politiques « actives » visent, quant à elles, à réduire le nombre de chômeurs.

1 Les politiques passives de lutte contre le chômage

• **La perte d'emploi occasionne une perte de revenu que l'État compense en versant des revenus de transfert**. Les pouvoirs publics mettent ainsi en place des mesures d'indemnisation du chômage et/ou des aides sociales à destination des individus les plus éloignés du marché du travail (ex. : le revenu de solidarité active ou RSA).

> **Remarque**
> Ces politiques passives sont également qualifiées de « traitement social » du chômage.

• **La question du niveau et de la durée de ces indemnisations et aides est toutefois complexe**. Les aides trop généreuses pourraient inciter les individus à rester sans emploi.

• **Avancer l'âge de la retraite, ou encore prévoir des systèmes de pré-retraite, a été une mesure employée par le passé**. Ces dispositifs permettaient de cibler les chômeurs seniors et de leur verser une pension de retraite. Ils constituent la population ayant le plus de difficulté à retrouver un emploi.

• **Les difficultés de financement du système des retraites liées au vieillissement démographique ne permettent plus d'employer ce type de mesure**. Les réformes mises en place à partir des années 2000 ont, au contraire, retardé l'âge de la retraite et/ou allongé la durée de cotisation.

2 Les politiques actives de lutte contre le chômage

A Les objectifs des politiques actives de lutte contre le chômage

• **Les politiques actives de lutte contre le chômage visent à réduire le nombre de chômeurs en favorisant la création d'emplois**. On les qualifie également de « traitement économique » du chômage.

• **Il est parfois difficile de distinguer traitement économique et traitement social du chômage**. Ainsi, la France a, par le passé, mis en place des « contrats aidés », c'est-à-dire des emplois partiellement subventionnés par l'État, généralement pour une durée limitée. L'objectif était de développer l'employabilité d'individus durablement exclus du marché du travail pour qu'ils puissent par la suite retrouver un emploi. Mais les difficultés d'insertion persistantes révèlent que de tels dispositifs relevaient parfois, en réalité, d'un traitement social du chômage.

B La lutte contre le chômage conjoncturel

• **Le chômage conjoncturel résulte d'une demande (et donc d'une croissance) insuffisante.**

• **Les politiques conjoncturelles visant à favoriser l'emploi sont ainsi des politiques de relance de la demande** qui peuvent être fondées :
- sur une politique budgétaire expansionniste d'augmentation des dépenses publiques ou d'allègement de la fiscalité ;
- sur une politique monétaire de réduction des taux d'intérêt ou de développement du crédit.

• **Mais les politiques conjoncturelles ne sont plus, aujourd'hui, un axe central de la politique de l'emploi car :**
- **l'ouverture des économies a réduit l'efficacité des politiques de relance.** Le supplément de demande qu'elles sont censées induire peut profiter aux importations plutôt qu'aux productions nationales ;
- **les contraintes budgétaires de la zone Euro en matière de déficit limitent les possibilités de relance budgétaire.** La crise Covid a toutefois entraîné la suspension temporaire de ces contraintes budgétaires ;
- **la politique monétaire des pays membres de la zone Euro est assurée par la BCE dont la mission première est de garantir la stabilité des prix** (et non la croissance et l'emploi).

C La lutte contre le chômage structurel

• **Les politiques structurelles de lutte contre le chômage visent principalement à améliorer le fonctionnement du marché du travail.** Ces politiques structurelles constituent aujourd'hui l'axe majeur de la politique de l'emploi.

Mesures principales	
Mesures visant à réduire le coût du travail pour les bas salaires	**Allègement des charges sociales sur les bas salaires** pour venir plus spécifiquement en aide aux travailleurs peu qualifiés, les plus vulnérables face au chômage.
Mesures visant à développer la flexibilité du travail	**Mesures visant à réduire le coût et les délais pour les licenciements** (contrats courts, instauration de la rupture conventionnelle du contrat de travail, plafonnement des indemnités de licenciement, etc.) : **il s'agit paradoxalement de faciliter les licenciements pour lever les freins à l'embauche lorsque la conjoncture est favorable.**
Mesures visant à inciter au retour à l'emploi	**Mesures visant à durcir les règles d'indemnisation du chômage** : augmentation de la durée minimale permettant de bénéficier de l'indemnisation, dégressivité des allocations, etc.
Mesures en faveur de la formation continue et en alternance	**Mesures visant à développer l'employabilité des individus et leur adéquation avec les besoins des entreprises** : droits à la formation, développement de l'apprentissage, etc.

• **La France, depuis plusieurs années, vise à réformer son marché du travail en s'inspirant du modèle danois de « flexisécurité ».** Il s'agit :
- d'assurer une plus grande flexibilité du marché du travail ;
- tout en maintenant un filet de protection important à destination des travailleurs (en matière d'indemnisation et de formation notamment).

22 Des échanges commerciaux inter et intrabranches

À partir de la seconde moitié du XXe siècle, l'ouverture des frontières et les progrès en matière de transport et de communication ont permis une très forte croissance du commerce international et en ont modifié les caractéristiques (émergence des chaînes de valeur mondiales). Aujourd'hui, le commerce ne porte plus seulement sur des produits finis mais, pour plus de la moitié, sur des biens intermédiaires.

1 Mesure et caractéristiques des échanges internationaux

A La balance des biens et services

• **La balance des biens et services est une composante de la balance des paiements** qui recense l'ensemble des flux économiques (biens, services, capitaux, etc.) entre un pays et le reste du monde.

• **Cette balance fait apparaître un solde entre les exportations et les importations de biens et services**. Une balance positive indique que les exportations sont supérieures aux importations (**excédent commercial**). Dans le cas contraire, on parlera de **déficit commercial**.

> **Le cas de la France.** Depuis de nombreuses années, la balance des biens (ou balance commerciale) est déficitaire en raison, principalement, des importations en énergie (pétrole). La France dispose toutefois de secteurs performants (ex. : aéronautique, luxe, agroalimentaire).
> La balance des services est structurellement excédentaire, notamment grâce au tourisme, mais cela ne suffit pas à compenser le déficit de la balance commerciale.

• **Bien que prépondérants au sein des économies développées, les services sont minoritaires dans le commerce mondial**. Leur part dans les échanges internationaux est aujourd'hui de l'ordre de 25 %.

B Échanges interbranches et échanges intrabranches

• **Les échanges interbranches concernent le commerce de biens distincts entre deux pays**. Un pays importe principalement des produits qu'il ne fabrique pas lui-même ou pour lesquels il n'est pas compétitif.

• **Les échanges intrabranches qualifient des échanges croisés de biens similaires entre deux pays.**

> **Exemple**
> La France et l'Allemagne s'échangent des véhicules automobiles.

• **Les échanges intrabranches ont fortement progressé à partir des années 1980** du fait, notamment, de la spécialisation croissante des pays sur une étape du processus de production d'un bien. Cette spécialisation favorise les importations de biens intermédiaires en amont du processus de production et les exportations vers des pays qui interviennent à un stade ultérieur du processus.

2 Commerce international et chaînes de valeur mondiales

A Les chaînes de valeur mondiales

• **La baisse des coûts de transport et de communication a favorisé un « éclatement » des processus de production** car cela facilite la gestion de filiales distantes, et surtout les relations avec les sous-traitants, quels que soient leurs lieux d'implantation dans le monde.

• **Les firmes multinationales *via* leurs stratégies d'externalisation ont favorisé une segmentation croissante des processus de production** : les entreprises se spécialisent non pas dans la production d'un bien mais dans une étape de sa fabrication. **L'existence d'économies d'échelle renforce l'intérêt d'une telle spécialisation** : la spécialisation favorise la production de volumes importants qui permettent une baisse des coûts unitaires.

> **Remarque**
> L'externalisation par création de filiales (ou rachat de sociétés) à l'étranger est comptabilisée comme « investissement direct à l'étranger (IDE) ». Les délocalisations sont souvent évaluées à partir des IDE sortants.

• **Cette logique d'externalisation et de segmentation des processus de production s'envisage à l'échelle internationale. Elle est guidée par les avantages comparatifs des différents pays** : coût du travail, compétences/qualifications de la main-d'œuvre, avantages fiscaux, niveau des infrastructures de transport et de communication, etc.

• **La localisation des activités dans le monde est ainsi largement influencée par ces logiques qui conduisent à une segmentation et une internationalisation des chaînes de valeur.**

B Les effets des chaînes de valeur sur le commerce mondial

• **Les chaînes de valeur mondiales contribuent fortement au commerce international au travers des importations et exportations de biens qu'elles génèrent :**

Les flux d'échanges internationaux générés par les chaînes de valeur

• **Les chaînes de valeur mondiales favorisent le commerce des biens intermédiaires**, qui représentent aujourd'hui plus de la moitié du commerce mondial.

• **Chaque segment de la chaîne ne dégage pas la même valeur ajoutée.**
– Certains pays n'ont qu'un rôle d'assembleur et ne dégagent qu'une faible valeur ajoutée du produit final. Il s'agit généralement de pays en développement, parfois qualifiés de « pays ateliers ».
– Au contraire, les pays développés (plus généralement) se positionnent sur des segments à forte valeur ajoutée (phase de conception plutôt que de fabrication, innovation, recherche, etc.).

• **En dépit des inégalités entre pays qui découlent de ces chaînes de valeur, ces dernières ont permis à certains pays de s'intégrer au commerce mondial et de se développer.** Ainsi, la Chine, par exemple, a su développer des sous-traitants travaillant pour le compte de firmes multinationales. Aujourd'hui, elle ne se limite pas à de l'assemblage et peut compter sur l'essor de firmes nationales innovantes et de pointe, comme dans le secteur de la téléphonie mobile (**ex. :** Huawei).

23 Des politiques commerciales divergentes

Le développement du commerce international a incontestablement favorisé la croissance économique mondiale. Néanmoins, son impact peut également s'avérer néfaste et, notamment, être un facteur d'inégalités. Ainsi, depuis la seconde moitié du XXe siècle, les pays ont globalement mis en œuvre des politiques d'ouverture aux échanges. Cette tendance générale n'a toutefois pas totalement exclu le recours à des mesures protectionnistes.

DROIT ÉCONOMIE

1 Les effets contrastés du commerce international et du libre-échange

Effets positifs	Effets négatifs
• Un renforcement de la concurrence internationale qui favorise des baisses de prix et une hausse de la qualité des produits (notamment par l'innovation). • Un vecteur de croissance économique : l'essor du commerce après la Seconde Guerre mondiale a grandement participé à la croissance économique mondiale. • Un vecteur de réduction des inégalités, en favorisant le développement de pays qui ont su s'insérer dans les chaînes de valeur mondiales (CVM) et se développer grâce aux exportations. Les investissements directs à l'étranger des pays développés à destination des pays en développement ont favorisé ce phénomène.	• Un frein au développement de certains pays qui n'ont pas réussi à s'insérer dans les CVM ou qui n'ont pas su se spécialiser dans des activités favorables à leur développement. • Un vecteur d'inégalité qui fragilise plus particulièrement les travailleurs peu ou pas qualifiés des pays développés (les plus exposés au risque de délocalisation). • Une interdépendance entre les pays qui réduit l'autonomie des politiques économiques nationales. • Des atteintes à l'environnement (pollution, épuisement des ressources naturelles, etc.) liées à l'intensification de l'activité et des flux commerciaux.

2 Les politiques commerciales : ouverture ou contrôle des échanges

A Les formes multiples du protectionnisme

• **Les mesures protectionnistes peuvent reposer sur des barrières :**
– **tarifaires** → droits de douane, taxation des exportations ou des importations ;
– **non tarifaires** → interdictions ou restrictions quantitatives à l'importation (quotas), prescriptions relatives à la teneur en composants ou aux produits locaux (ex. : obligation de passer de la musique francophone sur les ondes radio).

• **Le protectionnisme comprend des pratiques de concurrence déloyale** qui favorisent artificiellement la compétitivité des entreprises locales, comme des subventions à destination d'entreprises locales.

• **Le protectionnisme peut prendre des formes déguisées** : établissement de règles ou de procédures douanières plus complexes.

B Les politiques d'ouverture à l'échange

• **Ces politiques visent à promouvoir le libre-échange** grâce à la suppression ou la réduction des barrières protectionnistes. Ces mesures peuvent être temporaires ou permanentes.

• **Les objectifs visés par ces politiques sont :**
– de faciliter les échanges et donc la croissance selon un principe gagnant-gagnant. Un pays qui accepte d'ouvrir son marché aux importations pourra simultanément développer ses exportations ;
– d'intensifier la concurrence pour inciter les entreprises à développer leur compétitivité (prix et hors prix) au profit des consommateurs.

C Les politiques visant à renforcer le contrôle des échanges

• **Ces politiques reposent sur l'instauration ou le renforcement de barrières protectionnistes tarifaires ou non tarifaires** : nouveaux droits de douane (ou augmentation de ces droits), établissement de règles douanières ou de normes plus strictes, etc.

• **Ces politiques visent principalement à protéger les entreprises et les emplois locaux en freinant les importations, avec notamment :**
– une protection temporaire des secteurs émergents (« industries naissantes ») le temps pour eux d'atteindre une taille suffisante et d'être capables de résister à la concurrence internationale ;
– une protection temporaire des secteurs en déclin (« industries vieillissantes ») pour laisser le temps aux entreprises de se restructurer et/ou aux travailleurs de se former et de se reconvertir ;
– une protection permanente de secteurs qu'un pays ne souhaite pas ouvrir à la concurrence internationale, pour des raisons stratégiques et/ou politiques : entreprises du secteur de l'armement, certains services publics (santé, éducation, etc.), culture, etc.

• **L'adoption de mesures protectionnistes peut s'avérer dangereuse car cela expose à de possibles représailles de la part des autres pays.** Si cela conduit à une escalade protectionniste, il peut en résulter une chute brutale du commerce international qui affecterait négativement la croissance de tous les pays.

Les tensions commerciales entre Chine et États-Unis lors de la présidence de Donald Trump
• Les États-Unis ont relevé les droits de douane s'appliquant à certains produits chinois, invoquant, en guise de justification, des pratiques protectionnistes de la Chine, notamment :
– une sous-évaluation de la monnaie chinoise qui renforce artificiellement la compétitivité des produits chinois à l'export ;
– un espionnage industriel visant les industries de pointe américaines.
• L'objectif des États-Unis était principalement de rapatrier sur leur territoire des entreprises et des emplois dans le secteur industriel (sidérurgie, automobile).
• L'efficacité de cette politique protectionniste s'est avérée discutable en raison de ses effets pervers : hausse des coûts des entreprises américaines recourant à des composants chinois, hausse des prix pour les consommateurs américains.
• La Chine a, par ailleurs, pris des mesures protectionnistes à l'encontre des États-Unis en guise de rétorsion.

24 L'OMC et la règlementation des échanges internationaux

Les conséquences négatives que peuvent avoir les politiques protectionnistes ont conduit la communauté internationale à concevoir une règlementation des échanges internationaux. C'est au sein de l'OMC (Organisation mondiale du commerce) que se tiennent des négociations entre les pays, en vue d'élaborer et de faire évoluer les règles du commerce international.

1 Les missions et modalités de fonctionnement de l'OMC

A Les missions de l'OMC

• **L'OMC est en charge de l'élaboration et de la mise en application d'une règlementation des échanges internationaux visant à promouvoir le libre-échange** en éliminant ou en réduisant les barrières à l'échange : abaissement des tarifs douaniers, réduction, voire suppression, des barrières non tarifaires.

• **Cette marche vers le libre-échange est garantie par certains grands principes de la règlementation du commerce mondial, parmi lesquels :**
- **la clause de la nation la plus favorisée** : tout avantage commercial accordé à un pays doit être étendu à tous les pays membres de l'OMC → égalité de traitement entre les pays ;
- **le principe du traitement national** : les produits étrangers importés et les produits nationaux doivent être traités de la même manière (en matière de règlementation, de fiscalité, etc.).

> **Remarque**
> L'OMC vise clairement à promouvoir le libre-échange, mais certaines dérogations sont toutefois admises. Ainsi, des pays peuvent accorder des conditions plus favorables aux pays en développement sans pour autant avoir à les étendre à l'ensemble des pays.

B Les modalités de fonctionnement de l'OMC

• **C'est par le biais de cycles de négociation entre les pays membres (ou « *rounds* ») qu'est élaborée la règlementation des échanges internationaux.** Ces cycles reposent sur une logique de négociations multilatérales selon un principe de réciprocité : les concessions accordées par les pays doivent se faire sur une base mutuelle et de façon équilibrée.

• **L'OMC est dotée de l'Organe de règlement des différends (ORD), chargé de régler les litiges commerciaux entre les pays.** L'ORD privilégie des solutions négociées en cas de litige (arbitrage), mais peut éventuellement prononcer des sanctions.

2 Les domaines d'intervention de l'OMC

Les échanges de biens	• C'est en ce domaine que les avancées ont été les plus importantes avant même l'apparition de l'OMC, sous l'égide du **GATT** ***(General Agreement on Tariffs and Trade)***. • Cet accord a permis une réduction significative des droits de douane et de certaines barrières non tarifaires.

Les échanges de services	• Sous-représentés dans les échanges mondiaux, les services sont aujourd'hui un sujet essentiel des négociations de l'OMC, dans le cadre de l'**AGCS (Accord général sur le commerce des services)**. • Des pays ont toutefois choisi de protéger certains secteurs et de ne pas les ouvrir à la concurrence internationale ou seulement de façon partielle (notamment la culture, l'éducation ou encore la santé).
Les droits de propriété intellectuels (DPI)	• Essentiels dans des économies reposant de plus en plus sur les connaissances (importance croissante du numérique et de l'immatériel), ces DPI concernent les règlementations relatives aux brevets, aux marques, etc. • Ainsi, les brevets sont perçus par les pays développés comme un moyen de protéger leurs efforts en matière de recherche et d'innovation, sources de leur compétitivité. • Ils sont, au contraire, perçus comme une forme de protectionnisme par les pays en développement.

Remarque

Certains secteurs sont régulés, dans le cadre de l'OMC, par des accords spécifiques, comme dans le secteur aéronautique.

3 Le développement des accords bilatéraux et la régionalisation des échanges

A Les difficultés des négociations au sein de l'OMC

• **Du fait des négociations multilatérales, il est de plus en plus difficile aujourd'hui de parvenir à des accords de compromis au sein de l'OMC (difficulté croissante à concilier les objectifs divergents des pays).** Ainsi, le dernier cycle de négociation (le programme pour le développement ou « *development round* ») a vu ses objectifs revus à la baisse à plusieurs reprises et les négociations ont été suspendues plusieurs fois.

• **Ces difficultés se sont accentuées avec la crise de 2008 et les tensions protectionnistes récentes.**

B Le développement des accords bilatéraux

• **L'OMC est à l'origine réticente vis-à-vis des accords bilatéraux (ou régionaux).** Ces accords favorisent l'intensification du commerce intra-zone (entre pays signataires de l'accord) mais peuvent affaiblir le commerce entre la zone et le reste du monde (commerce inter-zones).

• **Mais le blocage des négociations au sein de l'OMC a conduit de nombreux pays à privilégier la signature de nouveaux accords (ou l'approfondissement d'accords régionaux déjà existants)** L'OMC a d'ailleurs quelque peu infléchi sa position critique à l'égard de tels accords.

• **Le CETA (*Comprehensive Economic and Trade Agreement*) ou Accord économique et commercial global (AECG) est un exemple récent d'accord bilatéral.** Il s'agit d'un traité de libre-échange noué entre l'Union européenne et le Canada.

25 Les sources d'une croissance économique soutenable

La croissance économique résulte d'une accumulation des facteurs de production et d'une augmentation de la productivité globale des facteurs. Cette dernière reflète le progrès technique. Néanmoins, les atteintes à l'environnement conduisent à relativiser l'objectif de croissance et à privilégier un développement durable, qui cherche à concilier la croissance avec les défis écologiques et sociaux auxquels nous sommes confrontés.

1 La croissance de long terme et ses moteurs

A Les sources d'une croissance de long terme

• **À long terme, la croissance repose sur une augmentation des richesses produites à l'échelle macroéconomique.** Elle dépend donc :

– **des quantités de facteurs (principalement capital et travail) disponibles et effectivement utilisés.** Ainsi, la croissance démographique et l'investissement (accumulation du facteur capital) sont des moteurs de croissance ;

– **de l'efficacité de la combinaison de ces facteurs, mesurée par la productivité globale des facteurs (PGF).** La PGF explique la part de la croissance qui n'est pas imputable à l'augmentation des quantités de facteurs employés. Elle est considérée comme une **mesure du progrès technique**.

• **Le progrès technique est étroitement lié à l'innovation** : **innovations de produits** (apparition de nouveaux produits) ou **innovations de procédés** (apparition de nouveaux processus de production).

• **Le progrès technique est endogène, c'est-à-dire qu'il s'autoentretient.** L'innovation repose sur de nouvelles connaissances, qui elles-mêmes vont inspirer et favoriser d'autres innovations par un effet de « contagion ».

Exemple
Le développement d'Internet a favorisé des innovations de procédés (la vente en ligne) et des innovations de produits (l'apparition des réseaux sociaux).

Remarque
Le caractère auto-entretenu du progrès technique et de l'innovation s'explique, par exemple, par les externalités positives que génèrent les activités de recherche & développement, à l'origine de cet effet de « contagion ». (→ Fiche 16, p. 280)

B Un environnement favorable à la croissance

• **Le développement du système financier a facilité le financement des investissements.** Les marchés financiers ont permis de capter une part plus importante de l'épargne, nécessaire au financement des investissements : financement par emprunts obligataires, par émission d'actions (augmentation de capital).

• **Les brevets confèrent un droit de propriété exclusif sur une innovation.** À ce titre, ils représentent une incitation à l'innovation : ils protègent l'innovateur des contrefaçons et lui permettent de rentabiliser ses efforts de R&D en lui accordant un monopole temporaire.

2 Les limites de la croissance : un objectif de développement durable

A La croissance et ses impacts environnementaux

• La croissance engendre des externalités négatives et contribue à dégrader l'environnement du fait de :

– **l'épuisement des ressources naturelles non renouvelables** (**ex. :** l'épuisement à venir des ressources en pétrole) ;

– **les rejets polluants** (**ex. :** l'émission de gaz à effet de serre qui favorisent le réchauffement climatique).

• La croissance peut, toutefois, favoriser des innovations qui permettent d'adopter des modes de production ou de consommation plus respectueux de l'environnement.

Exemple : Le développement des moteurs hybrides et électriques dans le secteur automobile.

B Le développement durable

• Le développement durable cherche à « répondre aux besoins du présent sans compromettre la capacité des générations futures à répondre aux leurs » (définition de la Commission mondiale sur l'environnement et le développement, 1980). En d'autres termes, le développement durable cherche à concilier croissance économique, préservation de l'environnement et équité sociale.

> **Remarque**
> Le développement durable vise, notamment, à privilégier une croissance qui s'appuie sur des ressources renouvelables et à réduire le recours à des ressources non renouvelables. Ainsi, la transition écologique cherche à promouvoir les énergies solaire et éolienne (renouvelables) et à réduire la part des énergies fossiles (charbon, pétrole) qui ne sont pas renouvelables.

• Il existe aujourd'hui plusieurs manifestations concrètes de ce souci d'un développement durable, au travers de l'émergence de nouveaux secteurs ou de nouvelles activités :

– **l'économie circulaire.** Elle cherche à préserver l'environnement et à favoriser la transition écologique en valorisant et en recyclant les produits usagés et les déchets (**ex. :** le site Vinted permet de revendre d'occasion des biens (essentiellement des vêtements) dont les propriétaires n'ont plus l'usage).

– **L'économie collaborative.** Elle cherche à mutualiser les ressources. Elle repose sur le partage ou l'échange de biens ou de services (**ex. :** Blablacar, qui promeut le covoiturage).

– **L'économie sociale et solidaire (ESS).** Le secteur de l'ESS regroupe des entreprises qui cherchent à concilier activité économique et utilité sociale et pour lesquelles le profit n'est pas le seul objectif. L'ESS concerne des activités très variées : secteur bancaire (aide au financement des personnes les moins solvables), santé (maintien à domicile des personnes dépendantes), action sociale (aide à l'insertion professionnelle), etc.

> **Remarque**
> Les entreprises du secteur de l'ESS adoptent généralement des statuts juridiques spécifiques (coopératives, mutuelles, fondations, associations, etc.) qui permettent d'assurer la primauté des personnes sur les profits. Cela peut se traduire, par exemple, par le fait que :
> • chaque sociétaire dispose d'une voix lors des assemblées générales, le pouvoir ne dépendant pas du nombre d'actions détenues ;
> • les profits sont prioritairement réinvestis et ne financent pas des dividendes.

26 Réduction de la pauvreté et éducation

La croissance économique reste un objectif majeur des politiques économiques en raison de la croissance démographique mondiale et de la nécessité de réduire la pauvreté. La mondialisation impose toutefois de coordonner les actions des pouvoirs publics. L'éducation est un moteur essentiel du développement économique des pays.

1 Les défis de la croissance démographique mondiale

A Augmentation de la population mondiale et croissance économique

• **La population mondiale ne cesse de croître et les projections de l'ONU prévoient 8,5 milliards d'habitants sur terre à l'horizon 2030.**

La population mondiale : projections jusqu'en 2100

1990	5,3 milliards
2017	7,3 milliards
2030	8,5 milliards
2050	9,7 milliards
2100	11,2 milliards

Nations Unies, Division de la population (Département des affaires économiques et sociales).

• **La croissance économique est indispensable pour nourrir cette population et répondre à ses besoins**, car elle conditionne l'évolution des niveaux de vie et permet la création d'emplois, à l'origine de la distribution de revenus.

B Le défi de la réduction de la pauvreté

• **La pauvreté absolue caractérise la situation des ménages qui ne sont pas en mesure de subvenir à leurs besoins essentiels** : eau, nourriture, logement, santé, éducation, etc.

> **Remarque**
> La **pauvreté relative** caractérise les ménages qui ont un revenu inférieur à un certain pourcentage du revenu médian.

• **La réduction de la pauvreté nécessite (outre l'emploi de politiques de redistribution) de la croissance économique**. Cette dernière est à l'origine de la production de richesses, du versement de revenus, de la fourniture de services tels que l'éducation ou la santé. La croissance économique est indispensable pour éradiquer la pauvreté.

C Le défi de la mondialisation : les biens publics mondiaux (BPM)

• **Une croissance soutenable nécessite un environnement favorable** : stabilité financière, respect des règles du commerce mondial, préservation de l'environnement, développement des connaissances, etc. On qualifie ces éléments de « **biens publics mondiaux** ».

• **Les biens publics mondiaux font référence au concept de défaillance de marché, car les actions des États peuvent aller à l'encontre de l'intérêt général**. Chaque pays peut avoir intérêt à se comporter « égoïstement ». On parle, en économie, de « **comportement de passager clandestin** ».

Les problèmes posés par les biens publics mondiaux	
Exemples de biens publics mondiaux	**Exemples de défaillances**
Respect des règles du commerce mondial	Adopter des mesures protectionnistes pour protéger ses propres entreprises face aux importations et/ou favoriser les exportations.
Préservation de l'environnement	Risque de surconsommation des ressources naturelles non renouvelables, de surproduction de rejets polluants (gaz à effet de serre).
Développement des connaissances	Risque de sous-production des activités de R&D (crainte de la contrefaçon).

• **La mondialisation des économies crée des interdépendances entre les pays : un pays ne peut préserver ou favoriser à lui seul ces BPM**. Les BPM imposent des actions concertées de la part des États qui passent notamment :
– **par des négociations internationales** (ex. : les réunions des pays du G20) ;
– **par l'adoption de règlementations ou de protocoles internationaux** (ex. : les règles de l'OMC, la création d'un marché des permis d'émission de CO_2).

2 Le rôle central de l'éducation en matière de développement économique

A Les caractéristiques économiques de l'éducation et de la formation

• **On parle d'investissement en capital humain pour qualifier la formation des individus.**
– Un individu retarde son entrée sur le marché du travail pour faire des études mais se prive ainsi de revenus immédiats.
– En contrepartie, il développe ses compétences (son « **capital humain** ») et peut espérer être plus productif et percevoir un revenu plus élevé par la suite.

• **La formation s'apparente à une activité génératrice d'externalités positives qui favorise la croissance mais qui constitue une défaillance de marché**. Lorsqu'une entreprise forme un salarié, elle s'expose au risque qu'une autre entreprise débauche l'individu nouvellement formé, sans avoir eu à supporter le coût de la formation. Les entreprises pourraient donc négliger les efforts à fournir en matière de formation. C'est pourquoi **le rôle de l'État est essentiel pour promouvoir l'éducation et la formation**.

Exemple : En France, la gratuité de l'enseignement universitaire vise à permettre à tous, y compris les plus modestes, de poursuivre des études supérieures.

B L'éducation : un moteur de développement économique

• **La croissance économique est indispensable pour promouvoir l'éducation et la formation**. La croissance permet de dégager les ressources nécessaires au financement de l'éducation.

• **L'éducation est un vecteur de développement à double titre :**
– elle permet d'accroître les qualifications et les compétences des individus. À ce titre, elle favorise l'augmentation de la productivité et renforce ainsi la croissance ;
– elle constitue l'un des leviers de la politique de réduction des inégalités et de la pauvreté. L'accès à l'éducation permet aux plus modestes de pouvoir améliorer leur employabilité et leur niveau de vie.

Sujet du Bac

Épreuve de Droit-Économie

Corrigé p. 308

Droit (sur 10 points)

Mise en situation

Le 14 février 2020, monsieur Roméo a acheté des fleurs pour sa fiancée, madame Juliette. En fin d'après-midi, après son travail, il prend le RER pour se rendre chez elle. Il valide son ticket. À 18 h 16, il se trouve sur le quai de la gare proche de chez lui. À 18 h 19, alors que le panneau électronique affiche que le train est en approche, soudain une personne le saisit et le pousse brutalement. Les deux hommes sont déséquilibrés et tombent sur les rails où le train entre en gare. Empêcher l'accident est impossible et les deux individus sont percutés par le train. Ils décèdent sur le coup.

Quelques jours après le drame, un fonds de garantie rembourse rapidement les familles des victimes. Ce dernier souhaite agir en justice contre la SNCF et mettre en jeu sa responsabilité dans cette affaire.

Par ailleurs, l'enquête révèle que la personne qui s'est précipitée sur monsieur Roméo s'appelle monsieur Folio. Il était atteint d'une maladie mentale reconnue par les psychiatres qui troublait fortement son comportement et pouvait le rendre imprévisible.

1. Qualifiez les parties au litige, la nature de la responsabilité engagée entre les parties du fait de l'accident qui est survenu et la nature de l'obligation de la SNCF vis-à-vis des passagers.
2. Expliquez sur qui doit reposer la charge de la preuve dans ce litige.
3. Formulez le problème de droit.
4. Présentez la demande de chacune des parties et l'argumentation utilisée pour faire valoir cette demande.
5. En vous aidant de la décision de justice du 8 février 2018 de la Cour de cassation, en faveur de qui le litige devrait-il être vraisemblablement tranché ?

Annexes

Annexe 1 : Cour de cassation – Audience publique du 8 février 2018

LA COUR DE CASSATION, DEUXIÈME CHAMBRE CIVILE, a rendu l'arrêt suivant :

Sur le moyen unique :

Attendu, selon l'arrêt attaqué (Paris, 18 décembre 2015), qu'alors qu'il se trouvait [...] sur un quai de RER, X... A... a été, au moment où un train entrait en gare, soudainement ceinturé et entraîné sur les voies par un tiers ; que, chutant sur les rails, les deux hommes ont été immédiatement percutés par le train et sont décédés ; qu'ayant indemnisé les ayants droit de X... A..., le Fonds de garantie des victimes des actes de terrorisme et d'autres infractions (le FGTI) a agi en remboursement des sommes versées contre la Société nationale des chemins de fer français, devenue SNCF mobilités (la SNCF) ;

Attendu que le FGTI fait grief à l'arrêt de déclarer son action non fondée, alors, selon le moyen :
1°/ que la SNCF, gardienne du train entré en contact avec la victime, ne peut s'exonérer de sa responsabilité qu'en rapportant la preuve du caractère imprévisible et irrésistible de ce heurt ; qu'il résulte des propres constatations de l'arrêt que l'installation de façades sur les quais aurait permis d'éviter le drame ; qu'en jugeant néanmoins que la SNCF s'exonérait de toute responsabilité, la cour d'appel n'a pas tiré les conséquences légales de ses propres constatations et a violé l'article 1242 nouveau, alinéa 1, du Code civil, dans sa version applicable en la cause, ensemble l'article 706-11 du code de procédure pénale ; ...

DROIT ÉCONOMIE

...

2°/ qu'en toute hypothèse, il incombait à la SNCF qui invoquait l'impossibilité technique de l'installation de façades sur les quais, pour soutenir que l'acte d' Z.... B... était irrésistible et échapper à son obligation de prendre en charge les conséquences dommageables de l'accident survenu le [...], d'en rapporter la preuve ; qu'en faisant peser sur le FGTI la charge de la preuve de la faisabilité technique de l'installation de façades, la cour d'appel a inversé la charge de la preuve et a violé l'article 1353 nouveau du Code civil, dans sa version applicable en la cause ;

Mais attendu qu'ayant relevé, par motifs propres et adoptés, que l'agresseur de X... A... souffrait de schizophrénie et entendait des voix, qu'aucune altercation n'avait opposé les deux hommes qui ne se connaissaient pas, qu'un laps de temps très court s'était écoulé entre le début de l'agression et la collision avec le train, que l'enquête pénale avait conclu à un homicide volontaire et à un suicide et qu'aucune mesure de surveillance ni aucune installation n'aurait permis de prévenir ou d'empêcher une telle agression, sauf à installer des façades de quai dans toutes les stations ce qui, compte tenu de l'ampleur des travaux et du fait que la SNCF n'était pas propriétaire des quais, ne pouvait être exigé de celle-ci à ce jour, la cour d'appel, sans inverser la charge de la preuve, a pu décider que le fait du tiers avait présenté pour cette dernière un caractère irrésistible et imprévisible pour en déduire, à bon droit, l'existence d'un cas de force majeure ;

D'où il suit que le moyen n'est pas fondé ; PAR CES MOTIFS : REJETTE le pourvoi ;

Annexe 2 : extraits du Code civil – 5 articles

Article 1218
Il y a force majeure en matière contractuelle lorsqu'un événement échappant au contrôle du débiteur, qui ne pouvait être raisonnablement prévu lors de la conclusion du contrat et dont les effets ne peuvent être évités par des mesures appropriées, empêche l'exécution de son obligation par le débiteur.

Article 1242
On est responsable non seulement du dommage que l'on cause par son propre fait, mais encore de celui qui est causé par le fait des personnes dont on doit répondre, ou des choses que l'on a sous sa garde.

Article 1351
L'impossibilité d'exécuter la prestation libère le débiteur à due concurrence lorsqu'elle procède d'un cas de force majeure et qu'elle est définitive, à moins qu'il n'ait convenu de s'en charger ou qu'il ait été préalablement mis en demeure.

Article 1353
Celui qui réclame l'exécution d'une obligation doit la prouver.
Réciproquement, celui qui se prétend libéré doit justifier le paiement ou le fait qui a produit l'extinction de son obligation.

Article 1354
La présomption que la loi attache à certains actes ou à certains faits en les tenant pour certains dispense celui au profit duquel elle existe d'en rapporter la preuve.
Elle est dite simple, lorsque la loi réserve la preuve contraire, et peut alors être renversée par tout moyen de preuve ; elle est dite mixte, lorsque la loi limite les moyens par lesquels elle peut être renversée ou l'objet sur lequel elle peut être renversée ; elle est dite irréfragable lorsqu'elle ne peut être renversée.

Annexe 3 : décision de justice du 9 juillet 2015
La Cour de cassation a rendu un arrêt résumé dans la *Gazette du Palais*.

Une association culturelle, chargée d'organiser un voyage scolaire, confie un transport par autobus à un transporteur et un incendie survient à l'arrière du véhicule, détruisant les bagages placés dans la soute. L'association et son assureur indemnisent les voyageurs, puis assignent le transporteur afin d'obtenir sa condamnation au paiement de la somme versée en réparation des préjudices subis.
La Cour d'appel ayant retenu l'existence d'un contrat de transport conclu entre les voyageurs et le transporteur, tenu d'une obligation de sécurité de résultat, en déduit à bon droit que son assureur, ayant indemnisé les voyageurs, est fondé à exercer l'action subrogatoire contre le transporteur.

Économie (sur 10 points)

À partir de vos connaissances et des annexes, répondez aux questions suivantes :

1. Rappelez en quoi les situations de concurrence imparfaite telles que le monopole constituent une défaillance du marché.
2. Pourquoi les promesses de la libéralisation du transport ferroviaire ne sont-elles qu'imparfaitement tenues dans les pays qui l'ont déjà expérimentée ?
3. En quoi l'intervention d'une autorité de régulation telle que l'Arafer est-elle nécessaire à la surveillance de ce processus de libéralisation ?
4. En vous aidant plus particulièrement de l'annexe 4, expliquez la difficulté qu'il y a à recourir à la tarification au coût marginal pour l'accès au réseau ferroviaire des concurrents du secteur.
5. Rédigez une argumentation qui vous permette de répondre à la question suivante :
   Quels sont les enjeux et les modalités de la libéralisation du transport ferroviaire en France ?

COMPRENDRE EN VIDÉO — *Répondre à une question de manière structurée et organisée*

Annexes

Annexe 1 : la libéralisation du transport ferroviaire

L'Union européenne est à l'origine d'un processus d'ouverture à la concurrence du transport ferroviaire au sein de l'Europe. En France, le service de transport ferroviaire est historiquement assuré par un monopole public : la SNCF. Mais la France a mis en œuvre une libéralisation progressive de ce secteur. Ainsi, l'ouverture à la concurrence doit s'effectuer :
- dès 2019 pour les trains régionaux ;
- à partir de 2021 pour les lignes TGV.

Annexe 2 : l'ouverture du rail à la concurrence, un succès en Europe

À la veille de la libéralisation du rail en France – fin 2020 –, l'Autorité de régulation des activités ferroviaires et routières (Arafer) a apporté sa contribution au débat public « en vue de la réussite de l'ouverture imminente du marché ». Pour évaluer les effets de la fin du monopole de la SNCF sur le transport ferroviaire de voyageurs, le gendarme du secteur s'est intéressé aux cas de nos voisins.

Dans une douzaine de pays européens, la concurrence est déjà effective, comme en Suède, qui a ouvert son marché en 1991, en Grande-Bretagne (1994) et en Allemagne (1997). « À travers tous ces exemples, il est possible d'affirmer que la libéralisation du transport ferroviaire de voyageurs s'accompagne toujours d'une évolution favorable de la demande comme de l'offre, même si cette évolution n'est pas nécessairement liée au seul processus d'ouverture », affirme Bernard Roman, président de l'Arafer. En Suède, par exemple, la fréquentation a bondi de 80 % entre 1988 et 2013 (soit 3,2 % en moyenne annuelle). La croissance est ensuite retombée à 0,5 % par an, entre 2010 et 2015. En Italie, l'arrivée d'un nouvel opérateur a dopé le nombre de passagers sur les services de trains à grande vitesse (+ 49 % entre 2012 et 2015). Le nombre de trains a augmenté, et les services à bord se sont améliorés (wi-fi gratuit, restauration haut de gamme). En Allemagne, la libéralisation a aussi contribué à rajeunir le parc de matériel roulant, dont l'âge moyen est passé de 17,3 ans à 7,5 ans entre 1997 et 2015.

L'analyse de l'évolution des prix est plus complexe. En Allemagne, en Grande-Bretagne et en Suède, l'ouverture à la concurrence des services conventionnés a entraîné des hausses de tarifs supérieures à l'inflation. À l'inverse, en Italie, l'opérateur historique a réduit de 31 % ses prix sur le trajet Milan-Rome entre 2011 et 2012, après avoir appris l'arrivée d'un nouveau venu sur cette ligne. Depuis, les deux compagnies ont repensé leurs structures tarifaires, et même lancé une troisième classe. ...

• • •

« L'ouverture à la concurrence reste un simple levier qui ne saurait à lui seul résoudre les difficultés que connaît le transport ferroviaire », prévient l'Arafer. Le réseau ferroviaire français a beau être le deuxième d'Europe, avec près de 29 000 kilomètres et près de 3 000 gares, il est « en perte de vitesse », selon le gendarme du secteur. En plus de veiller à lever les barrières à l'entrée – technologiques, réglementaires... –, l'Autorité estime qu'une libéralisation réussie exige un gestionnaire d'infrastructure indépendant, disposant de ses propres ressources (financières, humaines...). C'est pourquoi dans le cadre de la réforme de la SNCF, il prône une séparation claire entre la gestion de l'infrastructure et son exploitation.
Depuis sa création fin 2009, l'Arafer accompagne le secteur ferroviaire dans son ouverture progressive à la concurrence.

Mathilde Visseyrias, *Le Figaro*, 27 mars 2018.

Annexe 3 : une autorité de régulation : le rôle de l'ARAFER (Autorité de régulation des activités ferroviaires et routières)

L'ouverture à la concurrence et la disparition du monopole légal détenu par SNCF Mobilités qui s'en suivra sont susceptibles de compromettre ou de limiter l'exercice d'une concurrence effective sur les marchés des services domestiques de transport ferroviaire de voyageurs. Ces barrières à l'entrée, qu'elles soient d'ordre technologique, règlementaire ou informationnel, ont pour effet de restreindre le nombre de nouveaux entrants en raison notamment des coûts importants qu'elles induisent mais aussi, plus généralement, en raison des incertitudes qu'elles suscitent sur l'opportunité même d'entrer sur le marché. Les coûts d'entrée qui affectent la rentabilité des nouveaux entrants potentiels sont autant de coûts de sortie puisqu'ils correspondent généralement à des coûts irrécupérables (« *sunk costs* ») si l'entreprise ne réussit pas à pénétrer le marché ou décide d'en sortir. Les barrières à l'entrée, dès lors qu'elles favorisent la stabilité des positions sur un marché, limitent les incitations à innover, à améliorer la qualité de service ou à instaurer des prix attractifs. [...] L'existence de barrières à l'entrée facilite de surcroît l'émergence de comportements opportunistes de la part des entreprises déjà présentes sur le marché. Pour ces dernières, il peut apparaître rationnel de tenter de verrouiller, par des pratiques potentiellement contraires au droit de la concurrence, l'accès à ce marché. Ce verrouillage vise à préserver le pouvoir de marché dont elles disposent, qui se traduit par leur capacité à fixer des prix durablement supérieurs à ceux qui résulteraient d'une pleine concurrence, au détriment d'une allocation optimale des ressources et d'une répartition des surplus entre les consommateurs et les producteurs. [...]

En France, l'absence d'indépendance entre la gestion des circulations ferroviaires et l'entreprise ferroviaire Fret SNCF jusqu'en 2014 a également été à l'origine de pratiques de verrouillage du marché du transport ferroviaire de marchandises. En 2012, l'autorité de la concurrence a donc sanctionné la SNCF pour avoir entravé l'arrivée de nouveaux entrants, notamment en utilisant des informations confidentielles obtenues en sa qualité de gestionnaire délégué des infrastructures. Sur la base de ces informations, Fret SNCF a par exemple pris contact avec les clients souhaitant changer d'affréteur afin de renégocier leurs offres ou a reconstitué *a posteriori* les plans de transport de ses concurrents pour formuler des offres commerciales agressives et ciblées.

Arafer, www.autorite-transports.fr, mars 2018.

Annexe 4 : comment fixer le prix du réseau ferré ?

Le calcul des redevances d'utilisation du réseau ferroviaire français fait chaque année l'objet d'intenses discussions entre **SNCF Réseau** et l'**Arafer**, le régulateur. C'est devenu un sujet d'autant plus crucial compte tenu de l'ouverture à la concurrence du transport ferroviaire.

Le modèle de tarification dépend des objectifs économiques ou politiques que l'on se fixe en termes de rentabilité ou d'utilisation du réseau. L'élaboration d'une politique de tarification optimisant l'usage du réseau et permettant de couvrir les coûts tout en garantissant un prix final raisonnable pour les voyageurs est complexe. Pour bien cerner les enjeux, il est nécessaire d'avoir en tête la structure des coûts du gestionnaire d'infrastructure, et de prendre en compte la relation entre les prix et la demande.

Quels enjeux pour le marché du rail ?

La SNCF peut être considérée comme en situation de monopole sur les infrastructures ferroviaires françaises [...].

L'entretien et la gestion du réseau ferroviaire entraînent des coûts fixes très importants (qui ne dépendent pas du nombre de trains circulant) et induisent un fort potentiel d'économies d'échelles : plus une ligne est empruntée, moins la circulation d'un train coûte cher. Le coût marginal, pour chaque train circulant supplémentaire, est considéré comme stable par SNCF Réseau, quel que soit le nombre de trains sur la ligne.

Le revenu de SNCF Réseau correspond à l'ensemble des redevances payées pour tous les trains sur la ligne. Comme il n'est pas possible de pratiquer de discrimination par les prix, baisser les prix pour faire circuler un train supplémentaire entraîne la baisse des prix pour les autres trains. Le revenu marginal pour un train supplémentaire est donc inférieur à la redevance.

Les lignes rentables

De nombreuses lignes font l'objet d'une demande permettant de couvrir les coûts. Mais certaines conditions s'imposent : si le nombre de trains circulant est trop élevé et les prix trop bas, la ligne pourrait générer des pertes.

Comment rentabiliser une ligne ferroviaire ?

COMPRENDRE EN VIDÉO — *Exploiter un graphique*

COÛTS ÉQUILIBRÉS Prix = coût moyen — **CIRCULATION OPTIMISÉE** Prix = coût marginal

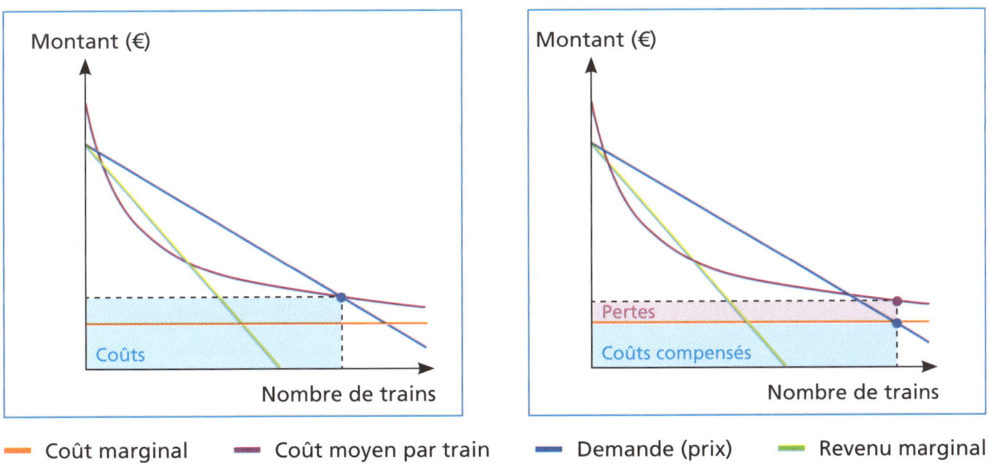

Dans ce cas, l'optimum pour les usagers, qui doit être recherché par le régulateur, est que les prix soient égaux au coût moyen. C'est ce qui permettra de faire circuler le plus de passagers possible sans être déficitaire [...]. Une tarification uniquement au coût marginal aurait l'inconvénient de ne pas couvrir les coûts fixes, et donc d'engendrer des pertes.

Guillaume Bullier, www.transportshaker-wavestone.com, 17 septembre 2019.

CORRIGÉ

DROIT

(Énoncés p. 303)

1. Le litige fait intervenir deux parties :
- d'une part, le fonds de garantie. Il reprend à son compte les intérêts des familles des victimes. Il est le demandeur au litige ;
- d'autre part, la SNCF, personne morale, propriétaire du train qui percute les deux personnes.

Sur le plan civil, la responsabilité est soit de nature contractuelle lorsqu'elle découle d'un acte juridique, soit de nature extracontractuelle lorsqu'elle découle d'un fait juridique.

Or, dans le cas présent, les deux victimes sont entrées sur le quai en validant leur ticket de transport. Le contrat est donc formé. La responsabilité est de nature contractuelle.

Enfin, la SNCF étant une entreprise de transport, elle doit assurer une obligation de sécurité de résultat envers ses passagers.

2. Selon l'article 1353 du Code civil, la charge de la preuve appartient au demandeur, c'est-à-dire à celui qui revendique une prétention. Il appartient donc ici au fonds de garantie, subrogé dans les droits des victimes, de prouver que les conditions de la responsabilité civile contractuelle sont réunies. Si l'on considère la décision de la Cour de cassation, aucune présomption de responsabilité n'est reconnue envers la SNCF. Ce n'est pas à la SNCF de prouver qu'elle n'a pas commis de faute, mais bien au demandeur (les familles des victimes) de prouver qu'elle aurait manqué à son obligation de sécurité. Il n'y a donc pas de renversement de la charge de la preuve.

3. **Problème de droit** : À quelles conditions un transporteur peut-il s'exonérer de sa responsabilité contractuelle ?

4.

Argument du fonds de garantie	Argument de la SNCF
La SNCF a une obligation de sécurité de résultat vis-à-vis des passagers ou des personnes à quai. Elle est responsable des choses dont elle a la garde. En l'espèce, la SNCF est responsable des dommages causés par ses trains. **Comme la victime est décédée, la SNCF a commis un dommage corporel qu'elle doit réparer.**	La responsabilité civile contractuelle peut faire l'objet d'une exonération si une force majeure ou le fait d'un tiers est prouvé. Cela suppose de réunir deux conditions dictées par l'article 1218 du Code civil : le fait doit être imprévisible et irrésistible. En l'espèce, le comportement de la personne, jugée comme malade mental, a été apprécié comme remplissant ces deux conditions : la SNCF n'aurait pas pu anticiper un tel comportement. **Elle n'est donc pas responsable.**

5. La Cour de cassation considère que les conditions du cas de force majeure sont réunies. Elle tranche donc le litige en faveur de la SNCF. Sa responsabilité civile contractuelle n'est pas engagée.

MÉTHODOLOGIE DE L'ANALYSE JURIDIQUE D'UNE SITUATION

L'analyse juridique d'une situation est une démarche intellectuelle indispensable du juriste qui souhaite convaincre le juge ou une autre personne du bien-fondé de sa prétention. Également appelée « méthodologie de résolution de cas pratique », elle se fonde sur une argumentation appelée « syllogisme » et se décompose en 5 étapes.

1 Les étapes de la démarche

La qualification juridique des faits → Le problème de droit → La règle de droit applicable → L'application à la situation → La résolution de la situation

2 La qualification juridique des faits

- Il s'agit de reprendre les éléments clés de la situation ou de l'énoncé et de les analyser sous l'angle juridique afin de leur attribuer une qualification juridique précise. Cette qualification est importante car elle aura une incidence sur la règle applicable.
- La qualification porte aussi bien :

– sur la qualité juridique des personnes (personne physique, personne morale, employeur, salarié, vendeur, acheteur, créancier, débiteur, commerçant, consommateur, etc.) ;
– sur leurs actes (fait juridique ou acte juridique comme un contrat) ;
– ou sur les biens dont il est question (bien corporel/incorporel, bien meuble/immeuble).

Exemples

❶ Monsieur X achète un ordinateur dans un magasin pour jouer à des jeux vidéo pour son loisir personnel. Il constate dans les conditions générales de vente du contrat une clause qui énonce, qu'en cas de litige, le tribunal de grande instance de Lyon sera compétent.
→ Monsieur X est considéré comme un consommateur, personne physique, et le magasin comme un commerçant professionnel. Ils sont liés par un contrat de consommation.
Conséquence : Les règles du droit de la consommation s'appliquent à cette situation.

❷ Monsieur X, gérant de la SARL OrdiPro, achète un ordinateur chez un fabricant pour les besoins de son activité professionnelle. Il constate dans les conditions générales de vente du contrat une clause qui énonce, qu'en cas de litige, le tribunal de grande instance de Lyon sera compétent.
→ Monsieur X agit en tant que mandataire (représentant) de la SARL OrdiPro. Les deux parties sont des professionnels. Elles signent un contrat de vente de nature commerciale.
Conséquence : Le droit commercial s'applique ici.

3 Le problème de droit

- Le problème de droit est la question juridique que le juge ou le conseiller juridique doit trancher pour résoudre la situation présentée. Elle est formulée en termes génériques.
- Le problème de droit **ne peut pas** être une question du type :

Exemple (suite)

- Monsieur X a-t-il raison ? Monsieur X gagnera-t-il son procès ?
- L'article L. 121-1 du Code de la consommation s'applique-t-il ?

• Le problème de droit pourra être :

Exemple (suite)
• À quelles conditions une clause attributive de juridiction est-elle valable ?

4 La majeure : le rappel de la règle de droit

• La majeure énonce la règle applicable à la situation selon la qualification juridique des faits. Elle va permettre sa résolution. La règle est énoncée de manière « brute », sans lien avec la situation.

• Elle peut contenir la définition d'un terme juridique, l'énoncé d'un principe et éventuellement des exceptions qui l'accompagnent.

Exemple (suite)
Selon l'article L. 121-1 du Code de commerce, « sont commerçants ceux qui exercent des actes de commerce et en font leur profession habituelle. »
Une clause attributive de juridiction est une clause insérée dans un contrat qui stipule, qu'en cas de litige, les parties fixent la juridiction compétente. Elle n'est valable qu'entre commerçants.

5 La mineure : l'application de la règle à la situation

• Pour cette étape, il convient de reprendre la règle et de l'appliquer purement et simplement à la situation juridique étudiée. La conjonction de coordination « donc » est le lien logique qui correspond au lien entre la qualification juridique des faits et la règle énoncée.

Exemple (suite)
Monsieur X est gérant de la SARL OrdiPro, il achète un bien pour le compte de sa société. La SARL OrdiPro est une société commerciale tout comme le vendeur. Le contrat est de nature commerciale. Les clauses attributives de juridiction sont valables entre professionnels.
DONC, la clause attributive de juridiction du contrat est valable.
La réponse est différente si nous prenons la situation où Monsieur X est un simple consommateur. Le contrat est alors un contrat de consommation dans lequel les clauses attributives de juridiction ne sont pas valables.
DONC, la clause attributive de juridiction du contrat est réputée non écrite et ne peut pas s'appliquer.

6 La résolution du cas pratique

• Une fois la mineure rédigée, la solution au cas d'espèce apparaît d'elle-même. Elle est exprimée en des termes clairs.

Exemple
Dans le cas où le contrat est de nature commerciale, la clause attributive de juridiction est valable. S'il existe un litige entre la SARL OrdiPro et le magasin, la juridiction compétente sera le tribunal judiciaire de Lyon.
À l'inverse, si le contrat est un contrat de consommation, la clause attributive de juridiction n'est pas valable. Dans ce cas, elle sera réputée non écrite et, en cas de litige, les parties devront appliquer les règles générales de compétence des juridictions.

ÉCONOMIE

(Énoncés p. 305)

1. Certains marchés peuvent ne comprendre que quelques offreurs (oligopole), voire un seul (monopole). Cela s'avère en infraction avec le critère d'atomicité de l'offre qui caractérise les marchés de concurrence pure et parfaite. On parlera alors de concurrence imparfaite pour caractériser de tels marchés.

Ce sont notamment des barrières à l'entrée de ces marchés qui sont à l'origine de la situation. Les coûts très élevés pour se lancer dans l'activité (construire le réseau ferré, investir dans des trains, etc.) et surtout la règlementation publique qui a institué le monopole de la SNCF sont à l'origine de cette concurrence imparfaite qui caractérisait jusqu'alors le transport ferroviaire français.

Ces situations de concurrence imparfaite sont qualifiées de défaillance de marché car l'absence ou le manque d'intensité concurrentielle liés au faible nombre d'offreurs se traduit généralement par des prix plus élevés et des volumes produits plus faibles que sur un marché concurrentiel.

2. La libéralisation du transport ferroviaire vise à développer la concurrence sur ce secteur. L'objectif visé est d'inciter les entreprises à accroître leur compétitivité pour faire face à la concurrence, ce qui doit normalement favoriser :
- des baisses de prix (compétitivité-prix) ;
- l'innovation et la hausse de la qualité de service (compétitivité hors prix).

Les efforts de compétitivité doivent permettre, par ailleurs, de développer la demande et, plus généralement, l'activité du secteur.

Or, les expériences de libéralisation menées dans d'autres pays européens :
- montrent une meilleure qualité de service (rajeunissement des équipements, élargissement de l'offre de services) et un développement de la qualité ;
- sont plus ambiguës sur les évolutions de prix (hausses des prix supérieures à l'inflation en Allemagne et en Grande-Bretagne, par exemple).

Il ne faut toutefois sans doute pas expliquer ces évolutions uniquement par les processus de libéralisation mis en œuvre.

3. L'Arafer est une autorité de régulation qui vise à préserver la concurrence sur le secteur du transport ferroviaire. En effet, même si le secteur fait l'objet d'une libéralisation, le marché pourrait ne pas conduire à une allocation optimale des facteurs (prix supérieurs à ce qui résulterait d'une pleine concurrence). Deux raisons principales expliquent cela :
- les barrières à l'entrée du marché : les coûts élevés pour entrer sur le marché (nécessité d'investissements très lourds) réduisent le nombre de nouveaux entrants potentiels. En d'autres termes, un tel marché a vocation à être oligopolistique. Ce phénomène est renforcé par l'existence de coûts de sortie très importants et irrécupérables, qui ont pour effet de freiner les nouveaux entrants potentiels ;
- les comportements opportunistes et les pratiques de concurrence déloyale : le faible nombre d'offreurs et le pouvoir de marché dont disposent les entreprises présentes sur ce marché favorisent les pratiques anticoncurrentielles. Ces entreprises peuvent chercher à « verrouiller », à entraver l'arrivée de nouveaux entrants.

4. En dépit de l'ouverture à la concurrence, la gestion des infrastructures (le réseau) reste en situation de monopole. L'Arafer doit donc faire en sorte que les concurrents puissent accéder au réseau, moyennant un paiement.

Or, habituellement sur un marché, l'allocation optimale des ressources (et plus particulièrement pour les consommateurs) repose sur une tarification au coût marginal. Mais une telle politique de prix conduirait ici à des pertes : les lignes ne sont pas rentables car le coût marginal est très faible.

Une tarification au coût moyen permet, en revanche, d'assurer la rentabilité des lignes.

L'Arafer doit donc procéder à un arbitrage entre la rentabilité des lignes et l'utilisation du réseau (donc le développement du transport ferroviaire).

5. Sous l'impulsion de l'Union européenne, la France a lancé un processus de libéralisation progressive du secteur du transport ferroviaire, qui était historiquement un monopole sous le contrôle de la SNCF.

Cette libéralisation signifie une ouverture du secteur à la concurrence. Plus précisément, la SNCF doit se préparer à l'arrivée de concurrents en matière de transport. En revanche, la gestion et l'entretien du réseau ferroviaire resteront sous l'égide d'une seule entreprise : SNCF Réseau.

La question du bien-fondé d'un tel processus conduit à s'interroger sur les effets que l'on peut en attendre. Nous évoquerons ainsi, dans un premier temps, les enjeux de l'ouverture à la concurrence du transport ferroviaire. Nous aborderons, dans un second temps, les modalités de cette libéralisation.

A. Les enjeux de la libéralisation du transport ferroviaire

Développer la concurrence dans le secteur ferroviaire a pour objet d'inciter les entreprises à accroître leur compétitivité en matière de prix et de qualité. Cela doit donc principalement avoir pour effet d'entraîner des baisses de prix et une amélioration de la qualité des prestations pour les consommateurs.

Les expériences menées dans d'autres pays européens (Allemagne, Grande-Bretagne, Suède, etc.) semblent confirmer l'intérêt de cette libéralisation : l'offre et la demande se sont développées, la fréquentation a augmenté, les services se sont améliorés, le matériel a été rajeuni, etc.

En revanche, l'impact de ce processus sur les prix est beaucoup plus contrasté. Ainsi, les tarifs ont augmenté plus vite que l'inflation dans plusieurs pays.

B. Les modalités de la libéralisation du transport ferroviaire

En dépit de la libéralisation, le marché du transport ferroviaire sera caractérisé par un faible nombre de concurrents (oligopole), ce qui pourrait limiter les gains attendus.

En effet, les fortes barrières à l'entrée (coût d'implantation élevé) et à la sortie du marché (coûts engagés difficilement récupérables) limitent le nombre de nouveaux entrants et, par conséquent, la concurrence effective sur le secteur.

Il existe également un risque de comportements opportunistes et de pratiques de concurrence déloyale de la part des entreprises déjà présentes pour verrouiller l'accès des nouveaux entrants au marché.

C'est la raison pour laquelle le secteur doit être soumis à une autorité de régulation : l'Arafer. Celle-ci doit, par ailleurs, définir les règles de tarification pour permettre aux concurrents d'accéder au réseau qui reste en situation de monopole (SNCF Réseau).

Philosophie

COMPRENDRE EN VIDÉO Retrouvez tous nos tutos vidéos sur notre chaîne YouTube « Objectif BAC Hachette ».

Présentation de l'épreuve du Bac

Épreuve écrite
Durée : 4 heures
Coefficient : 4

Lors de l'épreuve écrite, **trois sujets vous sont proposés au choix : deux sujets de dissertation** et **un sujet d'explication de texte** (avec des questions).

1 La méthode de la dissertation

Disserter, c'est réfléchir de façon ordonnée à partir d'une question faisant problème, en confrontant plusieurs réponses possibles. Votre dissertation doit comporter :

• **Une introduction**, qui doit faire apparaître, dans l'ordre :
– une **définition** de la (ou des) notion(s) en jeu dans le sujet proposé ;
– un **paradoxe** opposant les différentes réponses possibles et les justifiant ;
– le **problème** résumant ce paradoxe (par une question en « …ou bien ») ;
– l'**annonce du plan** sous forme de questions qui doit établir une progression.

• **Un développement de plusieurs parties**, proposant les **différentes réponses** possibles à la question posée, ainsi que la réponse permettant de **résoudre leur opposition**.

• **Des transitions entre chaque partie**, qui doivent faire le bilan de la partie achevée, et annoncer la suivante sous forme de question.

• **Une conclusion**, qui a un rôle de synthèse : reprenez, dans l'ordre, les différentes parties.

2 La méthode de l'explication de texte

Deux options vous sont proposées :

• **Option 1 :** vous devez répondre à une série de questions. Faites bien ce que chacune d'entre elles demande, car elles amènent à faire quelque chose de différent.

<u>**Partie A – éléments d'analyse : « Expliquez »**</u>
Ici, il faut développer des analyses précises des passages du texte en question (résumer une idée et expliquer en définissant les mots importants, prendre des exemples au besoin…).

<u>**Partie B – éléments de synthèse : « Dégagez… »**</u>
Dans cette partie, vous devrez dégager l'idée directrice/la thèse de l'auteur : c'est l'idée qui conduit tout le texte, ce que veut montrer l'auteur. Rattachez cette idée à une notion du programme et au problème posé.
On pourra vous demander quelles sont les étapes du raisonnement de l'auteur : ce sont les arguments qui structurent le texte dans sa progression logique, et répondent à la question « que fait l'auteur ? ». Dans votre réponse, évitez de faire de la paraphrase et de dire « l'auteur dit que… ».

<u>**Partie C – Commentaire**</u>
On vous pose une question de compréhension, accompagnée de 2 ou 3 autres questions auxquelles vous pouvez répondre dans l'ordre, comme si elles constituaient des parties ou paragraphes permettant de répondre de façon progressive à la question de départ.

• **Option 2 :** vous n'avez pas de question vous permettant de réaliser l'explication. Cependant, vous pouvez structurer votre travail à partir des questions posées dans l'option 1, en commençant par énoncer le problème, puis l'idée principale et les étapes de l'argumentation. Veillez à respecter l'ordre du texte dans l'explication des passages sélectionnés pour respecter la progression du texte.

1 Les perspectives

• Les notions au programme sont présentées en lien avec **trois perspectives : l'existence humaine et la culture ; la morale et la politique ; la connaissance.** Il s'agit de réfléchir sur les notions en elles-mêmes, tout en étant capable de les relier à certains aspects fondamentaux de l'être humain. Une *perspective* est l'action de regarder « à travers » ou « par le biais de ».

• Les perspectives sont des **manières d'orienter** (sans diriger) **les problématiques** relatives à chaque notion, en les rattachant à tel ou tel aspect de l'être humain (l'existence, la culture, la morale, la politique, la connaissance).

• Chaque notion, de près ou de loin, renvoie à ces perspectives, car celles-ci représentent les **différents problèmes posés par la réflexion philosophique**, qui se veut réflexion sur l'homme. Ainsi, notions et perspectives peuvent toujours être mises en lien d'une manière ou d'une autre, comme dans une croisée de regards sur l'homme. Malgré tout, certains liens (entre notions et perspectives) sont plus naturels que d'autres.

• Plus précisément, les notions renvoient davantage à des « objets » d'étude, les perspectives à des « regards » portés sur elles. Par exemple, l'art (« objet » humain) peut s'envisager sous le regard de l'existence, de la culture, de la morale, de la politique et aussi de la connaissance. De ce fait, l'analyse de la notion en elle-même nous amène à l'envisager sous un certain angle. Par exemple, réfléchir précisément sur l'art comme création esthétique nous conduit à réfléchir sur ce qu'apporte l'art à l'existence ou à la culture.
À l'inverse, réfléchir de manière large à une perspective nous porte aussi à nous interroger plus précisément sur telle ou telle notion. Par exemple, se demander jusqu'où peut aller la connaissance humaine en général nous fait nous interroger sur le rôle possible de l'art dans sa capacité à saisir certains aspects de la réalité.

Outils

On trouvera dans chaque chapitre, pour chaque notion étudiée, ce lien avec les perspectives ainsi que des exemples de questions ou sujets de dissertation illustrant précisément ces liens.

• Il y a donc un **mouvement naturel de va-et-vient** allant des notions aux perspectives d'une part, et des perspectives aux notions d'autre part.

1 L'existence humaine et la culture

• Cette perspective combine et distingue **deux** grandes **dimensions** de l'être humain :

– sa dimension **personnelle et existentielle**,

– sa dimension **sociale** et en partie déterminée par des **règles** de vie en commun.

Les différentes notions du programme peuvent ainsi s'articuler de près ou de loin avec cette double perspective, selon qu'on les envisage sous cet angle. Par exemple, il est clair que la notion de liberté peut être interrogée sous ce biais car se demander jusqu'où notre liberté est effective suppose que l'on ait en vue les contraintes culturelles qui peut-être limitent nos possibilités existentielles.

• **L'existence humaine** renvoie au fait que l'homme existe d'une manière distincte de celle de l'animal ou des choses. Il existe au sens où il « est », mais de manière dynamique, dans un mouvement de sortie hors de soi (sens de *ex* en latin signifiant « hors de » et de *sistere* signifiant « se tenir »). Si les animaux ou les choses « existent » aussi, c'est dans un sens plus limité, au sens où ils « sont » là. L'homme, lui, dans son existence, se projette en avant de lui-même en se représentant son existence. Il se voit exister et oriente lui-même son existence par sa **conscience** et sa liberté. Il **choisit** donc en partie son existence. Dans cette perspective, ce que pense et fait l'homme a une certaine orientation **personnelle**, une visée « existentielle », un sens particulier censé permettre à l'homme une réalisation de soi, épanouissante et heureuse. L'existence humaine se distingue ainsi et en ce sens du concept de « vie » : autant la vie renvoie à la dimension biologique de l'homme comme être vivant, autant l'existence renvoie à une dimension personnelle et ouverte. Le problème que pose cette dimension existentielle est de savoir jusqu'où l'homme est ainsi capable d'orienter lui-même son existence et ce, de façon harmonieuse et librement choisie. Cette dimension existentielle de l'homme doit subir en effet certaines influences et se confronter à différents obstacles qui limitent ses possibilités. D'autre part, l'idée d'une existence librement choisie et orientée suppose une responsabilité et un engagement de soi parfois lourds à porter, et dont on peut vouloir se décharger en invoquant une existence subie ou conditionnée. On se demande alors quels sont les facteurs qui interviennent pour ouvrir les possibilités existentielles de l'homme, ou au contraire les limiter.

• **La culture** renvoie quant à elle, en plus de la dimension existentielle de l'homme, au fait que l'homme vit en **société**, avec des **règles** de vie en commun qui le **transforment** et le façonnent. Cette dimension culturelle le distingue ainsi des choses « naturelles » qui elles ne se modifient pas par des règles inventées, artificielles. L'homme, lui, modifie la nature (le monde extérieur) et sa propre nature (ce qu'il est au départ). Là aussi, ce que pense et fait l'homme prend une dimension spécifique et soulève divers problèmes, liés justement à ce caractère « non naturel », modifié et réglé socialement. Que vaut exactement la culture humaine, améliore-t-elle l'existence humaine et peut-elle se concilier avec l'exigence d'une existence personnelle, libre et authentique ? Par ailleurs, les règles de transformation que la culture fait subir à la nature et à l'homme sont-elles bénéfiques ? Ne faut-il pas leur imposer certaines limites et lesquelles ?

Attention !

Le sens philosophique donné au terme de *culture* ne se réduit pas au sens habituel qui désigne simplement une accumulation de connaissances.

• Ici, les notions liées de près à cette double perspective sont par exemple la liberté, le bonheur, la conscience, l'inconscient, le temps, la nature, l'art, le travail, la technique, la religion. Mais rien n'empêche d'envisager la vérité dans sa dimension existentielle par exemple.

2 La morale et la politique

• Cette perspective combine deux aspects de l'être humain qui renvoient plutôt à la **pratique** humaine, aux formes que prennent les actions de l'homme dans une dimension notamment collective, impliquant la prise en compte d'autrui ou d'un groupe.

• L'action humaine peut prendre une forme **morale** en lien avec des valeurs censées définir le bien et le mal, et une forme **politique** en lien avec la vie en société, au sein d'un État (gouvernement). Les notions au programme peuvent donc là aussi être envisagées sous ce biais, avec les problèmes que posent ces deux dimensions.

• **La morale** soulève en effet le problème de savoir ce que sont exactement ces valeurs censées rendre compte du bien et du mal (par exemple, sont-elles particulières, acquises, ou bien au contraire universelles et innées ?). On peut aussi se demander jusqu'où l'homme est capable de moralité, quelles sont les facultés à l'œuvre dans l'action morale (la conscience, la raison…) et quels sont les obstacles à la moralité (le désir par exemple, ou l'inconscient). L'action morale suppose également un effort de volonté qui peut sembler s'opposer à la liberté (la morale semble limiter nos désirs) mais qui en même temps la présuppose (l'action morale semble en effet relever d'un choix, d'un engagement volontaire). Ici, on comprend que la notion de liberté prend une place centrale dans cette perspective qui interroge notre capacité à agir « bien » par nous-mêmes.

- **La politique** soulève quant à elle le problème de savoir quel serait le modèle de vie en société et quel type de gouvernement privilégier. On peut se demander ce que l'homme gagne à vivre en société, sous un gouvernement, et quels seraient les obstacles à une vie sociale harmonieuse. En un mot, comment faire en sorte que la vie en société soit la plus avantageuse et la plus harmonieuse ? Sous cet aspect, l'homme semble à la fois perdre certains avantages et en regagner d'autres, et l'on doit se poser la question de l'efficacité et des buts de l'action politique : vise-t-elle à imposer un certain pouvoir en exerçant une contrainte plus ou moins juste, ou bien vise-t-elle à rendre les citoyens libres et heureux grâce à des lois justes ?
- Les notions en lien direct avec ces perspectives sont par exemple la liberté, le bonheur, l'État, la justice, la vérité. Mais rien n'empêche de réfléchir à la dimension morale et politique de l'art par exemple, ou encore d'envisager la conscience dans sa dimension morale.

3 La connaissance

- **La connaissance** enfin témoigne de l'aspiration de l'homme à se **représenter objectivement** la réalité et de son aspiration à la **vérité**. Là encore, de nombreux problèmes se posent quant à la possibilité même d'accéder à cette connaissance. Il s'agit en effet d'acquérir un véritable savoir, garanti par un certain niveau de certitude et portant sur des aspects fondamentaux de la réalité. La connaissance semble ainsi obéir à des exigences spécifiques et sévères. Quels seraient alors les moyens de répondre à une telle exigence et n'y aurait-il pas de nombreux obstacles ? Les **sciences** sont-elles en ce sens un modèle de connaissance ou bien en existe-t-il d'autres ?
- Ici, on comprend que dans cette perspective, **certaines notions sont centrales**, notamment **la vérité et la science**, qui renvoient explicitement à cette dimension de connaissance qui marque l'être humain. En s'interrogeant sur la connaissance de l'homme, on ne peut que se questionner sur ses capacités à parvenir à la vérité et sur l'importance que représente la science dans cette quête. Pour autant, d'autres notions peuvent être convoquées, comme l'art, la culture, ou encore l'inconscient. À l'inverse, la vérité et la science peuvent être interrogées à travers d'autres perspectives, comme la morale ou la politique.

4 Conclusion

On constate ainsi, à travers ces différentes perspectives, que certaines notions semblent directement impliquées dans leur étude, et qu'en ce sens certaines notions « renvoient » explicitement à **telle ou telle perspective** plus qu'à telle autre. Pour autant, ces mêmes notions peuvent aussi s'envisager à partir des **autres perspectives**. De la même façon, certaines perspectives « appellent » directement telle ou telle notion, mais aussi indirectement telle autre.

2 L'art

Voir aussi : la nature (p. 328), la technique (p. 335), la vérité (p. 338)

L'art est le domaine de la création d'œuvres destinées à la **contemplation.** Cette création n'implique-t-elle pas une faculté spécifique ? Peut-on juger de sa valeur, si elle repose sur la beauté ? Enfin, si l'art ajoute des œuvres à la réalité, est-ce pour nous en détourner ou pour nous la faire mieux appréhender ?

Art et « beaux-arts » — **Peut-on juger de la beauté ?** — **Art et réalité**

Alain (1868-1951) Artiste et artisan

Kant (1724-1804) La beauté comme satisfaction universelle

Platon (427-347 av. J.-C.) L'art nous éloigne de la réalité.

Hegel (1770-1831) L'art comme manifestation de l'esprit

Bergson (1859-1941) L'artiste, révélateur de réalité

1 Art et « beaux-arts »

A L'art comme « savoir-faire »

Le mot *art* désigne, au sens premier, « toute activité impliquant un **savoir-faire**, des règles, de l'**habileté** ». De ce point de vue, il n'y a pas lieu de distinguer un « artiste » d'un artisan, une œuvre d'art pouvant être considérée comme un **objet bien réalisé** d'un point de vue **« technique »**. C'est ce qui semble offrir, en outre, un critère assez objectif pour juger de la qualité d'une œuvre.

B L'art comme « génie »

- Toutefois, si l'on parle de **« beaux-arts »**, c'est que l'on reconnaît bien la spécificité d'un domaine « artistique » par rapport à l'artisanat. Les œuvres de l'**artiste** sont faites pour la contemplation ; la **beauté** est donc leur finalité essentielle. L'**artisan** vise plutôt à fabriquer des objets destinés à être **utilisés** ou **consommés**.
- Cette distinction doit être encore affinée, car il arrive bien à des artisans d'avoir comme visée essentielle la beauté, sous la forme d'objets décoratifs. Alain propose donc une définition plus subtile : l'artisan produit une œuvre dont il a entièrement le projet par avance, alors que **l'artiste découvre son œuvre** au cours de sa réalisation. Dans le premier cas, il y a simple **« fabrication »**, dans le second, véritable **« création »**. Cette dimension créative et imprévisible, qui définit l'art au sens strict, met en valeur le rôle du « génie », comme ce qui vient inspirer l'artiste.

À voir

***Amadeus*, film de Milos Forman (1984).** L'histoire d'Amadeus (c'est-à-dire Mozart), racontée par son rival Salieri, jaloux et fasciné par ce génie qu'il n'a pas.

Mot-clé

Génie : don réservé à de rares hommes de recevoir des idées **originales**. C'est une chose qui **ne peut pas s'acquérir**, ni même **se contrôler** ou **s'expliquer**. D'où l'ambiguïté de cette notion : est-elle un hommage à la singularité de l'artiste ou une façon d'amoindrir son mérite ?

2 Peut-on juger de la beauté ?

A Subjectivité du goût

Si les œuvres d'art visent la beauté, c'est sur cette qualité qu'elles doivent être jugées. Cependant, la beauté n'est pas une qualité présente dans les œuvres elles-mêmes. Nous disons bien que « *c'est* beau », mais pour traduire le **plaisir** que nous éprouvons *en nous-même*. Le **« goût »** par lequel nous jugeons de la beauté est donc **subjectif**.

À voir

***Le Goût des autres*, film d'Agnès Jaoui (2000).** L'histoire d'un chef d'entreprise, apparemment sans goût ni culture, mais qui, en tombant amoureux, s'ouvre également au monde de l'art et à la peinture.

B Une satisfaction universalisable

- Kant remarque que nous attendons pourtant que ce plaisir soit **partagé avec autrui**. L'existence de **« chefs-d'œuvre »** nous incite aussi à penser qu'une entente est possible, même en matière de beauté. Cette entente donne ainsi une dimension morale à l'art, en nous invitant au respect (de l'œuvre et d'autrui).
- Pour cela, nous devons nous assurer que nous sommes bien dans une relation purement **« esthétique »** avec l'objet que nous jugeons. Notre jugement doit être **« désintéressé »** (comme dans le domaine moral), c'est-à-dire qu'il doit répondre à la question « S'agit-il d'une belle représentation ? », et non « S'agit-il de la représentation d'une chose qui nous fait plaisir ? ». Cela permet à la satisfaction esthétique d'être **universalisable**, tout en étant subjective.

3 Art et réalité

A L'art comme éloignement de la réalité

- L'existence de l'art peut se voir comme le besoin d'**échapper à la réalité**, en créant comme un « autre monde ». L'art est une forme de **« divertissement »** au sens où l'entend Pascal.
- Platon montre que, même quand l'art s'attache à **imiter la réalité** de la façon la plus fidèle, il ne fait pourtant que nous en éloigner. Selon son analyse, les choses qui nous entourent ne sont déjà elles-mêmes que des « copies » dégradées d'« Idées » parfaites. L'objet représenté par l'artiste n'est donc jamais mieux que **« la copie d'une copie »**. Ainsi, l'artiste n'est pour Platon qu'un faiseur d'illusions et n'a pas sa place au sein de la Cité. Il ne peut avoir de fonction politique (éduquer les citoyens, les rendre meilleurs).

B L'art comme révélateur de réalité

- Il semble pourtant bien que l'on puisse dire qu'il y a **une « vérité »** dans les œuvres d'art, qui nous les rend plus « touchantes » que les objets qu'elles représentent. Hegel explique que le véritable artiste ne se pose jamais en simple imitateur de la réalité. Il fait apparaître un **contenu spirituel**, en dégageant quelque chose d'essentiel et d'universel à travers les objets particuliers qu'il représente. C'est ce contenu que l'on associe communément à l'idée de « message ».

Citation-clé

« Les manifestations de l'art renferment une réalité plus haute et une existence plus vraie que l'existence courante. »
Georg W. F. Hegel, *Esthétique*, 1835 (posthume).

• Nous avons besoin des artistes pour cela, car leur don tient aussi à la **sensibilité particulière** de leur perception. Pour Bergson, cette sensibilité vient paradoxalement de leur rapport « **distrait** » à la réalité, qui leur permet de la percevoir autrement que sous l'angle habituel de l'utilité. L'art ne nous tire donc à l'écart de la réalité que pour mieux nous y faire retourner.

C L'art « engagé »

Il existe aussi une fonction directement politique de l'œuvre d'art, qu'on trouve dans des œuvres dites **« engagées »**. Ici, la dimension esthétique (plaire par sa beauté) vise autre chose et aspire notamment à dénoncer des injustices ou à critiquer directement l'État.

L'art selon les trois perspectives

L'ART – L'existence humaine et la culture

• S'interroger sur le rapport entre l'art et l'existence (personnelle) ou sur le rapport entre l'art et la culture, c'est se demander notamment ce que nous apporte l'art ou encore d'où viennent les capacités créatrices de l'artiste.

• On doit ainsi comprendre la dimension créatrice de l'art, la différence entre savoir-faire et génie **[1. A et B]**. Cela interroge aussi la **valeur esthétique et universelle** de l'œuvre d'art **[2. A et B]** ainsi que son action révélatrice **[3. B]**.

Exemples de questions

• ***A-t-on besoin de l'art ?*** → Le « on » a ici un sens à la fois personnel et social. On se demande si l'art répond à quelque chose de vital ou d'essentiel, ou bien s'il faut associer la création artistique à une démarche libre, n'obéissant à aucune nécessité, relevant notamment de la contemplation esthétique.

• ***La sensibilité aux œuvres d'art demande-t-elle à être éduquée ?*** → On interroge les conditions qui rendent possible et accessible à tous le goût esthétique, notamment le rôle de l'éducation et de la culture.

L'ART – La morale et la politique

Dans la perspective de l'action morale et politique, on peut s'interroger plus particulièrement sur la **finalité des œuvres d'art**, les idées qu'elles expriment et les actions ou engagements qu'elles appellent. On se demande ainsi si l'artiste a pour but de nous inciter à agir plus moralement (ou au contraire à nous détourner de la morale), si ses œuvres sont porteuses d'un « message » politique, ou bien si l'art n'a qu'une vocation esthétique, contemplative **[1. B, 2. B, 3. C]**.

Exemples de questions

• ***Une société peut-elle se passer d'artistes ?*** → On interroge la place/le rôle politique de l'artiste, sa fonction sociale ; mais aussi la fonction utilitaire et esthétique de l'art en posant la question du goût : en quoi peut-il rassembler les individus d'une société autour d'une satisfaction esthétique partagée ?

• ***Peut-on interdire une œuvre d'art ?*** → On se demande si on a le droit de limiter la liberté créatrice au nom de certaines valeurs morales ou politiques notamment, ou bien si au contraire l'art ne doit pas permettre justement la remise en question des valeurs en ayant un rôle transgressif.

L'ART – La connaissance

Dans cette perspective, on interroge le **rapport entre l'art (les œuvres) et la réalité**, pour se demander si la représentation du réel par l'art vise une certaine vérité ou si au contraire elle ne fait qu'exprimer la perception de l'artiste **[3. A et B]**.

Exemples de questions

• ***L'art nous permet-il de mieux connaître la réalité ?*** → On se demande quel est le rapport entre l'œuvre d'art et les objets ou le monde qu'elle représente : s'agit-il pour l'art de déformer la réalité ou bien de la représenter le plus objectivement possible ?

• ***L'art nous éloigne-t-il des choses ?*** → On se demande également si l'art nous rend la réalité plus accessible, ou au contraire, moins accessible, tant au niveau de la perception que de la connaissance.

3 La justice

Voir aussi : la liberté (p. 324)

La **justice** (du latin *jus*, « le droit ») désigne une **valeur morale** renvoyant à la notion d'« égalité » et à l'idée de « respect des droits de chacun ». Cette valeur morale est censée provenir de nous-mêmes, de notre moralité intérieure. Mais elle est en même temps inséparable de la notion de droit (du latin *directus*, « sans courbure ») qui comprend l'**ensemble des lois** qui régissent une société. La question est donc de savoir comment rendre les hommes justes, tant par une obligation morale intérieure que par une contrainte extérieure relevant des lois, sachant que ces deux fondements peuvent s'avérer fragiles et incertains.

Droit naturel et droit positif — **La justice des lois** — **Le rôle de la morale**

Rousseau (1712-1778)	Thomas d'Aquin (1225-1274)	Hobbes (1588-1679)	Platon (427-347 av. J.-C.)	Aristote (384-322 av. J.-C.)	Spinoza (1632-1677)
Le modèle du droit naturel	Les quatre fondements du droit	Nécessité des lois	Valeur des lois	Égalité et équité	Comprendre les lois pour obéir

1 Droit naturel et droit positif

A Critique du droit positif

On peut reprocher aux lois d'être injustes, parce qu'inventées par des hommes eux-mêmes incapables de justice. Les **lois humaines** peuvent en effet paraître **arbitraires**, **inégalitaires**. Il faudrait alors chercher un autre fondement que le droit positif.

> **Mot-clé**
>
> **Droit positif :** ensemble des règles applicables dans un espace juridique déterminé.

C'est la position incarnée par le personnage d'**Antigone de Sophocle** : face à la loi de son oncle Créon qui interdit d'offrir à son frère une sépulture (pour le punir d'avoir trahi sa cité), Antigone oppose la justice divine qui exige que tout mort soit enterré.

B Le modèle du droit naturel

- On peut croire aussi que la **justice** peut s'établir de façon **naturelle**. Pour **Rousseau**, les hommes à l'état de nature auraient un principe inné de justice : la **pitié**. Ce sentiment leur permettrait de se nuire le moins possible.

> **Citation-clé**
>
> *« Les fruits sont à tous et la terre n'est à personne. »*
>
> Jean-Jacques Rousseau, *Discours sur l'origine et les fondements de l'inégalité parmi les hommes*, 1755.

- De même, pour **Rousseau**, la nature fait que la propriété privée est injuste : la terre est naturellement la propriété de tous.

C Les différents fondements du droit et de la justice

Ainsi on peut plus largement distinguer **plusieurs catégories de droits**, comme le fait **saint Thomas d'Aquin** : un droit naturel (issu de la nature), un droit positif (issu des lois humaines), un droit divin (issu de Dieu) et un droit positif révélé (issu des textes sacrés). Une telle distinction permet d'examiner une même situation de façon différente, et le vol dit « de nécessité » (voler de la nourriture pour se nourrir, par exemple) peut ainsi être accepté comme juste selon le droit naturel et le droit divin, même si, au regard du droit positif, il est injuste.

2 La justice des lois

A Critique du droit naturel

- Pourtant, le droit naturel montre aussi certaines limites. Ainsi, il peut facilement être confondu avec le droit du plus fort, comme le suggère **Hobbes**, pour qui le droit naturel est celui qu'ont les hommes ***« sur toutes choses et même*** [...] ***sur le corps des autres »*** et pour qui l'homme naturel est ***« un loup pour l'homme ».***
- Ainsi, poser que les hommes seraient en eux-mêmes capables de justice (selon une moralité naturelle ou « divine »), c'est oublier que beaucoup d'hommes sont également incapables d'appliquer cette moralité. La force des désirs l'emporte souvent sur l'exigence de justice, *« nous voyons le meilleur et faisons le pire »* (Spinoza).

B La nécessité et la valeur des lois

On peut donc poser la nécessité des lois, du droit positif, pour **contraindre les hommes à être justes** et limiter leur agressivité naturelle. Pour **Platon**, le mal et l'injustice s'expliquent ainsi par l'ignorance et non pas par la volonté d'être injuste. Le rôle des hommes politiques est de faire connaître ce qu'est la justice.

> **Rappel**
>
> **La prosopopée des lois :** dans le *Criton* de Platon, discours que tiendraient les lois, personnifiées, si elles apprenaient le désir de Socrate de fuir sa cité, pour échapper à sa condamnation à mort. Socrate leur fait dire combien il leur doit d'être l'homme qu'il est : seules les lois permettent aux hommes de dominer leur nature sensible et irrationnelle.

C Égalité et équité

Certes, les lois ont le défaut d'être **trop générales**. La notion d'« égalité », qui sert de fondement à la justice, ne peut pas toujours rendre compte de la différence des individus. C'est pourquoi, selon **Aristote**, il faut que les lois puissent être assouplies par le juge et les faire reposer sur la notion d'« équité », à savoir sur la justesse, la proportion, pour qu'elles puissent **s'adapter aux cas particuliers**.

3 Le rôle de la morale

A Limites de l'obéissance aux lois

On peut, toutefois, se demander s'il ne faut pas, pour être juste intérieurement, autre chose qu'être en conformité avec les lois. En effet, celles-ci peuvent être injustes et dans ce cas, seule la **morale de chacun** ou d'individus exceptionnels peut dénoncer l'injustice des lois et tenter de les redresser. Mais encore, il ne suffit pas d'obéir à une loi juste pour être juste. Notre justice ne serait que contrainte et artificielle.

> **À voir**
>
> ***La Haine*, film de Mathieu Kassovitz (1995)** retrace le désir de vengeance d'un jeune de la cité, Vinz, qui, suite à une bavure policière, veut tuer un policier.

B Comprendre les lois

Pour **Spinoza**, il faut savoir pourquoi on obéit à une loi. Certains n'obéissent que par crainte de la sanction. Or, pour être intérieurement juste, vertueux, il faut que l'homme obéisse aux lois ***« parce qu'il connaît la vraie raison des lois et leur nécessité »*** *(Traité théologico-politique)*. Il doit donc **obéir volontairement** à la loi. C'est suggérer qu'en plus des lois, du droit, l'homme a en lui un sens moral, capable d'orienter ses actions en vue du bien, du juste.

C Le rôle de l'éducation et la notion de « droits de l'homme »

- Si la justice passe ainsi autant par l'obéissance à des lois extérieures que par un sens intérieur de la justice, il faut peut-être également acquérir ce **sens moral** (ou bien le développer s'il est en partie inné) et tel est le rôle de l'éducation et de la culture.
- Par ailleurs, pour que chaque société (quelle que soit sa culture) puisse progresser en matière d'égalité et d'équité, peut-être faut-il alors s'entendre sur des **droits fondamentaux**, ceux de tout homme et de toute femme, en vertu de leur dignité de personne humaine. Cette entente sur des droits universels applicables dans toute société est la vocation des « droits de l'homme ».

La justice selon les trois perspectives

LA JUSTICE – L'existence humaine et la culture

La notion de justice peut être reliée à la question de savoir comment orienter son existence en tant qu'homme, notamment selon quel sens ou quelle valeur. Tel est le rôle des lois que d'empêcher la violence et l'inégalité en conciliant toutes les aspirations possibles de l'homme **[2]**. La question de la justice peut aussi prendre un sens social plus large, en interrogeant la capacité de chaque culture à atteindre cette forme de perfectionnement moral : toutes les pratiques culturelles se valent-elles sur le plan de la justice ? **[3. C]**

Exemple de question

- ***Peut-on être à la fois juste et heureux ?*** → La question porte sur la capacité de l'homme à concilier des exigences en apparence contradictoires, celle qui consiste à satisfaire ses désirs égoïstes et individuels, et celle visant à respecter les désirs des autres individus.

LA JUSTICE – La morale et la politique

La notion de justice convoque directement la morale et la politique. Il s'agit précisément d'une valeur morale relevant de la conscience ou de la raison de chacun **[1]** et en même temps d'une exigence politique dépendant des lois, du droit **[2]**. La question est alors de savoir comment chacun de ces deux fondements de la justice opère séparément et comment ils peuvent se compléter **[3]**.

Exemple de question

- ***Suffit-il d'obéir aux lois pour être juste ?*** → Cette question porte précisément sur le rôle nécessaire des lois pour établir une société juste, mais aussi sur le rôle complémentaire de la morale pour faire en sorte que l'on soit juste intérieurement par notre propre volonté, et non pas seulement de manière contrainte et superficielle en obéissant simplement aux lois.

LA JUSTICE – La connaissance

La notion de justice peut être interrogée dans son lien avec la connaissance, le savoir. On peut ainsi se demander si le sens de la justice est inné et naturel **[1]** ou bien s'il faut l'acquérir **[2]**. Dans ce sens, cela voudrait dire qu'il faudrait savoir ce qu'est être juste pour devenir juste.

Exemple de question

- ***Peut-on vouloir être injuste ?*** → On se demande si le fait de savoir ce qui est juste est compatible avec la volonté d'aller contre ce que l'on sait. On se demande si un homme injuste est volontairement injuste, s'il sait vraiment ce qu'il fait, ou bien s'il est injuste involontairement, par ignorance.

4 La liberté

La liberté (du latin *liber*, « qui n'est pas esclave », par opposition à *servus*) semble désigner le fait de n'être soumis à **aucune contrainte** qui viendrait **entraver nos désirs**. Être libre, ce serait pouvoir faire tout ce que l'on souhaite. Pour autant, cette conception n'est-elle pas **illusoire** ? N'est-ce pas être esclave de ses désirs ? La *liberté* n'est-elle pas alors synonyme de **volonté**, de *choix* ?

Liberté et désir — **Liberté et libre arbitre** — **Liberté et morale**

Platon (427-347 av. J.-C.)
Socrate contre Calliclès

Descartes (1596-1650)
La volonté éclairée par la connaissance

Spinoza (1632-1677)
La *« nécessité comprise »*

Kant (1724-1804)
La liberté comme postulat

Sartre (1905-1980)
Le fardeau de la liberté

1 Liberté et désir

A La liberté comme licence

- Une première conception de la liberté consiste à la faire reposer sur la capacité à satisfaire ses désirs sans entrave. Telle est la conception du personnage de **Platon**, Calliclès, pour qui l'**homme libre** est celui qui, comme le **tyran**, a tout pouvoir sur les autres hommes et obtient d'eux tout ce qu'il désire sans obstacle.
- Cette liberté s'obtient par le laisser-aller des désirs et **repose sur la force**. En ce sens, toute contrainte est comprise comme un obstacle à sa réalisation. Ces contraintes, sous forme de règles, seraient inventées par des hommes faibles, eux-mêmes incapables de satisfaire leurs désirs. Selon Calliclès, il serait **contraire à la nature** que les tyrans et les fils de rois se soumettent à ces règles, eux qui ont eu la chance de naître forts et libres.

B Liberté et mesure

Toutefois, comme le montre **Socrate** critiquant Calliclès, le désir ainsi abandonné à la démesure rend l'homme **esclave** au lieu de le rendre libre. Le tyran est dépendant de son désir de pouvoir, et sa liberté est menacée sans cesse par plus fort que lui. Pour Socrate, seul l'homme **tempérant**, aux désirs modérés, maîtrise ses désirs au point de ne pas en être esclave.

Mot-clé

Licence (du latin *licet*, « il est permis ») : la liberté conçue comme capacité, pouvoir de satisfaire tous ses désirs sans aucune limite.

2 Liberté et libre arbitre

A Le modèle du libre arbitre

- On peut, toutefois, suggérer avec **Descartes** que la liberté se mesure surtout à l'exercice de la **volonté**, dans sa capacité à **choisir** entre deux choses indépendamment de toute contrainte extérieure, à *« pouvoir faire une chose ou ne la faire pas » (Méditations métaphysiques)*. On appelle **« libre arbitre »** un tel pouvoir de se décider par sa seule volonté, sans être influencé par autrui ou par ses désirs.
- Cette liberté aurait différents degrés. Pour Descartes, le plus bas degré serait la **liberté d'indifférence** (choisir au hasard) et le plus haut degré serait la **volonté éclairée** par la connaissance (choisir en sachant pourquoi).

B Critique du libre arbitre

Pour autant, selon **Spinoza**, le libre arbitre est une **illusion** ; une telle volonté n'existe pas. L'homme se croit libre de décider par lui-même quelque chose, alors qu'**il obéit toujours, en réalité, à un désir** ou à un état de son corps qui le pousse à faire telle ou telle chose. L'homme ivre, par exemple, croit parler parce qu'il l'a choisi, alors que c'est son corps ivre qui le pousse à parler. Il n'est donc pas libre de parler. La seule liberté possible, pour Spinoza, consiste alors à comprendre ce à quoi nous obéissons, ce qui nous détermine, pour ainsi être en accord avec notre nature : c'est l'idée de ***« nécessité comprise »***.

> **Citation-clé**
>
> *« Les hommes se croient libres parce qu'ils sont conscients de leurs actions mais ignorants des causes par lesquelles ils sont déterminés. »*
>
> Baruch de Spinoza, *Éthique*, 1677 (posthume).

3 Liberté et morale

A La liberté comme postulat

Sur le plan moral, on est obligé de poser que la liberté existe. Sinon, on ne peut plus exiger de l'homme qu'il agisse bien, qu'il soit capable de **choisir entre le bien et le mal**. **Kant** fait ainsi de la liberté un postulat, c'est-à-dire un objet de croyance. L'homme doit être supposé libre pour que l'action morale, à savoir le choix du bien, ait un sens. Pour Kant, l'homme **fait l'expérience de cette liberté dans le remords** : celui qui a mal agi a le sentiment qu'il pouvait bien agir ; il n'arrive pas à excuser sa faute parce qu'il sent qu'il était libre de choisir le bien au lieu du mal.

> **À voir**
>
> ***Orange mécanique*, film de Stanley Kubrick (1971).** Alex, passionné par Beethoven et en même temps par l'ultra-violence qu'il associe à un idéal de liberté, est arrêté et mis en prison.
> Alex est contraint de suivre un programme mis au point par des médecins pour guérir de son mal et devenir « bon ». Mais la question se pose de savoir ce que vaut cette morale imposée par un « traitement », ne provenant pas de la volonté du sujet.

B La liberté comme fardeau

La liberté serait à ce point réelle que **Sartre** en fait un poids pour l'homme, lequel se trouve toujours confronté à faire des choix qui ne reposent que sur sa liberté et qui le rendent donc **responsable de tout et de tous**. Refuser cette liberté, c'est être de **mauvaise foi**, c'est chercher des excuses à ses actes pour ne pas s'en sentir responsable. C'est dire par exemple « ce n'est pas de ma faute », « je n'ai pas voulu cela », « je suis comme ça », pour attribuer ses actions à autre chose qu'à sa propre volonté. Pour Sartre, même si l'on subit certaines situations que l'on n'a pas choisies (par exemple tomber malade), à l'intérieur de ces situations, notre liberté reste entière car nous pouvons choisir notre « manière d'être » (manière d'être malade par exemple).

4 Liberté et politique

A Les lois comme contraintes à la liberté

Sur le plan politique, les **lois**, en limitant nos désirs, peuvent sembler **contraires à l'exercice de la liberté individuelle**. Elles nous empêchent de faire ce que bon nous semble. Pour le sophiste **Calliclès**, les lois qui visent à limiter les désirs pour permettre une vie juste, pour empêcher que certains aient plus que d'autres, sont un **obstacle à la liberté**. Seul le tyran dans ce cas est libre car il peut imposer ses désirs à tous et soumettre tout le monde à ses désirs.

B Les lois comme conditions de liberté

Mais l'on peut poser à l'inverse que, **sans lois**, **la liberté devient impossible**, chaque liberté s'exerçant contre une autre liberté. Pour **Hobbes**, dans Le *Léviathan*, la **liberté naturelle** que chacun peut avoir dans un état de nature sans lois est **infinie mais incertaine**, sans cesse menacée par les autres. Au contraire, dans un État où existent des lois, la liberté devient certes réduite mais elle est garantie par le fait que personne n'a le droit d'en user contre autrui.

C La volonté générale

Plus encore, on peut supposer que dans un État où le peuple est lui-même l'auteur des lois auxquelles il obéit, alors la liberté reste entière, chacun voulant la même chose, à savoir le **bien commun**. Dans ce cas, la liberté n'est plus le fait de laisser aller ses désirs sans nuire à autrui, elle devient l'expression de ce que **Rousseau** nomme la *« volonté générale »*, où il s'agit de viser non plus son intérêt personnel, mais ce que l'ensemble des citoyens peut vouloir de mieux pour la vie en commun. Ce type d'État où *« chacun, s'unissant à tous, n'obéisse pourtant qu'à lui-même et reste aussi libre qu'auparavant »* (Rousseau, *Du contrat social*) est incarné par la **démocratie**.

La liberté selon les trois perspectives

LA LIBERTÉ – L'existence humaine et la culture

La liberté peut être considérée comme propre à l'homme et comme expression de sa dimension consciente : parce qu'il a conscience de lui-même, l'être humain est capable de faire des **choix**, d'orienter son existence selon ses **désirs**. En même temps, il apparaît que ses choix sont limités voire empêchés par toutes sortes de contraintes et de règles (sociales, culturelles, morales) auxquelles il doit obéir **[1. A, 3. A]**. Par ailleurs, les désirs peuvent apparaître comme une source de dépendance **[1. B, 3. B]**. On se demande alors quel rôle jouent ces contraintes et si elles ne peuvent pas aussi aider l'homme à maîtriser ses désirs, à faire de meilleurs choix, plus fondés sur la raison et sur la volonté **[2. A, 3. B et 4. C]**. On se demande aussi si l'homme ne reste pas libre au sein même de ces contraintes **[2. B]**.

Exemples de questions

- *Suis-je plus ou moins libre ?* → On se demande si la liberté, censée être absolue, n'est pas plutôt relative, s'il n'y a pas à distinguer des degrés ou niveaux et ce qui pourrait les conditionner.
- *Peut-on se libérer de sa culture ?* → La question interroge le rôle des règles imposées par la culture : sont-elles des obstacles que l'on pourrait dépasser ou bien sont-elles insurmontables, ancrées en nous ? Est-ce légitime de vouloir s'en affranchir ou au contraire contribuent-elles à nous rendre plus aptes à nous servir de notre volonté et à faire de vrais choix en nous rendant plus civilisés, moins soumis à nos instincts ?

LA LIBERTÉ – La morale et la politique

Sur le plan moral, on peut penser également, dans un premier temps, que les règles morales sont des obstacles à la liberté, car elles contrarient les désirs en imposant des valeurs, des devoirs **[1. A]**. Pour autant, en se montrant capable de ne pas céder à ses désirs pour vouloir agir moralement, l'homme gagne peut-être une forme plus élevée de liberté, qui le rend **responsable** et méritant **[3. A]**, même si cette responsabilité peut lui peser **[2. B]**. Sur le plan **politique**, la liberté ne désigne pas tant le pouvoir de faire ce que bon nous semble que le **droit** de faire tout ce qui ne nuit pas à autrui **[4]**.

Exemples de questions

- *L'obligation morale est-elle un obstacle à la liberté ?* → On interroge le rôle à la fois limitatif et porteur des valeurs morales qui, tout en limitant nos désirs, nous permettent de nous en libérer pour agir selon notre volonté, dans l'effort d'accomplir de bonnes actions.
- *L'État est-il l'ennemi de la liberté ?* → On doit ici se demander si l'État nous empêche d'être libres, en nous imposant des lois, ou bien si, au contraire, il ne nous permet pas d'harmoniser nos libertés et de nous affranchir de nos désirs égoïstes. Mais à quelles conditions, dans quel type d'État ?

LA LIBERTÉ – La connaissance

Sur le plan de la connaissance, on se demande si celle-ci entrave ou, au contraire, conditionne la liberté **[2. A]**.

Exemple de question

- *Suis-je d'autant plus libre que je suis plus conscient ?* → La liberté est interrogée dans son rapport avec la connaissance de soi et du monde extérieur. On se demande si le fait de savoir nous limite dans nos choix ou au contraire nous en rend plus maîtres.

5 La nature

Voir aussi : la liberté (p. 324), la technique (p. 335)

La « nature » (du latin *natus* signifiant « né ») désigne à la fois le **monde physique** (du grec *phusein* : pousser, croître) et **biologique** (vivant), mais aussi ce qui est **originel**, non modifié, non artificiel, et enfin ce qui est **propre à quelque chose** (son essence). En quoi le monde physique se distingue-t-il du monde « humain » (monde de la culture, monde artificiel, fabriqué par l'homme) et quelle place donner à la nature dans notre monde « humain » ? Quel rôle joue la nature chez l'homme si l'homme a véritablement une nature, s'il est un être « naturel » ?

Maîtrise et domination de la nature | **Nature et culture** | **Respect de la nature**

Descartes (1596-1650) *« Nous rendre comme maîtres et possesseurs de la nature »*

Rousseau (1712-1778) La perfectibilité

Lévi-Strauss (1908-2009) La prohibition de l'inceste

Heidegger (1889-1976) *« L'Arraisonnement »*

Jonas (1903-1993) *« Le Principe responsabilité »*

1 Nature et culture

A L'homme et l'animal

• L'homme est souvent comparé à l'animal pour suggérer qu'il est un animal différent des autres. Cela souligne à la fois son **appartenance à la nature** (au fait d'obéir à des lois physiques et biologiques déterminées) et sa **spécificité** (sa différence par rapport à la nature). En disant que l'homme est un *« animal politique »* ou un *« animal raisonnable »* (Aristote) ou encore un *« animal qui a besoin d'un maître »* (Kant), on suggère que l'homme a des points communs avec l'animal et des différences. Il appartient donc à la nature tout en occupant une place à part.

• L'être qui apparaît alors, d'après l'analyse de Rousseau dans le *Second Discours*, est un animal comparable aux autres, qui se distingue pourtant d'eux par deux facultés spécifiques : le **« libre arbitre »** et la **« perfectibilité »**. En effet, l'homme ne semble pas défini par des instincts fixes, comme l'animal : *« un animal est, au bout de quelques mois, ce qu'il sera toute sa vie, et son espèce, au bout de mille ans, ce qu'elle était la première année de ces mille ans »*. L'homme au contraire est un être qui peut échapper aux contraintes naturelles fixes et déterminées imposées par les lois physiques.

Mot-clé

Perfectibilité : ce terme signifie que l'homme n'est pas un être « achevé » (*perfectus*, en latin) mais, au contraire, un être capable de changer. Cette faculté est équivoque, selon Rousseau, car, en s'écartant de la nature, l'homme prend le risque de « se pervertir ».

B L'idée de « nature humaine »

> **À voir**
>
> ***L'Enfant sauvage*, film de François Truffaut (1970).** L'histoire d'un enfant abandonné très tôt dans la nature, qui a grandi sans contact humain, qu'un médecin recueille et tente d'éduquer.

Pourtant, ces différences entre l'homme et la nature ne permettent pas d'affirmer que l'homme « a » une nature, puisque précisément ce qui le caractérise, c'est sa capacité à se libérer des contraintes fixes imposées aux autres êtres naturels. Par ailleurs, ces caractéristiques ne sont pas « innées » mais « acquises ». Les cas d'« enfants sauvages » montrent que l'homme ne développe ses facultés les plus caractéristiques (bipédie, langage, conscience de soi, raison…) que sous la condition de rencontrer un environnement culturel et humain. Seul, isolé très tôt dans la nature, l'homme ne s'humanise pas, il reste un *« moindre animal »* (L. Malson, *Les Enfants sauvages*). Dans cette mesure, l'idée de **« nature humaine »**, entendue comme ensemble de qualités présentes naturellement en l'homme, se trouve remise en cause. La **culture** apparaît donc comme l'**élément indispensable** de l'acquisition de ce qui fait notre humanité et comme expression de notre différence par rapport à la nature.

C Critique de la culture et des cultures

- Toutefois, cette prédominance de la culture signifie que l'homme est un être qui cherche à se modifier et à modifier la nature. Cette transformation prend des formes variées selon les différentes cultures, et certaines règles ou pratiques peuvent sembler condamnables : on peut les trouver **inhumaines**, « barbares », soit parce qu'elles semblent laisser l'homme à un état sauvage, soit parce qu'elles le transforment trop et mal (exemples de l'anthropophagie, de l'excision…).

> **Citation-clé**
>
> *« Le barbare, c'est d'abord l'homme qui croit à la barbarie. »*
>
> Claude Lévi-Strauss, *Race et Histoire*, 1952.

- Pourtant, pour l'ethnologue **Claude Lévi-Strauss**, toute culture fait apparaître la même règle, à savoir la *« prohibition de l'inceste »*. Cette règle à la fois universelle (présente dans chaque culture) et particulière (variant en fonction des différentes cultures) montre la manière dont l'homme intervient sur la nature (alliance sexuelle) pour la modifier et créer un **état social**. Pour **Lévi-Strauss**, l'existence de cette règle dans toutes les cultures sans exception, montre que toute culture est autant culture qu'une autre. Le constat de l'existence de pratiques « inhumaines » relève selon lui de ***« l'ethnocentrisme »***, du fait de juger et condamner une autre culture en se prenant comme modèle. Pour lui, il faut faire preuve de ***« relativisme culturel »*** en acceptant que toutes les pratiques se valent et que toute culture est imparfaite.

2 La nature et la technique

A La maîtrise de la nature

- Les modifications que l'homme fait subir aux lois naturelles peuvent s'appliquer au monde extérieur (monde physique) et à lui-même, en vue de réaliser un certain **progrès**. Il peut vouloir **améliorer la nature** en y introduisant des règles et des changements afin de la parfaire ou de s'en protéger. La **technique** (outils et machines) vise un tel perfectionnement.
- Pour **Descartes**, c'est la science qui doit permettre ainsi de rendre les hommes *« comme maîtres et possesseurs de la nature »*, en lui faisant connaître ses lois. On doit en effet à la connaissance et à la technique les nombreux progrès réalisés par l'homme pour lutter contre les maladies, les catastrophes naturelles, le vieillissement, etc.

• Rousseau reconnaît aussi que l'homme a inventé l'outil afin de **s'adapter à une nature changeante et hostile** : *« la différence de terrains, de climats, de saisons* [...] *put les [les hommes] forcer à en mettre dans leurs manières de vivre* [...] *Ils s'inventèrent la ligne et l'hameçon ».*

• Pour autant, cette maîtrise peut dégénérer en **domination**, comme le suggère aussi **Rousseau** pour qui le progrès technique vire en **décadence morale** : l'homme devenu supérieur aux animaux grâce aux outils, s'en réjouit et, par orgueil, cherche à dominer à la fois les animaux et les hommes.

B Le respect de la nature

• Pourtant, la nature semble inspirer d'elle-même un certain **respect**, dont les poètes romantiques notamment témoignent en louant sa beauté et en la comparant à l'art, dans sa dimension créatrice. Kant aussi place les beautés naturelles au-dessus des beautés artistiques.

• Par ailleurs, avec les retombées écologiques de cette volonté de maîtrise, de nombreux cris d'alarme sont lancés. **Heidegger**, dans ses réflexions sur la technique, dénonce *« l'Arraisonnement »* que l'homme fait subir à la nature en cherchant à la soumettre aux règles rationnelles de productivité et de rentabilité. En traitant la nature comme une chose à « utiliser », l'homme épuise les ressources.

• **Hans Jonas**, dans son ouvrage *Le Principe responsabilité*, défend l'idée que l'homme doit se montrer **soucieux de la nature** non seulement pour lui-même mais pour les générations futures. C'est semble-t-il à la **morale** (valeurs posant ce qui est juste et bien) et à la **politique** (lois, droit) de poser un devoir de respect envers la nature.

• La notion moderne d'**environnement** traduit ce souci de voir l'homme comme une partie de la nature et non plus comme un être à part. Les débats de société sur la **bioéthique**, sur la menace climatique et sur les droits des animaux s'inscrivent dans cette démarche invitant à la prise de conscience et à l'action concrète en faveur de la nature.

La nature selon les trois perspectives

LA NATURE – L'existence humaine et la culture

Le lien entre la notion de nature et les notions d'existence humaine et de culture est le plus évident. On ne peut que se demander quelle place l'homme doit accorder à la nature dans son existence individuelle et sociale, marquée par la liberté et par les règles de la culture [**1. B, 2**]. Par ailleurs, la question de la nature humaine est directement posée par la notion même d'existence, qui suggère que l'homme doit son existence à lui-même, à sa liberté, et non pas à une nature toute faite [**1. A**].

Exemples de questions

- ***La culture doit-elle éloigner l'homme de la nature ?*** → La question interroge le rapport que l'homme doit établir avec le monde physique et vivant. La culture semble avoir pour but d'éloigner l'homme du monde naturel mais on peut aussi poser des limites à cela car l'homme reste tout de même un être issu de la nature et vivant au sein de la nature.
- ***L'homme est-il un être naturel ?*** → On se demande si l'homme a en lui une nature, des caractéristiques innées, et s'il contient aussi des éléments naturels, propres au monde physique et vivant, comme par exemple des instincts. On cherche à savoir ce que son existence doit à la culture, à la transformation, si quelque chose résiste à cette transformation et si l'homme ne doit pas son existence aussi à la nature qu'il utilise pour vivre.

LA NATURE – La morale et la politique

On peut s'interroger aussi sur la manière dont la morale et la politique peuvent encadrer le rapport entre l'homme et la nature afin de permettre à la fois un progrès technique et économique (utiliser la nature et s'en protéger) et un respect de celle-ci. Il s'agit de poser des droits de la nature et des devoirs de l'homme envers elle afin d'une part de garantir la survie de l'homme à long terme, et, d'autre part, de veiller à respecter la nature pour elle-même, pour sa variété et sa beauté [**2**].

Exemple de question

- ***Doit-on respecter tout être vivant ?*** → Cette question interroge la place du respect à accorder aux êtres vivants issus de la nature, sachant que l'homme a besoin de les utiliser et de s'en protéger, mais que, par ailleurs, le vivant inspire un certain respect, par son existence même et sa beauté.

LA NATURE – La connaissance

On peut aussi interroger le rapport entre la nature et la connaissance (notamment la science), en se demandant ce que la connaissance de la nature (physique, biologie, médecine) doit permettre à l'homme de faire. Ses connaissances lui donnent-elles le droit de disposer librement de la nature, ou bien au contraire doivent-elles l'inviter à plus de mesure, de prudence et de respect ? Est-ce la connaissance qui peut poser ces limites ou bien faut-il en appeler à la morale et au droit [**2**] ?

Exemple de question

- ***Faut-il connaître la nature pour la respecter ?*** → On se demande si la connaissance scientifique de la nature est nécessaire à son respect, au fait de s'interdire certains usages destructeurs. D'autres moyens ne suffisent-ils pas pour inspirer ce sentiment, venant de la conscience ou raison de chacun, ou imposés par des lois ?

6 La religion

Voir aussi : la vérité (p. 338)

La religion est un ensemble de croyances et de pratiques autour de choses « sacrées », qui réunissent des hommes en une même communauté. Le sens étymologique (*religare* en latin signifiant « relier ») suggère que la religion permet à l'homme d'être relié d'une part à une autre réalité (transcendante) et d'autre part à d'autres hommes (au sein d'une communauté). S'agit-il d'un **phénomène contraire à notre dignité et à nos intérêts** d'êtres doués de raison ou bien d'une **dimension légitime de notre humanité** ? À quelles conditions la religion est-elle bénéfique sur un plan à la fois existentiel, moral et social ?

Critique de la religion — **Légitimité de la religion**

Freud (1856-1939) La religion est une « *illusion* »

Marx (1818-1883) Nécessité d'« *abolir la religion* »

Pascal (1623-1662) Le « *cœur* » et la « *raison* »

Durkheim (1858-1917) « *Une chose éminemment sociale* »

Locke (1632-1704) Les bornes de la foi légitime

1 Critique de la religion

A Paradoxe de la foi

La croyance religieuse ou « foi » est faite de **« dogmes »**, c'est-à-dire d'idées qui ne s'offrent pas à la critique et auxquelles il faut **adhérer sans exiger de preuve**. La valeur de la foi se mesure ainsi à la capacité à croire avec la plus grande fermeté là où ni l'expérience ni la logique ne peuvent fournir de garantie, et même parfois en allant contre elles. D'où le **paradoxe de la foi** : comment expliquer qu'il y ait une telle certitude là où précisément les raisons de croire manquent ? Cette certitude n'explique-t-elle pas la tendance de la religion à dériver en fanatisme (du latin *fanaticus*, « inspiré, enthousiaste ») ?

B La religion comme *« illusion »*

Selon Freud, la force des idées religieuses vient de ce qu'elles ne s'adressent pas à la raison de l'homme, mais plutôt à ses **passions**, ses **craintes et** ses **désirs**. L'existence d'un Dieu paternel et juste, par exemple, satisfait un des souhaits les plus chers de l'humanité, en lui offrant une **représentation rassurante de l'existence**. Si les hommes tiennent tant à leurs religions, c'est qu'elles constituent un **« trésor » d'illusions**.

C Nécessité d'*« abolir la religion »*

• Pour se montrer à la hauteur de leur nature d'êtres raisonnables, les hommes doivent renoncer à la religion. **Marx** montre qu'il s'agit même d'une véritable **nécessité politique**. En effet, en posant l'existence d'un *« autre monde »*, la religion justifie les souffrances « terrestres » et dissuade d'y remédier. Tout progrès social nécessaire à **garantir un *« bonheur réel »*** doit donc passer d'abord par *« l'abolition de la religion »*.

> **Citation-clé**
> *« La religion est l'opium du peuple. »*
> Karl Marx, *Introduction à la Critique de la philosophie du droit de Hegel*, 1843.

• Par ailleurs, on ne peut que constater la difficulté qu'ont les différentes religions de cohabiter au sein d'une même société. Si une religion rassemble des hommes en son sein, elle les sépare de ceux d'une autre religion et peut les mettre en conflit (intolérance religieuse, guerres de religion).

2 Légitimité de la religion

A Le *« cœur »* et la *« raison »*

N'est-il pas prétentieux de faire de la raison l'autorité ultime en matière de vérité ? Ne doit-elle pas reconnaître ses **propres limites** ? Par exemple, nous ne pouvons pas prouver, en cet instant, que nous ne rêvons pas et nous en sommes pourtant intimement sûrs. De même, il existe en mathématiques des principes indémontrables – les axiomes – que l'on pose au fondement de toute démonstration. **Pascal** en conclut qu'il y a des vérités qui ne peuvent qu'être **senties intuitivement**, par ce qu'il appelle ***« le cœur »***. C'est sur lui que repose donc la foi, sous la forme d'une **« révélation »**. La religion permettrait ainsi une forme d'élévation spirituelle par laquelle l'homme donnerait un certain sens à son existence. Pour Pascal, la croyance en Dieu est une réponse et une solution à l'angoisse de la mort et à la prise de conscience de notre dimension *« finie »*, *« misérable »*, de notre petitesse dans l'univers.

> **Mot-clé**
> **Révélation :** façon dont une divinité ferait elle-même connaître certaines vérités impossibles à découvrir par la « lumière naturelle », c'est-à-dire par la seule raison.

B La religion comme besoin social

Comme on ne connaît aucune société sans religion, on peut penser qu'il doit y avoir un rapport nécessaire entre les deux. **Durkheim** voit d'ailleurs le phénomène religieux comme une émanation naturelle de la société. Réunis, les individus sentent la présence d'**une *« force »* qui les dépasse**. C'est de là que naissent les idées religieuses, si bien que, par leurs cultes, les hommes vénèrent, en réalité, la communauté qu'ils forment. C'est pourquoi **toute société implique une dimension religieuse**, par exemple par des **cérémonies** qui entretiennent régulièrement le lien social ou par la définition du caractère « sacré » de certains objets (drapeau, hymne…).

> **À voir**
> ***Les Innocentes*, film d'Anne Fontaine (2016).** À la fin de la Seconde Guerre mondiale, l'histoire de jeunes filles polonaises dans un couvent de bénédictines, dont certaines, enceintes après avoir été violées par des soldats soviétiques, doivent accoucher dans le secret.

C Conditions de légitimité

• On peut donc reconnaître à la religion sa légitimité. Il faut toutefois poser certaines conditions. En effet, en admettant la légitimité de croyances extérieures au domaine de la raison, on risque

PHILOSOPHIE

de justifier aussi bien la religion que ses formes dévoyées – la **superstition** et le **fanatisme**. Pour éviter cela, **Locke** propose de bien distinguer les idées qui vont **« contre la raison »** de celles qui sont **« au-dessus de la raison »**. Par suite, une croyance n'est digne de l'homme que si la raison ne peut pas en établir l'absurdité. Cette croyance peut alors, à bon droit, relever de la « liberté de conscience ».

• À l'égard de la société, toute pratique religieuse doit être permise dans la mesure où elle **ne porte pas atteinte au bon ordre de la vie collective**, c'est-à-dire aux intérêts et à la liberté de chacun. À ce titre, le rôle de l'État doit être de garantir le respect de la **laïcité**, en s'abstenant lui-même de toute prise de position et en veillant à ce que la liberté de conscience de chaque homme, croyant ou non, ne soit pas menacée.

• Enfin, on peut **évaluer la légitimité d'une croyance à sa valeur humaine**. Dans la mesure où elle a pour effet d'amener l'homme à exprimer et développer ses facultés intellectuelles, morales et esthétiques, on peut dire qu'elle trouve toute sa place au sein du processus de culture. À l'inverse, il faudrait combattre toute forme de croyance qui « n'élèverait » pas l'homme et entraverait son accomplissement.

La religion selon les trois perspectives

LA RELIGION – L'existence humaine et la culture

La religion peut être pensée dans sa dimension existentielle et culturelle si l'on envisage ses effets à la fois au niveau personnel et au niveau collectif. La fonction de « lien » qu'établit la croyance religieuse a en effet deux orientations, l'une qui permet une certaine élévation spirituelle avec une réalité transcendante dépassant ce que l'on peut atteindre par la raison **[2. A]**, l'autre qui permet un lien horizontal avec d'autres hommes au sein d'une communauté (fonction sociale) **[2. B]**. En même temps, cette fonction peut être contestée **[1. B, C]**. Il faut donc poser des conditions pour que ces aspects positifs soit effectifs **[2. C]**.

Exemple de question

• ***Les religions empêchent-elles les hommes de s'entendre ?*** ➜ On se demande si l'existence de différentes religions au sein des différentes cultures ne remet pas en question le lien social, l'unité de la vie en société. Il s'agit donc de chercher à quelles conditions la pluralité des religions peut éviter de séparer les hommes et comment elle pourrait avoir un effet unificateur.

LA RELIGION – La morale et la politique

La religion a aussi une dimension morale et des enjeux politiques. Elle permet à l'homme d'avoir certaines valeurs morales (le Bien, le Mal) qui peuvent guider ses actions **[2. fin C]**. Elle permet aussi de structurer la vie sociale **[2. B]**. Pour autant, cette fonction morale et politique peut être remise en question. La croyance en des valeurs peut dériver en fanatisme **[1. A, 2. C]** ou en soumission politique **[1. C]** et suppose certaines conditions pour éviter ces effets pervers **[2. C]**.

Exemple de question

• ***Une société peut-elle se passer de religion ?*** ➜ La question porte sur la nécessité de la religion au sein d'une société, sur sa fonction sociale – relier les individus – et politique – garantir un certain ordre ou le respect entre les individus. C'est donc se demander ce qui pourrait remplacer la religion dans sa fonction unificatrice et structurante.

LA RELIGION – La connaissance

Enfin, la religion peut être pensée en lien avec la connaissance, la raison et la vérité. On se demande en effet si la religion apporte à l'homme certaines vérités (sur le sens de son existence, sur la mort) **[2. A]** ou bien si au contraire elle ne l'en éloigne pas **[1. A]**. Là encore, la croyance religieuse doit être soumise à certaines conditions pour que sa fonction spirituelle soit effective **[2. C]**.

Exemple de question

• ***La religion s'oppose-t-elle à la raison ?*** ➜ Cette question classique permet d'interroger la dimension à la fois rationnelle et irrationnelle de la religion sur le plan de la connaissance, ainsi que sa dimension à la fois raisonnable et déraisonnable sur le plan moral.

7 La technique

Voir aussi : la liberté (p. 324)

La **technique** (du grec *technè*, « production, fabrication, métier, procédé, habileté ») désigne l'ensemble des **moyens** créés et employés pour accomplir une fin utilitaire, souvent en lien avec le travail. Plus largement, la technique renvoie à l'ensemble des **outils** (manuels, intellectuels) ou machines inventées par les hommes, **créés artificiellement**. Elle est directement un effet de la **culture**, comprise comme activité de transformation de la nature. La technique représente pour l'homme et la nature un moyen d'**épanouissement** ou bien faut-il la voir comme une **menace** ?

Des moyens d'épanouissement… **…ou une menace pour notre humanité ?**

Platon (427-347 av. J.-C.)
Dimension « prométhéenne » de la technique

Aristote (384-322 av. J.-C.)
La main, outil des outils

Rousseau (1712-1778)
Progrès technique et décadence morale

Heidegger (1889-1976)
Un rapport appauvrissant au réel

1 Des moyens d'épanouissement

A Dimension « prométhéenne » de la technique

Selon le mythe exposé dans le *Protagoras* de **Platon**, l'homme est, à l'origine, **l'être le plus démuni et le plus faible**. En offrant aux hommes le don d'invention technique volé aux dieux, **Prométhée** renverse la situation. Les outils et les savoir-faire dont l'homme se dote à volonté lui permettent non seulement de survivre, mais aussi d'exploiter la nature à son profit, pour **accroître ses satisfactions et sa liberté**.

B La main et l'outil

Aristote, critiquant Platon, va plus loin dans cette analyse de l'homme inventeur de la technique. Pour lui, l'homme sans outil n'est pas démuni, bien au contraire, il est doté du **meilleur des outils, la main**. Selon Aristote, la nature a donné justement à l'homme *« l'outil qui tient lieu des autres »*, pour servir son intelligence. Ainsi, l'homme, grâce à la main, peut inventer et tenir un très grand nombre d'outils, alors que l'animal est limité à un seul. Ici, on comprend que la technique humaine, symbolisée par la main, ne se sépare pas de la nature, mais en est le produit et le prolongement. Par ailleurs, elle augmente la liberté humaine par l'éventail des possibilités d'actions qu'elle crée.

2 Une menace pour notre humanité

A Progrès technique et décadence morale

Certes le progrès technique semble découler naturellement des efforts faits par l'homme pour survivre dans une nature hostile. Mais il peut apparaître aussi comme une manière pour l'homme d'accroître sa **supériorité** et sa **domination** sur la nature ainsi que sur les autres hommes. C'est l'analyse que fait **Rousseau** du progrès technique pour mettre en cause l'orgueil humain et les effets pervers de sa *« perfectibilité »*. Il souligne également la dépendance entraînée par l'utilisation des outils, et ainsi la perte de **liberté** occasionnée par l'habitude d'une existence facilitée.

B Les dangers de la technique

• L'évolution des techniques représente un progrès dans les moyens offerts aux hommes, encore plus évident avec la **« technologie »**, l'articulation étroite des sciences et de la technique. Ce **« progrès »** est cependant très **équivoque**, dans la mesure où il s'offre **indifféremment à toutes les fins**, y compris les pires passions des hommes. Il mène ainsi à des **menaces** sur l'environnement comme sur l'existence de notre espèce.

> **À voir**
>
> ***Demain*, le film documentaire de Cyril Dion (2016)** présente les enjeux environnementaux et sociaux liés au réchauffement climatique et plus largement à la technologie.

• **Heidegger** pointe un danger plus grave encore, car plus subtil. Nos succès dans l'appropriation de la nature nous amènent à **ne plus voir le monde que comme un « fonds »** fait pour être exploité. De façon insidieuse, la technique devient ainsi autre chose qu'un ensemble de moyens : une forme de rapport « agressif » et réducteur à la réalité, qui entraîne un **appauvrissement de notre essence** d'êtres pensants.

3 Remèdes

• Il semble nécessaire d'encadrer l'évolution technique par des lois, qui appellent d'abord à une **réflexion éthique inédite**. Dans la mesure où la technique remet en cause les limites fixées par la nature, l'homme se retrouve devant la responsabilité de devoir lui-même les définir. **Hans Jonas** ajoute que cette **responsabilité** doit même, à présent, s'étendre à des êtres qui n'existent pourtant pas encore : les « générations futures ».

> **Citation-clé**
>
> *« Agis de façon que les effets de ton action soient compatibles avec la permanence d'une vie authentiquement humaine sur Terre. »*
>
> Hans Jonas, *Le Principe Responsabilité*, 1979.

• Pour ne pas tomber dans ce qu'**Heidegger** appelle *« l'oubli de l'Être »*, il faut cultiver des formes de rapport au monde plus « sereines » que celle de la technique. L'**art**, la **philosophie** ou encore la **religion** en donnent l'exemple, dans la mesure où ce sont autant de moyens de **se rapporter à la réalité sans chercher à l'exploiter**.

• Ainsi, les remèdes au danger potentiel de la technique passent à la fois par la **connaissance**, par une **exigence morale de respect**, et par la mise en œuvre de **moyens politiques**.

La technique selon les trois perspectives

LA TECHNIQUE – L'existence humaine et la culture

La technique est directement en lien avec des questions **existentielles** ou relatives à la **culture**. Elle est en effet l'expression directe de la culture comme transformation de la nature et on se demande jusqu'où elle améliore l'existence des hommes. Elle peut également être questionnée dans ses effets sur la conscience et sur la liberté **[1 et 2]**.

Exemple de question

• *Le progrès technique transforme-t-il les hommes ?* → On se demande si le développement technique censé agir sur la nature pour la transformer positivement n'a pas aussi un effet sur les hommes et lequel.

LA TECHNIQUE – La morale et la politique

De même, on ne peut que questionner les effets moraux de la technique ainsi que la responsabilité politique impliquée dans ces effets. L'usage d'outils rend-il les hommes meilleurs, plus « humains », plus respectueux, ou les rend-il au contraire moins « humains », moins respectueux, plus égoïstes, plus indifférents… ? Que peuvent faire les lois pour empêcher les effets néfastes du progrès technique ? **[2 et 3]**

Exemple de question

• *Faut-il limiter le progrès technique ?* → La question porte sur le paradoxe de la technique, censée se développer et progresser pour améliorer l'existence des hommes, mais dont les effets se révèlent inverses ; il convient de se demander sur quels critères limiter ou empêcher l'utilisation de certaines techniques, et quel rôle accorder à la fois à la morale et à la politique pour fixer ces critères.

LA TECHNIQUE – La connaissance

Enfin, on peut questionner le rapport entre connaissance et technique, ou entre science et technique. On se demande jusqu'où la fabrication et l'utilisation d'outils rendent les hommes plus intelligents, plus performants sur le plan de la connaissance et de la réflexion. Là encore, les effets semblent paradoxaux, voire contradictoires, et la question se pose de savoir si c'est la technique en elle-même qui doit être condamnée ou bien les hommes eux-mêmes dans l'usage qu'ils en font et dans les buts (finalité) qu'ils lui donnent **[1 et 2]**.

Exemple de question

• *Les techniques ne sont-elles qu'une application des sciences ?* → On interroge le décalage possible entre la science, comme connaissance rationnelle théorique au service de la vérité, et la technique, comme application pratique au service d'un intérêt humain : certaines dérives ne sont-elles pas possibles dans l'utilisation des objets techniques ? Ne peuvent-ils pas servir des intérêts économiques, commerciaux, politiques ?

8 La vérité

Voir aussi : la religion (p. 332)

La vérité désigne, de façon classique, l'**adéquation de l'esprit à la chose**. C'est se représenter le réel tel qu'il est, de manière objective. On se demande, d'une part, si une telle conformité est accessible à l'homme et par quels moyens l'atteindre. On s'interroge, d'autre part, sur la valeur de la vérité : qu'apporte sa recherche ?

Difficultés que pose la vérité — **Les différentes formes de vérités** — **Valeur de la vérité**

Platon (427-347 av. J.-C.) Le monde des Idées

Descartes (1596-1650) Le modèle de l'évidence

Leibniz (1646-1716) Vérités de fait et vérités de raison

Kant (1724-1804) Le devoir de sincérité

1 Difficultés que pose la vérité

A Vérité et réalité

- La vérité est à distinguer de la simple réalité : c'est un discours ou une pensée sur la réalité. C'est avoir une représentation exacte, objective de la réalité, chercher un **accord** entre notre esprit et le réel.
- Plus encore, la vérité porterait sur l'**essence** des choses, sur ce qu'elles sont en elles-mêmes, au-delà de leur apparence. Elle a alors un caractère stable et universel.

B Caractère idéal de la vérité

C'est pourquoi, pour **Platon**, la vérité porte non pas sur la réalité sensible (ce que l'on voit, touche, etc.) mais sur une réalité « **intelligible** », accessible à la raison, et qui serait le **monde des Idées**, essences qui composent et ordonnent notre réalité. Ainsi, la vraie beauté, ce n'est pas une belle jeune fille ou une belle lyre, c'est l'Idée de beauté, c'est-à-dire ce par quoi toutes les choses belles le sont.

C Les obstacles à la recherche de la vérité

Une telle recherche suppose donc de vaincre les obstacles qui empêchent d'atteindre cette réalité intelligible. L'homme est, en effet, sujet à l'**erreur** (se tromper) ou à l'**illusion** (être victime de ses sens ou de ses désirs). Face à cette difficulté, il peut aussi préférer l'**ignorance** ou la simple **opinion** (pensée superficielle). Enfin, il peut vouloir se réfugier dans le **mensonge**, lorsque la vérité contrarie ses désirs ou ses intérêts.

À voir

***Music Box*, film de Costa-Gavras (1990).** L'histoire d'une avocate qui veut défendre son père accusé d'être un ancien nazi et poursuivi pour crime de guerre.

2 Les différentes formes de vérités

A Le modèle de l'évidence

Pour vaincre ces obstacles qui entravent la recherche de la vérité, on peut alors chercher, comme **Descartes**, à tout remettre en question, pour trouver une vérité indubitable. La proposition ***« Je pense, donc je suis »*** est, en ce sens, pour lui, le **modèle de la vérité**, en s'imposant comme **évidence** : penser, c'est être certain d'exister. La vérité relèverait ainsi d'une intuition intellectuelle.

> **Citation-clé**
>
> *« Les choses que nous concevons fort distinctement et fort clairement sont toutes vraies. »*
>
> René Descartes, *Discours de la méthode*, 1637.

B Vérités de fait ou de raison ?

Pourtant, comme le suggère **Leibniz**, il y a différentes vérités, selon les différents domaines de réalité : il y a ainsi des vérités de fait (« Il pleut »), dont le contraire est possible, et des vérités de raison ($2 + 2 = 4$), dont le contraire est impossible. Les vérités de fait supposent une certaine **expérience sensible**, et les vérités de raison sont données par la **raison seule**.

C Le modèle des sciences

On comprend que les sciences, qui reposent sur la rigueur du raisonnement et sur l'expérimentation, constituent un **modèle de vérité**. Elles proposent en effet des lois et des théories permettant de saisir des **rapports nécessaires et universels entre les choses** (par exemple la loi de la chute des corps pose que tous les corps tombent nécessairement).

3 Valeur de la vérité

A Vérité et devoir

- On peut donc s'interroger sur la valeur de la vérité. Les difficultés que pose sa recherche peuvent-elles, par exemple, autoriser le mensonge ? Pour **Kant**, le **devoir de sincérité** est un devoir sans condition : je ne suis jamais sûr, en mentant, de rendre mon action (même bonne) efficace. Plus largement, la recherche de la vérité rend l'homme meilleur, plus courageux, plus en accord avec sa dimension spirituelle. Elle a ainsi une vocation **morale**.

> **Rappel**
>
> Il est plus juste de parler d'un **devoir de « sincérité »** que de « vérité ». Il est en effet difficile d'être sûr de connaître la vérité. Ce que nous pouvons au moins garantir à autrui, c'est de dire ce que nous pensons être vrai. Nous n'avons qu'à interroger notre propre conscience.

- Pour **Descartes**, on peut hésiter entre l'illusion porteuse de joie ou la vérité accompagnée de tristesse. Selon lui, l'esprit humain place son « bien » dans la connaissance de la vérité et, par conséquent, même si celle-ci n'est pas toujours plaisante, l'homme en retire une plus grande satisfaction. L'illusion ou l'ignorance ne le contentent que superficiellement.

B Vérité et croyance

- De même, on peut poser que l'homme ne peut affirmer certaines vérités, lorsqu'elles portent sur des aspects du réel inaccessibles à l'expérience, comme Dieu. Mais, selon **Kant**, la morale exige de poser des objets de croyance, là où connaître est impossible. Croire en l'existence de Dieu est ainsi nécessaire pour croire en nos devoirs (on les pose comme issus de Dieu). Dieu fait l'objet d'une foi, qui pour le croyant acquiert le statut de **vérité subjective**.
- À ce niveau, c'est à l'État de garantir une liberté de croyance ou d'opinion, pour permettre à chacun d'avoir sa propre vérité. Pour autant, l'État peut aussi chercher à limiter et empêcher des croyances ou opinions néfastes à la vie en commun et contraires au respect de la personne humaine (on peut ainsi condamner quelqu'un pour des propos qui incitent à la haine et condamner par là même l'opinion qui les sous-tend).

• La diversité des cultures et des croyances rend également la vérité « relative », conditionnée par certains facteurs. C'est cette diversité qui fait dire à **Pascal** : *« Vérité en deçà des Pyrénées, erreur au-delà »*. Là encore, la croyance peut avoir valeur de vérité, elle peut avoir un **rôle social** (partager les mêmes croyances).

C Vérité et illusion

Plus radicalement pour **Nietzsche**, les vérités établies par les hommes, notamment dans le domaine des sciences ou même de la philosophie, ne sont qu'**illusions** : elles expriment le désir qu'ils ont de croire en un monde stable et ordonné par des lois, mais elles cachent un monde dont l'apparence, changeante et particulière, est l'unique réalité. Seul l'art permet de saisir cette réalité variable et éphémère, ainsi qu'un certain type de philosophie (notamment celle de **Nietzsche**, censée rompre avec le modèle platonicien.

La vérité selon les trois perspectives

LA VÉRITÉ – L'existence humaine et la culture

La notion de vérité est à articuler avec les questions existentielles car on se demande ce que sa recherche apporte à l'homme, tant elle peut s'avérer difficile, voire impossible, et parfois douloureuse **[1. C, 3. A]**. Par ailleurs, la pluralité des cultures pose aussi la question du rapport entre la vérité et les valeurs sociales, en interrogeant la dimension relative et subjective de certaines croyances admises comme vraies **[3. B]**.

Exemples de questions

• *Peut-on ne pas vouloir rechercher la vérité ?* → On se demande ce qu'apporte la recherche de la vérité à l'homme, et si elle est toujours bénéfique ; on se demande aussi ce qui peut contrarier la volonté de l'homme dans sa quête de connaissance.

• *Toutes les opinions sont-elles tolérables ?* → On interroge la légitimité des opinions, c'est-à-dire de certaines pensées non réinterrogées, admises souvent comme vraies et pouvant l'être. Au nom de la liberté d'opinion, il semble qu'un devoir de tolérance s'impose en cas de désaccord. Pourtant, certaines limites apparaissent nécessaires au niveau moral.

LA VÉRITÉ – La morale et la politique

La vérité a un rapport avec la **morale** puisque l'on a en vue l'idée qu'il y a peut-être un devoir de vérité, contrebalancé par la tentation de défendre aussi un droit de mentir. De même, en se demandant ce que la recherche de la vérité apporte à l'homme, on s'interroge sur sa valeur morale **[2. A]**. On se demande également si l'**État** peut jouer un rôle dans la quête ou l'énoncé de la vérité **[3. B]**.

Exemple de question

• *Toute vérité est-elle bonne à dire ?* → Cette question interroge l'énoncé de la vérité, et pose la question du droit de mentir. Il convient de rechercher des situations où le devoir de dire la vérité à autrui serait remis en question, et on se doit aussi de rechercher des conditions pour énoncer des vérités pénibles, douloureuses, terribles, que l'on ne peut taire.

LA VÉRITÉ – La connaissance

Enfin, la vérité est en lien direct avec les questions touchant à la connaissance puisqu'elle se définit comme connaissance objective. On se demande comment accéder à la vérité et si cet accès est possible. On se doit aussi d'interroger le modèle que représentent les sciences, pour savoir s'il n'y a pas des vérités d'un autre ordre (dans la religion, dans l'art, la philosophie…) **[2. C, 3. B et C]**.

Exemple de question

• *N'y a-t-il de vérité que dans les sciences ?* → On attend une réflexion critique sur les sciences, en tant que modèles de vérité, pour interroger la possibilité d'établir des vérités dans d'autres domaines, tels que l'art ou la religion, ou encore la philosophie.

9 Les repères philosophiques

Comme le soulignent les programmes officiels : « *L'examen des notions et l'étude des œuvres sont précisés et enrichis par des repères que le professeur sollicite dans la conduite de son enseignement.* »

Afin de vous aider à les comprendre, voici quatre tableaux qui montrent que certains repères : s'opposent ; sont différents mais pas nécessairement opposés ; sont proches mais doivent être différenciés ; fonctionnent ensemble dans une progression.

1 Les repères qui s'opposent

Absolu : Qui ne varie pas en fonction de conditions.	**Relatif :** Qui varie en fonction de conditions.
Abstrait : Ce qui renvoie à des idées générales.	**Concret :** Ce qui renvoie à des choses particulières.
Analyse : Action de décomposer en éléments simples.	**Synthèse :** Action de rassembler en un tout.
Théorie : Ce qui renvoie au domaine de la pensée.	**Pratique :** Ce qui renvoie au domaine de l'action.
Essentiel : Propriété qui permet de définir un objet.	**Accidentel :** Propriété qui ne définit pas un objet.
Immédiat : Ce que l'on atteint directement.	**Médiat :** Ce que l'on atteint indirectement.
Impossible : Qui ne peut pas exister.	**Possible :** Ce qui n'existe pas mais peut exister.
Objectif : Ce qui ne tient compte que de l'objet, ce qui vaut de façon universelle.	**Subjectif :** Ce qui dépend d'un sujet, d'un point de vue particulier.
	Intersubjectif : Ce qui caractérise la relation entre deux sujets, deux consciences.
Public : Qui renvoie à la sphère collective, à l'espace partagé par le groupe social (lieux et espaces publics, biens de l'État).	**Privé :** Qui renvoie à la sphère personnelle, à l'espace de vie intime (vie privée, maison, famille, biens personnels).
Transcendant : Ce qui dépasse l'ordre naturel des choses accessibles par l'expérience.	**Immanent :** Ce qui est du même ordre que la réalité donnée dans l'expérience.

2 Les repères qui sont différents sans être nécessairement opposés

Croire : Tenir pour vrai de façon subjective.	**Savoir :** Tenir pour vrai de façon objective.	
En acte : Ce qui est réalisé effectivement.	**En puissance :** Ce qui peut se réaliser mais qui ne l'est pas encore.	
En fait : Ce qui existe dans les faits, sans être pour autant juste.	**En droit :** Ce qui devrait exister parce que juste, légitime d'un point de vue moral.	
Exemple : Ce qui permet d'illustrer un énoncé général à l'aide d'un cas concret et particulier.	**Preuve :** Ce qui permet de vérifier l'accord d'un énoncé avec la réalité.	
Formel : Ce qui concerne la valeur logique d'un raisonnement, la forme.	**Matériel :** Ce qui concerne le contenu d'un raisonnement, sa conformité avec la réalité.	
Idéal : Ce qui existe en pensée et représente un modèle.	**Réel :** Ce qui existe dans les faits et peut être imparfait.	
Intuitif : Ce qui peut être saisi de façon immédiate.	**Discursif :** Ce qui suppose les articulations d'un raisonnement, d'un discours.	
Principe : Ce qui est premier, ce qui fonde.	**Cause :** Tout principe d'explication.	**Fin :** Explication par un but ou une intention.

PHILOSOPHIE

3 Les repères qui sont proches mais qu'il faut distinguer

Expliquer : Chercher les causes, ce qui a rendu possible quelque chose.	**Comprendre :** Chercher les raisons, les buts, les motivations.
Légal : Ce qui est conforme à la loi, au droit positif.	**Légitime :** Ce qui est conforme à la morale, ce qui est juste en soi.
Obligation : Ce que l'on s'impose à soi-même librement.	**Contrainte :** Ce qui est imposé de façon extérieure.
Origine : Ce qui désigne le commencement ou les conditions d'apparition de quelque chose.	**Fondement :** Ce qui justifie l'existence de quelque chose d'un point de vue moral ou logique.
Persuader : Obtenir l'adhésion de quelqu'un à partir d'éléments subjectifs.	**Convaincre :** Obtenir l'adhésion de quelqu'un à partir d'éléments objectifs.
Ressemblance : Comparaison directe d'éléments.	**Analogie :** Comparaison indirecte portant sur des rapports.

4 Les repères qui fonctionnent ensemble dans une progression

Concept : Se dit d'une idée générale et abstraite (« la » liberté, « le » temps).	**Image :** Représentation concrète permettant de représenter un concept explicitement (l'image du fleuve pour représenter le temps).	**Métaphore :** Image implicite et indirecte (les « ravages » du temps, « l'écoulement » du temps).

Contingent : Ce qui existe et aurait pu ne pas exister.	**Nécessaire :** Ce qui existe et qui ne pouvait pas ne pas exister.

Genre : Le groupe général.	**Espèce :** Le sous-groupe du genre.	**Individu :** L'élément de l'espèce.
Hypothèse : Proposition incertaine qu'on demande d'admettre (« si… »).	**Conséquence :** Proposition découlant logiquement d'une autre proposition (« alors… »).	**Conclusion :** Proposition finale découlant logiquement d'une série de propositions (« donc… »).
Identité : Le fait d'être strictement le même.	**Égalité :** Le fait d'être le même sous un certain rapport.	**Différence :** Le fait de ne pas être le même.

Universel : Ce qui vaut sans exception.	**Général :** Ce qui vaut dans la plupart des cas.	**Particulier :** Ce qui vaut dans certains cas.	**Singulier :** Ce qui vaut dans un seul cas.

Vrai : Se dit d'un énoncé (discours ou pensée) en accord avec le réel.	**Probable :** Se dit d'un énoncé qui admet une forte possibilité d'être vrai.	**Certain :** Se dit d'un énoncé dont l'accord avec le réel a été démontré ou prouvé.

Sujet du Bac

Épreuve de philosophie

SUJET I Dissertation Corrigé p. 346

La laideur peut-elle intéresser l'artiste ?

Comment traiter le sujet

Notions

L'art, la nature, la vérité.

Remarques générales

Le sujet est assez classique, même si la notion de « laideur » peut sembler difficile à analyser (le terme *beauté* nous est plus familier). Ce qui est interrogé ici, c'est le rapport entre l'art et la beauté et en quel sens celui-ci peut viser autre chose que le beau.

Analyser les termes du sujet

- **La laideur :** la laideur désigne ce qui n'est pas beau. Pour autant, ce qui n'est vraiment pas beau n'est pas forcément laid. Il y aurait donc un intermédiaire entre le beau et le laid, quelque chose pouvant n'être ni beau ni laid, nous laissant indifférent sur le plan esthétique. La laideur désigne un manque cruel de beauté qui, du coup, nous interpelle et nous étonne : face à elle, nous sommes comme surpris par cette absence radicale, exceptionnelle, de beauté. Par ailleurs, la laideur semble pouvoir s'appliquer soit à l'apparence (visage, décor, vêtements…), soit à des formes d'intériorité (pensées, sentiments, parties du corps). Dans tous les cas, la laideur semble à la fois attirer le regard et nous repousser.
- **Peut-elle :** on interroge à la fois la possibilité, pour l'artiste, de s'intéresser à la laideur et la légitimité (valeur) d'un tel intérêt : jusqu'où est-il « bon » que l'artiste s'intéresse à la laideur ?
- **Intéresser :** la notion d'« intérêt » peut désigner le caractère « utile » d'une chose (d'un point de vue matériel, économique ou politique), et, en cela, l'intérêt nous rend « intéressé » (nous cherchons un « gain » possible) ; l'intérêt peut aussi renvoyer aux domaines de la culture et de la connaissance, et l'on s'intéresse alors à une chose non pas pour « y gagner » quelque chose, mais parce que la chose en elle-même a de la valeur et demande qu'on s'intéresse « à » elle.

Dégager une problématique

- Il semblerait que l'artiste s'intéresse à la beauté et que, par conséquent, il ne puisse s'intéresser à la laideur.
- Pour autant, certaines œuvres ne nous apparaissent-elles pas laides, et ce non pas parce que nous les trouverions personnellement laides, mais parce qu'elles se voudraient laides ? N'est-ce pas alors le signe que l'artiste, de fait, s'intéresse à la laideur ?
- Pourquoi un tel intérêt et est-il légitime ?

SUJET 2 Dissertation

Corrigé p. 348

La culture nous rend-elle plus humain ?

Comment traiter le sujet

Perspectives, notions et repères

Perspectives : l'existence humaine et la culture.
Notions : l'art, la justice, le langage, la liberté, la nature, la technique.
Repères : absolu/relatif – en acte/en puissance – essentiel/accidentel – universel/général/particulier/singulier.

Remarques générales

Même si la notion de « nature » n'apparaît pas elle-même dans la question, le sujet est bien une façon de l'interroger. En effet, réfléchir sur la « culture », c'est nécessairement réfléchir en même temps sur « la nature » puisque les deux notions se définissent l'une par rapport à l'autre. Cette réflexion est ici centrée sur l'homme qui est à la fois celui par qui la culture arrive, et aussi celui sur qui elle s'exerce.

Analyser les termes du sujet

• **La culture :** dans un premier sens, la culture désigne un *processus*, celui d'une transformation de la « nature ». Il peut s'agir de la modification du monde qui nous entoure mais aussi, par extension, de la modification que l'homme s'impose à lui-même à travers l'éducation en particulier. La culture évoque par suite tous les *domaines* par lesquels l'homme s'écarte d'un comportement seulement naturel, pour y ajouter une dimension « artificielle » : l'invention et l'utilisation de moyens techniques, la création d'œuvres d'art, l'instauration de valeurs et de règles morales, l'établissement de lois, etc. En principe, tout cela permet à l'homme de s'éloigner de son état « sauvage » pour se « civiliser », se « discipliner » ou encore même « s'humaniser ». Cela implique de voir la nature, ou du moins l'état naturel de l'homme, comme quelque chose d'imparfait qu'il faudrait améliorer, voire même comme quelque chose de mauvais qu'il faudrait corriger ou repousser. L'effet de la « culture », dans ses différentes dimensions, est-il nécessairement positif ?
• **humain :** l'adjectif peut avoir plusieurs sens. On peut d'abord qualifier « d'humain » tout ce qui correspond à l'homme, dans sa façon d'être et d'agir : mais dans ce cas, il est aussi « humain » de faire preuve de lâcheté ou de violence, que l'inverse. L'adjectif a alors une valeur purement « descriptive », sans enjeu particulier. Mais en général, on l'emploie plutôt dans un sens « normatif », plus exigeant : être « humain » ou manifester son « humanité », c'est faire preuve de *qualités* qui seraient *propres à notre espèce*. Il pourrait s'agir de capacités physiques comme la « bipédie », mais aussi de facultés comme le langage, l'invention technique, la créativité esthétique, etc. Dans un sens plus restreint encore, mais très fréquent, on assimile le fait d'être « humain » avec une certaine conduite morale, faite de compréhension et de bienveillance envers l'autre. C'est comme si c'était sous cette forme que notre qualité d'être « humain » se manifestait le mieux.
• **nous rend-elle plus :** la formulation a quelque chose d'assez modeste. On ne demande pas si la culture « nous rend humain » de façon complète et à elle seule, mais seulement si elle y participe. Cela laisse entendre que l'humanité (le fait d'être « humain ») est quelque chose qui s'acquiert, progressivement, et selon un processus infini peut-être. La culture ne pourrait donc pas nous y faire parvenir entièrement ni rapidement. La formulation suggère aussi que notre humanité pourrait venir d'autre chose que la culture, donc de la nature :

ne serions-nous pas déjà humains « par nature », grâce à des qualités humaines naturelles ? En ce cas, le rôle de la culture consiste-t-il à développer ce que la nature offre déjà ? Ou bien à le compléter, voire à la corriger ? Enfin, ne pourrait-on pas envisager que la culture nous rende « moins humain », en nous faisant perdre des qualités naturellement présentes ?

Dégager une problématique

La question, ici, porte sur le rôle de la culture et sur la place qu'il faut lui réserver dans le fait même d'être humain, d'avoir des qualités spécifiques, distinctes des animaux notamment. Il semblerait que, si l'homme n'est pas vraiment humain par nature, s'il doit apprendre à développer ses caractéristiques propres ou les acquérir, alors la culture serait ce qui, précisément, apporte et développe en lui l'humanité, par l'éducation ou par les règles sociales. Mais on peut aussi se demander si la culture ne risque pas d'avoir des effets pervers dans ce processus même consistant à humaniser l'homme : ne peut-elle pas manquer son but, voire développer négativement des formes « d'inhumanité » ?

SUJET 3 L'explication de texte

Corrigé p. 351

Expliquez le texte suivant :

C'est sans doute un mal que d'être plein de défauts ; mais c'est encore un plus grand mal d'en être plein et de ne les vouloir pas reconnaître, puisque c'est y ajouter encore celui d'une illusion volontaire. Nous ne voulons pas que les autres nous trompent ; nous ne trouvons pas juste qu'ils veuillent être estimés de nous plus qu'ils méritent : il n'est donc pas juste aussi que nous les trompions et que nous voulions qu'ils nous estiment plus que nous le méritons.

Ainsi, lorsqu'ils ne découvrent que des imperfections et des vices que nous avons en effet, il est visible qu'ils ne nous font point de tort, puisque ce ne sont pas eux qui sont en cause ; et qu'ils nous font un bien, puisqu'ils nous aident à nous délivrer d'un mal, qui est l'ignorance de ces imperfections. Nous ne devons pas être fâchés qu'ils les connaissent, et qu'ils nous méprisent, étant juste, qu'ils nous connaissent pour ce que nous sommes, et qu'ils nous méprisent si nous sommes méprisables.

Blaise PASCAL, *Les Pensées*

Rédaction de la copie : le candidat a le choix entre deux manières de rédiger l'explication de texte. Il peut soit répondre dans l'ordre, de manière précise et développée, aux questions posées (option n° 1) ; soit suivre le développement de son choix (option n° 2).
Il indique son option de rédaction (option n° 1 ou option n° 2) au début de sa copie.

Questions de l'option n° 1

A – Éléments d'analyse

1. Expliquez « c'est encore un plus grand mal… puisque c'est y ajouter encore celui d'une illusion volontaire » (l. 1-3).
2. Expliquez la contradiction qu'il y aurait à ne pas vouloir « que les autres nous trompent » et vouloir les tromper nous-mêmes.
3. Que signifie « il est visible qu'ils ne nous font point de tort, puisque ce ne sont pas eux qui sont en cause » ?

B – Éléments de synthèse

1. Dégagez la thèse de l'auteur.
2. À quelle question répond le texte ?
3. Indiquez les étapes de son raisonnement.

C – Commentaire

1. En quoi la recherche de la vérité est-elle en soi un bien ?
2. Qu'est-ce qui peut rendre la recherche de la vérité douloureuse ou difficile ?
3. Ce qui est désagréable dans la recherche de la vérité ne peut-il être un bien ?

CORRIGÉS

Les titres en couleur apparaissant dans les corrigés des sujets 1 et 2 ne doivent pas figurer dans votre devoir. Nous les avons insérés pour vous guider et vous aider à repérer la progression des dissertations.

Corrigé sujet I : plan détaillé de la dissertation

Énoncé p. 343

I Difficultés que pose l'intérêt que l'artiste porte à la laideur

1 L'artiste devrait rejeter la laideur

On pourrait tout d'abord penser que l'artiste ne devrait ni ne peut s'intéresser à la laideur et que son rôle est, au contraire, de représenter la beauté. La laideur viendrait, en effet, remettre en question l'idée d'un ordre et d'une harmonie des choses. C'est ce que suggère Platon, dans le livre X de *La République*, lorsqu'il condamne les poètes qui « *créent des fantômes, non des réalités* ». En montrant, par exemple, la laideur des dieux (qui se jalousent, se querellent et s'enivrent), les poètes, selon Platon, incitent les hommes à devenir eux-mêmes laids et les poussent aux vices. Il faut donc chasser les artistes qui montrent des choses laides.

2 Rôle de l'artiste : s'intéresser à la beauté

Le rôle de l'artiste consisterait, au contraire, à inciter les hommes à la vertu, en leur montrant plutôt la beauté. Pour Platon, il faut « *obliger les poètes à composer des fables qui tendent au même but : la vertu* » et il faut « *faire tout son possible pour que les fables soient les plus belles et les plus propres à enseigner la vertu* ». Plus largement, on peut penser qu'effectivement l'art est une manière de représenter tout ce que le monde, la nature et l'homme ont de « beau », c'est-à-dire de bon et d'ordonné, d'harmonieux.

3 Seule possibilité de s'intéresser à la laideur : vouloir la dénoncer

La seule manière alors pour l'artiste de s'intéresser à la laideur serait de la montrer pour la dénoncer, et pour que l'homme s'en détourne et rejoigne la beauté et la vertu. Ainsi, par exemple, chez Victor Hugo, les personnages « laids » (physiquement comme Quasimodo ou moralement comme les Thénardier) ne sont montrés que pour leur opposer des personnages « beaux » (Esméralda ou Jean Valjean). La laideur qui intéresse l'artiste doit donc être comprise comme un vice de forme, une faute humaine : ne sont laids que ceux qui méritent de l'être par leurs vices, par leur refus de suivre la vertu.

II Possibilité pour l'artiste de s'intéresser à la laideur pour elle-même

1 L'artiste peut vouloir montrer qu'il existe du laid et pas seulement de la beauté

Mais, si l'on pose que la laideur existe de fait et tout autant que la beauté, alors l'artiste ne peut pas se désintéresser de la laideur. L'artiste n'est-il pas celui qui cherche à représenter, à rendre visible ce que l'homme commun ne voit pas de lui-même, et donc à montrer aussi la laideur ? Ainsi, pour Aristote, « *il y a des dieux même dans la cuisine* » et la nature montre aussi bien des animaux bien constitués que des monstres difformes dont l'enfant s'émerveille. S'intéresser à la laideur en cherchant à la représenter serait une manière de revenir à la réalité telle qu'elle nous apparaît sous toutes ses formes.

2 Plus encore, il n'y aurait peut-être pas de beauté

Autre raison possible de s'intéresser à la laideur : elle serait peut-être l'essence même du réel, le fond des choses, tandis que la beauté ne serait qu'illusion. Peut-être n'y a-t-il dans le monde ni ordre, ni harmonie, ni stabilité, et peut-être tout n'est-il que pur chaos, comme le suggère Nietzsche pour qui *« nous avons l'art pour ne pas mourir de la vérité »* ? L'art nous délivrerait de l'illusion selon laquelle il existerait un *« arrière-monde »* soutenant notre monde visible. Un tel « autre » monde n'existerait pas.

3 L'artiste s'intéresse à la laideur pour en faire de la beauté

Alors, l'artiste, conscient de cette laideur fondamentale des choses et du monde, ne pourrait que s'intéresser à elle, pour montrer en quoi toutes nos illusions en découlent. En s'intéressant à la laideur, il nous dirait que c'est elle qui est derrière tout ce que nous masquons par une beauté artificielle et vaine. Tel est le projet des *Fleurs du mal*, par exemple, où Baudelaire, en créant des poèmes tels que « Une charogne », « Les Aveugles », cherche à créer de la beauté à partir de la laideur. Il est possible de faire un beau poème sur les laideurs du monde et des choses. Si « Une charogne » est un beau poème, c'est parce qu'il nous dit de belle façon ce qui fait toute la laideur de notre condition (l'inévitable putréfaction des corps).

III Limites à l'intérêt de l'artiste pour la laideur

1 Le devoir de condamner l'intérêt pour une certaine laideur

Toutefois, Nietzsche, en affublant Zola de l'expression *« la joie de puer »*, semble condamner une certaine forme de laideur : celle incarnée par une misère populaire et qui ne serait que pure complaisance pour une forme de décadence. La laideur d'un Lantier ou d'un Coupeau serait la laideur d'un laisser-aller, d'une oisiveté qui dégénère sans chercher à lutter contre elle-même. Dans l'art contemporain, on peut également critiquer certaines formes de complaisances pour la laideur : faut-il, en effet, se laisser aller à décrire le domaine de nos besoins animaux (comme le fait, par exemple, Wim Delvoye avec son œuvre *Cloaca*, qui est une machine à déféquer) ?

2 Comment distinguer alors différents types de laideurs ?

Si l'œuvre d'art doit, comme le suggère Heidegger, manifester, installer un monde, mettre en œuvre une vérité, n'autorise-t-elle pas alors certaines formes de laideurs qui seraient de tels événements ? De même, si l'artiste fait l'œuvre autant qu'il est fait par elle, ne peut-il s'intéresser à certaines laideurs qui, ici ou là, à telle ou telle époque, sont celles de notre monde et de nos attitudes ? Proust, à ce titre, ne dit-il pas la laideur des salons mondains, la laideur des sentiments engendrés par la guerre et l'affaire Dreyfus, la laideur de l'amour ? Et si, comme le dit Heidegger, *« la beauté est un mode d'éclosion de la vérité »*, alors la laideur faite œuvre, capable de faire éclore la vérité, est belle.

3 La laideur comme marque du génie

Plus encore, ne peut-on voir dans la beauté transfigurée en laideur la marque du génie de l'artiste, le témoignage de son « style », de son « coup d'œil », capable de défaire et de refaire, selon son propre goût, le modèle qui l'inspire ? Ainsi, le narrateur de *À la recherche du temps perdu* admire dans le peintre Elstir cette transfiguration même du modèle rendu presque laid : Odette devient laide lorsqu'elle apparaît en Miss Sacripant. C'est que le peintre l'a enlaidie, débarrassée de ses fards et de ses masques.

Plus largement, comme le suggère Bergson, l'artiste est celui qui est capable de *« percevoir pour percevoir »*, percevoir *« pour rien, pour le plaisir »* : c'est dire qu'en débarrassant le monde de son caractère utilitaire, l'artiste saisit ce qui du monde est ordinairement laid, mais qui pour son œil est beau.

 Énoncé p. 344

I L'homme tiendrait son humanité et son degré d'humanité de la culture

1 L'idée que l'homme naîtrait humain grâce à la nature

On pourrait, tout d'abord, penser que l'homme naît homme et qu'il doit son humanité à la nature. Celle-ci lui donnerait, dès le départ, de façon innée, toutes ses caractéristiques propres, sa spécificité. Cette idée peut se défendre d'un point de vue biologique, quand on considère que chaque homme, lorsqu'il naît, possède en lui, de par sa constitution biologique, ce qui fait de lui un être humain et non pas un être d'une autre espèce (chien ou chat) ou d'un autre ordre (objet inanimé). À ce niveau, chaque être humain naît « humain » et ne doit pas à la culture l'ensemble de ses propriétés physiques (bras, jambes, tête, mains, pieds, visage…). Il ne doit pas acquérir son corps biologique, ni procéder à une transformation extérieure pour l'obtenir.

> Li'dée de ce pragraphe n'est exposée ici que pour être critiquée dans cette 1re partie : elle est trop « naïve » pour mériter une grande partie à elle seule.

2 Limites de cette idée et critique de la notion de « nature humaine »

Pour autant, à part cette détermination biologique, fixée par l'évolution et par l'hérédité, il apparaît que l'homme ne naît pas homme mais le devient par le biais de l'éducation et de la culture, au contact d'autrui. L'exemple des « enfants sauvages », comme Victor de l'Aveyron, témoigne de ce fait : abandonné très tôt dans la nature, un enfant ne devient pas naturellement humain, même si son corps biologique est certes celui d'un être humain. Il ne développe ni la bipédie, ni la sensibilité (perception) dont l'homme est capable, ni la conscience de soi, ni l'aptitude technique à fabriquer des outils, etc. Son corps, bien qu'humain sur le plan biologique, ne ressemble pas à celui d'un autre enfant de son âge, et « l'enfant sauvage » ne montre aucun sentiment ni ne témoigne d'aucun développement intellectuel spontané.

> Le réalisateur François Truffaut a réalisé un célèbre film inspiré de l'histoire de Victor de l'Aveyron, « L'Enfant sauvage ».

3 Le rôle de la culture : rendre humain et plus humain

C'est donc dire que l'être humain ne serait, à l'état naturel, qu'un homme en puissance, doté simplement de facultés spécifiques, de potentialités ou « virtualités » (comme le suggère **Lucien Malson** dans *Les Enfants sauvages*, en 1964). **Rousseau** évoque la notion de « *perfectibilité* » pour suggérer l'aptitude propre à l'homme à se perfectionner. La culture aurait alors pour rôle de développer ces capacités propres, de les épanouir, comme le fait le médecin Jean Itard avec Victor : il le rend humain en l'aidant à développer tout ce qui caractérise un homme. Il commence par donner à son corps les aptitudes physiques qui sont celles d'un être humain, puis lui apprend à éprouver des sentiments et à développer ses aptitudes intellectuelles, techniques et artistiques, ainsi que le sens de la justice. Par ailleurs, on peut poser qu'à l'état naturel, l'homme serait limité à de simples besoins vitaux (manger, boire, dormir, se défendre) qu'il partagerait avec le vivant et qui, en ce sens, ne seraient pas spécifiquement humains : dans ce cas, la culture aurait pour but de rendre ces besoins « plus » humains, en les transformant, en les disciplinant (il faudrait apprendre à manger humainement, de manière non animale, en introduisant des règles, des façons de manger, par exemple).

> **« L'homme en puissance »**
> Voir le couple de repères « en acte/en puissance ».

II Mais la culture peut aussi avoir des effets pervers sur notre humanité

1 La culture peut ne pas nous rendre humain

La culture peut aussi rater son but et ne pas contribuer à développer nos facultés : une « mauvaise » éducation témoigne de ce genre d'échecs, et un enfant « mal élevé » incarne cette possibilité, pour la culture, de ne pas épanouir nos aptitudes spécifiques ou de ne pas discipliner nos besoins vitaux. Mal parler ou mal manger, par exemple, montre qu'une culture, ou qu'une éducation, peut ne pas parvenir à donner à un enfant toutes ses possibilités. L'éducation, grâce à laquelle il est pourtant censé apprendre des règles et des codes, semble rater sa vocation. Ici, la culture en tant que transmission de règles et de codes de conduite ne rend pas plus humain : elle n'apporte pas au langage humain le « plus » qu'il lui faut pour atteindre sa perfection, par exemple, ou bien elle laisse l'enfant rivé à la satisfaction anarchique de ses besoins (enfant capricieux, égoïste, égocentrique). De manière plus large, la culture peut prendre la forme de ce qu'on appelle une « sous-culture », développant non pas ce que l'homme a de plus humain en lui, mais ce qu'il aurait de bas, d'instinctif, de vicieux (les émissions de « télé-réalité », par exemple, qui sont réputées ne pas contribuer au développement intellectuel ni artistique).

2 Certaines pratiques culturelles peuvent sembler inhumaines

Par ailleurs, certaines pratiques (comme l'anthropophagie) témoignent aussi de ce que l'ethnologue **Claude Lévi-Strauss** considère comme une forme de résistance, une sorte d'inertie, de « *résidu d'iniquité* » faisant que l'humanisation échoue sur le plan moral. On pourrait croire que ces pratiques sont réservées à quelques cultures, dites « sauvages » ou « barbares ». Pourtant, en posant que « *le barbare est d'abord celui qui croit à la barbarie* », **Claude Lévi-Strauss** dénonce l'ethnocentrisme qui fait que l'on nomme « barbare » ce que l'on croit ne voir qu'ailleurs, à partir de sa propre culture (*Race et Histoire*). Pour lui, rien n'est barbare en soi ; toute culture est simplement imparfaite et aucune n'est parfaite. Certains Indiens sont anthropophages, tandis que nous nous plaisons à disséquer des cadavres dans des amphithéâtres de médecine : ces deux pratiques sont inhumaines au sens où elles semblent aller contre l'aptitude de l'homme à respecter le corps de son congénère, mais elles existent ici et ailleurs (*Tristes Tropiques*). C'est donc « la » culture, et non pas telle ou telle culture, qui rend inhumain, en inventant des pratiques qui vont à contresens de ce que l'homme a de différent par rapport à l'animal ou qui le laissent à un niveau d'humanité non développée.

> Toute citation doit être expliquée : elle n'a de valeur que si elle est intégrée au raisonnement.

3 La culture peut menacer ce qui, en l'homme, reste « naturel » et humain

Enfin, le fait même de transformer l'être humain au moyen de règles et de discipline peut se révéler contraire à celui de rendre « plus » humain, si ces règles se révèlent, notamment, répressives et contraires au libre épanouissement de ce qui nous rattache au monde naturel et qui constitue aussi une part de notre « humanité ». L'extrême discipline de la sexualité dans certaines formes de religion, par exemple, peut paraître inhumaine si l'on considère que la sexualité ne relève pas de la pure animalité. S'il convient, en effet, d'humaniser la dimension sexuelle de l'homme, peut-être ne convient-il pas de la réprimer à l'excès, sinon en « dénaturant » l'homme ? **Freud**, dans *Malaise dans la culture*, dénonce ainsi la répression qu'impose la culture en général à l'égard des instincts. Ici, la culture ne rend pas plus humain : elle « déshumanise ».

III Comment faire en sorte que la culture développe au mieux notre spécificité ?

1 Les critères d'une « bonne éducation »

On peut s'interroger sur la possibilité d'établir certains critères qui rendraient possibles une « bonne éducation » et donc une bonne façon de cultiver l'homme : comment faire en sorte que l'on rende l'homme (l'enfant en l'occurrence) le plus humain possible ? L'école semble, ici, incarner une telle vocation puisqu'elle s'attache, précisément, à développer les multiples aptitudes de chacun à devenir plus humain aussi bien dans ce que nous avons en commun avec les autres hommes que dans nos talents propres (personnels). Pour **Alain**, par exemple, un principe est de « *contrarier les goûts, d'abord et longtemps* » et de considérer chaque individu comme un « *génie universel* » (*Esquisses de l'homme*), capable de tout apprendre. En encourageant toutes les aptitudes (et non pas seulement certaines, plus faciles selon les dons et les goûts de chacun), on se donnerait ainsi les moyens de rendre l'homme « pleinement » humain, en ne négligeant aucune des capacités humaines.

> Comme souvent, l'enjeu de la dernière partie est d'essayer de résoudre les difficultés soulevées : ici, comment concilier la nécessité de la culture et le désir d'éviter une « dénaturation » ?

> Pour bien mettre en valeur l'idée exposée par Alain, il faut souligner le paradoxe qu'elle contient : aller à l'encontre des manifestations « naturelles », spontanées, pour bien éduquer.

2 Les critères moraux pour définir ce que serait le plus haut degré d'humanité

Par ailleurs, il est possible de se fixer aussi des critères d'ordre moral pour déterminer ce que peut signifier « plus humain ». Si la culture, à travers certaines pratiques, peut sembler inhumaine, c'est au sens où elle ne paraît pas permettre à l'homme de faire valoir sa dimension morale, sa capacité à respecter l'être humain, à se montrer sensible à la souffrance. S'entendre sur de tels critères permettrait, peut-être, de condamner ou sinon de questionner des pratiques cruelles ou irrespectueuses de la personne ou de l'animal (on peut penser à l'excision, à la peine de mort, ou encore à la corrida). De tels critères peuvent aussi aider à interdire certaines pratiques et mettre en place des lois afin de garantir cette interdiction. On peut penser ainsi qu'avec le temps, la culture rendra l'homme de plus en plus humain.

3 Le rôle de l'ethnologie et de la philosophie

Ici, ce qui permettrait à la culture de rendre « plus » humain, ce serait le fait de s'ouvrir aux autres cultures et de réfléchir sur la notion même de « culture ». Le voyage ethnographique, par exemple, comme l'a pratiqué **Claude Lévi-Strauss**, illustre une telle démarche visant à rendre compte de ce que la culture a d'humanisant dans toute sa diversité, tout en montrant aussi ses faiblesses et ses limites. La philosophie peut aussi permettre un travail de questionnement et de réflexion sur ce qu'est la culture et sur ce qu'elle doit être. En s'interrogeant sur la place de la nature dans la constitution de l'humain et en mettant en évidence le poids décisif de la culture, la philosophie peut ainsi contribuer à rendre la culture plus humanisante.

Corrigé sujet 3 : l'explication de texte

Énoncé p. 345

Option n° 1

A – Éléments d'analyse

1. Avoir des défauts, de caractère en particulier, n'est pas en soi le plus grave. C'est même courant, et on peut en être conscient et s'efforcer de les corriger. Mais **il se peut aussi qu'on cherche à dissimuler ces défauts, y compris à soi-même, en refusant de les reconnaître**. C'est sans doute le pire pour deux raisons. D'une part, cela équivaut à se mentir à soi-même, et à vivre dans l'illusion à propos de soi. L'ignorance ou l'illusion pourraient servir d'excuse, mais pas lorsqu'elle est volontaire : il s'agit alors de mauvaise foi. On ajoute un nouveau défaut. D'autre part, c'est se mettre dans l'impossibilité de s'améliorer, entretenir le défaut, s'enfermer dans ses défauts.

2. **Il serait contradictoire d'exiger des autres ce que l'on ne ferait pas soi-même** au sens où ce serait d'une part illogique et d'autre part immoral, mauvais sur le plan relationnel. Si nous demandons à autrui de ne pas nous cacher ses défauts, il faut se montrer capable de nous montrer aussi tels que nous sommes, sinon les relations sont inégales, bancales. Certains se donneraient du mal à se montrer sous leur vrai jour, parfois défavorable, alors que d'autres se plairaient à cacher leurs défauts. Les relations en seraient faussées et cela serait injuste. Il faut exiger la même transparence de tout le monde ou autoriser la même tromperie chez tout le monde.

3. On a souvent tendance à s'énerver face à ceux qui nous reprochent notre comportement ou notre caractère. Pourtant, comme le souligne Pascal, les autres « ne sont pas en cause » : ce n'est pas à eux que nous devons nous en prendre pour avoir remarqué nos défauts ; c'est plutôt à nous-mêmes, qui possédons ces défauts, que nous devons nous en prendre. C'est nous qui sommes la cause véritable du problème. Il serait même plus juste d'être reconnaissant à l'égard de ceux qui nous critiquent dans nos défauts. Ils peuvent ainsi contribuer à nous faire une juste idée de nous-mêmes, et nous donner l'occasion de nous améliorer. Une condition cependant, que précise le texte : qu'il s'agisse de défauts que nous possédons « en effet », c'est-à-dire réellement.

B – Éléments de synthèse

1. Ce que cherche à montrer l'auteur dans ce texte, c'est que **nous ne devons pas en vouloir aux autres de remarquer chez nous nos défauts, mais plutôt leur en être reconnaissant**. Il va même jusqu'à affirmer que nous ne devons pas leur reprocher de nous « mépriser » en raison de ces défauts, puisqu'il s'agit d'une *juste* estime de notre valeur. Par cette thèse, il répond ainsi au problème suivant : comment devons-nous réagir face à ceux qui nous reprochent nos défauts ? Ou encore : comment devons-nous accepter les critiques que l'on nous adresse ?

2. Le texte répond à la question de **savoir si la révélation de nos défauts par les autres est un mal ou un bien**. Il s'agit de savoir ce que nous apportent la connaissance de nos défauts et plus généralement **la connaissance de la vérité**, même lorsqu'elle est désagréable.

3. Le texte est construit à la manière d'une démonstration en deux temps. Dans le **premier paragraphe**, l'auteur **expose deux arguments, deux principes assez évidents**, qui préparent l'exposition de la thèse, plus originale, dans la deuxième partie. Pascal pose d'abord un argument d'ordre moral : le pire n'est pas tant d'avoir des défauts que de refuser de les reconnaître (lignes 1-3). Il y ajoute un argument d'ordre logique : en matière d'estime, nous ne devons pas exiger des autres ce que nous trouverions injuste qu'ils exigent de nous (lignes 3-6).

Le **second paragraphe** est la **conséquence** logique des idées exposées ci-dessus. L'auteur établit en effet d'abord l'idée selon laquelle nous devons être reconnaissant qu'on nous signale nos défauts (lignes 7-10) ; ensuite, que nous devons accepter d'être jugés à notre juste valeur, même si cela ne devait revenir qu'à relever chez nous des défauts qui nous rendraient « méprisables » (lignes 10-13).

C – Commentaire

1. Presque par définition, connaître la vérité semble plus avantageux. Savoir permet davantage de liberté et de pouvoir (comme la différence entre celui qui marche dans le noir et celui qui le fait dans la lumière). C'est une occasion de progresser. De plus, c'est aussi une condition de la confiance, une garantie nécessaire au lien social (sincérité). C'est ce qui donne à l'homme des connaissances, dans tous les domaines, et on peut penser que l'homme est naturellement en quête de vérité, de savoir.

2. On peut certes admettre que dans certains cas, au moins, il vaudrait mieux se taire, mentir, tromper. C'est poser que l'on pourrait avoir le droit, voire le devoir de mentir, ou qu'il vaudrait mieux pour nous être dans l'ignorance ou l'illusion.

La vérité peut en effet être vue comme ce qui peut « blesser », faire souffrir, elle contrarie certains désirs. Ainsi, par exemple, on pourrait vouloir protéger quelqu'un d'une nouvelle affligeante ou dangereuse pour lui. On peut aussi évoquer la raison d'État, consistant à mentir ou à cacher des informations au nom d'un bien supérieur : l'intérêt de la Nation, de la société dans son ensemble. Concernant la vérité sur soi, le fait de connaître ses défauts peut aussi être douloureux et on peut préférer se voiler la face, se croire meilleur et se montrer meilleur qu'on ne l'est.

3. **Pour savoir si la vérité est bénéfique ou non, il faut réfléchir sur la notion de « bien ». Il faut distinguer ce qu'il est « bien » de faire au sens moral, et ce qui fait plaisir, ce qui est « agréable ».**

Le mot « bon » peut désigner en ce sens autant un médicament qu'un bonbon. Ce qui est bien pour soi n'est pas forcément agréable, la vérité peut ainsi nous déplaire s'il s'agit de connaître nos défauts par les autres, mais cela peut nous aider à nous en délivrer et à devenir meilleur, moins « méprisable ». Dans ce cas, on devrait même remercier ceux qui nous aident à mieux nous connaître car ils contribuent à nous rendre « aimable », aussi bien aux yeux des autres qu'à nos propres yeux.

Il convient aussi d'évaluer les risques qu'il y aurait à ne pas dire la vérité. N'y a-t-il pas des dérives possibles ? Quelles limites se donner si tout est question de circonstances, de cas ?

On peut aussi faire un calcul du bonheur attendu en ne disant pas la vérité ou en ne connaissant pas la vérité : celle-ci ne risque-t-elle pas de ressortir ? Le bonheur attendu n'est-il pas fragile, instable, surtout s'il se fait au prix de la mauvaise foi (se mentir à soi-même) ? **Sans doute la vérité peut être désagréable dans l'instant, mais n'est-ce pas l'occasion de progresser ?** Par ailleurs, n'est-on pas responsable de nos mensonges, de leurs conséquences incertaines – alors que l'on n'est pas responsable de la vérité puisqu'elle n'est pas notre invention ?

Option n° 2

Dans le cas où l'option 2 serait choisie, il est possible de structurer le travail d'explication à partir des éléments demandés dans l'option 1 dans un autre ordre, en commençant (par exemple) par énoncer le problème, puis l'idée principale et les étapes de l'argumentation, et en expliquant ensuite les passages les plus importants. Les éléments de la partie C peuvent servir de guide dans le choix des passages à expliquer. Il convient toutefois de respecter l'ordre du texte dans l'explication des passages choisis, pour respecter sa progression logique.

Mathématiques

MATHS

1 Automatismes

Aux automatismes déjà présents dans le programme de la classe de première, viennent s'ajouter les nouveaux automatismes détaillés et illustrés ci-dessous.

1 Reconnaître une situation contextualisée se modélisant par une suite géométrique dont on identifie la raison

• **Les situations pouvant être modélisées par une suite géométrique sont celles faisant état d'une grandeur variant de façon géométrique**, c'est-à-dire de telle sorte que **chaque nouvelle valeur de cette grandeur est obtenue en multipliant la précédente toujours par le même nombre**.

Exemples de situations

• **Situation 1**

« Depuis sa cotation en bourse, la valeur de l'action de l'entreprise Prisme double chaque jour. » : ici, les termes de la suite seront les différentes valeurs de l'action alors que le rang correspondra au nombre de jours écoulés depuis la cotation en bourse. Comme la valeur double chaque jour, cela signifie que la suite est géométrique de raison 2.

On note u_n la valeur de l'action n jours après la cotation et u_0 la valeur initiale de cette action. On aura alors pour tout entier naturel n :

$$u_{n+1} = 2u_n$$

• **Situation 2**

Depuis son ouverture, le nombre d'abonnés à une plateforme de vidéos à la demande a augmenté de 5 % par an. Ici, on pourra introduire la suite (v_n) où, pour chaque entier naturel n, (v_n) correspond au nombre d'abonnés n années après l'ouverture de la plateforme.

Ainsi, $v_{n+1} = \left(1 + \frac{5}{100}\right)v_n = 1{,}05\ v_n$

(v_n) est donc une suite géométrique de raison 1,05.

2 Calculer la dérivée d'une fonction polynomiale de degré inférieur ou égal à 3

• Pour dériver une fonction polynomiale, on utilise les règles de dérivation suivantes, vues en classe de première :

– **rappel 1 : dérivées des fonctions usuelles**

$f(x) =$	$f'(x) =$
k ($k \in \mathbb{R}$)	0
x	1
x^2	$2x$
x^3	$3x^2$

– **rappel 2 : dérivée d'une somme**

$$(u+v)' = u' + v'$$

– **rappel 3 : dérivée du produit d'une fonction par un réel**

$$(k \times u)' = k \times u' \text{ avec } k \text{ un nombre réel}$$

Exemple

On considère la fonction f définie sur $\mathbb{R}$ par $f(x) = 2x^3 - 5x^2 + 3x - 6$. Pour la dériver, on utilise les règles précédentes.

Tout d'abord, on utilise le rappel 2 qui nous permet de décomposer le travail en dérivant chaque terme de l'expression.

Le terme -6 devient 0 en dérivant d'après le **rappel 1**.

Ensuite, les termes « $2x^3$ », « $-5x^2$ » et « $3x$ » sont de la forme « ku » et se dérivent selon le rappel 3 où « u » est toujours l'une des fonctions usuelles traitées dans le **rappel 1**.

Cela donne :

$$f(x) = 2x^3 \quad -5x^2 \quad +3x \quad -6$$

$$f'(x) = 2 \times 3x^2 - 5 \times 2x + 3 \times 1 + 0 = 6x^2 - 10x + 3$$

3 Calculer le coefficient directeur de la tangente en un point à une courbe à l'aide de la dérivée

• On considère une fonction f définie et dérivable sur un intervalle I, C_f sa courbe représentative et $a \in I$.

• **Le coefficient directeur de la tangente à C_f au point d'abscisse a est $f'(a)$.**

Exemple

Soit f la fonction définie sur $\mathbb{R}$ par $f(x) = 2x^2 - 5x + 1$. On note C_f sa courbe représentative.

On cherche le coefficient directeur de la tangente à C_f au point d'abscisse 2.

• On détermine d'abord l'expression de la dérivée f' de f : $f'(x) = 4x - 5$ (→ Automatisme 2, p. 354).

• On calcule $f'(2)$: $f'(2) = 4 \times 2 - 5 = 3$.

• On conclut : le coefficient directeur de la tangente à C_f au point d'abscisse 2 est $f'(2) = 3$.

4 Déterminer le signe d'une expression factorisée du second degré à l'aide d'une image mentale de la courbe représentative de la fonction correspondante

On considère une expression du second degré de la forme : $f(x) = a(x - x_1)(x - x_2)$.
Pour déterminer le signe de $f(x)$, on doit tenir compte de trois règles à appliquer dans l'ordre suivant :

• f est représentée graphiquement par une parabole dont l'orientation dépend du signe de a.

– Si $a > 0$, alors la parabole « sourit » : 

– Si $a < 0$, alors la parabole « est triste » : 

• x_1 et x_2 sont les racines du polynôme du second degré et correspondent graphiquement aux abscisses des points d'intersection de la parabole avec l'axe des abscisses.

• Graphiquement, le signe d'une fonction se lit en observant la position de sa courbe par rapport à l'axe des abscisses :
– si la courbe est au-dessus de l'axe, alors la fonction est positive ;
– si la courbe est en-dessous de l'axe, alors la fonction est négative.

Exemple

On considère la fonction f définie sur $\mathbb{R}$ par $f(x) = 2(x-1)(x-3)$. On veut en étudier le signe :

• comme $a = 2 > 0$ et la parabole représentant f coupe l'axe des abscisses en 1 et 3, sa courbe est telle que la courbe ci-contre :

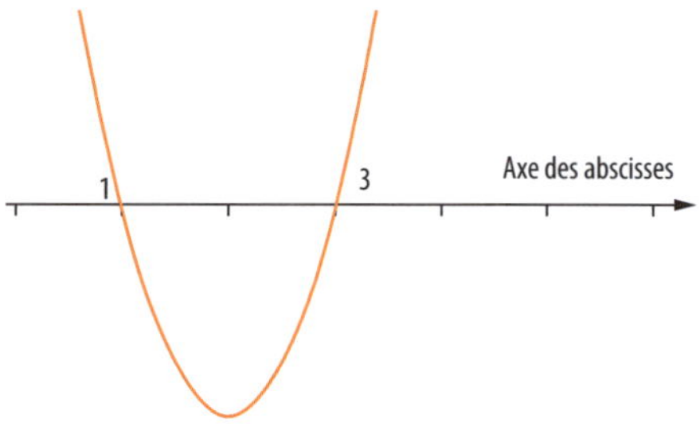

• on peut alors en déduire le tableau de signes de $f(x)$:

x	$-\infty$		1		3		$+\infty$
$f(x)$		+	0	−	0	+	

5 Déterminer graphiquement le coefficient directeur d'une tangente à une courbe

• Une tangente est une droite particulière et cet automatisme est donc à rapprocher de celui, vu en classe de première, et intitulé « Lire graphiquement l'équation réduite d'une droite ».
On donne la courbe représentative d'une fonction et sa tangente au point A d'abscisse a. Le coefficient directeur de cette tangente, qui est aussi $f'(a)$, comme vu dans l'automatisme 3, est obtenu en choisissant deux points sur cette tangente et en effectuant le calcul suivant :

$$f'(a) = \frac{\text{soustraction des ordonnées des deux points}}{\text{soustraction des abscisses des deux points}}$$

Exemple

• On cherche le coefficient directeur de la tangente au point A de la courbe d'abscisse 1.

• Les points de coordonnées (1 ; 1) et (0 ; 3) sont sur cette tangente. Donc, le coefficient directeur de cette tangente est donné par :

$$f'(1) = \frac{3-1}{0-1} = \frac{2}{-1} = -2$$

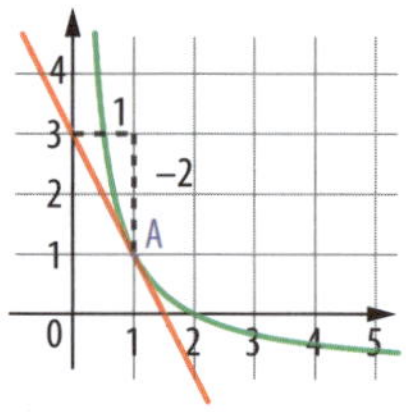

Remarques

• Dans ces soustractions, l'ordre des points doit être le même au numérateur et au dénominateur.
• Le coefficient directeur ne dépend pas du choix des points : ainsi, nous aurions obtenu le même résultat en remplaçant l'un de ces points par celui de coordonnées (2 ; −1) qui est aussi sur la tangente.
• Si la tangente est horizontale (parallèle à l'axe des abscisses), il est inutile de passer par un calcul : son coefficient directeur est nul.

Exercices d'entraînement

Exercice 1 ★ 10 min

Corrigé p. 388

Parmi les situations décrites ci-dessous, préciser lesquelles peuvent être modélisées à l'aide d'une suite géométrique dont on précisera la raison.

1. On place un capital de 500 € sur un compte dont les intérêts annuels s'élèvent à 2,4 %.
2. Un adolescent voit apparaître un premier bouton d'acné sur son visage puis il observe, chaque jour, l'apparition de deux nouveaux boutons.
3. Dans une entreprise, le salaire annuel d'un employé est de 27 000 € à son embauche. On lui promet une augmentation de 10 % chaque année.
4. Le loyer d'un locataire, initialement de 1 150 €, augmente de 50 € chaque année.
5. Le président de la République, fraîchement élu, promet une baisse du nombre de chômeurs de 3 % par an. Celui-ci s'élève à 2,5 millions de personnes au début du mandat.
6. Un musée propose à ses visiteurs un pass annuel donnant droit à un accès illimité à celui-ci. La première année, 3 000 visiteurs achètent ce pass puis le musée prévoit que 80 % renouvelleront leur achat et que 400 nouveaux visiteurs en achèteront un.

Exercice 2 ★ 15 min

Corrigé p. 388

Dans chacun des cas suivants, déterminer le coefficient directeur de la tangente à la courbe représentative de *f* au point d'abscisse *a*.

1. $f(x) = x^2 + 3x - 5$, $a = 1$
2. $f(x) = 2x^3 - x + 2$, $a = -1$
3. $f(x) = x^2 + 2$, $a = 2$

Exercice 3 ★ 20 min

Corrigé p. 388

Donner le signe des expressions du second degré suivantes :

1. $f(x) = 3(x-2)(x-9)$
2. $f(x) = -2(x-1)(x-2)$
3. $f(x) = 4(x+2)(x-1)$
4. $f(x) = 5(x+3)(x+7)$

Exercice 4 ★ 10 min

Corrigé p. 388

Déterminer, dans chacun des cas suivants, le coefficient directeur de la tangente représentée.

1.

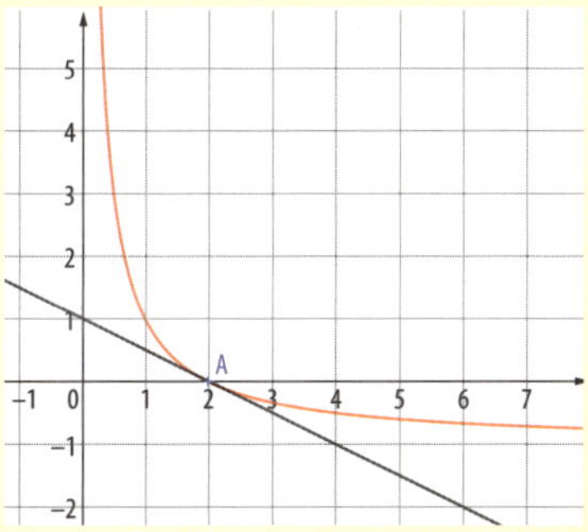

2.

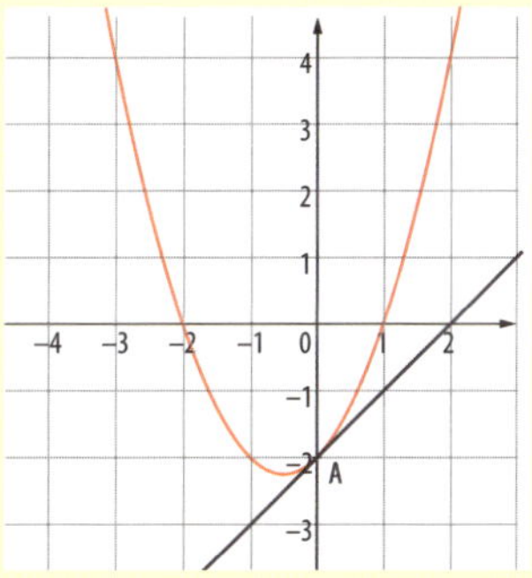

2 Suites numériques

1 Suites arithmétiques

A Formule explicite d'une suite arithmétique

• **Rappel.** Une suite (u_n) est dite **arithmétique** s'il existe un réel r tel que pour tout entier naturel n, $u_{n+1} = u_n + r$.

• **Définition.** On appelle **moyenne arithmétique de deux réels a et b le nombre réel $\frac{a+b}{2}$**.

• **Propriété.** Trois nombres réels sont des termes consécutifs d'une suite arithmétique si et seulement si la moyenne arithmétique du plus petit et du plus grand est égale au troisième.

> **Exemple**
> 12, 17 et 22 sont des termes consécutifs d'une suite arithmétique. En effet, $\frac{12+22}{2} = 17$.
>
> En revanche, 42, 55 et 61 ne sont pas des termes consécutifs d'une suite arithmétique. En effet : $\frac{42+61}{2} = 51,5 \neq 55$.

• **Propriété : formule explicite.** Soit (u_n) une suite arithmétique de raison r et de premier terme u_0. Alors, pour tout entier naturel n, on a : $u_n = u_0 + nr$.

• **Cas particulier :** si le premier terme de la suite est u_1, alors pour tout entier naturel n non nul, on a $u_n = u_1 + (n-1)r$.

> **Exemple**
> On considère la suite arithmétique (u_n) de raison 3 et de premier terme $u_0 = 2$. La propriété précédente permet d'affirmer que, pour tout entier naturel n, on a :
> $$u_n = u_0 + nr = 2 + 3n$$
> Cette relation explicite permet alors de calculer n'importe quel terme de la suite ; par exemple, $u_{10} = 2 + 3 \times 10 = 32$ ou encore $u_{31} = 2 + 3 \times 31 = 95$.

B Somme des termes d'une suite arithmétique

• **Propriété : somme de termes consécutifs.**

Pour tout entier naturel n, on a : $\sum_{k=0}^{n} k = 0 + 1 + 2 + ... + n = \frac{n(n+1)}{2}$

Plus généralement, si (u_n) est une suite arithmétique de raison r et de premier terme u_0 :

$$\sum_{k=0}^{n} u_k = u_0 + u_1 + u_2 + \ldots + u_n = (n+1) \times \frac{u_0 + u_n}{2}$$

Ou encore : nombre de termes $\times$ $\frac{\text{premier terme + dernier terme}}{2}$

> **Remarque**
> $$\sum_{k=0}^{n} k = \sum_{k=1}^{n} k$$
> En effet, 0 est le seul terme qui diffère entre les deux sommes.

> **Remarque**
> Le symbole Σ (sigma) permet d'écrire une somme de termes de façon plus synthétique et sans avoir recours aux points de suspension.

Exemple

1. $\sum_{k=0}^{10} k = 0+1+2+\ldots+10 = \frac{10(10+1)}{2} = 55.$

2. On considère la suite arithmétique de raison 4 et de premier terme $u_0 = 1$.

$S = \sum_{k=0}^{12} u_k = u_0 + u_1 + u_2 + \ldots + u_{12} = 13 \times \frac{u_0 + u_{12}}{2}$. Comme $u_{12} = u_0 + 12 \times 4 = 49$, alors : $S = 13 \times \frac{1+49}{2} = 325$.

3. En reprenant la même suite que dans l'exemple précédent, $S' = \sum_{k=5}^{12} u_k = u_5 + u_6 + \ldots + u_{12} = 8 \times \frac{u_5 + u_{12}}{2}$. Or, $u_5 = 1 + 5 \times 4 = 21$, donc $S' = 8 \times \frac{21+49}{2} = 280$.

Remarque
Le nombre de termes de la somme S' (de u_5 à u_{12}) est égal à $12 - 5 + 1 = 8$.

2 Suites géométriques

A Formule explicite d'une suite géométrique

• **Rappel.** Une suite (u_n) est dite **géométrique** s'il existe un réel q tel que, pour tout entier naturel n, $u_{n+1} = q \times u_n$.

• **Définition.** On appelle **moyenne géométrique de deux réels *a* et *b* strictement positifs le nombre réel $\sqrt{ab}$**.

• **Propriété.** Trois nombres réels strictement positifs sont des termes consécutifs d'une suite géométrique si et seulement si la moyenne géométrique du plus petit et du plus grand est égale au troisième.

Exemple
3, 4, 5 et 6,75 sont des termes consécutifs d'une suite géométrique. En effet, $\sqrt{3 \times 6{,}75} = 4{,}5$.

En revanche, 41, 82 et 161 ne sont pas des termes consécutifs d'une suite géométrique. En effet, $\sqrt{41 \times 161} \approx 81{,}2 \neq 82$.

• **Propriété : formule explicite.** Soit (u_n) une suite géométrique de raison q et de premier terme u_0. Alors, pour tout entier naturel n, on a : $u_n = u_0 \times q^n$.

• **Cas particulier** : si le premier terme de la suite est u_1, alors pour tout entier naturel n non nul, on a $u_n = u_1 \times q^{n-1}$.

B Somme des termes d'une suite géométrique

• **Propriété : somme de termes consécutifs.**
Pour tout entier naturel n et pour tout réel $q \neq 1$, on a : $\sum_{k=0}^{n} q^k = 1 + q + q^2 + \ldots + q^n = \frac{1-q^{n+1}}{1-q}$.

Plus généralement, si (u_n) est une suite géométrique de raison q, avec $q \neq 1$, et de premier terme u_0 :

$$\sum_{k=0}^{n} u_k = u_0 + u_1 + u_2 + \ldots + u_n = u_0 \times \frac{1-q^{n+1}}{1-q}$$

Ou encore : premier terme $\times \frac{1-q^{\text{nombre de termes}}}{1-q}$

MATHS

Exemples

1. $\sum_{k=0}^{6} 2^k = 1 + 2 + 2^2 + \ldots + 2^6 = \frac{1-2^{6+1}}{1-2} = 127$.

2. On considère la suite géométrique (v_n) de raison 3 et de premier terme $v_0 = 1$.

Alors, $S = \sum_{k=0}^{5} v_k = v_0 + v_1 + \ldots + v_5 = v_0 \times \frac{1-3^{5+1}}{1-3} = 364$

Exercices d'entraînement

Exercice 1 ★ 10 min

Corrigé p. 388

Dire si les nombres sont ou non les termes d'une suite arithmétique ou géométrique.

1. 12 ; 114 ; 216.
2. 32 ; 55 ; 74.
3. 18 ; 24 ; 32.
4. 3,102 ; 4,227 ; 5,352.

Exercice 2 ★★ 15 min

Corrigé p. 389

Les coûts fixes d'une entreprise diminuent de 3,5 % par an depuis 2016. En 2016, ils s'élevaient à 12 500 euros. L'entreprise aimerait savoir à partir de quelle année les dépenses de fonctionnement seront inférieures à 10 000 euros si la baisse amorcée se poursuit. Pour tout entier naturel n, on note d_n les dépenses de fonctionnement pour l'année $2016 + n$ années.

1. **Préciser d_0, d_1 et d_2.**
2. **Déterminer la nature de la suite (d_n).**
3. **Exprimer le terme général d_n en fonction de n.**
4. **Conclure à l'aide de la calculatrice graphique.**

Exercice 3 ★★ 20 min PROG

Corrigé p. 389

En 2019, Alain souhaite se créer une épargne à partir des économies dont il dispose déjà, c'est-à-dire 2 000 €. Il décide de placer son argent en banque où on lui propose un livret dont les intérêts (composés) s'élèvent à 1,5 %. Pour tout entier naturel n, on note c_n son capital en $2019 + n$.

1. **Donner c_0.**
2. **De quel capital Alain disposera-t-il en 2020 ?**
3. **Pour tout entier naturel n, exprimer c_{n+1} en fonction de c_n et en déduire la nature de la suite (c_n).**
4. **Exprimer c_n en fonction de n pour tout entier naturel n.**
5. **De quel capital Alain disposera-t-il en 2024 ?**
6. Alain désire disposer d'un capital de 3 000 €.

Compléter le script Python ci-contre afin qu'il permette de déterminer à partir de quelle année ce sera le cas :

```
def annee():
    n=0
    u=2000
    while u<3000:
        u=..........
        n=..........
    return(.........)
```

7. **Modifier le script ci-contre afin qu'il permette de déterminer l'année à partir de laquelle le capital de Alain atteindra ou dépassera un montant c donné.**

3 Fonctions exponentielles de base a

Dans tout le chapitre, a est un réel strictement positif.

1 Définition

- **On considère la suite géométrique de raison a définie par $u_n = a^n$.**
- **Une suite est, par définition, une fonction définie sur l'ensemble des entiers naturels n.**
- En prolongeant son ensemble de définition pour tout réel positif, on définit une fonction sur l'ensemble des réels positifs.

Puis, en posant $a^{-x} = \dfrac{1}{a^x}$, on étend l'ensemble de définition de cette fonction à l'ensemble des réels.

Exemple

En partant de la suite géométrique définie par $u_n = 2^n$, cela donne les étapes suivantes :

1 Représentation de la suite géométrique (u_n)

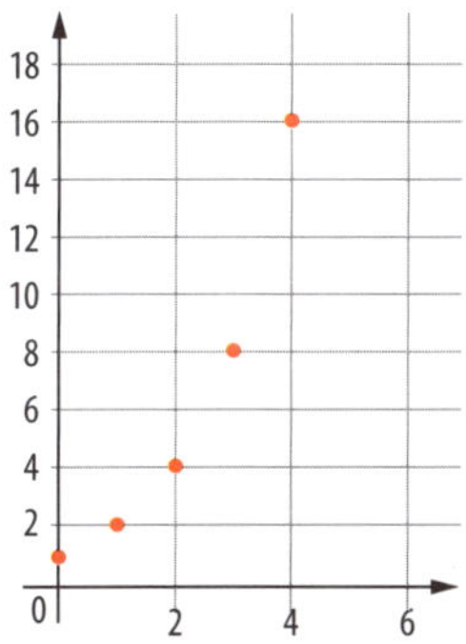

2 Représentation de la fonction résultant de l'extension aux réels positifs

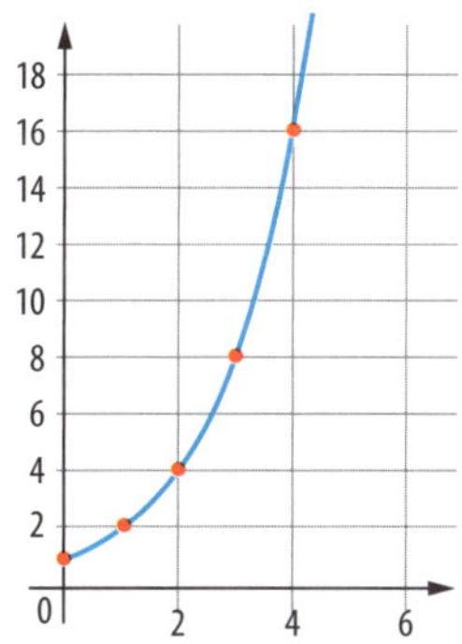

3 Extension à l'ensemble de tous les réels grâce à $2^{-x} = \dfrac{1}{2^x}$

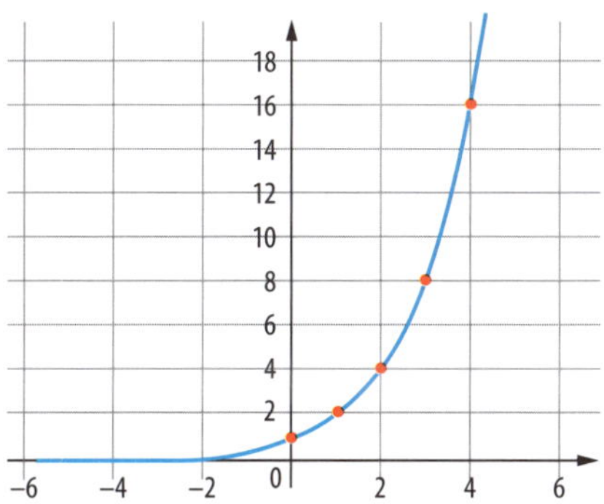

• Définition. La fonction f ainsi obtenue s'appelle la fonction exponentielle de base a telle que, pour tout réel x, $f(x) = a^x$.

MATHS

- Pour tout réel a strictement positif, on a $a^0 = 1$ et $a^1 = a$.

Remarque
Pour toute autre image, on utilisera une calculatrice.

2 Allure de la courbe et sens de variation

- Dans ce paragraphe, on considère f **une fonction exponentielle de base a**, avec $a > 0$.
- **Propriétés.**

Valeurs de a	$0 < a < 1$	$a > 1$
Sens de variation de f	f est strictement décroissante sur $\mathbb{R}$.	f est strictement croissante sur $\mathbb{R}$.

Exemples
- La fonction exponentielle de base 3 définie sur $\mathbb{R}$ par $f(x) = 3^x$ est strictement croissante sur $\mathbb{R}$.
- La fonction exponentielle de base 0,2 définie sur $\mathbb{R}$ par $f(x) = 0,2^x$ est strictement décroissante sur $\mathbb{R}$.

Remarque
Dans le cas où $a = 1$, la fonction est constante et égale à 1.

- **Propriété. Cas des fonctions de la forme ka^x** : on considère **une fonction f définie sur $\mathbb{R}$ par $f(x) = ka^x$, où k est un nombre réel quelconque** :

	$0 < a < 1$	$a > 1$
$k > 0$	f est strictement décroissante sur $\mathbb{R}$.	f est strictement croissante sur $\mathbb{R}$.
$k < 0$	f est strictement croissante sur $\mathbb{R}$.	f est strictement décroissante sur $\mathbb{R}$.

Exemples
- La fonction f définie sur $\mathbb{R}$ par $f(x) = -3 \times 2^x$ est strictement décroissante sur $\mathbb{R}$.
- La fonction f définie sur $\mathbb{R}$ par $f(x) = -5 \times 0,3^x$ est strictement croissante sur $\mathbb{R}$.

Remarque
Dans le cas où $k = 0$, la fonction est constante, égale à 0.

3 Propriétés algébriques des fonctions exponentielles

- **Propriétés.** Soit a un réel strictement positif. Quels que soient les réels x et y, on a :

$$a^{x+y} = a^x a^y \qquad a^{x-y} = \frac{a^x}{a^y}$$

$$a^{-x} = \frac{1}{a^x} \qquad a^{nx} = \left(a^x\right)^n$$

Exemples
Simplifier les expressions suivantes :

$A = 2^{1,2} \times 2^{3,4} = 2^{1,2+3,4} = 2^{4,6}$

$B = \dfrac{3,5^{4,1}}{3,5^2} = 3,5^{4,1-2} = 3,5^{2,1}$

$C = \dfrac{(5,1^{3,6})^2}{5,1^{7,2}} = \dfrac{5,1^{3,6 \times 2}}{5,1^{7,2}} = 5,1^{7,2-7,2} = 5,1^0 = 1$

Application

On considère une valeur V_0 subissant n évolutions successives. On note V_1, V_2, …, V_n les valeurs obtenues à la suite de ces évolutions et t_1, t_2, …, t_n les taux de ces évolutions. On appelle « taux d'évolution moyen » le taux noté t_m de l'évolution unique à appliquer n fois à la valeur V_0 pour obtenir la valeur V_n.

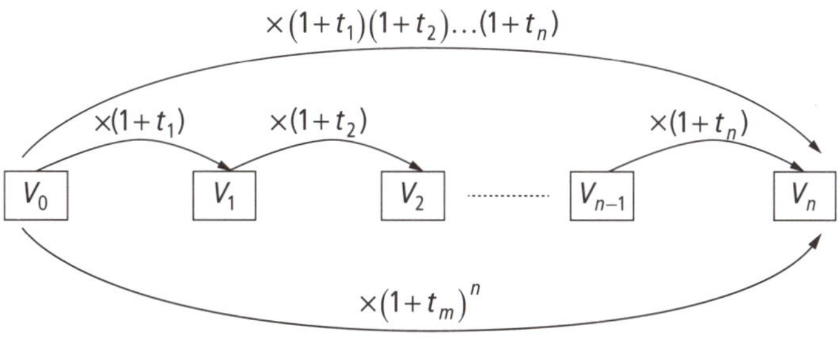

En trois mois, une paire de chaussures de sport a subi successivement une baisse de 5 % puis une baisse de 12 % et enfin une hausse de 10 %.

1. Justifier que le prix initial de cette paire de baskets a été multiplié par 0,9196.

2. En déduire le taux moyen mensuel et interpréter le résultat.

Solution

1. Le coefficient multiplicateur global est $\left(1-\frac{5}{100}\right)\left(1-\frac{12}{100}\right)\left(1+\frac{10}{100}\right)=0{,}9196$.

2. Si on note t_m le taux moyen global, on a alors $(1+t_m)^3=0{,}9196$ ou encore $1+t_m=0{,}9196^{\frac{1}{3}}$.

Finalement $t_m=0{,}9196^{\frac{1}{3}}-1\approx-0{,}028$. Donc le taux moyen mensuel est environ égal à $-0{,}028$.

Cela signifie que le prix de la paire de baskets a baissé en moyenne d'environ 2,8 % par mois durant ces trois mois.

Exercices d'entraînement

Exercice 1 ★ 5 min

Corrigé p. 389

Vrai ou faux ?

1. La fonction exponentielle de base π est strictement croissante sur $\mathbb{R}$.
2. La fonction exponentielle de base 1,3 est le prolongement d'une suite arithmétique de raison 1,3.
3. La fonction f définie sur $\mathbb{R}$ par $f(x)=2{,}5^x$ est strictement décroissante sur $\mathbb{R}$.
4. La fonction g définie sur $\mathbb{R}$ par $g(x)=-2{,}2\times(3{,}4)^x$ est strictement décroissante sur $\mathbb{R}$.

MATHS

Exercice 2 ★★ 10 min

Corrigé p. 389

On considère les fonctions f, g, h et i définies sur $\mathbb{R}$ par :

$f(x)=0{,}5^x$, $g(x)=2^x$, $h(x)=3^x$ et $i(x)=0{,}1^x$.

Associer chacune de ces fonctions à chacune des courbes ci-dessous :

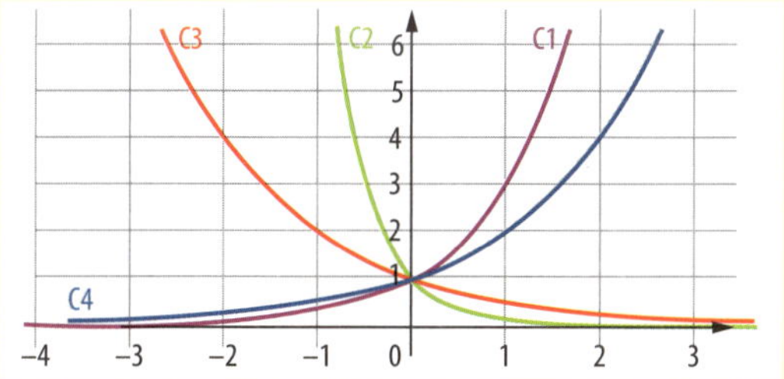

Exercice 3 ★★ 15 min

Corrigé p. 389

Simplifier les expressions suivantes :

1. $6{,}6^{2{,}1} \times 6{,}6^{1{,}1}$
2. $4{,}35^{2{,}3} \times (4{,}35^{3{,}1})^3$
3. $\dfrac{(5{,}1^{2{,}1})^4 \times 5{,}1^{3{,}4}}{(5{,}1^{2{,}3})^4}$
4. $a^{2{,}34} \times a^{4{,}56}$
5. $b^{\frac{2}{3}} \times (b^{\frac{1}{3}})^3$
6. $\dfrac{(q^{2{,}7})^3}{(q^{3{,}4})^2 \times q^{1{,}1}}$

Exercice 4 ★★ 20 min

Corrigé p. 389

On injecte par intraveineuse à un patient malade 1,8 mg d'un médicament.
La quantité de médicament présente dans le sang du patient est une fonction définie sur $[0\ ;+\infty[$ par $Q(t) = Q_0 \times 0{,}7^t$ où t est exprimé en heures.

1. **Expliquer pourquoi $Q_0 = 1{,}8$.**
2. **En donnant les variations de la fonction Q, décrire l'évolution de cette quantité au fil des heures.**
3. **Donner la quantité de médicament présente dans le sang du patient trois quarts d'heure après l'injection.**
4. **Donner la quantité de médicament présente dans le sang du patient une heure et demie après l'injection.**
5. On donne ci-dessous la courbe représentative de la fonction Q.

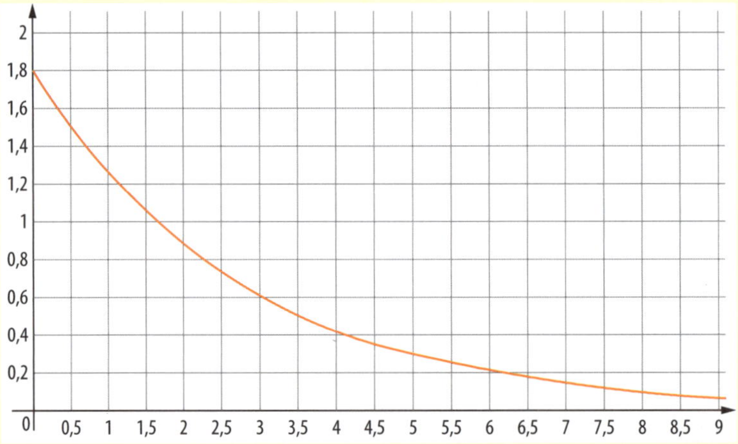

a) **Avec la précision permise par le graphique, déterminer à partir de quand la quantité de médicament dans le sang du patient aura diminué de moitié.**

b) On considère que le médicament n'est plus efficace et qu'il faut refaire une injection lorsque la quantité devient inférieure à 10 % de la quantité initiale.

Quand faudra-t-il refaire une injection au patient ?

4 Fonction logarithme décimal

1 Étude de la fonction logarithme décimal

• **Définition et propriétés.** Soit b un réel tel que $b > 0$. **L'équation $10^x = b$ admet une unique solution. Cette solution s'appelle le logarithme décimal de b et est notée $\log(b)$.**

• **Conséquences immédiates :**

$$10^{\log(b)} = b$$
$$10^x = b \Leftrightarrow x = \log(b)$$
$$\log(10) = 1 \text{ et } \log(1) = 0$$
$$\text{Pour tout entier naturel } n,\ \log(10^n) = n$$

Application

Résoudre les équations ci-dessous :

a) $10^x = 2$ b) $10^x = 1\,000$

Solution

Pour trouver la valeur approchée, on utilise la touche log de la calculatrice.

a) $10^x = 2 \Leftrightarrow x = \log(2) \approx 0{,}301$

b) $10^x = 1\,000 \Leftrightarrow x = \log(1\,000) = \log\left(10^3\right) = 3$

• **Définition. La fonction définie sur $]0\,;+\infty[$ qui, à tout réel $x > 0$ associe $\log(x)$, est appelée la fonction logarithme décimal.**

$$\log :]0;+\infty[\to \mathbb{R}$$
$$x \mapsto \log(x)$$

• **Courbe représentative.**

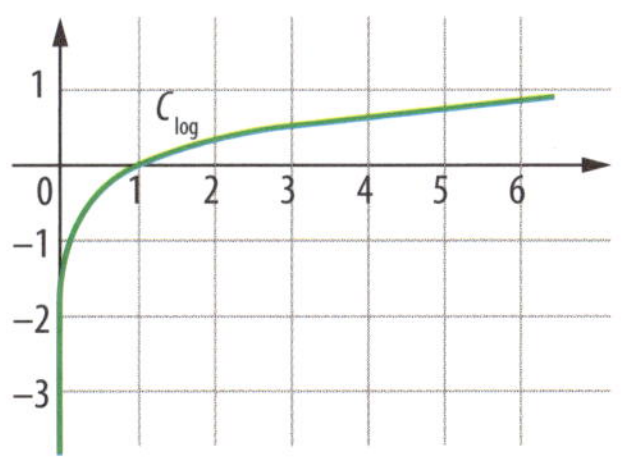

• **Propriétés.**

– **La fonction log est strictement croissante sur $]0\,;+\infty[$.**

– **Pour tout réel $x > 1$, $\log(x) > 0$.**

– **Pour tout réel x tel que $0 < x < 1$, $\log(x) < 0$.**

– On peut résumer ces informations dans un tableau de signes :

x	0		1		$+\infty$
$\log(x)$		−	0	+	

Pour tous réels x et y, $\log(x) = \log(y) \Leftrightarrow x = y$ et $\log(x) < \log(y) \Leftrightarrow x < y$.

Application

Résoudre les inéquations suivantes :

a) $x\log(5) \geqslant 3$ **b)** $x\log(0,1) \leqslant 15$

Solution

a) $5 > 1$ donc $\log(5) > 0$, donc $x \geqslant \dfrac{3}{\log(5)}$.

b) $0,1 < 1$ donc $\log(0,1) < 0$, donc $x \geqslant \dfrac{15}{\log(0,1)}$.

Application

Déterminer l'ordre de grandeur d'un nombre réel positif.

L'ordre de grandeur d'un nombre, notion beaucoup utilisée en physique, est la puissance de 10 la plus proche de ce nombre. La **partie entière** du logarithme décimal de ce nombre nous donne alors cette puissance.

Solution

- Si $\log(x) \approx 3,24$ alors $x \approx 10^3$.
- Si $\log(x) \approx 9,68$ alors $x \approx 10^9$.

Cas particulier

Si le nombre x est un entier naturel alors son log permet d'obtenir (en plus d'un ordre de grandeur) le nombre de chiffres composant ce nombre.

On considère un **entier naturel** n tel que $\log(n) \approx 4,739$. Alors n est proche de $10^4 = 10\ 000$ et est donc composé de 5 chiffres.

2 Propriétés du logarithme décimal

- **Propriétés.** Pour tous réels a et b strictement positifs, n un entier naturel et x un réel :

$$\log(ab) = \log(a) + \log(b)$$

$$\log\left(\frac{1}{b}\right) = -\log(b)$$

$$\log\left(\frac{a}{b}\right) = \log(a) - \log(b)$$

$$\log(a^n) = n\log(a)$$

$$\log(a^x) = x\log(a)$$

Exemples

1. Écrire log(36) en fonction de log(2) et de log(3).

$\log(36) = \log(4 \times 9) = \log(4) + \log(9)$ car $\log(ab) = \log(a) + \log(b)$

$= \log(2^2) + \log(3^2) = 2\log(2) + 2\log(3)$ car $\log(a^n) = n\log(a)$

2. Soit x un réel strictement positif. Simplifier et écrire en fonction de $\log(x)$.

$A(x) = \log(x^4) - 3\log(x) + \log\left(\dfrac{1}{x^2}\right)$

$= 4\log(x) - 3\log(x) - \log(x^2) = \log(x) - 2\log(x) = -\log(x)$

Application

1 Résolution d'équations du type $a^x = b$ ou $x^a = b$ et d'inéquations du type $a^x < b$ ou $x^a < b$

Résoudre les équations ou inéquations suivantes :

a) $2^x = 5$

b) $x^5 = 7$

c) $3^x < 0{,}1$

d) $x^3 < 2$

Solution

a) $2^x = 5 \Leftrightarrow \log(2^x) = \log(5) \Leftrightarrow x\log(2) = \log(5) \Leftrightarrow x = \dfrac{\log(5)}{\log(2)} \approx 2{,}32$

b) $x^5 = 7 \Leftrightarrow \log(x^5) = \log(7) \Leftrightarrow 5\log(x) = \log(7)$

$$\Leftrightarrow \log(x) = \frac{1}{5}\log(7) \Leftrightarrow \log(x) = \log\left(7^{\frac{1}{5}}\right)$$

$$\Leftrightarrow x = 7^{\frac{1}{5}} \approx 1{,}48$$

c) $3^x < 0{,}1 \Leftrightarrow \log(3^x) < \log(0{,}1) \Leftrightarrow x\log(3) < \log(0{,}1) \Leftrightarrow x < \dfrac{\log(0{,}1)}{\log(3)}$ car $\log(3) > 0$

d) $x^3 < 2 \Leftrightarrow \log(x^3) < \log(2) \Leftrightarrow 3\log(x) < \log(2)$

$$\Leftrightarrow \log(x) < \frac{1}{3}\log(2) \Leftrightarrow \log(x) < \log\left(2^{\frac{1}{3}}\right)$$

$$\Leftrightarrow x < 2^{\frac{1}{3}}$$

2 Recherche d'un taux moyen

Le chiffre d'affaires d'une entreprise passe de 300 000 euros en 2015 à 514 000 euros en 2020.

1. Déterminer le taux global d'augmentation entre 2015 et 2020.

2. Déterminer le taux moyen d'augmentation entre 2015 et 2020.

Solution

1. Le taux global d'augmentation entre 2015 et 2020 est égal à : $\dfrac{514\,000 - 300\,000}{300\,000} \approx 0{,}713$.

Le taux global d'augmentation entre 2015 et 2020 est égal à 71,3 %.

2. Soient C_G et C_M les coefficients multiplicateurs global et moyen.

$C_G = C_M^5 \Leftrightarrow 1{,}713 = C_M^5 \Leftrightarrow \log(1{,}713) = 5\log(C_M)$

$$\Leftrightarrow \log(C_M) = \frac{1}{5}\log(1{,}713) \Leftrightarrow \log(C_M) = \log\left(1{,}713^{\frac{1}{5}}\right)$$

$C_M = 1{,}713^{\frac{1}{5}} \approx 1{,}114$, donc le taux moyen d'augmentation est égal à 11,4 %.

MATHS

Exercices d'entraînement

Exercice 1 ★ 15 min

Corrigé p. 389

Résoudre les équations ou inéquations suivantes :

1. $10^x = 7$
2. $10^x = 1{,}35$
3. $5 \times 10^x = 2{,}6 \times 10^x + 4{,}2$
4. $2{,}5^x = 15$
5. $x^7 = 123$
6. $0{,}7^x \geqslant 12$

Exercice 2 ★ 15 min

Corrigé p. 390

Déterminer le plus petit entier n tel que :

1. $0{,}65^n \leqslant 0{,}098$

2. $100 - 1{,}5^n < 75$

Exercice 3 ★ 20 min

Corrigé p. 390

1. **Simplifier les expressions suivantes :**

a) $3\log(2) + \log(5) - 2\log(3)$

b) $2\log(3) - 4\log\left(\sqrt{3}\right)$

c) $\log\left(3 - \sqrt{5}\right) + \log\left(3 + \sqrt{5}\right)$

2. **Écrire $\log(200)$ et $\log\left(\frac{1}{1\,000}\right)$ en fonction de $\log(2)$ et de $\log(5)$.**

3. **Écrire $\log(196)$ et $\log\left(\frac{49}{16}\right)$ en fonction de $\log(2)$ et de $\log(7)$.**

Exercice 4 ★★ 15 min

Corrigé p. 390

Soient a et b deux réels strictement positifs.

Simplifier et écrire les expressions suivantes en fonction de $\log(a)$ et de $\log(b)$.

1. $\log\left(a^3b^2\right) + \log\left(\frac{a}{b^2}\right) - \log(a)$

2. $\log\left(a^4\right) + \log\left(\frac{1}{b^3}\right) - \log(ab)$

Exercice 5 ★★ 10 min

Corrigé p. 390

1. Entre le 1er janvier 2019 et le 1er juillet 2020, le nombre d'abonnés d'une chaîne en ligne a augmenté en 18 mois de 75 %.

Déterminer le taux moyen mensuel d'augmentation du nombre d'abonnés.

2. **Sachant que la chaîne a 17 000 abonnés au 1er juillet 2020, si l'augmentation se poursuit, déterminer le nombre d'abonnés que l'on peut prévoir au 1er janvier 2021.**

Exercice 6 ★★ 15 min

Corrigé p. 391

Le pH d'une solution aqueuse est défini par la relation $\text{pH} = -\log\left[H_3O^+\right]$ où $\left[H_3O^+\right]$ désigne la concentration en ions H_3O^+, exprimée en mol.L^{-1}.

1. **Déterminer le pH correspondant à une concentration $\left[H_3O^+\right] = 3 \times 10^{-7}\ \text{mol.L}^{-1}$.**

2. **Calculer la concentration en ions H_3O^+ d'une solution neutre de pH égal à 7.**

3. **Comment varie le pH quand la concentration en ions H_3O^+ est multipliée par 10 ? Par 100 ?**

5 Fonction inverse

1 Étude de la fonction inverse

- **Définition. La fonction inverse est la fonction f définie par $f(x) = \frac{1}{x}$ sur $\mathbb{R}^* =]-\infty\,;0[\, \cup\,]0\,;+\infty[$.**
- **Taux de variation de la fonction inverse.**

– Soit a un nombre réel non nul :

$$\frac{f(a+h)-f(a)}{h} = \frac{\frac{1}{a+h}-\frac{1}{a}}{h} = \frac{\frac{a-(a+h)}{a(a+h)}}{h} = \frac{-\frac{h}{a(a+h)}}{h} = -\frac{1}{a(a+h)}.$$

– Lorsque h tend vers 0, le taux de variation de la fonction inverse tend vers $-\frac{1}{a^2}$, donc la fonction inverse est dérivable en a et $f'(a) = -\frac{1}{a^2}$.

- **Dérivée de la fonction inverse.** La fonction inverse est dérivable sur $\mathbb{R}^*$. **Pour tout réel $x \uparrow 0$, $f'(x) = -\frac{1}{x^2}$.**

> **Remarque**
> Pour que la fonction f soit définie, il faut que le dénominateur soit différent de 0, c'est-à-dire $x \uparrow 0$. **On dit que 0 est la valeur interdite.**

> **Remarque**
> Pour calculer la dérivée de $\frac{k}{x}$ où k est une constante réelle, on utilise la dérivée d'un produit par un réel $k \times \frac{1}{x}$ et on obtient $\left(\frac{k}{x}\right)' = k \times \frac{-1}{x^2} = -\frac{k}{x^2}$. (→ Chapitre 1, Automatisme 2 p. 354)

Exemple

Calculer la dérivée des fonctions f et g définies sur $\mathbb{R}^*$ par $f(x) = 3x - 5 + \frac{4}{x}$ et $g(x) = x^3 - \frac{1}{2x}$.

Pour tout réel $x \uparrow 0$, $f'(x) = 3 \times 1 + 0 + 4 \times \frac{-1}{x^2} = 3 - \frac{4}{x^2}$

et $g'(x) = 3x^2 - \frac{1}{2} \times \frac{-1}{x^2} = 3x^2 + \frac{1}{2x^2}$.

- **Sens de variations.** **Pour tout réel $x \uparrow 0$, $x^2 > 0$, donc $f'(x) < 0$.**

La fonction inverse est strictement décroissante sur $]-\infty\,;0[$ et sur $]0\,;+\infty[$.

Exemple

Soit f la fonction définie sur $\mathbb{R}^*$ par $f(x) = 4x + 1 + \frac{4}{x}$.

Pour tout réel x de $\mathbb{R}^*$, $f'(x) = 4 \times 1 + 0 + 4 \times \frac{-1}{x^2} = 4 - \frac{4}{x^2} = \frac{4x^2-4}{x^2} = \frac{4(x^2-1)}{x^2} = \frac{4(x-1)(x+1)}{x^2}$.

$f(-1) = -7$ et $f(1) = 9$.

x	$-\infty$		-1		0		1		$+\infty$
$x-1$		$-$		$-$	‖	$-$	0	$+$	
$x+1$		$-$	0	$+$	‖	$+$		$+$	
$f'(x)$		$+$	0	$-$	‖	$-$	0	$+$	
f		↗	-7	↘	‖	↘	9	↗	

Vérification à la calculatrice : avec la fenêtre $-10 \leqslant X \leqslant 10$, $-15 \leqslant Y \leqslant 15$

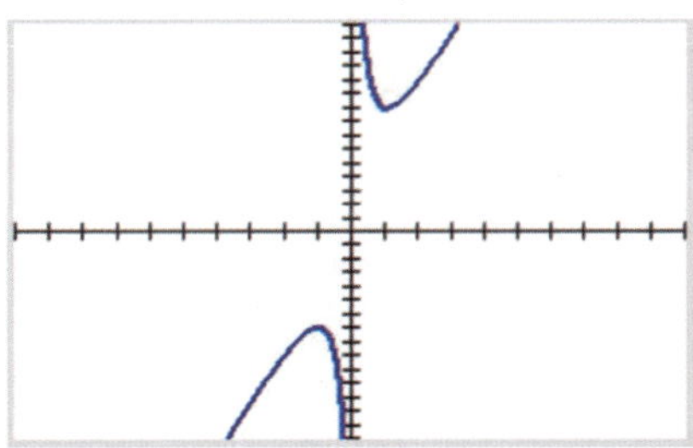

MATHS

2 Comportement de la fonction inverse aux bornes de son ensemble de définition

• Limites.

■ **en $+\infty$:**

x	10	100	1 000	10^6
$f(x)$	0,1	0,01	0,001	10^{-6}

Lorsque x devient de plus en plus grand, $\frac{1}{x}$ se rapproche de plus en plus de 0. **On dit que la limite de $\frac{1}{x}$ quand x tend vers $+\infty$ est égale à 0 et on note $\lim\limits_{x \to +\infty} \frac{1}{x} = 0$.**

■ **en $-\infty$:**

x	-10^6	$-1\,000$	-100	-10
$f(x)$	-10^{-6}	$-0{,}001$	$-0{,}01$	$-0{,}1$

Lorsque x devient de plus en plus petit, $\frac{1}{x}$ se rapproche de plus en plus de 0. **On dit que la limite de $\frac{1}{x}$ quand x tend vers $-\infty$ est égale à 0 et on note $\lim\limits_{x \to -\infty} \frac{1}{x} = 0$.**

■ **en 0 par valeurs positives :**

x	$\frac{1}{2}$	$\frac{1}{4}$	$\frac{1}{10}$	$\frac{1}{100}$	$\frac{1}{1\,000}$
$f(x)$	2	4	10	100	1 000

Lorsque x devient de plus en plus proche de 0 tout en restant positif, $\frac{1}{x}$ devient de plus en plus grand. **On dit que la limite de $\frac{1}{x}$ quand x tend vers 0 par valeurs positives est égale à $+\infty$ et on note $\lim\limits_{\substack{x \to 0 \\ x>0}} \frac{1}{x} = +\infty$.**

■ **en 0 par valeurs négatives :**

x	$-\frac{1}{1\,000}$	$-\frac{1}{100}$	$-\frac{1}{10}$	$-\frac{1}{4}$	$-\frac{1}{2}$
$f(x)$	$-1\,000$	-100	-10	-4	-2

Lorsque x devient de plus en plus proche de 0 tout en restant négatif, $\frac{1}{x}$ devient de plus en plus petit. **On dit que la limite de $\frac{1}{x}$ quand x tend vers 0 par valeurs négatives est égale à $-\infty$ et on note $\lim\limits_{\substack{x \to 0 \\ x<0}} \frac{1}{x} = -\infty$.**

• Tableau de variations.

On peut résumer l'ensemble des informations obtenues précédemment dans le tableau de variations ci-contre :

x	$-\infty$		0		$+\infty$
f	0	↘ $-\infty$	‖	$+\infty$ ↘	0

• Courbe représentative de la fonction inverse.

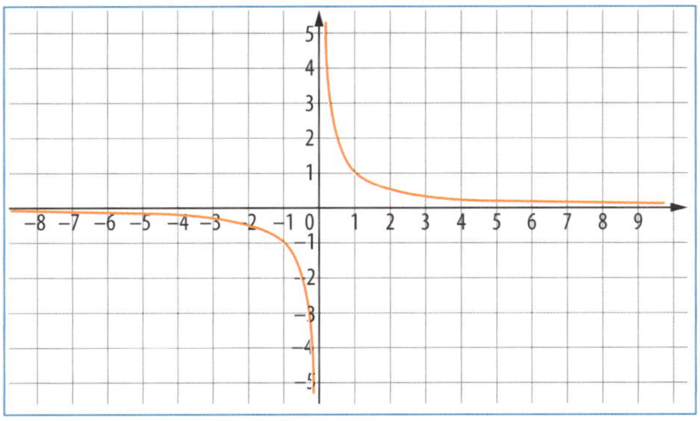

– La courbe de la fonction inverse est appelée **une hyperbole**.

– Elle admet l'origine du repère comme centre de symétrie.

– La courbe se rapproche de plus en plus de l'axe des abscisses lorsque x se dirige vers $+\infty$ ou $-\infty$, **on dit que l'axe des abscisses est asymptote horizontale à la courbe**.

– La courbe se rapproche de plus en plus de de l'axe des ordonnées lorsque x s'approche de 0, **on dit que l'axe des ordonnées est asymptote verticale à la courbe**.

Exemple 1

Soit h la fonction définie sur $]0\,;+\infty[$ par $h(x)=x+1+\dfrac{1}{x}$.

Déterminer le comportement de *h* aux bornes de son ensemble de définition.

• En $+\infty$:

x	10	100	1 000	10 000
$h(x)$	11,1	101,1	1 001,001	10 001,0001

Donc $\lim\limits_{x\to+\infty} h(x)=+\infty$.

• En 0 par valeurs positives :

x	$\frac{1}{2}$	$\frac{1}{4}$	$\frac{1}{10}$	$\frac{1}{100}$	$\frac{1}{1\,000}$	$\frac{1}{10\,000}$
$h(x)$	$\frac{7}{2}$	$\frac{21}{4}$	11,1	101,01	1 001,001	10 001,0001

Donc $\lim\limits_{\substack{x\to 0\\ x>0}} \dfrac{1}{x}=+\infty$.

Exemple 2

Soit g une fonction définie sur $\mathbb{R}^*$ dont la courbe représentative est donnée ci-dessous.

Déterminer son comportement aux bornes de son ensemble de définition.

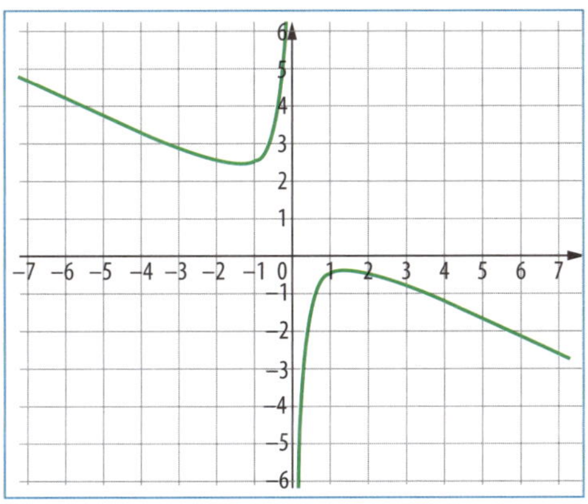

$\lim\limits_{x\to+\infty} g(x)=-\infty$

$\lim\limits_{x\to-\infty} g(x)=+\infty$

$\lim\limits_{\substack{x\to 0\\ x>0}} g(x)=-\infty$

$\lim\limits_{\substack{x\to 0\\ x<0}} g(x)=+\infty$

Exercices d'entraînement

Exercice 1 ★ 10 min
Corrigé p. 391

Calculer la dérivée des fonctions suivantes.

1. $f(x) = 2x - 5 + \frac{1}{x}$ 2. $g(x) = x^2 - 5x - \frac{3}{x}$ 3. $h(x) = \frac{1}{2}x^2 - \frac{1}{7}x + \frac{2}{3x}$

Exercice 2 ★ 20 min
Corrigé p. 391

1. **Soit f la fonction définie sur $\mathbb{R}^*$ par $f(x) = 3 - \frac{1}{x^2}$.**

a) **Compléter le tableau de valeurs ci-dessous :**

x	1	10	100	-1	$-\frac{1}{10}$	$-\frac{1}{100}$
$f(x)$						

b) **Que peut-on conjecturer sur le comportement de f en $+\infty$ et en 0 par valeurs négatives ?**

2. Soit g la fonction définie sur $\mathbb{R}^*$ par $g(x) = -x^3 + \frac{3}{x}$.

En utilisant la méthode de la question 1., conjecturer sur le comportement de g en $-\infty$ et en 0 par valeurs positives.

Exercice 3 ★★ 25 min
Corrigé p. 391

1. Soit la fonction g définie sur $\mathbb{R}$ par $g(x) = 2x^2 + x + 1$.

a) **Étudier les variations de g sur $\mathbb{R}$.**

b) **En déduire le signe de $g(x)$.**

2. Soit la fonction h définie sur $\mathbb{R}^*$ par $h(x) = x^2 - x + 1 + \frac{1}{x}$.

Montrer que pour tout réel $x \uparrow 0$, $h'(x) = \frac{(x-1)\,g(x)}{x^2}$ et en déduire le sens de variations de h.

Exercice 4 ★★★ 30 min
Corrigé p. 392

Une entreprise produit un produit chimique liquide. Le coût de production en centaines d'euros est donné par la fonction $C(q) = \frac{1}{10}q^2 - 20q + 1960$, où q est la quantité produite en litres (L) ; $q \in [0;340]$.

1. **Déterminer l'expression en fonction de q du coût moyen unitaire C_m de production.**

2. **Montrer que $C_m'(q) = \frac{(q-140)(q+140)}{10q^2}$ et en déduire le sens de variations de C_m.**

3. **Déterminer le coût moyen unitaire minimal de production. Pour quelle quantité x_0 de produit fabriqué est-il atteint ?**

4. **Démontrer que la tangente en x_0 à la courbe représentative de la fonction C passe par l'origine du repère.**

6 Séries statistiques à deux variables

1 Nuage de points

• **Définition.** On appelle **série statistique à deux variables une série statistique où deux caractères X et Y sont étudiés sur une même population**. Pour chacun des n individus de la population, on note x_i et y_i les valeurs prises par les deux variables.

Exemple

Afin d'orienter ses investissements, une chaîne d'hôtels réalise des analyses sur le taux d'occupation des chambres. Une analyse établit un lien entre le taux d'occupation, exprimé en %, et le montant des frais de publicité (en milliers d'euros).

Frais de publicité x_i en milliers d'euros	22	24	25	27	30	32	35	36
Taux d'occupation y_i en %	42	45	48	52	55	67	72	76

• **Définition.** Dans un repère orthogonal, l'ensemble des points M_i de coordonnées $(x_i ; y_i)$, i étant un entier variant de 1 à n, est appelé **nuage de points** de la série statistique à deux variables.

Exemple (suite)

Les points de coordonnées M_1 (22 ;42), M_2 (24 ;45), M_3 (25 ;48), …, M_8 (36 ;76) forment le nuage de points de la série statistique.

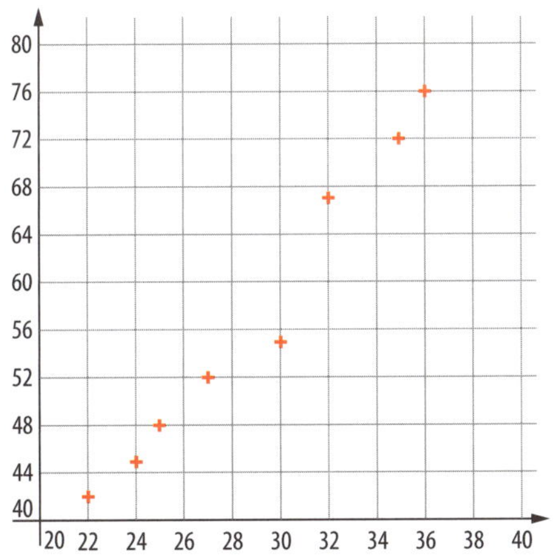

Remarques

• Il faut faire attention au choix du repère en regardant les valeurs minimales et maximales de la série statistique.

• Les unités ne commencent pas nécessairement à 0 sur l'axe des abscisses et l'axe des ordonnées.

MATHS

2 Ajustement affine

• **Définition.** Lorsque les points du nuage de la série statistique sont **sensiblement alignés**, on peut chercher une droite qui passe le plus près possible de ces points. **Un ajustement affine consiste en la recherche d'une telle droite**. Il existe plusieurs méthodes pour ce faire. Par exemple, la méthode « au jugé » consiste à tracer une droite au plus près des points du nuage de points.

Remarques

- Il n'y a pas unicité de la droite d'ajustement affine.
- Il existe une méthode qui minimise les carrés des distances d_i entre les points du nuage de points M_i et les points P_i de la droite d'ajustement affine. Cette méthode est appelée **méthode des moindres carrés**. Les coefficients de cette droite peuvent être obtenus à la calculatrice graphique. Dans notre exemple, l'équation réduite est : $y = 2{,}45x - 13{,}52$.

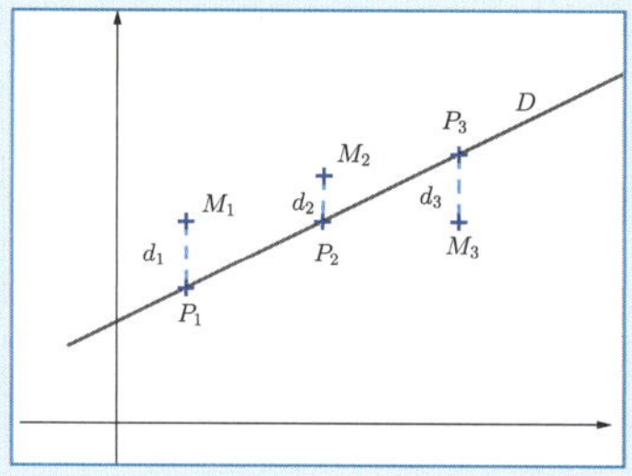

Exemple (suite)

- Les points de la série statistique semblent presque alignés, on peut donc réaliser un ajustement affine. Pour cela, on choisit de tracer la droite qui passe par le premier point $M_1(22\,;42)$ et le dernier point $M_8\ (36\,;76)$ du nuage de points. On va déterminer l'équation réduite de la droite (M_1M_8).
- On commence par déterminer son coefficient directeur : $a = \dfrac{y_{M_8} - y_{M_1}}{x_{M_8} - x_{M_1}} = \dfrac{76-42}{36-22} = \dfrac{34}{14} = \dfrac{17}{7}$.
- Puis, on calcule l'ordonnée à l'origine :

$$42 = \frac{17}{7} \times 22 + b \Leftrightarrow b = 42 - \frac{17}{7} \times 22 = -\frac{80}{7}$$

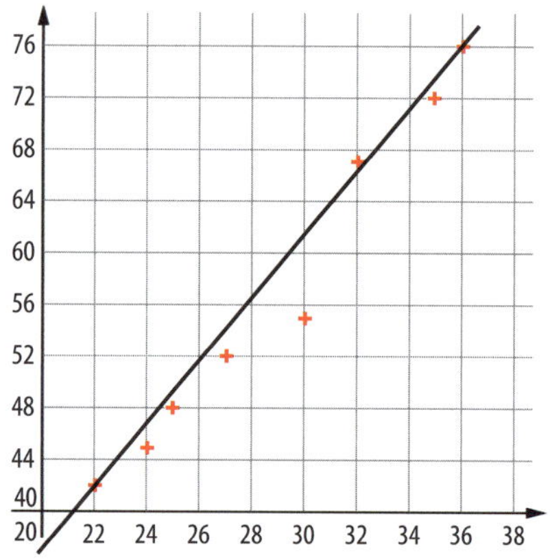

donc l'équation réduite de la droite (M_1M_8) est $y = \dfrac{17}{7}x - \dfrac{80}{7}$.

- **On peut utiliser un ajustement affine pour faire des prévisions, des interpolations et des extrapolations.**

Exemple (suite)

La chaîne d'hôtels aimerait connaître le taux d'occupation qu'elle peut espérer avoir si elle dépense 42 milliers d'euros : $y = \dfrac{17}{7}x - \dfrac{80}{7} = \dfrac{17}{7} \times 42 - \dfrac{80}{7} \approx 90{,}6\ \%$.

Le taux d'occupation serait de 90,6 % si la chaîne d'hôtels dépensait 42 milliers d'euros.

- Les points de certains nuages de points ne sont pas sensiblement alignés. Dans ce cas-là, on peut effectuer un changement de variable pour se ramener à un ajustement affine. Les changements de variables possibles sont, par exemple, $z = y^2$, $z = \dfrac{1}{y}$, $z = \log(y)$, $z = \dfrac{1}{\sqrt{y}}$, etc.

Le changement de variable à effectuer sera donné par l'énoncé des exercices.

Exemple

Le tableau suivant donne les distances d'arrêt en *m* sur route sèche en fonction de la vitesse en km.h^{-1}.

Vitesse x_i en km.h^{-1}	0	20	40	60	80	100	120
Distance d'arrêt y_i en m	0	5	16	38	65	98	142

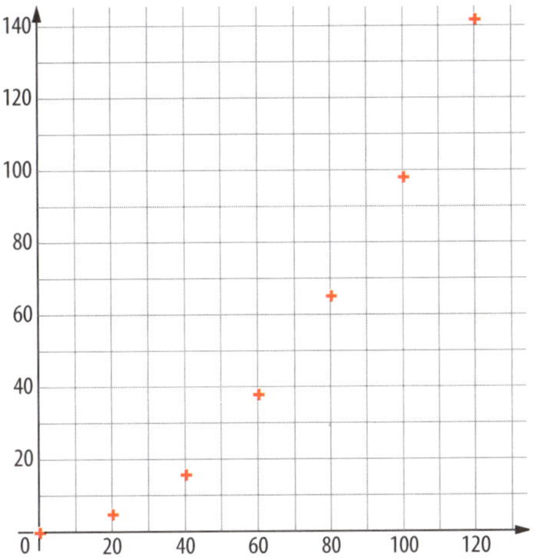

Les points du nuage de points ne sont pas alignés, donc on ne peut pas réaliser un ajustement affine. On pose $z = \sqrt{y}$.

Vitesse x_i en km.h^{-1}	0	20	40	60	80	100	120
Distance d'arrêt y_i en m	0	5	16	38	65	98	142
$z_i = \sqrt{y_i}$	0	2,2	4	6,2	8,1	9,9	11,9

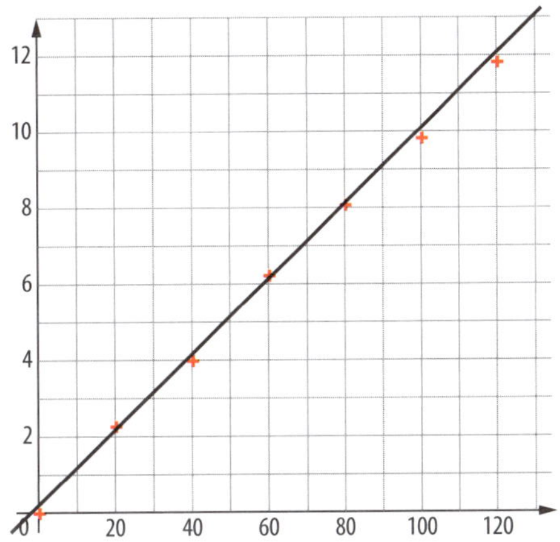

On construit le nuage de points $(x_i ; z_i)$. Les points obtenus sont presque alignés et on trace, par exemple, la droite $D : z = 0,1x + 0,1$ comme droite d'ajustement affine.

On obtient donc $\sqrt{y} = 0,1x + 0,1$, donc $y = (0,1x + 0,1)^2$.

La distance d'arrêt à 130 km.h^{-1} est donc égale à : $(0,1 \times 130 + 0,1)^2 = 171,61$ m

MATHS

Exercices d'entraînement

Exercice 1 ★ 10 min *Corrigé p. 392*

Le tableau ci-dessous donne l'évolution de la part des femmes élues au Sénat de 1998 à 2017.

Année	1998	2001	2004	2008	2011	2014	2017
Rang x_i	1	4	7	11	14	17	20
Part des femmes y_i	5,9	10,3	16,9	21,9	22,1	25	31,6

Après avoir réfléchi au choix des unités, construire le nuage de points représentant cette série statistique.

Exercice 2 ★★ 30 min

Corrigé p. 392

Une nouvelle salle de spectacles de 1 500 places assises vient d'être construite. Lors des premiers spectacles, la salle n'est pas remplie mais l'affluence augmente au fur et à mesure du temps. Le directeur a collecté ces résultats dans le tableau ci-dessous.

Numéro du spectacle x_i	1	2	3	4	5	6	7
Nombre de spectateurs y_i	475	525	600	725	775	850	950

1. **Construire le nuage de points associé à cette série statistique.**

2. **Déterminer les coordonnées du point G de coordonnées $G(\bar{x}\ ;\ \bar{y})$, point moyen de la série statistique où x représente la moyenne des x_i et y_i. Placer G dans le repère précédent.**

3. **Peut-on réaliser un ajustement affine ? Justifier la réponse.**

4. On considère la droite *D* passant par *G* et de coefficient directeur 80 comme droite d'ajustement affine.

Déterminer son équation réduite.

5. On admet dans cette question que la tendance se poursuit suivant le modèle établi dans la question précédente.

a) **Combien le directeur peut-il prévoir de spectateurs au dixième spectacle ?**

b) **Au bout de combien de spectacles la salle affichera-t-elle complet ?**

Exercice 3 ★★ 30 min

Corrigé p. 393

Une entreprise a regroupé dans un tableau les quantités de commandes qu'on lui a passées en centaines de tonnes en fonction du prix de vente au kilogramme de ce produit. L'ajustement affine de y en x n'est pas réalisable ici. On décide de poser $z = \dfrac{60}{y}$.

1. **En arrondissant au dixième, compléter le tableau ci-dessous :**

Prix au kg x_i	20	21	23	25	26	27,5	30
Quantité demandée en centaines de tonnes y_i	28,6	26,1	20	16,7	15	12,5	10,7
$z_i = \dfrac{60}{y_i}$							

2. **Dans un repère orthogonal d'unités graphiques 1 cm sur l'axe des abscisses à partir de 20 et 1 cm pour 1 unité sur l'axe des ordonnées, construire le nuage de points $(x_i\,;z_i)$.**

3. En utilisant la calculatrice graphique, on trouve que la droite d'ajustement affine par la méthode des moindres carrés a pour équation réduite : $z = 0,38x - 5,50$.

La tracer dans le repère précédent.

4. **Cette droite *D* peut-elle réaliser un ajustement affine de *z* en *x* ? Pourquoi ?**

5. **Exprimer *y* en fonction de *x*.**

6. **En déduire la quantité demandée que l'on peut prévoir pour un prix fixé à 33 euros.**

7 Probabilités conditionnelles

1 Probabilités conditionnelles

• **Définition**. Soient A et B deux événements tels que $p(A) \neq 0$, **la probabilité conditionnelle de B sachant A notée $p_A(B)$ est définie par** $p_A(B) = \dfrac{p(A \cap B)}{p(A)}$.

Exemple

Dans une association sportive, les 150 licenciés sont répartis de la façon suivante :

	Adultes	**Enfants**	**Total**
Tennis	40	40	**80**
Badminton	20	50	**70**
Total	**60**	**90**	**150**

On choisit au hasard un licencié de cette association sportive. On considère les événements suivants :

• T : « le licencié pratique le tennis » ;

• A : « le licencié est un adulte ».

En utilisant le tableau précédent, la probabilité que le licencié joue au tennis sachant que c'est un adulte est égale à $p_A(T) = \dfrac{p(A \cap T)}{p(A)} = \dfrac{\frac{40}{150}}{\frac{60}{150}} = \dfrac{40}{60} = \dfrac{2}{3}$.

Ce résultat peut se retrouver directement car il y a 40 adultes qui jouent au tennis parmi les 60 adultes.

• **Remarques :**

– Si $p(B) \neq 0$, on peut également définir la probabilité conditionnelle de A sachant B.

– $p(A \cap B) = p_A(B)\,p(A) = p_B(A)\,p(B)$.

Application

Dans un lycée, 85 % des élèves ont une calculatrice graphique. 70 % de ces calculatrices sont dotées du langage Python. On emprunte au hasard une calculatrice à un élève de ce lycée. On considère les événements suivants :

• G : « l'élève a une calculatrice graphique » ;

• E : « la calculatrice est dotée du langage Python ».

Déterminer la probabilité que la calculatrice soit graphique et dotée du langage Python.

Solution

85 % des élèves ont une calculatrice graphique donc $p(G) = 0,85$.

Sachant que 70 % des calculatrices graphiques sont dotées du langage Python, donc $p_G(E) = 0,7$.

Par définition, $p_G(E) = \dfrac{p(E \cap G)}{p(G)}$, donc $p(E \cap G) = p_G(E) \times p(G) = 0,7 \times 0,85 = 0,595$.

MATHS

2 Formule des probabilités totales

A Méthodes pour compléter et utiliser un arbre pondéré

Étant données deux expériences, l'une ayant deux résultats possibles A_1 et A_2, l'autre ayant deux résultats possibles B et $\overline{B}$, on peut tracer l'arbre pondéré suivant :

pour $n = 2$

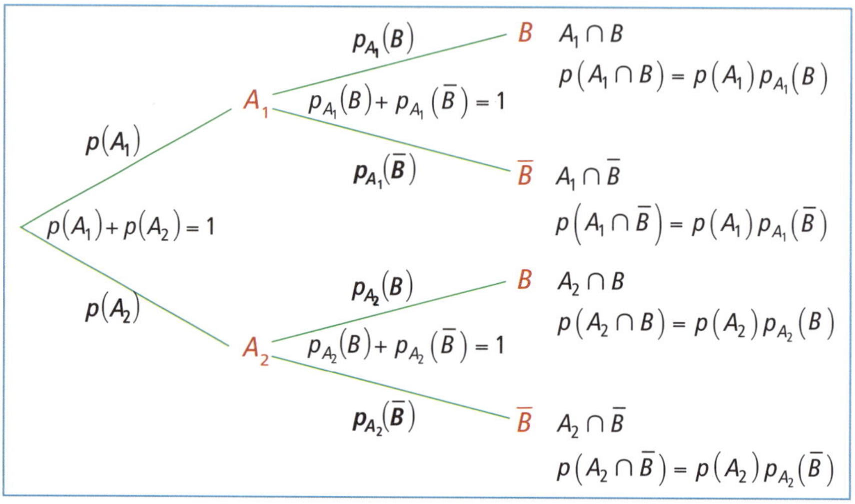

Règle 1 La somme des probabilités issues d'un même nœud est égale à 1.

Règle 2 La probabilité d'un événement correspondant à un chemin est égale au produit des probabilités portées par les branches de ce chemin.

Règle 3 La probabilité d'un événement est égale à la somme des probabilités des chemins qui aboutissent à sa réalisation. C'est la **formule des probabilités totales :**

$$p(B) = p(A_1 \cap B) + p(A_2 \cap B) = p(A_1)p_{A_1}(B) + p(A_2)p_{A_2}(B)$$

B Conséquence

- Étant données deux expériences, l'une ayant trois résultats possibles A_1, A_2 et A_3, l'autre ayant deux résultats possibles B et $\overline{B}$, on peut tracer l'arbre pondéré suivant :

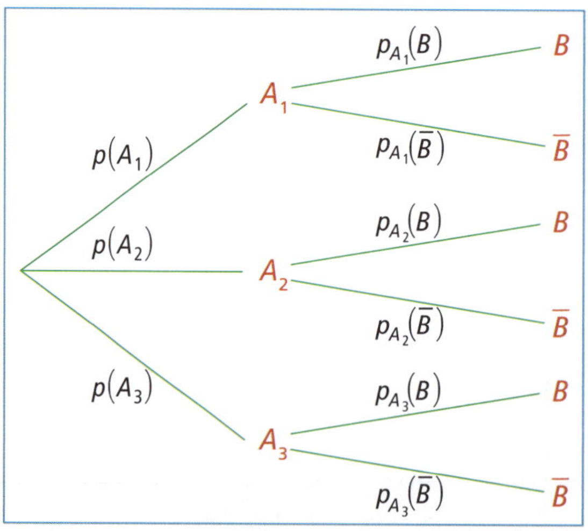

Formule des probabilités totales :

$$p(B) = p(A_1 \cap B) + p(A_2 \cap B) + p(A_3 \cap B)$$

$$p(B) = p(A_1) \times p_{A_1}(B) + p(A_2) \times p_{A_2}(B) + p(A_3) \times p_{A_3}(B)$$

3 Indépendance en probabilités

A Définition

- Soient A et B deux événements tels que $p(A) \neq 0$. Les événements A et B sont **indépendants si $p_A(B) = p(B)$.**

Exemple

Lors du lancer d'un dé cubique équilibré, on considère les événements suivants :
- P : « obtenir une face paire » ;
- T : « obtenir un multiple de 3 ».

$p(P) = \frac{1}{2}$ et la probabilité d'obtenir une face paire sachant que l'on a obtenu un multiple de 3, c'est-à-dire 3 ou 6, est égale à $p_T(P) = \frac{1}{2}$, donc $p(P) = p_T(P)$.

Les événements P et T sont indépendants.

Application

Dans une population, un individu est atteint par la maladie m avec une probabilité égale à 0,05 et par la maladie n avec une probabilité égale à 0,1. On choisit au hasard un individu de cette population. Soit M l'événement « l'individu a la maladie m ». Soit N l'événement « l'individu a la maladie n ». On suppose que les événements M et N sont indépendants.

Calculer la probabilité de l'événement E « l'individu a les deux maladies » et de l'événement F « l'individu a au moins une des deux maladies ».

Solution

$p(E) = p(M \cap N) = p(M)p(N) = 0{,}05 \times 0{,}1 = 0{,}005$ car les événements M et N sont indépendants.

$p(F) = p(M \cup N) = p(M) + p(N) - p(M \cap N) = 0{,}05 + 0{,}1 - 0{,}005 = 0{,}145.$

- Si A et B sont indépendants, cela signifie que le fait que l'événement A soit réalisé ou non n'a pas d'influence sur l'événement B.

B Propriétés

- Soient A et B deux événements tels que $p(A) \neq 0$ et $p(B) \neq 0$.

– A et B sont indépendants si et seulement si $p(A \cap B) = P(A)\,P(B)$.

– Si A et B sont indépendants, alors $\overline{A}$ et B, A et $\overline{B}$ et $\overline{A}$ et $\overline{B}$ le sont aussi.

Remarque

Attention à ne pas confondre des événements indépendants et incompatibles (dont l'intersection est vide).

Exercices d'entraînement

Exercice 1 ★★ 15 min

Corrigé p. 393

Toutes les questions de cet exercice sont indépendantes.

1. Les événements A et B sont tels que $p(A) = 0{,}7$, $p(B) = 0{,}5$ et $p(A \cup B) = 0{,}8$.

Sont-ils indépendants ? Pourquoi ?

2. Soient deux événements indépendants A et B tels que $p(A) = 0{,}3$ et $p(A \cup B) = 0{,}65$.

Déterminer $p(B)$.

3. Soient deux événements A et B tels que $p(A) = 0{,}7$, $p(B) = 0{,}5$ et $A \cup B$ est l'événement certain.

Les événements A et B sont-ils indépendants ? Pourquoi ?

Exercice 2 ★★★ 20 min

Corrigé p. 393

Dans le cadre d'une campagne de réduction de la quantité de déchets, une enquête sur les habitudes de compostage est menée auprès des habitants d'une ville. Les informations recueillies ont permis d'établir que :

- 20 % des personnes interrogées ont moins de 30 ans et, parmi elles, 30 % pratiquent le compostage ;
- la moitié des personnes entre 30 et 50 ans pratiquent le compostage ;
- 35 % des personnes interrogées ont plus de 50 ans et parmi elles 70 % pratiquent le compostage.

On choisit au hasard une personne parmi celles interrogées. On considère les événements suivants :

- J : « la personne a moins de 30 ans » ;
- M : « la personne a entre 30 ans et 50 ans » ;
- S : « la personne a plus de 50 ans » ;
- C : « la personne pratique le compostage ». On note $\overline{C}$ l'événement contraire de C.

1. **En utilisant les données de l'énoncé, faire un arbre représentant cette situation.**
2. **Définir par une phrase l'événement $J \cap C$, puis calculer sa probabilité.**
3. **Calculer la probabilité de l'événement : « la personne a plus de 50 ans et pratique le compostage ».**
4. **Est-il vrai qu'il y a plus d'une chance sur deux que la personne choisie pratique le compostage ? Justifier la réponse.**
5. **Sachant que la personne choisie pratique le compostage, quelle est la probabilité qu'elle ait plus de 50 ans ?**

Arrondir au centième.

Exercice 3 ★★★ 15 min

Corrigé p. 393

Une usine produit des montres. Chaque montre fabriquée peut présenter deux défauts : le défaut a sur le bracelet et le défaut b sur le cadran. Une montre est dite défectueuse si elle présente au moins l'un des deux défauts.

On prélève une montre au hasard dans la production d'une journée.

On note A l'événement « la montre présente le défaut a » et B l'événement « la montre présente le défaut b ». Les probabilités des événements A et B sont : $p(A) = 0{,}02$ et $p(B) = 0{,}01$; on suppose que ces deux événements sont indépendants.

1. **Déterminer la probabilité que la montre présente les deux défauts.**
2. **Déterminer la probabilité que la montre n'ait aucun défaut.**

8 Variables aléatoires

1 Espérance d'une variable aléatoire

• **Définitions.**

– Soit Ω un univers associé à une expérience aléatoire. **On appelle variable aléatoire X toute fonction de Ω dans $\mathbb{R}$.**

– **On appelle loi de probabilités de X la fonction qui, à chaque valeur x_i associe la probabilité p_i de l'événement $X = x_i$.** On résume souvent ces informations dans un tableau.

x_i	x_1	x_2	...	x_n
$p_i = p(X = x_i)$	p_1	p_2	...	p_n

Remarque
$p_1 + p_2 + \ldots + p_n = 1$.

• **Définition. L'espérance mathématique d'une variable aléatoire X** est égale à :

$$E(X) = \sum_{i=1}^{n} x_i \times p_i = x_1 \times p_1 + x_2 \times p_2 + \ldots + x_n \times p_n$$

L'espérance mathématique correspond à la valeur moyenne de X si l'on répète un très grand nombre de fois l'expérience aléatoire.

Exemple 1

On donne le tableau de loi d'une variable aléatoire X :

$X = x_i$	-10	2	5	12	20
$p(X = x_i)$	0,1	0,4	p	0,05	0,01

$p(X = -10) + p(X = 2) + p(X = 5) + p(X = 12) + p(X = 20) = 1$

$\Leftrightarrow 0{,}1 + 0{,}4 + p + 0{,}05 + 0{,}01 = 1$

Donc $p = 0{,}44$

$E(X) = -10 \times 0{,}1 + 2 \times 0{,}4 + 5 \times 0{,}44 + 12 \times 0{,}05 + 20 \times 0{,}01 = 2{,}8$

Exemple 2

Julien joue au jeu suivant : il lance un dé cubique pipé dont les probabilités d'apparition des faces sont données dans le tableau ci-dessous :

Face	1	2	3	4	5	6
Probabilité d'apparition	$\frac{1}{12}$	$\frac{1}{6}$	$\frac{1}{6}$	$\frac{1}{6}$	$\frac{1}{6}$	$\frac{3}{12}$

Si Julien obtient 1, il gagne 5 euros ; s'il obtient 2, 3 ou 4, il ne perd, ni ne gagne rien et s'il obtient 5 ou 6, il perd 1 euro.

Soit X la variable aléatoire qui représente le gain de Julien.

$p(X = 5) = \frac{1}{12}$ $\quad p(X = 0) = \frac{1}{6} + \frac{1}{6} + \frac{1}{6} = \frac{1}{2}$

$p(X = -1) = \frac{1}{6} + \frac{3}{12} = \frac{5}{12}$

On peut regrouper ces informations dans un tableau qui donne la loi de probabilités de X.

x_i	5	0	-1
p_i	$\frac{1}{12}$	$\frac{1}{2}$	$\frac{5}{12}$

$E(X) = 5 \times \frac{1}{12} + 0 \times \frac{1}{2} - 1 \times \frac{5}{12} = 0$.

Remarque
Un gain peut être positif ou négatif.
Ici, les valeurs prises par X sont 5, 0 et -1.

MATHS

• **Remarques**
– Dans le cas particulier où X représente un gain algébrique, l'espérance permettra de déterminer si le jeu est équitable ou non. Dans l'exemple précédent, $E(X) = 0$, donc le jeu est équitable.
– Si l'espérance avait été strictement positive (respectivement négative), le jeu aurait été favorable (respectivement défavorable) à Julien.

2 Loi binomiale

A Schéma de Bernoulli et loi binomiale

• On appelle **épreuve de Bernoulli de paramètre p toute expérience aléatoire admettant exactement 2 issues** :
– l'une appelée « **succès** » notée S, dont **la probabilité d'apparition est p** ;
– l'autre appelée « **échec** » notée E ou $\overline{S}$, dont **la probabilité d'apparition est $1 - p$**.

Exemple
On lance une pièce de monnaie et on considère l'événement P : « obtenir une face paire ».
C'est une épreuve de Bernoulli de paramètre $p = \frac{1}{2}$. La probabilité de $\overline{S}$ est $1 - \frac{1}{2} = \frac{1}{2}$.

• **Définitions.**
– On appelle **schéma de Bernoulli de paramètres n et p, l'expérience aléatoire consistant à répéter n fois une épreuve de Bernoulli de paramètre p de manière identique et indépendante.**
– Dans un schéma de Bernoulli de paramètres n et p, on dit que **la variable aléatoire comptant le nombre de succès au cours des n répétitions suit la loi binomiale de paramètres n et p.**

Exemple
Une urne contient 2 boules noires et 5 boules blanches. On extrait une boule de l'urne, on note sa couleur, puis on la remet dans l'urne. On réalise 4 tirages successifs.
On appelle S : « tirer une boule noire ». La probabilité du succès est égale à $\frac{2}{7}$. Tirer une boule dans l'urne et noter sa couleur est une épreuve de Bernoulli. On réalise cette même expérience de manière identique et indépendante, les tirages sont réalisés avec remise : il s'agit d'un schéma de Bernoulli. La variable aléatoire X comptant le nombre de boules noires obtenues au cours des 4 tirages suit la loi binomiale de paramètres 4 et $\frac{2}{7}$.

• **Remarque**
Les tirages avec remise sont réalisés de manière identique et indépendante.

B Calculs de probabilités

• **Un schéma de Bernoulli peut être représenté par un arbre de probabilités.**
Dans le cas où $n = 4$:

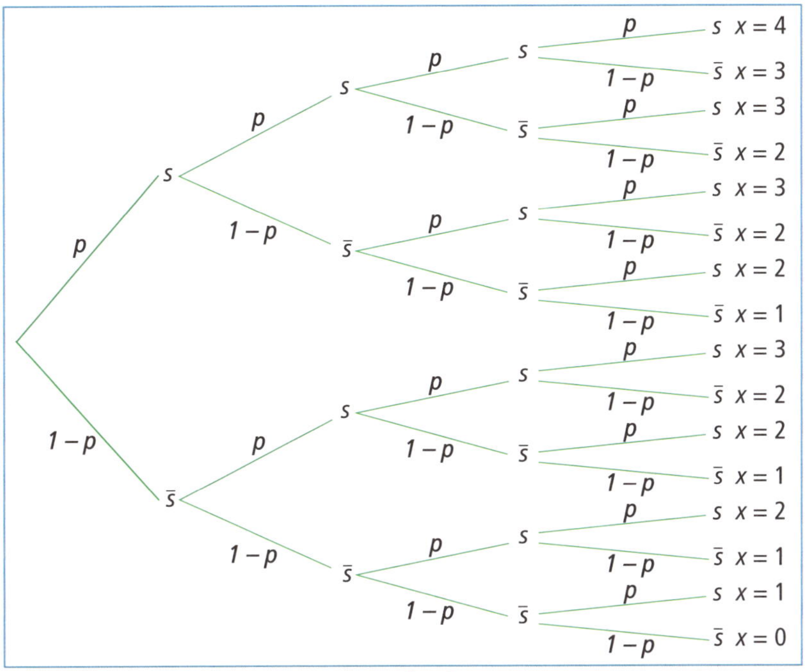

• **Définition. Le coefficient binomial noté $\binom{n}{k}$ est le nombre de chemins correspondant à k succès dans un arbre représentant un schéma de Bernoulli à n épreuves.**

• **Propriétés des coefficients binomiaux :**

■ $\binom{n}{0} = \binom{n}{n} = 1$ car il existe un chemin où il y a 0 succès mais aussi un chemin où il y a n succès.

■ $\binom{n}{1} = \binom{n}{n-1} = n$ car il y a n chemins où il y a 1 succès mais aussi n chemins où il y a $n - 1$ succès.

■ $\binom{n}{k} = \binom{n-1}{k-1} + \binom{n-1}{k}$

• Cette dernière propriété est utilisée pour déterminer les coefficients binomiaux et construire le **triangle de Pascal**.

	$k = 0$	$k = 1$	$k = 2$	$k = 3$	$k = 4$	$k = 5$	$k = 6$	$k = 7$	$k = 8$	$k = 9$	$k = 10$
$n = 0$	1										
$n = 1$	1	1									
$n = 2$	1	2	1								
$n = 3$	1	3	3	1							
$n = 4$	1	4	6	4	1						
$n = 5$	1	5	10	10	5	1					
$n = 6$	1	6	15	20	15	6	1				
$n = 7$	1	7	21	35	35	21	7	1			
$n = 8$	1	8	28	56	70	56	28	8	1		
$n = 9$	1	9	36	84	126	126	84	36	9	1	
$n = 10$	1	10	45	120	210	252	210	120	45	10	1

Exemple
En utilisant le triangle de Pascal, on obtient $\binom{5}{3} = 10$, $\binom{8}{6} = 28$ et $\binom{10}{2} = 45$.

• **Propriété.** Dans un schéma de Bernoulli comportant n épreuves indépendantes où p est la probabilité du succès, pour tout entier k tel que $0 \leqslant k \leqslant n$, la probabilité d'obtenir k succès est égale à :

$$P(X = k) = \binom{n}{k} p^k (1 - p)^{n-k}$$

Application
Un QCM comporte huit questions indépendantes. À chaque question, quatre réponses sont proposées et une seule réponse est exacte. Un candidat répond au hasard à toutes les questions.
Déterminer la probabilité de répondre correctement à toutes les questions et celle de répondre correctement à quatre questions.

Solution
S : « Répondre correctement à une question ». La probabilité de S est égale à $\frac{1}{4}$. Il s'agit d'une épreuve de Bernoulli. Le candidat répond au hasard aux 8 questions et toutes les questions sont indépendantes, donc il s'agit d'un schéma de Bernoulli. Soit X la variable aléatoire comptant le nombre de bonnes réponses, X suit la loi binomiale de paramètre 8 et $\frac{1}{4}$.
La probabilité de répondre correctement à toutes les questions est égale à :
$p(X = 8) = \binom{8}{8}\left(\frac{1}{4}\right)^8\left(\frac{3}{4}\right)^0 = \frac{1}{4^8} \approx 1,5 \times 10^{-5}$ car $\binom{8}{8} = 1$

La probabilité de répondre correctement à quatre questions est égale à :
$p(X = 4) = \binom{8}{4}\left(\frac{1}{4}\right)^4\left(\frac{3}{4}\right)^4 = 70 \times \left(\frac{1}{4}\right)^4\left(\frac{3}{4}\right)^4 \approx 0,087$ car $\binom{8}{4} = 70$ d'après le triangle de Pascal.

• **Propriété. Soit X une variable aléatoire suivant une loi binomiale de paramètre n et p, l'espérance de X est égale à $n \times p$.**

Exercices d'entraînement

Exercice 1 ★ 15 min

Corrigé p. 394

On considère la loi de probabilités d'une variable aléatoire de X :

x_i	−3	−1	0	2	4	5
p_i	$\frac{1}{20}$	$\frac{1}{10}$	a	$\frac{1}{5}$	$2a$	$\frac{1}{4}$

1. **Déterminer la valeur de a.**
2. **Calculer l'espérance de X.**

Exercice 2 ★ 30 min

Corrigé p. 394

À la recherche d'un emploi, Emmanuel envoie son dossier (CV et lettre de motivation) à dix entreprises. Celles-ci répondent à ce genre de courrier dans seulement 20 % des cas. Cela signifie que la probabilité qu'une entreprise donnée lui réponde est de 0,2. On suppose que les entreprises traitent les dossiers de manière indépendante.

On note X la variable aléatoire comptant le nombre de réponses que recevra Emmanuel.

Les résultats seront, si nécessaire, arrondis à 10^{-3} près.

1. **Justifier que X suit une loi binomiale dont on précisera les paramètres.**

2. a) **Construire le triangle de Pascal jusqu'à $n = 10$.**

b) **Donner $\binom{10}{3}$ et $\binom{10}{6}$.**

c) **Calculer la probabilité qu'Emmanuel ne reçoive aucune réponse.**

d) **Calculer la probabilité qu'Emmanuel reçoive 3 réponses.**

e) **Calculer la probabilité qu'Emmanuel reçoive 6 réponses.**

3. **Calculer l'espérance mathématique de X et interpréter le résultat.**

Exercice 3 ★★★ 45 min

Corrigé p. 394

Lors d'une épidémie chez les bovins, on s'est aperçu que si la maladie est diagnostiquée suffisamment tôt chez un animal, on peut le guérir, sinon la maladie est mortelle. Un test est mis au point et essayé sur un échantillon d'animaux dont 1 % est porteur de la maladie.

On obtient les résultats suivants :

– si un animal est porteur de la maladie, le test est positif dans 85 % des cas ;

– si un animal est sain, le test est négatif dans 95 % des cas.

On choisit un animal au hasard. On note M l'événement : « l'animal est porteur de la maladie » et T l'événement : « le test est positif ».

Les questions 2 et 3 sont indépendantes.

1. a) **Construire un arbre de probabilités illustrant cette situation.**

b) **Démontrer que la probabilité que le test soit positif est égale à 0,058.**

2. On choisit cinq animaux au hasard. La taille de ce troupeau est suffisamment importante pour considérer que les tirages sont réalisés avec remise et donc de manière indépendante. On note X la variable aléatoire égale au nombre d'animaux ayant un test positif.

a) **Justifier que X suit une loi binomiale dont on précisera les paramètres.**

b) **Calculer la probabilité qu'au moins un des cinq animaux ait un test positif.**

3. Le coût des soins à prodiguer à un animal ayant réagi positivement au test est de 100 euros et le coût de l'abattage de l'animal non dépisté par le test et ayant développé la maladie est de 1 000 euros. On suppose que le test est gratuit. Soit Y la variable aléatoire représentant le coût pour un animal choisi au hasard.

a) **D'après les données précédentes, compléter le tableau suivant :**

y_i	0	100	1 000
p_i	…	0,058	…

b) **Déterminer $E(Y)$.**

c) Le troupeau compte 400 bêtes.

Si tout le troupeau est soumis au test, quelle somme faut-il prévoir d'engager ?

Contrôle continu

Épreuve de mathématiques

Corrigé p. 394

Partie 1 : automatismes (20 minutes, sans calculatrice, 5 points)

1. Calculer et donner le résultat sous la forme d'une fraction irréductible : $\frac{2}{3} - \frac{1}{4} + 2$
2. Développer l'expression $A(x) = (2x - 5)^2 + (x + 3)(-x + 5)$.
3. Calculer le taux d'évolution réciproque d'une hausse de 25 %.
4. La formule de l'IMC (indice de masse corporelle) est donnée par : $\text{IMC} = \frac{m}{t^2}$ où m est la masse en kg et t est la taille en mètre. Isoler t.
5. Déterminer le signe de $-3(x + 1)(x - 5)$ en fonction de x, $x \in \mathbb{R}$.
6. Déterminer le coefficient directeur de la tangente à la courbe représentative de la fonction f définie par : $f(x) = -3x^2 + x - 4$ au point d'abscisse $a = -1$.
7. Déterminer l'équation réduite de la droite (d) passant par $A(-2\,;6)$ et $B(1\,;0)$.
8. Calculer la dérivée g' de la fonction g définie par $g(x) = \frac{1}{3}x^3 - 5x^2 + 3x - 7$.
9. Résoudre l'inéquation $3x + 2 < 5x - 6$.
10. La population mondiale augmente de 1,5 % par an. Cette situation peut-elle être modélisée par une suite géométrique ? Si oui, on précisera la raison.

Partie 2 (1 h 40)

L'usage de la calculatrice est autorisé selon la réglementation en vigueur.

Exercice 2 (5 points)

En 2019, 19 % de la population française a plus de 65 ans. 50 % de ces plus de 65 ans sont vaccinés contre la grippe. Pour le reste de la population, seulement 30 % sont vaccinés contre la grippe.

On interroge au hasard une personne. On considère les événements suivants :

S : « La personne a plus de 65 ans. » et G : « La personne est vaccinée contre la grippe. »

1. Faire un arbre de probabilités illustrant cette situation.
2. Calculer la probabilité que la personne interrogée soit vaccinée contre la grippe.
3. Sachant que la personne interrogée est vaccinée contre la grippe, déterminer la probabilité qu'elle ait moins de 65 ans. Arrondir le résultat à 10^{-2} près.
4. On interroge dix pensionnaires d'une maison de retraite. On considère que tous les pensionnaires d'une maison de retraite ont plus de 65 ans et l'expérience est assimilée à des tirages indépendants avec remise. Soit X la variable aléatoire donnant le nombre de pensionnaires vaccinés contre la grippe parmi les dix interrogés.

a) Déterminer la loi de probabilités suivie par X.

b) Déterminer la probabilité que tous les pensionnaires soient vaccinés contre la grippe et qu'aucun pensionnaire ne soit vacciné contre la grippe. Arrondir le résultat à 10^{-5} près.

Exercice 3 (5 points)

Les données ci-dessous montrent l'évolution du SMIC net mensuel en euros pour 35 heures hebdomadaires (les montants sont arrondis à l'unité). Pour tout entier i, x_i représente le rang de l'année $2014 + i$ et y_i représente le montant du SMIC au 1er janvier de l'année $2014 + i$.

Date	2014	2015	2016	2017	2018	2019	2020
x_i	0	1	2	3	4	5	6
y_i	1 129	1 136	1 144	1 153	1 173	1 204	1 219

1. a) Représenter cette série statistique dans un repère de points $M_i(x_i; y_i)$. On prendra 1 cm pour 1 unité en abscisse, 1 cm pour 20 unités en ordonnées en commençant la graduation à 1 120.

b) On décide de réaliser un ajustement affine de la série statistique précédente en utilisant la droite d'équation $D : y = 15,5x + 1\,118,9$. Tracer cette droite dans le repère précédent.

c) En déduire, en utilisant cet ajustement affine, à partir de quelle année le SMIC dépassera 1 300 euros si l'évolution se poursuit ?

2. a) Calculer le taux global d'évolution du SMIC entre le 1er janvier 2014 et le 1er janvier 2020. Arrondir le résultat à 0,01 %.

b) En déduire le taux moyen annuel d'évolution du SMIC entre le 1er janvier 2014 et le 1er janvier 2020. Arrondir le résultat à 0,01 %.

c) Si le taux moyen annuel reste le même, à partir de quelle année le SMIC dépassera-t-il 1 300 euros ?

Exercice 4 (5 points)

On injecte à une femme malade une dose de médicament. La quantité de médicament (exprimée en cm^3) présente dans le sang de la malade, au bout du temps t (exprimé en heures), est donnée par une fonction f définie sur l'intervalle $[0 ; 10]$ par : $f(t) = 2 \times 0,75^t$. On donne ci-dessous un graphique sur lequel figure la courbe représentative C_f de la fonction f, ainsi que la tangente à la courbe C_f au point d'abscisse 1.

1. Par lecture graphique, déterminer la quantité de médicament initialement injectée dans le sang de la malade et celle encore présente dans le sang au bout de 8 heures.

2. Quel pourcentage représente la quantité présente dans le sang au bout de 10 heures par rapport à la quantité initialement injectée ?

3. Déterminer, par le calcul, le temps nécessaire pour que la quantité de médicament dans le sang de la malade diminue de moitié. On donnera le résultat arrondi à 0,01 près, puis on convertira ce résultat en heures et minutes.

4. On rappelle que la fonction f', fonction dérivée de la fonction f, exprime la vitesse d'évolution de la quantité de médicament à un instant donné. Elle s'exprime en cm^3/h. Quel élément du graphique apporte un renseignement sur la vitesse d'évolution de la quantité de médicament au bout de 1 heure ? Donner une valeur approchée de cette vitesse d'évolution.

CORRIGÉS

Chapitre 1

Exercice 1

Énoncé p. 357

1. Le capital est augmenté chaque année de 2,4 % et est donc multiplié par $1+\frac{2,4}{100}=1,024$; il s'agit bien d'un modèle géométrique.

2. Aux boutons déjà présents s'ajoutent chaque jour 2 nouveaux boutons : on est donc plutôt sur un modèle arithmétique et non géométrique.

3. Le salaire augmente chaque année de 10 % et est donc multiplié par $1+\frac{10}{100}=1,1$; il s'agit bien d'un modèle géométrique.

4. Chaque année, on ajoute au loyer 50 € : on est donc plutôt sur un modèle arithmétique et non géométrique.

5. Une baisse de 3 % par an se traduit par une multiplication par $1-\frac{3}{100}=0,97$; il s'agit donc bien d'un modèle géométrique.

6. Le nombre de pass baisse de 20 % et augmente de 400 nouveaux pass, donc cette situation ne peut pas être modélisée par un modèle géométrique.

Exercice 2

Énoncé p. 357

1. $f'(x)=2x+3$, donc le coefficient directeur de la tangente cherché est $f'(1)=2\times1+3=5$.

2. $f'(x)=6x^2-1$, donc le coefficient directeur de la tangente cherché est :
$f'(-1)=6\times(-1)^2-1=5$.

3. $f'(x)=2x$, donc le coefficient directeur de la tangente cherché est $f'(2)=2\times2=4$.

Exercice 3

Énoncé p. 357

1. La parabole représentant f « sourit » (puisque $a=3>0$) et coupe l'axe des abscisses en 2 et 9.

x	$-\infty$		2		9		$+\infty$
$f(x)$		+	0	−	0	+	

2. La parabole représentant f « est triste » (puisque $a=-2<0$) et coupe l'axe des abscisses en 1 et 2.

x	$-\infty$		1		2		$+\infty$
$f(x)$		−	0	+	0	−	

3. $f(x)=4(x-(-2))(x-1)$. La parabole représentant f « sourit » (puisque $a=4>0$) et coupe l'axe des abscisses en –2 et 1.

x	$-\infty$		−2		1		$+\infty$
$f(x)$		+	0	−	0	+	

4. $f(x)=5(x-(-3))(x-(-7))$. La parabole représentant f « sourit » (puisque $a=5>0$) et coupe l'axe des abscisses en –3 et –7.

x	$-\infty$		−3		−7		$+\infty$
$f(x)$		+	0	−	0	+	

5. $f(x)=-(x-3)(x-(-1))$. La parabole représentant f « est triste » (puisque $a=-1<0$) et coupe l'axe des abscisses en 3 et – 1.

x	$-\infty$		−1		3		$+\infty$
$f(x)$		−	0	+	0	−	

Exercice 4

Énoncé p. 357

1. Il s'agit de la tangente au point d'abscisse 2. On choisit les points de coordonnées $(2\,;0)$ et $(0\,;1)$. Le coefficient directeur de la tangente est alors donné par : $f'(2)=\frac{1-0}{0-2}=-\frac{1}{2}$.

2. Il s'agit de la tangente au point d'abscisse 0. On choisit les points de coordonnées $(0\,;-2)$ et $(2\,;0)$. Le coefficient directeur de la tangente est alors donné par : $f'(0)=\frac{0-(-2)}{2-0}=\frac{2}{2}=1$.

Chapitre 2

Exercice 1

Énoncé p. 360

1. $\frac{216+12}{2}=114$, donc ces trois nombres sont des termes consécutifs d'une suite arithmétique.

2. Ces trois nombres ne sont pas des termes consécutifs d'une suite ni arithmétique, ni géométrique.

3. $\sqrt{32\times18}=24$, donc ces trois nombres sont des termes consécutifs d'une suite géométrique.

4. $\frac{3,102+5,352}{2}=4,227$, donc ces trois nombres sont des termes consécutifs d'une suite arithmétique.

Exercice 2 — Énoncé p. 360

1. $d_0 = 12\,500$; $d_1 = 12\,500 \times 0,965 = 12\,062,5$;
$d_2 = 12\,062,5 \times 0,965 = 11\,640,3125$

2. $d_{n+1} = d_n \times 0,965$, donc la suite est géométrique de raison 0,965.

3. $d_n = 12\,500 \times 0,965^n$

4. $d_6 \oplus 10\,094$ et $d_7 \oplus 9\,741$, donc l'entreprise dépensera moins de 10 000 euros en 2023.

Exercice 3 — Énoncé p. 360

1. $c_0 = 2\,000$.

2. $c_1 = 2\,000 \times \left(1 + \dfrac{1,5}{100}\right) = 2030$. En 2020, le capital sera de 2 030 €.

3. $c_{n+1} = 1,015 \times c_n$; la suite est donc géométrique de raison 1,015 et de premier terme $c_0 = 2\,000$.

4. $c_n = 2\,000 \times 1,015^n$

5. $2024 = 2019 + 5$; on calcule donc $c_5 = 2\,000 \times 1,015^5 \approx 2\,155$ € en 2024.

6.
```
def annee():
    n=0
    u=2000
    while u<3000:
        u=1.015*u
        n=n+1
        return(2019+n)
```

7.
```
def annee(c):
    n=0
    u=2000
    while u<c:
        u=1.015*u
        n=n+1
        return(2019+n)
```

Chapitre 3

Exercice 1 — Énoncé p. 363

1, $\pi \approx 3,14 > 1$, donc c'est vrai.

2. Faux : c'est le prolongement d'une suite géométrique de raison 1,3.

3. $2,5 > 1$, donc c'est faux : f est strictement croissante sur $\mathbb{R}$.

4. $g(x)$ est de la forme $k.a^x$ avec $k < 0$ et $a > 1$, donc c'est vrai.

Exercice 2 — Énoncé p. 363

Les quatre fonctions sont des fonctions exponentielles de bases respectives $a = 0,5$ pour f, $a = 2$ pour g, $a = 3$ pour h et $a = 0,1$ pour i.

En effet, g et h ont des bases strictement supérieures à 1, donc elles sont strictement croissantes sur $\mathbb{R}$ tandis que f et i sont strictement décroissantes sur $\mathbb{R}$.

En utilisant le fait que $f(1) = 0,5$, $g(1) = 2$, $h(1) = 3$ et $i(1) = 0,1$, on conclut en associant f à C3, g à C4, h à C1 et i à C2.

Exercice 3 — Énoncé p. 364

1. $6,6^{2,1} \times 6,6^{1,1} = 6,6^{2,1+1,1} = 6,6^{3,2}$

2. $4,35^{2,3} \times (4,35^{3,1})^3 = 4,35^{2,3} \times 4,35^{3,1\times 3}$
$= 4,35^{2,3+9,3} = 4,35^{11,6}$

3. $\dfrac{(5,1^{2,1})^4 \times 5,1^{3,4}}{(5,1^{2,3})^4} = \dfrac{5,1^{2,1\times 4} \times 5,1^{3,4}}{5,1^{2,3\times 4}}$
$= \dfrac{5,1^{8,4+3,4}}{5,1^{9,2}} = 5,1^{11,8-9,2} = 5,1^{2,6}$

4. $a^{2,34} \times a^{4,56} = a^{2,34+4,56} = a^{6,9}$

5. $b^{\frac{2}{3}} \times (b^{\frac{1}{3}})^3 = b^{\frac{2}{3}} \times b^{\frac{1}{3}\times 3} = b^{\frac{5}{3}}$

6. $\dfrac{(q^{2,7})^3}{(q^{3,4})^2 \times q^{1,1}} = \dfrac{q^{2,7\times 3}}{q^{3,4\times 2+1,1}} = q^{8,1-7,9} = q^{0,2}$

Exercice 4 — Énoncé p. 364

1. $Q(0) = Q_0 \times 0,7^0 = Q_0$, donc Q_0 correspond à la quantité initiale de médicament, c'est-à-dire celle injectée. Donc $Q_0 = 1,8$.

2. $Q(t)$ est de la forme $k.a^t$ avec $k > 0$ et $a < 1$. Donc Q est strictement décroissante sur $[0\,;+\infty[$. La quantité de médicament dans le sang du patient diminue donc avec le temps.

3. $Q(0,75) \oplus 1,38$. Au bout de trois quarts d'heure, il reste donc environ 1,38 mg de médicament dans le sang du patient.

4. $Q(1,5) \oplus 1,05$. Au bout d'une heure et demie, il reste donc environ 1,05 mg de médicament dans le sang du patient.

a) $\dfrac{1,8}{2} = 0,9$. C'est pour $t \oplus 1,9$ heures.

b) $1,8 \times \dfrac{10}{100} = 0,18$. Il faudra refaire une injection au patient au bout de 6,4 heures.

Chapitre 4

Exercice 1 — Énoncé p. 367

1. $10^x = 7 \Leftrightarrow x = \log(7) \approx 0,845$

2. $10^x = 1,35 \Leftrightarrow x = \log(1,35) \approx 0,13$

3. $5 \times 10^x = 2,6 \times 10^x + 4,2$

$\Leftrightarrow 5 \times 10^x - 2,6 \times 10^x = 4,2$

$\Leftrightarrow 2,4 \times 10^x = 4,2 \Leftrightarrow 10^x = \dfrac{4,2}{2,4}$

$\Leftrightarrow x = \log(1,75) \approx 0,243$

4. $2,5^x = 15 \Leftrightarrow \log(2,5^x) = \log(15)$

$\Leftrightarrow x\log(2,5) = \log(15) \Leftrightarrow x = \dfrac{\log(15)}{\log(2,5)} \approx 2,955$

5. $x^7 = 123 \Leftrightarrow \log(x^7) = \log(123)$

$\Leftrightarrow 7\log(x) = \log(123) \Leftrightarrow \log(x) = \dfrac{1}{7}\log(123)$

$\Leftrightarrow \log(x) = \log\left(123^{\frac{1}{7}}\right)$

$x = 123^{\frac{1}{7}} \approx 1,989$

6. $0,7^x \geqslant 12 \Leftrightarrow \log(0,7^x) \geqslant \log(12)$

$\Leftrightarrow x\log(0,7) \geqslant \log(12) \Leftrightarrow x \leqslant \dfrac{\log(12)}{\log(0,7)}$

car, comme $0,7 < 1$, $\log(0,7) < 0$

Exercice 2

Énoncé p. 368

1. $0,65^n \leqslant 0,098 \Leftrightarrow n\log(0,65) \leqslant \log(0,098)$

$\Leftrightarrow n \geqslant \dfrac{\log(0,098)}{\log(0,65)}$

comme $0,65 < 1$, donc $\log(0,65) < 0$

$\dfrac{\log(0,098)}{\log(0,65)} \oplus 5,4$, donc l'inégalité est vérifiée à partir de $n = 6$.

2. $100 - 1,5^n < 75 \Leftrightarrow -1,5^n < -25$

$\Leftrightarrow 1,5^n > 25 \Leftrightarrow n\log(1,5) > \log(25)$

$\Leftrightarrow n > \dfrac{\log(25)}{\log(1,5)}$

comme $1,5 > 1$ donc $\log(1,5) > 0$

$\dfrac{\log(25)}{\log(1,5)} \oplus 7,9$, donc l'inégalité est vérifiée à partir de $n = 8$.

Exercice 3

Énoncé p. 368

1. a) $3\log(2) + \log(5) - 2\log(3)$

$= \log(2^3) + \log(5) - \log(3^2)$

$= \log(8 \times 5) - \log(9) = \log\left(\dfrac{40}{9}\right)$

b) $2\log(3) - 4\log(\sqrt{3})$

$= \log(3^2) - \log\left(\sqrt{3}^4\right) = \log(9) - \log(9) = 0$

c) $\log(3 - \sqrt{5}) + \log(3 + \sqrt{5})$

$= \log\left((3 - \sqrt{5})(3 + \sqrt{5})\right)$

$= \log(9 - 5) = \log(4)$

2. $\log(200) = \log(8 \times 25)$

$= \log(8) + \log(25)$

$= \log(2^3) + \log(5^2)$

$= 3\log(2) + 2\log(5)$

$\log\left(\dfrac{1}{1\,000}\right) = -\log(1\,000)$

$= -\log(10^3)$

$= -3\log(10)$

$= -3\log(2 \times 5)$

$= -3(\log(2) + \log(5))$

3. $\log(196) = \log(14^2)$

$= 2\log(14) = 2(\log(2 \times 7))$

$= 2(\log(2) + \log(7))$

$\log\left(\dfrac{49}{16}\right) = \log(49) - \log(16)$

$= \log(7^2) - \log(2^4)$

$= 2\log(7) - 4\log(2)$

Exercice 4

Énoncé p. 368

1. $\log(a^3b^2) + \log\left(\dfrac{a}{b^2}\right) - \log(a)$

$= \log(a^3) + \log(b^2) + \log(a) - \log(b^2) - \log(a)$

$= 3\log(a)$

2. $\log(a^4) + \log\left(\dfrac{1}{b^3}\right) - \log(ab)$

$= 4\log(a) - \log(b^3) - \log(a) - \log(b)$

$= 3\log(a) - 3\log(b) - \log(b)$

$= 3\log(a) - 4\log(b)$

Exercice 5

Énoncé p. 368

1. $C_G = 1,75$ et

$C_G = C_M^{18} \Leftrightarrow 1,75 = C_M^{18} \Leftrightarrow \log(1,75)$

$= 18\log(C_M) \Leftrightarrow \log(C_M) = \dfrac{1}{18}\log(1,75)$

$\Leftrightarrow C_M = 1,75^{\frac{1}{18}} \approx 1,032$

L'augmentation moyenne est d'environ 1,32 %.

2. $17\,000 \times 1,032^6 \approx 20\,537$ abonnés au 1er janvier 2021.

Exercice 6

Énoncé p. 368

1. $pH = -\log 3 \times 10^{-7} \approx 6,52$

2. $7 = -\log[H_3O^+]$

$\Leftrightarrow -7 = \log[H_3O^+]$

$\Leftrightarrow 10^{-7} = 10^{\log[H_3O^+]}$

$\Leftrightarrow [H_3O^+] = 10^{-7}\text{mol.L}^{-1}$

3. $\text{pH} = -\log\left[10 \times H_3O^+\right]$

$= -\log(10) - \log\left[H_3O^+\right]$

$= -1 - \log\left[H_3O^+\right]$

$\text{pH} = -\log[10^2 \times H_3O^+]$

$= -\log(10^2) - \log[H_3O^+]$

$= -2 - \log[H_3O^+]$

Le pH diminue de 1 quand la concentration en ions H_3O^+ est multipliée par 10 et de 2 quand la concentration est multipliée par 100.

Chapitre 5

Exercice 1

Énoncé p. 372

1. $f'(x) = 2 \times 1 + 0 - \dfrac{1}{x^2} = 2 - \dfrac{1}{x^2}$

2. $g'(x) = 2x - 5 \times 1 - 3 \times \dfrac{-1}{x^2} = 2x - 5 + \dfrac{3}{x^2}$

3. $h'(x) = \dfrac{1}{2} \times 2x - \dfrac{1}{7} \times 1 + \dfrac{2}{3} \times \dfrac{-1}{x^2}$

$= x - \dfrac{1}{7} - \dfrac{2}{3x^2}$

Exercice 2

Énoncé p. 372

1. a)

x	1	10	100	−1	$-\dfrac{1}{10}$	$-\dfrac{1}{100}$
$f(x)$	2	2,99	2,999	2	−97	−9 997

b) On peut conjecturer que $f(x)$ tend vers 3 quand x tend vers $+\infty$ et tend vers $-\infty$ quand x se rapproche de 0 par valeurs négatives.

2. a)

x	−1	−10	−100	$\dfrac{1}{10}$	$\dfrac{1}{100}$	$\dfrac{1}{1\,000}$
$g(x)$	−2	−1 000	1 000 000	≈ 30	≈ 300	≈ 3 000

b) On peut conjecturer que $g(x)$ tend vers $-\infty$ quand x tend vers $-\infty$ et tend vers $+\infty$ quand x se rapproche de 0 par valeurs positives.

Exercice 3

Énoncé p. 372

1. a) Pour tout réel x de $\mathbb{R}$, $g'(x) = 2 \times 2x + 1 + 0 = 4x + 1$

$4x + 1 = 0 \Leftrightarrow x = -\dfrac{1}{4}$

x	$-\infty$		$-\dfrac{1}{4}$		$+\infty$
$g'(x)$		−	0	+	
g		↘	$\dfrac{7}{8}$	↗	

b) Pour tout réel x de $\mathbb{R}$, $g(x) \geqslant \dfrac{7}{8} > 0$.

Vérification avec la calculatrice avec la fenêtre $-10 \leqslant X \leqslant 10$, $-10 \leqslant Y \leqslant 10$

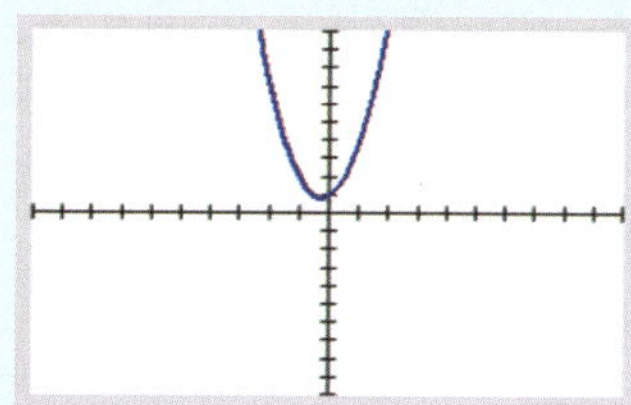

2. Pour tout réel $x \neq 0$, $h'(x) = 2x - 1 - \dfrac{1}{x^2} = \dfrac{2x^3 - x^2 - 1}{x^2}$

$(x-1)g(x) = (x-1)\left(2x^2 + x + 1\right)$

$= 2x^3 + x^2 + x - 2x^2 - x - 1$

$= 2x^3 - x^2 - 1$

Donc pour tout réel $x \neq 0$,

$h'(x) = \dfrac{(x-1)g(x)}{x^2}$.

x	$-\infty$		0		1		$+\infty$
$x - 1$		−		−	0	+	
$g(x)$		+		+		+	
$h'(x)$		−	‖	−	0	+	
h		↘	‖	↘	2	↗	

Vérification avec la calculatrice avec la fenêtre $-10 \leqslant X \leqslant 10$, $-10 \leqslant Y \leqslant 10$

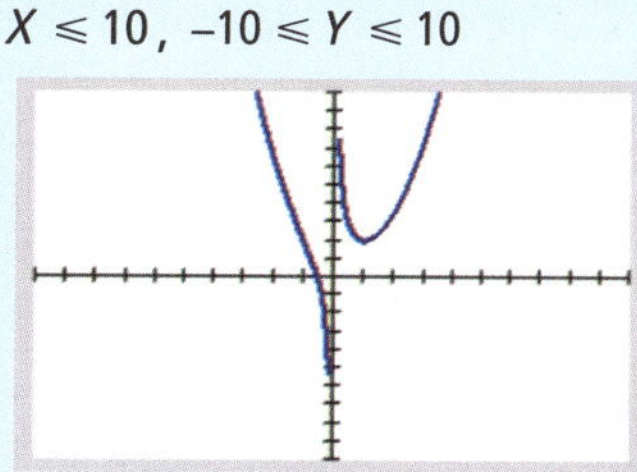

Exercice 4

Énoncé p. 372

1. $C_m(q) = \dfrac{C(q)}{q} = \dfrac{1}{10}q - 20 + \dfrac{1960}{q}$.

2. Pour $q \uparrow 0$,

$$C_m'(q) = \frac{1}{10} \times 1 + 0 + 1\,960 \times \frac{-1}{q^2} = \frac{1}{10} - \frac{1\,960}{q^2}$$

$$= \frac{q^2 - 19\,600}{10q^2} = \frac{(q-140)(q+140)}{10q^2}$$

q	0		140		340
$q - 140$		−	0	+	
$C'_M(q)$		−	0	+	
C_M		↘	8	↗	

3. Le coût unitaire minimal de production est égal à 800 euros pour 140 L de produits fabriqués.

4. $C'(q) = \dfrac{1}{10} \times 2q - 20 \times 1 + 0 = \dfrac{1}{5}q - 20$

$C'(140) = \dfrac{1}{5} \times 140 - 20 = 8$

$C(140) = \dfrac{1}{10} \times 140^2 - 20 \times 140 + 1960 = 1\,120$

L'équation de la tangente T à la courbe C au point d'abscisse 140 est :

$y = C'(140)(x - 140) + C(140)$

C'est-à-dire $T : y = 8(x - 140) + 1\,120$
ou encore $T : y = 8x$
Donc la tangente T passe par l'origine du repère puisque son ordonnée à l'origine est nulle.

Chapitre 6

Exercice 1

Énoncé p. 375

Plusieurs choix de repères sont possibles. On peut, par exemple, choisir 1 cm pour 2 unités sur l'axe des abscisses et 1 cm pour 5 sur l'axe des ordonnées.

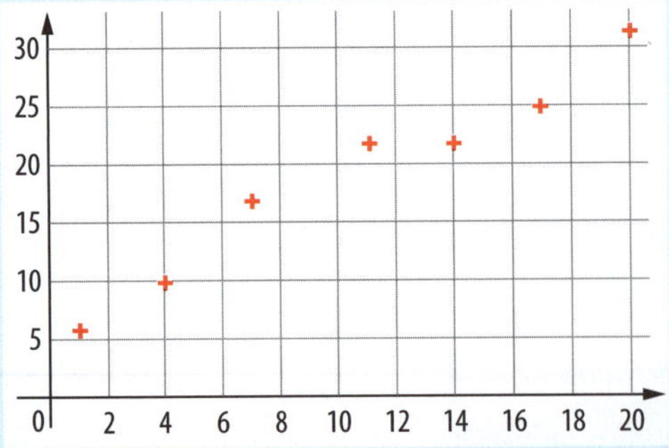

Exercice 2

Énoncé p. 376

1.

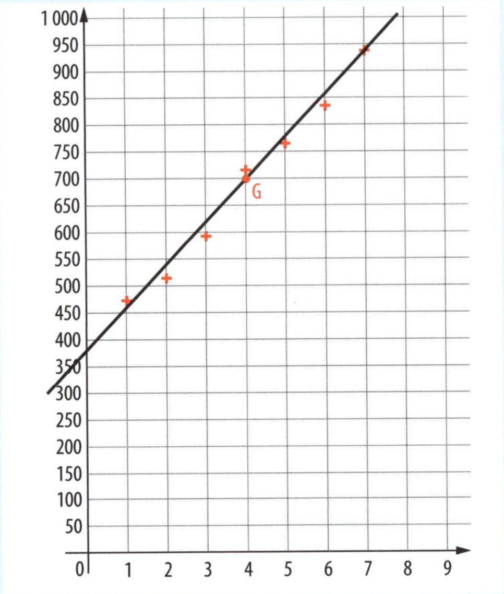

2. $\overline{x} = \dfrac{1+2+3+4+5+6+7}{7} = 4$ et

$\overline{y} = \dfrac{475+525+600+725+775+850+950}{7} = 700$,

donc G(4 ; 700).

3. Les points du nuage de points sont presque alignés, donc on peut considérer un ajustement affine.

4. G appartient à D donc

$700 = 80 \times 4 + b$

$\Leftrightarrow 700 = 320 + b$

$\Leftrightarrow b = 700 - 320 = 380$

Donc $D : y = 80x + 380$.

5. a) $80 \times 10 + 380 = 1\,180$. Le directeur peut prévoir 1 180 spectateurs au dixième spectacle.

b) $80x + 380 = 1\,500$

$\Leftrightarrow 80x = 1\,500 - 380 = 1\,120$

$\Leftrightarrow x = \dfrac{1\,120}{80} = 14$.

La salle affichera complet au quatorzième spectacle.

Remarque : on pourrait également répondre à ces deux questions par lecture graphique.

Exercice 3

Énoncé p. 376

1.

Prix au kg x_i	20	21	23	25	26	27,5	30
Quantité demandée en centaines de tonnes y_i	28,6	26,1	20	16,7	15	12,5	10,7
$z_i = \dfrac{60}{y_i}$	2,1	2,3	3	3,6	4	4,8	5,6

2. et **3.**

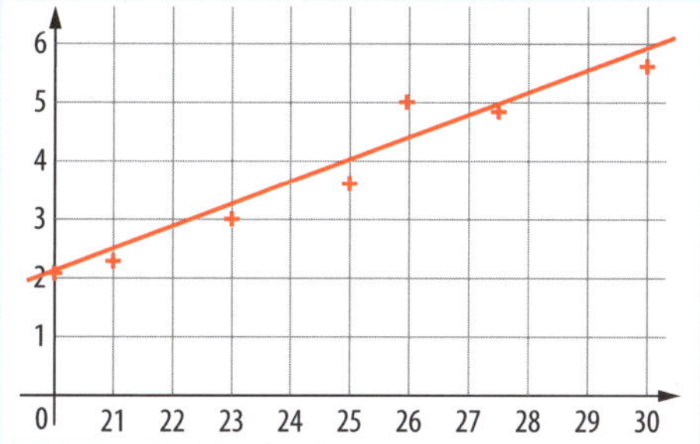

4. Les points de coordonnées $(x_i\,;z_i)$ sont presque alignés et très proches de la droite D, donc la droite D peut permettre de réaliser un ajustement affine.

5. $z = 0{,}38x - 5{,}50$

$\Leftrightarrow \dfrac{60}{y} = 0{,}38x - 5{,}50 \Leftrightarrow y = \dfrac{60}{0{,}38x - 5{,}50}$

6. Pour $x = 33$, $y = \dfrac{60}{0{,}38 \times 33 - 5{,}50}$

$= 8{,}5$ centaines de tonnes de produits.

Chapitre 7

Exercice 1

Énoncé p. 380

1. $p(A)\,p(B) = 0{,}7 \times 0{,}5 = 0{,}35$

$p(A \cup B) = p(A) + p(B) - p(A \cap B)$, donc

$p(A \cap B) = p(A) + p(B) - p(A \cup B)$

$= 0{,}7 + 0{,}5 - 0{,}8 = 0{,}4 \neq 0{,}35$

Donc A et B ne sont pas indépendants.

2. A et B sont indépendants donc $p(A \cap B) = p(A)\,p(B) = 0{,}3\,p(B)$.

Or, $p(A \cup B) = p(A) + p(B) - p(A \cap B)$

$\Leftrightarrow 0{,}65 = 0{,}3 + p(B) - 0{,}3\,p(B)$

$\Leftrightarrow 0{,}35 = 0{,}7\,p(B)$

$\Leftrightarrow p(B) = \dfrac{0{,}35}{0{,}7} = 0{,}5$

3. $p(A)\,p(B) = 0{,}7 \times 0{,}5 = 0{,}35$

$p(A \cup B) = p(A) + p(B) - p(A \cap B)$, donc

$p(A \cap B) = p(A) + p(B) - p(A \cup B)$

$= 0{,}7 + 0{,}5 - 1 = 0{,}2 \neq 0{,}35$

Donc A et B ne sont pas indépendants.

Exercice 2

Énoncé p. 393

1.

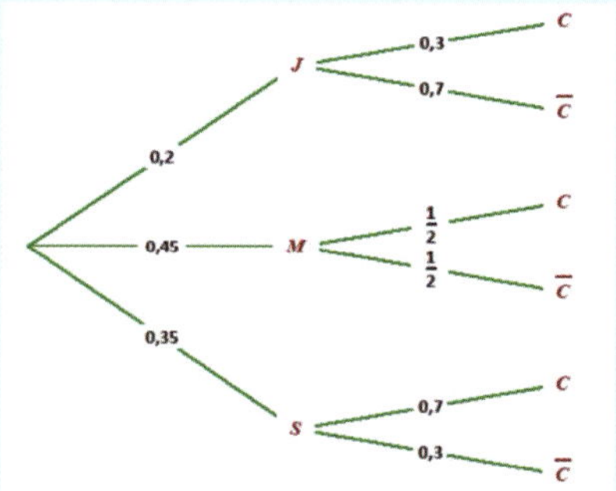

2. $J \cap C$: « La personne a moins de 30 ans et pratique le compostage. »

$p(J \cap C) = p(J) \times p_J(C) = 0{,}2 \times 0{,}3 = 0{,}06$

3. $p(S \cap C) = p(S) \times p_S(C)$

$= 0{,}35 \times 0{,}7 = 0{,}245$

4. D'après la formule des probabilités totales :

$p(C) = p(J) \times p_J(C) + p(M) \times p_M(C) + p(S) \times p_S(C)$

$p(C) = 0{,}2 \times 0{,}3 + 0{,}45 \times \dfrac{1}{2} + 0{,}35 \times 0{,}7 = 0{,}53$,

donc il y a bien plus d'une chance sur deux que la personne choisie pratique le compostage.

5. $p_C(S) = \dfrac{p(S \cap C)}{p(C)} = \dfrac{0{,}245}{0{,}53} \approx 0{,}46$

Exercice 3

Énoncé p. 380

1. A et B sont indépendants donc $p(A \cap B) = p(A)\,p(B) = 0{,}02 \times 0{,}01 = 0{,}0002$.

La probabilité que la montre présente les deux défauts est égale à 0,0002.

2. Comme A et B sont indépendants, $\overline{A}$ et $\overline{B}$ sont également indépendants.

Donc $p(\overline{A} \cap \overline{B}) = p(\overline{A})\,p(\overline{B})$

$= (1 - p(A))(1 - p(B))$

$= 0{,}98 \times 0{,}99 = 0{,}9702$

Donc la probabilité que la montre n'ait aucun défaut est égale à 0,9702.

MATHS

Chapitre 8

Exercice 1

Énoncé p. 384

1. $p_1 + p_2 + p_3 + p_4 + p_5 + p_6 = 1$

$$\Leftrightarrow \frac{1}{20} + \frac{1}{10} + a + \frac{1}{5} + 2a + \frac{1}{4} = 1$$

$$\Leftrightarrow \frac{12}{20} + 3a = 1 \Leftrightarrow 3a = \frac{8}{20}$$

$$\Leftrightarrow a = \frac{8}{60} = \frac{2}{15}.$$

2. $$E(X) = -3 \times \frac{1}{20} - 1 \times \frac{1}{10} + 0 \times \frac{2}{15} + 2 \times \frac{1}{5} + 4 \times \frac{4}{15} + 5 \times \frac{1}{4} = \frac{-9 - 6 + 24 + 64 + 75}{60} = \frac{148}{60}.$$

Exercice 2

Énoncé p. 384

1. Nous sommes en présence d'une épreuve de Bernoulli qui consiste à choisir une entreprise au hasard et dont le succès est « elle donne une réponse » ($p = 0,2$). Celle-ci est répétée 10 fois de manière identique et indépendante. Donc X suit la loi binomiale de paramètres $n = 10$ et $p = 0,2$.

2. a) Voir p. 307.

b) $\binom{10}{3} = 120$ et $\binom{10}{6} = 210$

c) $p(X = 0) = 0,8^{10} \approx 0,107$

d) $p(X = 3) = \binom{10}{3} \times 0,2^3 \times 0,8^7 \approx 0,201$

e) $p(X = 6) = \binom{10}{6} \times 0,2^6 \times 0,8^4 \approx 0,006$

3. $E(X) = 10 \times 0,2 = 2$: cela signifie, qu'en moyenne, deux entreprises devraient répondre à Emmanuel.

Exercice 3

Énoncé p. 385

1. a)

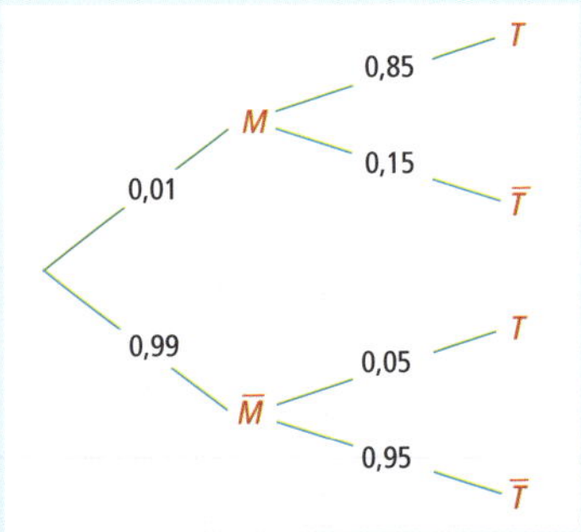

b) D'après la formule des probabilités totales :

$$p(T) = p(M)\, p_M(T) + p(\overline{M})\, p_{\overline{M}}(T) = 0,01 \times 0,85 + 0,99 \times 0,05 = 0,058$$

2. a) Pour un animal, la probabilité que son test soit positif est égale à 0,058.
Il s'agit d'une épreuve de Bernoulli qui est répétée 5 fois de manière identique et indépendante car le tirage est assimilé à un tirage avec remise.
Il s'agit donc d'un schéma de Bernoulli et X suit la loi binomiale de paramètres 5 et 0,058.

b) $$p(X \geqslant 1) = 1 - p(X < 1) = 1 - p(X = 0) = 1 - \binom{5}{0} 0,058^0 (1 - 0,058)^5 = 1 - 0,942^5$$

car $\binom{5}{0} = 1$

$p(X \geqslant 1) \approx 0,258$

3. a)

x_i	0	100	1 000
p_i	$0,99 \times 0,95 = 0,9405$	0,058	$0,01 \times 0,15 = 0,0015$

b) $$E(Y) = 0 \times 0,9405 + 100 \times 0,058 + 1\,000 \times 0,0015 = 7,3$$

c) Pour un animal, l'éleveur doit prévoir 7,3 euros, donc pour 400 bêtes il doit prévoir $400 \times 7,3 = 2\,920$ euros.

CONTRÔLE CONTINU

Partie 1 : automatismes

(Énoncés p. 386)

1. $$\frac{2}{3} - \frac{1}{4} + 2 = \frac{8}{12} - \frac{3}{12} + \frac{24}{12} = \frac{29}{12}$$

2. $$A(x) = (2x - 5)^2 + (x + 3)(-x + 5) = 4x^2 - 20x + 25 - x^2 + 5x - 3x + 15 = 3x^2 - 18x + 40$$

3. Le coefficient multiplicateur associé à une hausse de 25 % est égal à 1,25.

$\frac{1}{1,25} = \frac{100}{125} = \frac{4 \times 25}{5 \times 25} = \frac{4}{5} = 0,8$, donc le taux d'évolution réciproque associé à une hausse de 25 % est une baisse de 20 %.

4. $\text{IMC} = \dfrac{m}{t^2}$, donc $t^2 = \dfrac{m}{\text{IMC}}$, donc $t = \sqrt{\dfrac{m}{\text{IMC}}}$

5. $-3(x+1)(x-5) = 0 \Leftrightarrow x = -1$ ou

$x = 5$.

x	$-\infty$	-1		5	$+\infty$
-3	$-$		$-$		$-$
$x+1$	$-$	0	$+$		$+$
$x-5$	$-$		$-$	0	$+$
$-3(x+1)(x-5)$	$-$	0	$+$	0	$-$

6. $f'(x) = -3 \times 2x + 1 = -6x + 1$. Le coefficient directeur de la tangente au point d'abscisse -1 est égal à $f'(-1) = -6 \times (-1) + 1 = 7$.

7. $\dfrac{0-6}{1-(-2)} = \dfrac{-6}{3} = -2$, donc $d : y = -2x + b$.

$A(-2;6) \in d$, donc
$6 = -2 \times (-2) + b \Leftrightarrow 6 = 4 + b \Leftrightarrow b = 2$,
donc $d : y = -2x + 2$.

8. $g'(x) = \dfrac{1}{3} \times 3x^2 - 5 \times 2x + 3 \times 1$

$= x^2 - 10x + 3$

9. $3x + 2 < 5x - 6$ équivaut à $3x - 5x < -2 - 6$ ou encore $-2x < -8$, puis $x > \dfrac{(-8)}{(-2)}$ et finalement $x > 4$. $S =]4 ; +\infty[$.

10. Le coefficient multiplicateur d'une hausse de 1,5 % est 1,015. Le nombre d'êtres humains dans le monde est, chaque année, multiplié par 1,015, donc cette situation peut être modélisée par une suite géométrique de raison 1,015.

Partie 2

(Énoncés p. 386)

Exercice 2

1.

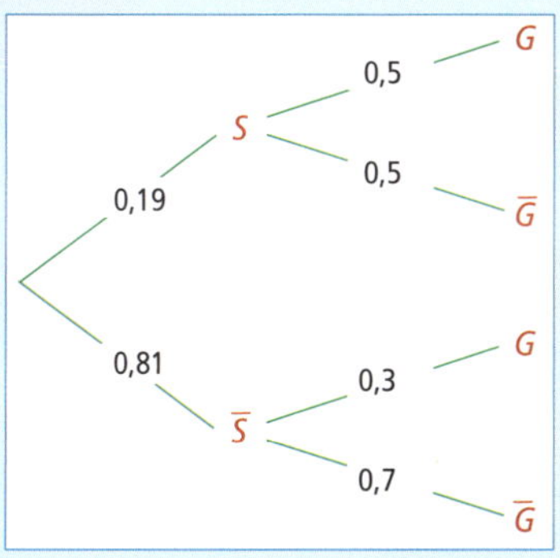

2. D'après la formule des probabilités totales :

$p(G) = p(S)p_S(G) + p(\bar{S})p_{\bar{S}}(G)$

$= 0,19 \times 0,5 + 0,81 \times 0,3 = 0,338$

3. $p_G(\bar{S}) = \dfrac{p(\bar{S} \cap G)}{p(G)} = \dfrac{p(\bar{S})p_{\bar{S}}(G)}{p(G)}$

$= \dfrac{0,81 \times 0,3}{0,338} \approx 0,72$

4. a) Nous sommes en présence d'une épreuve de Bernoulli qui consiste à choisir un pensionnaire au hasard et dont le succès est : « Le pensionnaire est vacciné contre la grippe. » Sa probabilité est égale à $p = 0,5$. Celle-ci est répétée 10 fois de manière identique et indépendante car le tirage est assimilé à un tirage avec remise. Donc X suit la loi binomiale de paramètres $n = 10$ et $p = 0,5$.

b) $p(X = 10) = \dbinom{10}{10} \times 0,5^{10} \times 0,5^0$

$= 0,5^{10} = 0,00098$ car $\dbinom{10}{10} = 1$.

$p(X = 0) = \dbinom{10}{0} \times 0,5^0 \times 0,5^{10}$

$= 0,5^{10} = 0,00098$ car $\dbinom{10}{0} = 1$.

Exercice 3

1. a) et **b)**

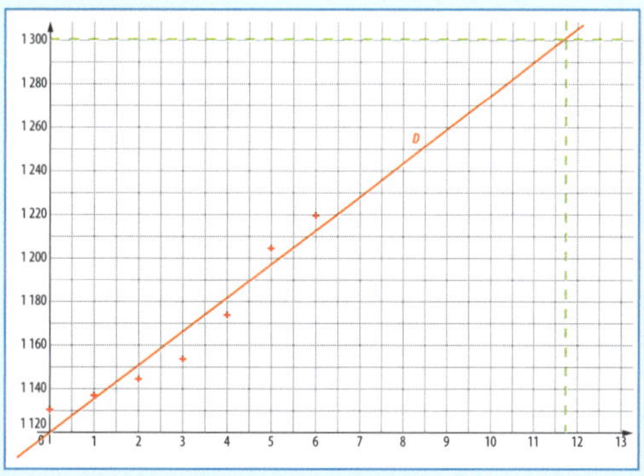

c) $15,5x + 1\,118,9 > 1\,300$

$\Leftrightarrow 15,5x > 181,1 \Leftrightarrow x > \dfrac{181,1}{15,5}$

Or, $\dfrac{181,1}{15,5} \oplus 11,7$. On peut prévoir que le SMIC dépassera 1 300 euros à partir du 1er janvier 2026. On peut retrouver ce résultat par lecture graphique.

2. a) $\dfrac{1\,219 - 1\,129}{1\,129} \approx 0,0797$. Le SMIC a augmenté de 7,97 % entre le 1er janvier 2014 et le 1er janvier 2020.

b) $CM_G = 1,0797$. De plus, entre 2014 et 2020, il y a 6 ans donc :

$$CM_G = CM_m^6 \Leftrightarrow 1,0797 = CM_m^6 \Leftrightarrow \log(1,0797)$$
$$= 6\log(CM_m) \Leftrightarrow \frac{1}{6}\log(1,0797)$$
$$= \log C(M_m) \Leftrightarrow \log\left(1,0797^{\frac{1}{6}}\right)$$
$$= \log(CM_m) \Leftrightarrow CM_m = 1,0797^{\frac{1}{6}} \approx 1,0129$$

Le taux moyen annuel d'évolution du SMIC entre le 1er janvier 2014 et le 1er janvier 2020 est égal à 1,29 %.

c) En 2021, $1\,219 \times 1,0129 \approx 1\,235$.

En 2022, $1\,235 \times 1,0129 \approx 1\,251$.

En 2023, $1\,251 \times 1,0129 \approx 1\,267$.

En 2024, $1\,267 \times 1,0129 \approx 1\,283$.

En 2025, $1\,283 \times 1,0129 \approx 1\,300$.

En 2026, $1\,300 \times 1,0129 \approx 1\,317$.

Le SMIC dépassera 1 300 euros au 1er janvier 2026.

Exercice 4

1. Par lecture graphique, on trouve $f(0) = 2$.

Donc la quantité de médicament injectée dans le sang est 2 cm^3.

2. La quantité de médicament présente dans le sang au bout de 8 heures est 0,2 cm^3.

3. $f(10) = 2 \times 0,75^{10} \approx 0,112$ cm^3 et

$$\frac{0,112}{2} = 0,056.$$

Le pourcentage de la quantité présente dans le sang au bout de 10 heures par rapport à la quantité initialement injectée est égal à 5,6 %.

Remarque : on peut aussi lire graphiquement $f(10) \approx 0,1$.

4. $f(t) = 1 \Leftrightarrow 2 \times 0,75^t = 1$

$$\Leftrightarrow 0,75^t = \frac{1}{2} \Leftrightarrow \log(0,75^t) = \log\left(\frac{1}{2}\right)$$
$$\Leftrightarrow t\log(0,75) = \log\left(\frac{1}{2}\right)$$
$$\Leftrightarrow t = \frac{\log\left(\frac{1}{2}\right)}{\log(0,75)} \approx 2,41 \text{ h}$$

2,41 h = 2 h 25 min.

La quantité de médicament dans le sang de la malade a diminué de moitié au bout de 2 h 25 min.

5. La vitesse d'évolution de la quantité de médicament au bout de 1 heure est donnée par $f'(1)$. $f'(1)$ est le coefficient directeur de la tangente T en 1. Par lecture graphique,

$$f'(1) \approx -\frac{1,5}{3,5} \approx -0,43.$$

La vitesse d'évolution est égale à $-0,43$ cm^3/h.

Graphique de l'exercice 4 question **5.**

Histoire-Géographie-EMC

HISTOIRE

GÉOGRAPHIE

EMC

HISTOIRE-GÉO EMC

THÈME 1

Question obligatoire

L'affirmation des totalitarismes et la guerre

Dans l'entre-deux-guerres se mettent en place en Europe des régimes totalitaires. En URSS et en Allemagne, ces régimes ont une idéologie différente mais des modes de fonctionnement similaires. La Seconde Guerre mondiale (1939-1945) est à la fois un conflit planétaire et une guerre d'anéantissement marquée par des violences extrêmes, conduisant au génocide des Juifs d'Europe. Dès 1940, la France, soumise à l'occupation, doit collaborer ou résister. En 1945, les bases d'un nouvel ordre mondial apparaissent.

◄ Image de propagande de l'URSS : « Grâce à notre bien-aimé Staline pour notre enfance heureuse ! »

> **Définition**
> **Totalitarisme :** régime dans lequel toute activité (sociale, professionnelle, politique, économique, publique ou privée) est soumise à un contrôle par l'État ou par un parti unique. L'exercice du pouvoir est fondé sur la terreur et l'embrigadement des masses.

1 Les totalitarismes

A L'URSS et la construction d'un État totalitaire

• **La dictature de Staline.** Dès 1924, Joseph Staline établit les bases d'un régime dictatorial fondé sur un **parti unique** (le parti communiste), la **suppression de la liberté d'expression** et l'**élimination des opposants** grâce à une police politique efficace, le NKVD. Les médias sont contrôlés et la propagande d'État met en avant le **culte de la personnalité** de Staline surnommé « le petit père des peuples ». La jeunesse est embrigadée dans le « komsomol » (organisation de la jeunesse communiste).

• **Violences et résistances.** Staline met en place un **régime de terreur**. Il n'admet aucune opposition au sein du parti communiste et organise de 1936 à 1938 les **procès de Moscou**. Les opposants comme Trotski sont exécutés ou déportés au **goulag** (18 millions de prisonniers). Staline veut également imposer la collectivisation des terres, créant ainsi les kolkhozes (fermes coopératives) et les sovkhozes (fermes d'État). Les paysans riches (les Koulaks) tentent de s'y opposer mais sont déportés. La production agricole est désorganisée, créant une effroyable famine (7 millions de morts).

> **Définition**
> **Goulag :** camp de travail forcé de l'Union soviétique.

B Hitler et le nazisme

> **Définition**
> **Gestapo :** police politique d'État allemande, chargée de traquer les opposants, les Juifs et les résistants.

• **Hitler au pouvoir.** Le parti national-socialiste (parti nazi), dirigé par Adolf Hitler, gagne les élections législatives de 1933 en Allemagne. Dès son accession au pouvoir, Hitler interdit les partis politiques et **suspend les libertés fondamentales**. Le parti nazi (**NSDAP**) cherche à encadrer la population (les jeunesses hitlériennes), établit une propagande intense et se dote d'une police politique, la **Gestapo**. Les opposants sont pourchassés et envoyés dans les camps de concentration, créés dès 1933.

• **Racisme et antisémitisme.** Hitler établit un régime raciste destiné à privilégier la « race aryenne » et à éliminer les « races inférieures ». Les nazis mènent une politique antisémite : en 1935, les **lois de Nuremberg** privent les Juifs de la citoyenneté allemande et leur interdisent de se marier avec des non-Juifs. Les postes dans l'administration leur sont interdits. Les Juifs sont victimes de nombreuses violences, notamment lors de **la nuit de cristal** (novembre 1938).

2 La Seconde Guerre mondiale

A Les protagonistes

• **Un conflit hors normes.** La Seconde Guerre mondiale qui débute en Europe en septembre 1939 est le conflit le plus important du XXe siècle. Il mobilise près de 100 millions de combattants issus d'une soixantaine de pays. Les pertes humaines sont considérables : on estime que cette guerre a fait plus de **50 millions de morts**, dont une majorité de civils.

• **L'Axe et les Alliés.** Les protagonistes se divisent en deux camps, **les puissances de l'Axe**, qui rassemblent principalement l'Allemagne, l'Italie et le Japon, et **les Alliés** avec la France et le Royaume-Uni puis les États-Unis, à partir de décembre 1941. C'est l'attaque de la flotte américaine par les Japonais à **Pearl Harbor** qui conduit les États-Unis de Franklin Delano Roosevelt à entrer en guerre. Malgré le pacte de non-agression signé à Moscou entre l'Allemagne et l'URSS le 23 août 1939, Hitler attaque l'URSS de Staline en juin 1941. Cette dernière rejoint alors également le camp des Alliés.

B Les théâtres des opérations

• **La guerre en Europe.** L'armée allemande envahit la Pologne en septembre 1939 et occupe de nombreux pays européens. Le Nord de la France est envahi en mai 1940. Malgré de multiples bombardements allemands, le Royaume-Uni refuse de capituler. La victoire soviétique à la **bataille de Stalingrad** (février 1943) est un tournant de la guerre. Petit à petit, les Alliés reprennent les territoires perdus. Les **débarquements** en Normandie le 6 juin 1944 et celui de Provence en août 1944 conduisent à la libération de l'Europe de l'Ouest. Le 8 mai 1945, l'Allemagne capitule.

> Après plusieurs victoires en Europe, Hitler, qui veut étendre l'espace vital de l'Allemagne, lance le **22 juin 1941 l'opération Barbarossa** contre l'URSS. Les armées allemandes sont défaites à **Stalingrad le 2 février 1943**.

• **La guerre en Asie.** Après Pearl Harbor, la **guerre du Pacifique** débute. Les États-Unis commencent la reconquête des îles du Pacifique (victoire américaine de Midway en juin 1942). La guerre en Asie s'achève avec les bombes atomiques américaines lancées sur **Hiroshima et Nagasaki** les 6 et 9 août 1945.

3 Une guerre d'anéantissement

• **La conflit le plus meurtrier de l'Histoire.** Les combats sont meurtriers mais les civils ne sont pas épargnés. Les belligérants bombardent massivement les villes de manière à démoraliser la population. Dans les territoires occupés par l'Allemagne règne la **terreur** : les résistants sont torturés par la **Gestapo**, fusillés ou déportés dans les camps de concentration allemands. Les SS et les **Einsatzgruppen** (groupes d'intervention de la police nazie) exterminent les Juifs, les tsiganes et les cadres communistes.

• **La Shoah, un crime contre l'humanité.** Hitler met en œuvre une politique raciste et antisémite. Les Juifs sont mis à l'écart dans les **ghettos**. Lors de la conférence de Wannsee (1942), les nazis mettent en place une politique visant leur extermination : c'est la « **solution finale** ». Des millions de personnes sont déportées dans les camps d'extermination (**exemple :** Auschwitz-Birkenau). On estime le **génocide** à 6 millions de Juifs et 220 000 tziganes qui sont morts dans les camps.

Définitions

Crime contre l'humanité : défini par le tribunal de Nuremberg en 1945, ce crime comprend le génocide, la déportation, la pratique d'actes inhumains, inspirés par des motifs politiques, philosophiques, raciaux ou religieux.

Génocide : extermination systématique et programmée d'un groupe humain en raison de ses origines ethniques ou religieuses.

À retenir

Camp de concentration : camp de détention où l'on enferme des gens qui sont considérés comme gênants pour le pouvoir. La plupart sont aussi des camps de travail forcé.

Camp d'extermination : camp qui a pour but de tuer en masse, sans jugement, les gens qui y sont amenés.

4 La France dans la guerre

A Vichy et la collaboration

• **La défaite.** La France déclare la guerre à l'Allemagne le 3 septembre 1939. Pendant 8 mois, c'est la « **drôle de guerre** » durant laquelle les armées se contentent de s'observer sans s'affronter. Le 10 mai 1940, l'Allemagne lance une attaque éclair dans le nord de la France. Les civils doivent fuir : c'est l'**exode**. Paris est occupée le 14 juin de la même année. Le maréchal Pétain, devenu chef du gouvernement, signe l'armistice le 22 juin 1940. La France se trouve coupée en deux par une ligne de démarcation qui sépare la zone occupée de la « zone libre ». La France, pillée par l'occupant, souffre de pénurie. Le rationnement s'installe, le « **marché noir** » se développe.

• **La France de Vichy.** Pétain met en place un régime autoritaire. Les élections, les partis politiques et les syndicats sont supprimés. Le 24 octobre 1940, Pétain rencontre Hitler à Montoire. Avec son ministre Laval, il « **entre dans la voie de la collaboration** ». La police française participe à l'arrestation et à la déportation des Juifs. La milice française lutte contre les **résistants**. À partir de 1943, le Service du travail obligatoire (STO) met de la main-d'œuvre française au service de l'Allemagne. Le régime de Vichy organise la « **Révolution nationale** » destinée à redresser la France. La devise du pays devient « **Travail, Famille, Patrie** ».

Définitions

Collaboration : soutien du gouvernement de Vichy aux autorités d'occupation nazies.

Résistance : ensemble des mouvements qui ont lutté contre Vichy et l'occupant nazi dans le but de libérer le territoire français.

B La Résistance

• **Résistance intérieure et extérieure.** Refusant la défaite, le général de Gaulle, réfugié à Londres, lance **l'appel à la résistance le 18 juin 1940**. Cet appel conduit à la création de la résistance extérieure : la « **France Libre** ». La Résistance s'accentue après 1942, à la suite de l'occupation de la zone libre par les Allemands et de l'intensification de la collaboration. À partir de 1943, la jeunesse française qui refuse le STO part dans des **maquis** de résistants.

• **L'unification de la Résistance et la libération de la France.** Dès 1943, De Gaulle confie à **Jean Moulin** la tâche d'unifier la Résistance. Celui-ci crée le Conseil National de la Résistance (le CNR) qui coordonne les Forces françaises de l'intérieur (**FFI**). La France est libérée progressivement (exemple : Paris, le 25 août 1944). La retraite des Allemands s'accompagne de massacres de civils (exemple : Oradour-sur-Glane, le 10 juin 1944). Dès 1944, le général de Gaulle dirige le **gouvernement provisoire de la République française (GPRF)**.

5 Un nouvel ordre international

A La création de l'ONU

• **Une nouvelle organisation internationale.** Dès 1941, dans la **Charte de l'Atlantique**, les États-Unis et le Royaume-Uni émettent l'idée de créer une nouvelle organisation internationale qui remplacerait définitivement la Société des Nations (SDN).

• **Les objectifs de l'ONU.** Fondée en juin 1945, l'**Organisation des Nations unies (ONU)** entend bâtir un monde nouveau, fondé sur la paix et la défense de valeurs démocratiques et universelles. Elle s'installe à New York en 1950, dans un contexte tendu de guerre froide.

B Les procès de Nuremberg et de Tokyo

• **Le procès de Nuremberg.** Le procès des responsables nazis se tient à Nuremberg du 20 novembre 1945 au 1er octobre 1946 devant le **Tribunal militaire international** (TMI). La notion de « crime contre l'humanité » est inventée pour qualifier pénalement la politique nazie de concentration et d'extermination. 10 des 22 accusés sont condamnés à mort.

• **Le procès de Tokyo.** Ce procès est l'équivalent du procès de Nuremberg pour l'Extrême-Orient. Le **Tribunal International Militaire pour l'Extrême-Orient** (TIMIEO) se réunit de mai 1946 à novembre 1948. Sur les 28 prévenus, 7 sont condamnés à la peine de mort dont le premier ministre japonais Tojo. En revanche, l'empereur Hirohito n'est pas inquiété.

Exercices d'entraînement

Contrôle continu

Corrigé p. 438

1 **Citez trois caractéristiques du totalitarisme.**

2 **À partir d'un exemple, définissez la notion de « génocide ».**

3 **Montrez, à l'aide de quelques chiffres, que la Seconde Guerre mondiale est un conflit hors norme.**

4 **Définissez les termes de « résistance » et de « collaboration ».**

THÈME 1 Sujets d'étude

1 La guerre d'anéantissement à l'Est et le génocide des Juifs

• **Afin d'agrandir son « espace vital »,** Hitler veut conquérir la Russie jusqu'à l'Oural et la mer Caspienne avant l'hiver 1941-1942. Le militaire chargé du plan Barbarossa est le maréchal von Brauchitsch (commandant en chef de la Wehrmacht). Après des mois de victoire, **les troupes allemandes sont arrêtées devant Moscou (hiver 1941), puis à Stalingrad (été 1942)**. Les combats sont acharnés. Pourtant, l'armée allemande, épuisée, capitule en février 1943.

• **La guerre à l'Est est impitoyable.** L'Allemagne pille les pays slaves, ce qui entraîne des pénuries dramatiques. Une partie de la population meurt de faim. En URSS, l'armée allemande incendie les villages qui soutiennent les résistants et massacre les prisonniers de guerre soviétiques. Des unités de SS et des Einsatzgruppen exterminent les Juifs, les tziganes et les communistes. **Hitler a pour objectif d'éliminer les Juifs et de détruire le communisme.**

• **Un exemple, la Pologne.** Dès l'occupation de la Pologne, en 1939, les nazis mettent en place une machine de mort d'une effroyable efficacité, en enfermant la population juive dans des **ghettos**, comme à Varsovie, pour l'affamer puis, à partir de décembre 1941, en l'envoyant dans des **camps d'extermination**, à Treblinka, Sobibor ou Auschwitz-Birkenau. En 1945, 3 millions de Juifs polonais ont été exterminés.

2 De Gaulle et la France libre

• **La défaite française de mai-juin 1940.** À partir du 10 mai 1940, les Allemands envahissent la France. L'avancée rapide des troupes allemandes conduit le maréchal Pétain à signer l'armistice à Rethondes le 22 juin. Mais, dès le 17, le général de Gaulle gagne Londres d'où il émet **l'appel du 18 juin**, à la radio anglaise de la BBC, appelant à continuer le combat. C'est la naissance de la France libre.

• **La mise en place de la France libre.** Avec le soutien de Churchill, De Gaulle fonde, à Londres, le **Comité de la France libre**. Le rejoignent des volontaires qui passent clandestinement en Angleterre après avoir entendu l'appel du 18 juin. En juillet 1940, ils sont environ 7 000. De Gaulle met en place des services secrets et un service de propagande sur la BBC, qui diffuse chaque jour l'émission *Les Français parlent aux Français*.

• **De Gaulle et les colonies françaises.** De Gaulle essaie de rallier les colonies françaises à la cause de la Résistance. L'Afrique équatoriale française, entraînée par le gouverneur Félix Éboué, se joint à lui. Il en est de même du Tchad avec le colonel Leclerc. La Syrie et le Liban le rejoignent en juillet 1941, comme Madagascar et la Réunion en novembre 1942. Les différentes troupes vont former les **Forces Françaises Libres (FFL)**.

• **La France libre et les Alliés.** Dès mai 1943, le Conseil national de la Résistance reconnaît De Gaulle comme chef politique. Après le débarquement des Alliés en Afrique du Nord (novembre 1942), De Gaulle forme à Alger, en juin 1943, le Comité Français de Libération nationale (CFLN) dont il assure la présidence. À côté des gaullistes de la première heure siègent des hommes politiques de la Troisième République (dont Pierre Mendès France) ainsi que des communistes. Le 3 juin 1944, ce comité devient le **Gouvernement Provisoire de la République française (GPRF)**. Les FFL deviennent l'Armée française de la Libération qui débarque avec les Alliés en 1944 (Normandie en juin ; Provence en août) pour libérer le territoire français.

Exercices d'entraînement

Contrôle continu

Exercice 1

Corrigé p. 438

Rafle dans le ghetto de Varsovie, en Pologne en 1943

1. Identifiez les deux groupes de personnes et donnez la définition de « ghetto ».
2. Dites en quoi cette photographie est représentative de la guerre d'anéantissement à l'Est.
3. D'après vos connaissances, où sont emmenées les personnes « raflées » ?

Exercice 2

Corrigé p. 438

Charles de Gaulle : l'appel du 18 juin 1940

« Les chefs qui, depuis de nombreuses années, sont à la tête des armées françaises, ont formé un gouvernement. Ce gouvernement, alléguant la défaite de nos armées, s'est mis en rapport avec l'ennemi pour cesser le combat.

Certes, nous avons été, nous sommes submergés par la force mécanique, terrestre et aérienne de l'ennemi. Infiniment plus que leur nombre, ce sont les chars, les avions, la tactique des Allemands qui nous font reculer. Ce sont les chars, les avions, la tactique des Allemands qui ont surpris nos chefs au point de les amener là où ils en sont aujourd'hui. Mais le dernier mot est-il dit ? L'espérance doit-elle disparaître ? La défaite est-elle définitive ? Non !

Croyez-moi, moi qui vous parle en connaissance de cause et vous dis que rien n'est perdu pour la France. Les mêmes moyens qui nous ont vaincus peuvent faire venir un jour la victoire.

Car la France n'est pas seule ! Elle n'est pas seule ! Elle n'est pas seule ! Elle a un vaste Empire derrière elle. Elle peut faire bloc avec l'Empire britannique qui tient la mer et continue la lutte. Elle peut, comme l'Angleterre, utiliser sans limites l'immense industrie des États-Unis.

Cette guerre n'est pas limitée au territoire malheureux de notre pays. Cette guerre n'est pas tranchée par la bataille de France. Cette guerre est une guerre mondiale. Toutes les fautes, tous les retards, toutes les souffrances, n'empêchent pas qu'il y a, dans l'univers, tous les moyens pour écraser un jour nos ennemis. Foudroyés aujourd'hui par la force mécanique, nous pourrons vaincre dans l'avenir par une force mécanique supérieure. Le destin du monde est là.

Moi, général de Gaulle, actuellement à Londres, j'invite les officiers et les soldats français qui se trouvent en territoire britannique ou qui viendraient à s'y trouver, avec leurs armes ou sans leurs armes, j'invite les ingénieurs et les ouvriers spécialisés des industries d'armement qui se trouvent en territoire britannique ou qui viendraient à s'y trouver, à se mettre en rapport avec moi.

Quoi qu'il arrive, la Flamme de la Résistance française ne doit pas s'éteindre et ne s'éteindra pas.

Demain, comme aujourd'hui, je parlerai à la radio de Londres. »

1. À qui s'adresse ce message ?
2. Que demande le général de Gaulle ?
3. Relevez une phrase qui montre l'engagement du personnage.

THÈME 2

Question obligatoire
Le monde de 1945 à nos jours

Dès 1945, les relations entre l'URSS et les États-Unis se dégradent. Deux blocs s'opposent : **c'est la guerre froide** qui va durer de 1947 à 1991. À partir de la disparition de l'URSS en 1991, un nouvel ordre mondial se met en place, caractérisé par l'**hyperpuissance** des États-Unis. De nouvelles formes de conflits apparaissent alors comme les guerres civiles en Yougoslavie (1992-2001), le génocide au Rwanda, les affrontements au Moyen-Orient ou encore les attentats terroristes. La période de l'après-guerre (de 1945 aux années 1970) voit également la plupart des colonies des États européens devenir indépendantes et l'émergence d'un **Tiers-monde**. Dans le même temps, un projet européen se met en place afin de construire une paix durable.

1 La guerre froide et ses enjeux

A De l'apparition des blocs à la détente

• **Des différences idéologiques.** En 1947, le président américain Harry Truman propose aux pays européens une aide économique, le **plan Marshall**, pour les aider à se reconstruire. Il veut aussi contenir le communisme : c'est le « ***containment*** ». Staline impose aux pays d'Europe de l'Est de suivre le modèle communiste (les démocraties populaires) qui repose sur la **propriété collective et un parti unique**. Les États-Unis et leurs alliés défendent le **libéralisme économique et la démocratie**. Le monde devient **bipolaire**.

Définitions

Guerre froide : période de tension entre les États-Unis et l'URSS (et leurs alliés) durant laquelle ces deux États ne s'affrontent pas directement. Elle est caractérisée par une **bipolarisation du monde** jusqu'en 1991.

Hyperpuissance : État qui dispose de la totalité des attributs de la puissance.

• **Les blocs et les crises majeures.** Les deux grandes puissances développent autour d'elles des alliances militaires : **l'OTAN** (Organisation du traité de l'Atlantique Nord) créée en 1949 pour le bloc occidental et le **Pacte de Varsovie** (1955) pour l'URSS et ses alliés. Des crises majeures opposent les deux camps jusqu'en 1962. On s'engage ensuite dans une période de **coexistence pacifique puis de détente (1962-1975)**.

Les crises majeures. La première crise concerne l'Allemagne, d'abord en 1948-1949 avec le blocus de Berlin-Ouest, puis en 1961 avec la construction du mur de Berlin. Les deux blocs s'affrontent également lors de la **guerre de Corée** (1950-1953) ou à propos de **Cuba** (1962).

La crise de Cuba. L'URSS installe sur l'île de Cuba des missiles visant la Floride. L'aviation américaine les découvre et le président John F. Kennedy entame le blocus de Cuba. Le premier secrétaire du Parti communiste de l'Union soviétique (PCUS), Nikita Khrouchtchev, finit par céder : les missiles sont démantelés.

B De la détente à la fin de la guerre froide

• **Les dernières tensions de la guerre froide.** En 1975, les deux grands s'accordent pour limiter leur arsenal nucléaire (**accords d'Helsinki**). Dans les années 1970, les tensions reprennent. Les États-Unis connaissent un échec retentissant lors de la **guerre du Vietnam** (1965-1973).

Dans les années 1980, Ronald Reagan (président des États-Unis de 1981 à 1989) accuse l'URSS d'être « **l'empire du mal** » et fait installer des missiles nucléaires en Allemagne de l'Ouest face aux missiles soviétiques déployés en Europe de l'Est.

• **L'effondrement du bloc soviétique.** En 1985, Mikhaïl Gorbatchev arrive au pouvoir en URSS. Il comprend la nécessité d'engager des réformes et négocie un **désarmement nucléaire** avec les États-Unis (traité de Washington, en 1987). Dans les **démocraties populaires**, la contestation contre l'URSS grandit. Le 9 novembre 1989, c'est la chute du mur de Berlin qui entraîne la réunification de l'Allemagne (1990). En 1991, l'Union soviétique disparaît : **c'est la fin de la guerre froide**.

> Définition
> **Démocraties populaires :** régimes communistes d'Europe de l'Est (Pologne, Hongrie, Allemagne de l'Est, etc.) qui appartiennent au bloc soviétique de 1947 à 1989.

2 La décolonisation et la fin du Tiers-monde

A Des colonies aux États indépendants

• **La décolonisation de l'Asie.** La **décolonisation commence en Asie** : en 1947, le Royaume-Uni accorde l'indépendance pacifiquement **à l'Inde ; en 1949, l'Indonésie l'obtient des Pays-Bas**. Les pays de l'Indochine française (Cambodge, Vietnam, Laos) deviennent indépendants en 1954 après huit ans de guerre (**défaite de l'armée française à Diên Biên Phu en mai 1954**).

> Définition
> **Décolonisation :** processus par lequel un pays jusque-là colonisé accède à l'indépendance.

• **La décolonisation en Afrique.** En mars 1956, **la Tunisie et le Maroc** deviennent aussi indépendants, mais la France refuse de décoloniser **l'Algérie**. La guerre d'Algérie oppose le Front de libération nationale (FLN) algérien à l'armée française. Le général de Gaulle, revenu au pouvoir en 1958, se prononce pour l'autodétermination du peuple algérien. À la suite des accords d'Évian en mars 1962, l'Algérie devient indépendante. En **Afrique noire**, la décolonisation est globalement pacifique. Les anciennes colonies françaises deviennent indépendantes en 1960. Les colonies portugaises (Guinée-Bissau, Mozambique et Angola) n'obtiennent leur indépendance qu'au milieu des années 1970.

B L'émergence du Tiers-monde

• **La conférence de Bandung (en Indonésie).** En avril 1955, la conférence de Bandung réunit 29 pays anciennement colonisés et marque la naissance du **Tiers-monde**. Elle rassemble, entre autres, les dirigeants de l'Inde (Nehru), de l'Indonésie (Soekarno), de l'Égypte (Nasser) et de la Chine (Zhou Enlai) qui veulent poursuivre la décolonisation, notamment en Afrique. Les pays du Tiers-monde choisissent de ne prendre parti pour aucun des deux blocs dans le cadre de la guerre froide et deviennent les **pays non alignés**, réunis pour la première fois lors de la **conférence de Belgrade** en 1961.

• **Sortir du sous-développement.** C'est l'enjeu majeur auquel sont confrontés les pays du Tiers-monde. En 1964, un groupe de 77 pays obtient la création de la **Conférence des Nations unies sur le commerce et le développement (CNUCED)** qui défend leurs intérêts à l'ONU. Une grande majorité des États européens conserve, cependant, des liens privilégiés avec leurs anciennes colonies.

3 Le monde après 1991

A Les relations internationales

• **L'hyperpuissance des États-Unis remise en question.** Avec l'effondrement de l'URSS en 1991, les États-Unis sont désormais la seule superpuissance mondiale. Ils deviennent les « **gendarmes du monde** » en multipliant les interventions militaires : en Irak (**première guerre du Golfe en 1990-1991**) ou **en Yougoslavie en 1995** sous l'égide de l'OTAN. Les **attentats du 11 septembre 2001**, perpétrés par **Al-Qaïda** principalement à New York, amènent les Américains à intervenir en Afghanistan pour chasser les talibans au pouvoir et détruire les bases d'Al-Qaïda. En 2003, les États-Unis de George W. Bush envahissent l'Irak de Saddam Hussein sans l'accord de l'ONU. On parle alors d'**unilatéralisme**.

> **Définitions**
>
> **Unilatéralisme :** terme qui désigne le choix d'un État de prendre ses décisions et d'agir seul, sans concertation avec ses alliés, ni négociation avec ses adversaires.
>
> **Multilatéralisme :** action d'un État qui tient compte de ses alliés et/ou de l'ONU.

◄ Le 11 septembre 2001 : l'attaque des tours du *World Trade Center*

• **Vers un nouvel ordre mondial.** Dès 2000, on assiste à l'émergence de nouvelles puissances. **La Chine** devient la seconde puissance mondiale : elle dispose de l'arme atomique et est membre du Conseil de sécurité de l'ONU et du G20. L'**Union européenne** a du mal à peser dans les relations internationales. L'Inde, le Brésil et la Russie s'affirment : **le monde devient multipolaire**.

> **Définition**
>
> **Monde multipolaire :** situation géopolitique dans laquelle la puissance est partagée par plusieurs pôles.

B Les nouvelles formes de conflits

• **Un monde instable.** En Europe, la disparition de l'URSS entraîne des guerres civiles (**exemple : la Tchétchénie**). Le conflit en ex-Yougoslavie (1991-1995) est marqué par une **purification ethnique** organisée par les Serbes contre d'autres nationalités. Dès 2011, les populations de plusieurs pays du Maghreb et du Proche-Orient aspirent à se libérer de la dictature : c'est le « **printemps arabe** » (Tunisie, Libye, Égypte et Yémen). Au Rwanda, on assiste à un véritable **génocide** : 800 000 Tutsis sont assassinés par leurs voisins Hutus (1994).

• **Le terrorisme international.** Les attentats du 11 septembre 2001 caractérisent une nouvelle forme de terrorisme. Al-Qaïda veut attaquer ou fragiliser l'Occident, « ennemi de l'Islam ».

Dès 2006, **Daech** cherche à s'implanter dans une zone située entre l'Irak et la Syrie. Les grandes puissances interviennent militairement pour éliminer cette menace. Les groupes islamistes revendiquent, de leurs côtés, des **attentats meurtriers** commis en Occident (États-Unis, Royaume-Uni, France, etc.).

4 Le projet européen et les étapes de sa réalisation

A Les premiers pas d'une Europe en construction

• **Les projets initiaux.** L'idée d'une Europe unie et solidaire renaît dès 1945 à partir de la volonté d'établir une paix durable. Les États-Unis encouragent le rapprochement entre les pays européens. Ainsi sont créés **l'OECE (Organisation européenne de coopération économique)** et le **Conseil de l'Europe** pour préserver la paix.

• **Monnet et Schuman.** Jean Monnet et Robert Schuman sont les principaux initiateurs français d'un rapprochement avec l'Allemagne. La **CECA (Communauté européenne du charbon et de l'acier)** est créée en 1951 autour de la France, l'Allemagne, l'Italie, la Belgique, les Pays-Bas et du Luxembourg. Ces pays coopèrent aussi dans l'agriculture (PAC) ou le commerce tout en gardant leur souveraineté.

> Définition
> **Construction européenne :** processus visant à mettre en place un espace de paix et de prospérité économique en Europe.

B De la CEE à l'UE

• **La Communauté économique européenne (1957-1992).** Le traité de Rome de 1957 crée un vaste marché commun (**Communauté économique européenne**). **L'Acte Unique** de 1986 garantit **la libre circulation des marchandises, des capitaux et des hommes**. La CEE devient la première puissance commerciale du monde. Dans les années 1970-1980, elle s'élargit au Royaume-Uni, à l'Irlande et au Danemark (1973), à la Grèce (1981), puis à l'Espagne et au Portugal (1986).

• **L'Union européenne. Le traité de Maastricht (1992)** crée l'Union européenne qui prévoit une **monnaie unique, l'Euro**, mis en circulation en 2002, et la mise en place d'une politique extérieure et de sécurité commune (PESC). Une citoyenneté européenne est instaurée, permettant à tous les citoyens de l'UE de voter aux élections municipales et européennes. L'UE s'élargit à 28 pays. En juin 2016, un référendum acte la sortie du Royaume-Uni (Brexit) qui est effective depuis janvier 2021.

Exercices d'entraînement

Contrôle continu

Corrigé p. 438

1 **Citez trois crises de la guerre froide.**

2 **Datez et racontez brièvement la crise de Cuba.**

3 **Comment s'est faite la décolonisation en Afrique ?**

4 **Citez les deux principaux acteurs français de la construction européenne après la Seconde Guerre mondiale.**

THÈME 2 Sujets d'étude

1 De Youri Gagarine à la guerre des étoiles

• **Une compétition entre les États-Unis et l'URSS.** La guerre froide est l'occasion d'une compétition entre les deux grandes puissances dans ce qu'on appelle **« la course à l'espace »**. C'est le moyen pour les deux grands d'affirmer leur supériorité sur le plan technologique. L'URSS envoie des satellites artificiels (**Spoutnik 1,** en octobre 1957), puis **la chienne Laïka** en novembre 1957. Les États-Unis lancent, à leur tour, des satellites pour les télécommunications et la météorologie.

• **De Gagarine à Armstrong.** Youri Gagarine est le premier homme à voyager dans l'espace, en avril 1961. Il effectue une rotation complète autour de la Terre. Les États-Unis répliquent en investissant dans le programme Apollo (1961). La planète assiste aux **premiers pas d'un homme sur la lune le 21 juillet 1969**. Neil Armstrong prononce alors ces célèbres paroles : « C'est un petit pas pour l'Homme mais un grand pas pour l'Humanité. »

• **La guerre des étoiles.** La compétition entre les États-Unis et l'URSS se poursuit avec des explorations de plus en plus lointaines (Mars, Mercure, Saturne, etc.). En 1983, le nouveau président Ronald Reagan relance la course aux armements. Il met en place le programme de « la guerre des étoiles ». Baptisé **« Initiative de défense stratégique (IDS) »**, il doit protéger les États-Unis contre les armes nucléaires soviétiques grâce à un « bouclier spatial ». Ce projet conduit l'URSS dans une course aux armements qui l'épuise financièrement. Les Soviétiques finissent par accepter de signer l'accord de Washington en 1987 qui prévoit la destruction des missiles nucléaires. C'est la fin de la course aux armements entre les deux grandes puissances.

2 Le 11 septembre 2001

• **Les États-Unis traumatisés.** Le 11 septembre 2001, 19 terroristes, membres du réseau Al-Qaïda, détournent quatre avions de lignes. Deux d'entre eux sont projetés contre les **tours du *World Trade Center* de Manhattan (New York)**. Un autre avion prend pour cible le Pentagone (département de la défense) à Washington. Le dernier avion s'écrase en Pennsylvanie. Ces attentats font près de 3 000 morts. C'est la première attaque terroriste d'envergure d'un groupe islamiste sur le sol des États-Unis. Après une décennie où l'hyperpuissance américaine a été incontestée, le 11 septembre 2001 révèle au monde entier leur vulnérabilité.

• **Des conséquences multiples.** Le soir-même de l'attaque des tours de Manhattan, le président américain George W. Bush annonce « un combat monumental du Bien contre le Mal ». Avec l'accord de l'ONU, les États-Unis envahissent en octobre 2001 l'**Afghanistan** pour détruire le groupe terroriste Al-Qaïda. Puis, avec une partie de leurs alliés, ils attaquent l'**Irak en 2003,** sans l'accord de l'ONU (unilatéralisme des États-Unis).

• **La fin de l'hégémonie américaine.** Les attentats du 11 septembre semblent marquer le début de la fin de l'hégémonie des États-Unis de l'après-guerre froide. Jusqu'à cette date, rien ne semblait entraver leur **hyperpuissance**. Le terrorisme devient alors une préoccupation de l'ensemble des pays occidentaux. Activement recherché, le chef d'Al-Qaïda, Oussama Ben Laden, est tué en mai 2011 par un commando américain dans la maison où il se cachait au Pakistan.

Exercices d'entraînement

Contrôle continu

Exercice 1

Corrigé p. 438

Ronald Reagan et l'Initiative de défense stratégique (IDS)

J'étais entré en fonction[1] armé d'un solide préjugé contre l'accord tacite sur les missiles qui s'était instauré entre l'Union soviétique et nous. Je veux parler de la « politique de destruction mutuelle assurée » (MAD) fondée sur le principe de dissuasion qui garantissait la sécurité pour tous tant que chacun des deux camps possédait le pouvoir de détruire l'autre, grâce à ses missiles [...]. Au début de mon premier mandat, je convoquai une réunion du conseil des chefs d'états-majors [...] et leur dis ceci : pour chaque arme inventée, l'homme en a créé une autre destinée à se protéger de la première ; ne serait-il pas possible, en cette ère de technologie avancée, d'imaginer un système défensif capable d'intercepter les projectiles nucléaires [...] ? Ainsi naquit l'IDS, et peu après, certains membres du Congrès et de la presse surnommèrent le projet « Star Wars », « la guerre des étoiles ». [...]

Ronald Reagan, *Une vie américaine. Mémoires*, Éditions Jean-Claude Lattès, 1990.

1. Ronald Reagan fut président des États-Unis de 1981 à 1989.

La couverture du magazine américain *Time* d'avril 1983

Traduction : « Défendre la défense. Batailles budgétaires et guerres des étoiles »

1. **En quoi consiste le projet du président Reagan ?**
2. **Quels arguments Ronald Reagan avance-t-il pour le mettre en place ?**
3. **Comment la couverture du magazine *Time* met-elle le projet du président Reagan en valeur ?**

Exercice 2

Corrigé p. 438

Les États-Unis contre le terrorisme

« Le 11 septembre, les ennemis de la liberté ont commis un acte de guerre contre notre pays. Les Américains ont connu des guerres, mais depuis 136 ans, ces guerres ont toujours eu lieu à l'étranger, à l'exception d'un certain dimanche en 1941[1] [...]. Nous consacrerons toutes les ressources à notre disposition à la dislocation et à la défaite du réseau terroriste mondial. Les Américains ne doivent pas s'attendre à une seule bataille, mais à une longue campagne sans précédent. Elle pourra comprendre des frappes spectaculaires diffusées à la télévision et des opérations secrètes jusqu'à leur succès [...]. Le monde civilisé se rallie aux côtés de l'Amérique. Il comprend que si ce terrorisme reste impuni, ses propres villes, ses propres citoyens pourraient subir le même sort. La terreur, si l'on n'y répond pas, est capable non seulement de détruire des immeubles, mais de menacer la stabilité de gouvernements légitimes. Et cela, nous ne le permettrons pas. [...] »

George W. Bush (président des États-Unis de 2001 à 2009), discours devant le Congrès des États-Unis, 20 septembre 2001.

1. Attaque de Pearl Harbor (dans l'État américain d'Hawaï) par l'aviation japonaise.

1. **Qu'évoque le président Bush dans la phrase soulignée ?**
2. **Quelles sont, désormais, les cibles des États-Unis ?**
3. **Quelle riposte le président envisage-t-il ?**

HISTOIRE

THÈME 3 Question obligatoire La France depuis 1945 : politique et société

À la fin de la guerre, la République est restaurée. Le gouvernement provisoire de la République française (GPRF) propose une série de réformes politiques et sociales. La décolonisation est également engagée en Asie et en Afrique. À partir de 1958, la Vᵉ République amène d'importantes réformes institutionnelles avec, notamment, un renforcement du pouvoir exécutif. Sur le plan international, la France a du mal à maintenir son rang de grande puissance.

1 Les réformes politiques et sociales du GPRF

A La refondation républicaine

• **La mise en place du GPRF.** Le **général de Gaulle** préside le GPRF qui est principalement composé de résistants. Il a pour objectif de restaurer l'autorité de l'État. Le GPRF déclare nulles toutes les décisions prises par Vichy et est reconnu par les puissances étrangères comme gouvernement légitime de la France. Il envoie dans les régions libérées des commissaires de la République en charge de rétablir les libertés républicaines et l'autorité de l'État. Ils doivent restaurer les lois démocratiques, limiter les violences spontanées de l'épuration sauvage (femmes tondues, collaborateurs pendus sans jugement), assurer l'épuration légale (procès des collaborateurs).

• **Le retour de la République.** Une **assemblée**, élue en octobre 1945, est chargée d'élaborer une nouvelle Constitution. De Gaulle est reconduit à la tête du GPRF en novembre. Mais des divergences apparaissent entre le général, qui veut un pouvoir exécutif fort, et l'Assemblée, qui veut privilégier le pouvoir législatif. Elles conduisent à **la démission de De Gaulle** en janvier 1946.

> **Définition**
> **République :** forme de gouvernement reposant sur une Constitution et dont les représentants du peuple sont élus par celui-ci.

B L'instauration d'une démocratie sociale

• **Les principales réformes.** Le GPRF crée l'**ENA** (École normale d'administration) pour former les futurs hauts fonctionnaires. Cela vise à permettre l'accès aux hautes fonctions de l'administration aux plus méritants, indépendamment de leur origine sociale. Le GPRF met en place l'organisation de la Sécurité sociale par l'ordonnance du 19 octobre 1945 et les assurances sociales (accidents du travail, chômage, retraite) par plusieurs autres lois en 1946. Sur le plan social, le GPRF met en place des mesures qui protègent le citoyen : c'est **l'État-providence**. Sur le plan politique, De Gaulle accorde **le droit de vote aux femmes en 1944**. Celles-ci votent pour la première fois aux élections municipales et législatives de 1945.

> **Définition**
> **Démocratie :** forme d'organisation politique où le pouvoir est exercé par les citoyens qui peuvent le déléguer à des représentants.

• **La remise en route de l'économie.** Le GPRF réorganise l'économie du pays. L'énergie (EDF), les Charbonnages de France, le transport aérien (Air France), les banques, les assurances et l'automobile (Renault) sont **nationalisés**. Un **Commissariat général au plan** définit les grandes orientations économiques.

2 La fin de l'empire colonial français

A Les tensions de l'après-guerre

• **L'affaiblissement de la métropole.** La guerre a remis en question la domination française dans ses propres colonies. La **IVe République**, enlisée dans un régime instable, n'a pas perçu la montée d'un **fort mouvement d'émancipation des peuples indigènes**. Dès la fin de la guerre, les dirigeants de la IVe République ont du mal à gérer la contestation dans les colonies.

• **L'échec de l'Union française.** En 1946, la IVe République met en place un nouveau cadre juridique : **l'Union française**. Les colonies deviennent des **Départements et Territoires d'outre-mer** (DOM-TOM). La France hésite entre l'assimilation qui implique l'égalité des droits des peuples colonisés et l'association qui débouche à terme sur l'**indépendance**.

B La décolonisation en Asie puis en Afrique

• **En Asie.** **L'Indochine** rassemble les provinces asiatiques qui faisaient partie de l'empire colonial français (Cambodge, Laos et Vietnam actuels). Ces territoires se soulèvent en 1945 car la France leur impose un régime économique et politique très dur. Le communiste **Hô Chi Minh** proclame la République démocratique du Vietnam et continue la lutte armée contre la France. Cette guerre d'Indochine est très meurtrière et se termine par la défaite française de **Diên Biên Phu** (mars 1954). La France signe les **accords de Genève** (juillet 1954).

• **En Afrique.** Face à la **montée des nationalismes en Tunisie et au Maroc** au début des années 1950, les autorités françaises acceptent **leur indépendance en 1956**. Revenu au pouvoir en 1958, le général de Gaulle appelle les territoires de l'Outre-mer français à devenir membres d'une **Communauté française**, préparant le chemin vers l'indépendance. Les pays d'Afrique noire et Madagascar deviennent indépendants en 1960. En **Algérie**, la France s'engage dans une guerre meurtrière qui prend fin avec l'indépendance du pays en 1962.

3 La Ve République et ses principales réformes institutionnelles

A Une modification de l'équilibre des pouvoirs

• **La constitution de 1958.** En octobre 1958, le général de Gaulle propose aux Français une nouvelle **Constitution** qui renforce le rôle du président de la République. Celle-ci, adoptée par **référendum**, permet la création de la Ve République.

• **Un régime semi-présidentiel.** Le président de la Ve République est doté de pouvoirs accrus. Il est le **chef de l'État et des armées**. Il nomme le Premier ministre et peut dissoudre l'Assemblée nationale. **L'article 16 de la Constitution** lui permet de prendre les pleins pouvoirs en cas de crise grave. Grâce à un nouveau référendum organisé en 1962, le président de la République est désormais élu au **suffrage universel direct**.

Définitions

Institutions : ensemble des structures politiques établies par la loi.

Régime politique : mode d'organisation d'un État et de la manière de le gouverner.

Affiche de septembre 1958, appelant les Français à voter « oui » au référendum sur la Constitution proposée par Charles de Gaulle

HISTOIRE

B Les autres réformes institutionnelles

• **Le quinquennat.** Sous la présidence de Jacques Chirac, la réforme constitutionnelle du 8 juillet 1999 établit la parité hommes/femmes pour l'accès aux mandats électoraux et aux fonctions électives. La loi du 2 octobre 2000 instaure le quinquennat comme durée du mandat présidentiel (passage à 5 ans au lieu de 7 ans précédemment). Les élections législatives ont lieu juste après l'élection présidentielle, ce qui réduit également les risques de « cohabitation » (le président de la République travaille avec un gouvernement et un premier ministre d'un parti opposé au sien).

• **La réforme de 2008.** Le Président ne peut désormais effectuer que deux mandats consécutifs. Il ne préside plus le Conseil supérieur de la magistrature (pour renforcer la séparation des pouvoirs avec l'ordre judiciaire). Les droits des citoyens sont renforcés par le référendum d'initiative populaire. Enfin, une loi de 2014 interdit, en partie, le cumul des mandats.

4 Les transformations de la société française depuis 1945

A Démographie et immigration

> **Définition**
> **Immigration :** fait de quitter son pays de naissance ou d'origine pour s'installer de façon durable ou définitive dans un autre pays.

• **Les Trente Glorieuses.** Dès 1945, des **mesures** incitatives (allocations de maternité, impôt calculé selon le quotient familial) permettent une reprise très forte de la natalité : c'est le **baby-boom**. Parallèlement, la **mortalité baisse** grâce aux progrès médicaux : la population française passe de 40,5 millions en 1945 à 52 millions en 1973. Ces trente années de croissance économique engendrent un fort besoin de main-d'œuvre. L'expansion démographique ne suffisant pas, on a donc recours à l'**immigration**.

• **La situation depuis 1973.** La crise économique liée aux chocs pétroliers de 1973 et 1979 fait **chuter brutalement la natalité** (seulement 720 000 naissances en 1976). La **population française vieillit**, ce qui compromet l'équilibre de la Sécurité sociale. De 1975 aux années 2010, l'immigration est principalement constituée de **migrants économiques**. À partir de 2010, l'immigration change de nature. La France accueille davantage de **réfugiés** qui fuient la guerre (Irak, Syrie). Se pose alors le problème de leur intégration dans l'économie et la société françaises.

B Les évolutions sociales

> **Définition**
> **Parité :** rapport d'égalité entre les hommes et les femmes.

• **Une meilleure place pour les femmes dans la société.** **Le principe de l'égalité entre les sexes est inscrit dans la Constitution de 1946. Pourtant, les discriminations et les inégalités demeurent au travail** : une loi sur l'égalité professionnelle est votée en 1983. En politique, la loi sur la parité est votée en 2000. Les femmes députées, sénatrices ou ministres sont plus nombreuses. **Des progrès importants sont réalisés dans le domaine de la santé. En 1967, la loi Neuwirth autorise la contraception. En 1975, Simone Veil fait voter la loi légalisant l'interruption volontaire de grossesse.**

• **De nouvelles lois sur les droits des personnes.** Depuis 1945, des mesures ont été prises dans le domaine de la famille. En 1965, le mari n'est plus considéré comme « le chef de famille » ; la femme peut exercer un métier et ouvrir un compte bancaire sans l'autorisation de son mari. En 1970, la notion d'« **autorité parentale** » se substitue à celle d'« autorité paternelle » du Code civil. En 1975 est votée la loi sur le **divorce « par consentement mutuel »**. Ce sera ensuite le pacte civil de solidarité (PACS) en 1999. Le 23 avril 2013, la France autorise le mariage civil des couples homosexuels.

5 L'évolution de la puissance française à l'échelle européenne et mondiale

A Une puissance en déclin depuis 1945

• **De 1945 aux années 1960 : le déclin de la France sur la scène internationale.** En 1945, la France est un pays vaincu et affaibli. Dans les colonies, des volontés d'indépendance se manifestent. Le pays a du mal à se faire reconnaître sur la scène internationale. Grâce au général de Gaulle, la France intègre le Conseil de sécurité de l'ONU en 1945. Le pays est sous tutelle américaine pour l'économie (plan Marshall, 1947) et la protection militaire (intégration dans l'OTAN, 1949). Entre 1945 et 1962, la France perd la totalité de son empire colonial.

> **Définition**
> **Puissance :** en géopolitique, capacité d'un État à exercer une influence dans différents domaines : militaire (*hard power*), économique, diplomatique ou culturel (*soft power*).

Le plan Marshall est un programme d'aide économique allouée par les États-Unis pour la reconstruction des pays européens. La France reçoit 2,8 milliards de dollars.

• **De Gaulle : « une certaine idée de la France ».** En 1958, le général de Gaulle refuse le déclin de la France dans le monde. Il tente de maintenir son influence dans les anciennes colonies (conservation des bases et interventions en Afrique noire). De Gaulle veut une politique de dissuasion nucléaire qui se traduit par la possession de l'arme atomique (1964). Il souhaite se démarquer des États-Unis : la France reconnaît la Chine en 1964 et se retire de l'OTAN en 1966. De Gaulle se rend la même année en URSS. Sur le plan culturel, la francophonie se développe.

B Le choix de l'Europe et un nouvel ordre mondial

• **La construction européenne.** La France joue depuis 1950 **un rôle moteur dans la construction européenne.** Longtemps, elle a privilégié une Europe des États à une Europe fédérale. Elle encourage des **élargissements** : le Royaume-Uni, les pays du Sud de l'Europe (la Grèce en 1981 puis l'Espagne et le Portugal en 1986).

> **Définition**
> **Zone économique exclusive (ZEE) :** espace marin s'étendant des côtes jusqu'à 200 miles marins – soit 370 km – dans lequel le pays riverain est souverain.

• **Un nouvel ordre mondial.** Depuis les années 1990, la France a du mal à conserver une **influence politique** : elle se rapproche des États-Unis et réintègre l'OTAN en 2009. Elle perd de l'influence en Afrique au profit des États-Unis et de la Chine. La France **recule dans l'économie mondiale.** Pourtant, elle dispose encore de certains atouts : grâce à l'Outre-mer, elle possède la seconde plus grande zone économique exclusive (ZEE) du monde, avec 11 millions de km². Son rôle est important dans le domaine culturel (francophonie).

Exercices d'entraînement

Contrôle continu

Corrigé p. 439

1 **Quel a été le rôle du GPRF à la fin de la guerre ?**

2 **Quelles sont les deux formes de décolonisation en Afrique ?**

3 **Justifiez cette affirmation en proposant deux arguments : « La Constitution de 1958 donne plus de pouvoirs au président de la République. »**

4 **Proposez une définition des termes « République » et « démocratie ».**

THÈME 3 Sujets d'étude

1 La guerre d'Algérie

• **La spécificité du statut de l'Algérie.** La guerre d'Algérie oppose les **nationalistes algériens** au pouvoir d'État français, de 1954 à 1962. L'Algérie a été conquise en 1830 et la France envoie des colons afin qu'ils s'y établissent définitivement (un million d'Européens y vivent en 1954). La **population musulmane** (9 millions d'habitants), en forte croissance démographique, est pauvre.

• **Les débuts de la guerre d'Algérie.**

Plusieurs formations composent le mouvement nationaliste algérien avant 1954 : on distingue l'**UDMA** (Union démocratique du manifeste du peuple algérien) fondée par Ferhat Abbas en 1946 et le **MTLD** (Mouvement pour le triomphe des libertés démocratiques) de Messali Hadj, qui réclame l'indépendance totale.

• En 1954 est fondé le **FLN** (Front de libération nationale) avec Ahmed Ben Bella. Face à l'insurrection déclenchée à la Toussaint 1954 par le FLN, Pierre Mendès France soutient les partisans de l'**Algérie française**. La France envoie des soldats **du contingent**. Ceux qui sont faits prisonniers sont généralement abattus. Les **Harkis** (musulmans favorables à la France) risquent leur vie. La torture est employée, des exécutions pratiquée des deux côtés.

• **Vers l'indépendance.** En mai 1958, le général de Gaulle laisse croire, dans un premier temps, qu'il va maintenir l'Algérie dans la France. Mais le FLN refuse la « **paix des braves** » et les partisans de l'Algérie française s'opposent aux réformes. De Gaulle fait entériner en 1961 par référendum une politique d'**autodétermination** qui conduit à l'indépendance.

• **La fin de huit années de guerre.** De Gaulle engage avec le FLN des négociations qui aboutissent aux **accords d'Évian** signés en mars 1962. L'indépendance de l'Algérie est approuvée massivement par référendum. Un million d'Européens fuient l'Algérie. Les Harkis évacués en France sont mal accueillis, ceux restés en Algérie sont massacrés. Cette guerre a laissé place à une « guerre des mémoires » douloureuse entre les deux pays, chacun cherchant à imposer sa vision d'un conflit qui a fait environ 250 000 morts algériens et 30 000 Français.

2 L'évolution de la place et des droits des femmes dans la société française

• **La conquête des droits civils.** L'ordonnance du 21 avril 1944 accorde aux femmes le **droit de vote**. L'égalité entre les sexes, reconnue dans la **Constitution de 1946, est réaffirmée dans celle de 1958**. En 1965, une femme se voit accorder le droit d'ouvrir seule un compte bancaire. En 1971, l'**autorité parentale** se substitue à l'ancienne notion d'autorité paternelle.

• **La libération sexuelle.** Grâce à l'action de **groupes féministes**, les femmes obtiennent leur droit à l'autonomie, notamment sexuelle. Le **planning familial** (1960) permet d'aider les femmes pour la contraception, légalisée par la loi Neuwirth en 1967. En 1975, **la loi sur l'interruption volontaire de grossesse** (IVG) est votée. Pourtant, les violences faites aux femmes perdurent malgré la loi du 3 août 2018 qui renforce la lutte contre les violences sexuelles et sexistes.

• **L'accès aux études et au travail.** En 1975, la loi Haby rend la mixité obligatoire à l'école. Les femmes entrent à l'ENA, à Polytechnique et peuvent faire carrière dans l'armée. Par le travail, elles gagnent leur autonomie financière. Mais elles occupent 80 % des contrats à temps partiel subis et gagnent en moyenne 20 % de moins que les hommes. Certaines femmes accèdent néanmoins à des emplois à très hautes responsabilités.

• **Les femmes et le monde politique.** En 1974, Valéry Giscard d'Estaing nomme six femmes ministres, dont Simone Veil. En mai 1991, François Mitterrand nomme pour la première fois une femme Premier ministre (Édith Cresson). Grâce à la loi sur la parité de juin 2000, le nombre de femmes dans les assemblées locales progresse. Néanmoins, elles sont sous-représentées à l'Assemblée nationale. En 2019, elles sont 228 sur 577 députés (39 %). Le gouvernement de Jean Castex (depuis juillet 2020) compte 17 femmes sur 31 ministres et secrétaires d'État.

Exercices d'entraînement

Contrôle continu

Exercice 1

Corrigé p. 439

Proclamation du FLN, le 1er novembre 1954

Le but d'un mouvement révolutionnaire étant de créer toutes les conditions d'une action libératrice, nous estimons que, sous ses aspects internes, le peuple est uni derrière le mot d'ordre d'indépendance et d'action […]

Notre programme politique

But : L'indépendance nationale par :

1) La restauration de l'État algérien souverain, démocratique et social dans le cadre des principes islamiques.

2) Le respect de toutes les libertés fondamentales sans distinction de race et de confession. […]

Moyens de lutte : […] Compte tenu des situations intérieure et extérieure, la continuation de la lutte par tous les moyens jusqu'à la réalisation de notre but. […] Algérien ! Nous t'invitons à méditer notre charte ci-dessus. Ton devoir est de t'y associer pour sauver notre pays et lui rendre sa liberté. Le Front de Libération nationale est ton front. Sa victoire est la tienne.

Extrait d'un tract distribué à Alger le 1er novembre 1954, *in* Henri Alleg, *La Guerre d'Algérie*, Messidor-Temps actuel, 1981.

1. **Qui est à l'origine de cette proclamation ?**
2. **Que veut ce mouvement ?**
3. **Par quel moyen d'action ce mouvement veut-il lutter ?**

Exercice 2

Corrigé p. 439

Lucien Neuwirth présente son projet de loi autorisant la contraception en 1967.

Nous estimons que l'heure est désormais venue de passer de la maternité accidentelle et due souvent au seul hasard, à une maternité consciente et pleinement responsable. Ce n'est pas par le seul moyen d'une législation répressive […] que nous augmenterons le rythme des naissances. C'est, au contraire, en offrant à chacun la possibilité d'avoir des enfants quand il le désire, mais aussi la certitude de pouvoir les élever dignement. D'autre part, il est connu que 30 % des cas de stérilité proviennent de l'avortement. Ainsi, un nombre important de femmes que nous préserverons par la contraception seront capables de devenir mères alors que cette espérance leur était interdite […] La crainte, en ce qui concerne la contraception, vient du fait que beaucoup de parents redoutent un relâchement des mœurs ; ils redoutent en particulier que, la peur de la grossesse qui maintenait, bon gré mal gré, certaines jeunes filles dans la voie de la vertu ayant disparu, celles-ci se laissent aller à des expériences répréhensibles et que le mariage ne devienne qu'une expérience après d'autres.

Débat à l'Assemblée nationale, 1er juillet 1967.

1. **Que propose Lucien Neuwirth aux députés ?**
2. **Quels arguments utilise-t-il ?**
3. **Citez au moins quatre autres textes ou lois qui ont permis aux femmes d'accéder à une égalité de droit avec les hommes.**

THÈME 1

Question obligatoire Mers et océans : vecteurs essentiels de la mondialisation

Les espaces maritimes occupent 361 millions de km², soit 71 % de la surface du globe. La maritimisation du monde constitue l'un des aspects majeurs de la mondialisation. La libéralisation progressive du commerce mondial a multiplié par quatre en quarante ans les tonnages circulant par voie maritime. Près de 50 000 navires transportant 10 milliards de tonnes de marchandises sillonnent les grandes routes maritimes qui empruntent des passages stratégiques (détroits et canaux transocéaniques). Les mers et les océans sont aussi des zones exploitées (pêche, pétrole, etc.) et des milieux fragiles, qu'il faut préserver. Ils sont donc devenus des enjeux stratégiques majeurs, de même que les littoraux.

1 La maritimisation du monde

A L'explosion des transports maritimes

• **Les flottes commerciales.** Près de 90 % du commerce mondial circule par voie maritime. La croissance du trafic s'accompagne d'une baisse des coûts de transport grâce à des navires spécialisés (pétroliers, méthaniers – pour le gaz –) et des **porte-conteneurs** (produits manufacturés). Le conteneur est une grande boîte métallique de dimension standard. Les plus gros porte-conteneurs transportent plus de **20 000 EVP** (équivalent vingt pieds : unité de mesure des porte-conteneurs basée sur la longueur d'un conteneur de 20 pieds, soit environ 6,10 mètres). Les principales compagnies du transport maritime sont européennes – Maersk (Danemark), MSC (Suisse-Italie) et CMA-CGM (France) – ou asiatiques – COSCO, CSCL (Chine) et Hanjin (Corée du Sud).

Définitions

Maritimisation : part de plus en plus importante prise par les littoraux dans l'économie des pays riverains des mers et des océans.

Mondialisation : processus d'intégration croissante des espaces et des hommes à l'échelle mondiale, résultant de l'extension du système capitaliste.

• **Les routes maritimes.** Les routes maritimes varient selon la nature des échanges (pétrole ou marchandises). Elles ont une importance croissante aujourd'hui et relient les grandes **façades portuaires**, en empruntant les **canaux transocéaniques** (Panama, Suez) ou les **détroits** (Malacca, Ormuz, Bab-el Mandeb, Gibraltar). Elles connectent surtout les pôles mondiaux d'Asie orientale, d'Amérique et d'Europe. Le **pétrole** demeure la marchandise la plus transportée, du Moyen-Orient surtout vers l'Asie, *via* les détroits d'Ormuz et de Malacca. Il existe également des routes maritimes du minerai de fer (depuis l'Australie et le Brésil), du charbon (depuis les États-Unis ou l'Afrique du Sud), des céréales (depuis les États-Unis et le Brésil). Les porte-conteneurs suivent principalement les routes Europe-Asie, par le détroit de Gibraltar et le canal de Suez, Asie-Amérique par le Pacifique et Amérique-Europe par l'Atlantique.

Définitions

Canal transocéanique : voie navigable artificielle qui relie deux mers ou océans (exemples : canal de Suez ou de Panama).

Détroit : passage maritime étroit entre deux mers (exemples : détroit de Malacca ou de Gibraltar).

Route maritime : itinéraire régulièrement suivi par les navires pour assurer le transport maritime à longue distance.

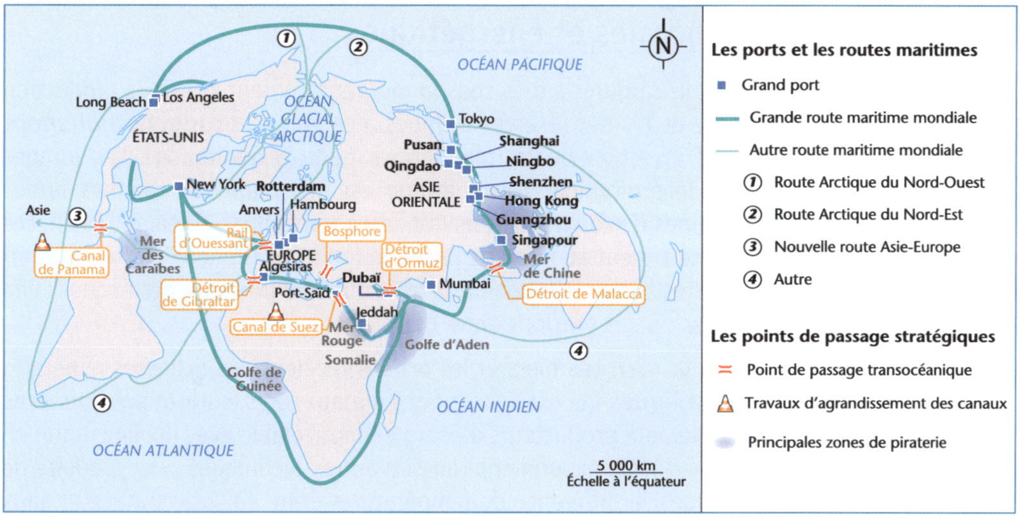

▲ Les transports maritimes

B La littoralisation des activités

• **Les façades maritimes.** La **maritimisation** du monde se traduit par la localisation des activités économiques sur les littoraux. Les façades les plus actives sont l'Asie du Sud-Est (15 des 20 premiers ports mondiaux), la *Northern Range* (Manche et mer du Nord en Europe) et les façades Est et Ouest d'Amérique du Nord. Sept des 10 premiers ports mondiaux sont chinois (voir la carte ci-dessus). Les ports desservent un arrière-pays : par exemple, Rotterdam (Pays-Bas) est la porte d'entrée des produits mondiaux en Europe. Aujourd'hui, 40 % de la population mondiale vit à moins de 60 km des côtes.

• **Les autres activités littorales.** Si les activités économiques littorales sont surtout liées aux échanges, les littoraux sont inégalement intégrés à la mondialisation. Certains sont devenus des espaces de tourisme (stations balnéaires, ports de plaisance). Ce sont aussi les lieux où aboutissent les **câbles sous-marins**, essentiels pour les télécommunications.

2 Les mers et les océans, des espaces productifs majeurs

A Les ressources alimentaires

• **Les ressources halieutiques.** La pêche est devenue une **activité industrielle** utilisant des navires usines. 150 millions de tonnes de poissons ont été pêchées en 2021 dont la moitié par les pays asiatiques (notamment par la Chine avec 20 millions de tonnes). Selon la FAO (Organisation des Nations unies pour l'alimentation et l'agriculture), les 3/4 des espèces sont menacées de **surpêche**.

• **L'aquaculture en forte croissance.** L'**aquaculture** représente environ la moitié du tonnage destiné à la consommation humaine. Elle est surtout développée en Asie où **la Chine assure, à elle seule, les 2/3 de la production mondiale**. D'autres pays tiennent une place importante comme le Japon, l'Indonésie et l'Inde. En Europe, la Norvège est réputée pour sa production de saumons.

> *Définition*
> **Aquaculture :** production animale ou végétale en milieu aquatique.

B Les ressources minérales et énergétiques

• **Les hydrocarbures.** Les hydrocarbures situés sous la mer représentent 1/3 de la production mondiale de pétrole et de gaz et 1/4 des réserves connues à ce jour. La **production *offshore*** (en mer) nécessite de lourds investissements (plateformes pour l'exploitation). Les forages atteignent souvent 2 000 m de profondeur. L'exploitation est aux mains de grandes firmes transnationales (FTN) américaines (Exxon Mobil, Chevron) ou européennes (Shell, BP, Total). Les grandes zones d'exploitation se situent au large de l'Afrique (golfe de Guinée), de l'Asie orientale, du Moyen-Orient ou du Brésil. L'exploitation du pétrole *offshore* présente des risques : elle peut générer des marées noires ou des tensions entre États.

• **Les autres ressources de la mer.** Les mers et les océans recèlent des richesses minérales comme les **nodules polymétalliques** qui contiennent des métaux rares (surtout présents dans l'océan Pacifique). Ils sont également producteurs d'énergie renouvelable avec l'éolien marin en Europe (Royaume-Uni, Danemark). On expérimente aussi d'autres techniques pour produire de l'électricité : l'énergie des vagues, la différence de températures entre eaux de surface et eaux profondes, etc.

3 De nouveaux enjeux géostratégiques pour les mers et les océans

A Des espaces convoités

• **Les zones économiques exclusives.** En 1982, les accords de Montego Bay (Jamaïque) ont établi les règles du droit de la mer. Un État riverain dispose d'une zone économique exclusive (ZEE) dans laquelle il peut exploiter les ressources de l'océan et du sous-sol (jusqu'à 200 milles marins des côtes, soit 370 km). La délimitation des ZEE est **source de conflits**.

• **Des enjeux stratégiques et économiques.** Dans l'Arctique, pétrole et gaz attirent les convoitises des pays riverains. En Asie orientale, la Chine et les États voisins (Japon, Vietnam) se disputent de petits îlots (Spratleys et Paracels) situés sur la principale route maritime du monde et riches en ressources (pêche et pétrole).

B Des espaces dangereux

• **Piraterie et criminalité sur les mers.** La piraterie maritime, qui consiste à attaquer et à voler la cargaison des navires, s'est développée dans les années 1990 dans les « **zones grises** », c'est-à-dire mal contrôlées par les États. Elle est due aux marchandises de valeur circulant sur les océans et à la réduction des équipages. Les mers et océans sont aussi le théâtre de **multiples trafics** : drogues, migrations clandestines, etc.

• **La surveillance des marines militaires.** Pour y remédier, les grandes nations (États-Unis, Chine, Japon, France, etc.) assurent la sécurité dans certaines zones sensibles (détroit de Malacca, golfe de Guinée ou au large du golfe d'Aden) en protégeant les porte-conteneurs et les pétroliers.

4 Les bouleversements environnementaux

A La pollution des mers et des océans

• **Des espaces menacés.** Les mers et les océans sont des **espaces fragiles** : les réserves de poissons diminuent à cause de la surpêche. L'exploitation du pétrole *offshore* et la densification du transport maritime augmentent **les risques de pollution**. En 2010, l'explosion de la plateforme pétrolière *Deepwater Horizon* a entraîné la mort de 11 personnes et le déversement de 4,9 millions de barils de pétrole brut dans les eaux du golfe du Mexique. La firme BP, propriétaire de la plateforme, a été condamnée à payer des milliards de dollars d'indemnisation.

• **De nouvelles formes de pollution.** Les 2/3 des 6 millions de tonnes de déchets qui polluent les mers et océans viennent de la terre (des fleuves, en particulier). On assiste aujourd'hui à un nouveau type de **pollution par le plastique**. La **plaque de déchets plastiques qui s'est formée dans le nord de l'océan Pacifique** s'étend sur une superficie égale à six fois la France et atteint par endroits 40 mètres de profondeur.

B Les mers et les océans, patrimoine de l'Humanité

• **Les activités humaines.** Elles mettent en danger les milieux maritimes car les mers et les océans sont des **régulateurs thermiques**. Le réchauffement climatique peut également avoir d'autres conséquences. La fonte de la banquise du pôle Nord ouvre déjà de **nouvelles routes maritimes** pendant une partie de l'année. Ainsi, le passage du Nord-Ouest, au nord du Canada, et celui du Nord-Est, le long des côtes russes, pourrait raccourcir les trajets des navires entre l'Asie et l'Europe.

• **Les conséquences sur les littoraux.** Avec le réchauffement climatique, le niveau des mers et des océans pourrait s'élever **de 20 à 80 cm d'ici à 2100**. Certaines petites îles du Pacifique ou de l'océan Indien sont menacées. Dans le Pacifique, cinq îles de l'archipel des Salomon ont déjà disparu et six autres sont en danger. Au Vanuatu, aux Maldives ou sur les îles Marshall, cette menace est aussi bien réelle. Il est donc urgent de **réduire les gaz à effet de serre** qui génèrent le réchauffement climatique.

Exercices d'entraînement

Contrôle continu

Corrigé p. 439

1 **Caractérisez le rôle des mers et des océans dans le commerce mondial.**

2 **Donnez la définition de « maritimisation ».**

3 **Citez deux détroits stratégiques et deux canaux transocéaniques et dites pourquoi ils sont importants pour le commerce mondial.**

4 **Justifiez l'affirmation suivante à l'aide d'un exemple précis : « Les mers et les océans sont des espaces fragiles qu'il faut absolument protéger. »**

THÈME 1 Sujets d'étude

1 Les réseaux de câbles sous-marins : des infrastructures essentielles de la mondialisation

• **1,4 million de km de câbles sous-marins.** En 2022, on compte près de **500 câbles sous-marins** pour une longueur totale atteignant plus d'1,5 million de km. Les câbles sous-marins sont devenus un enjeu majeur de la mondialisation de l'information. **99 % d'Internet et de la téléphonie ainsi que des milliards d'informations et d'opérations financières** utilisent chaque jour cette voie. On pose en moyenne 100 000 km de câbles sous-marins par an dans le monde.

• **Un réseau hiérarchisé.** Les câbles sous-marins relient les espaces les plus développés : **l'Amérique du Nord à l'Europe** (Atlantique Nord), **l'Asie-Pacifique et la côte Ouest des États-Unis** (Pacifique Nord). Ces réseaux s'appuient sur des îles ou des archipels (ex. : Hawaï ou les Philippines dans le Pacifique) qui servent de relais. La présence des câbles sous-marins et la densité des réseaux reflètent l'inégale insertion des territoires dans la mondialisation.

• **Les enjeux économiques.** **De grandes firmes multinationales** investissent dans la pose des câbles sous-marins : les Américains Level 3 ou Verizon ou le Français Orange. On voit apparaître sur ce marché le Chinois Huawei ou l'Indien Tata. En 2021, Meta (Facebook), Orange et Vodaphone se sont associés pour la pose d'un nouveau câble transatlantique appelé « Amitié », long de 6 800 Km et atterrissant près de Bordeaux.

• **Les enjeux géostratégiques.** La concentration des câbles sous-marins rend certains espaces particulièrement vulnérables. Ces câbles sont, en général, enfouis dans le sous-sol marin afin d'éviter qu'ils soient accrochés par les ancres ou les filets de pêche. Mais certaines portions posées au fond sont fragiles, en particulier au niveau des **stations d'atterrage, là où les câbles rejoignent** la terre. Ils peuvent ainsi devenir des cibles privilégiées pour des attaques terroristes.

2 Le détroit de Malacca : un point de passage majeur et stratégique

• **Un lieu de passage très fréquenté.** Le détroit de Malacca est un étroit couloir maritime, large de 20 à 74 km et long de 700 km, situé entre la Malaisie et l'île de Sumatra (en Indonésie). Il voit passer près d'**1/3 du commerce mondial**. Il est devenu l'une des routes navigables incontournables car il constitue le chemin le plus court entre l'océan Indien et l'océan Pacifique. Il permet de relier l'Europe de l'Ouest, le Moyen-Orient (pétrole, marchandises diverses) et l'Asie orientale. Un navire emprunte le détroit en moyenne toutes les huit minutes.

• **Un espace stratégique.** Le détroit de Malacca est essentiel pour la Chine et le Japon car il est la porte d'entrée des exportations mondiales vers ces pays. On parle souvent d'un « **corridor énergétique** » car plus des **2/3 des flux de pétrole et de gaz** y transitent. Un couloir international de navigation a donc été défini au sein du détroit alors que les pays riverains (Malaisie, Indonésie) craignent une remise en cause de leur souveraineté nationale.

• **La concurrence des ports du détroit.** Le détroit de Malacca abrite plusieurs grands ports à conteneurs d'Asie du Sud-Est. Singapour a longtemps capté l'essentiel des flux transocéaniques : c'est le deuxième port du monde pour les conteneurs et le troisième pour le trafic global. La Malaisie s'est dotée de nouvelles infrastructures portuaires : Port Klang et Tanjung Pelepas au sud du détroit font aujourd'hui partie des 20 premiers ports mondiaux.

• **La sécurisation du détroit.** Le détroit de Malacca, de par son étroitesse, est propice à la piraterie : ce phénomène, apparu vers la fin des années 1990, s'est intensifié jusqu'aux années 2010 mais s'est atténué aujourd'hui. Les pays riverains (Malaisie, Indonésie, Singapour) coopèrent pour lutter contre les attaques de navires. La sécurisation de cet espace essentiel au commerce mondial est aussi assurée par d'autres pays plus lointains (États-Unis, Japon, Chine, etc.).

Exercices d'entraînement

Contrôle continu

Exercice 1

Corrigé p. 439

Les GAFAM (Google, Apple, Facebook, Amazon, Microsoft) et les câbles sous-marins

[...] Google a annoncé un nouveau projet de câble sous-marin, appelé Equiano, qui reliera le Portugal à l'Afrique du Sud en passant par le Nigeria. [...] la première phase du projet est prévue d'être achevée en 2021. [...] c'est le quatrième projet de câble sous-marin privé de Google, après Dunant, qui reliera la France et les États-Unis à l'horizon 2020, Curie et Junior.

[...] 99 % des échanges intercontinentaux de données numériques transitent de nos jours par câble. Entre 2002 et 2016, le développement d'Internet a multiplié par plus de 266 le débit du trafic de données par câble, ce dernier passant de 100 Go/s à 26 600 Go/s. [...] les GAFAM, championnes du stockage de données Internet, n'ont pas attendu bien longtemps pour investir dans ce secteur-clé. Google, Facebook, Microsoft et Amazon sont ainsi propriétaires, copropriétaires ou investisseurs majeurs de plusieurs câbles sous-marins dans le monde. [...]

Tristan Gaudiaut, www.statista.com, 1er juillet 2019.

1. **Pourquoi les GAFAM s'intéressent-ils aux câbles sous-marins ?**
2. **Quels pays ou continents ces nouveaux projets relieront-ils ?**
3. **Pourquoi ces pays ou continents sont-ils privilégiés ?**

Exercice 2

Corrigé p. 440

Malacca : un détroit stratégique

Le détroit de Malacca a toujours été une question sensible. Le détroit, et plus spécialement le « virage » de Singapour, est la porte de l'Extrême-Orient. Entre la petite république insulaire et les îles voisines indonésiennes, le passage est étroit à l'image des détroits turcs. La particularité de Malacca/Singapour est le volume de marchandises en cause.

Le passage asiatique est fondamental pour les approvisionnements de l'Extrême-Orient. [La piraterie] est devenue très importante dans les années 90 pour exploser en 2000. Une vigoureuse prise en main de la question par Singapour, la Malaisie et l'Indonésie l'a réduite à une nuisance [...] mineure (pour l'industrie maritime) de banditisme local.

[...] Le tout petit passage du détroit de Philips face à Singapour sert au transit de 1/6 du transport maritime mondial. Le transit de pétrole en 15 ans est passé de 400 à 600 millions de tonnes. Encore plus que pour le Japon, le détroit est vital pour la Chine devenue la plus grande nation portuaire de notre monde globalisé.

Paul Tourret, « 20 ans de mutations des routes maritimes », ISEMAR, Note de synthèse, n° 190, mai 2017.

1. **Où se trouve le détroit de Malacca ?**
2. **Pourquoi le détroit de Malacca est-il important pour le commerce mondial ?**
3. **La lutte contre la piraterie a-t-elle été efficace ? Justifiez votre réponse à l'aide de certains passages du texte.**

Question obligatoire Dynamiques territoriales contrastées au sein de la mondialisation

La mondialisation accentue les différences territoriales, en renforçant les inégalités à toutes les échelles. Si elle a, dans un premier temps, favorisé la Triade (États-Unis, Japon, Europe de l'Ouest), elle a ensuite permis l'affirmation de nouveaux pôles (pays émergents). Mais il existe aussi des territoires marginalisés, peu intégrés aux échanges internationaux. La mondialisation modifie continuellement la hiérarchie des **centres de décision** mondiaux.

1 L'inégal accès des territoires à la mondialisation

A La mondialisation : un processus évolutif

• **De nouveaux territoires.** Dans les années 1980, **la Triade** réunit trois grands centres dominants : l'Amérique du Nord, l'Europe occidentale et le Japon. Mais, avec les délocalisations, on assiste à un transfert des activités économiques vers l'Asie (par exemple, en Chine et en Inde).

• **La NDIT.** **La nouvelle division internationale du travail (NDIT)** a conduit à une fragmentation géographique des entreprises : elles externalisent une partie de leur activité dans des pays disposant d'**avantages comparatifs**. Aujourd'hui, des territoires plus compétitifs apparaissent avec des coûts de main-d'œuvre plus bas et une législation du travail plus permissive (Bangladesh, Laos, etc.). **Le centre de gravité de la mondialisation se déplace.**

Définitions

Avantage comparatif : avantage détenu par une entreprise ou un pays (main-d'œuvre peu chère, facilités fiscales, proximité d'un marché, etc.) permettant une meilleure productivité.

Centre de décision : ville où sont concentrées des fonctions de commandement (politiques, économiques, culturelles) qui lui donnent un rôle majeur dans le monde.

B Les stratégies des entreprises

• **Le rôle des firmes transnationales (FTN).** **Les FTN** sont des acteurs majeurs de la mondialisation. Leur stratégie impacte souvent le développement d'une région. Dès les années 1990, on assiste à une vague de **délocalisations** vers l'Asie, créant chômage et désindustrialisation dans les pays riches. On assiste aujourd'hui à une **relocalisation** de certaines entreprises vers l'Europe ou les États-Unis.

Ne pas confondre !

Délocalisation : transfert d'une activité dans un autre pays.

Relocalisation : retour d'une activité dans le pays d'origine.

• **Le rattrapage de l'Asie.** **Les entreprises asiatiques** sont devenues aujourd'hui des leaders dans de nombreux secteurs : les groupes indiens Mittal et Tata dans l'acier et l'automobile, les chinois Lenovo dans l'informatique ou Huawei dans la téléphonie.

C Les freins à la mondialisation

• **La distance.** **Elle reste encore un facteur contraignant** : de nouvelles routes commerciales maritimes sont explorées (dans l'**Arctique**) pour réduire les temps et les coûts du trajet entre l'Asie et l'Europe. Le réchauffement climatique rend ces nouveaux itinéraires assez prometteurs.

• **Le retour du protectionnisme.** Certains États pratiquent le **protectionnisme** en limitant les importations à l'aide de **droits de douane élevés aux frontières** et de **quotas d'importation** (exemple : la « guerre commerciale » entre les États-Unis et la Chine en 2020/2021).

• **La protection de l'environnement.** La mondialisation doit tenir compte aujourd'hui de l'**urgence environnementale** : il convient d'économiser les ressources, de réduire les émissions de gaz à effet de serre et de préserver les océans et les forêts (**Amazonie**).

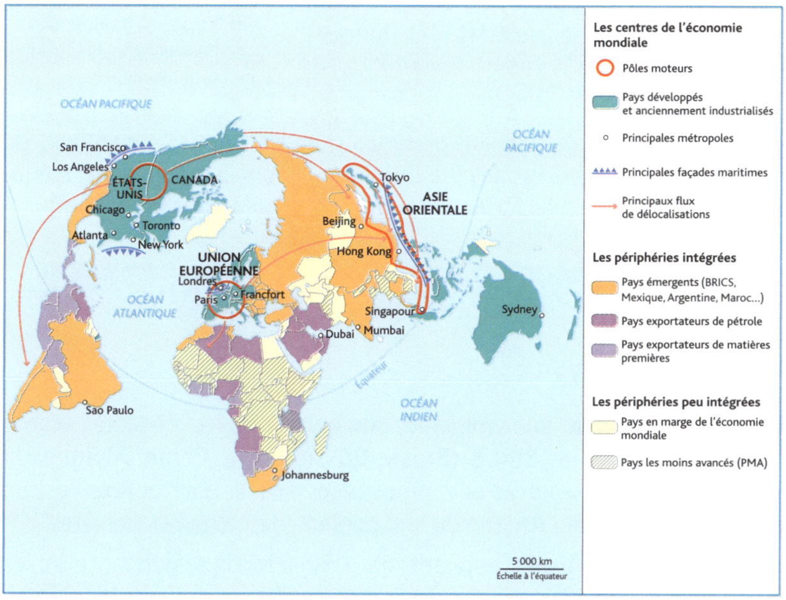

◄ L'inégale intégration des territoires dans la mondialisation

2 Les territoires dominants de la mondialisation

A À l'échelle des aires continentales et des États

• **Trois grandes aires continentales.** **L'Amérique du Nord, l'Europe et l'Asie orientale** dominent l'économie mondiale. Elles disposent de grandes capacités de production et d'innovation et abritent 80 % des FTN, contribuant ainsi aux **4/5 du PIB mondial**.

• **Les États.** Certains États jouent un rôle majeur : les États-Unis, la Chine, le Japon, l'Allemagne, etc. Ils s'intègrent souvent dans des **organisations supra-étatiques** telles que l'**Union européenne** ou l'**ALENA (Accord de libre-échange nord-américain)**. La puissance de la Chine (2e rang mondial) fait aujourd'hui de l'Asie pacifique l'un des pôles majeurs de la mondialisation.

B À l'échelle infra-étatique

• **La littoralisation.** Les littoraux sont des **interfaces** privilégiées de la mondialisation. 40 % de la population mondiale vit à moins de 60 km des côtes. Les littoraux sont équipés de ports et de zones industrialo-portuaires, de zones franches et de **plateformes multimodales**. Ils sont également valorisés par le tourisme mais menacés par le changement climatique (Méditerranée, Antilles, Floride).

• **Les *hubs*.** La mondialisation entraîne la concentration des flux sur des ***hubs* logistiques aéroportuaires**, portuaires ou ferroviaires. Pour les aéroports européens, les passagers et les marchandises sont redistribués à partir de grands *hubs* aériens comme Francfort, Londres et Paris-Roissy-Charles-de-Gaulle.

> **Définitions**
>
> ***Hubs* logistiques aéroportuaires :** aéroports où convergent et d'où repartent les marchandises.
>
> **Plateforme multimodale :** lieu d'échanges impliquant un changement de mode de transport, de l'avion au train ou à la voiture pour les passagers, de l'avion au train ou au camion pour les marchandises, ou inversement.

GÉOGRAPHIE

C L'évolution des centres de décision

• **Les métropoles mondiales.** Elles constituent les principaux **centres de décision** et concentrent le pouvoir économique, financier et politique (gouvernements, sièges sociaux des FTN, bourses). À New York, Londres, Tokyo et Paris s'ajoutent aujourd'hui de grandes villes asiatiques comme Shanghai, Singapour ou Pékin.

> Définition
> **Métropole :** grande ville rassemblant des fonctions de commandement.

• **Les mégalopoles.** Certaines régions rassemblent plusieurs grandes villes et constituent de vastes **mégalopoles** (mégalopolis du Nord-Est des États-Unis, mégalopole européenne, mégalopole japonaise). Métropoles et mégalopoles forment l'**archipel mégalopolitain mondial**.

3 Une nouvelle place pour les puissances émergentes

A Une grande variété de pays

• **Des pays émergents.** Ceux-ci affichent une croissance soutenue mais les inégalités économiques et sociales restent fortes. Parmi les **BRICS (Brésil, Russie, Inde, Chine, Afrique du Sud)**, la Russie dispose d'importantes ressources énergétiques (pétrole et gaz), le Brésil est un grand exportateur de produits agricoles et l'Afrique du Sud possède des richesses minières.

• **La Chine et l'Inde.** La Chine (1,448 milliard d'habitants en 2022) a fondé sa puissance sur les **exportations de produits manufacturés** et développe aujourd'hui les nouvelles technologies. L'Inde (1,406 milliard d'habitants en 2022) mise sur les **services aux entreprises et sur une industrie conquérante**. Les autres pays émergents sont les MINT (Mexique, Indonésie, Nigeria, Turquie), le Maroc ou l'Argentine.

B Des atouts non négligeables

• **Une main-d'œuvre abondante et des ressources naturelles.** La Chine et l'Inde disposent d'une **main-d'œuvre nombreuse**. Les pays émergents possèdent souvent des ressources naturelles abondantes : denrées agricoles au Brésil, **métaux rares** en Chine, pétrole au Venezuela, au Nigeria et au Moyen-Orient.

• **Des FTN performantes.** Les entreprises des pays émergents sont devenues des firmes de premier plan : Lenovo (Chine, dans l'informatique), Tata (Inde) a racheté Jaguar et Land Rover. Huawei et Alibaba (Chine) sont des leaders mondiaux de la téléphonie et du e-commerce.

C Une intégration limitée

• **Des progrès notables…** Le dynamisme des pays émergents s'est accompagné d'une spectaculaire **réduction de la pauvreté**. Une petite partie de la population s'est fortement enrichie : la Chine compte aujourd'hui plus de milliardaires que les États-Unis. Globalement, la population des pays émergents est moins pauvre. Le PIB par habitant du Brésil est passé de 1 400 dollars par an en 1981 à 8 900 en 2018. Avec la crise sanitaire, il est passé à 6 750 dollars en 2021.

• **… mais des handicaps demeurent.** On assiste aussi à un **creusement des inégalités**. Le **coefficient de Gini** de l'Inde est passé de 30,8 en 1994 à 47,9 en 2019, celui de la Chine de 25 en 1984 à 62 en 2019. La mondialisation entraîne des inégalités territoriales fortes : la Chine littorale est riche mais les 3/4 du pays restent pauvres. Au Brésil, le Sudeste est dynamique, mais le Nordeste est en retard.

> Définition
> **Coefficient de Gini :** indicateur d'inégalités de revenus, variant de 0 à 100. Il est de 0 dans une situation d'égalité parfaite. Il est égal à 100 dans la situation la plus inégalitaire.

4 Les territoires en marge de la mondialisation

A Les caractéristiques des territoires marginalisés

• **Des difficultés majeures.** Hormis quelques lieux complètement isolés (pôles Nord et Sud, déserts continentaux), aucun territoire n'échappe vraiment à la mondialisation. Pourtant, certains territoires sont **marginalisés** et peu intégrés : **l'Afrique** représente seulement 2 % du commerce mondial.

• **Des territoires sous-équipés.** L'accès à l'eau potable est souvent défaillant, les écoles et les hôpitaux trop peu nombreux. Les écarts de richesse entre pays riches et pays pauvres se sont creusés : les 20 % les plus pauvres ne réalisent qu'1 % du PIB mondial.

B La marginalisation : des causes multiples

• **Des territoires à l'écart.** Certains pays sont mal desservis par les réseaux de communication (ex. : Afrique centrale). Par ailleurs, les conditions naturelles extrêmes demeurent encore un obstacle à l'intégration à l'espace mondialisé (pôle Nord).

• **Des territoires enclavés et peu sûrs.** Un grand nombre d'États sont **enclavés** (ex. : Niger, Tchad, Mali). Or, disposer d'un port ou être bien relié à celui-ci est une condition nécessaire pour les exportations. Par ailleurs, pour certains pays, l'instabilité politique et les **conflits** (ex. : guerres ethniques en Afrique) sont des obstacles majeurs aux investissements étrangers.

C La marginalisation à toutes les échelles

• **À l'échelle des continents et des États.** L'Afrique sahélienne, l'Amérique andine ou l'Asie centrale sont peu intégrées aux flux mondiaux. Au niveau des États, on compte **47 PMA** dont 33 en Afrique, qui se caractérisent par un PIB/habitant, un **IDH** faibles et une économie dépendant souvent des exportations de matières premières. Mais tous les pays, au Nord comme au Sud, comptent des territoires en marge : l'ouest de la Chine, l'Amazonie brésilienne ou le sud de l'Italie.

• **Aux échelles régionale et locale.** Partout dans le monde, l'opposition villes/campagnes demeure : les villes fournissent de l'emploi alors que les espaces ruraux sont plus pauvres et marginalisés. Au sein même des villes, les quartiers défavorisés (**bidonvilles** dans les PED) côtoient les quartiers riches. La mondialisation a ainsi comme conséquence d'augmenter les inégalités des territoires à toutes les échelles.

Exercices d'entraînement

Contrôle continu

Corrigé p. 440

1 Faites correspondre chaque terme de vocabulaire à la définition qui convient.

Centre de décision •	• Lieu d'échanges impliquant un changement de mode de transport.
Hub logistique aéroportuaire •	• Lieu où sont concentrées des fonctions de commandement (politiques, économiques, culturelles).
Plateforme multimodale •	• Aéroport où convergent et d'où repartent les marchandises.

2 Donnez les principales caractéristiques d'un pays émergent.

3 Citez quatre villes qui sont des centres de décision mondiaux.

4 Justifiez l'affirmation suivante à l'aide de deux exemples : « L'Afrique est un continent marginalisé. »

THÈME 2 Sujets d'étude

1 New York, un centre de la mondialisation

• Une mégapole dans une grande mégalopole. L'agglomération new yorkaise compte 22 millions d'habitants : c'est une mégapole. Elle est, selon l'ONU, classée au **12e rang des agglomérations** en 2022. New York est au cœur de la **mégalopolis** du Nord-Est des États-Unis, une région urbanisée de 55 millions d'habitants.

• Un pôle politique, économique et financier majeur. New York accueille le siège de la principale organisation politique internationale : l'ONU. La ville dispose également des **fonctions de commandement économique et financier**. Manhattan abrite les **deux premières bourses mondiales** (New York Stock Exchange et Nasdaq), les banques les plus importantes du pays et un grand nombre de **FTN**. New York comprend aussi un technopôle (Silicon Alley).

• Une capitale culturelle et touristique. New York joue un rôle de premier plan dans le domaine culturel avec les comédies musicales de Broadway, ses nombreux musées, etc. La presse écrite et audiovisuelle (*New York Times*, CBS, NBC, etc.) y est concentrée de même que la mode et le marché de l'art (ventes aux enchères chez Christie's ou Sotheby's). New York est la première destination touristique des États-Unis (50 millions de visiteurs par an).

• Un centre de décision bien relié au monde. New York est un grand port mondial (Newark, Jersey City et Red Hook) sur l'Atlantique et également un *hub* aérien. Les aéroports J. F. Kennedy, La Guardia et Newark sont parmi les premiers des États-Unis en nombre de passagers internationaux.

2 L'aéroport de Paris-Roissy-Charles-de-Gaulle, un *hub* au cœur des échanges européens et mondiaux

• Un *hub* de niveau mondial. L'aéroport Paris-Roissy-Charles-de-Gaulle est un ***hub*** de première importance en France, en Europe et dans le monde. Ses **infrastructures** lui permettent de concentrer de nombreuses lignes internationales et d'assurer la redistribution des flux aériens vers les métropoles françaises et européennes. L'aéroport de Paris-Roissy-Charles-de-Gaulle dessert notamment toutes les capitales et les grandes villes mondiales ainsi que toutes les grandes métropoles régionales françaises.

Paris-Roissy-Charles-de-Gaulle en chiffres (2019)
- 2e aéroport européen après Londres-Heathrow et 10e du monde.
- Nombre de passagers : 76,2 millions.
- Fret : 11e aéroport mondial (1,9 million de tonnes).

• Le *hub* de la compagnie Air France. Depuis 1996, Paris-Roissy-Charles-de-Gaulle est le *hub* de la compagnie Air France. Il entre en concurrence avec Londres, Amsterdam et Francfort, *hubs* des principales compagnies européennes (British Airways, KLM et Lufthansa). On y compte en moyenne 1 300 vols par jour.

Définition
Hub **:** lieu de concentration des flux (aériens, portuaires ou ferroviaires), avant que ceux-ci ne soient redistribués.

• Une plateforme multimodale. L'aéroport de Roissy est un des principaux aéroports pour le fret en Europe (11e rang mondial et 2e rang européen après Francfort, en 2019). Il représente 83 % du tonnage traité dans les aéroports français. Le géant américain du transport express par avion, FeDex, a choisi Roissy pour établir son *hub* principal en Europe.

• Un aéroport bien connecté au territoire national et à l'Europe. L'aéroport Paris-Roissy-Charles-de-Gaulle est bien relié aux régions françaises et européennes grâce à la connexion avec le réseau autoroutier (autoroute A1) et ferroviaire, et à la gare TGV située au cœur de l'aéroport. Le Réseau Express Régional permet de rejoindre le centre de Paris en 30 minutes.

Exercices d'entraînement

Contrôle continu

Exercice 1

Corrigé p. 440

New York, les fonctions d'une ville mondiale

1. Montrez, à l'aide de la carte, que New York est bien connectée au monde.

2. En quoi New York est-elle une capitale financière mondiale ?

3. En vous aidant de vos connaissances, dites en quoi les fonctions urbaines de New York font d'elle une ville mondiale.

Exercice 2

Corrigé p. 440

Relier l'aéroport de Paris-Roissy-Charles-de-Gaulle au centre de Paris en 20 minutes, tel est le projet ambitieux qui doit voir le jour en 2024. Un chantier qui est loin de faire l'unanimité.

En France jusqu'à présent, pour se rendre de Paris à l'aéroport de Roissy par le rail, il fallait emprunter le RER B et le plus souvent s'arrêter dans de nombreuses gares avant d'arriver à bon port. Il sera désormais possible, à partir de 2024, d'effectuer directement ce trajet en 20 minutes, alors qu'il est actuellement compris entre 30 et 50 minutes. […]

À l'origine de ce projet né en 2011, la nécessité de faciliter et de rendre plus accessible la desserte de Paris. Première ville touristique au monde, la capitale et sa région ont d'ailleurs accueilli en 2018 un nombre de touristes record avec 35 millions d'arrivées hôtelières […].

[…] de nombreuses voix s'élèvent tant du côté des politiques que des riverains pour [la] critiquer. Certains fustigent un « train des riches », réservé aux passagers aériens, et qui ne s'arrêtera pas dans des communes mal loties. D'autres craignent que les travaux ne perturbent trop les lignes de trains de banlieue au nord de Paris, en particulier le RER B qui voit passer (…) 900 000 usagers par jour.

Anne Bernas, www.rfi.fr, 17 février 2019.

1. Pourquoi est-il important de relier l'aéroport de Paris-Roissy-Charles-de-Gaulle à Paris ?

2. Quels sont les avantages et les inconvénients de ce projet ?

3. À l'aide du texte et de vos connaissances, montrez que l'aéroport Paris-Roissy-Charles-de-Gaulle est un *hub* important en Europe et dans le monde.

Les lieux de l'influence française dans la mondialisation

Dans un contexte de mondialisation et d'instabilité croissante, la France entre en rivalité avec les autres pays. Elle doit donc continuer à s'affirmer en consolidant ses alliances. Le pays demeure une puissance économique (l'économie française est classée au 6e rang mondial), diplomatique, militaire et culturelle sur la scène européenne et mondiale. Sa présence sur tous les continents, sa participation aux grandes organisations internationales (Union européenne, ONU, OTAN, G7, G20, etc.) ainsi que ses représentants (firmes transnationales, organisations publiques, etc.) contribuent à renforcer son rayonnement et son attractivité. Ce rayonnement comme la concurrence internationale transforment son territoire à toutes les échelles.

1 Une puissance économique qui se maintient

A La balance commerciale de la France

• **Le 6e exportateur mondial.** La France se place au 6e rang (derrière la Chine, les États-Unis, l'Allemagne, le Japon et les Pays-Bas) pour les **flux commerciaux et financiers**. Elle **exporte** surtout du vin et du champagne, des avions, des automobiles, des produits chimiques et des parfums et cosmétiques. L'**Union européenne** représente 60 % de ses exportations. Elle est le 2e exportateur mondial de produits agro-alimentaires et le 4e dans le domaine de l'armement. Alors qu'elle représentait 6,5 % en 1980, la part de marché de la France dans le commerce mondial est, en 2021, d'environ 3 % sur les marchandises et de 3,5 % sur les services (tourisme, services aux entreprises). On compte plus de **135 000 entreprises françaises exportatrices** en 2021.

• **La dépendance aux importations.** La France reste très dépendante de son approvisionnement en **énergie** : pétrole (Moyen-Orient, Venezuela, Nigeria) ou gaz (Algérie, mer du Nord, Russie). Elle importe également des produits industriels d'Europe et d'Asie. L'**Union européenne** domine largement les importations françaises (59 % du total). En 2021, le solde de la balance commerciale est déficitaire de 84 milliards d'euros, alors que la balance des services est excédentaire de 12 milliards d'euros.

B Une économie ouverte sur l'UE et le monde

• **La place des firmes transnationales françaises.** Les FTN françaises sont des acteurs majeurs de la mondialisation. Elles réalisent **60 % de leurs bénéfices hors de France**. Michelin exporte 60 % de sa production et compte pour 15 % du marché mondial du pneu. L'Oréal est présent dans 150 pays et détient 16 % du marché des cosmétiques. Carrefour emploie 396 000 salariés dans 33 pays et possède plus de 1 200 hypermarchés, dont les 4/5 sont à l'étranger. Danone est un des leaders mondiaux de l'agro-alimentaire. La France a choisi l'**échelle européenne** pour développer son aéronautique (Airbus) et l'industrie aérospatiale (EADS).

• **Les IDE sortants.** Malgré un léger ralentissement économique mondial, la France demeure le **3e investisseur mondial** derrière les États-Unis et la Chine. Elle compte 38 000 filiales à l'étranger, employant 5,7 millions de personnes. Ces filiales sont principalement situées dans l'**Union européenne** (Royaume-Uni, Allemagne) mais aussi aux États-Unis, en Chine et au Brésil. 63 % des filiales françaises implantées à l'étranger ont une activité de service dans le secteur du commerce, les services d'information et de communication et les activités financières. Elles contribuent au rayonnement de la France à l'étranger.

2 Le rayonnement mondial de la France

A La présence diplomatique et militaire

> **Définitions**
> **Influence :** action qu'exerce un pays dans le monde.
> **Rayonnement :** influence exercée par un pays, liée à son prestige.

• **La diplomatie française.** La France est classée 3e dans le monde pour le nombre de ses **ambassades** (160) derrière les États-Unis et la Chine. La diplomatie française a pour mission de protéger les intérêts du pays au-delà de ses frontières et de contribuer au rayonnement de celui-ci dans le monde. La France est également active dans les grandes organisations internationales : siège permanent au Conseil de sécurité de l'**ONU**, membre influent de l'OMC et du FMI, participation au **G20 et au G7**, etc. En Afrique, son influence diminue face à la concurrence des États-Unis et, plus récemment, de la Chine. Aujourd'hui, même si la France est un membre influent de la diplomatie européenne, l'UE a du mal à parler d'une seule voix.

• **Les forces militaires françaises.** Dans les années 1960, avec De Gaulle, la France a longtemps cherché à affirmer son indépendance vis-à-vis des États-Unis et de l'URSS. Après l'éclatement du bloc soviétique en 1991, elle a réintégré l'OTAN en 2009 tout en cherchant à maintenir une autonomie stratégique coûteuse : la France dispose de porte-avions et de sous-marins nucléaires, d'avions de combats (Mirage 2000 et Rafale) et d'une armée de **268 000 hommes** dont 17 000 stationnés en permanence à l'étranger. Les forces militaires françaises interviennent sous le mandat de l'ONU ou à la demande d'autres pays pour rétablir la paix (Afrique, Irak, Syrie, etc.). L'Union européenne ne dispose que d'une force militaire réduite (**l'Eurocorps**) qui intervient le plus souvent sous la bannière de l'ONU.

B Une présence linguistique et culturelle

• **La francophonie.** La présence française dans le monde s'appuie aussi sur les millions de personnes qui parlent la langue : elles se situent principalement en Europe (Luxembourg, Belgique wallonne, Suisse romande), en Afrique occidentale, au Maghreb et en Amérique du Nord (Québec, Louisiane). Le français est la cinquième langue la plus parlée au monde avec environ 235 millions de locuteurs.

• **La culture française à l'étranger.** L'art, la littérature et le cinéma sont des vecteurs importants de l'expression culturelle française à l'étranger. L'Institut français est devenu en 2011 l'opérateur unique de l'action culturelle française à l'étranger : il travaille en étroite relation avec le réseau culturel français à l'étranger qui compte 98 instituts français dans le monde entier. **Exemple :** en 2017 a été inauguré le Louvre d'Abu Dhabi (Émirats Arabes Unis). L'Alliance française constitue aujourd'hui le premier réseau culturel mondial, avec plus de 1 000 implantations dans 128 pays sur les cinq continents. Chaque année, plus de 500 000 personnes, de tous âges, viennent y apprendre la langue française. Par ailleurs, l'agence d'enseignement français à l'étranger (AEFE) est composé de 522 établissements scolaires répartis dans 139 pays. 356 000 élèves y sont scolarisés (1/3 de Français et 2/3 d'élèves étrangers).

3 La France, un territoire attractif

A Un pays ouvert au monde

• **Les capitaux étrangers en France.** Ce sont les entreprises de l'**Union européenne** qui investissent le plus (70 % des IDE) sur le territoire français, en particulier dans les régions frontalières. L'Allemagne est le premier investisseur européen en France, suivie par l'Italie, l'Espagne et le Royaume-Uni. La France est la dixième destination mondiale des flux d'IDE. Les filiales de groupes étrangers établis en France emploient 13 % des salariés français, contribuent à 20 % du chiffre d'affaires du pays et à 30 % des exportations. Les États-Unis assurent 1/5 des investissements étrangers, principalement dans les domaines pharmaceutique et médical, aéronautique et ferroviaire. On note, toutefois, une forte progression des investissements en provenance de Chine ou du Moyen-Orient.

> **Définition**
> **Attractivité :** capacité d'un territoire à attirer les hommes (flux migratoires ou tourisme), les investissements et les entreprises.

• **Les organisations internationales.** La France est soucieuse de conserver un rôle mondial en accueillant des organismes internationaux, tant européens que mondiaux. Dans le cadre de l'UE, le Parlement et la Cour européenne des droits de l'homme siègent à Strasbourg. L'autorité européenne des marchés financiers et l'agence spatiale européenne sont établies à Paris. À l'échelle mondiale, l'UNESCO (Organisation des Nations unies pour l'éducation, la science et la culture), et l'OCDE (Organisation de coopération et de développement économique) sont également implantées dans la capitale. Enfin, Interpol, qui est l'organisation internationale de police criminelle, a ses bureaux à Lyon.

B L'attractivité culturelle et touristique

• **Culture et sports.** La gastronomie française est réputée à travers le monde. Le repas gastronomique des Français est inscrit au patrimoine culturel immatériel de l'humanité. La mode et le luxe français, avec des marques de renom (Chanel, Hermès, Vuitton, etc.), sont devenus des piliers économiques et font vivre des milliers de salariés. Les groupes LVMH et Kering sont des leaders mondiaux du secteur. Mais la France revendique également l'organisation de manifestations sportives de portée mondiale. Paris a été choisie pour organiser les Jeux olympiques d'été en 2024. Le Tour de France cycliste, le grand prix de Formule 1, la course de moto du Bol d'Or ou le tournoi de tennis de Roland-Garros attirent des milliers de spectateurs et téléspectateurs.

• **La première destination touristique mondiale.** Le tourisme est l'un des atouts majeurs de l'économie française. Avec un patrimoine riche et des aménagements variés (stations d'hiver ou balnéaires), le tourisme connaît une forte progression depuis les années 1950. Avant la crise sanitaire, en 2019, on a dénombré 89,4 millions de touristes internationaux. La France se place au 3e rang mondial en termes de recettes (56,2 milliards d'euros). Le tourisme représente environ 7 % du PIB national et emploie plus de 2 millions de personnes. Les principaux sites touristiques français visités sont, dans l'ordre, Disneyland Paris, le musée du Louvre, le château de Versailles et la tour Eiffel. Les régions qui profitent le plus du tourisme international sont l'Île-de-France et la région Sud (ex-PACA).

Exercices d'entraînement

Contrôle continu

Corrigé p. 440

1 **Citez trois caractéristiques du commerce extérieur français.**

2 **En vous appuyant sur un exemple, définissez la place de la France sur la scène mondiale dans le domaine culturel.**

3 **Caractérisez l'attractivité de la France dans le domaine économique.**

4 **Justifiez l'affirmation suivante en l'illustrant par des exemples : « La France est un grand pays touristique. »**

Sujets d'étude

1 Le Centre Spatial Guyanais (Kourou) : coopérer pour s'affirmer à l'échelle mondiale

• **Une localisation privilégiée.** Situé à Kourou, dans le DROM (département et région d'outre-mer) de la Guyane, le **Centre Spatial Guyanais (CSG)** est la base de lancement choisie par l'Europe pour envoyer dans l'espace des satellites, principalement de télécommunication. Le CSG est situé à 5° de latitude nord, tout proche de l'équateur, ce qui permet une consommation moindre de carburant pour traverser l'atmosphère et mettre en orbite les satellites géostationnaires.

• **Une coopération entre plusieurs instances.** Mis en service en 1968, le site est aujourd'hui géré par trois instances : **le CNES (Centre national d'études spatiales) propriétaire du site de Kourou, l'agence spatiale européenne, qui est le principal financeur, et la société française Arianespace**. Celle-ci est chargée de la commercialisation et de l'exploitation des lanceurs Ariane (satellites de 9 à 20 tonnes) et des lanceurs Vega (satellites de 1,5 tonnes). Depuis 2007, Arianespace assure également le lancement des fusées russes Soyouz.

• **Le port spatial de l'Europe.** Le centre spatial guyanais génère sur place plus de 4 600 emplois, soit 15 % de la population active de la Guyane. On estime qu'aujourd'hui **40 % des satellites mondiaux sont lancés à partir de Kourou**. De nombreux États européens contribuent au financement de l'agence spatiale européenne (dont la France pour 28 %). La fabrication des fusées Ariane est réalisée dans le cadre d'une véritable **coopération européenne** pour concurrencer les lanceurs russes, américains ou chinois. Les sociétés industrielles françaises conservent encore une part prépondérante dans la conception et la fabrication des lanceurs Ariane.

2 Disneyland Paris : un marqueur de l'intégration de la France dans la mondialisation

• **Le premier complexe touristique européen.** Disneyland Paris est un **parc d'attraction** situé à 30 km à l'est de Paris. Il accueille chaque année plus de 9 millions de visiteurs (9,84 en 2018 avant la crise sanitaire), dont 56 % sont étrangers, la moitié venant d'Europe, et 44 % de France. Disneyland Paris s'est imposé comme la première destination touristique européenne et comme une source de rayonnement de la France à l'international. Le complexe contribue ainsi à hauteur de 6,2 % des recettes touristiques de la France.

• **Une réussite économique.** Créé en 1992, Disneyland Paris a accueilli 330 millions de touristes depuis sa création. Outre les Français, les visiteurs viennent essentiellement du Royaume-Uni (17 %) et d'Espagne (9 %). Les touristes issus de pays non européens constituent moins de 10 % du total. **Le site emploie plus de 15 000 salariés et génère plus de 50 000 emplois directs ou indirects**. L'implantation de Disneyland Paris à Marne-la-Vallée a eu un impact économique important pour toute la région Île-de-France.

• **Un choix d'implantation stratégique.** Après l'implantation de parcs à thèmes en Californie, en Floride et au Japon, la firme Walt Disney Company recherchait un lieu stratégique pour s'implanter en Europe. **C'est le site de la grande banlieue parisienne (Marne-la-Vallée-Chessy) qui a été choisi**. Le complexe touristique se situe à 30 minutes de l'aéroport international de Paris-Roissy-Charles-de-Gaulle. Il est également bien desservi par tous les modes de transport : la gare TGV située à proximité permet de rejoindre les principales villes françaises, mais aussi Londres, Bruxelles ou Amsterdam.

Exercices d'entraînement

Contrôle continu

Exercice 1

Corrigé p. 441

Le Centre spatial guyanais : une base pour l'Europe

Les missions du Centre spatial guyanais s'inscrivent dans les objectifs poursuivis par l'Europe en matière de transport spatial.

Garantir à l'Europe un accès indépendant à l'espace. En 1973, les pays membres de l'Agence spatiale européenne (ESA) entérinent la nécessité de disposer d'installations de lancement propres. La décision est alors prise de les construire au Centre spatial guyanais, alors propriété de la France placée sous la responsabilité du CNES. Opérationnel depuis 1968, le CSG est choisi comme lieu d'accueil du projet de lanceur européen, Ariane.

Occuper une place de premier plan sur le marché mondial des services de lancement. Pour permettre à l'Europe de maintenir sa place d'acteur majeur des services de lancements, l'Agence spatiale européenne met ses lanceurs et ses installations à disposition d'Arianespace. Créée par le CNES en 1980 pour répondre à la demande de lancements commerciaux, l'entreprise opère et commercialise les lancements d'Ariane, Soyouz et Vega depuis le CSG.

Faire travailler au CSG des entreprises européennes. Le Centre spatial guyanais est majoritairement financé par la totalité des 22 États-membres de l'ESA. [...] Parmi les sociétés travaillant au sein de la base spatiale, plusieurs sont originaires de pays d'Europe autres que la France.

Mettre sur orbite des programmes européens. De nombreux programmes et satellites européens remarquables ont rejoint l'espace depuis le CSG. Parmi eux : Rosetta (2004), la 1re sonde à approcher puis placer un atterrisseur sur une comète ; Galileo, (11 lancements entre 2011 et 2021 depuis le CSG), le système de positionnement par satellite européen [...] et Webb (2021), plus grand et plus puissant télescope spatial parti à la recherche des origines de l'Univers. Réalisé en coopération avec la NASA et l'Agence Spatiale Canadienne. [...]

Site Internet du CSG, centrespatialguyanais.cnes.fr, consulté en 2022.

1. **En quoi le site de Kourou est-il important pour l'Europe ?**
2. **Quelle est son activité principale ?**
3. **À l'aide de vos connaissances et du document, expliquez le rôle de Kourou dans le rayonnement de la France en Europe et dans le monde.**

Exercice 2

Corrigé p. 441

Disneyland Paris : un site touristique dans la mondialisation

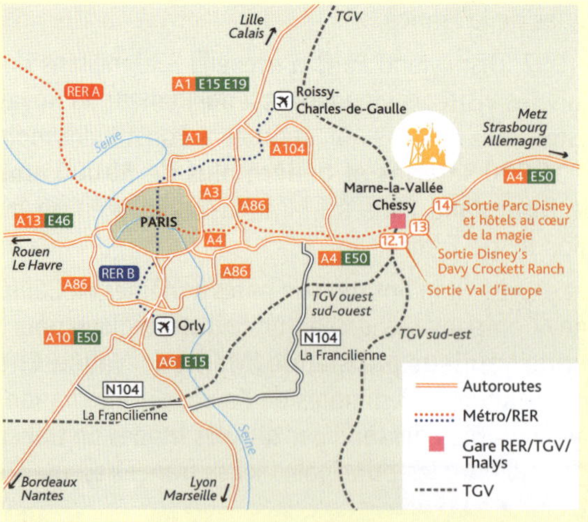

1. **Expliquez le choix de l'implantation de Disneyland Paris en Europe.**
2. **Quels sont les moyens de transport qui permettent d'accéder au site ?**
3. **Pourquoi peut-on dire que Disneyland Paris est un marqueur de l'intégration de la France dans la mondialisation ?**

AXE 1 Fondements et expériences de la démocratie

Questionnement : quels sont les principes et les conditions de la démocratie ?

1 L'essentiel

• **Les origines historiques de la démocratie :** nous vivons aujourd'hui en France **en démocratie**. Ce régime est né à Athènes au Vᵉ siècle avant J.-C. La démocratie est définie comme un régime où les citoyens exercent le pouvoir ou le délèguent à des représentants.

• **La souveraineté du peuple :** c'est l'un des fondements du régime démocratique. La **souveraineté populaire** caractérise le pouvoir détenu par le peuple, lui permettant de voter des lois, d'élire des représentants ou d'être élu.

• **La démocratie et les élections :** grâce aux campagnes électorales et à l'information dont il dispose sur les partis politiques, **le citoyen a la possibilité de s'exprimer** lors des différentes élections. On observe aujourd'hui en France un désengagement des citoyens, des taux d'abstention et de votes blancs élevés.

• **La laïcité :** c'est l'un des principes fortement ancrés dans la République française. L'État est donc tenu à un devoir de neutralité vis-à-vis de la religion ; il doit favoriser la liberté de conscience des citoyens qui sont libres de croire ou de ne pas croire.

• **La transformation des régimes politiques :** si la démocratie garantit les libertés, il n'en est pas de même pour **les régimes autoritaires et totalitaires** ; le totalitarisme restreint voire supprime les libertés individuelles et collectives.

• **La protection des démocraties :** **les démocraties sont fragiles**. Elles peuvent être contestées de l'intérieur comme de l'extérieur. Les menaces qui pèsent sur elles peuvent amener les États à prendre des mesures d'exception (comme l'état d'urgence) pour garantir le fonctionnement démocratique et lutter contre le terrorisme.

• **La construction européenne et la démocratie :** **l'Union européenne** applique les principes démocratiques et possèdent des institutions politiques et judiciaires qui en défendent les valeurs.

2 Les notions à maîtriser

• **Autoritarisme :** pratique autoritaire du pouvoir. Se traduit notamment par la restriction des libertés politiques.

• **État de droit :** État dans lequel le droit s'impose à tous, y compris à l'État lui-même.

• **Laïcité :** conception et organisation de la société fondée sur la séparation des églises et de l'État. Le principe de la laïcité de l'État est posé par l'article 1ᵉʳ de la Constitution française de 1958.

• **Monarchie parlementaire :** démocratie dans laquelle le roi ou la reine n'exerce qu'un pouvoir symbolique.

• **Pouvoir exécutif :** pouvoir qui a pour mission de faire appliquer les lois sur le terrain.

• **Représentation parlementaire :** principe selon lequel les citoyens sont représentés par des députés qui votent les lois en leur nom.

• **République :** forme d'organisation politique dans laquelle les détenteurs du pouvoir l'exercent en vertu d'un mandat conféré par le corps social.

• **Séparation des pouvoirs :** principe selon lequel les pouvoirs législatif, exécutif et judiciaire ne peuvent être réunis entre les mains d'une seule personne.

• **Souveraineté du peuple :** situation dans laquelle le pouvoir est détenu par le peuple.

• **Totalitarisme :** régime politique où la société est totalement soumise au projet des dirigeants.

AXE 2

Repenser et faire vivre la démocratie

Questionnement : comment construire l'avenir de la démocratie dans un monde d'incertitudes ?

1 L'essentiel

• **Les conditions du débat démocratique :** aujourd'hui, les médias et les réseaux sociaux sont au cœur de la démocratie. Ils jouent un rôle déterminant dans le débat des citoyens. Les médias délivrent et analysent l'information ; avec Internet, de nouveaux enjeux apparaissent sur la fiabilité de l'information.

• **Démocratie, exemplarité et transparence :** des scandales politico-financiers ont été révélés par les médias ces dernières années. Ils ont mis à mal la démocratie, en la décrédibilisant aux yeux des citoyens. Un devoir de transparence et d'exemplarité des hommes et des femmes politiques est donc nécessaire.

• **Le citoyen et la politique sociale :** la démocratie accorde des droits aux salariés : le droit de grève, la liberté d'appartenir à un syndicat, le droit de manifester, etc. Les salariés sont des acteurs essentiels de la démocratie : ils sont représentés au sein des entreprises.

• **Les formes et les domaines de l'engagement :** il n'y a pas de démocratie sans engagement citoyen. L'engagement citoyen est indispensable et multiforme : politique, associatif, syndical, social, écologique, humanitaire, culturel, etc. Il rend la démocratie concrète et vivante.

• **Les nouvelles aspirations démocratiques :** de nos jours, la démocratie est surtout représentative : on élit un conseil municipal, un député ou le président de la République. Mais la démocratie représentative peut être conjuguée à d'autres pratiques (**exemple :** la démocratie semi-directe et participative en Suisse aujourd'hui).

• **Conscience démocratique et relations internationales :** toute démocratie repose sur des textes majeurs : la Déclaration des droits de l'homme et du citoyen de 1789, la Déclaration universelle des droits de l'homme de 1948, la Convention internationale des droits de l'enfant de 1989, etc. Ces textes fondateurs véhiculent des valeurs (liberté, égalité entre les citoyens, etc.).

2 Les notions à maîtriser

• **Citoyen :** acteur-clé de la démocratie disposant de libertés individuelles et collectives.

• **Citoyenneté :** pleine reconnaissance de l'état de citoyen à une personne.

• **Corruption :** détournement d'argent à son profit par une personne disposant d'un pouvoir de décision.

• **Crise de confiance :** situation dans laquelle les citoyens pensent que leurs dirigeants leur mentent ou les trompent.

• **Débat :** échanges d'idées sur un sujet.

• **Décision publique :** choix opéré par les décideurs, dans l'intérêt de tous.

• **Désinformation :** diffusion de nouvelles fausses afin de déstabiliser l'opinion.

• **Information :** nouvelle donnée obtenue sur une personne ou un événement.

• **Justice internationale :** justice visant au respect des principes démocratiques, pouvant même juger des chefs d'État.

• **Politiques publiques :** mesures qui s'appliquent à tous, à l'échelle d'un pays.

• **Représentation politique :** action de représenter les électeurs afin de défendre leurs intérêts.

• **Sphère privée à l'ère du numérique :** informations mises en ligne relatives à une seule personne.

• **Sphère publique à l'ère du numérique :** informations mises en ligne qui sont accessibles à tous.

Contrôle continu

Épreuve d'histoire-géographie

Corrigé p. 441

Première partie : questions (sur 10 points)

Questions d'histoire

1. Proposez une définition du totalitarisme.
2. Citez trois caractéristiques de la guerre froide.
3. Pour chacune des propositions suivantes, répondez par vrai ou faux. Si la réponse est fausse, corrigez la phrase.

a) La guerre d'Indochine se termine par la défaite française de Diên Biên Phu (mai 1954) et les accords d'Évian (mars 1962).	V	F
b) Par rapport à la Constitution de 1946, celle de 1958 donne plus de pouvoir au président de la République.	V	F
c) Les Trente Glorieuses sont caractérisées par une forte progression des naissances (*baby boom*), un fort ralentissement économique et un chômage élevé.	V	F

Questions de géographie

4. En vous appuyant sur un exemple, définissez le rôle des mers et des océans dans le commerce international.
5. Complétez le fond de carte joint (annexe n° 1) en <u>localisant</u> et <u>nommant</u> :
   – les trois grandes aires continentales qui dominent l'économie mondiale ;
   – quatre métropoles de rang mondial, centres de décision de la planète ;
   – deux pays émergents ;
   – le continent qui se trouve en marge des échanges mondiaux.
   Puis réalisez la légende de la carte.
6. Justifiez l'affirmation suivante en utilisant des chiffres et des exemples : « La France est un grand pays touristique. »

Annexe 1

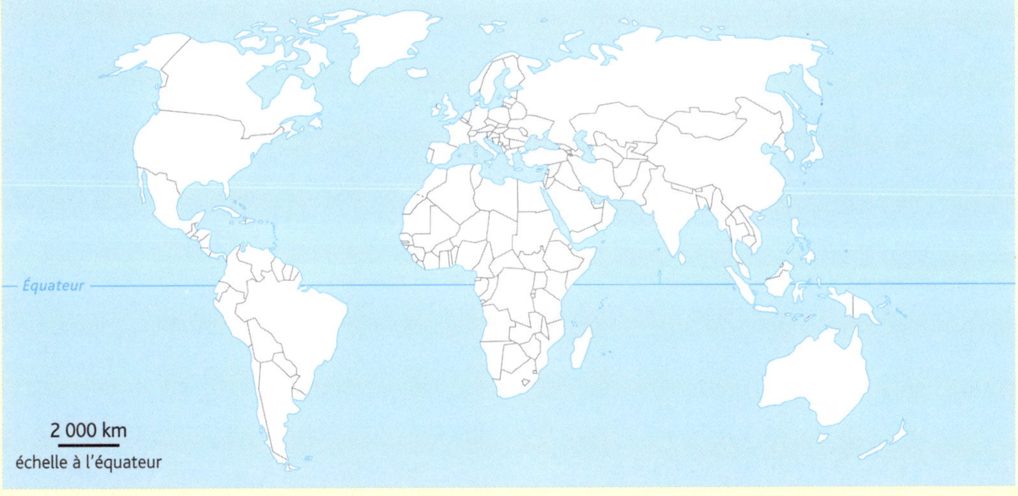

HISTOIRE GÉOGRAPHIE

Deuxième partie : analyse de document(s) (sur 10 points)

Le candidat choisit l'un des deux sujets d'étude.

Sujet d'étude La guerre d'Algérie

Document : Allocution radiotélévisée du général de Gaulle, le 16 septembre 1959

[...] On peut maintenant envisager le jour où les hommes et les femmes qui habitent l'Algérie seront en mesure de décider de leur destin, une fois pour toutes, librement, en connaissance de cause. Compte tenu de toutes les données, algériennes, nationales, et internationales, je considère comme nécessaire que ce recours à l'autodétermination soit, dès aujourd'hui, proclamé. [...] Mais le destin politique, qu'Algériennes et Algériens auront à choisir dans la paix, quel peut-il être ? Chacun sait que, théoriquement, il est possible d'en imaginer trois. [...] Ou bien la Sécession, où certains croient trouver l'indépendance. La France quitterait alors les Algériens qui exprimeraient la volonté de se séparer d'elle. [...] Ou bien la Francisation complète, telle qu'elle est impliquée dans l'égalité des droits. [...] Ou bien le Gouvernement des Algériens par les Algériens, appuyé sur l'aide de la France et en union étroite avec elle, pour l'économie, l'enseignement, la défense, les relations extérieures. Dans ce cas, le régime intérieur de l'Algérie devrait être de type fédéral.

Charles de Gaulle, président de la République française, *Discours et messages*,
Tome III Avec le renouveau 1958-1962, Plon, 1975.

Questions

1. Présentez l'auteur de cette allocution.
2. Quel a été son rôle durant la guerre d'Algérie ?
3. Définissez le terme d'« autodétermination » en citant une phrase du texte.
4. Quelles solutions sont offertes aux Algériens ?
5. À l'aide du document et de vos connaissances, rédigez un texte d'une quizaine de lignes dans lequel vous rappellerez les différentes étapes de la guerre d'Algérie et ses principales caractéristiques.

Sujet d'étude L'évolution de la place et des droits des femmes dans la société française

Document : Le Manifeste des dix

Ayant en commun d'avoir eu ou d'exercer actuellement des responsabilités publiques, nous voulons, alors que se profile le prochain millénaire dans un monde incertain et une France inquiète, lancer cet appel pour l'égalité des chances et des droits entre hommes et femmes. [...] Si les femmes sont en effet citoyennes à l'égal des hommes par leur nombre dans l'électorat et le niveau de leur participation aux scrutins, cette parité ne se retrouve pas, loin s'en faut, dans la proportion d'élus. Cinquante ans après l'instauration du droit de vote des femmes en France, seulement 5 % d'entre elles sont sénateurs ou maires, 6 % députés ou conseillers généraux. Le scrutin proportionnel améliore sensiblement la représentation féminine, avec 12 % des conseillers régionaux et 30 % des parlementaires européens. Parmi 20 grands pays développés d'Europe et d'Amérique du Nord, le nôtre est bon dernier pour la représentation des femmes au Parlement, loin derrière les États scandinaves, l'Allemagne, l'Espagne. Si bien que, dans l'Union européenne, la France est la lanterne rouge pour la proportion de femmes élues. Ce n'est pas tout. Seuls 6 % des postes « laissés à la discrétion du gouvernement »[1] sont occupés par des femmes : 2,6 % des préfets, 2 % des ambassadeurs, 5,5 % des directeurs d'administration centrale. Sans parler des directions d'entreprises ou d'établissements publics. [...] Après les grandes avancées juridiques des années 70 et 80, il est évident que le mouvement vers l'égalité marque le pas, quand il n'y a pas régression. [Les femmes] savent ou pressentent qu'elles sont les premières touchées par les licenciements et le chômage, total ou partiel, et que les écarts de salaires persistent, sans parler de l'accès aux postes de décision. [...] Voici les mesures que nous proposons :

1 – Une politique volontariste des partis, du gouvernement et des associations féminines conjugués. Les pays nordiques montrent l'efficacité de cette attitude. Quand il le faut, ils n'hésitent pas à utiliser les quotas. [...]

2 – Limitation drastique[2] du cumul des mandats et des fonctions, pour un meilleur partage et exercice du pouvoir. [...]

3 – Financement des partis politiques en fonction du respect de la parité de leurs instances dirigeantes et de leurs élus.

4 – Nomination volontaire à des postes de responsabilité qui dépendent de l'État et du gouvernement, en se fondant sur un principe de parité.

5 – Adoption d'une législation sur le sexisme comparable à celle sur le racisme, permettant aux associations de droits de l'homme et de la femme ainsi qu'aux individus d'ester en justice[3] civilement ou pénalement.

6 – Et s'il faut modifier la Constitution pour introduire des discriminations positives, nous y sommes favorables, comme l'est, nous en sommes persuadées, la majorité de nos concitoyens.

7 – Alors, sur ce sujet, pourquoi pas un référendum ?

Michèle Barzach, Frédérique Bredin, Édith Cresson, Hélène Gisserot, Catherine Lalumière, Véronique Neiertz, Monique Pelletier, Yvette Roudy, Catherine Tasca, Simone Veil

L'Express, 6 juin 1996.

1. **À la discrétion du gouvernement** : à attribuer par le gouvernement.
2. **Drastique** : stricte.
3. **Ester en justice** : exercer une action en justice.

Questions

1. Présentez le document.
2. Quels éléments du texte montrent les inégalités entre les hommes et les femmes dans le domaine politique ?
3. Comparez la situation des femmes en France avec celles des femmes d'autres pays d'Europe ou d'Amérique du Nord.
4. Montrez, à l'aide du texte, que ces inégalités touchent aussi les femmes au travail.
5. À l'aide du document et de vos connaissances, montrez que ce texte illustre les difficultés liées à l'évolution de la place des femmes dans la société française depuis 1945.

HISTOIRE

Thème 1 • Totalitarismes et Seconde Guerre mondiale

Question obligatoire *(Énoncés p. 401)*

1. On peut citer comme caractéristiques du totalitarisme **un parti unique** (parti communiste en URSS, parti nazi en Allemagne), **un régime de terreur** marqué par la poursuite des opposants en URSS (*via* les procès de Moscou), la suppression des libertés fondamentales en Allemagne et **le culte du chef** avec Staline et Hitler.

2. Le génocide est l'extermination systématique et programmée d'un groupe humain en raison de ses origines ethniques ou religieuses. On parle de génocide des Juifs par les nazis (6 millions de morts).

3. La Seconde Guerre mondiale est un conflit hors norme : il a mobilisé près de 100 millions de combattants issus d'une soixantaine de pays. Les pertes humaines ont été considérables : on estime que cette guerre a fait plus de 50 millions de morts, dont une majorité de civils.

4. La « Résistance » est l'ensemble des mouvements qui ont lutté contre le régime de Vichy et l'occupant nazi dans le but de libérer le territoire français. La « collaboration » a été menée par le régime de Vichy qui soutenait les autorités d'occupation nazies.

Sujets d'étude *(Énoncés p. 403)*

EXERCICE 1

1. Les deux groupes de personnes sont les habitants Juifs du ghetto de Varsovie et les militaires nazis. Un ghetto était, pendant la Seconde Guerre mondiale, un espace où les populations juives étaient confinées et enfermées.

2. Cette photographie est représentative de la guerre d'anéantissement à l'Est car elle illustre la volonté des Allemands d'exterminer les Juifs polonais.

3. Les habitants du ghetto de Varsovie sont envoyés dans les camps d'extermination de Treblinka, Sobibor ou Auschwitz.

EXERCICE 2

1. Ce message s'adresse aux Français qui sont invités à résister. Charles de Gaulle veut que les Français gardent espoir et continuent la lutte contre l'Allemagne.

2. De Gaulle demande aux volontaires, qui n'acceptent pas la défaite, de le rejoindre à Londres.

3. La phrase qui montre l'engagement de De Gaulle est : « Quoi qu'il arrive, la Flamme de la Résistance française ne doit pas s'éteindre et ne s'éteindra pas. »

Thème 2 • Du monde bipolaire au monde multipolaire

Question obligatoire *(Énoncés p. 407)*

1. On peut citer comme crises de la guerre froide le blocus de Berlin-Ouest (1948-49), la guerre de Corée (1950-53) et la guerre du Vietnam (1965-73).

2. La crise de Cuba a lieu en 1962. L'aviation américaine découvre les missiles nucléaires soviétiques installés sur l'île de Cuba, menaçant les États-Unis. Le président américain John F. Kennedy entame le blocus de Cuba. Le premier secrétaire du PCUS, Nikita Khrouchtchev, finit par céder : les missiles sont démantelés.

3. La décolonisation de l'Afrique noire s'est faite globalement pacifiquement. Si le Maroc et la Tunisie obtiennent leur indépendance en 1956, l'Algérie n'obtient la sienne qu'en 1962 avec les accords d'Évian, après huit ans de guerre.

4. Les deux principaux acteurs français de la construction européenne après la Seconde Guerre mondiale sont Jean Monnet et Robert Schuman.

Sujets d'étude *(Énoncés p. 409)*

EXERCICE 1

1. Il s'agit du projet IDS (Initiative de défense stratégique) qui permet d'intercepter les missiles nucléaires menaçant les États-Unis.

2. Le dispositif de dissuasion nucléaire n'est plus suffisant pour garantir la sécurité des États-Unis. Le programme de « la guerre des étoiles » doit protéger plus efficacement les États-Unis contre les armes nucléaires soviétiques grâce à un « bouclier spatial ».

3. La couverture du magazine montre le visage déterminé du président Reagan ; elle affiche le titre « défendre la défense » pour obtenir les crédits nécessaires et met en scène l'image de la destruction d'un missile à partir d'un satellite.

EXERCICE 2

1. Le président Bush évoque les attentats du 11 septembre 2001 contre les tours du *World Trade Center* à New York. Il annonce la riposte des États-Unis.

2. Les cibles des États-Unis sont désormais les réseaux terroristes internationaux.

3. Le président Bush envisage des « frappes spectaculaires » médiatisées et des « opérations secrètes » contre les ennemis des États-Unis.

Thème 3 • La France de 1945 à nos jours : une démocratie

Question obligatoire

(Énoncés p. 413)

1. Le rôle du GPRF à la fin de la guerre a été de restaurer l'autorité de l'État et de rétablir les libertés républicaines. Il était également chargé de faire redémarrer l'économie.

2. Il existe deux formes de décolonisation pour l'Afrique : une décolonisation pacifique pour le Maroc, la Tunisie et l'Afrique noire et une guerre d'indépendance pour l'Algérie (1954-1962).

3. « La Constitution de 1958 donne plus de pouvoirs au président de la République. » : le président de la République est le chef de l'État et des armées. Il nomme le Premier ministre et peut soumettre au référendum tout projet de loi. Il a également la capacité de dissoudre l'Assemblée nationale. L'article 16 de la Constitution lui permet enfin de prendre les pleins pouvoirs en cas de crise grave.

4. La République est une forme de gouvernement reposant sur une Constitution et dont les représentants du peuple sont élus par celui-ci.

La démocratie est une forme d'organisation politique où le pouvoir est exercé par les citoyens qui peuvent le déléguer à des représentants.

Sujets d'étude

(Énoncés p. 415)

EXERCICE 1

1. Le FLN (Front de libération nationale, créé en 1954) est à l'origine de cette proclamation.

2. Ce mouvement lutte pour l'indépendance de l'Algérie. Il veut restaurer un État algérien « souverain, démocratique et social » et le « respect [des] libertés fondamentales ».

3. Le FLN invite tous les Algériens à lutter pour obtenir l'indépendance, « par tous les moyens » jusqu'à l'obtention de celle-ci.

EXERCICE 2

1. En 1967, Lucien Neuwirth propose aux députés de voter une loi qui autoriserait la contraception.

2. Selon lui, cette loi permettra de « passer d'une maternité accidentelle » à une « maternité consciente et pleinement responsable ». Cela devrait également diminuer les avortements illégaux qui génèrent des cas de stérilité.

3. On peut citer les lois suivantes qui ont permis aux femmes d'accéder à une égalité de droit avec les hommes :
- 1944 : l'ordonnance sur le droit de vote des femmes ;
- la Constitution de 1946 définissant les principes d'égalité entre les sexes ;
- 1975 : loi Haby sur la mixité à l'école ;
- 2000 : loi sur la parité en politique.

GÉOGRAPHIE

Thème 1 • Mers et océans : au cœur de la mondialisation

Question obligatoire

(Énoncés p. 419)

1. Les mers et les océans jouent un rôle majeur dans le commerce mondial. 90 % des produits transportés le sont par voie maritime. La mondialisation du commerce par mer s'accompagne d'une baisse des coûts de transport et d'une augmentation des volumes transportés (porte-conteneurs géants transportant plus de 20 000 EVP).

2. La maritimisation est la part de plus en plus importante prise par les littoraux dans l'économie des pays riverains des mers et des océans.

3. On peut citer le détroit de Malacca, le détroit d'Ormuz, le canal de Panama et le canal de Suez. Ces passages stratégiques sont importants parce que les principales routes maritimes les empruntent (Asie-Europe, Moyen-Orient-Asie et Moyen-Orient-Europe).

4. « Les mers et les océans sont des espaces fragiles qu'il faut absolument protéger. » : les mers et les océans sont menacés par différents phénomènes. Les réserves de poissons diminuent à cause de la surpêche. L'exploitation du pétrole *offshore* et la densification du transport maritime augmentent les risques de pollution. On assiste, par ailleurs, aujourd'hui à un nouveau type de pollution : la pollution par le plastique. La plaque de déchets plastiques qui s'est formée dans le nord de l'océan Pacifique s'étend sur une superficie égale à six fois la France.

Sujets d'étude

(Énoncés p. 421)

EXERCICE 1

1. Les géants de l'Internet sont intéressés par les câbles sous-marins car 99 % des échanges intercontinentaux de données passent par ce vecteur. Les GAFAM pourront, ainsi, mieux contrôler les flux de données numériques.

2. Ces nouveaux projets relieront l'Europe et l'Afrique (Portugal à l'Afrique du Sud, *via* le Nigeria) et la France et les États-Unis (projet Dunant).

3. Ces pays et continents sont privilégiés car ce sont des marchés potentiels pour les GAFAM.

EXERCICE 2

1. Le détroit de Malacca est un étroit couloir maritime, large de 20 à 74 km et long de 700 km, situé entre la Malaisie et l'île de Sumatra (en Indonésie).

2. Le détroit de Malacca est essentiel pour les échanges internationaux : il voit passer près du tiers du commerce mondial. Il constitue le chemin le plus court entre l'océan Indien et l'océan Pacifique. Il permet de relier l'Europe de l'Ouest, le Moyen-Orient (pétrole) et l'Asie orientale.

Un navire emprunte le détroit en moyenne toutes les huit minutes.

3. La lutte contre la piraterie dans le détroit de Malacca, très importante dans les années 1990-2000, a été très efficace grâce à la surveillance accrue des pays riverains (Malaisie, Singapour, Indonésie). On peut aussi citer l'intervention des grandes puissances (États-Unis, Chine, Japon) qui a permis de sécuriser cette zone sensible.

Thème 2 • Des territoires inégalement intégrés dans la mondialisation, en fonction des décisions publiques et des stratégies des entreprises

Question obligatoire *(Énoncés p. 425)*

1. Centre de décision → Lieu où sont concentrées des fonctions de commandement (politiques, économiques, culturelles).

Hub logistique aéroportuaire → Aéroport où convergent et d'où repartent les marchandises.

Plateforme multimodale → Lieu d'échanges impliquant un changement de mode de transport.

2. Un pays émergent se caractérise par une croissance économique forte mais par la subsistance d'inégalités sociales et spatiales. Les BRICS (Brésil, Russie, Inde, Chine, Afrique du Sud), par exemple, sont des pays émergents.

3. On peut citer : Tokyo, New York, Londres et Paris.

4. « L'Afrique est un continent marginalisé. » : l'Afrique ne représente que 2 % du commerce mondial. Le continent se trouve à l'écart des grandes routes maritimes, même si certains grands ports (Lagos, Abidjan, Durban, Mombasa et Tanger) permettent d'exporter des matières premières agricoles, minières ou énergétiques. C'est l'Afrique sahélienne, en particulier les pays enclavés, qui souffre le plus de la marginalisation du continent.

Sujets d'étude *(Énoncés p. 427)*

EXERCICE 1

1. New York est bien connectée au monde grâce à deux aéroports internationaux : J. F. Kennedy et Newark. L'aéroport de La Guardia dessert plutôt des destinations nationales. New York est également le premier port sur l'Atlantique de l'Amérique du Nord.

2. New York est la première métropole financière du monde avec ses deux bourses : le New York Stock Exchange (NYSE) et le Nasdaq.

3. New York accueille le siège de la principale organisation politique internationale : l'ONU. La ville dispose également des fonctions de commandement économiques et financières grâce aux bourses qu'elle abrite (New York Stock Exchange et Nasdaq), ainsi qu'aux grandes banques et aux sièges sociaux de FTN qu'elle accueille. On y trouve aussi la Silicon Alley (nouvelles technologies). Enfin, c'est une grande capitale culturelle avec Broadway, de nombreux musées (MET, MoMA, Guggenheim, etc.) et des médias puissants (New York Times, CBS, NBC, etc.).

EXERCICE 2

1. Il est important de relier l'aéroport de Paris-Roissy-Charles-de-Gaulle à Paris car la capitale est une grande métropole mondiale. Le projet de liaison rapide intéresse tout autant les hommes d'affaires que les touristes qui sont 35 millions par an.

2. L'avantage de ce projet est une meilleure accessibilité de Paris grâce à une diminution du temps de trajet entre l'aéroport et la capitale (20 minutes). Les inconvénients sont dénoncés par certains politiques ou des riverains qui craignent que ce moyen de transport soit le « train des riches » et que les travaux perturbent la circulation actuelle des trains de banlieue au nord de Paris, en particulier le RER B.

3. Paris-Roissy-Charles-de-Gaulle est un *hub* de première importance en France, en Europe et dans le monde. Il constitue une porte d'entrée internationale sur le territoire français. Ses infrastructures lui permettent de concentrer de nombreuses lignes internationales et d'assurer la redistribution des passagers vers les métropoles françaises et européennes. Il est en concurrence avec d'autres aéroports européens (Londres, Amsterdam, Francfort et Leipzig) pour attirer les passagers et le fret dans le cadre de la libéralisation des transports aériens.

Thème 3 • La France et ses régions dans l'Union européenne et dans la mondialisation : lignes de force et recompositions

Question obligatoire *(Énoncés p. 430)*

1. La France se place au 5e rang mondial pour les exportations.

Elle exporte surtout du vin et du champagne, des avions, des automobiles, des produits chimiques et des parfums et cosmétiques.

L'Union européenne est la destination de 60 % du total des exportations.

La France reste très dépendante de son approvisionnement en pétrole (Moyen-Orient, Venezuela, Nigeria). Elle importe des produits industriels d'Asie et d'Europe.

2. La France est très présente dans le domaine culturel. Par exemple, la langue française est parlée par 235 millions de locuteurs dans le monde. La France exporte aussi ses œuvres d'art : en 2017, le Louvre d'Abu Dhabi a été inauguré aux Émirats Arabes Unis.

3. Les FTN françaises réalisent 60 % de leurs bénéfices à l'étranger. Michelin, L'Oréal, Carrefour et Danone sont des leaders mondiaux dans leurs domaines respectifs. La France accueille également des IDE venant du monde entier.

4. « La France est un grand pays touristique. » : en 2019, on a compté 89,4 millions de touristes internationaux en France. Cette dernière est la première destination touristique mondiale. Le tourisme représente environ 7 % du PIB national et emploie plus de 2 millions de personnes. Les principaux sites touristiques français visités sont Disneyland Paris, le musée du Louvre, le château de Versailles et la tour Eiffel.

Sujets d'étude

(Énoncés p. 432)

EXERCICE 1

1. Le site de Kourou abrite le Centre spatial guyanais (CSG) qui permet de réaliser les objectifs de l'Europe en matière de transport spatial de satellites.

2. Le CSG est chargé d'envoyer dans l'espace des satellites, en particulier des programmes européens : par exemple Galileo, ou, récemment, le télescope James Webb.

3. Le CSG joue un rôle important dans le domaine technologique pour le rayonnement de la France en Europe et dans le monde. En effet, il est la base de lancement choisie par l'Europe pour envoyer des satellites dans l'espace. Grâce à Ariane et à Kourou, l'Europe est bien placée sur le marché des lanceurs de satellites face aux États-Unis, à la Chine ou à la Russie.

EXERCICE 2

1. Le site de Marne-la-Vallée a été choisi pour implanter le complexe touristique de Disneyland Paris car la capitale est une ville attractive en Europe et dans le monde. Par ailleurs, Disneyland Paris a une position centrale en Europe de l'Ouest, d'où viennent principalement les visiteurs.

2. Disneyland Paris se situe à 30 minutes de l'aéroport international de Paris-Roissy-Charles-de-Gaulle. Le site est également bien desservi par tous les modes de transport : la gare TGV située à proximité, l'autoroute A4 ou le RER A qui relie le site au centre de Paris.

3. Disneyland Paris est un marqueur de l'intégration de la France dans la mondialisation car c'est le premier complexe touristique européen. Il accueille chaque année plus de 9 millions de visiteurs (9,84 en 2018), dont 56 % sont étrangers, la moitié d'entre eux venant d'Europe. Le parc accueille notamment 44 % de visiteurs français et 28 % de Britanniques. Disneyland Paris s'est imposé comme la première destination touristique européenne et comme une source de rayonnement de la France à l'international.

CONTRÔLE CONTINU

Première partie

(Énoncés p. 435)

1. Le totalitarisme est un régime dans lequel toute activité (sociale, professionnelle, politique, économique, publique ou privée) est soumise à un contrôle par l'État ou par un parti unique. L'exercice du pouvoir est fondé sur la terreur et l'embrigadement des masses.

2. La guerre froide est une période de tension entre les États-Unis et l'URSS (et leurs alliés).
– Durant cette période, les États-Unis et l'URSS ne s'affrontent pas directement.
– La guerre froide débute en 1947 et se termine en 1991 par la chute de l'URSS.
– De nombreuses crises se déroulent durant la guerre froide : en Europe (pont aérien de Berlin en 1948-1949, construction du mur en 1961, chute du mur en 1989), en Asie (guerre de Corée en 1950-1953, du Vietnam en 1965-1973), crise de Cuba (1962).

3. a) Faux. Les accords pour mettre fin à la guerre d'Indochine sont signés à Genève en juillet 1954.
b) Vrai.
c) Faux. Les Trente Glorieuses sont une période de croissance économique au cours de laquelle le chômage est faible.

4. Les 4/5 du commerce mondial circulent par voie maritime. Près de 50 000 navires transportant 10 milliards de tonnes de marchandises sillonnent les grandes routes maritimes qui empruntent des passages stratégiques (détroits et canaux transocéaniques). Le principal détroit, celui de Malacca, voit passer les 2/3 des flux de pétrole et de gaz.

5. Voir la carte corrigée, en bas de page suivante.

6. « La France est un grand pays touristique. » : Le tourisme est l'un des atouts majeurs de l'économie française. Avec un patrimoine riche et des aménagements variés (stations d'hiver ou balnéaires), le tourisme connaît une forte progression depuis les années 1950. En 2019, on a dénombré 89,4 millions de touristes internationaux. Le tourisme représente environ 7 % du PIB national et emploie plus de 2 millions de personnes. Les principaux sites visités sont Disneyland Paris, le musée du Louvre, le château de Versailles et la tour Eiffel.

Deuxième partie

(Énoncés p. 436)

Sujet d'étude – La guerre d'Algérie

1. L'auteur de cette allocution est le général de Gaulle, président de la République de 1958 à 1969.

2. Rappelé au pouvoir en 1958, c'est lui qui a mis fin à la guerre d'Algérie. Cela se traduit par les accords d'Évian signés en 1962.

3. « On peut maintenant envisager le jour où les hommes et les femmes qui habitent l'Algérie seront en mesure de décider de leur destin, une fois pour toutes, librement, en connaissance de cause. »

4. Trois solutions sont offertes aux Algériens :
– l'indépendance pure et simple ;
– la Francisation complète, telle qu'elle est impliquée dans l'égalité des droits : les Algériens seraient français de droit ;
– une autonomie donnée au gouvernement algérien en union avec la France.

5. La guerre d'Algérie commence par la création du Front de libération nationale (FLN) en octobre 1954, suivie des attentats de la Toussaint rouge (novembre 1954). Dès 1955, la France décide l'envoi du contingent pour « des opérations de maintien de l'ordre ». La IVe République ne réussissant pas à mettre fin à la crise algérienne, De Gaulle est appelé en 1958 pour régler le conflit. En 1961, il propose un référendum sur l'autodétermination de l'Algérie où le « oui » l'emporte. De Gaulle reconnaît alors le principe de l'indépendance de l'Algérie. Les accords d'Évian sont signés en mars 1962 et l'Algérie devient indépendante en juillet.
La guerre d'Algérie a été un conflit sanglant (250 000 Algériens et 30 000 Français tués). De nombreux actes de torture et des exécutions sommaires ont été commis. Les Harkis laissés en Algérie ont, pour la plupart, été victimes de représailles. Ceux qui sont venus en France ont été accueillis dans des conditions inhumaines. Un million d'Européens d'Algérie ont été rapatriés en métropole. Cette guerre a laissé place à une « guerre des mémoires » douloureuse entre les deux pays, chacun cherchant à imposer sa vision du conflit. Les relations politiques entre eux restent difficiles.

Sujet d'étude – L'évolution de la place et des droits des femmes dans la société française

1. Ce Manifeste est paru dans l'hebdomadaire *L'Express* le 6 juin 1996. Il est signé par dix femmes célèbres en faveur de l'égalité hommes/femmes.

2. En 1996, les inégalités entre hommes et femmes sont importantes dans le domaine politique : seulement 5 % des femmes sont sénateurs ou maires, 6 % députés ou conseillers généraux. Avec le scrutin proportionnel, 12 % d'entre elles sont conseillers régionaux et 30 % parlementaires européens.

3. Selon les auteures du texte, la France est classée dernière pour la représentation des femmes au Parlement, loin derrière les États scandinaves, l'Allemagne et l'Espagne. Dans l'Union européenne, la France est également la lanterne rouge pour la proportion de femmes élues.

4. Les inégalités touchent aussi les femmes au travail : elles sont les premières concernées par les licenciements et le chômage, total ou partiel. Les écarts de salaires avec les hommes persistent et l'accès aux postes de décision est plutôt réservé aux hommes. Ainsi, les postes de directions d'entreprises ou d'établissements publics qu'attribue le gouvernement sont rarement occupés par des femmes (seulement 6 %).

5. Les femmes demeurent sous-représentées dans le monde politique même si des progrès notables ont été réalisés grâce à la loi sur la parité de 2000. En 1996, 5 % des femmes étaient sénateurs ou maires, 6 % députés ou conseillers généraux. En 2019, elles sont 228 sur 577 députés (39 %). Le gouvernement actuel (2021) compte 17 femmes sur 31 ministres.

En ce qui concerne les femmes au travail, en 1996, comme aujourd'hui, les femmes ont en moyenne un salaire plus bas que les hommes (à travail égal) et elles sont davantage touchées par le chômage et le travail partiel.

La place des femmes dans la société a évolué positivement depuis 1945 : ainsi, l'égalité entre les sexes est reconnue par la Constitution de 1958. Pourtant, les violences faites aux femmes perdurent. La loi d'août 2018, qui renforce la lutte contre les violences sexuelles et sexistes, permet de mieux accompagner les victimes et de sanctionner plus fermement les agresseurs.

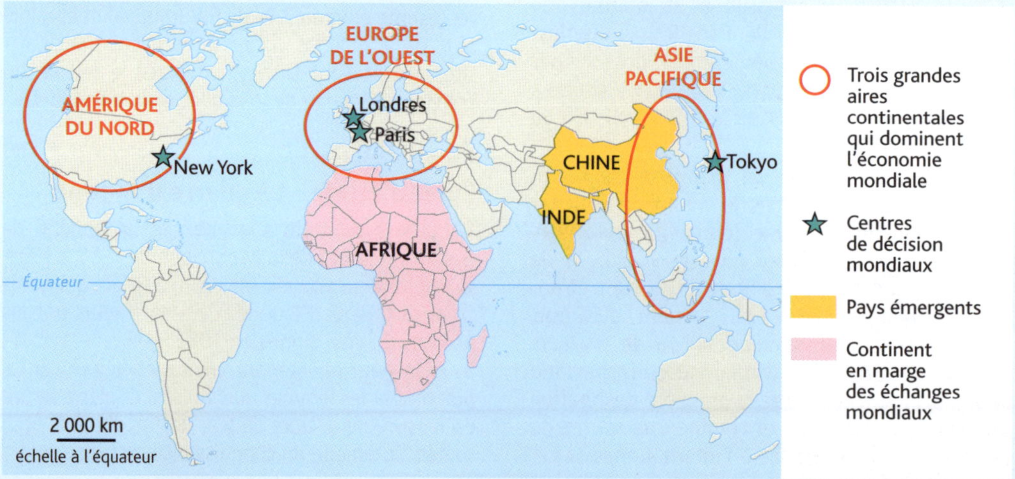

Langues vivantes

ANGLAIS

ESPAGNOL

1 Grammaire : quelques points importants

1 Les degrés de comparaison de l'adjectif

	Adjectif Court (1 syllabe ou 2 en *-y*, *-er* ou *-ow*)	Adjectif Long (2 syllabes et plus)
COMPARATIF		
Égalité	*as… as* *He drives* ***as fast as*** *she does.* (Il conduit aussi vite qu'elle.)	*as… as* *John was* ***as superstitious as*** *his dad.* (John était aussi superstitieux que son père.)
Infériorité	*not as… as* *It's* ***not as easy as*** *I thought.* (Ce n'est pas aussi facile que je le pensais.) *less… than* *Marcia is* ***less funny than*** *her sister.* (Marcia est moins drôle que sa sœur.)	*not as… as* *She is* ***not as fascinating as*** *she looks.* (Elle n'est pas aussi fascinante qu'elle en a l'air.) *less… than* *This exercise* ***was less difficult than*** *the other one.* (Cet exercice était moins difficile que l'autre.)
Supériorité	*…-er than* *The road is* ***narrower than*** *I had imagined.* (La route est plus étroite que je ne l'imaginais.)	*more… than* *Pigs are* ***more intelligent than*** *dogs.* (Les cochons sont plus intelligents que les chiens.)
Exceptions	*good* → *better* *bad* → *worse* *far* → *further* (UK) ou *farther* (US)	
DOUBLE COMPARATIF		
de plus en plus	*…-er and …-er* *You are* ***prettier and prettier****!* (Tu es de plus en plus belle !)	*more and more…* *Food has become* ***more and more expensive****.* (La nourriture est devenue de plus en plus chère.)
de moins en moins	*less and less…* *It is* ***less and less easy****.* (C'est de moins en moins facile.)	*less and less…* *Paul is* ***less and less attentive*** *in class!* (Paul est de moins en moins attentif en classe !)
ACCROISSEMENT PARALLÈLE		
plus…, moins…	*The...-er, the less…* ***The older*** *you get,* ***the less sad*** *you get.* (Plus on vieillit, moins on est triste.)	*The more…, the less…* ***The more patient*** *you are,* ***the less disappointed*** *you will be.* (Plus on est patient, moins on est déçu.)
SUPERLATIFS		
Maximum	*the… -est* *She is* ***the oldest*** *woman in the world.* (C'est la femme la plus âgée du monde.)	*the most…* *What is* ***the most*** *beautiful gift you were given?* (Quel est le plus beau cadeau que tu aies reçu ?)
Exceptions	*good* → *the best* *bad* → *the worst* *far* → *the farthest* ou *the furthest*	
Minimum	*the least…* *Chinese is* ***the least*** *easy language to learn in my opinion.* (Le chinois est la langue la moins facile à apprendre selon moi.)	*the least…* *India sells* ***the least*** *expensive cars in the world.* (L'Inde vend les voitures les moins chères au monde.)

2 La subordonnée relative

• La proposition subordonnée relative apporte une **information sur un groupe nominal** que l'on appelle **antécédent**.

• Elle est introduite par **un pronom relatif** qui dépend de la nature de l'antécédent (humain ou non humain) et de son rôle dans la relative (sujet ou complément).

A Le choix du pronom relatif

• Si le pronom relatif est **sujet** de la relative, il est placé avant le verbe de la proposition subordonnée. On emploie alors :
– *who* pour un **humain**
Ex. : *The actress* ***who*** *won an Oscar is Spanish*.
(L'actrice qui a gagné un Oscar est espagnole.)
– *that* ou *which* pour un **non-humain**
Ex. : *The house* ***that / which*** *was built last year is for sale.*
(La maison qui a été construite l'année dernière est à vendre.)

• Si le pronom relatif est **complément** de la subordonnée, on utilise :
– *that* (peu formel), *whom* (formel) ou Ø pour un **humain**
Ex. : *The man* ***that / whom*** */ Ø I met yesterday was very unpleasant.*
(L'homme que j'ai rencontré hier était très désagréable.)
– *that* (peu formel), *which* ou Ø pour un **non-humain**.
Ex. : *What did you do with the money* ***that / which / Ø*** *I gave you?*
(Qu'as-tu fait avec l'argent que je t'ai donné ?)

B Les deux types de subordonnées relatives

• **La relative déterminative** est une subordonnée **essentielle** au sens de la phrase. On ne peut pas la supprimer.
Ex. : *I have just found the keys* ***that*** *John lost last week.*
(Je viens de trouver les clés que John a perdues la semaine dernière.)

• **La relative appositive** apporte un simple complément d'information sur l'antécédent. Elle est placée entre virgules et peut facilement **être supprimée** sans compromettre le sens de la phrase.
Ex. : *My grandmother,* ***who*** *is 85, still plays tennis every Sunday.*
(Ma grand-mère, qui a 85 ans, joue toujours au tennis chaque dimanche.)

3 Modaux et substituts

La plupart des **modaux traditionnels** ne sont utilisables qu'au **présent**. Il faut donc utiliser des **substituts pour les autres temps**.

Modaux au présent	Substituts au passé	Substituts aux autres temps
CAN **:** **– possibilité,** **– autorisation,** **– capacité physique ou intellectuelle.**	***could*** *He said I could borrow him some money.* (Il a dit que je pouvais lui emprunter de l'argent.) ***was able to*** *I was able to play hockey when I was younger.* (Je pouvais jouer au hockey quand j'étais plus jeune.)	***be able to*** *John will be able to drive a car if you teach him.* (John pourra conduire si tu lui apprends.)
CAN'T **:** **– impossibilité,** **– refus de permission,** **– incapacité physique ou intellectuelle.**	***couldn't (could + not :*** **forme négative*)*** *Susan couldn't come with us, her leg was broken.* (Susan n'a pas pu venir, elle avait la jambe cassée.) ***wasn't able to*** *I wasn't able to run fast so I lost the race.* (Je n'ai pas pu courir vite et j'ai donc perdu la course.)	***not be able to*** *I haven't been able to travel a lot so far.* (Je n'ai pas pu beaucoup voyager jusqu'à présent.)
MAY **:** **– possibilité,** **– autorisation,** **– incertitude,** **– probabilité.**	***may have*** **+ participe passé** *The floor is wet, it may have rained last night.* (Le sol est mouillé, il a dû pleuvoir cette nuit.)	***might*** *They might be happy if you do that.* (Ils seront peut-être contents si tu fais ça.) *He told them they might leave.* (Il leur a dit qu'ils pouvaient partir.)
MAY NOT **– possibilité,** **– refus de permission,** **– probabilité,** **– interdiction.**	***may not have*** **+ participe passé** *The burglar may not have been very careful with his fingerprints.* (Le cambrioleur n'a pas dû être très prudent avec ses empreintes.)	***might not*** *Mum might not like it if you eat the whole cake.* (Il se peut que maman ne soit pas contente si tu manges tout le gâteau.)
MUST **– devoir,** **– obligation,** **– quasi-certitude.**	***had to*** *My brother had to put chains on his tyres because it snowed a lot last week.* (Mon frère a dû mettre des chaînes à ses pneus car il a beaucoup neigé la semaine dernière.)	***have to*** *My sister will have to hurry if she wants to be here at 9.* (Ma sœur devra se dépêcher si elle veut être là à 9 heures.)
MUSTN'T **– interdiction**	***was not allowed to*** *I was not allowed to watch TV in the evening before the age of 15.* (Je n'avais pas le droit de regarder la télé jusqu'à l'âge de 15 ans.)	***not be allowed to*** *If we don't obey mum, we won't be allowed to watch the movie tonight.* (Si nous n'obéissons pas à maman, nous n'aurons pas le droit de regarder le film ce soir.)

4 La voix passive

Comme en français, le choix de l'emploi du passif sert à attirer **l'attention sur autre chose que l'agent de l'action**, ce dernier peut d'ailleurs être omis.

A Les verbes à double complément

- Comme en français, les verbes du type *donner* (*give*), *offrir* (*offer*), *prêter* (*lend*) peuvent gérer trois noms : le donneur, la personne à qui l'on donne et la chose donnée.
- Quand en français la voix passive ne peut accepter que la chose donnée en tant que sujet, l'anglais accepte la chose donnée mais aussi la personne à qui l'on donne en tant que sujet.

	Français	Anglais
Voix active	Paul a donné un livre à Jenny.	*Paul gave Jenny a book.*
Voix passive	Un livre a été donné à Jenny par Paul.	*A book was given by Paul to Jenny.* (→ Le focus est mis sur l'objet.) *Jenny was given a book by Paul.* (→ Le focus est mis sur la personne qui reçoit.)

B Les tournures impersonnelles

Le français utilise beaucoup le pronom *on*. Cette tournure impersonnelle n'existe pas telle quelle en anglais. On a alors souvent recours au **passif**.

Ex. : *He is said to be rich.* (On dit qu'il est riche.)
On sait que cette actrice est malade. (*This actress is known to be sick.)*

C Les *phrasal verbs* ou verbes à particule

Tous les *phrasal verbs* peuvent être utilisés à la voix passive. Il faut seulement faire attention à ne pas oublier la particule.

Ex. : *Someone ran* ***over*** *my dog.* (Quelqu'un a écrasé mon chien.)
My dog was run ***over*** *[by someone].* (Mon chien a été écrasé [par quelqu'un.])
They will laugh ***at*** *me.* (Ils se moqueront de moi.)
I will be laughed ***at****.* (Je serai moqué.)

5 *Present perfect* et *past perfect*

A Le *present perfect*

- **Conditions de l'emploi.** Contrairement à l'idée reçue, le *present perfect* n'est pas un temps du passé. Il s'agit d'une forme verbale qui tient compte du passé mais qui permet surtout à l'énonciateur d'exprimer un constat au moment où il parle, ou de faire le bilan présent d'une situation due à des événements passés.

> **Attention !**
> Le **participe passé d'un verbe** est formé de la base verbale + *-ed* et figure dans la 3e colonne de la liste des verbes irréguliers.

- **Formation.** On utilise l'auxiliaire *have* conjugué au présent et le participe passé du verbe.

Ex. : *I have been to Australia twice.* (Je suis allé en Australie deux fois.)
Jessica has never seen a koala. (Jessica n'a jamais vu de koala.)

• **Emplois.** Le *present perfect* sert à parler d'actions passées qui ont **des conséquences dans le présent**.
Ex. : *I have met with the manager to discuss the situation.*
(J'ai rencontré le manager pour discuter de la situation.)

• On l'utilise également pour décrire des actions qui ont **commencé dans le passé** et qui sont **toujours en cours** au moment où nous parlons.
Ex. : *I have lived in Montreal for 3 years.* (Je vis à Montréal depuis 3 ans.)

• Le *present perfect* est le temps idéal pour parler de ses **expériences**.
Ex. : *I've never visited London.* (Je n'ai jamais visité Londres.)
Have you ever watched Titanic*?* (As-tu déjà vu *Titanic* ?)

• Enfin, on utilise le *present perfect* pour parler d'une action qui **vient de se terminer** à l'instant.
Ex. : *She has just finished doing her homework.* (Elle vient de finir ses devoirs.)

B Le *past perfect* ou *pluperfect*

• **Conditions de l'emploi.** D'après le contexte selon lequel il est employé, le ***past perfect*** peut faire référence à notre **imparfait** ou à notre **plus-que-parfait**. Ce temps permet donc, dans un récit au passé, d'évoquer une action ou un fait survenus encore plus loin dans le passé.

• **Formation.** On utilise l'auxiliaire *have* au prétérit *(had)* et le participe passé du verbe.

• **Ex. :** *I hadn't thought about it.* (Je n'y avais pas pensé.)
She had already eaten when they called. (Elle avait déjà mangé quand ils ont appelé.)

• **Emplois.** Le *past perfect* est utilisé pour dresser un **bilan à un moment du passé.**
Ex. : *I had never been to London when I decided to move to Great Britain.*
(Je n'avais jamais été à Londres quand j'ai décidé de déménager en Grande-Bretagne.)

• On l'utilise également pour insister sur la **durée d'une action passée** dans une phrase au passé.
Ex. : *They felt bad about selling their house because they had lived in it for more than forty years.*
(Ils n'étaient pas contents de vendre leur maison car ils y avaient vécu pendant plus de quarante ans.)

Attention !

Pour traduire « depuis » en anglais, vous avez le choix entre *since* et *for* :
– *since + date*
He had lived there since 1999.
Il y vivait depuis 1999.
– *for* + durée
He had lived there for 20 years.
Il y vivait depuis 20 ans.

2 Le vocabulaire utile par axe du programme

Axe 1 Identités et échanges / *Identity and Exchanges*

Abréviations
qch : quelque chose
qqn : quelqu'un
sth : something
sb : somebody

A Noms et expressions avec des noms

un émigré an emigrant
un taux a rate
racines roots
un citoyen a citizen
la recherche du bonheur the pursuit of happiness
le seuil de pauvreté the poverty line
les riches et les pauvres the rich and the poor
réfugié politique political refugee
assimilation assimilation
le rejet rejection
l'acceptation acceptance
immigration massive mass immigration
quotas quotas
le délit de solidarité offence of solidarity
la curiosité curiosity
le partenariat partnership
l'incompréhension misunderstanding
l'acculturation acculturation
la société des castes caste society
une vague d'immigration a migratory wave
à la recherche d'une vie meilleure looking for a better life

B Adjectifs

hospitalier hospitable
invasif invasive
multiculturel multicultural
pessimiste pessimistic

C Verbes et expressions avec des verbes

braver un interdit to defy authority
dialoguer to converse/to discuss
diminuer ≠ augmenter to decrease ≠ to raise/increase
encourager ≠ décourager to encourage ≠ to discourage
envahir to invade
être dans le pétrin to be in a mess
être déclassé to be downgraded
être dépaysé to have a change of scenery
faire partie d'un groupe to be part of a groupe
intervenir to intervene
persécuter to persecute
refouler to repel
s'exiler to go into exile
s'identifier à to identify with
s'insérer to integrate oneself into
s'intégrer to integrate
s'opposer à to oppose sb/sth
se débrouiller to cope
se tendre to stiffen
subvenir aux besoins de to provide for
tenter sa chance to try one's luck
vivre d'expédients to live in hardships

Axe 2 Espace privé et espace public / *Private Space vs. Public Space*

A Noms et expressions avec des noms

la laïcité secularism
discrimination positive affirmative action
la foi faith
un écart a gap
l'égalitarisme egalitarianism
une évolution an evolution

sensibilisation awareness
les droits et devoirs rights and duties
au sein de la société within society
mon semblable my fellow-man
l'opinion publique public opinion
un poste à responsabilité a position of responsibility
la coopération cooperation
le trajet maison-travail the commute
la hiérarchie hierarchy
une mise en lumière a highlight
adaptation adaptation

B Adjectifs

casanier home-loving
égalitaire egalitarian
laïque secular
qui inspire confiance who inspires confidence
structuré structured

> **Attention !**
> Ne mélangez pas les adjectifs finissant en ***-ing*** et ceux finissant en ***-ed*** !
> **Tiring** → *Fatigant* **Tired** → *Fatigué*
> **Frightening** → *Effrayant* **Frightened** → *Effrayé*

C Verbes et expressions avec des verbes

dénoncer to denounce
différencier to differentiate
éduquer to educate
effacer les différences to erase differences
entrer dans la vie active to enter the labour (UK) market
faire carrière to have a career
jouer un rôle prépondérant to play a major role
mener à bien un projet to complete a task successfully
mettre au centre de to place sth at the heart
muter to transfer
s'affranchir de to liberate oneself from
s'arracher à to pull oneself out of
s'extraire de to emerge from
se dépasser to surpass oneself
se libérer de to free oneself from
se mettre à la place de to put oneself into someone else's shoes
se sentir en sécurité to feel safe
structurer to structure
vivre dans sa bulle to live in a bubble

Axe 3 Art et pouvoir / *Art and Power*

A Noms et expressions avec des noms

dénonciation denunciation
incarnation embodiment
un soulèvement an uprising
un avertissement a warning
l'art arts
un courant artistique an artistic movement
vandalisme vandalism
vandale a vandal
nationalisme nationalism
divertissement entertainment
une portée politique a political scope
la contre-culture counter-culture
les convictions beliefs
l'approbation approval
l'offre culturelle cultural offer
l'art dégénéré degenerate art
un engagement a commitment
des valeurs values

B Adjectifs

avant-gardiste avant-garde
disproportionné disproportionate
doué gifted
porteur de valeurs a vector of values
puissant powerful
talentueux talented
vandalisé vandalised

C Verbes et expressions avec des verbes

choquer to shock
contester to challenge
distraire to entertain
être l'essence de to be the epitome of
être surveillé to be monitored
faire allusion à to hint to
incarner to embody
interroger to question
manifester to protest
mettre qqn en garde to alert
passer sous silence to ignore
prendre une décision to take a decision
proclamer to declare
provoquer to provoke
se produire sur scène to appear on stage
sonner l'alarme to sound the alarm
symboliser to symbolise
taire qch to conceal something
tourner un film to shoot a film
vandaliser to vandalise
véhiculer to convey

Axe 4 Citoyenneté et mondes virtuels / *Citizenship and Virtual Worlds*

A Noms et expressions avec des noms

un arnaqueur a scammer
un espion a spy
un geek a geek
harcèlement harassment
manipulation manipulation
un préjugé a prejudice
prudence caution
fiabilité reliability
des données data
la vie privée privacy
perplexité puzzlement
mauvaises intentions bad intentions
la punition a punishment
la règle the rule
le flot d'informations the flow of information
une émission de TV a TV show
un reportage a report

B Adjectifs

bien intentionné benevolent / well-intentioned
dépendant addicted
inutile useless
isolé isolated
mal intentionné ill-intentioned
prudent cautious
tendance trendy
utile useful

C Verbes et expressions avec des verbes

accéder à la connaissance to have access to knowledge
contrôler to control
diffuser to broadcast
diriger to lead
encourir un risque to run a risk
endosser l'identité de qqn to take on somebody's identity
être critique to be critical
être perplexe to be bewildered
faire preuve de civisme to demonstrate good citizenship
falsifier to fake
mentir to lie
répandre to spread
s'indigner to be outraged
s'isoler to isolate oneself
se passer de qch to do without something
se replier to turn inward
se révolter to revolt
veiller to ensure

Axe 5 Fictions et réalités / *Fictions and Realities*

A Noms et expressions avec des noms

une croyance a belief
un fantasme a fantasy
une évasion an evasion
une identification an identification
l'inspiration inspiration
une lutte a struggle
les représentations representations
l'esthétisme aesthetics
entre la fiction et la réalité between fiction and reality
en deçà de la réalité underestimation
la soif d'aventure a thirst for adventure
un côté aventureux adventurous spirit
le train-train everyday routine
une source d'inspiration inspirational

B Adjectifs

archétypique archetypical
banal mundane
civilisationnel civilisational
concret concrete
dystopique dystopian
imaginatif creative
inspirant inspiring
moral moral
ressemblant similar
routinier routine
visionnaire visionary

C Verbes et expressions avec des verbes

affabuler to give one's imagination free rein
avoir soif d'aventure to be thirsty for adventure
concevoir qch to conceive sth
correspondre à la réalité to match reality
dépasser l'entendement to be beyond understanding
être profondément ému to be deeply moved
reprendre son train-train quotidien to be back to one's routine
s'inspirer de faits réels to be based on a true story

Axe 6 Innovations scientifiques et responsabilité / *Scientific Innovations and Responsibility*

A Noms et expressions avec des noms

les agissements actions
l'amélioration improvement
la démonstration demonstration
la destruction destruction
la divulgation disclosure
une éclipse an eclipse
des dommages damages
des recherches research
le gaspillage waste
l'innovation innovation
la manœuvre manœuvre
le 7e continent the 7th continent
le danger hazard
la réduction reduction
la résolution resolution
la biologie biology
l'écologie ecology
la génétique genetics
le nucléaire nuclear
la responsabilité responsibility
la robotique robotics
les produits jetables disposable items
dégâts irréversibles permanent damage

B Adjectifs

coresponsable co-responsible
démesuré excessive
divers diverse
divulgué disclosed
endommagé damaged
expérimental experimental
recyclé recycled
surpeuplé overpopulated

C Verbes et expressions avec des verbes

alléger la tâche de l'homme to lighten man's load
consommer to consume
courir un risque to run a risk
croître to grow
déboiser to deforest
forer to drill
manquer to lack
menacer to threaten
plaider pour qch to argue for sth
prendre conscience to become aware
recycler to recycle
rendre la vie plus agréable to make life more enjoyable
s'inquiéter to worry
se dégrader to worsen
se poser des questions to wonder
sortir du nucléaire to phase out nuclear energy

Axe 7 Diversité et inclusion / *Diversity and Inclusion*

A Noms et expressions avec des noms

un accès an access
la confiance trust
l'estime esteem
la maltraitance abuse
l'élévation sociale social advancement
la défiance distrust
la mobilisation mobilisation (UK)
les jeunes et les vieux the young and the old
une controverse a controversy
le cosmopolitisme cosmopolitanism
l'acceptation acceptance
le soutien support
une ethnie an ethnic group
la marginalisation exclusion
la similitude similarity
la particularité particularity
la reconnaissance acknowledgment

B Adjectifs

controversé controversial
défiant distrustful
maltraitant abusive
méfiant suspicious
métissé hybrid / mixed
sectaire sectarian

C Verbes et expressions avec des verbes

avoir beaucoup de choses en commun to have a lot in common
avoir une représentation fausse to have a misconception
contribuer à to participate in
être solidaire to be supportive
faire des efforts to make efforts
faire preuve de cohésion to demonstrate cohesion
insulter to insult
intégrer to integrate
maltraiter to abuse
marginaliser to marginalise
mépriser to scorn
métisser to mix
s'entendre bien avec to get along with
s'entraider to help each other
s'ouvrir à to open to
vieillir to grow old

Axe 8 Territoire et mémoire / *Territory and Memory*

A Noms et expressions avec des noms

la décolonisation decolonisation
un emblème an emblem
les frontières the borders
l'individualité individuality
un mythe a myth
un destin national a national destiny
la solennité solemnity
un deuil a grief
une plaque commémorative a memorial plaque
un opposant politique a political opponent
un intellectuel an intellectual
la grâce a pardon
un témoin a witness
le droit de connaître la vérité the right to know the truth
l'amnésie amnesia
le séparatisme separatism
une lutte sans merci a ruthless struggle
un crime contre l'humanité a crime against humanity
un criminel de guerre a war criminal
un résistant a resistance fighter

B Adjectifs

amnistié pardoned
controversé contentious
mythique mythical
traumatisé traumatised

C Verbes et expressions avec des verbes

amnistier to pardon
battre to beat
déclarer la guerre à un pays to declare war on a country
décliner to decline
enraciner to put down roots
entretenir la mémoire de qqn to keep somebody's memory alive
être sous le joug de to be under somebody's yoke
exploiter to exploit
faire un discours to deliver a speech
lutter à mort to fight to death
occuper un pays to occupy a country
oublier to forget
réduire en esclavage to enslave
régner de manière autoritaire to rule as a dictator
résister to resist
s'effondrer to collapse
séparer to separate
traumatiser to traumatise

1 Employer la préposition « a » en espagnol

1 Devant un complément de personne

• **La préposition « a » est utilisée devant le complément d'objet direct de personne ou d'animal.**

> **Exemples**
> Je visite mes cousins pendant les vacances. Visito a mis primos durante las vacaciones.
> Il a rencontré ses amis dans la rue. Encontró a sus amigos en la calle.
> Il entend les manifestants de loin. Oye a los manifestantes de lejos.
> Nous sortirons ton chien ce soir. Sacaremos a tu perro esta tarde.

2 Devant un pronom

• **Le complément d'objet direct de personne peut être représenté :**
– **par un pronom indéfini** (alguien, quelqu'un ; nadie, personne ; cualquiera, n'importe qui) ;
– **par un indéfini, qui fonctionne comme pronom ou adjectif** (uno, una, alguno, alguna, quelqu'un ; ninguno, ninguna, personne ; todos, todas, tous, toutes, tout le monde) ;
– **par un pronom relatif** (quien, al que, quienes, a los que, etc., qui, que) ;
– **par un pronom personnel** (él, ella, etc.) ;
– **par un pronom démonstratif** (éste, ése, etc.).

> **Exemples**
> Je ne connais personne qui puisse le remplacer. No conozco a nadie que pueda sustituirlo.
> Il a décidé de rencontrer le délégué du personnel à qui il avait donné rendez-vous. Ha decidido reunirse con el delegado de personal a quien había dado cita.
> J'en vois quelques-uns dans la rue. Veo a algunos en la calle.

3 Avec des verbes indiquant un complément de personne

• **Certains verbes se construisent très souvent avec un complément de personne** : acusar (accuser), avisar (prévenir), ayudar (aider), bautizar (baptiser), condenar (condamner), convencer (convaincre), llamar (appeler), nombrar (nommer), etc.

> **Exemples**
> Le juge condamne les auteurs du vol. El juez condena a los autores del robo.
> Elle appelle ses amies. Ella llama a sus amigas.

4 Pour indiquer un futur proche

• **Le verbe « ir » se construit avec la préposition « a » pour indiquer le futur proche.**

> **Exemple**
> Nous allons visiter le Pérou en février. Visitaremos (iremos a visitar) Perú en febrero.

2 Rapporter le discours de quelqu'un

- **Pour rapporter le discours de quelqu'un, il faut passer du style direct au style indirect.**
- **Un énoncé au discours direct rapporte les propos d'un locuteur**, qui sont présentés entre guillemets.
- **L'énoncé au discours indirect intègre les propos rapportés dans une phrase complexe**.

> **Exemple**
> El espectador afirmó: « Me gustó el concierto ». → El espectador afirmó que le **había gustado** el concierto.
> Le spectateur a affirmé : « J'ai aimé le concert. » → Le spectateur a affirmé qu'il avait aimé le concert.

- La phrase complexe sera construite **à l'aide d'un verbe déclaratif** (decir, preguntar, afirmar, declarar, etc., – dire, demander si/de, affirmer que, déclarer que, etc.) **suivi d'une conjonction** (que, si).
- Lorsque le verbe déclaratif est au passé, le passage du style direct au style indirect comporte les changements suivants.

1 Changement de personne

- Le verbe, le pronom personnel, l'adjectif possessif et le pronom possessif passent **à la troisième personne**.

> **Exemple**
> Declara: « Me pongo mi pulsera preferida ». → Declara que **se pone su** pulsera preferida.
> Elle déclare : « Je mets mon bracelet préféré. » → Elle déclare qu'elle met son bracelet préféré.

2 Changement de temps

- Il n'y a pas de changement de temps si le verbe déclaratif est au présent ou au futur.

> **Exemple**
> Le pregunta: « ¿Cocina usted en casa? ». → Le pregunta si [él] cocina en casa.
> Elle lui demande : « Faites-vous la cuisine chez vous ? » → Elle lui demande s'il fait la cuisine chez lui.

- **Des changements interviennent lorsque le verbe déclaratif est au passé.** Le verbe de la proposition subordonnée sera à l'imparfait, au passé simple, au plus-que-parfait, au conditionnel présent ou au conditionnel passé.

> **Exemples**
> Respondió: « Trabajé en un barco ». → Respondió que **trabajó** (**había trabajado**) en un barco.
> Il a répondu : « J'ai travaillé sur un bateau. » → Il a répondu qu'il avait travaillé sur un bateau.
> Había declarado: « A los treinta ya habré hecho la película ». → Había declarado que a los treinta ya **habría hecho** la película.
> Elle avait déclaré : « À trente ans, j'aurai fait/terminé le film. » → Elle avait déclaré qu'à trente ans elle aurait bien fait/terminé le film.

3 Changement de mode

• Si l'énoncé au style direct comporte un impératif, ou une notion d'ordre, il se transforme en subjonctif dans la phrase complexe (pour respecter la concordance des temps).

Exemples
Les ordena: « Abrid las ventanas ». → Les ordena que abran las ventanas.
Il leur ordonne : « Ouvrez les fenêtres. » → Il leur ordonne d'ouvrir les fenêtres.
Le dijo: « Quiero que vengas ». → Le dijo que quería que viniera.
Elle a dit : « Je veux que tu viennes. » → Elle a dit qu'elle voulait qu'il vînt.

4 Changement de complément de temps

• Le complément de temps subit des modifications :

ayer (hier)	→	**la víspera** (la veille), **el día anterior** (le jour précédent)
hoy (aujourd'hui)	→	**ese (aquel) día** (ce jour-là)
mañana (demain)	→	**al día siguiente** (le lendemain)
dentro de una semana (dans une semaine)	→	**a la semana siguiente** (la semaine suivante), **al cabo de una semana** (au bout d'une semaine)

Exemple
Afirma: « Mañana llegaré a Salamanca ». → Afirmó que al día siguiente llegaría a Salamanca.
Il affirme : « Demain, j'arriverai à Salamanque. » → Il a affirmé que le lendemain il arriverait à Salamanque.

5 Changement de marques de la langue parlée

• Les marques de la langue orale indiquant des émotions (sí, vale, ja ja, claro, ay, etc. – oui, d'accord, ha ha, bien sûr, zut, etc.) et des hésitations (bueno, pues, etc. – eh bien, etc.), ces dernières sont rendues à l'aide des verbes qui expriment ces émotions (aceptar, reírse, lamentarse, exclamarse, dudar, etc. – accepter, rire, regretter, s'étonner, hésiter, etc.).

Exemple
Dijo: « Vale, voy a la excursión ». → Dijo que aceptaba ir a la excursión.
Elle a dit : « D'accord, je vais faire l'excursion. » → Elle a dit qu'elle était d'accord pour/acceptait d'aller faire l'excursion.

3 Construire une phrase complexe

La conjonction de subordination introduit une proposition subordonnée et exprime une idée de cause (porque : car, puisque), **de concession** (aunque : bien que), **de condition** (si : si), etc.

1 Les subordonnées de cause et de conséquence

- **Conjonctions de subordination de cause** : porque, ya que (car, puisque) ; puesto que, dado que (étant donné que).
- **Conjonctions de subordination de conséquence** : de manera (modo) que, así que, con lo que, con lo cual (de telle sorte que, si bien que).

Exemples

Lo ha dicho porque quiere reunirnos este lunes. Il l'a dit parce qu'il veut nous réunir ce lundi.

La ayuda internacional ha sido insuficiente así que el Gobierno subió los impuestos. L'aide internationale a été insuffisante si bien que le gouvernement a augmenté les impôts.

2 Les subordonnées de concession et de condition

- **Conjonctions de subordination de concession** : aunque (bien que) ; por más que, por mucho que (avoir beau).
- **Conjonctions de subordination de condition** : si (si) ; siempre y cuando (pourvu que) ; a condición de que (à condition que), a no ser que (à moins que).
- Le verbe de la subordonnée de concession ou de condition peut être à l'indicatif (pour exprimer une action réelle) ou au subjonctif (pour exprimer une action hypothétique).

Exemples

Aunque envía su currículo no consigue el trabajo. Bien qu'il envoie son CV, il ne trouve pas de travail.

Si tuviera una caravana me iría de viaje. Si j'avais une caravane, je partirais en voyage.

3 La subordonnée de finalité

- **Conjonctions de subordination** : para que, a fin de que, de manera que (pour que, afin que, de manière à ce que).
- La subordonnée de finalité se construit au subjonctif en espagnol.

Exemple

Se toman medidas para que los ciudadanos no sean víctimas de la contaminación. On prend des mesures pour que les citoyens ne soient pas victimes de la pollution.

4 Conjuguer les verbes usuels diversement irréguliers

Infinitif	Indicatif présent	Subjonctif présent[1]	Impératif	Indicatif imparfait	Futur[2] (conditionnel)	Passé simple[3]	Gérondif	Participe passé
Andar						anduve…		
Dar	doy, das…	dé, des…				di, diste, dio…		
Decir	digo, dices, dice, decimos…	diga, digas…	di (tú)		diré… (diría…)	dije…		dicho
Estar	estoy, estás, está, estamos, estáis, están	esté…				estuve, estuviste, estuvo…		
Hacer	hago, haces…	haga…	haz (tú), haga (ud)…		haré… (haría…)	hice, hiciste, hizo…		hecho
Ir	voy, vas, va…	vaya…	ve (tú), vamos…	iba, ibas, iba, íbamos…		fui, fuiste, fue…	yendo	
Pedir	pido, pides, pide, pedimos…	pida, pidas, pida, pidamos…	pide, pida, pidamos…			pedí, pediste, pidió, pedimos…		
Poder	puedo, puedes, puede, podemos…				podré… (podría…)	pude…	pudiendo	
Poner	pongo, pones…	ponga…	pon (tú)		pondré… (pondría…)	puse…		puesto
Querer	quiero, quieres, quiere, queremos…				querré… (querría…)	quise…		
Saber	sé, sabes…	sepa, sepas…			sabré… (sabría…)	supe…		
Salir	salgo, sales…	salga…	sal (tú)		saldré… (saldría…)			
Ser	soy, eres, es, somos, sois, son	sea, seas…	sé (tú)	era, eras, era, éramos…		fui, fuiste, fue…		
Tener	tengo, tienes, tiene, tenemos…	tenga, tengas…	ten (tú)		tendré… (tendría…)	tuve…		
Venir	vengo, vienes, viene, venimos…	venga…	ven (tú)		vendré… (vendría…)	vine…	viniendo	
Ver	veo, ves…	vea…		veía…				visto

1. Le subjonctif présent suit l'irrégularité de la première personne de l'indicatif présent.
2. Le conditionnel suit l'irrégularité du futur.
3. La troisième personne du pluriel du passé simple sert de base à la formation des imparfaits du subjonctif.

5 Le vocabulaire utile par axe du programme

Axe 1 Identités et échanges – *Identidades e intercambios*

AXE 1
Identités et échanges
Identidades e intercambios

Fronteras e identidad(es)
Las fronteras regionales, nacionales, sociales, políticas, culturales; la identidad personal, social, nacional; la economía internacional; la financiación [*le financement*] de las Comunidades autónomas (CCAA).

Dificultades de la emigración
- El gueto, la exclusión, la incomprensión, las fronteras invisibles; la pobreza, la desigualdad.
- Emigrar, exiliarse.

Los viajes
El intercambio cultural; el turismo sostenible, el turismo de masa(s); el entorno natural.

Los movimientos de población
- La migración, el exilio; la emigración, la inmigración.
- El extranjero (el foráneo); el derecho de asilo, la hospitalidad, la acogida [*l'accueil*], la solidaridad.

La mutación de la identidad
- La pérdida de la identidad, la transformación de la identidad; la mediación.
- Acceder a la igualdad.
- Adoptar una identidad.

Los intercambios económicos
- La mercancía, el bien; la importación, la exportación; los paraísos fiscales; la evasión fiscal; las sanciones económicas; luchar contra el blanqueo [*lutter contre le blanchiment d'argent*].
- El proteccionismo, la movilidad, la repartición (la distribución). El comercio electrónico.
- La ascensión social, la regresión social.
- Comprar, intercambiar, vender.
- Aumentar, reducir los ingresos fiscales.

La globalización : económica, cultural
La globalización; los riesgos geopolíticos [*les risques géopolitiques*]; el multilateralismo, el bilateralismo, el nacionalismo, el populismo.

Ciclos económicos
- La crisis, la prosperidad (la bonanza) económica.
- La estabilidad, la inestabilidad política; el crecimiento económico [*la croissance économique*], la desaceleración [*le ralentissement*].

Axe 2 Espace privé et espace public – *Espacio privado y espacio público*

AXE 2
Espace privé et espace public
Espacio privado y espacio público

La escuela
El abandono escolar, el fracaso escolar; una atención personalizada, el programa de refuerzo [*les cours de soutien*]; el alumnado, el profesorado; el entendimiento entre profesores y alumnos.

La formación
- La educación, la formación inicial, la formación continua.
- Obtener un título; los estudios secundarios, los estudios universitarios; las aptitudes (el trabajo en equipo, la capacidad de innovar).

El mundo laboral
El mercado laboral; el trabajo « *on line* », el desarrollo tecnológico y digital; el contrato de trabajo, el contrato temporal [*le CDD*], las subvenciones para la contratación.

Lenguas y registros
- La lengua nacional, el idioma, lengua extranjera; lengua(s) oficial(es), lenguas regionales, el dialecto.
- Registro académico, corriente, coloquial [*familier*], argot.

Lugares públicos
- Lugares de convivialidad (el parque, la alameda, la biblioteca, la cafetería, la asociación, el club).
- Los espacios públicos (la calle, el barrio, las afueras, el centro comercial, la ciudad).
- Los espacios religiosos (la iglesia, la catedral, el templo, la mezquita, la sinagoga).

Lugares privados
Los espacios privados (la casa, el piso, el edificio, el hotel).

Igualdad y desigualdad
La igualdad (de género), la desigualdad entre el hombre y la mujer; la paridad, la equidad entre hombres y mujeres, la cuota de género, la brecha [*le fossé*] de género.

Movimientos
- El machismo, el feminismo, la violencia de género [*la violence faite aux femmes*].
- La emancipación. La manifestación.

Axe 3 Art et pouvoir – *Arte y poder*

AXE 3
Art et pouvoir
Arte y poder

Lugares de poder
- Las residencias oficiales (La Moncloa: residencia del Jefe del Gobierno, La Zarzuela: residencia del Rey).
- Los edificios institucionales (el Senado, el Congreso de los Diputados; la sede del gobierno regional).

La ideología
- El arte (cine, literatura…) comprometido, la resistencia, la contracultura, la vanguardia.
- La tradición, el arte oficial.
- La censura, la libertad de creación.
- Homenajear; criticar, censurar.

Formas de poder
La proyección de la cultura [*le rayonnement culturel*], el descubrimiento cultural, la dominación cultural.

El cine
- El cine (las películas de propaganda, las películas patrióticas); el actor, la actriz.
- La industria del cine; la plataforma de *streaming*.

El lenguaje artístico
- El lenguaje gráfico, cinematográfico.
- El trazo [*le trait*] grueso, fino; los colores, el blanco y negro.

La televisión
- El programa televisivo, el plató de televisión, el presentador.
- La serie de televisión, la miniserie.

La pintura
- El arte religioso, profano.
- El retrato [*le portrait*]; el cuadro (las figuras, la perspectiva, el motivo).

La difusión
El éxito [*le succès*], el fracaso [*l'échec*], la receta del éxito; el taquillazo, el éxito de ventas [*le record d'entrées au box-office*].

La literatura
La apología, la sátira, la dedicatoria; el premio Nobel.

La música
La ópera, el himno, el canto, la canción, el concierto.

El cómic
La historieta, el tebeo, la viñeta, la ilustración, el cartel [*l'affiche*], la caricatura; el lema [*le slogan*], el mensaje; la portada [*la couverture*]; el dibujante, el crítico, el guionista.

Axe 4 Citoyenneté et mondes virtuels – *Ciudadanía y mundos virtuales*

AXE 4
Citoyenneté et mondes virtuels
Ciudadanía y mundos virtuales

La tecnología
- La inteligencia digital, el poder (la capacidad) de almacenamiento [*stockage*]. Los algoritmos, la inteligencia artificial.
- El tutorial.
- Crear una cuenta (el usuario, la contraseña [*le mot de passe*]).

La economía virtual
La moneda encriptada, los pagos virtuales, la tarjeta de pago, los datos personales.

La vida en sociedad
- La duda, la objetividad, el maniqueísmo.
- La pregunta, la respuesta; la polémica, el debate. La cuestión social.
- Los videojuegos.
- Opinar, argumentar, denunciar. Contestar (responder), estar al tanto (estar al corriente). Convencer, explicar, darse cuenta; compartir un punto de vista [*partager un point de vue*].

La web
- La (página) web, el sitio web, el sitio wiki, las enciclopedias participativas.
- Los blogs, los foros.
- La democracia participativa.

Las redes sociales (las RRSS)
La comunidad global; el mundo real, el mundo virtual; la vida analógica, la vida digital.

Las ventajas
- La educación digital, el acceso al conocimiento, el aprendizaje colaborativo.
- La propiedad intelectual, los derechos de autor. La protección de datos.
- El trabajo « *on line* », presencial.

Los peligros
- La censura y el control de internet, el acoso virtual (el ciberbullying), el hostigamiento [*le harcèlement*] en las redes sociales; la brecha digital [*la fracture numérique*].
- El conformismo, las falsas informaciones, la manipulación.
- La usurpación de identidad, la identidad virtual, la e-identidad, el lanzador de alerta (el alertador).

Axe 5 Fictions et réalités – *Ficciones y realidades*

AXE 5
Fictions et réalités
Ficciones y realidades

Los modelos
- El modelo ético, estético, político; el patrimonio cultural, el imaginario colectivo, el área cultural.
- La repetición de tramas y arquetipos; la creatividad, la originalidad.
- Crear un gusto uniforme.

La literatura
- La literatura, la mitología, las leyendas, las creencias; la ficción, la invención, la imaginación, la fantasía, la superstición; los misterios, los sueños.
- Crear, maravillarse, inventar.
- La ciencia ficción, la literatura realista, la literatura comprometida.
- La realidad, la verosimilitud.

El progreso científico
La investigación [*la recherche*] científica, las exploraciones, los descubrimientos.

Personajes
El héroe, la heroína; el superhéroe, el cantante, el actor, el militante de una ONG, el inventor, el político, la mujer/el hombre de negocios.

El deporte
La competición deportiva; el partido; los deportistas, los jugadores; el tenista, el futbolista. Las apuestas.

El voluntariado
El voluntario [*le bénévole*], las organizaciones no gubernamentales (las ONG).

Los valores
El valor [*le courage*], la honestidad, el altruismo, la confianza, la hipocresía, la maldad, el egoísmo, la desconfianza.

Las distopías
La opresión, la dominación, el colonialismo, el choque de culturas.

Las utopías
La sociedad justa, la igualdad, la liberación, la emancipación.

La nación
El sentimiento nacional, las figuras tutelares (los personajes históricos, los escritores, las figuras icónicas clásicas/modernas).

Axe 6 Innovations scientifiques et responsabilité – *Innovaciones científicas y responsabilidad*

AXE 6
Innovations scientifiques et responsabilité
Innovaciones científicas y responsabilidad

Adelantos científicos
- La investigación genética, las vacunas [*les vaccins*], la clonación, los OGM (los organismos genéticamente modificados).
- La selección de plantas (resistentes a las sequías [*les sécheresses*], a las enfermedades); la lucha contra la desnutrición.
- Los robots, la fabricación en cadena.

Las nuevas tecnologías
- Las redes [*les réseaux*]; el 5G, la quinta generación; las zonas cubiertas; la cobertura.
- Los dispositivos conectados (el coche autónomo; los móviles; los electrodomésticos; los sensores).
- La demanda de servicios por móviles (los servicios sanitarios, financieros, educativos, laborales).

El transporte
Los medios de transporte, el uso compartido del coche, la ecología, el ecociudadano [*l'écocitoyen*].

La contaminación
- El desecho [*le déchet*], los gases de efecto invernadero [*les gaz à effet de serre*].
- El delito medioambiental; las consecuencias del calentamiento climático (la elevación del nivel del mar, los fenómenos climatológicos extremos, la desertificación).

La energía
Las energías renovables (la energía eólica, solar); los parques solares, eólicos; la factura eléctrica.

La ecología
- La biodiversidad, los circuitos cortos de comercialización (CCC), el producto ecológico, el crecimiento ecológico.
- Los recursos medioambientales [*ressources environnementales*]; la biodiversidad.

Tendencias sociales
- La sensibilización ambiental; la reducción del consumo (de carne), la dieta vegetariana (el consumo de frutas, verduras y legumbres); el sufrimiento animal, el movimiento animalista.
- La ONG (la organización no gubernamental), la movilización.
- Consumir, ahorrar [*économiser*], desperdiciar [*gaspiller*], reducir, recortar.

Las prácticas abusivas
- La alienación laboral, las jornadas laborales sin límites.
- El capitalismo tecnológico; el consumo excesivo, el hiperconsumo; los abusos de las multinacionales.

Axe 7 Diversité et inclusion – *Diversidad e inclusión*

AXE 7
Diversité et inclusion
Diversidad e inclusión

Dificultades físicas y mentales
- La discapacidad, la minusvalía [*le handicap*], el discapacitado (el minusválido), la aplicación para los discapacitados visuales.
- La integración, la campaña de sensibilización, el voluntariado [*le bénévolat*].
- La movilidad, la libertad de movimientos, las barreras arquitectónicas.

Las mejoras
- La igualdad, la emancipación, la reivindicación, la lucha contra las discriminaciones, el reparto equitativo, la distribución de la riqueza, la recaudación de impuestos [*la perception d'impôts*].
- El desarrollo sostenible [*le développement durable*].

Los perjuicios
- El estereotipo, el tópico.
- El rechazo [*le rejet*], el desprecio, las discriminaciones (la riqueza, la pobreza, la precariedad, las desigualdades; los ricos, los pobres); la desigualdad salarial (el « techo de cristal » [*le « plafond de verre »*]).

Las minorías
- Los derechos de las minorías; el discurso antiinmigratorio, la retórica antiinmigratoria; la exclusión.
- La comunidad hispana, el sueño americano; la integración (de los extranjeros, los gitanos, los marginales).
- Las lenguas oficiales, las lenguas no reconocidas, los idiolectos, la lengua regional.
- Las remesas [*les envois d'argent*] de los inmigrantes, la dependencia financiera.

La inclusión
- La evolución de las sociedades, las categorías sociales, la diversidad cultural (lingüística, social, étnica), la influencia (africana, americana, caribeña, europea, indígena).
- El mestizaje, el multiculturalismo, el grupo étnico, las parejas mixtas, el colectivo [*l'association*].
- Reivindicar, relacionarse, afirmarse, integrarse.

Las generaciones
- Las jóvenes generaciones, los adultos; la tercera edad, las personas mayores (los mayores); las relaciones entre las generaciones.
- La ayuda, los servicios; un piso adaptado, una residencia de la tercera edad.

Axe 8 Territoire et mémoire – *Territorio y memoria*

AXE 8
Territoire et mémoire
Territorio y memoria

Espacios nacionales y transnacionales
- Los países desarrollados [*les pays développés*]; los países empobrecidos (pobres, poco desarrollados); la degradación de las tierras, la escasez de agua [*la pénurie d'eau*].
- La extensión de cultivos; los espacios de bosques, los espacios urbanizados; el estilo de vida rural, urbano; la España vacía/vaciada.

Las edificaciones
- Los monumentos por los caídos [*les monuments aux morts*], los monumentos conmemorativos (el museo, la estatua, la columna).
- El barrio histórico, el patrimonio arquitectónico, la protección del patrimonio.
- Las edificaciones en ruina, las instalaciones modernas; la fábrica cerrada, las plantas del polígono industrial [*les usines de la zone industrielle*].

La historia
- La historia individual, el destino colectivo; el opresor, la víctima.
- La historia oficial, el deber de memoria, la Ley de Memoria Histórica (la reparación de las víctimas, las ayudas, la indemnización).

Las huellas de la historia
Las fechas de los acontecimientos más significativos, los periodos, los lugares de memoria, la arquitectura, la evolución temporal, los personajes históricos.

La frontera
Los espacios fronterizos (los espacios regionales, nacionales, transnacionales).

La memoria
- La amnistía, la amnesia.
- El espíritu de reconciliación; la dictadura, la represión.

El descubrimiento [*la découverte*]
- La conquista, la colonización, la esclavitud, el comercio triangular.
- La dominación, la independencia, el choque de civilizaciones, el sincretismo.

La herencia [*l'héritage*]
- El legado, el consenso; la rehabilitación, el rechazo, el homenaje; la herida, el trauma.
- Recordar, rehabilitar; rechazar, excluir, exiliar(se); integrar, dialogar.

Crédits photographiques :

Philosophie

Sauf mention contraire, ci-après, tous les portraits sont crédités : © Photothèque Hachette.
P. 332 : Émile Durkheim, © The Bridgeman Art Library ; **p. 332 : Sigmund Freud,** © Keystone, Eyedea ; **pp. 328, 335 : Martin Heidegger,** © BNF ; **p. 328 : Hans Jonas,** Photo Bridgeman Images ; **p. 328 : Claude Lévi-Strauss,** © INAPhotothèque ; **p. 332 : John Locke,** cliché Hachette, © BNF ; **pp. 324 : Jean-Paul Sartre :** © D.R.

Histoire-Géographie-EMC

P. 398 : © Heritage Images/Fine Art Images/akg-images ; **p. 403 :** © akg-images ; **p. 406 :** © The Image Works/ Roger-Viollet ; **p. 409 :** © *Time Magazine*/D.R. ; **p. 411 :** © Bridgeman Images.

Réalisation

Couverture : Stéphanie Benoit
Mise en pages et schémas : Cécile Rabataud et IDT (pour la partie Mathématiques)
Édition : Justine Massel
Cartographie : Légendes Cartographie

ISBN : 978-2-01-718586-4

Achevé d'imprimer en juin 2022 en Espagne par Grafo
Dépôt légal : juillet 2022 - Édition 01 - 15/7209/7